READER'S DIGEST
AUSWAHLBÜCHER

Die Kurzfassungen in diesem Buch erscheinen
mit Genehmigung der Autoren und Verleger

302 (242)
Printed in Germany
ISBN 3 87070 999 5

READER'S DIGEST AUSWAHLBÜCHER

Reader's Digest

DEUTSCHLAND · SCHWEIZ · ÖSTERREICH

INHALT

Das Leben der erfolgreichen Journalistin Nell gerät aus den Fugen, als ihr Mann bei der Explosion seiner Jacht stirbt. War der Tod des aufstrebenden Architekten wirklich nur ein Unfall? Diese Frage lässt der jungen Witwe keine Ruhe. Bei ihren Nachforschungen stößt sie auf eine skandalöse Schmiergeldaffäre in der New Yorker Immobilienbranche, und um den Ruf ihres Mannes zu retten, begibt sie sich in tödliche Gefahr.

Eigentlich will der Hubschrauberpilot Jack Griffith in Sierra Leone sein Kriegstrauma aus dem Kosovo vergessen. Doch in der sengenden Hitze Afrikas wird er erneut in erbitterte Kämpfe um Macht und Geld verwickelt. Er muss erfahren, dass man sich in einem Land, das vom Bürgerkrieg geschüttelt wird, nicht heraushalten kann. Dieser Meinung ist auch Layla, eine engagierte Ärztin, in die er sich leidenschaftlich verliebt.

Sabine Kornbichler

Steine und Rosen

Katja Winter hadert mit ihrem Schicksal: Erst hat sie ihre Stelle als Kinderkrankenschwester verloren, dann wird sie von ihrem Freund verlassen. Um die Miete für ihre neue Bleibe, ein altes Häuschen, zahlen zu können, nimmt sie den stillen Robert Merten als Untermieter auf. Als sich jedoch dessen kleiner Sohn Paul und die lebenslustige Seniorin Margarete zur Linden ebenfalls bei ihr einquartieren, kommt es zu ungeplanten Turbulenzen.

Brigitte Riebe

Schwarze Frau vom Nil

Die junge Nubierin Sahti wird in ihrem Heimatdorf Zeugin eines erschreckenden Ritus und flieht entsetzt in die Wüste. Dort wird sie von einer ägyptischen Expedition aufgegriffen und als Geisel nach Theben gebracht. Ihr aufregender Lebensweg führt die schwarze Schönheit auf verschlungenen Pfaden an den Hof des Pharaos Kamose, wo sie das Herz des Herrschers erobert.

Vergiss die Toten nicht

MARY HIGGINS CLARK

Die Wahrheit – das ist alles, was Nell will. Denn ihr Seelenfrieden und ihre Zukunft stehen auf dem Spiel. Doch mit jedem Schritt wird sie tiefer in einen gefährlichen Strudel aus Täuschung und Verrat hineingezogen.

Prolog

Die 15-jährige Nell MacDermott machte kehrt und schickte sich an, zum Ufer zurückzuschwimmen. Ihr Körper prickelte vor jugendlicher Begeisterung, als sie sich umsah und die strahlende Sonne am wolkenlosen Himmel und die schaumgekrönten Wellen betrachtete. Obwohl sie erst vor einer Stunde in Maui angekommen war, fand sie bereits, dass es hier viel schöner war als in der Karibik, wo die Familie in den letzten Jahren die Weihnachtsferien mit dem Großvater verbracht hatte.

Allerdings war der Begriff „Familie" ein wenig übertrieben, denn diese bestand seit vier Jahren nur noch aus dem Großvater und Nell selbst. Damals hatte man Cornelius MacDermott, den allseits bekannten New Yorker Kongressabgeordneten, mitten aus einer Sitzung des Repräsentantenhauses geholt, um ihm eine schreckliche Mitteilung zu machen: Sein Sohn und seine Schwiegertochter, beide Anthropologen, die sich gerade auf einer Forschungsreise im brasilianischen Regenwald aufhielten, waren beim Absturz ihrer kleinen Chartermaschine ums Leben gekommen.

Mr MacDermott war sofort auf schnellstem Wege nach New York geflogen, um Nell von der Schule abzuholen, denn er wollte, dass sie die Hiobsbotschaft von ihm erhielt. Bei seiner Ankunft traf er seine Enkelin weinend im Zimmer der Schulkrankenschwester an.

„Heute Morgen nach der Pause hatte ich plötzlich das Gefühl, Mama und Papa wären bei mir, um sich von mir zu verabschieden", sagte sie, während er sie in den Armen hielt. „Sehen konnte ich sie zwar nicht, aber ich spürte, wie Mama mich küsste und wie Papa mir übers Haar strich."

Noch am selben Tag übersiedelten Nell und die Haushälterin, die sich um sie kümmerte, wenn ihre Eltern auf Reisen waren, in das Backsteinhaus in der 79. Straße an der Ostseite von Manhattan, wo schon Nells Großvater und ihr Vater aufgewachsen waren.

Kurz kamen Nell diese Erinnerungen in den Sinn, als sie in Richtung Strand schwamm. Ihr Großvater saß dort in einem Liegestuhl unter einem Sonnenschirm. Nur widerwillig hatte er ihr erlaubt, vor dem Auspacken noch kurz ins Wasser zu gehen.

„Aber schwimm nicht zu weit raus!“, hatte er sie ermahnt und sein Buch aufgeschlagen. „Es ist schon sechs Uhr, und der Rettungsschwimmer macht gleich Feierabend.“

Selbst aus dieser Entfernung erkannte Nell, dass er noch in sein Buch vertieft war. Allerdings wusste sie, dass ihr Großvater sicher bald Hunger bekommen würde. Also gut, sagte sie sich und schwamm ein wenig schneller, dann legen wir eben ein bisschen Tempo vor.

Plötzlich jedoch hatte sie das Gefühl, die Orientierung zu verlieren. Es war, als zöge sie etwas gewaltsam in die entgegengesetzte Richtung. *Was war das?* Der Strand verschwand aus ihrem Blickfeld, als sie hin und her gerissen und unter Wasser gezerrt wurde. Erschrocken öffnete sie den Mund, um zu schreien, und schluckte dabei eine ordentliche Portion Salzwasser. Hustend und keuchend rang sie nach Atem.

Eine Ripptide! Sie hatte gehört, wie zwei Hotelpagen sich darüber unterhielten. Einer von ihnen hatte von einer Ripptide auf der anderen Seite der Insel erzählt, bei der vergangene Woche zwei Männer ertrunken waren. Seinen Worten zufolge waren sie gestorben, weil sie gegen den Sog angekämpft hatten, anstatt sich einfach aus der Gefahrenzone treiben zu lassen.

Trotzdem musste Nell mit den Armen rudern, da die heftigen Wellen sie unbarmherzig nach unten und fort vom Ufer zogen. Ich darf nicht aufs offene Meer abgetrieben werden!, dachte sie in Todesangst. Dann schaffe ich es nie wieder zurück! Kurz gelang es ihr, einen Blick auf den Strand und den bunt gestreiften Sonnenschirm zu erhaschen.

„Hilfe!“, stöhnte sie leise. Schreien war unmöglich, denn sobald sie den Mund öffnete, raubte ihr ein Schwall Salzwasser den Atem. In ihrer Verzweiflung drehte sie sich auf den Rücken und ließ die Arme schlaff herabhängen. Doch schon kurz darauf begann sie wieder, sich gegen den schrecklichen Sog zu wehren, der ihren Körper immer weiter fort von der Küste trug, wo niemand ihr würde helfen können.

Ich will nicht sterben, sagte sie sich. Ich will nicht sterben. „Hilfe!“, wimmerte sie wieder und brach dann in Tränen aus.

Und dann, so plötzlich, wie es angefangen hatte, war es auch wieder vorbei. Von einem Moment auf den anderen gaben die unsichtbaren Ketten sie frei. Sie war über die Ripptide hinausgetrieben worden.

Du darfst nicht wieder hineingeraten, nahm sie sich vor. Schwimm darum herum.

Aber sie war so entsetzlich müde. Das Ufer war zu weit entfernt. Nell blickte zur Küste hinüber. Niemals würde sie dort ankommen. Das Wasser fühlte sich so warm an wie eine Decke. Sie wurde schläfrig.

Schwimm, Nell, du schaffst es!

Das war die Stimme ihrer Mutter, die sie anflehte, nicht aufzugeben.

Los, Nell!

Der strenge Befehl ihres Vaters rüttelte sie auf. Gehorsam paddelte Nell noch ein Stückchen hinaus und umschwamm dann die Ripptide in einem großen Bogen. Obwohl sie bei jedem Atemzug aufschluchzte und ihre Arme bleischwer waren, hielt sie durch.

Quälende Minuten später ließ sie sich erschöpft von einer großen Welle an den harten, feuchten Strand tragen.

Sie spürte, wie kräftige Hände sie auf die Füße zogen. „Ich wollte dich gerade rufen“, sagte Cornelius MacDermott gereizt. „Für heute ist Schluss mit Schwimmen, junges Fräulein. Gerade wurde die rote Flagge gehisst. Offenbar gibt es hier in der Nähe Ripptiden.“

Nell, die keinen Ton herausbrachte, konnte nur noch nicken.

Mit besorgter Miene zog MacDermott seinen Bademantel aus und legte ihn Nell um die Schultern. „Du bist ja ganz ausgekühlt, Nell. Du hättest nicht so lange im Wasser bleiben sollen.“

„Danke, Großpapa, alles in Ordnung.“ Nell beschloss, ihrem geliebten Großvater ihr Abenteuer zu verschweigen. Außerdem brauchte er nicht zu erfahren, dass sie wieder einmal mit ihren Eltern in Kontakt getreten war. Denn der ausgesprochen pragmatische MacDermott hätte das nur barsch als die Hirngespinste eines jungen Mädchens abgetan.

Siebzehn Jahre später
DONNERSTAG, 8. JUNI

Eilig machte sich Nell auf den Weg von ihrer Wohnung an der Ecke Park Avenue und 73. Straße zum Büro ihres Großvaters, Ecke 72. Straße und York Street. Da er sie so dringend zu sich beordert hatte, vermutete sie, dass sich die Krise um Bob Gorman zugespitzt hatte. Und deshalb freute sie sich nicht unbedingt auf die bevorstehende Sitzung.

Da sie tief in Gedanken versunken war, bemerkte sie die bewundernden Blicke nicht, die einige Passanten ihr zuwarfen. Sie war hoch gewachsen, schlank und hatte eine sportliche Figur. Ihr kurzes kastanienbraunes Haar wellte sich in der feuchten Luft, ihre Augen waren dunkelblau, und sie hatte einen hübsch geschwungenen Mund. Als junges Mädchen hatte Nell ihren Großvater häufig auf Empfänge begleitet, doch zu ihrem Kummer hatten die Medien sie immer nur als „aparte Erscheinung“ bezeichnet.

„Apart – das ist so, als würde mir ein Mann sagen, dass es ohnehin nur auf die inneren Werte ankommt. Es klingt so gönnerhaft. Nur einmal möchte ich, dass man mich ‚hinreißend' nennt", hatte sie geklagt.

Und ihr Großvater hatte wie immer darauf erwidert: „Sei um Himmels willen nicht so albern. Du solltest dich freuen, dass du Verstand mitbekommen hast und weißt, wie man ihn einsetzt."

CORNELIUS MACDERMOTT war inzwischen 82 Jahre alt, hatte aber kaum etwas von der Durchsetzungsfähigkeit eingebüßt, dank deren er einer der beliebtesten Kongressabgeordneten der Vereinigten Staaten geworden war. Mit dreißig war er zum Vertreter seines Wahlkreises in Manhattan gewählt worden, in dem er auch seine Kindheit verbracht hatte. Fünfzig Jahre lang hatte er diesen Posten innegehabt und jeder Versuchung widerstanden, sich für den Senat zu bewerben. An seinem achtzigsten Geburtstag hatte er jedoch beschlossen, nicht mehr zu kandidieren.

Doch anstatt sich aus dem Berufsleben zurückzuziehen, hatte MacDermott ein Beraterbüro eröffnet, um dafür zu sorgen, dass der Staat und die Stadt New York auch weiterhin auf dem Kurs seiner Partei blieben. Wenn er einen neuen Kandidaten empfahl, kam das für den Betreffenden einem Ritterschlag gleich. MacDermott wurde überall auf der Straße erkannt und freundlich und respektvoll begrüßt.

„Ich kann nicht mal den Fuß vor die Tür setzen, ohne in eine Kamera grinsen zu müssen", pflegte er sich bei Nell zu beschweren.

„Wenn die Leute dich übersehen würden, würdest du eingehen wie eine Primel, das weißt du ganz genau", lautete Nells Standardantwort.

Als Nell in der Firma ihres Großvaters ankam, winkte sie der Empfangsdame zu und marschierte schnurstracks in das Vorzimmer seines Büros. „Welche Laune hat er denn heute?", erkundigte sie sich bei Liz Hanley, MacDermotts langjähriger Sekretärin.

Liz, eine attraktive Sechzigjährige mit dunkelbraunem Haar, war der Inbegriff der Tüchtigkeit. Sie verdrehte die Augen.

„Ach, du meine Güte, so schlimm?" Nell seufzte. Sie klopfte an die Bürotür und trat ein. „Einen schönen Tag, Herr Kongressabgeordneter."

„Du kommst reichlich spät, Nell!", polterte Cornelius MacDermott und drehte sich in seinem Bürostuhl zu ihr um.

„Nach meiner Uhr nicht. Es ist Punkt drei."

„Ich habe gesagt, du sollst bis *spätestens* drei hier sein."

„Ich musste noch eine Kolumne abgeben. Wo bleibt denn das Siegerlächeln, mit dem du sonst die Herzen deiner Wähler eroberst?"

„Das fällt heute flach. Setz dich, Nell.“ MacDermott wies auf das Sofa neben dem Eckfenster, durch das man den östlichen und nördlichen Teil der Stadt erkennen konnte, die Aussicht auf seinen langjährigen Wahlkreis. Nell nannte ihn sein Lehnsgut.

Also ließ sie sich auf dem Sofa nieder und sah ihren Großvater besorgt an. Seine blauen Augen waren ungewöhnlich müde. Selbst sein berühmter weißer Haarschopf schien schütter geworden zu sein. Nell bemerkte, dass er die Achseln zuckte, als wolle er sich von einer unsichtbaren Last befreien. Bestürzt stellte sie fest, dass man ihrem Großvater zum ersten Mal, seit sie sich erinnern konnte, sein wahres Alter ansah.

„Nell, wir stecken in einer Krise, und du musst uns helfen. Dieser Mistkerl Bob Gorman ist für eine zweite Amtszeit nominiert und will jetzt plötzlich nicht mehr kandidieren. Man hat ihm einen lukrativen Job als Geschäftsführer in einer dieser neuen Internetfirmen angeboten. Er ist zwar bereit, noch bis zur Wahl im Amt zu bleiben, aber angeblich kann er von seinen Abgeordnetendiäten nicht leben.“

Nell wartete ab. Sie wusste, dass in der vergangenen Woche Gerüchte umgegangen waren, Gorman wolle nicht mehr für eine zweite Amtsperiode kandidieren. Offenbar hatten sie sich inzwischen bestätigt.

„Nell, es gibt nur einen einzigen Menschen, der ihn ersetzen und dafür sorgen kann, dass unsere Partei diesen Sitz behält.“ MacDermott runzelte die Stirn. „Du hättest es schon vor zwei Jahren tun sollen, als ich mich aus der Politik zurückgezogen habe, das weißt du ganz genau.“ Er hielt inne. „Es liegt dir doch im Blut. Anfangs warst du ja auch Feuer und Flamme, aber Adam hat es dir ausgeredet. Das darf nicht wieder vorkommen.“

„Mac, bitte hack nicht ständig auf Adam herum.“

„Ich hacke auf niemandem herum, Nell, ich sage dir nur, dass ich dich kenne. Du bist die geborene Politikerin. Seit deiner Jugend habe ich dich als meine Nachfolgerin herangezogen. Zugegeben, ich war über deine Ehe mit Adam Cauliff alles andere als erfreut. Doch vergiss nicht, dass ich ihm den Start in New York durch meine Empfehlung an ein ausgezeichnetes Architekturbüro ermöglicht habe.“ Mac presste die Lippen zusammen. „Ich habe ganz schön dumm dagestanden, als Adam nach weniger als drei Jahren den Bettel hingeworfen, ihnen ihre Chefsekretärin abgeworben und sein eigenes Büro eröffnet hat. Meinetwegen, in der Geschäftswelt mag so etwas üblich sein. Aber was uns betrifft, kannte Adam meine Pläne für dich und deine Karriereabsichten von Anfang an. Warum hat er seine Meinung geändert?“

„Mac, ich bin gerne Journalistin, und ich bin ziemlich anerkannt.“

„Ich gebe zu, dass du verdammt gute politische Kolumnen schreibst. Aber du weißt selbst, dass du mehr kannst."

„Hör zu, mein Zögern hat nicht nur mit Adam zu tun. Wir beide wünschen uns Kinder, das weißt du doch. Deshalb hat er mir vorgeschlagen, mit einer politischen Karriere noch zu warten. In zehn Jahren bin ich erst 42. Das ist doch ein gutes Alter, um in die Politik einzusteigen."

„Nell, in zehn Jahren ist der Zug für dich abgefahren. Die Welt verändert sich zu schnell, als dass man sich so viel Zeit lassen könnte. Gib es zu, du brennst doch geradezu darauf, deine Kandidatur bekannt zu geben." Er beugte sich vor. „Nutze die Gelegenheit, Nell. Sonst wirst du es einmal bereuen. Wenn Gorman bestätigt, dass er nicht kandidiert, werden sich alle um die Nominierung reißen. Ich will, dass der Parteivorstand dich von Anfang an ganz oben auf die Liste setzt."

„Und wann soll es losgehen?", fragte sie zögernd.

„Beim Jahresempfang am Dreißigsten. Du und Adam seid eingeladen. Gorman wird ein paar Tränen vergießen und schluchzen, wie schwer ihm die Entscheidung gefallen sei, doch eines habe ihm den Schritt erleichtert. Dann wird er sich die Augen abtupfen, auf dich zeigen und ausrufen, dass *du*, Cornelia MacDermott Cauliff, dich um den Sitz bewirbst, den dein Großvater fünfzig Jahre lang innegehabt hat. Cornelia tritt in die Fußstapfen von Cornelius. Mit einem Paukenschlag ins dritte Jahrtausend." Er strahlte. „Nell, alle werden begeistert sein."

Reumütig erinnerte sich Nell an ihre quälende Ungeduld vor zwei Jahren, als Bob Gorman für Macs Sitz kandidiert hatte. Alles in ihr hatte gedrängt, seinen Platz einzunehmen. Mac hatte Recht. Sie war die geborene Politikerin. Wenn sie jetzt nicht in den Ring stieg, konnte es zu spät sein.

„Was stört Adam denn daran, Nell? Früher hat er sich doch auch nicht in deine Angelegenheiten eingemischt."

„Stimmt."

„Habt ihr Probleme miteinander?"

„Nein." Sie bemühte sich, es mit einem beiläufigen Lächeln als absurd abzutun. Seit wann ging das jetzt schon so?, fragte sie sich. Wie lange war Adam schon geistesabwesend und zog sich von ihr zurück? Anfangs war er ihren besorgten Fragen mit einem Scherz ausgewichen. In letzter Zeit jedoch reagierte er zunehmend gereizt. Erst vor kurzem hatte sie ihm geradeheraus gesagt, sie wolle es wissen, falls mit ihrer Beziehung irgendetwas nicht stimme.

„Wo ist Adam überhaupt?", erkundigte sich ihr Großvater jetzt.

„In Philadelphia. Er hält einen Vortrag bei einer Tagung für Architekten und Innenarchitekten. Morgen kommt er zurück."

„Ich erwarte, dass er am Dreißigsten mit dir bei dem Empfang erscheint und dir zu deiner Entscheidung gratuliert. In Ordnung?"

„Ich bezweifle, dass er mir dafür Beifall klatschen wird", sagte sie.

Am Anfang ihrer Ehe war Adam froh gewesen, dass sie wie vor der Heirat als Macs Assistentin arbeitete. Doch als ihr Großvater in den Ruhestand ging, hatte sich das schlagartig geändert.

„Nell, jetzt können wir endlich ein Leben führen, in dem sich nicht alles um den allmächtigen Cornelius MacDermott dreht", hatte Adam gemeint. „Ich habe es satt, dass du ständig nach seiner Pfeife tanzt. Wenn du für seinen früheren Sitz kandidierst, wird er dir keine Chance zum Atmen lassen." Sein Ton wurde bittend: „Du hast bis jetzt nur für die Politik gelebt. Das *Journal* möchte, dass du eine regelmäßige Kolumne schreibst. Vielleicht tut dir die Freiheit gut. Warte ab, Nell."

Als Nell nun die Argumente ihres Großvaters überdachte, musste sie sich ehrlicherweise eingestehen: Es genügte ihr nicht, die Politik von außen zu kommentieren. Sie wollte aktiv mitmischen.

„Mac, ich werde meine Karten offen auf den Tisch legen", sagte sie schließlich. „Adam ist mein Mann, und ich liebe ihn. Du hingegen kannst ihn nicht einmal leiden."

„Das stimmt nicht."

„Dann lass es mich anders ausdrücken. Seit Adam seine eigene Firma aufgemacht hat, suchst du ständig ein Haar in der Suppe. Falls ich für diesen Posten kandidiere, werden du und ich den Großteil des Tages zusammen verbringen. Damit das klappt, musst du mir versprechen, dass du Adam genauso behandeln wirst, wie du es im umgekehrten Fall von ihm erwarten würdest."

„Kandidierst du, wenn ich schwöre, ihn liebevoll an meine Brust zu drücken?"

Als Nell eine Stunde später Cornelius MacDermott verließ, hatte sie ihm die Zusage gegeben.

ZUM DRITTEN Mal ging Jed Kaplan nun schon an dem im Parterre gelegenen Architekturbüro Cauliff und Partner vorbei. Im Schaufenster des umgebauten Backsteinhauses an der Ecke 27. Straße und Seventh Avenue befand sich ein Ausstellungsstück, das ihn magisch anzog. Es handelte sich um das Modell eines vierzigstöckigen Wohn- und Bürokomplexes, überragt von einem Turm mit goldener Kuppel. Die postmoderne Fassade aus Kalkstein bildete einen interessanten Kontrast zu dem warmen Farbton des Backsteinturms, der leuchtete, während sich die Kuppel stetig drehte.

Jed schob die Hände in die Taschen seiner Jeans und beugte sich vor, bis sein Gesicht fast das Fenster berührte. Einem unbeteiligten Beobachter wäre er wohl nicht weiter aufgefallen. Er war durchschnittlich groß, hellblond und schlank.

Allerdings täuschte dieser Eindruck. Denn Jeds Körper unter dem ausgeblichenen Sweatshirt war hart und muskulös. Seine Haut war durch zu viel Sonne und Wind ledrig geworden. Und wer ihm in die Augen blickte, wurde in den meisten Fällen von einem beklemmenden Gefühl ergriffen.

Jed war 38 Jahre alt und hatte sich bisher überwiegend allein in der Welt herumgetrieben. Als er nach fünf in Australien verbrachten Jahren zurückgekommen war, um seiner verwitweten Mutter einen seiner seltenen Besuche abzustatten, hatte er erfahren, dass sie das kleine Gebäude in Manhattan verkauft hatte, das sich seit vier Generationen im Familienbesitz befand. In dem Haus hatte sich ein einst blühendes Pelzgeschäft befunden, die Wohnungen über dem Laden waren vermietet. Als Jed von dem Verkauf erfuhr, hatte er sich heftig mit seiner Mutter gestritten.

„Was hätte ich anderes tun sollen?“, jammerte die Mutter. „Das Haus ist baufällig, die Versicherung wird immer teurer, und die Steuern steigen, die Mieter ziehen aus. Das Pelzgeschäft steht kurz vor der Pleite. Heutzutage ist es verpönt, Pelz zu tragen.“

„Vater wollte, dass ich das Haus einmal erbe!“, schimpfte Jed. „Du hattest kein Recht, es zu verkaufen.“

„Dein Vater wollte auch, dass du mir ein guter Sohn bist, eine Familie gründest und einer anständigen Arbeit nachgehst. Aber du bist nicht einmal nach Hause gekommen, als ich dir schrieb, dass er im Sterben liegt.“ Sie brach in Tränen aus. „Adam Cauliff hat mir einen ordentlichen Preis für das Haus bezahlt. Jetzt habe ich Geld auf der Bank und kann für den Rest meines Lebens ruhig schlafen, ohne mir Sorgen wegen der Rechnungen machen zu müssen.“

Jeds Verdruss wuchs, als er das Modell des Neubaus betrachtete. Verbittert las er die Inschrift unter dem Turm: EIN SIGNAL DER ÄSTHETIK, DAS DEN STIL DES NEUESTEN, FASZINIERENDSTEN WOHNVIERTELS VON MANHATTAN PRÄGEN WIRD.

Der Turm sollte auf dem Grundstück gebaut werden, das seine Mutter an Adam Cauliff verkauft hatte. Es war ein Vermögen wert, doch Cauliff hatte seiner Mutter eingeredet, dass nicht viel damit anzufangen sei, da gleich daneben eine denkmalgeschützte Ruine, die alte Vandermeer-Villa, stand. Und dann war die Villa abgebrannt. Ein Baulöwe namens Peter Lang hatte sich das Anwesen sofort unter den Nagel gerissen und plante, es mit der ehemaligen Parzelle der Kaplans zusammenzulegen. Auf diese Weise würde ein Filetstück entstehen, das um einiges mehr wert war als die beiden einzelnen Grundstücke zuvor.

Jed hatte gehört, dass eine Obdachlose, die in der Vandermeer-Villa kampiert hatte, ein Feuer angezündet hatte, um sich zu wärmen. Warum hat die Alte das verdammte Baudenkmal nicht abgefackelt, *bevor* Cauliff meiner Mutter unser Haus abgeluchst hat?, schimpfte Jed in sich hinein. Hass und Zorn stiegen in ihm auf. Ich werde mir diesen Cauliff vorknöpfen, schwor er sich. Da die Bruchbude nicht mehr unter Denkmalschutz steht, wäre unser Grundstück nun mehrere Millionen wert.

Unwirsch wandte er sich vom Fenster ab. Er ging zur Seventh Avenue, dann wandte er sich nach Süden. Um sieben stand er am Hafen vor dem World Financial Center und betrachtete neidisch die schnittigen Jachten, die auf den Wellen auf und nieder tanzten.

Besonders stach ihm ein offenbar nagelneuer, zwölf Meter langer Kabinenkreuzer ins Auge. Gotische Buchstaben am Heck verkündeten, dass das Schiff *Cornelia II* hieß.

Cauliffs Boot, dachte Jed.

Seit seiner Rückkehr nach New York hatte Jed eingehende Erkundigungen über Adam Cauliff eingezogen. Inzwischen kam er häufig zum Hafen, und immer stellte er sich dieselbe Frage: Was mache ich mit diesem Mistkerl und seinem Boot?

NACH der letzten Sitzung des Architekturkongresses in Philadelphia aß Adam mit zwei seiner Kollegen zu Abend, checkte dann rasch aus seinem Hotel aus und fuhr mit dem Auto zurück nach New York.

Beim Abendessen hatte Ward Battle ihm das Gerücht bestätigt, dass man inzwischen gegen Walters und Arsdale – die Architekturfirma, bei der Adam gearbeitet hatte, bevor er sich selbstständig machte – wegen illegaler Preisabsprachen und Bestechlichkeit ermittelte.

„Soweit ich gehört habe, ist das nur die Spitze des Eisbergs, Adam. Und das bedeutet, dass man Ihnen als ehemaligem Mitarbeiter vermutlich eine Menge Fragen stellen wird. Vielleicht kann MacDermott ja dafür sorgen, dass man Sie in Ruhe lässt."

Mac und etwas für mich tun, dachte Adam höhnisch. Wohl kaum. Wenn er glaubt, dass ich in eine Schmiergeldaffäre verwickelt bin, wird er für die noch das Pech kochen, um mich zu teeren und zu federn.

„Ich brauche mir keine Sorgen zu machen“, hatte er zu Battle gesagt. „Bei Walters und Arsdale war ich nur ein kleines Licht.“

Er hatte eigentlich geplant, in Philadelphia zu übernachten. Deshalb erwartete ihn Nell erst für den kommenden Tag. Als Adam den Lincoln Tunnel verließ, zögerte er einen Augenblick, dann nahm er den Weg in die Innenstadt, und zehn Minuten später stellte er seinen Wagen in der Garage ab.

Kurz nach ihrer ersten Begegnung hatte Cornelius MacDermott lachend zu ihm gesagt: „Adam, Sie sind das perfekte Beispiel dafür, wie Schein und Sein sich unterscheiden können. Obwohl Sie aus einem kleinen Kaff in North Dakota stammen, sehen Sie aus wie ein Elitestudent aus Yale und sprechen auch so. Wie schaffen Sie das bloß?“

„Sollte ich Ihrer Ansicht nach einen Blaumann tragen und mit einem Rechen über der Schulter herumlaufen?“, hatte Adam gekränkt entgegnet.

„Seien Sie doch nicht so empfindlich“, hatte Mac gebrummt. „Das sollte ein Kompliment sein.“

Mac hätte es sicher besser gefallen, wenn Nell einen Elitestudenten aus Yale geheiratet hätte, dachte Adam.

Es war fast zwei Uhr, als er sich auf Zehenspitzen in seine Wohnung schlich und das Flurlicht anknipste. Er ging ins Wohnzimmer, öffnete den Eichenschrank, holte eine Flasche Chivas Regal hervor und schenkte sich ein ordentliches Glas ein. Dann setzte er sich aufs Sofa und trank genüsslich von dem Scotch. Oberflächlich betrachtet, machte er den Eindruck eines Mannes, der sich nach einem langen Arbeitstag entspannte.

Adam war kein Mensch, der in der Masse unterging. Er wirkte größer als einen Meter achtzig. Außerdem sorgte er durch ständige sportliche Betätigung dafür, dass er schlank und fit blieb. In seinem schmalen Gesicht fielen einem zuerst die hellbraunen Augen und das einnehmende Lächeln auf. Durch sein dunkelbraunes Haar zogen sich inzwischen einige graue Strähnchen. Es war bereits nach zwei Uhr morgens, als er ins Gästezimmer ging, seinen Schlafanzug anzog und anschließend seine Kleidung für den nächsten Tag ordentlich zurechtlegte. Dann ging er leise ins Schlafzimmer und schlüpfte ins Bett. Nells regelmäßiger Atem sagte ihm, dass es ihm gelungen war, sie nicht zu wecken.

Die Müdigkeit übermannte ihn schlagartig, und die Augen fielen ihm zu.

FREITAG, 9. JUNI

Lisa Ryan wachte auf, lange bevor ihr Wecker um fünf Uhr klingelte. Jimmy hatte wieder eine unruhige Nacht verbracht, sich herumgewälzt und im Schlaf geredet. Drei- oder viermal hatte sie ihm beschwichtigend den Rücken getätschelt. Endlich war er in Tiefschlaf gesunken. Und sie wusste, dass sie ihn jetzt wachrütteln musste.

Ich habe kaum ein Auge zugetan, dachte Lisa, und heute wird ein langer Arbeitstag. Sie war Maniküre und von neun bis halb sechs durchgehend ausgebucht.

Früher war ihr Leben nicht so anstrengend gewesen. Doch als Jimmy seine Arbeit verloren hatte, war es ziemlich schnell bergab gegangen. Sein Chef hatte ihn gefeuert, weil er eine Unterhaltung zwischen Jimmy und einem Kollegen mitgehört hatte. Jimmy hatte den Verdacht geäußert, dass jemand in der Firma in die eigene Tasche wirtschaftete, weil der verwendete Beton nicht annähernd der im Leistungsverzeichnis aufgeführten Qualität entsprach. Nach diesem Vorfall erhielt Jimmy auf jede seiner Bewerbungen dieselbe Antwort: „Tut uns Leid, wir brauchen Sie nicht."

Die Erkenntnis, dass es naiv von ihm gewesen war, diese Bemerkung überhaupt zu machen, hatte Jimmy sehr verändert. Lisa war sicher, dass er kurz vor einem Nervenzusammenbruch stand, als überraschend der Anruf von Adam Cauliffs Sekretärin kam, Jimmys Bewerbung sei an die Baufirma Sam Krause weitergeleitet worden. Kurz darauf war er eingestellt worden, doch, anders als erwartet, besserte sich Jimmys Gemütszustand nach dem Arbeitsantritt nicht. Als sie Jimmy vorschlug, eine Therapie zu machen, hatte dieser sich wütend geweigert.

Seit einigen Monaten fühlte sich Lisa viel älter als 33. Der Mann, der neben ihr im Bett lag, war nicht mehr ihr Sandkastenfreund, der immer gewitzelt hatte, er habe sie schon im Laufstall geliebt. Er brüllte sie und die Kinder an und entschuldigte sich im nächsten Moment unter Tränen. Außerdem genehmigte er sich nun jeden Abend zwei oder drei Gläser Scotch, die er nicht sehr gut vertrug. Inzwischen verbrachte Jimmy jeden Abend zu Hause und hatte sogar das Interesse an den gelegentlichen Baseballabenden mit seinen Freunden verloren. Lisa hatte versucht, ihm zu erklären, dass die Schulden auf ihrer Kreditkarte fast abbezahlt waren. Doch das schien ihn nicht zu kümmern. Eigentlich war ihm mittlerweile alles egal.

Sie wohnten noch immer in dem kleinen Häuschen in Queens, das bei ihrer Hochzeit vor 13 Jahren eigentlich als Übergangslösung gedacht gewesen war. Doch da in den ersten sechs Jahren drei Kinder gekommen waren, hatten sie anstelle eines neuen Hauses Stockbetten angeschafft. Früher hatte Lisa darüber gewitzelt, aber inzwischen ließ sie es lieber, weil sie Jimmy nicht kränken wollte.

Als der Wecker schließlich klingelte, stellte sie ihn ab und drehte sich seufzend zu ihrem Mann um. „Jimmy!“ Sie rüttelte an seiner Schulter. „Jimmy!“

Endlich gelang es ihr, ihn zu wecken. „Danke, Schatz“, murmelte er benommen und verschwand im Bad. Lisa stand auf und ging zum Fenster. Es versprach ein sonniger Tag zu werden. Nachdem sie sich das hellbraune Haar zu einem Knoten aufgesteckt hatte, griff sie nach ihrem Morgenmantel.

Als Jimmy zehn Minuten später in die Küche kam, verkündete Lisa bemüht fröhlich: „Ich dachte, ich leiste dir auf ein Tässchen Kaffee Gesellschaft.“

Jimmy war ein kräftiger Mann. Sein früher feuerrotes Haar hatte inzwischen einen Kupferton angenommen, und durch das Arbeiten im Freien war seine Haut tief gebräunt. „Das ist nett von dir, Lissy.“ Er trank seinen Kaffee im Stehen. „Mit dem Abendessen brauchst du nicht auf mich zu warten. Die hohen Tiere halten heute eine ihrer Fünfuhrbesprechungen auf Cauliffs schicker Jacht ab. Vielleicht will er mich ja in stilvollem Rahmen rausschmeißen.“

„Warum sollte er dich denn rausschmeißen?“, fragte Lisa.

„War nur ein Witz. Aber vielleicht würde er mir sogar einen Gefallen damit tun. Wie läuft das Fingernagelgeschäft? Könntest du uns damit durchfüttern?“

Lisa ging zu ihrem Mann und umarmte ihn. „Ich glaube, dir würde es viel besser gehen, wenn du mir erzählst, was dich bedrückt.“

„Glaub das ruhig.“ Jimmy Ryan nahm seine Frau fest in seine kräftigen Arme. „Ich liebe dich, Lissy. Das darfst du nie vergessen.“

„Das weiß ich.“

Dann wandte er sich um und ging zur Tür. Während sie sich hinter ihm schloss, glaubte Lisa zu hören, wie er „Es tut mir Leid“ flüsterte.

AN DIESEM Morgen beschloss Nell, Adam ein ganz besonderes Frühstück zu bereiten. Allerdings ärgerte sie sich schon im nächsten Moment über ihre Idee, ihn mit etwas Essbarem dazu zu bewegen, ihre Karrierepläne zu billigen, obwohl das doch ganz allein ihre Entscheidung war.

Aber diese Erkenntnis hinderte sie nicht daran, ihr Vorhaben dennoch in die Tat umzusetzen.

Beim Aufstehen hatte Nell gehört, dass Adam bereits duschte. Sie war zwar aufgewacht, als er in der vergangenen Nacht nach Hause gekommen war, hatte jedoch beschlossen, sich schlafend zu stellen. Ja, sie mussten dringend miteinander reden, aber zwei Uhr morgens schien ihr nicht der richtige Zeitpunkt zu sein.

Sie würde aber wohl nicht darum herumkommen, das Thema beim Frühstück anzuschneiden. Am Vorabend hatte Mac angerufen und sie an das Essen erinnert, das heute Abend anlässlich des 75. Geburtstages seiner Schwester stattfand. Nells Großtante Gerti würde im Restaurant des eleganten „Four-Seasons"-Hotels feiern. Adam würde ihr nie verzeihen, wenn er es zuerst von Mac hörte.

Wäre es nicht schön, wenn Adam begreifen würde, wie wichtig es mir ist, Macs Sitz im Kongress zu gewinnen und in diesem aufregenden Wahljahr an vorderster Front dabei zu sein?, dachte sie, während sie den Eierkarton aus dem Kühlschrank holte. Und wie angenehm wäre es, wenn ich nicht ständig zwischen den beiden Männern hin- und hergerissen wäre, die mir auf dieser Welt am meisten bedeuten. Warum nur betrachtet Adam meine politischen Ambitionen als Bedrohung für unsere Ehe?

Früher hat er mich verstanden, überlegte sie weiter, als sie frisch gepressten Orangensaft einschenkte. Damals hat er immer gesagt, er freue sich schon auf einen guten Platz auf der Besuchergalerie im Kapitol.

Sie versuchte sich von Adams geistesabwesender Miene nicht abschrecken zu lassen, als dieser sich am Frühstückstisch niederließ, das *Wall Street Journal* zur Hand nahm und ihr nur beiläufig zunickte.

„Danke, Nell, aber ich habe wirklich keinen Hunger", sagte er, als sie ihm das fertige Omelett servieren wollte.

Dafür also habe ich mir solche Mühe gegeben, dachte sie. Sie setzte sich ihm gegenüber und überlegte, wie sie ihr Vorhaben am besten angehen sollte. Sein abweisender Blick verriet ihr, dass dies nicht der richtige Moment war, eine Diskussion zu beginnen. Pech gehabt, mein Lieber, sagte sie sich, und sie spürte, wie ihre Wut wuchs.

Sie griff nach ihrer Kaffeetasse und der *Times*. Einer der Leitartikel fiel ihr auf. „Adam, hast du das schon gelesen? Möglicherweise will der Staatsanwalt gegen Bob Walters und Len Arsdale wegen verbotener Preisabsprachen ermitteln."

„Ich weiß", erwiderte er gleichmütig.

„Du hast fast drei Jahre lang bei ihnen gearbeitet", fuhr sie erschrocken fort. „Wird man dich befragen?"

„Wahrscheinlich." Er grinste. „Sag Mac, er hat nichts zu befürchten. Die Familienehre bleibt unbefleckt."

„Adam, so habe ich das nicht gemeint!"

„Komm schon, Nell, ich kenne dich doch. Du suchst gerade nach einem Weg, mir zu vermitteln, dass der Alte dich zu einer Kandidatur überredet hat. Wenn er heute Morgen die Zeitung aufschlägt, wird er dich sofort anrufen und dir erklären, dass es deine Chancen auf einen Wahlerfolg schmälert, wenn mein Name mit derartigen Ermittlungen in Verbindung gebracht wird. Ich habe doch Recht, oder?"

„Was meine Kandidatur angeht, schon", antwortete Nell ruhig. „Allerdings traue ich dir nicht zu, dass du etwas Unehrliches getan haben könntest."

„Ehrlichkeit ist in der Baubranche ein dehnbarer Begriff, Nell", erwiderte Adam. „Zu deinem Glück sind meine Ansprüche in dieser Hinsicht sehr hoch, einer der Gründe, warum ich bei Walters und Arsdale gekündigt habe. Glaubst du, der heilige Mac wird damit zufrieden sein?"

Zornig sprang Nell auf. „Adam, ich verstehe, dass du verärgert bist, aber lass es bitte nicht an mir aus. Ich habe beschlossen, mich um Macs Sitz zu bewerben, da Bob Gorman nicht mehr kandidieren will. Und ich fände es nett, wenn du mich unterstützt."

Adam schüttelte den Kopf. „Nell, ich bin immer offen zu dir gewesen. Seit unserer Hochzeit habe ich erkannt, dass die Politik ein Beruf ist, der einen Menschen voll und ganz in Anspruch nimmt. Das kann sehr belastend für eine Ehe sein."

„Eines muss ich dir sagen, Adam: Es ist noch viel belastender für eine Ehe, wenn ein Partner den andern ständig an der Verwirklichung seiner Wünsche hindert. Die ganze Zeit über habe ich dich in deiner Karriere gefördert. Nun bist du an der Reihe. Hilf mir, oder leg mir wenigstens keine Steine in den Weg."

„Das war's dann wohl." Er schob seinen Stuhl zurück und stand auf. „Du brauchst mit dem Abendessen nicht auf mich zu warten. Wir haben eine Sitzung auf der Jacht, und danach gehe ich irgendwo in der Stadt einen Happen essen."

„Adam, heute ist Gertis 75. Geburtstag. Sie wäre sehr enttäuscht, wenn du nicht kämst."

Er sah sie an. „Nell, nicht einmal Gerti zuliebe, obwohl ich sie sehr gern habe. Verzeih mir, aber ich habe nicht die geringste Lust auf einen Abend mit Mac."

„Bitte, Adam. Du könntest doch nach der Sitzung kommen. Es macht nichts, wenn es später wird. Lass dich wenigstens blicken."

„Mich blicken lassen? Offenbar bist du schon voll im Wahlkampf. Tut mir Leid, Nell.“ Raschen Schrittes ging er in Richtung Flur.

„Dann brauchst du überhaupt nicht mehr hier aufzutauchen.“

Adam blieb stehen und drehte sich zu ihr um. „Nell, ich hoffe, du hast das nicht ernst gemeint.“

Schweigend starrten sie einander an. Dann war er verschwunden.

DINA CRANE, Sam Krauses neue Freundin, war alles andere als beglückt, als er am Freitagmorgen ihre Verabredung für den Abend absagte.

„Wir könnten uns in ‚Harry's Bar‘ treffen, wenn du fertig bist“, schlug sie vor.

„Hör zu, es geht um etwas Geschäftliches“, erwiderte er barsch. „Wir müssen eine Menge Kram besprechen. Ich rufe dich am Samstag an.“

Sam Krause legte auf, ohne Dina die Gelegenheit zu geben, etwas zu entgegnen. Er saß in seinem Büro, Ecke Third Avenue und 40. Straße. Die Wände des großen hellen Raums wurden von Gemälden geschmückt, die die von der Baufirma Sam Krause errichteten Wolkenkratzer darstellten.

Obwohl es erst zehn Uhr war, hatte sich seine ohnehin schon gereizte Stimmung wegen eines Anrufs der Staatsanwaltschaft noch verschlechtert. Man wollte dringend mit ihm sprechen.

Krause ging zum Fenster und blickte mürrisch auf die Straße hinab. Er beobachtete, wie sich ein Auto geschickt durch den dichten Verkehr schlängelte. Als der Wagen hinter einem Laster, der plötzlich anhielt und zwei Fahrspuren blockierte, stecken blieb, spielte ein finsteres Lächeln um seine Lippen.

Doch dieses Lächeln verschwand schlagartig, als Sam klar wurde, dass seine Lage mit der dieses Autofahrers vergleichbar war. Um es zu seiner jetzigen Position zu bringen, hatte er so manche Klippe umschiffen müssen. Nun aber wurde ihm ein schier unüberwindliches Hindernis in den Weg gestellt. Zum ersten Mal seit seiner Jugend fühlte er sich plötzlich wieder wie ein Gejagter.

Krause war fünfzig Jahre alt, kräftig gebaut und von durchschnittlicher Größe. Seine Haut war wettergegerbt, und er hatte schütteres Haar. Allerdings wirkte er wegen seines ausgeprägten Selbstbewusstseins, seines scharfen Verstandes und der zynisch funkelnden schiefergrauen Augen anziehend auf Frauen. Manche Menschen achteten ihn, doch es gab noch mehr, die sich vor ihm fürchteten. Gemocht wurde er nur von wenigen. Sam empfand für sie alle nur Spott und Verachtung.

Das Telefon läutete, und kurz darauf surrte die Gegensprechanlage seiner Sekretärin. „Mr Lang“, meldete sie.

Sam verzog das Gesicht. Die Immobilienfirma Lang war gemeinsam mit Cauliff und Krause bei diesem Bauvorhaben der Dritte im Bunde. Sam beneidete Peter Lang um seine Herkunft aus reichem Hause. Gleichzeitig musste er zugeben, dass der Mann wirklich ein Genie war, wenn es darum ging, scheinbar wertlose Grundstücke in Goldgruben zu verwandeln.

Er schlenderte zum Schreibtisch und hob den Hörer ab. „Ja, Peter? Ich dachte, Sie wären auf dem Golfplatz."

Peter rief tatsächlich aus der Villa an der Küste von Southampton an, die er von seinem Vater bekommen hatte. „Ich wollte nur nachfragen, ob die Sitzung wirklich stattfindet."

„Das tut sie", erwiderte Sam und legte auf, ohne sich zu verabschieden.

NELLS Zeitungskolumne trug den Titel „Stadtgespräch" und wurde dreimal wöchentlich im *New York Journal* veröffentlicht. Sie setzte sich aus vermischten Meldungen darüber zusammen, was sich gerade in der Stadt tat. Die Themen reichten von Kunst und Politik bis hin zu Prominenten und Sozialem.

Ich werde wohl auch diese Kolumne aufgeben müssen, wenn ich kandidiere, dachte Nell, als sie in ihr Arbeitszimmer ging.

Auch? Was soll denn das?, fragte sie sich. Nachdem Adam am Morgen das Haus verlassen hatte, hatte Nell sich mit wütender Verbissenheit in die Arbeit gestürzt, das Geschirr gespült und das Bett gemacht. Im Gästezimmer fand sie auf dem Bett Adams marineblaues Sakko und seinen Aktenkoffer.

Das hat er in seiner Wut heute Morgen wohl vergessen, dachte Nell. Wahrscheinlich wollte er zu einer Baustelle, denn er hatte nur eine leichte Windjacke an. Wenn er sein Sakko und den Aktenkoffer braucht, muss er eben noch einmal nach Hause kommen. Heute spiele ich nicht den Laufburschen. Sie hängte das Sakko in den Schrank und brachte den Aktenkoffer in den kleinen Raum, den sie beide als Arbeitszimmer benutzten.

Eine Stunde später saß sie an ihrem Schreibtisch. Inzwischen konnte sie sich der Erkenntnis nicht länger verschließen, dass ihr Verhalten nicht unbedingt zur Entspannung der Lage beigetragen hatte. Hatte sie Adam nicht selbst gesagt, dass er heute Abend nicht nach Hause zu kommen brauchte?

Was ist, wenn er das ernst genommen hat?, fragte sie sich. Doch an so etwas durfte sie gar nicht denken. Auch wenn wir zurzeit eine schwere Krise durchmachen, ändert das nichts an unseren Gefühlen füreinander.

Gewiss ist er jetzt schon im Büro, überlegte sie weiter. Sie griff nach dem Hörer, zog die Hand aber wieder zurück. Nein, vor zwei Jahren, als er mich bat, nicht für Macs Sitz zu kandidieren, habe ich nachgegeben. Und das bereue ich seitdem jeden Tag. Außerdem ist es ungerecht. Ich habe Adam ja auch nicht gebeten, sich beruflich einzuschränken.

Also arbeitete Nell entschlossen die Notizen für die Kolumne durch, die sie an diesem Morgen schreiben wollte. Aber nach einer Weile legte sie sie wieder weg. Sie konnte sich einfach nicht konzentrieren. Ständig musste sie an die vergangene Nacht denken.

Adam war ins Bett gekrochen und fast auf der Stelle eingeschlafen. Als sie sein regelmäßiges Atmen gehört hatte, war sie näher an ihn herangerutscht. Im Schlaf hatte er den Arm um sie geschlungen und ihren Namen gemurmelt.

Nell erinnerte sich an ihre erste Begegnung mit Adam. Ihr erster Gedanke war, dass sie einem so attraktiven Mann wohl noch nie begegnet war. Es war vor allem sein Lächeln, sein zurückhaltendes, freundliches Lächeln.

In diesem Augenblick läutete das Telefon. Adam, dachte sie und griff nach dem Hörer.

Es war ihr Großvater. „Nell, ich habe gerade die Zeitung gelesen. Hoffentlich hat Adam wegen der Ermittlungen gegen Walters und Arsdale nichts zu befürchten. Er hat während der fraglichen Zeit dort gearbeitet. Falls also etwas faul war, muss er es gewusst haben. Er soll uns alles haarklein berichten. Ich will nicht, dass du seinetwegen die Wahl verlierst."

Nell holte tief Luft. Obwohl sie ihren Großvater von Herzen liebte, trieb er sie manchmal zum Wahnsinn. „Mac, Adam hat bei Walters und Arsdale gekündigt, weil er mit vielem, was sich dort tat, nicht einverstanden war. Außerdem habe ich dich erst gestern gebeten, nicht ständig über ihn herzuziehen."

„Tut mir Leid."

„Das klingt aber gar nicht so."

Mac ignorierte ihren Einwand. „Wir sehen uns heute Abend. Übrigens habe ich Gerti angerufen, um ihr zum Geburtstag zu gratulieren, und ich muss leider sagen, dass sie nicht mehr alle Tassen im Schrank hat. Sie hat mir erzählt, dass sie den Tag bei irgendeiner verdammten Séance verbringt. Sie hat mich gefragt, ob sie ein paar dieser Spiritisten mitbringen kann, mit denen sie sich immer herumtreibt, aber das habe ich mir verbeten."

„Aber Mac, es ist immerhin *ihr* Geburtstag."

„Kann sein, doch in meinem Alter habe ich keine Lust darauf, dass irgendwelche Spinner mich beobachten, um herauszufinden, ob meine Aura nachlässt. Ich muss los. Bis heute Abend, Nell."

Nell legte auf und lehnte sich zurück. Sie stimmte ihrem Großvater darin zu, dass Gerti ziemlich exzentrisch war, aber weil Gerti an das Übernatürliche glaubte, hatte sie auch verstanden, was Nell meinte, als sie ihr Gefühl schilderte, ihre Eltern seien bei ihr gewesen – am Tag ihres Todes und als sie in Hawaii in die Ripptide geraten war. Gerti kannte solche Erlebnisse aus eigener Erfahrung.

Nur dass es für Gerti mehr als „Gefühle" sind, dachte Nell mit einem Schmunzeln. Sie beschäftigt sich ja schon seit vielen Jahren mit übernatürlichen Phänomenen. Nein, um Gertis Geisteszustand machte sich Nell keine Sorgen, eher schon um ihre Gesundheit. Aber immerhin hat sie es geschafft, einigermaßen frisch und munter 75 zu werden. Also ist es von Adam nicht zu viel verlangt, sich heute Abend blicken zu lassen, überlegte Nell. Sie wird schrecklich enttäuscht sein, wenn er nicht kommt. Nach dieser Erkenntnis war Nells Verlangen, Adam anzurufen, um die Probleme zwischen ihnen aus der Welt zu schaffen, mit einem Mal wie weggeblasen.

DAN MINOR hatte zwar die Körpergröße und die breiten Schultern seines Vaters geerbt, aber nicht dessen Gesicht. Preston Minors markante, aristokratische und ebenmäßige Züge hatten sich mit denen der sanften, hübschen Kathryn Quinn vermischt und wirkten in Dans Gesicht viel wärmer. Mund und Kinn waren weniger scharf geschnitten. Außerdem hatte Dan dem Quinnschen Erbgut einen hellblonden Wuschelkopf zu verdanken.

Ein Kollege hatte einmal angemerkt, dass Dan selbst in Kakihose, Turnschuhen und T-Shirt aussehe wie ein typischer Arzt. Wenn Dan jemanden begrüßte, geschah das mit aufrichtigem Interesse – gefolgt von einem forschenden Blick, so als wolle er sichergehen, dass seinem Gegenüber auch wirklich nichts fehlte. Vielleicht hatte das Schicksal ihn dazu bestimmt, Arzt zu werden, jedenfalls war es von jeher sein größter Wunsch gewesen, Kinderchirurg zu werden. Diese Entscheidung hatte sehr persönliche Gründe.

Dan war in Chevy Chase, Maryland, bei den Eltern seiner Mutter aufgewachsen. Schon als kleiner Junge hatte er seinem Vater bei dessen seltenen Besuchen zunehmend die kalte Schulter gezeigt. Seine Mutter hatte er seit seinem sechsten Lebensjahr nicht mehr gesehen, doch er trug immer ein Foto von ihr in einem Geheimfach seiner Brieftasche bei sich. Auf dem Bild, das an seinem zweiten Geburtstag entstanden war, schlang sie lächelnd die Arme um ihn, während der Wind ihr das Haar zerzauste. Ein anderes Erinnerungsstück an sie hatte er nicht.

Dan hatte seinen Abschluss an der Johns-Hopkins-Universität gemacht und dann im St Gregory's Hospital in Manhattan als Assistenzarzt gearbeitet. Als man ihm einige Jahre später dort eine Stelle als Chefarzt der neu gegründeten Abteilung für Brandverletzte anbot, sagte er zu. An einem Krankenhaus in Washington hatte er sich bereits früher auf Brandverletzungen spezialisiert und sich in diesem Fachgebiet einen Namen gemacht. Da er von Natur aus ein unruhiger Geist war, hatte er beschlossen, den Beginn des neuen Jahrtausends zum Anlass zu nehmen, sein Leben grundlegend zu verändern. Inzwischen war er 36. Seine Großeltern planten, nach Florida in eine Seniorenwohnanlage zu ziehen. Etwa zur gleichen Zeit heiratete sein Vater wieder einmal. Aber Dan ließ sich auf der vierten Hochzeit seines Vaters ebenso wenig blicken wie auf der dritten.

Am ersten März sollte er die neue Stelle in Manhattan antreten. Im Februar kaufte er sich eine Eigentumswohnung in SoHo, am unteren Ende von Manhattan.

Da Dan ein geselliger Mensch war, hatte er Spaß an den Abschiedsfeiern, die seine Freunde für ihn veranstalteten. Zu seinem Freundeskreis gehörten auch einige Frauen, mit denen er im Laufe der Jahre liiert gewesen war. Einer seiner Freunde schenkte ihm eine elegante neue Brieftasche, und als Dan Führerschein, Kreditkarten und Geld hineinräumte, steckte er nach kurzem Zögern das alte Foto seiner Mutter weg. Er wusste, dass es Zeit war, die damit verbundenen Erinnerungen hinter sich zu lassen. Doch eine Stunde später überlegte er es sich anders und holte das Foto wieder heraus.

In Manhattan angekommen, machte er sich auf die Suche nach einem Restaurant, um dort zu Abend zu essen. Dass es hier so viele Restaurants gab, gefiel ihm an SoHo am besten. Er entdeckte eines, das er ausprobieren wollte, kaufte sich eine Zeitung und setzte sich an einen Tisch am Fenster.

Nachdem er einen Drink bestellt hatte, studierte er die Titelseite. Bald jedoch hob er den Blick, um die Leute auf der Straße zu beobachten. Er musste sich zwingen, sich wieder auf den Artikel zu konzentrieren. Denn einer seiner guten Vorsätze fürs neue Jahrtausend war gewesen, die sinnlose Suche endlich aufzugeben. Da seine Mutter überall und nirgendwo sein konnte, bestand kaum eine Chance, sie aufzuspüren.

Doch das war einer der Gründe, warum er nach New York gezogen war. Hier war sie zuletzt gesehen worden.

Als er einige Stunden später im Bett lag und den Motorengeräuschen lauschte, die gedämpft von der Straße heraufdrangen, beschloss er, noch einen letzten Versuch zu unternehmen. Wenn er bis Ende Juni keinen Erfolg hatte, wollte er endgültig das Handtuch werfen.

Dan war voll und ganz damit beschäftigt, sich im Krankenhaus einzuarbeiten. Am 8. Juni musste er eine Notoperation durchführen und deshalb mit seinem – wie er sich schwor – letzten Versuch, seine Mutter wieder zu finden, bis zum nächsten Tag warten. Diesmal war sein Ziel die südliche Bronx, ein heruntergekommener Stadtteil von New York. Obwohl er sich eigentlich keine großen Hoffnungen machte, stellte er die üblichen Fragen und zeigte das Foto herum.

Und dann geschah es. Eine schäbig gekleidete Frau, die er auf etwa fünfzig schätzte, begann plötzlich zu lächeln. Ihr zerfurchtes Gesicht erhellte sich. „Ich glaube, Sie suchen meine Freundin Quinny", sagte sie.

DIE 52-JÄHRIGE Winifred Johnson wurde jedes Mal von Ehrfurcht ergriffen, wenn sie die Vorhalle des Hauses Park Avenue 925 betrat, in dem ihr Arbeitgeber residierte. Drei Jahre lang arbeitete sie nun schon für Adam Cauliff, zuerst bei Walters und Arsdale und seit dem letzten Herbst in Adam Cauliffs eigenem Architekturbüro. Er hatte sich schon immer voll und ganz auf sie verlassen.

Winifred war eine magere Frau, beinahe zerbrechlich. Für gewöhnlich trug sie konservative Kostüme. Wegen ihrer zurückhaltenden Art vergaß man häufig, dass sie sich überhaupt im Raum befand. Gleich nach ihrer Ausbildung zur Sekretärin hatte sie bei Robert Walters und Len Arsdale angefangen. Doch in diesen vielen Jahren schien keiner ihrer beiden Arbeitgeber bemerkt zu haben, wie gut sie sich inzwischen in der Baubranche auskannte. Adam hingegen war es sofort aufgefallen. Er schätzte sie und erkannte ihren wahren Wert.

Nell hingegen wusste nicht, was sie an Adam hatte, da war sich Winifred sicher. Adam brauchte weder eine Karrierefrau noch einen berühmten Schwiegervater, der sie so in Beschlag nahm, dass sie kaum noch Zeit für ihre Ehe hatte. „Winifred, Nell ist wieder mal bei ihrem Alten, und ich habe keine Lust, alleine zu essen", sagte Adam manchmal zu ihr. „Besorgen wir uns einen Happen."

Er hatte wirklich etwas Besseres verdient. Manchmal erzählte ihr Adam von seiner Kindheit auf einer Farm in North Dakota. Damals schon hatte er sich in der Bibliothek Bücher mit Bildern von schönen Häusern angesehen.

Hin und wieder tratschten sie gemeinsam über Leute aus der Baubranche. Adam amüsierte sich über die Anekdoten aus den Anfangstagen von Walters und Arsdale.

„Soll das heißen, dieser selbstgerechte alte Kerl hat bei der Ausschreibung Gelder für sich selbst abgezweigt?", rief er etwa aus und versprach ihr gleich darauf, das Gesagte für sich zu behalten. Noch gut erinnerte sie sich an den Abend, als er vorwurfsvoll zu ihr gesagt hatte: „Winifred, mich können Sie nicht hinters Licht führen. Es gibt einen Mann in Ihrem Leben." Und sie hatte das bejaht und ihm sogar den Namen genannt.

Der livrierte Pförtner legte den Hörer der Gegensprechanlage auf. „Sie können hinaufgehen, Ms Johnson. Mrs Cauliff erwartet sie."

Adam hatte sie gebeten, seinen Aktenkoffer und sein marineblaues Sakko abzuholen. Natürlich hatte er sich vielmals für diese Zumutung entschuldigt. „Meine Notizen für die Sitzung sind in dem Aktenkoffer, und ich brauche mein Sakko, falls ich es mir doch noch anders überlege und mich mit Nell im Four Seasons treffe." Winifred erkannte an dem Ton seiner Stimme, dass zwischen ihm und Nell etwas Ernstes vorgefallen sein musste, und das bestätigte sie nur in ihrer Vermutung, dass es mit der Ehe der beiden bergab ging.

Im Aufzug dachte sie an die Sitzung, die heute stattfinden sollte.

Sie würden zu fünft sein. Außer ihr selbst wurden die drei Beteiligten an dem Bauvorhaben Vandermeer Tower erwartet – Adam, Sam Krause und Peter Lang. Der Fünfte war Jimmy Ryan, einer von Sams Polieren. Winifred war nicht sicher, warum er eingeladen worden war. Allerdings war Jimmy in letzter Zeit ziemlich launisch gewesen. Vielleicht wollte man ja mit ihm über das Problem sprechen.

Sie wusste, dass die Meldung, die heute in allen Zeitungen stand, Anlass zur Sorge gab, obwohl sie selbst sich keine großen Gedanken darüber machte. Selbst wenn sie einem etwas nachweisen konnten, bekam man höchstens eine Geldstrafe aufgebrummt. Man zückte die Brieftasche, und die Sache war erledigt.

Die Aufzugtür öffnete sich, und Winifred trat in die Vorhalle, in der Nell sie bereits erwartete.

Sie bemerkte, dass das freundliche Lächeln, mit dem Nell sie willkommen hieß, mit einem Mal verflog. „Stimmt etwas nicht?", fragte Winifred.

Mein Gott!, dachte Nell erschrocken. Was ist das? Doch während sie Winifred betrachtete, spürte sie, wie die Gewissheit in ihr wuchs: Winifreds Stunden auf dieser Erde sind gezählt.

Adam traf fünfzehn Minuten vor dem vereinbarten Termin auf der Jacht ein. Als er in die Kabine kam, stellte er fest, dass der Partyservice verschiedene Käseplatten und Kräcker auf der Anrichte aufgebaut hatte. Da die Hausbar sicher ebenfalls aufgefüllt worden war, sparte er sich die Mühe, das zu überprüfen.

Er hatte festgestellt, dass sich in der ungezwungenen Atmosphäre an Bord, unterstützt von ein paar Drinks, die Zungen seiner Partner oder zukünftiger Kunden meist am besten lösten.

Den ganzen Tag hatte er mit dem Gedanken gespielt, Nell anzurufen, doch er hatte sich schließlich dagegen entschieden. Er hasste Streit mit ihr fast ebenso, wie er mittlerweile den Anblick ihres Großvaters hasste. Nell weigerte sich einfach zuzugeben, dass Mac sie nur aus einem einzigen Grund zu einer Kandidatur für seinen früheren Sitz überreden wollte – nämlich um sie zu seiner Marionette zu machen. Sein Gerede, er sei mit achtzig in den Ruhestand gegangen, um nicht der älteste Kongressabgeordnete in Washington zu werden, war nichts weiter als eine Schutzbehauptung. In Wahrheit lag es daran, dass sein Gegenkandidat ein ernst zu nehmender Rivale war, der Mac den Wahlsieg hätte kosten können. Mac dachte nicht im Traum daran, sich aufs Altenteil zurückzuziehen, er wollte nur nicht als Verlierer abtreten. Natürlich wäre er am liebsten ewig an der Macht geblieben. Und damit er seinen politischen Einfluss nicht einbüßte, würde er dafür sorgen, dass Nell seinen Sitz gewann.

„Hallo, ich bin es."

Adam eilte an Deck, um Winifred beim Einsteigen zu helfen. Erfreut stellte er fest, dass sie seinen Aktenkoffer und das Sakko bei sich hatte.

Allerdings erkannte er an ihren Bewegungen, dass sie etwas bedrückte. „Was ist los, Winifred?"

Vergeblich zwang sie sich zu einem Lächeln. „Du durchschaust mich immer, Adam." Sie umklammerte seine Hand. „Ich muss dich etwas fragen, und ich möchte, dass du ganz offen zu mir bist", meinte sie ernst. „Habe ich Nell irgendwie verärgert?"

„Was soll das heißen?"

„Sie war so seltsam, als ich vorhin in deiner Wohnung war. Sie benahm sich, als könne sie es gar nicht erwarten, dass ich wieder verschwinde."

„Ich glaube, ihr Verhalten hat nichts mit dir zu tun. Nell und ich haben uns heute Morgen gestritten", erwiderte Adam ruhig. „Wahrscheinlich war das der Grund."

Winifred hielt immer noch seine Hand fest. „Wenn du darüber sprechen möchtest, bin ich immer für dich da."

Adam machte sich los. „Das weiß ich, Winifred. Vielen Dank. Ach, da ist ja Jimmy."

Es war offensichtlich, dass Jimmy Ryan sich auf der Jacht nicht wohl fühlte. Seine Stiefel hinterließen Schmutzabdrücke auf dem Teppich der Kabine, als er wortlos Adams Aufforderung folgte, sich doch einen Drink zu mixen. Winifred beobachtete, wie er sich ein großes Glas Scotch einschenkte und dann verlegen mitten in der Kabine stehen blieb.

Zehn Minuten später traf Sam Krause ein. Er fluchte über den Verkehr und die Unfähigkeit seines Fahrers, nickte Jimmy Ryan zu und schenkte sich ein Glas puren Gin ein. „Lang kommt wie immer zu spät", schimpfte er.

„Ich habe mit ihm telefoniert, kurz bevor ich das Büro verließ", erklärte Adam. „Er war schon unterwegs. Also müsste er jeden Moment hier sein."

Kurz darauf läutete das Telefon. Peter Langs Stimme klang gepresst. „Ich hatte einen Unfall", stieß er hervor. „So ein verdammter Lastzug. Ich habe Glück, dass ich noch lebe. Die Polizei möchte, dass ich mich im Krankenhaus untersuchen lasse. Sie können die Sitzung entweder absagen oder ohne mich anfangen."

Fünf Minuten später verließ die *Cornelia II* den Hafen. Der Wind hatte aufgefrischt, und am Himmel zogen Wolken auf.

„MIR IST schlecht", jammerte der achtjährige Ben Tucker. Er stand mit seinem Vater an der Reling des Ausflugsbootes.

„Kann ich verstehen, so wie es inzwischen schaukelt", bedauerte ihn sein Vater. „Aber wir sind gleich da. Schau dir lieber die Aussicht an. So schnell kommst du nicht wieder nach New York."

Bens Brille war verschmiert, und er nahm sie ab, um sie zu putzen. Der Ausflug zur Freiheitsstatue und nach Ellis Island hatte ihm eigentlich Spaß gemacht. Doch jetzt fühlte er sich, als müsse er sich gleich übergeben. Das Schiff stank scheußlich nach Diesel.

Neidisch betrachtete er die Jachten im Hafen von New York und wünschte sich, auch so eine zu besitzen. Wenn er eines Tages reich sein würde, würde er sich zuallererst einen Kabinenkreuzer kaufen.

Bens Blick fiel auf eine wirklich schicke Jacht, die links vor ihnen lag. Die *Cornelia II.* Ben war so weitsichtig, dass er die Aufschrift lesen konnte, als er die Brille abnahm.

Plötzlich riss er entsetzt die Augen auf. „Neiiiiin!"

Vor Bens Augen war die *Cornelia II* explodiert. Von einem Moment auf den anderen hatte sie sich in einen gewaltigen Feuerball verwandelt. Maschinenteile wurden emporgeschleudert und stürzten anschließend in die Rinne, die den Atlantik mit dem Hafen verband.

Bevor der barmherzige Schock den grausigen Anblick herumfliegender Leichenteile milderte, nahm Ben flüchtig etwas wahr, was sich sofort in seinem Unterbewusstsein einbrannte und ihn nicht mehr loslassen sollte.

UND ICH habe ihm noch gesagt, dass er nicht mehr nach Hause zu kommen braucht, dachte Nell, als sie am Abend diesen Tag des Grauens Revue passieren ließ. „Ich hoffe, das meinst du nicht ernst", hat Adam geantwortet, und ich habe nicht darauf reagiert. Mein Gott, warum war ich nur zu stolz, ihn anzurufen? Ich habe doch noch mit dem Gedanken gespielt. Den ganzen Tag über hatte ich dieses furchtbare Gefühl, dass etwas Schreckliches geschehen wird.

Winifred – bei ihrem Anblick spürte ich, dass sie sterben würde.

Es war genauso wie damals bei meinen Eltern, als ich auf einmal den Eindruck hatte, sie seien bei mir. Zu diesem Zeitpunkt waren sie schon tot, aber sie waren gekommen, um sich von mir zu verabschieden. Adam, bitte verabschiede dich von mir. Gib mir eine Gelegenheit, dir zu sagen, wie Leid es mir tut!

„Nell, kann ich dir irgendwie helfen?"

Sie nahm kaum wahr, dass Mac mit ihr sprach. Gewiss war es schon nach Mitternacht. Gertis Geburtstagsfeier war verlaufen wie geplant. Niemand ahnte, was geschehen war. Nell hatte Adam mit der schwachen Ausrede entschuldigt, er habe zu einer wichtigen Sitzung gemusst, und Gertis enttäuschte Miene hatte ihrer Wut auf ihn neue Nahrung gegeben.

Als Nell um zehn Uhr nach Hause gekommen war, hatte sie beschlossen, das Thema noch am selben Abend mit Adam auszudiskutieren – vorausgesetzt natürlich, er nahm sie nicht beim Wort und blieb über Nacht fort. Sie würde sich seine Einwände anhören und versuchen, eine Lösung zu finden. Schließlich machten Verhandlungsgeschick und Kompromissfähigkeit eine gute Politikerin aus. Vielleicht konnten diese Gaben auch einer Ehefrau nützlich sein.

Doch als Nell die Eingangshalle des Hauses betrat, in dem sie wohnte, wurde sie bereits von Detective George Brennan von der New Yorker Polizei erwartet. Oben in der Wohnung berichtete Detective Brennan ihr so behutsam wie möglich von dem Unfall und sagte dann entschuldigend, er müsse ihr noch einige Fragen stellen. Zeugen hätten gesehen, wie ihr Mann an Bord seiner Jacht ging, erklärte er. Ihm seien mindestens drei weitere Personen gefolgt. Ob sie wisse, um wen es sich dabei gehandelt habe?

Nell war zu benommen, um die Tragweite der Tragödie zu ermessen. Sie antwortete, es sei eine geschäftliche Besprechung angesetzt gewesen. Adams Sekretärin sei ebenfalls erwartet worden. Dann nannte sie ihm die Namen der Geschäftspartner ihres Mannes.

Während der Detective sich verabschiedete, trafen Mac und Gerti ein.

„Wir haben es im Radio gehört", sagte Gerti. „Ich bleibe heute Nacht bei dir. Du solltest nicht allein sein."

Nell schüttelte den Kopf. „Danke, Tante Gerti, aber ich brauche jetzt ein bisschen Ruhe", erwiderte sie.

Als Nell Mac zur Tür begleitete, brummte er: „Es ist klug von dir, Gerti wegzuschicken. Sie würde dich die ganze Nacht mit ihrem spiritistischen Geschwätz wach halten." Er legte sanft die Hand auf ihren Arm. „Ich kann dir gar nicht sagen, wie Leid es mir tut, Nell. Nachdem du deine Eltern schon auf so tragische Weise verloren hast, hast du es wirklich nicht verdient, Adam auch noch zu verlieren."

Vor allem nicht, weil wir uns kurz zuvor gestritten haben, dachte Nell. Sie spürte, wie der Zorn in ihr aufstieg. Mac, du warst das Hauptproblem. Deine ständigen Forderungen – manchmal ist das einfach zu viel. Es war falsch von Adam, mir die Kandidatur ausreden zu wollen, aber in diesem Punkt hat er wirklich Recht gehabt.

Gerti nahm Nells Hände in die ihren. „Ich weiß, dass es für eine solche Situation kaum Worte gibt, die einem Trost spenden können. Aber vergiss nicht, Nell, dass du ihn nicht wirklich verloren hast. Er befindet sich jetzt auf einer anderen Ebene, doch er ist immer noch dein Adam."

„Lass das, Gerti!", unterbrach Mac seine Schwester. „Dieses Gerede hilft Nell im Augenblick nicht weiter. Schlaf ein wenig. Wir unterhalten uns morgen."

Dann waren sie fort. Nell kehrte ins Wohnzimmer zurück und ertappte sich dabei, wie sie damit rechnete, jeden Moment Adams Schlüssel im Schloss zu hören. Wie eine Schlafwandlerin ging sie durch die Wohnung, rückte ein paar Zeitschriften zurecht und ordnete die Sofakissen. Wann werde ich endlich begreifen, dass Adam tot ist?, dachte Nell und wurde wieder von Trauer ergriffen. Adam und ich hätten all unsere Probleme lösen können, da bin ich ganz sicher.

Sie wollte, dass er lebte, dass er einfach zur Tür hereinkam und sagte: „Ich muss dir etwas sagen, Nell: Ich liebe dich, und der Streit tut mir Leid."

Adams Jacht war explodiert.

Adam hat beide Jachten nach mir benannt, dachte Nell, doch ich bin nur selten mit ihm hinausgefahren. Seit meiner Erfahrung mit der Ripptide in Hawaii fürchte ich mich einfach vor dem Wasser. Er hat mich gebeten, ihn hin und wieder zu begleiten, und versprochen, sich nicht zu weit von der Küste zu entfernen.

Adam liebte Schiffe. Das hätte zum Problem werden können, hat sich dann aber für uns sogar als vorteilhaft herausgestellt. Wenn ich Mac, wie so oft am Wochenende, zu einer politischen Veranstaltung begleiten oder wenn ich an meiner Kolumne schreiben musste, ist Adam segeln oder fischen gegangen. Und dann kamen wir beide nach Hause und verbrachten die restliche Zeit gemeinsam.

Wir hätten eine Lösung gefunden.

Nell knipste das Licht im Wohnzimmer aus und ging ins Schlafzimmer. Ich wünschte, ich könnte etwas empfinden, sagte sie sich. Warum kann ich nicht weinen oder trauern, sondern habe ständig das Gefühl, auf etwas zu warten? Auf was? Und auf wen?

Sie zog sich aus und hängte den grünen seidenen Hosenanzug von Escada sorgfältig auf einen Bügel. Sie hatte ihn heute zum ersten Mal getragen. Als er geliefert wurde, hatte Adam die Schachtel geöffnet, den Hosenanzug aus dem Seidenpapier geholt und ihn sorgfältig gemustert. „Der steht dir bestimmt ausgezeichnet, Nell!“, hatte er verkündet.

Nell hatte ihn heute Abend angezogen, weil sie insgeheim gehofft hatte, Adam würde wegen des Streits ein ebenso schlechtes Gewissen haben wie sie und doch noch nachkommen.

Ich möchte gerne glauben, er hätte sich vor dem Unfall entschieden, doch noch zu kommen. Sie nahm ein Nachthemd aus der Schublade, wusch sich mechanisch das Gesicht, putzte die Zähne und ging zu Bett.

Laut sagte sie: „Adam, ich liebe dich. Bitte komm zurück!“

Sie wartete. Doch sie hörte nichts außer dem gedämpften Brummen der Klimaanlage und dem Heulen einer Polizeisirene.

„Adam, es tut mir Leid.“ Wieder sprach Nell ins leere Zimmer hinein. „Bitte antworte mir, wenn du mich hören kannst. Mama und Papa haben sich doch auch von mir verabschiedet.“

Adam, bitte zeig mir, dass du da bist. Bitte gib mir eine Gelegenheit, mich bei dir zu entschuldigen und mich von dir zu verabschieden.

Die ganze Nacht lag Nell wach und starrte in die Dunkelheit. Als der Morgen graute, gelang es ihr endlich, um Adam zu weinen, um all die gemeinsamen Jahre, die ihnen nicht mehr vergönnt waren, und auch um ihrer selbst willen. Denn wieder einmal musste sie lernen, ohne einen geliebten Menschen auszukommen.

Um halb acht begann Lisa, auf das Motorengeräusch von Jimmys Auto zu warten. Sie freute sich schon darauf, ihn mit seinem Lieblingsessen zu überraschen: Hühnchen mit Reis.

Die Kinder hatten bereits um halb sieben gegessen. Doch sie wollte auf Jimmy warten, hatte den Tisch in der Essecke für zwei Personen gedeckt und sogar zur Feier des Tages eine Flasche Wein kalt gestellt.

Als Jimmy am Morgen das Haus verlassen hatte, hatte er niedergeschlagen und bedrückt gewirkt, ein Anblick, der Lisa nicht mehr aus dem Kopf ging.

Hatte sie ihn wirklich an der Tür „Es tut mir Leid" sagen hören? Was tat ihm denn Leid?, fragte sie sich.

Kyle, Kelly und Charley, ihre Kinder, saßen am Küchentisch an ihren Hausaufgaben. Kyle, der Älteste, war zwölf und musste normalerweise nicht zur Arbeit angehalten werden. Die neunjährige Kelly hingegen war eine Träumerin. „Kelly, du hast seit fünf Minuten kein Wort mehr geschrieben", mahnte Lisa. Charley, der Siebenjährige, malte hingebungsvoll Buchstaben in sein Schreibheft.

Um halb neun begann sie sich Sorgen zu machen. Wo war Jimmy? Er konnte doch nicht mehr auf der Jacht sein. Der Himmel hatte sich bewölkt, und ein Sturm war aufgezogen.

Bestimmt ist er schon auf dem Heimweg, sagte sie sich. Am Freitagabend war der Verkehr immer katastrophal.

Eine Stunde später scheuchte Lisa die beiden Kleineren nach oben, damit sie ihre Schlafanzüge anzogen. Kyle setzte sich ins Wohnzimmer vor den Fernseher.

Jimmy, wo bist du? Lisas Angst wuchs, als sich die Uhrzeiger der Zehn näherten. Da stimmt doch etwas nicht. Vielleicht hast du wirklich deinen Job verloren. Aber du wirst schon wieder etwas finden!

Um halb elf läutete es. In heller Angst eilte Lisa zur Tür, um zu öffnen. Zwei Männer standen vor ihr und hielten ihre Ausweise hoch, damit sie sie betrachten konnte. „Mrs Ryan, dürfen wir reinkommen?"

Ohne nachzudenken, stellte Lisa die Frage, die ihr auf der Zunge lag. Ihr Tonfall war schleppend vor Trauer: „Jimmy hat Selbstmord begangen, stimmt's?"

Wohlbehalten in ihrer Wohnung angelangt, ließ Gerti sich in einen Sessel sinken, lehnte sich zurück und schloss die Augen. Als sie an Adam dachte, kamen ihr die Tränen.

Sein Lächeln hätte wohl auch das verstockteste Herz erweicht. Sie erinnerte sich an den Tag, als Nell ihn ihr vorgestellt hatte. Nell hatte übers ganze Gesicht gestrahlt, sie war sichtlich verliebt. Es war, als wäre ein Licht in Nells Seele angegangen, als sie Adam kennen lernte, überlegte Gerti. Seufzend stand sie auf, um Teewasser aufzusetzen. Wieder dachte sie an Adam und musste schmunzeln. Was haben wir zusammen gelacht! Er war ganz anders als Cornelius, der so rasch die Geduld mit mir verliert. Adam ist sogar einige Male zu unseren Séancen gekommen. Er war aufrichtig interessiert.

Falls es Nell nicht gelingt, sich mit Adams Tod abzufinden, werde ich darauf bestehen, dass sie einer Séance beiwohnt. Adam wird ihr sagen, dass es Zeit für ihn war zu gehen und dass sie ihre Trauer loslassen muss, weil er ja bei ihr ist.

Der Teekessel pfiff, und sie schaltete den Herd schnell ab. Heute Nacht erinnerte sie das sonst so fröhliche Zischen des Dampfes an einen Klageruf. Fast wie das Heulen einer verlorenen Seele in der Hölle, dachte sie beklommen.

SCHON in seiner Kindheit in Bayside, einem Stadtteil des New Yorker Bezirks Queens, hatte Jack Sclafani beim Räuber-und-Gendarm-Spiel mit den Nachbarskindern stets der Polizist sein wollen.

Inzwischen war er 42 Jahre alt, wohnte in Brooklyn Heights, war ein erstklassiger Polizist und gehörte der Eliteeinheit der Staatsanwaltschaft an. Im Laufe seines Berufslebens hatte er mit vielen fähigen Polizisten zusammengearbeitet, doch mit seinem Partner George Brennan kam er am besten aus.

Als Sclafani hörte, wie Brennan in den 23-Uhr-Nachrichten interviewt wurde, erhob er sich von dem Sofa, auf dem er vor sich hin gedöst hatte. Die Reporter bombardierten Brennan mit Fragen über den Kabinenkreuzer, der am frühen Abend im Hafen explodiert war.

Brennan stand vor einem kleinen Haus in Queens. „Mrs Ryan hat bestätigt, dass ihr Mann Jimmy, Angestellter des Bauunternehmens Sam Krause, bei der heutigen Sitzung auf der Jacht, der *Cornelia II*, anwesend sein sollte", erklärte Brennan. „Ein Mann, auf den seine Beschreibung passt, wurde gesehen, als er vor dem Ablegen des Bootes an Bord ging. Also nehmen wir an, dass Mr Ryan zu den Opfern gehört."

„Wie viele Menschen waren auf der Jacht?", erkundigte sich eine Stimme aus dem Off.

„Soweit wir wissen, befanden sich außer Mr Ryan noch vier weitere Personen an Bord, die an der Sitzung teilnehmen sollten", entgegnete der Polizist.

„Ist es nicht ungewöhnlich, dass eine Jacht mit Dieselmotor explodiert?“

„Die Ursachen für die Explosion werden noch untersucht.“

„Stimmt es, dass gegen Sam Krause wegen illegaler Preisabsprachen ermittelt wird?“

„Kein Kommentar.“

Sam Krause!, dachte Jack. Er wäre ganz sicher bald unter Anklage gestellt worden. Also ist er auch auf der Jacht gewesen. Nicht zu fassen! Dieser Typ hat alles verkörpert, was in der Baubranche faul ist. Es gibt eine ganze Liste von Leuten, die ihn gerne loswerden wollten. Krause wusste zu viel. Und Brennan hat Recht: Diesel explodiert nicht. Wenn es keine Bombe war, die dieses Boot in Konfetti verwandelt hat, fresse ich einen Besen!

MITTWOCH, 14. JUNI

Nell, ich kann dir gar nicht sagen, wie Leid es mir tut. Ich kann es immer noch nicht glauben, es ist einfach unfassbar.“ Peter Lang saß Nell in ihrem Wohnzimmer gegenüber. Die Schrammen in seinem Gesicht waren noch immer zu sehen. Er wirkte aufrichtig erschüttert. Nell stellte fest, dass sie plötzlich ein wenig Mitleid mit ihm hatte. Bis jetzt hatte sie sich von seinem Verhalten eher abgestoßen gefühlt. „Wie ein Gockel auf dem Mist“, pflegte Mac zu höhnen.

„Als ich nach Hause kam, war ich so erledigt, dass ich einfach den Telefonstecker herausgezogen habe und ins Bett gegangen bin“, berichtete Peter. „Presseleute haben meine Eltern in Florida angerufen. Man kann von Glück sagen, dass mein Vater keinen Herzanfall gekriegt hat. Mutter konnte gar nicht mehr aufhören zu weinen, als ihr klar wurde, dass mir nichts passiert ist.“

„Das kann ich verstehen“, erwiderte Nell. Sie stellte sich vor, wie sie wohl empfunden hätte, hätte Adam angerufen und gesagt, er sei gar nicht auf dem Boot gewesen. Doch es gab keinen Grund, sich Hoffnungen zu machen. Die anderen wären auf seinem Boot nicht ohne ihn hinausgefahren. Adams Jacht, die meinen Namen trug, ist nun sein Sarg geworden, dachte Nell.

Nein, nicht sein Sarg. Am Sonntag hatte man Teile von Jimmy Ryans Leiche geborgen. Adam, Sam Krause und Winifred waren vermutlich in Stücke zerrissen und von der starken Strömung unter der Verrazanobrücke in den Atlantik getrieben worden.

„Die Messe für Adam findet morgen statt“, teilte sie Lang mit.

Nach einer Weile fragte er Nell: „Hat die Polizei denn bestätigt, dass die Jacht von einer Bombe zerstört worden ist?“

„Nein, offiziell nicht.“

Doch sie wusste, dass man von einem Bombenanschlag ausging, und dieser Gedanke ließ sie nicht los. Warum sollte jemand so etwas tun? War Adam nur zufällig zum Opfer einer Gewalttat geworden? Sie musste dem unbedingt auf den Grund gehen. Denn solange diese Fragen weiter im Raum schwebten, konnte sie mit der schrecklichen Tragödie nicht abschließen.

Auch Jimmy Ryans Frau suchte nach Antworten. Am Vortag hatte sie Nell angerufen. „Mrs Cauliff, für mich ist es, als würden wir uns persönlich kennen“, hatte sie gesagt. „Ich habe Sie im Fernsehen gesehen und Ihre Kolumnen gelesen. Ich weiß nicht, was man Ihnen über Jimmy erzählt hat, doch Sie dürfen nicht glauben, dass er schuld am Tod Ihres Mannes ist. Jimmy ist nicht der Täter, sondern ein Opfer, so wie Ihr Mann. Ja, es stimmt, dass er an Depressionen litt. Nun jedoch deutet die Polizei an, Jimmy könnte die Bombe gelegt haben. Ich möchte Ihnen aber sagen, dass Jimmy, obwohl er vielleicht Selbstmordabsichten hatte, niemals in der Lage gewesen wäre, einen anderen Menschen umzubringen.“

Bilder von Jimmy Ryans Beerdigung waren in der Zeitung erschienen. Dicht gedrängt gingen Lisa Ryan und ihre drei Kinder hinter dem Sarg her, der die zerfetzten sterblichen Überreste des Ehemannes und Vaters enthielt. Nell schloss die Augen.

„Nell, ich würde in der nächsten Woche gerne ein paar geschäftliche Angelegenheiten mit Ihnen besprechen“, sagte Lang leise. „Es stehen einige Entscheidungen an, und ich brauche dafür Ihre Zustimmung. Aber wir müssen nichts überstürzen.“ Er stand auf. „Ruhen Sie sich ein wenig aus.“

Sie war froh, als Peter Lang endlich ging. Und sie schämte sich für ihren Ärger darüber, dass das Schicksal ihn verschont hatte.

„Adam“, sagte sie und dann noch einmal leise: „Adam“, so, als könnte er sie hören.

Natürlich erhielt sie keine Antwort.

Erst einmal muss ich mich an die neue Situation gewöhnen, überlegte sie. Daran, allein zu sein. Daran, hier in dieser Wohnung zu leben, die ich drei Jahre lang mit Adam geteilt habe.

Nach ihrem Abschluss an der Universität von Georgetown hatte sie die Wohnung gekauft, und zwar mit Geld aus einem Treuhandfonds, über das sie seit ihrem 21. Geburtstag verfügen konnte.

„Das kleine Nest, das ich uns bauen könnte, läge ganz sicher nicht in dieser Preisklasse“, hatte Adam gewitzelt, als sie Heiratspläne zu schmieden begannen. „Aber gib mir noch zehn Jahre, dann sieht das anders aus. Ehrenwort.“

„Warum können wir diese zehn Jahre nicht hier verbringen? Ich liebe diese Wohnung.“

Nell hatte ihm einen der großen Wandschränke im Schlafzimmer abgetreten und die antike Kommode, die einst ihrem Vater gehört hatte, aus Macs Haus geholt. Nun ging sie zu dem Möbel hinüber und griff nach dem ovalen Silbertablett, das dort neben ihrem Hochzeitsfoto lag. Hier hatte Adam vor dem Zubettgehen immer seine Uhr, die Schlüssel und Kleingeld deponiert.

Mir war gar nicht klar, wie einsam ich mich gefühlt hatte, bevor ich heiratete und mit Adam zusammenlebte, dachte sie. Am Donnerstag hat er sich extra im Gästezimmer umgezogen, weil er mich nicht aufwecken wollte.

Plötzlich erschien es ihr ungeheuer bedeutsam, dass sie nicht gesehen hatte, wie er zum letzten Mal ins Bett gegangen war.

AM MITTWOCHNACHMITTAG holten Brenda Curren, Lisas Nachbarin, und ihre 17-jährige Tochter Morgan Kyle, Kelly und Charley ab, um mit ihnen ins Kino und danach zum Essen zu gehen.

„Steigt zu Morgan ins Auto!“, befahl Brenda. „Ich muss noch rasch mit eurer Mutter reden.“ Sie wartete, bis die drei Kinder draußen waren, und sagte dann: „Lisa, mach nicht so ein besorgtes Gesicht. Wir werden gut auf die Kleinen aufpassen. Du brauchst jetzt ein wenig Zeit für dich.“

„Ach, ich weiß nicht“, erwiderte Lisa trübsinnig. „Zeit ist das Einzige, was ich vor mir sehe, wenn ich in die Zukunft blicke, und ich frage mich, was ich mit all den Stunden und Tagen anfangen soll.“ Als sie ihre Nachbarin ansah, bemerkte sie deren forschenden Blick. „Natürlich hast du ganz Recht. Ich muss Jimmys Schreibtisch aufräumen und die Halbwaisenrente für die Kinder beantragen. Wenigstens ist so ein Teil des Lebensunterhalts gesichert.“

„Ihr habt doch bestimmt eine Versicherung, Lisa, oder?“

„Eine kleine“, erwiderte Lisa. Es reicht für Jimmys Beerdigung, für mehr nicht, fügte sie im Geist hinzu. Wir haben noch 14000 Dollar Kreditkartenschulden, und die Zinsen belaufen sich auf 18 Prozent.

„Wenigstens hat Jimmy das Haus immer gut in Schuss gehalten“, betonte Brenda. „Ed ist zwar handwerklich lange nicht so begabt wie er, aber ich soll dir von ihm ausrichten, er wird sein Möglichstes tun, falls etwas repariert werden muss. Jimmy war ein netter Kerl, und wir haben ihn sehr gemocht. Wir werden dir und den Kindern helfen, wo wir nur können."

Lisa zwang sich zu einem Lächeln. „Das weiß ich. Du hilfst mir ja jetzt schon. Also fahr, damit ich endlich die Kinder los bin."

Lisa begleitete Brenda zur Tür und ging dann durch den schmalen Flur in die Küche zurück. Sie betrachtete den Stapel von Briefumschlägen auf dem Schreibtisch: Die Raten für das Haus, die Gasrechnung und die Telefonrechnung waren schon eine Woche überfällig. Wenn Jimmy nach Hause gekommen wäre, hätten sie sich am Wochenende zusammengesetzt und die Überweisungen ausgefüllt. Jetzt ist es meine Aufgabe, dachte Lisa. Etwas, womit ich mir die Zeit vertreiben kann.

Bedrückt stellte sie die Überweisungen aus und griff dann nach den Kreditkartenrechnungen. In diesem Monat würde sie nur winzige Summen abzahlen können. Dann entdeckte sie einen Umschlag, auf dem Zahlenkolonnen standen. Wie oft hatte sie Jimmy dabei beobachtet, wie er an seinem Schreibtisch saß, die Rechnungen addierte und angesichts der hohen Summen in Verzweiflung geriet.

Und dann ging er in den Keller, machte sich ein paar Stunden an seiner Werkbank zu schaffen und tat so, als repariere er etwas, dachte Lisa. Er wollte mir verheimlichen, welche Sorgen er sich machte. Doch warum war er nicht beruhigt gewesen, nachdem er einen Arbeitsplatz gefunden hatte?, grübelte sie weiter. Erneut beschäftigte Lisa diese Frage, die sie bereits seit einigen Monaten quälte. Ganz automatisch stand sie auf und ging zur Kellertür.

In der Werkstatt knipste Lisa das Licht an. Die Kinder und ich haben diesen Raum fast nie betreten, sagte sie sich. Er war Jimmys Heiligtum. Traurig stellte Lisa fest, wie peinlich aufgeräumt die Werkstatt war. Alle Gerätschaften hingen in Reih und Glied an der Werkzeugwand. Die Sägeböcke lehnten nebeneinander in einer Ecke am Aktenschrank.

In diesem Aktenschrank bewahrte Jimmy Papiere auf, die vielleicht noch einmal gebraucht wurden. Auch hier muss ich irgendwann alles durchsehen, dachte Lisa. Sie zog die oberste Schublade auf und betrachtete die ordentlich beschrifteten Aktendeckel, die Einkommenssteuererklärungen enthielten.

Als sie die zweite Schublade öffnete, fand sie säuberlich gefaltete Pläne. Jimmys Projekte: die Entwürfe zum Umbau des Kellers, für die Schlafkojen in Kyles Zimmer und den Wintergarten vor dem Wohnzimmer. Darunter, auf dem Boden der Schublade, entdeckte sie eine große, mit Paketschnur umwickelte Schachtel. Nein, es waren sogar zwei. Da sie sich in der Schublade verklemmt hatten, musste Lisa die Finger darunter schieben, um sie freizubekommen.

Sie stellte die Schachteln auf den Tisch, nahm ein spitzes Werkzeug von der Wand, durchtrennte die Schnur und öffnete die erste. Entsetzt und ungläubig starrte sie auf die Geldbündel, die ordentlich aufgereiht darin lagen.

Eine Stunde später, nachdem Lisa die Scheine sorgfältig durchgezählt hatte, musste sie sich benommen eingestehen, dass Jimmy Ryans Versteck im Keller 50 000 Dollar enthielt. Jimmy Ryan, ihr geliebter Mann, der auf einmal ein Fremder geworden war.

In den zwei Jahren seit ihrem Umzug von Florida nach New York hatte sich Bonnie Wilson, Wahrsagerin und Medium, einen soliden Kundenstamm geschaffen. Bonnie war dreißig Jahre alt und schlank und hatte schwarzes Haar. Ihre Haut war blass, ihr Gesicht beneidenswert ebenmäßig. Auch wenn Bonnie eher wie ein Fotomodell und weniger wie eine Meisterin für das Übersinnliche aussah, wandten sich vor allem Menschen an sie, die mit einem geliebten verstorbenen Angehörigen in Kontakt treten wollten.

„Wir alle verfügen über hellseherische Fähigkeiten“, pflegte sie neuen Klienten zu erklären, „die wir in uns entwickeln können. Mir wurden sie in die Wiege gelegt. Schon als Kind konnte ich spüren, was in anderen vorging. Ich habe mich eingehend damit befasst, und wenn jemand mich um Rat fragte, stellte ich fest, dass seine geliebten Angehörigen, die ihm ins Jenseits vorangegangen waren, sich zu uns gesellten. Im Laufe der Zeit gelang es mir immer besser, mit ihnen zu kommunizieren. Einige Leute empfinden das, was ich ihnen sage, als verstörend, doch den meisten spendet es großen Trost. Gott hat mir diese Fähigkeit geschenkt, und deshalb ist es meine Pflicht, sie mit anderen zu teilen.“

Bonnie wohnte regelmäßig den Sitzungen der New Yorker Gesellschaft für übersinnliche Phänomene bei, die am ersten Mittwoch jeden Monats zusammentrat. Wie erwartet, war Gerti MacDermott, die sonst nie ein Treffen versäumte, heute nicht anwesend. Mit gedämpfter Stimme erörterten die übrigen Mitglieder die schreckliche Tragödie, die über ihre Familie hereingebrochen war.

„Ich werde sie besuchen“, sagte Bonnie. „Ich möchte ihr helfen.“

Am Vormittag unternahm Jed Kaplan einen Spaziergang. Wie meistens führte ihn sein Weg von der Wohnung seiner Mutter, Ecke 14. Straße und First Avenue, zum Hudson River und zum North-Cove-Jachthafen.

Nun legte Jed schon fünf Tage hintereinander diesen Fußmarsch zurück, der für gewöhnlich eine gute Stunde dauerte, und jeden Tag machte ihm dieser Zeitvertreib mehr Spaß.

Wie schon in den letzten Tagen ließ sich Jed auf einer Bank nieder und blickte, ein leichtes Lächeln auf den Lippen, auf den Hudson hinaus. Dass die *Cornelia II* nicht mehr stolz auf den Wellen tanzte, löste in ihm ein angenehmes Prickeln aus. Genüsslich stellte er sich vor, wie Adam Cauliff in Stücke zerrissen worden war. Er dachte an Adams Entsetzen in der Sekunde, in der ihm klar geworden sein musste, dass sein letztes Stündlein geschlagen hatte. Jedes Mal wenn Jed diese Situation in Gedanken durchspielte, gefiel sie ihm besser.

Er beobachtete ein Kreuzfahrtschiff, das durch die Fahrrinne gelotst wurde, und fragte sich, wohin es wohl wollte. Nach Europa? Nach Südamerika? Verdammt, warum bereiste er nicht einmal selbst diese Länder? Es wurde allmählich Zeit, sich wieder auf die Socken zu machen. Seine Mutter trieb ihn in den Wahnsinn, und vermutlich war es umgekehrt genauso.

Erst am Morgen beim Frühstück hatte sie gesagt: „Jed, mach endlich etwas aus deinem Leben. Ich gebe dir ein bisschen Geld, damit du anderswo neu anfangen kannst."

Anfangs hatte sie ihm 5000 Dollar angeboten. Doch während des Frühstücks gelang es ihm, sie auf 25000 hoch zu handeln. Außerdem hatte sie ihm ihr Testament gezeigt, das ihn als Alleinerben auswies.

Erneut malte er sich Adam Cauliffs Tod aus. Ein Zeuge der Explosion war in der *Post* wie folgt zitiert worden: „Die Jacht hat sich nicht bewegt. Ich dachte, sie hätten Anker geworfen und die Leute an Bord würden sich jetzt ein paar Drinks genehmigen. Und dann plötzlich hat es gekracht. So, als ob eine Atombombe hochgegangen wäre."

Jed hatte sich diesen Bericht ausgeschnitten und bewahrte ihn nun in seiner Hemdtasche auf. Ein Jammer, dass er es nicht mit eigenen Augen gesehen hatte. Natürlich war es schade, dass auch noch andere ihr Leben hatten lassen müssen. Doch schließlich hatte es sich bei ihnen um Mitarbeiter von Cauliff gehandelt, also auch nur um Gesindel, wie Jed sich sagte. Wahrscheinlich waren sie an seinen Machenschaften beteiligt, alten Witwen ihre Grundstücke für einen Bruchteil des tatsächlichen Wertes abzuschwatzen. Nun, wenigstens würde es keine *Cornelia III* mehr geben.

„Entschuldigen Sie, Sir."

Jäh aus seinen Tagträumen gerissen, sprang Jed auf. Ein Mann stand vor ihm, der ihn ernst und mit wissendem Blick betrachtete.

„Detective George Brennan", sagte der Mann und hielt Jed eine Polizeimarke hin.

Zu spät. Jed gestand sich ein, dass es vermutlich der größte Fehler seines Lebens gewesen war, sich am Hafen herumzutreiben.

ENDLICH zeichneten sich bei Dan Minors Suche nach seiner Mutter die ersten Erfolge ab. Da die Frau im Obdachlosenasyl sie auf dem Foto erkannt und sogar „Quinny" genannt hatte, schöpfte er zum ersten Mal seit langer Zeit wieder Hoffnung.

Heute war er so guter Dinge, dass er sich am Nachmittag nach seinem Dienst im Krankenhaus sofort umzog und in den Central Park lief, um dort seine Nachforschungen fortzusetzen.

Ihm schien es, als suche er seine Mutter schon sein Leben lang. Sie war kurz nach dem Unfall, der ihn fast das Leben gekostet hatte, verschwunden. Hin und wieder bekam Dan zu seinem Geburtstag eine Karte ohne Unterschrift, doch er wusste, dass sie von seiner Mutter stammte. Diese Grüße waren das einzige Lebenszeichen von ihr. Und dann, eines Tages vor sieben Jahren, hatte er mit seiner Großmutter zu Hause vor dem Fernseher gesessen und durch die Sender gezappt. Ein Bericht über Obdachlose in Manhattan hatte sein Interesse geweckt.

Eine der Befragten stand an einer Straßenecke am nördlichen Broadway. Als die Frau zu sprechen begann, schreckte Dans Großmutter hoch.

Der Journalist fragte die Obdachlose nach ihrem Namen, und diese erwiderte: „Die Leute nennen mich Quinny."

„O Gott, das ist Kathryn!", rief die Großmutter aus. „Dan, schau, das ist deine Mutter!"

Erinnerte er sich wirklich an ihr Gesicht? Die Frau auf dem Bildschirm wirkte verbraucht, ihre Augen waren stumpf. Und trotzdem erkannte man noch, dass sie einmal sehr hübsch gewesen sein musste. Das dunkelbraune Haar war inzwischen grau meliert, doch er fand sie noch immer wunderschön. Ihre Hand lag beschützend auf einem Einkaufswagen voller Plastiktüten.

Zum Zeitpunkt dieser Sendung war sie fünfzig Jahre alt, dachte Dan oft. Aber sie sah viel älter aus.

„Haben Sie Familie, Quinny?", hatte der Journalist gefragt.

Sie blickte in die Kamera. „Früher hatte ich einen wunderbaren kleinen Jungen. Da es ihm ohne mich besser ging, habe ich mich davongemacht."

Am nächsten Tag hatten seine Großeltern einen Privatdetektiv damit beauftragt, Quinny zu finden, doch sie war wie vom Erdboden verschluckt gewesen.

Sie ist in New York, sagte sich Dan. Ich werde herausfinden, wo sie ist. Ganz bestimmt.

Lilly Brown, die Frau aus dem Obdachlosenasyl, hatte ihm versichert: „Quinny kommt bestimmt zurück. Sie verlässt New York nie für lange, und im Sommer gefällt es ihr am besten im Central Park. Das ist ihr absoluter Lieblingsplatz. Ich werde mich für Sie umhören."

Vorerst muss ich mich wohl mit dieser Auskunft zufrieden geben, dachte Dan, während er durch den Central Park joggte. Es ist ja schon fast Sommer.

Um Punkt sechs Uhr stand Cornelius MacDermott vor Nells Wohnungstür. Als sie ihm aufmachte, streckte er die Arme aus und drückte seine Enkelin an sich.

„Nell", sagte er. „Erinnerst du dich an den Spruch, mit dem die alten Iren bei Beerdigungen die Trauernden trösten? ‚Ihr Verlust tut mir Leid.' Das bedeutet: Ich fühle mit dir und dass geteiltes Leid halbes Leid ist. Du musst mir glauben, dass ich Adams Tod sehr bedauere. Ich würde alles tun, um dir den Schmerz, den du zurzeit empfindest, zu ersparen."

Sei nicht ungerecht zu ihm, sagte sich Nell. Mein ganzes Leben lang hat er mich geliebt und für mich gesorgt. Vielleicht war er einfach eifersüchtig auf Adam. Nach Großmamas Tod hätte Mac noch viele Chancen bei den Frauen gehabt, und wahrscheinlich hat er sich meinetwegen auf keine neue Beziehung mehr eingelassen.

„Das weiß ich", erwiderte sie. „Wahrscheinlich brauche ich einfach nur Zeit, um alles zu begreifen."

„Aber leider hast du keine", entgegnete Mac knapp. „Komm und setz dich. Wir müssen miteinander reden."

Nell, die nicht genau wusste, was sie erwartete, folgte ihm gehorsam ins Wohnzimmer.

Sobald sie sich hingesetzt hatten, begann Mac: „Nell, ich sollte dich nicht jetzt, noch vor Adams Trauergottesdienst, damit belästigen, und ich entschuldige mich für diesen Überfall. Doch es gibt Dinge, die nicht warten können. Es ist kein gewöhnliches Wahljahr, denn zusätzlich finden die Präsidentschaftswahlen statt. Sicher kann noch alles Mögliche dazwischenkommen, aber unser Mann liegt weit vorn, und falls er keine ausgesprochene Dummheit begeht, wird er der nächste Präsident der Vereinigten Staaten."

Nell blickte ihren Großvater an und stellte fest, dass seine Augen funkelten. Es gibt nichts Besseres als einen Wahlkampf, um dieses alte Streitross zu beflügeln, schoss es ihr durch den Kopf.

„Nell, ich habe soeben erfahren, dass noch ein paar Jungs für meinen alten Sitz kandidieren wollen. Tim Cross zum Beispiel."

„Tim Cross kriegt im Stadtrat den Mund nicht auf!", schimpfte Nell.

„Jetzt klingst du wieder ganz wie früher. Du hättest den Sitz gewinnen können."

„Hätte? Wovon redest du, Mac? Ich *werde* kandidieren. Ich *muss* einfach."

„Vielleicht lässt man dich jetzt nicht mehr. Heute Morgen waren Robert Walters und Len Arsdale bei mir. Ein Dutzend Bauunternehmer haben schriftlich bestätigt, dass sie an die Firma Walters und Arsdale Bestechungsgelder in Millionenhöhe bezahlt haben, um an große Aufträge heranzukommen. Robert und Len sind zwei anständige Männer, Nell. Ich kenne sie schon mein ganzes Leben. Zu so etwas wären sie nie fähig gewesen."

„Was soll das heißen, Mac?"

„Dass Adam wahrscheinlich in die eigene Tasche gewirtschaftet hat, Nell."

Nell starrte ihren Großvater an und schüttelte den Kopf. „Nein, Mac, das kann nicht sein. So etwas hätte er nie getan. Aber es ist ja so leicht und bequem, einen Toten als Sündenbock hinzustellen. Hat jemand behauptet, er hätte Adam das Geld persönlich übergeben?"

„Winifred war die Botin."

„Winifred! Um Himmels willen, Mac. Diese Frau war so arglos wie ein Gänseblümchen. Wie kommst du darauf, dass sie an einem Bestechungskomplott beteiligt gewesen sein könnte?"

„Genau das ist der springende Punkt. Robert und Len sind sich einig, dass Winifred die Branche zwar kannte wie ihre Westentasche und auch in der Lage gewesen wäre, einen solchen Betrug zu planen, dass sie jedoch allein nie etwas unternommen hätte."

„Mac", widersprach Nell, „du solltest dich einmal reden hören. Du glaubst deinen alten Kumpeln aufs Wort, wenn sie sagen, sie wären so unschuldig wie neugeborene Lämmer, während mein Mann angeblich ein Verbrecher war."

„Gut, dann will ich dich etwas fragen: Woher hatte Adam das Geld, um das Anwesen in der 28. Straße zu kaufen?"

„Von mir."

Cornelius MacDermott starrte sie an. „Heißt das, du hast Geld aus dem Treuhandfonds genommen?"

„Schließlich gehört es mir. Ich habe Adam das Geld geliehen, um das Haus kaufen und ein Büro eröffnen zu können. Hätte er mich denn anpumpen müssen, wenn er bestechlich gewesen wäre, wie du behauptest?"

„Ja, wenn er keine Spuren hinterlassen wollte. Und eines muss dir klar sein, Nell: Falls sich herausstellt, dass dein Mann in einen Schmiergeldskandal verwickelt war, kannst du deinen Sitz im Kongress vergessen."

„Mac, im Augenblick geht es mir eher darum, Adams guten Ruf zu retten, als um meine politische Karriere." Das darf doch nicht wahr sein, dachte Nell und schlug die Hände vors Gesicht. Gleich werde ich aus diesem Albtraum aufwachen. Adam wird hier sein, und das alles ist nie geschehen.

Unvermittelt stand sie auf und ging zum Fenster. Winifred, die ruhige, schüchterne Winifred. Als sie aus dem Aufzug kam, wusste ich sofort, dass sie sterben würde. Hätte ich es verhindern können?

Mac zufolge sind Walters und Arsdale sicher, dass Winifred krumme Geschäfte gemacht hat. Ich kann mir nicht vorstellen, dass Adam sie bei sich beschäftigt hätte, wenn er sie für unehrlich gehalten haben würde. Falls wirklich jemand bestochen wurde, ahnte Adam ganz sicher nichts davon.

„Nell, bist du dir darüber im Klaren, dass die Explosion nun in einem ganz anderen Licht dasteht", riss Mac sie aus ihren Gedanken. „Es kann kein Unfall gewesen sein. Man hat die Jacht gesprengt, um sicherzugehen, dass irgendjemand an Bord nicht mit der Staatsanwaltschaft redet."

Es ist wie damals bei der Ripptide, dachte Nell. Eine Welle nach der anderen stürmt auf mich ein, und ich kann mich nicht mehr über Wasser halten. Es zieht mich immer weiter aufs offene Meer hinaus.

Nachdem Mac fort war, ging Nell ins Schlafzimmer und öffnete Adams Wandschrank. Das marineblaue Sakko, in dem er aus Philadelphia zurückgekehrt war, befand sich noch auf dem Bügel, wo sie es an jenem Morgen aufgehängt hatte. Ich muss Winifred das andere mitgegeben haben, dachte sie. Es sah genauso aus wie das hier, nur dass es Silberknöpfe hatte. Dann ist es also das Letzte, was er vor seinem Tod getragen hat.

Nell nahm das Sakko vom Bügel und schlüpfte hinein. Eigentlich hatte sie damit gerechnet, dass es sie trösten würde, so, als legten sich Adams Arme um sie. Doch stattdessen fühlte sie sich auf unheimliche Weise entfremdet, und sie erinnerte sich plötzlich an den heftigen Streit an jenem Morgen.

Ein unwillkommener Gedanke nahm immer mehr Gestalt an. Schon seit Monaten war Adam so seltsam gewesen. War es möglich, dass er tatsächlich in Dinge verwickelt gewesen war, von denen sie nichts ahnte? Kurz blieb sie stehen und wägte die Dinge gegeneinander ab, die Mac ihr erzählt hatte. Dann schüttelte sie den Kopf. Nein, nein, ich weigere mich, das zu glauben, sagte sie sich.

DONNERSTAG, 15. JUNI

Nach dem Anruf seines Partners, er habe einen Mann am Pier aufgegriffen und ihn zum Verhör mitgenommen, fuhr Jack Sclafani sofort zu George Brennan.

„Ich finde, es geht zu glatt auf", meinte Detective Brennan. „Auf den ersten Blick sieht es so aus, als wäre dieser Typ nicht nur der Täter, sondern hätte auch noch seelenruhig rumgesessen und gewartet, bis wir ihn abholen kommen." Er schilderte Jack in wenigen Worten Jed Kaplans Lebenslauf: „38 Jahre alt, aufgewachsen in Manhattan, immer in Schwierigkeiten. An seine Jugendstrafen kommen wir nicht heran, doch als Erwachsener hat er ein paarmal wegen Wirtshausschlägereien kurze Haftstrafen auf Rykers Island abgesessen. Offenbar kann er wirklich unangenehm werden, wenn er betrunken ist oder Drogen nimmt." Brennan blätterte in Kaplans Akte und fuhr fort: „Vater und Großvater waren angesehene Kürschner. Die Familie besaß ein Haus in der 28. Straße. Vor einem Monat ist Kaplan, der fünf Jahre in Australien verbracht hat, nach New York zurückgekehrt. Laut Aussage der Nachbarn ist er ausgeflippt, als er erfuhr, dass seine Mutter das Haus an Adam Cauliff verkauft hat. Offenbar hat er sich am meisten darüber aufgeregt, dass sich das Grundstück inzwischen im Wert verdreifacht hat. Denn die Vandermeer-Villa, ein altes Gebäude gleich nebenan, das unter Denkmalschutz stand, ist im letzten September abgebrannt. Und da ein Haufen Asche nicht mehr unter Denkmalschutz fällt, wurde das Land an Peter Lang verkauft, einen Baulöwen, der, wie du dich sicher erinnerst, eigentlich auch an Bord der Jacht hätte sein sollen, als sie in die Luft flog. Aber er hat den Termin nicht wahrnehmen können, weil er auf dem Weg in die Stadt einen Unfall hatte."

Brennan legte die Akte beiseite. „Adam Cauliff und Lang wollten auf den zusammengelegten Grundstücken einen schicken Häuserblock mit Wohnungen und Büros bauen. Ein Turm sollte genau an der Stelle stehen, wo die Kaplans früher ihre Pelze bearbeitet haben. Also haben wir ein Motiv. Und er hätte auch die Gelegenheit zu der Tat gehabt. Das reicht nicht, um ihn zu verhaften, aber es ist zumindest ein guter Anfang."

„Ich wette, der hat auch in Australien ein Vorstrafenregister", sagte Jack. Nach einer kurzen Pause meinte er: „Mich stört nur eines: Wenn er diese Leute wirklich ins Jenseits befördert hat, wäre es doch ausgesprochen dumm von ihm gewesen, sich weiter am Hafen rumzudrücken."

KURZ vor Morgengrauen wurden Ken und Regina Tucker von Angstschreien aus dem Kinderzimmer geweckt. Schon zum zweiten Mal seit der verhängnisvollen Reise nach New York hatte Ben einen furchtbaren Albtraum.

Sie sprangen auf und stürzten in sein Zimmer. Ken nahm den kleinen Jungen in die Arme und drückte ihn fest an sich. „Ist schon gut, mein Kleiner, alles in Ordnung", versuchte er ihn zu beruhigen.

„Mach, dass die Schlange weggeht", schluchzte Ben. „Mach, dass sie weggeht."

„Ben, das war nur ein Albtraum", sagte Regina und strich ihm über die Stirn. „Wir sind bei dir. Dir kann nichts passieren."

„Erzähl uns von deinem Traum!", forderte Ken ihn auf.

„Wir sind auf einem Schiff auf dem Fluss gefahren, und ich habe über die Reling geschaut. Und dann ist das andere Schiff..." Bens Stimme begann zu zittern und verstummte schließlich.

„Er bebt am ganzen Leib", flüsterte Regina.

Es dauerte fast eine halbe Stunde, bis Ben wieder eingeschlafen war. Als seine Eltern in ihrem Schlafzimmer waren, sagte Ken leise: „Ich glaube, wir sollten Ben zu einem Therapeuten schicken. Was für ein Pech. Da unternimmt man mit seinem Sohn einen Ausflug nach New York, um ihm eine Freude zu machen, und er wird ausgerechnet Zeuge davon, wie eine Jacht mit vier Menschen darauf in die Luft fliegt. Ich wünschte, wir wären zu Hause geblieben."

DER TRAUERGOTTESDIENST für Adam Cauliff fand am späten Donnerstagvormittag statt. Nell saß zwischen ihrem Großvater und ihrer Großtante in der ersten Bankreihe der Kirche. Sie fühlte sich wie in einem Film, fast so, als beobachtete sie die Zeremonie unbeteiligt von außen. Während die Messe ihren Lauf nahm, schossen ihr immer wieder unzusammenhängende Gedanken durch den Kopf.

Vor genau 22 Jahren hatte sie in ebendieser Bankreihe gesessen – während des Trauergottesdienstes für ihre Eltern.

Adam war auch ein Einzelkind gewesen. Er hatte seinen Vater schon während seiner Schulzeit verloren, seine Mutter kurz nach dem Studienabschluss. Hatte sie sich zu ihm hingezogen gefühlt, weil sie beide Waisen waren?

„Ich fahre nicht mehr nach Norddakota", hatte er ihr bei ihrer ersten Verabredung anvertraut. „Ich habe dort keine Verwandten, und inzwischen fühle ich mich meinen ehemaligen Studienkollegen näher als den Nachbarskindern, mit denen ich aufgewachsen bin."

Keiner dieser Freunde aus dem College hatte sich nach Adams Tod bei ihr gemeldet. Und sie glaubte nicht, dass einer von ihnen zum Gottesdienst erschienen war.

In der Kirche drängten sich ihre Freunde, Macs Freunde und Bewohner des Wahlkreises, die sie als Teil der Familie betrachteten.

Nun fasste Mac sie am Arm und zog sie von ihrem Sitz hoch. Monsignore Duncan verlas das Evangelium. Lazarus, der von den Toten auferstanden war.

Komm zurück, Adam, komm zurück, flehte Nell.

Dann sprach der Monsignore über die sinnlose Gewalt, die das Leben von vier unschuldigen Menschen gefordert hatte.

Anschließend trat Mac auf den Gang hinaus und stellte sich ans Rednerpult. „Adam war mein angeheirateter Enkelsohn", begann er.

Jetzt hält Mac eine Trauerrede für Adam, dachte Nell. Davon hat er mir gar nichts erzählt. Und dann fiel ihr zu ihrer Bestürzung ein, dass sich möglicherweise kein anderer Redner gefunden hatte. Niemand kannte Adam so gut, um bei seiner Beisetzung sprechen zu können.

Adam, warum hält niemand sonst eine Trauerrede für dich? Warum hat dich jemand so gehasst, dass er dich töten wollte?

Inzwischen hatte Mac wieder Platz genommen. Der Segen wurde gesprochen, die Orgel erklang. Die Messe war vorüber.

Als Nell die Kirche verlassen wollte, wurde sie von einer Frau aufgehalten. „Kann ich Sie sprechen?", fragte sie. „Bitte. Es ist sehr wichtig."

„Natürlich." Ich kenne diese Frau, überlegte sie. Aber woher?

Die Fremde war schätzungsweise in Nells Alter. Ihre Augen waren geschwollen, und Sorgenfalten durchzogen ihr Gesicht. Das ist Lisa Ryan, fiel es Nell ein. Ihr Mann Jimmy war mit Adam auf der Jacht.

„Mrs Cauliff", begann Lisa hastig, „ich würde mich gerne unter vier Augen mit Ihnen unterhalten." Nervös sah sie sich um. Plötzlich weiteten sich ihre Augen vor Entsetzen; sie schien von Panik ergriffen. „Tut mir Leid, dass ich Sie belästigt habe", stammelte sie, drehte sich um und eilte die Kirchentreppe hinunter.

Die Frau hat Angst, dachte Nell. Aber wovor?

Als sie sich umdrehte, stellte sie fest, dass Detective Brennan mit einem anderen Mann aus der Kirche trat und auf sie zukam. Warum haben die beiden Polizisten Jimmy Ryans Witwe so aus der Fassung gebracht?, fragte sie sich.

AM DONNERSTAGNACHMITTAG rief Bonnie Wilson Gerti MacDermott an und erkundigte sich, ob diese mit einem kurzen Besuch einverstanden sei.

„Bonnie, wenn ich ehrlich bin, ist es mir heute gar nicht recht“, erwiderte Gerti. „Heute Vormittag war der Trauergottesdienst für Adam Cauliff, und danach hat mein Bruder ein paar Gäste zum Mittagessen ins ‚Plaza Athenée‘ eingeladen. Ich bin eben erst nach Hause gekommen.“

„Gerti, ich muss Sie einfach kurz sehen. In zwanzig Minuten bin ich bei Ihnen. Ich verspreche, nicht länger als eine halbe Stunde zu bleiben.“

Gerti seufzte, als es in der Leitung klickte. Ich wünschte, ich hätte irgendwann im Leben gelernt, meinen Willen besser durchzusetzen, sagte sie sich. Andererseits hat Cornelius so viel Willenskraft mitgekriegt, dass es vermutlich für uns beide reicht.

Es war gut, dass er so freundlich über Adam gesprochen hat, dachte sie. Ach, die arme Nell. Wenn sie doch bloß Gefühle gezeigt hätte. Aber stattdessen hatte sie nur wie betäubt dagesessen.

Ich wünschte, sie würde mir erlauben, eine Weile bei ihr zu wohnen, dachte Gerti. Sie kann sich mit Adams Tod nicht abfinden.

BONNIE musterte Gerti mit einem eindringlichen Blick aus grauen Augen. „Keine Sorge“, sagte sie ruhig. „Ich glaube, ich kann Ihrer Nichte helfen. Bestimmt wollten Sie sich gerade ein Tässchen Tee machen. Wir sollten beide einen Schluck trinken.“

Kurz darauf saßen die beiden Frauen sich am kleinen Küchentisch gegenüber.

„Ich erinnere mich noch, wie meine Großmutter die Zukunft aus Teeblättern gelesen hat“, sagte Bonnie. „Sicher besaß auch sie angeborene übersinnliche Kräfte, deren sie sich selbst nicht bewusst war. Nachdem sie einer Kusine eine schwere Krankheit prophezeit hatte, die dann auch eintrat, hat mein Großvater sie angefleht, anderen Menschen nicht mehr die Zukunft vorherzusagen.“ Bonnies lange Finger schlangen sich um die Tasse.

Als Gerti die junge Frau betrachtete, wurde ihr mulmig. Sie weiß etwas, dachte sie.

„Gerti, Sie kennen gewiss den Begriff ‚indirekte Stimme‘“, ergriff Bonnie unvermittelt das Wort.

„Ja, natürlich. Soweit ich informiert bin, ist das ein sehr seltenes Phänomen."

„Ganz richtig. Gestern kam eine neue Klientin zu mir. Ich konnte mit ihrer Mutter im Jenseits in Verbindung treten. Doch als ihre Mutter mir sagte, sie müsse uns nun verlassen, spürte ich, dass mich noch jemand erreichen wollte."

Gerti stellte ihre Tasse weg.

„Meine Klientin ging, und ich saß eine Weile ruhig da und wartete ab. Dann hörte ich eine Männerstimme. Sie war so leise, dass ich zunächst nichts verstehen konnte. Ich spürte, wie sehr er sich bemühte, zu mir durchzudringen. Dann stellte ich fest, dass er ständig einen Namen wiederholte: ‚Nell. Nell. Nell.'"

„War es ...?" Gerti stockte.

Bonnies Augen hatten sich geweitet, und die dunkelgraue Iris hatte sich pechschwarz verfärbt. Sie nickte. „Ich bat ihn, mir seinen Namen zu nennen. Da seine Energie fast aufgebraucht war, konnte er kaum noch mit mir kommunizieren. Doch bevor er mich verließ, sagte er: ‚Adam. Ich bin Adam.'"

NACH dem Mittagessen bestand Nell darauf, allein vom Plaza Athenée nach Hause zu gehen. Sie wusste, dass der zehn Häuserblocks weite Fußmarsch ihr gut tun würde, und außerdem brauchte sie Zeit zum Nachdenken.

Es gelang ihr, sich davonzuschleichen, während Mac inmitten der letzten Gäste Hof hielt, alten Freunden, die zufällig auch einflussreiche Persönlichkeiten in der Partei waren. Einige von ihnen hatten sich kaum mit Beileidsbezeugungen aufgehalten und sofort begonnen, mit Nell über Politik zu sprechen.

„Um offen zu sein, hat Bob Gorman in den beiden Jahren, die er nun Macs Sitz innehat, nicht das Geringste zustande gebracht", vertraute Mike Powers ihr an. „Wir sind froh, ihn los zu sein. Wenn Sie kandidieren, werden wir gewinnen."

Irrt er sich nicht?, fragte sich Nell, während sie die Madison Avenue entlangschlenderte. Oder wird er seine Meinung ändern, wenn er herauskriegt, dass die früheren Arbeitgeber meines Mannes versuchen, ihre Schmiergeldpraktiken Adam und Winifred in die Schuhe zu schieben? Oder hatten Adam und Winifred vielleicht sterben müssen, weil sie zu viel über den Bestechungsskandal wussten?

Und was hatte der Zwischenfall heute Vormittag in der Kirche zu bedeuten? Warum war Lisa Ryan beim Anblick der beiden Detectives, die

die Explosion untersuchten, in Panik geraten? War es möglich, dass Jimmy die Jacht in die Luft gesprengt hat? Oder hatte der Täter es auf ihn abgesehen gehabt? Den Zeitungen zufolge war Jimmy eine ganze Weile arbeitslos gewesen, weil er sich über die minderwertige Qualität der beim Bau verwendeten Materialien beschwert hatte. Wusste er sonst noch etwas, was ihn zu einer Gefahr gemacht hatte?

Beim Weitergehen spürte Nell plötzlich die Sonne auf ihrem Gesicht. Schließlich hob sie den Kopf und stellte fest, dass es ein wunderschöner Juninachmittag war. Adam und ich sind so oft auf der Madison Avenue spazieren gegangen, erinnerte sie sich traurig. Sie machten gerne einen Schaufensterbummel, und hin und wieder genehmigten sie sich einen Kaffee in einem der zahlreichen Restaurants.

Das Café, an dem sie gerade vorbeikam, hatte winzige schmiedeeiserne Tische und Stühle auf dem Gehweg aufgestellt. Während sie hinsah, ließen sich zwei Frauen an einem der Tische nieder und stellten ihre Einkaufstüten daneben. „Wenn ich in einem Straßencafé sitze, fühle ich mich immer wie in Paris“, meinte eine der beiden.

Adam und ich haben unsere Flitterwochen in Paris verbracht, erinnerte sich Nell.

Mac war es gar nicht recht gewesen, dass sie und Adam schon so bald geheiratet hatten. „Gebt euch ein Jahr Zeit“, hatte er geraten. „Wer zum Teufel ist dieser Bursche, Nell? Du kennst ihn ja kaum.“ Also hatte er – typisch Mac – Erkundigungen über ihn eingezogen. „Das College, das er besucht hat, ist unterste Kategorie, Nell. Glaub mir, der Kerl ist ganz bestimmt nicht der Stararchitekt des neuen Jahrtausends. Bis jetzt hat er nur in kleinen Klitschen gearbeitet. Nichts von Bedeutung.“

Aber er hat sich – eben auch typisch Mac – doch wieder von mir erweichen lassen, dachte Nell. Nachdem er sich mit ihrer Entscheidung abgefunden hatte, hatte er sogar eine schlichte Hochzeit im kleinen Kreis akzeptiert.

Inzwischen stand sie vor ihrer Haustür. Die Miene von Carlo, dem Pförtner, war besorgt, als er ihr die Tür öffnete. „War sicher ein schwerer Tag für Sie, Mrs MacDermott“, sagte er.

„Stimmt, Carlo.“ Nell empfand die Anteilnahme des Mannes als tröstend.

„Hoffentlich können Sie sich jetzt endlich ausruhen.“

„Genau das habe ich vor.“

„Wissen Sie, ich habe eben an die Dame gedacht, die bei Mr Cauliff gearbeitet hat“, sprach Carlo weiter.

„Winifred Johnson?“

„Genau. Sie war doch am Tag des Unfalls hier. Wenn sie herkam, war sie immer so nervös und wirkte sehr schüchtern.“

„Richtig“, sagte Nell.

„Als ich sie letzte Woche hinausließ, hat ihr Mobiltelefon geklingelt, und sie ist stehen geblieben, um das Gespräch anzunehmen. Ich konnte nicht anders, als mitzuhören. Es war ihre Mutter. Offenbar ist sie in einem Pflegeheim.“

„Ja, im Old Woods Manor oben in White Plains.“

„Ich hörte, wie Miss Johnsons Mutter sich beklagte, sie fühle sich sehr niedergeschlagen“, fuhr Carlo fort. „Hoffentlich hat die alte Dame noch jemanden, der sie besucht, jetzt, da Miss Johnson tot ist.“

Im Aufzug nach oben schämte sich Nell, denn sie hatte die ganze Woche über völlig vergessen, sich mit Winifreds Mutter in Verbindung zu setzen. Sie musste ihr wenigstens ihr Beileid aussprechen und sie fragen, ob sie etwas für sie tun konnte.

Doch es gab noch einen zweiten Grund für einen Besuch. Old Woods Manor war ein sehr teures Heim. Nun fragte sich Nell, wie lange Mrs Johnson wohl schon dort lebte und wie Winifred sich das leisten konnte.

Ob Winifred vielleicht ihrer kranken Mutter zuliebe ihre Informationen über geheime Vereinbarungen in klingende Münze verwandelt hatte? War sie über die Schmiergelder, die Walters und Arsdale Mac gegenüber erwähnt hatten, im Bilde gewesen? War sie gar der Grund für die Explosion an Bord, die Adam das Leben gekostet hatte?

Nell duschte und zog eine Hose und eine Jeansjacke an. Eine Stunde später fuhr sie mit dem Aufzug hinunter in die Tiefgarage und stieg ins Auto.

PETER LANG hatte sich fest vorgenommen, den Trauergottesdienst für Adam Cauliff zu besuchen. Doch in letzter Minute hatte er einen Anruf von Curtis Little erhalten. Little war leitender Angestellter bei der Overland Bank, einem der potenziellen Investoren für das Vandermeer-Projekt. Er wollte seinen Vorgesetzten John Hilmer über den neuesten Stand der Verhandlungen unterrichten. Sie trafen sich im Sitzungssaal von Peters geräumigem Büro, Ecke 49. Straße und Avenue of the Americas.

„Mein Vater hat ständig darüber geschimpft, dass man die Sixth Avenue in Avenue of the Americas umbenannt hat“, sagte Peter zu Hilmer, während sie sich an den Konferenztisch setzten. „Früher war das hier sein Büro, und bis er in den Ruhestand ging, erzählte er allen Leuten, er arbeite in der Sixth Avenue. Er ist ein sehr bodenständiger Mann.“

Hilmer schmunzelte. Es war seine erste Begegnung mit dem legendären Peter Lang, der seiner Ansicht nach überhaupt nichts Bodenständiges an sich hatte. Trotz der Schnittwunden und Blutergüsse strahlte er Selbstbewusstsein aus und trug seine teure Kleidung mit lässiger Eleganz.

Lang deutete auf einen mit einem Tuch bedeckten Gegenstand auf dem Tisch. „In wenigen Minuten werde ich Ihnen das Modell eines Gebäudekomplexes mit Wohnungen, Büros und Läden zeigen, der von Ian Maxwell entworfen wurde. Wie Sie sicher wissen, hat Maxwell vor kurzem ein 55 Stockwerke hohes Wohn- und Geschäftsgebäude am Ufer des Michigansees fertig gestellt, für das er auch einige Preise gewonnen hat. Meiner Ansicht nach handelt es sich um eines der fantasievollsten und schönsten Bauwerke, die in den letzten zwanzig Jahren in Chicago entstanden sind."

Er hielt inne, und die anderen bemerkten, wie er vor Schmerz das Gesicht verzog. Mit einem entschuldigenden Lächeln steckte Lang eine Tablette in den Mund und spülte sie rasch mit Wasser hinunter.

„Ich weiß, dass ich aussehe, als hätte mich jemand zusammengeschlagen, aber am meisten weh tut mir die gebrochene Rippe", erklärte er.

„Unter den gegebenen Umständen sollten Sie froh sein, dass Sie mit ein paar Beulen und einem Rippenbruch davongekommen sind, Peter", meinte Curtis Little spöttisch. „Ich wäre es jedenfalls." Nervös trommelte er mit den Fingern auf die Tischplatte. „Womit wir beim Thema wären. Wie sieht es mit Adam Cauliffs Grundstück aus?"

„Sie sind zwar voll und ganz auf dem Laufenden, Curt, doch John braucht sicher noch einige Hintergrundinformationen", begann Peter. „Wie Ihnen bestimmt bekannt ist, sollen die Häuserblocks zwischen der 23. und der 31. Straße auf der Westseite von Manhattan saniert werden. Schon seit einiger Zeit habe ich versucht, die Vandermeer-Villa von den Denkmalschutzauflagen befreien zu lassen. Wir sind uns alle einig, dass es ein Skandal ist, wertvollen Baugrund mitten in Manhattan rührseligen Gefühlen für nutzlose Ruinen zu opfern. Zugegebenermaßen ging ich nicht davon aus, die Behörden dazu bringen zu können, es von der Liste zu streichen. Deshalb habe ich mich auch nie für das angrenzende Grundstück der Kaplans interessiert. Allerdings habe ich mich weiter bemüht, das Amt für Denkmalschutz unter Druck zu setzen, und schließlich hatte ich Erfolg. Es war Ironie des Schicksals, dass das Gebäude nur wenige Stunden nach der Entscheidung der Behörde abbrannte." Er lächelte traurig.

„Während ich noch mit der Denkmalschutzbehörde beschäftigt war, erwarb Adam Cauliff das Grundstück der Kaplans. Ich habe ihm das Doppelte des Kaufpreises angeboten, doch er war auf etwas anderes aus. Stattdessen schlug er mir vor, ihn mit der Planung des Gebäudekomplexes zu beauftragen und Sam Krause in das Projekt einzubeziehen."

Curtis Little rutschte auf seinem Stuhl herum. „Peter, wir sind nicht bereit, in ein Gebäude nach Adam Cauliffs Plänen zu investieren. Es ist unoriginell, fantasielos und ein Mischmasch aus allen möglichen architektonischen Stilrichtungen."

„Zufällig bin ich Ihrer Ansicht", erwiderte Lang. „Adam glaubte, wir würden alles tun, um das Anwesen der Kaplans zu bekommen. Doch das war ein Irrtum. Und das wiederum bringt mich zu Maxwells Entwurf."

Peter beugte sich vor und zog das Tuch von dem Gegenstand auf dem Tisch. Zum Vorschein kam das maßstabgetreue Modell eines Gebäudes mit postmoderner Art-déco-Fassade.

„Ian war vor einigen Wochen in der Stadt. Ich habe ihm das Grundstück gezeigt. Das ist sein Vorschlag, wie wir unseren Gebäudekomplex errichten können, ohne dabei das Kaplan-Gelände anzutasten. Vergangene Woche habe ich Adam eröffnet, dass wir eine Alternative gefunden haben."

„Cauliff wusste, dass wir seinen Vorschlag ablehnen?", fragte Little.

„Ganz richtig. Er hat ein eigenes Büro eröffnet in der Annahme, dass wir von ihm abhängig sind, doch das war ein Fehler. Gestern habe ich seine Frau oder, besser gesagt, Witwe aufgesucht und ihr eröffnet, ich müsse sie nächste Woche in einer dringenden geschäftlichen Angelegenheit sprechen. Dann werde ich ihr erklären, dass wir ihr Grundstück zwar nicht brauchen, ihr aber einen fairen Marktpreis bezahlen, falls sie verkaufen will."

„Und wenn sie mitmacht…", begann Curtis Little.

„Wenn sie mitmacht, wird Ian Maxwell ein Gebäude für uns planen, bei dem sich der Turm, wie ursprünglich vorgesehen, an der Seite befindet. Ansonsten bauen wir ihn dahinter, was genauso gut funktionieren wird."

„Wäre Adam Cauliff mit einem fairen Marktpreis für das Kaplan-Grundstück einverstanden gewesen?", fragte John Hilmer.

Peter Lang lächelte. „Natürlich. Adam neigte zwar zu Größenwahn und Selbstüberschätzung, was seine Fähigkeiten als Architekt anging, aber er war kein Narr. Das soll nicht heißen, dass er sich vor Begeisterung überschlagen hat, als ich ihm anbot, das Kaplan-Grundstück mit bescheidenem Gewinn für ihn zu kaufen."

Curtis Little betrachtete das Modell. „Peter, natürlich können Sie den Turm hinten an das Gebäude setzen, doch dann würde es seinen ästhetischen Reiz verlieren – und außerdem eine Menge vermietbarer Quadratmeter. Ich bin nicht sicher, ob wir in diesem Fall investieren wollen.“

Peter Lang schmunzelte. „Selbstverständlich nicht. Doch das wusste Adam Cauliff nicht. Er war ein Landei, das in der falschen Liga spielte. Glauben Sie mir, er hätte uns das Grundstück verkauft.“ John Hilmer musterte Peter Lang über den Tisch hinweg.

Ein einfacher Verkehrsunfall hatte verhindert, dass Peter Lang bei der verhängnisvollen Explosion auf Cauliffs Jacht ums Leben gekommen war. Doch während des gesamten Gesprächs über den armen Mann hatte Lang nicht mit einer Silbe erwähnt, dass er den Tod von Adam Cauliff und den anderen Opfern bedauerte.

Lang ist immer noch wütend auf Adam Cauliff, weil dieser clever genug war, ihm das Kaplan-Grundstück vor der Nase wegzuschnappen, dachte Hilmer. Und nun ist Cauliff tot, und Lang lacht sich ins Fäustchen, da er sicher ist, das Grundstück nun billiger zu bekommen. Wirklich kein netter Zeitgenosse, selbst wenn man berücksichtigte, dass in der Baubranche mit harten Bandagen gekämpft wird.

Hilmer schoss noch ein Gedanke durch den Kopf. Sein Sohn, Verteidiger im Footballteam seines Colleges, sah nach einem Spiel häufig schlimmer aus als Peter Lang nach einem Zusammenstoß mit einem Lastzug.

NACH dem Trauergottesdienst besorgten sich Jack Sclafani und George Brennan warme Sandwiches und dampfenden Kaffee und kehrten ins Büro zurück, wo sie, tief in Gedanken versunken, ihr Mittagessen verspeisten.

Fast gleichzeitig stopften sie die Alufolie und die übrig gebliebenen Essiggurken in die Plastiktütchen zurück und warfen sie in den Papierkorb. Dann sahen sie sich an.

„Wie schätzt du die Witwe Ryan ein?“, fragte Jack Brennan.

„Sie hat Angst. Als sie uns sah, ist sie abgehauen, als würde sie von Furien gehetzt.“

„Wovor könnte sie sich fürchten?“

„Ich glaube, wir sollten sie besuchen“, meinte Sclafani. „Sie könnte einen Beweis dafür haben, dass ihr Mann die Bombe gelegt hat. Ist der Bericht von Interpol über Kaplan schon da?“

„Kaplan hat in Australien ein Vorstrafenregister, das so lang ist wie das

Große Barriereriff. Meistens nur Kleinkram, bis auf eine Sache, die ihm ein Jahr Knast eingebracht hat. Pass gut auf: Man hat ihn festgenommen, weil er Sprengstoff im Kofferraum seines Autos transportierte. Damals arbeitete er für eine Abbruchfirma und hatte das Zeug auf der Baustelle gestohlen. Man vermutete, dass er Geld dafür gekriegt hat, irgendetwas in die Luft zu jagen, aber man konnte es ihm nie nachweisen."

Sclafani stand auf. „Durchsuchungsbefehl?"

„Kein Problem. Jeder Richter wird uns einen ausstellen."

„Ich möchte trotzdem noch mit Lissy Ryan sprechen", sagte Jack Sclafani. „Auch wenn ich Kaplan mit einer Dynamitstange in der Hand ertappt hätte, fresse ich einen Besen, wenn das, wovor sie Angst hat, nichts mit dem Zwischenfall auf der Jacht zu tun hat."

DAS PFLEGEHEIM Old Woods Manor lag abseits der viel befahrenen Route 287 im Westchester County, und als Nell in die lange Auffahrt einbog, änderte sich die Umgebung schlagartig. Plötzlich erinnerte nichts mehr an eine Vorstadt. Das prachtvolle Steinhaus vor ihr hätte genauso gut der Landsitz eines reichen englischen Grundbesitzers sein können. Sie parkte ihren Wagen, ging hinein und wurde in einem teuer eingerichteten Empfangsbereich von einer Angestellten begrüßt.

Eine attraktive Frau begleitete Nell in den ersten Stock. Sie stellte sich als Georgina Matthews vor. „Ich arbeite ehrenamtlich hier", erklärte sie. „Mrs Johnson wohnt in Suite 116. Der Tod ihrer Tochter war ein schwerer Schlag für sie. Wir alle versuchen ihr zu helfen, aber ich muss Sie warnen. Zurzeit hat sie einen Groll auf die ganze Welt."

Nun, da ist sie nicht die Einzige, dachte Nell.

Sie gingen den mit geschmackvollem Teppichboden ausgelegten Flur entlang, dann klopfte Mrs Matthews an eine Tür und öffnete. „Mrs Johnson erwartet Sie."

Rhoda Johnson lag in einem Fernsehsessel. Sie hatte die Augen geschlossen und die Füße hochgelegt. Sie war schätzungsweise Ende siebzig, breitschultrig und hatte üppiges, grau meliertes Haar. Dass sich Mutter und Tochter so gar nicht ähnelten, überraschte Nell. Winifred war viel zu dünn gewesen und hatte glattes, feines Haar gehabt. Offenbar war Rhoda Johnson aus einem anderen Holz geschnitzt.

Die alte Dame schlug die Augen auf und blickte Nell an. „Man hat mir gesagt, dass Sie kommen. Wahrscheinlich soll ich Ihnen jetzt dankbar sein."

„Aber, Mrs Johnson", ermahnte Georgina Matthews die Patientin.

Doch Rhoda Johnson schenkte ihr keine Beachtung. „Winifred hat bei Walters und Arsdale gut verdient. Ihre Gehaltserhöhung hat sogar dafür gereicht, mich hier unterzubringen. Das letzte Pflegeheim war einfach schauderhaft. Immer wieder habe ich ihr geraten zu bleiben, anstatt im Architekturbüro Ihres Mannes anzufangen, doch sie hat nicht auf mich gehört. Und leider habe ich Recht behalten."

„Das mit Winifred tut mir sehr Leid", erwiderte Nell. „Ich weiß, wie furchtbar es auch für Sie sein muss. Ich wollte Sie fragen, ob ich Ihnen helfen kann."

Sie spürte, dass Mrs Matthews ihr einen raschen Blick zuwarf. Sicher weiß sie, dass Adam tot ist, doch wahrscheinlich hat man bei meinem Anruf nicht vermutet, dass Winifred und er bei demselben Unglück ums Leben gekommen sind.

„Ich lasse Sie beide jetzt allein, damit Sie sich ungestört unterhalten können", sagte Georgina Matthews. Sie wandte sich an Rhoda Johnson: „Und seien Sie bloß nett zu Mrs Cauliff."

Nell wartete, bis sich die Tür geschlossen hatte. „Mrs Johnson, mir ist klar, wie erschüttert Sie sind, denn mir geht es nicht anders. Wenn es Ihnen lieber ist, dass ich wieder gehe, kann ich das verstehen", meinte sie.

„Natürlich ist es nicht Ihre Schuld." Mrs Johnsons Ton war mehr oder weniger versöhnlich. „Winifred hatte einen gut bezahlten Posten. Hat sie etwa an mich gedacht, als sie das alles aufgab, um für Ihren Mann zu arbeiten? Nein, hat sie nicht."

„Hatte sie vielleicht eine Versicherung abgeschlossen, die Ihre Pflegekosten hier übernimmt?", erkundigte sich Nell.

„Wenn ja, hat sie nie darüber gesprochen. Winifred konnte ziemlich verschwiegen sein."

„Besaß Winifred möglicherweise ein Bankschließfach?"

„Was hätte sie dort hineintun sollen?"

Nell lächelte. „Wo bewahrte sie dann ihre persönlichen Papiere auf?"

„Zu Hause in ihrem Schreibtisch wahrscheinlich. Es ist eine sehr schöne Wohnung. Außerdem mit Mietpreisbindung. Wenn die Arthritis nicht wäre, würde ich noch immer dort wohnen."

„Vielleicht könnten wir dafür sorgen, dass ein Nachbar für Sie den Schreibtisch durchsieht und Ihnen die Papiere schickt."

„Ich will nicht, dass die Nachbarn in meinen Sachen rumschnüffeln." Rhoda Johnson musterte Nell prüfend. „Sie sind doch die Enkelin von Cornelius MacDermott? Ein guter Mann, einer der wenigen aufrichtigen Politiker, die wir in diesem Land haben. Falls ich Ihnen erlauben würde, die Wohnung zu betreten und die Papiere zu suchen, würde er Sie dann begleiten?"

„Wenn ich ihn darum bitte, bestimmt. Ja."

Rhoda Johnson brach in Tränen aus. „Ich vermisse Winifred", schluchzte sie. „Wie schrecklich, dass sie so sterben musste. Aber sie hatte einfach nicht genug Mumm, daran hat es ihr gefehlt, das arme Mädchen. Ständig wollte sie es allen recht machen. Sie hat sich für die Firma krumm geschuftet. Wenigstens hat er ihr endlich die Gehaltserhöhung gegeben, die sie verdient hat."

Vielleicht, dachte Nell, vielleicht auch nicht. „Fällt Ihnen sonst noch etwas ein, das wir Ihnen aus Ihrer Wohnung mitbringen sollen?"

Als Rhoda Johnson in der Tasche ihres Pullovers nach einem Taschentuch suchte, bemerkte Nell zum ersten Mal, dass ihre Finger von der Arthritis völlig verkrüppelt waren. „Da stehen ein paar gerahmte Fotos", meinte die alte Dame, „die hätte ich gerne. Und möglicherweise finden Sie ja die Medaillen, die Winifred beim Schwimmen gewonnen hat. Der Trainer sagte, sie hätte eine zweite Esther Williams werden können, wenn sie dabeigeblieben wäre. Doch mir machte die Arthritis immer mehr zu schaffen, und ihr Vater war gestorben. Wie hätte ich da zulassen können, dass sie ständig im Land herumreist?"

NACHDEM Bonnie Wilson gegangen war, zermarterte sich Gerti das Hirn darüber, wie sie Nell das soeben Gehörte erklären sollte. Würde ihre Nichte ihr glauben, dass Adam versuchte, mit ihr in Verbindung zu treten? Gerti befürchtete, dass Nell das als Unsinn abtun würde. Sie weigert sich einfach anzuerkennen, dass manche Menschen über hellseherische Fähigkeiten verfügen, dachte Gerti. Außerdem macht ihr die Vorstellung Angst, sie selbst könne diese Gabe ebenfalls besitzen. Und das ist kein Wunder, denn Cornelius tut sie als Hirngespinst ab.

Tränen stiegen Gerti in die Augen, als sie sich daran erinnerte, wie die zehnjährige Nell in ihren Armen geschluchzt hatte: „Tante Gerti, Mama und Papa haben sich wirklich von mir verabschiedet. Weißt du noch, wie Papa mir immer übers Haar gestrichen hat? Und auf dem Pausenhof hat er es wieder getan. Dann hat Mama mich geküsst. Ich musste weinen, denn da wusste ich, dass sie tot waren. Ganz genau. Aber Großpapa behauptet, ich würde mir das alles nur einbilden."

Ich habe Cornelius gefragt, wie er es sich erklärt, dass Nell dieses Erlebnis in genau dem Augenblick hatte, als das Flugzeug ihrer Eltern vom Radarschirm verschwand. Er antwortete, ich setzte Nell Flausen in den Kopf.

Auf keinen Fall erzähle ich ihm, was Bonnie Wilson mir gesagt hat, nahm Gerti sich vor.

Um acht Uhr abends rief sie Nell an. „Nell, ich wollte mich nur erkundigen, wie es dir geht", fing sie an, zögerte kurz und platzte dann heraus: „Nell, ich muss dir ganz dringend etwas erzählen, ich…" Und dann stieß sie alles, so schnell sie konnte, hervor, da sie befürchtete, Nell könnte einfach den Hörer auflegen.

„Gerti, ich glaube nicht an dieses Zeug", erwiderte Nell leise. „Das weißt du doch. Mir ist klar, wie viel es dir bedeutet, aber mir sind diese Dinge ziemlich fremd. Also verschone mich bitte in Zukunft damit, vor allem, wenn es mit Adam zu tun hat."

Gerti zuckte zusammen, als ein Klicken ihr sagte, dass Nell aufgehängt hatte. Allerdings ahnte Gerti nicht, dass Nell zitternd vor Angst und Ungewissheit neben dem Telefon stand.

Mein Gott!, dachte Nell. Ist es möglich, dass Adam wirklich in Kontakt mit mir treten will? Ich weiß, dass Mac es nicht ausstehen kann, wenn ich über diese Dinge rede. Andererseits bin ich wirklich überzeugt davon, dass die Verstorbenen an unserem Leben teilhaben. Warum also sollte es so abwegig sein, dass Adam mich jetzt erreichen will?

Als Dan Minor von seiner täglichen Joggingrunde durch den Central Park zurückkam, duschte er, zog eine Baumwollhose, ein Polohemd und Slipper an und ging zum Kühlschrank. Er war noch nicht sicher, wo er zu Abend essen wollte, und beschloss, sich zuerst ein Glas Chardonnay mit Käse und Kräckern zu genehmigen.

Er ließ sich auf dem Sofa in der Sitzecke des großen, hohen Raumes nieder. Warum fühle ich mich in einem Loft in Manhattan so viel mehr zu Hause als in Washington? Wahrscheinlich liegt es an Quinnys Genen, sagte er sich. Seine Mutter war in Manhattan geboren.

Erinnere ich mich wirklich noch an sie, oder weiß ich diese Dinge nur, weil andere sie mir erzählt haben?, überlegte Dan weiter. Was macht mich eigentlich so sicher, dass ich nach all den Jahren eine Beziehung zu meiner Mutter aufbauen kann? Aber wir werden es schaffen. Das weiß ich ganz genau.

Der Privatdetektiv, den seine Großeltern nach der Ausstrahlung des Dokumentarfilms angeheuert hatten, hatte einiges über sie herausgefunden. „Sie hat als Altenpflegerin gearbeitet", berichtete er. „Und offenbar war sie sehr gut. Doch wenn sie ihre Depressionen bekommt, fängt sie wieder an zu trinken und geht zurück auf die Straße."

Das Telefon klingelte.

Dan warf einen Blick auf das Display und zog erstaunt die Augenbrauen hoch, als er feststellte, dass es Penny Maynard war. Die Modedesignerin wohnte im dritten Stock, und sie hatten sich ein paarmal im Aufzug unterhalten. Sie war etwa in seinem Alter, elegant und attraktiv.

Er hob ab.

„Dan“, sagte Penny. „Ein paar Nachbarn sind hier, und wir alle sind uns einig, dass es an der Zeit ist, unseren Hausarzt kennen zu lernen. Also komm rauf, wenn du Lust hast auf Spaghetti mit einer improvisierten Spezialsoße.“

„Ich nehme die Einladung gerne an“, erwiderte er.

Dan genoss das gesellige Beisammensein bei Penny und kehrte in entspannter, fröhlicher Stimmung rechtzeitig zu den Zehnuhrnachrichten in seine Wohnung zurück.

Eine kurze Meldung behandelte den Trauergottesdienst für Adam Cauliff, der bei einem Schiffsunglück im Hafen von New York umgekommen war.

Rosanna Scotto vom Sender Fox News berichtete: „Die Explosion, die das Leben von Adam Cauliff und drei weiteren Opfern gefordert hat, wird noch untersucht. Gerade begleitet der ehemalige Kongressabgeordnete Cornelius MacDermott Adam Cauliffs Witwe, seine Enkelin Nell, aus der Kirche. Gerüchten zufolge beabsichtigt Nell MacDermott, für den Sitz im Kongress zu kandidieren, den ihr Großvater fünfzig Jahre lang innehatte.“

Eine Nahaufnahme von Nell flimmerte über den Bildschirm. Dan Minor riss die Augen auf – sie kam ihm sehr bekannt vor. Moment mal!, dachte er. Ich bin ihr doch vor vier oder fünf Jahren begegnet, und zwar bei einem Empfang im Weißen Haus. Wir plauderten ein paar Minuten miteinander und stellten fest, dass wir beide Absolventen der Universität von Georgetown waren.

Kaum zu fassen, dass sie seit diesem zufälligen Treffen geheiratet hatte, Witwe geworden war und nun selbst Karriere in der Politik machen wollte.

Die Kamera blieb auf Nells Gesicht gerichtet. Die Frau mit der angespannten Miene und den schmerzerfüllten Augen hatte nur wenig mit dem lebensfrohen jungen Mädchen gemein, mit dem sich Dan auf dem Empfang unterhalten hatte.

Ich schreibe ihr, nahm er sich vor. Vermutlich hat sie mich längst vergessen, doch ich werde es trotzdem tun. Sie sieht so traurig aus. Bestimmt war Adam Cauliff ein netter Kerl.

FREITAG, 16. JUNI

Winifred Johnson hatte an der Ecke Amsterdam Avenue und 81. Straße gewohnt. Am Freitagvormittag um zehn Uhr war Nell mit ihrem Großvater in der Vorhalle des Gebäudes verabredet. Der Marmorfußboden war fleckig, die Beleuchtung schummrig.

„Nell, ich halte das für einen großen Fehler", meinte Cornelius MacDermott, während der Aufzug rumpelnd in den vierten Stock hinauffuhr. „Ich weiß nicht, was die staatsanwaltschaftlichen Ermittlungen ergeben werden, doch wenn Winifred in die Sache verwickelt war oder ..." Er beendete den Satz nicht.

„Wage es nicht, auch nur anzudeuten, mein Mann könnte etwas mit Schmiergeldern oder unlauteren Preisabsprachen zu tun gehabt haben, Mac", zischte Nell.

„Ich deute überhaupt nichts an, nur die Tatsache, dass die Polizei beschließen könnte, diese Wohnung zu durchsuchen. Und dass wir beide ihr zuvorgekommen sind, könnte einen schlechten Eindruck hinterlassen."

„Mac, bitte!" Nell bemühte sich, ihre Stimme zu beherrschen. „Ich will doch nur helfen. Mrs Johnson hat schreckliche Angst, aus dem Old-Woods-Pflegeheim ausziehen zu müssen."

„Komm schon, Nell, wir waren doch immer offen zueinander", sagte Mac, als sie aus dem Aufzug stiegen. „Du bist keine Pfadfinderin, die eine gute Tat vollbringen will. Falls bei Walters und Arsdale wirklich Bestechungsgelder angenommen wurden, hoffst du, etwas zu finden, was Winifred belastet, damit Adams Weste wieder rein ist."

Sie gingen den schäbigen Flur entlang. „Winifreds Wohnung hat die Nummer 4E", sagte Nell. Sie holte die Schlüssel, die Mrs Johnson ihr gegeben hatte, aus ihrer Umhängetasche und schloss auf.

Einen Moment lang blieben sie im Flur stehen, um sich zu orientieren. Schon jetzt wirkte die Wohnung verlassen. Auf einem Tisch links von der Tür stand eine Vase mit welken Blumen. Das Wohnzimmer lag am Ende des Ganges. Es war ein langer, schmaler, freudloser Raum, ausgestattet mit einem fadenscheinigen Perserteppich, einem altersschwachen roten Velourssofa, einem Klavier und einem Beistelltisch, auf dem einige gerahmte Fotos standen.

Nell ging zu dem Tisch hinüber, um die Fotos zu betrachten. Auf den meisten war eine erwartungsvoll lächelnde junge Winifred zu sehen, die einen Badeanzug trug und gerade einen Pokal entgegennahm. „Das müssen die Fotos sein, die ihre Mutter gerne hätte", meinte Nell zu Mac. „Ich packe sie ein, wenn wir gehen."

Nell kehrte in den Flur zurück und marschierte, gefolgt von ihrem Großvater, an einem Schlafzimmer vorbei. Das nächste Zimmer hatte Winifred offenbar als Arbeitszimmer benutzt. In dem kleinen Raum drängten sich ein Sofa, ein Fernseher und ein Computertisch. Sie ging zum Schreibtisch und zog die mittlere Schublade auf.

Nell traute ihren Augen nicht, denn die Schublade quoll über von Papieren und Zetteln jeder erdenklichen Form und Größe. Von Haftetiketten bis hin zu Architekturplänen war alles vorhanden. Und auf jedes Stück Papier hatte Winifred – in Druckbuchstaben, in Schreibschrift, groß oder unleserlich winzig – dieselben vier Wörter geschrieben: *Winifred liebt Harry Reynolds*.

DER GESCHÄFTSFÜHRER des Schönheitssalons, in dem Lisa Ryan arbeitete, hatte ihr angeboten, die ganze Woche freizunehmen. „Sie brauchen ein bisschen Zeit für sich, damit Sie anfangen können, die Sache zu verarbeiten."

Verarbeiten, dachte Lisa höhnisch, als sie die Kleiderhaufen auf dem Bett betrachtete. So etwas Dummes hatte sie schon lange nicht gehört. Man hatte ihr geraten, sich von ihrem Kummer durch Beschäftigung abzulenken. Und nun ordnete sie Jimmys Kleider und packte sie in Kartons.

Als sie auf die Uhr blickte, bemerkte sie erschrocken, dass die Kinder bereits in zwanzig Minuten zurückkehren würden, und sie wollte nicht, dass sie miterlebten, wie sie die Sachen ihres Vaters aussortierte.

Das Geld, schoss es ihr plötzlich durch den Kopf. Den ganzen Tag lang hatte sie versucht, es zu vergessen. Was soll ich nur tun?

Das Läuten der Türglocke hallte plötzlich durch das stille Haus. Lisa eilte nach unten, und als sie die Tür öffnete, stand sie einem Polizisten gegenüber.

Beim Anblick von Jimmy Ryans Witwe wurde Jack Sclafani von aufrichtigem Mitgefühl ergriffen. Sie sieht aus, als hätte sie den ganzen Tag geweint, dachte er.

„Ich bin Detective Jack Sclafani, Mrs Ryan. Wenn es Ihnen nichts ausmacht, würde ich gerne kurz mit Ihnen sprechen."

Er sah, wie die Trauer in ihren Augen von nackter Angst abgelöst wurde. Sie schien wie erstarrt. „Ja, natürlich. Bitte sehr", flüsterte sie schließlich.

Sie saßen sich in dem kleinen Wohnzimmer gegenüber. Jack musterte aufmerksam das große Familienporträt, das in einem Rahmen über dem Sofa hing.

„Das wurde in glücklicheren Zeiten aufgenommen“, stellte er fest. „Jimmy sieht von Kopf bis Fuß wie ein stolzer Ehemann und Familienvater aus.“

Die Worte hatten die gewünschte Wirkung. Tränen stiegen Lisa Ryan in die Augen, und sie schien sich ein wenig zu entspannen. „Natürlich lebten wir wie die meisten Leute von Zahltag zu Zahltag“, erwiderte sie leise, „doch wir hatten auch Träume.“

„Darf ich Sie Lisa nennen?“

„Ja, selbstverständlich.“

„Lisa, als Sie von Jimmys Tod erfuhren, war Ihre erste Frage, ob er Selbstmord begangen hätte. Das heißt doch, dass in seinem Leben einiges im Argen lag. Was war es? Ich habe den Eindruck, dass das Problem nicht Ihre Ehe war.“

„Ja, das ist richtig.“

„Machte er sich Sorgen um seine Gesundheit?“

„Jimmy war nie krank.“

„Also hatten Sie keine Eheprobleme, und mit seiner Gesundheit stand es auch bestens. Dann müssen es wohl Geldsorgen gewesen sein“, meinte Jack.

Ins Schwarze getroffen, dachte er, als er sah, wie Lisa die Hände zusammenkrampfte.

„Wenn man eine Familie hat, sammeln sich leicht die Rechnungen an.“ Er seufzte. „Man braucht etwas und bezahlt mit seiner Kreditkarte. Natürlich möchte man es in den nächsten Monaten abstottern. Doch dann sind plötzlich neue Autoreifen fällig, oder eines der Kinder muss zum Zahnarzt. Ich kenne das, schließlich bin ich selbst Ehemann und Vater.“

„Wir haben nie Schulden gemacht“, verteidigte sich Lisa. „Wenigstens nicht, bevor Jimmy seinen Job verloren hat. Und wissen Sie, warum er arbeitslos wurde?“, brach es aus ihr heraus. „Weil er ein ehrlicher, aufrichtiger Mensch und deshalb empört darüber war, dass die Firma, bei der er arbeitete, minderwertigen Beton auf ihren Baustellen verwendete und damit Menschenleben gefährdete. Und wegen seiner Gewissenhaftigkeit wurde er auf eine schwarze Liste gesetzt“, fuhr sie fort. „Fast zwei Jahre war Jimmy arbeitslos, bevor Adam Cauliff seinen Lebenslauf in die Hände bekommen und ihn an Sam Krause weitergeleitet hat.“

Lisa kam ein Gedanke. Natürlich, überlegte sie, so muss es gewesen sein. Jimmy hatte ihr erzählt, dass bei Krause nicht alles mit rechten Dingen zuging. Und da er für Krause arbeitete, blieb ihm nichts anderes übrig, als das stillschweigend hinzunehmen oder seinen Job zu riskieren.

„Offenbar hat Jimmy etwas sehr bedrückt, obwohl er wieder Arbeit hatte", meinte Sclafani. „Vielleicht gibt es da etwas, was Jimmy uns gerne mitteilen würde, wenn er noch könnte."

Bestimmt war es so, überlegte Lisa weiter. Sie hörte dem Detective kaum zu. Ich bin ganz sicher. Jimmy hat auf einer von Krauses Baustellen etwas beobachtet, was ihm faul vorkam. Und man stellte ihn vor die Wahl, zu gehen oder Geld dafür zu nehmen, dass er den Missstand übersah. Er glaubte, dass es seine einzige Chance war, wusste aber gleichzeitig, dass er sich zum Komplizen machte, wenn er das Geld einsteckte.

„Jimmy war ein guter, ehrlicher Mann", betonte sie.

Sclafani nickte in Richtung Familienfoto. „Das sieht man ihm an", stimmte er zu. Jetzt kommt es, sie wird darüber reden, dachte er gleichzeitig.

„Zwei Tage nach der Beerdigung", begann Lisa, doch ihre Stimme erstarb, als sie hörte, wie sich die Hintertür öffnete. Unter lautem Fußgetrappel stürmten die Kinder ins Haus.

„Mama, wir sind wieder da!", rief Kelly.

„Ich bin hier." Lisa sprang auf und konnte auf einmal nicht mehr fassen, dass sie beinahe einem Polizisten von dem im Keller versteckten Geld erzählt hätte, das sicher nicht auf ehrliche Weise verdient worden war.

Die Kinder umringten sie und küssten sie auf die Wange. Lisa sah Jack Sclafani an. „Jimmy war sehr stolz auf die drei", sagte sie mit ruhiger Stimme. „Wie ich bereits sagte: Jimmy Ryan war ein guter und anständiger Mann."

„ALSO hatte Winifred einen Freund?"

„Ich bin überrascht", gestand Nell ihrem Großvater. Inzwischen hatten sie Winifreds Wohnung verlassen und fuhren in einem Taxi nach Hause. „Ich habe Adam immer damit gehänselt, dass sie für ihn schwärmte."

„Sie hat ihn angebetet, so wie viele Frauen die Beatles oder Elvis Presley vergöttert haben", entgegnete Cornelius MacDermott spitz. „Schließlich ist Adam um sie herumscharwenzelt, damit sie bei Walters und Arsdale kündigt und ihm in sein Büro folgt."

„Mac!"

„Entschuldige", sagte er rasch. „Ich meine damit nur, dass Adam viel jünger war als sie und außerdem mit einer schönen Frau verheiratet. Und Winifred war nicht auf den Kopf gefallen. Offenbar hatte sie eine Beziehung mit einem Typen namens Harry Reynolds oder war zumindest in ihn verliebt."

„Ich frage mich, warum sich dieser Mann nicht meldet", wunderte sich Nell. „Immerhin ist Winifred einfach vom Erdboden verschwunden. Ihre Mutter sagt, es hätte sie niemand angerufen, außer dem Hausverwalter, der sich erkundigt hat, ob Mrs Johnson wieder in die Wohnung einziehen oder sie aufgeben will."

Die Fotos lagen, zu einem Päckchen verschnürt, auf Nells Schoß. Cornelius MacDermott warf einen Blick darauf. „Möchtest du, dass Liz die Sachen ins Pflegeheim schickt?"

„Ja, einverstanden", entgegnete sie. „Ich rufe Mrs Johnson an und teile ihr mit, dass alles erledigt ist. Und auch, dass wir in Winifreds Büro weiter nach Unterlagen suchen werden."

Das Taxi hielt vor ihrem Haus. Carlo hielt ihr schon die Autotür auf, als Mac plötzlich sagte: „Nell, da wäre noch etwas." Er klang so, als wäre ihm das Thema unangenehm. „Nell, du und Adam, ihr habt euch doch steuerlich nicht gemeinsam veranlagen lassen, oder?"

Sie wollte ihm schon eine gereizte Antwort geben, als sie seinen tief besorgten Blick bemerkte.

„Nein, Mac, ich habe mich getrennt veranlagen lassen", erwiderte sie barsch. „Aber sei offen zu mir. Hast du eindeutige Beweise dafür, dass Adam in unlautere Machenschaften verwickelt war?"

„Nein", entgegnete er zögernd. „Da ist nichts."

„Also schließt du nur aus Gerüchten, dem Leugnen von Walters und Arsdale und aus deinem berühmten Instinkt, dass Adam die Hand im Spiel hatte. Mac, mir ist klar, dass du nur mein Bestes willst, und auch, dass ich dich dafür lieben sollte, aber ..."

„Im Augenblick habe ich nicht den Eindruck, dass du mich besonders liebst, Nell."

Sie zwang sich zu einem Lächeln. „Da hast du Recht. Aber eigentlich habe ich dich sehr gern. Glaub mir, die Wahrheit liegt irgendwo dazwischen." Sie blickte Carlo entschuldigend an und stieg endlich aus. Als der Aufzug ihre Wohnung erreichte, hatte Nell einen Entschluss gefasst.

Bis jetzt hatte sie sich nie auf ihre hellseherischen Fähigkeiten eingelassen. Und dass ein Medium in Kontakt mit Verstorbenen treten kann, war für sie unvorstellbar. Doch wenn Bonnie Wilson angeblich mit Adam in Verbindung stand, musste sie dieser Behauptung auf den Grund gehen. Hier dreht es sich nicht um mich, sondern um Adam, sagte sie sich.

SEIT der Explosion auf der *Cornelia II* durchkämmten Suchmannschaften der Küstenwache das Hafenbecken nach Überresten von Jacht und Passagieren. Am Freitagnachmittag wurde zum ersten Mal seit vier Tagen ein wichtiger Fund gemacht. Unweit der Verrazanobrücke trieb ein anderthalb Meter langes, zersplittertes Stück Holz auf den Wellen und wurde an Land gespült. Fetzen eines fleckigen blauen Polohemdes, in dem sich menschliche Knochensplitter verfangen hatten, hingen daran.

Man hatte Sam Krauses Sekretärin gebeten zu beschreiben, was ihr Arbeitgeber getragen hatte, als er sich auf den Weg zu der Besprechung auf der Jacht machte. Die Frau war sicher, dass es ein langärmeliges blaues Polohemd und eine Kakihose gewesen waren.

George Brennan erfuhr davon, als er gerade im Begriff war, sein Büro zu verlassen, um sich mit Jack Sclafani in der 14. Straße, Nummer 405, an der Ostseite von Manhattan zu treffen. In der Tasche hatte er ein Schriftstück, das ihn berechtigte, die Wohnung der Kaplans zu durchsuchen.

Ada Kaplan versank vor Scham fast im Erdboden, als sie an das Getuschel der Nachbarn dachte, während die Vierzimmerwohnung Zentimeter um Zentimeter durchsucht wurde. Ihr Sohn Jed saß mit verächtlicher Miene am Tisch in der kleinen Essecke.

Ihn scheint das alles nicht zu stören, dachte sich Jack. Wenn er die Jacht gesprengt hat, bewahrt er die Beweisstücke sicher nicht hier auf.

Allerdings errangen sie einen kleinen Sieg in Form eines Tütchens mit Marihuana, das in einer Reisetasche im Wandschrank steckte.

„Machen Sie mal 'nen Punkt!", protestierte Jed. „Sie sehen doch, dass das Zeug uralt ist."

„Die Menge reicht für die Vermutung, dass der Stoff nicht nur für den Eigenbedarf bestimmt ist. Ich nehme Sie wegen Drogenbesitzes fest", erwiderte Brennan.

Zwei Stunden später hatten Sclafani und Brennan Jed auf dem Revier in eine Arrestzelle sperren lassen. „Seine Mutter stellt die Kaution. Aber wenigstens war der Richter einverstanden, ihm den Pass abzunehmen", meinte Brennan missmutig.

„Offenbar hat er seine Lektion gelernt, als er in Australien mit Sprengstoff im Auto erwischt worden ist", sagte Jack Sclafani. „In der Wohnung fand sich kein Hinweis darauf, dass er mit der Explosion der Jacht etwas zu tun hat."

Als sie zu ihren Autos gingen, klingelte George Brennans Mobiltelefon. Man teilte ihm mit, dass an der Küste unweit der Verrazanobrücke, wo man auch das Holzstück gefunden hatte, eine Damenhandtasche entdeckt worden war. In der klatschnassen Brieftasche steckten die Kreditkarten und der Führerschein von Winifred Johnson.

„Angeblich war die Tasche nicht einmal angesengt", meinte Brennan, nachdem er das Gespräch beendet hatte. „Es ist wirklich seltsam. Wahrscheinlich ist sie in die Luft geflogen und im Wasser gelandet."

„Oder sie war nicht an Bord, als die Bombe hochging", meinte Sclafani nach einer nachdenklichen Pause.

NELL verbrachte den Nachmittag mit der Beantwortung der Beileidsschreiben, die sich auf ihrem Schreibtisch türmten. Als sie fertig war, war es fast fünf Uhr. Ich muss für eine Weile hier raus, dachte sie. Außerdem hatte ich die ganze Woche noch keine Bewegung.

Sie zog Shorts und ein T-Shirt an, steckte eine Kreditkarte und zehn Dollar ein, joggte zum Central Park und lief nach Süden. Früher bin ich dreimal wöchentlich zum Joggen gegangen, dachte sie. Warum bin ich nur so nachlässig geworden?

Während sie in gewohntem lockerem Trab dahinjoggte und das Gefühl genoss, sich endlich einmal wieder frei und ungezwungen bewegen zu können, dachte sie an die vielen Beileidsschreiben, die sie erhalten hatte.

„Es tut mir so Leid, dass Sie solch eine Tragödie erleben mussten ..."

Weshalb habe ich in keinem einzigen Brief gelesen, was für ein netter Kerl Adam war und wie sehr man ihn vermissen wird? Warum fühle ich mich wie benommen und kann nicht weinen?

Nell lief schneller, doch die Fragen ließen sie einfach nicht los.

Dan Minor joggte zuerst im südlichen Central Park und lief dann nach Norden. Jetzt, am späten Nachmittag, war die Sonne angenehm warm, und es wehte ein kühlender Wind. Im Park wimmelte es von Joggern, Rollschuhfahrern und Spaziergängern.

Dan wurde von Mitgefühl ergriffen, als er an einer ungepflegten jungen Frau vorbeikam, die in einem zerschlissenen Kleid auf der Parkbank saß. Zu ihren Füßen bemerkte er überquellende Plastiktüten.

Hat Quinny so den Großteil ihres Lebens verbracht?, fragte er sich. Seltsam, dass er sie in seinen Gedanken immer Quinny nannte. „Mutter", das war eine andere. Seine Mutter war eine hübsche, dunkelhaarige Frau, die ihn liebevoll in den Arm nahm und Danny-Boy zu ihm sagte.

Er joggte weiter und bemerkte aus dem Augenwinkel eine hoch gewachsene Frau mit kastanienbraunem Haar, die an ihm vorbeilief. Ich kenne sie, dachte er. Dan blieb stehen und drehte sich um.

Natürlich. Das war Nell MacDermott. Gestern wurde in den Zehnuhrnachrichten über sie berichtet.

Dan machte kehrt und lief zurück in Richtung Central Park South, immer Nell MacDermotts kastanienbraunem Haarschopf hinterher.

Er folgte Nell den Broadway hinunter und sah sie im Buchladen Coliseum verschwinden. Unschlüssig blieb er stehen, blickte ins Schaufenster und überlegte, ob er ebenfalls hineingehen sollte. Mit einem Zipfel seines Sweatshirts wischte er sich den Schweiß von der Stirn. Vielleicht sollte ich ihr einfach schreiben, dachte er. Aber eigentlich würde ich lieber gleich mit ihr sprechen.

Durch das Fenster sah er, wie sie zwischen den Bücherregalen umherschlenderte. Dann bemerkte er, gleichzeitig erleichtert und aufgeregt, dass sie sich der Kasse näherte.

Sie kam aus dem Laden, eilte zur nächsten Straßenecke und streckte die Hand aus, um ein Taxi anzuhalten.

Jetzt oder nie, sagte sich Dan und lief los. „Nell!"

Sie blieb stehen. Der hoch gewachsene blonde Jogger kam ihr irgendwie bekannt vor.

„Dan Minor, Nell. Wir sind uns vor ein paar Jahren im Weißen Haus begegnet."

Sie lächelten sich an.

„Sie waren mit Ihrem Großvater dort. Ich war Gast des Kongressabgeordneten Dade."

Nell betrachtete das sympathische Gesicht ihres Gegenübers. Dann fiel es ihr wieder ein. „Ach ja, ich erinnere mich. Sie sind Kinderchirurg. Sie haben in Georgetown studiert."

„Richtig." Und wie mache ich jetzt weiter?, fragte sich Dan. Er sah, wie Nell MacDermotts spontanes Lächeln verflog. „Ich wollte Ihnen nur sagen, wie Leid mir der Tod Ihres Mannes tut", sagte er rasch.

„Danke."

„Junge Frau, wollen Sie jetzt mit dem Taxi fahren oder nicht?" Inzwischen hatte der Taxifahrer, den Nell herangewinkt hatte, am Straßenrand gehalten.

„Ja, Augenblick, bitte." Sie hielt Dan die Hand hin. „Schön, Sie wiederzusehen, Dan. Hat mich sehr gefreut."

AM FREITAGNACHMITTAG wurde Ben Tucker in Philadelphia in die Praxis der Kinderpsychologin Dr. Megan Crowley gebracht.

Er saß allein im Wartezimmer, während seine Mutter sich in einem anderen Raum mit der Ärztin unterhielt. Ben wusste, dass auch er mit der Ärztin würde reden müssen, aber er wollte nicht, denn er war sicher, dass sie ihn nach dem Traum fragen würde. Und darüber konnte er nicht sprechen. Inzwischen hatte er den Traum jede Nacht.

Ständig versuchten Mama und Papa, ihm zu erklären, dass der Traum nicht die Wirklichkeit war. Sie sagten, es sei schwer für ein Kind, so eine schreckliche Explosion mit anzusehen.

Sie kapierten es einfach nicht. Es war nicht die Explosion – es war die Schlange!

Die Tür öffnete sich, und seine Mutter kam mit einer Frau heraus.

„Hallo", meinte sie. „Ich bin Dr. Megan."

„Dr. Megan würde sich gerne mit dir unterhalten, Benjy", sagte seine Mutter.

Ben sah die Ärztin an. Aber über die Schlange rede ich nicht, nahm er sich vor.

Doch Dr. Megan überraschte ihn. Sie wollte gar nicht über die Schlange sprechen. Stattdessen erkundigte sie sich nach der Schule, und dann fragte sie nach seinem Lieblingssport. Anschließend plauderten sie über den Musikunterricht, und Ben erzählte, dass er sich heute beim Flötespielen wacker geschlagen habe.

Sie redeten über dies und jenes, und Dr. Megan fragte ihn kein einziges Mal nach der Schlange. Sie sagte lediglich, sie werde ihn am Montag wiedersehen.

SAMSTAG BIS MONTAG, 17. BIS 19. JUNI

Den ganzen Freitagabend lang hatte Nell in den Büchern, die sie nach dem Joggen gekauft hatte, über übernatürliche Phänomene gelesen. Am Samstagnachmittag hatte sie alle Kapitel zu dem Thema studiert, das sie besonders interessierte. Glaube ich das wirklich?, fragte sie sich wieder und wieder.

Nell stellte fest, dass einige der Autoren von der „Aura" eines Menschen sprachen. Als ich am Tag der Explosion Winifred ansah, überlegte sie, schien eine schwarze Wolke um sie zu schweben. Diesen Büchern zufolge war das eine Aura. Und die schwarze Farbe symbolisierte den Tod.

Nell erinnerte sich an eine Fernsehsendung mit Bonnie Wilson. Es war wirklich erstaunlich, was sie der Zuschauerin über die Todesumstände ihres Mannes erzählen konnte. Skeptiker behaupteten, dass solche Menschen einfach nur geschickte Vermutungen anstellten, und zwar auf der Grundlage von Informationen, die sie schlauerweise zuerst ihrem Gegenüber entlockt hatten.

Nun, ich gebe zu, dass ich eine Skeptikerin bin, dachte Nell. Aber es kann nicht sein, dass Bonnie Wilson alles, was sie der Zuschauerin in der Fernsehsendung erzählte, nur erraten hat. Und was ist mit der Synchronizität? So nennt man es auch, wenn man an jemanden denkt und derjenige im nächsten Moment anruft. Als ob die eine Person ein Fax schickt, das die andere empfängt. Vielleicht kann man sich ein Medium, das angeblich in Kontakt mit Verstorbenen steht, am besten wie eine Art Faxgerät vorstellen, das die Gedanken der Klienten weitervermittelt?

O Adam, warum habe ich dir nur an jenem Tag gesagt, dass du nicht nach Hause zu kommen brauchst? Hätte ich es nicht getan, könnte ich mich heute möglicherweise besser mit deinem Tod abfinden. Doch selbst ohne dieses Missverständnis wären durch deinen Tod so viele Fragen offen geblieben. Wer hat dir das angetan, Adam? Und warum?

Hatte der Bombenleger vor, dich aus dem Weg zu räumen? Galt dir der Anschlag? Oder vielleicht Sam Krause? Oder Winifred? Jimmy Ryans Witwe wollte nach dem Gottesdienst mit mir sprechen, aber dann ist sie aus irgendeinem Grund einfach davongelaufen. Wusste Jimmy Ryan möglicherweise etwas, was für jemanden gefährlich werden konnte?

Samstagnacht tat Nell fast kein Auge zu. Ich fühle mich, als würde Adam jeden Moment hereinkommen, dachte sie. Endlich nickte sie ein, wachte aber um sechs Uhr wieder auf. Ein weiterer sonniger Junimorgen. Sie duschte, zog sich an und besuchte die Siebenuhrmesse.

„Mögen Adams Seele und die Seelen aller verstorbenen Gläubigen in Frieden ruhen…“ Ihr Gebet war dasselbe wie in der vergangenen Woche. Und so würde es noch eine ganze Weile bleiben.

Auf dem Heimweg kaufte sie sich einen ofenfrischen Bagel. Ich liebe New York am Sonntagmorgen, ging es ihr durch den Kopf, als sie die Lexington Avenue entlangschlenderte. Zu dieser Tageszeit erinnert es an eine Kleinstadt, die gerade erwacht.

Dieser Teil Manhattans war Macs Wahlbezirk gewesen. Seine Straßen. Wird er eines Tages auch mein Wahlbezirk sein?, fragte sie sich, und ihr Herz schlug schneller.

Ohne Adam brauchte sie nicht mehr darüber nachzugrübeln, ob es richtig war zu kandidieren.

Sie schämte sich für die Erleichterung, die sie kurz überkam, die Erkenntnis, dass sich wenigstens ein Problem von selbst gelöst hatte.

PETER LANG verbrachte das Wochenende allein in Southampton. Mehrere Einladungen lehnte er ab, denn im Augenblick konnte er sich nur auf eines konzentrieren: Er brauchte dringend das Grundstück, das Nell MacDermotts Mann Mrs Kaplan abgekauft hatte. Wenn er es bekam, würde dank seiner Bemühungen eine architektonische Meisterleistung entstehen, ein Bauwerk, das Manhattans Skyline einschneidend verändern würde.

Bis jetzt trug keines von Peter Langs Bauvorhaben seinen Namen. Er hatte sich Zeit damit gelassen, da er fest damit rechnete, eines Tages den perfekten Standort und den besten Architekten für das Gebäude zu finden, das die Ehre verdient hatte, den Namen seiner Familie zu tragen.

Adam Cauliff hatte sein Angebot, ihm das Grundstück der Kaplans abzukaufen, klipp und klar abgelehnt. Nur über seine Leiche werde er es herausrücken. Auf diese Weise hatte er ihm die Geschäftspartnerschaft praktisch aufgezwungen.

Nun, es sieht ganz so aus, als hätte der gute Adam das ein wenig zu wörtlich genommen, dachte Peter mit einem finsteren Lächeln.

Jetzt musste er nur noch einen Weg finden, Cauliffs Witwe zum Verkauf zu überreden. Offenbar war sie ziemlich vermögend. Doch ich habe noch einen Trumpf im Ärmel, der ganz sicher zum Erfolg führt, wenn ich ihn richtig ausspiele, dachte Peter Lang, als er den von Blumenrabatten gesäumten Pfad entlangschlenderte, der von seinem Haus zum Meer führte.

Nell MacDermott ist klug genug einzusehen, dass ich viel zu ihrem Wahlsieg beitragen könnte. Für sie wäre es nur von Vorteil, wenn ich auf ihrer Seite stünde.

Peter Lang ließ sein Badehandtuch fallen, stürmte mit großen Schritten durch die Wellen und warf sich in den Atlantik. Das Wasser war eiskalt. Mit kraftvollen Zügen schwamm er hinaus und dachte daran, wie knapp er seine Verabredung mit dem Tod verpasst hatte. Er fragte sich, ob Adam Cauliff wohl noch etwas gespürt hatte, als die Jacht explodierte und das Wasser über ihm zusammenschlug.

Bonnie Wilson hatte Gerti gebeten, sie sofort anzurufen, falls Nell MacDermott sich entscheiden sollte, ihre Hilfe in Anspruch zu nehmen. Sie war sich darüber im Klaren, dass Nell vermutlich mit sich rang, ob sie sie aufsuchen sollte. Schließlich war sie eine beliebte Zeitungskolumnistin, und wenn sie sich nun an eine Hellseherin wandte, konnte ihr das durchaus unerwünschte Publicity einbringen. Außerdem hieß es, sie werde für den Kongress kandidieren, und die Presse sann immer auf Mittel und Wege, einen Kandidaten in den Schmutz zu ziehen.

Doch dann, am Sonntagabend um zehn, erhielt Bonnie den Anruf. „Nell würde sich gerne mit Ihnen treffen“, sagte Gerti mit gedämpfter Stimme.

„Da stimmt doch etwas nicht, Gerti. Man braucht keine Hellseherin zu sein, um Ihnen anzuhören, dass Sie etwas bedrückt."

„Oh, ich fürchte, mein Bruder ist schrecklich böse auf mich. Heute Abend hat er Nell und mich zum Essen eingeladen. Ich habe mich verplappert und erzählt, ich hätte mit Ihnen gesprochen. Er ist furchtbar wütend geworden und hat den Fehler begangen, Nell den Besuch bei Ihnen zu verbieten."

„Und das hat natürlich zur Folge, dass sie mich jetzt sehen will."

„Möglicherweise hätte sie es ohnehin getan", erwiderte Gerti.

„Sehr gut, Gerti. Dann richten Sie ihr aus, morgen um drei würde mir passen."

WIE IMMER am Montag war der Schönheitssalon geschlossen. Doch in gewisser Weise wäre Lisa dankbar gewesen, wenn sich der Alltag schon wieder eingestellt hätte.

Um neun Uhr war sie mit der Hausarbeit fertig. Eigentlich hätte sie noch die vielen Beileidsbriefe beantworten müssen, doch sie brachte es nicht über sich.

Sie musste das Geld zurückgeben. Denn sie war sich ganz sicher, dass Jimmy es nicht freiwillig angenommen hatte. Nell MacDermott konnte ihr vielleicht erklären, woran Jimmy gerade gearbeitet hatte. Schließlich hatte die Sekretärin ihres Mannes Jimmys Bewerbungsunterlagen an Sam Krause weitergeleitet. Und was zuerst wie ein Akt der Nächstenliebe wirkte, hatte letztlich zu Jimmys Tod geführt. Das Geld in den Schachteln hing sicher damit zusammen.

Lisa rief Nell MacDermott an. Schon nach dem ersten Läuten wurde abgehoben.

Fünf Minuten später war Lisa Ryan unterwegs zu einem Treffen mit der Frau, die durch die Explosion auf der Jacht ebenfalls zur Witwe geworden war.

GEORGE BRENNAN und Jack Sclafani waren beide anwesend, als Robert Walters, der Seniorpartner des Architekturbüros Walters und Arsdale, in Begleitung des Chefjustiziars der Firma bei Staatsanwalt Cal Thompson erschien.

Alle Parteien wussten, dass mit Walters eine Kronzeugenregelung vereinbart worden war, weshalb er Immunität genoss, falls er sich in seiner heutigen Aussage selbst belasten sollte.

Sein Anwalt hatte schon der Form halber eine Presseerklärung herausgegeben: „Die Inhaber der Firma Walters und Arsdale streiten jegliche illegale Machenschaften ab und sind sicher, dass man sie nicht unter Anklage stellen wird."

Robert Walters gab sich zwar kühl und herablassend, doch Brennan und Sclafani merkten ihm seine Nervosität deutlich an. Jede seiner Bewegungen schien so wohl überlegt, dass sie wie eingeübt wirkte.

An seiner Stelle wäre mir auch mulmig zumute, dachte Brennan. Die Vorstände von fast zwei Dutzend vergleichbaren Firmen hatten sich aus taktischen Gründen bereits schuldig bekannt, damit nicht weiter gegen sie ermittelt wurde. Die meisten würden wohl mit einer Geldbuße davonkommen. Es war ein Witz. Man zahlte eine Strafe von einer Million Dollar, während die eigene Firma eine halbe Milliarde absahnte. Wenn der Staatsanwalt wirklich etwas in der Hand hatte, bekam einer dieser wichtigen Männer vielleicht einige Monate Haft aufgebrummt. Und was geschah nach der Entlassung? Dreimal durfte man raten: Sie machten weiter, als wäre nichts gewesen.

Es ist wie eine Lizenz zum Gelddrucken, sagte sich Brennan. Die großen Baufirmen sprechen untereinander ab, wer den Auftrag bekommt. Auch das günstigste Angebot enthält noch einen kleinen Aufschlag, der Architekt oder das Planungsbüro nimmt an – und kriegt dafür eine hübsche Provision. Dann kommt das nächste Bauprojekt, und die Sache läuft wie gehabt. Diesmal reicht eine andere der großen Baufirmen das günstigste Angebot ein. Alles ist abgesprochen, eine Hand wäscht die andere, auch wenn das niemand laut sagt.

„In dieser Branche wird die eigentlich legitime Auszahlung von Provisionen gelegentlich ein wenig überstrapaziert", meinte Walters.

„Was mein Mandant damit ausdrücken möchte...", fiel sein Anwalt ihm ins Wort.

Endlich wandte sich die Vernehmung dem Thema zu, das George Brennan und Jack Sclafani besonders am Herzen lag: „Mr Walters, war der verstorbene Adam Cauliff Mitarbeiter Ihrer Firma?"

Oh, es gefällt ihm gar nicht, diesen Namen zu hören, sagte sich Sclafani. Denn er stellte fest, dass Robert Walters bei dieser Frage die Zornesröte ins Gesicht stieg.

„Adam Cauliff war etwa zweieinhalb Jahre bei uns beschäftigt", erwiderte Walters.

„Welche Funktion hatte Mr Cauliff bei Walters und Arsdale?"

„Er fing als Architekt bei uns an. Später haben wir ihm die Verantwortung für Gebäudesanierungen und Renovierungen mittlerer Größenordnung übertragen."

„Was würden Sie als mittlere Größenordnung bezeichnen?"

„Projekte mit einem Auftragsvolumen von weniger als hundert Millionen Dollar.“

„Waren Sie mit seiner Arbeit zufrieden?“

„Ja.“

„Sie sagen, Cauliff war mehr als zwei Jahre bei Ihnen. Warum hat er die Firma verlassen?“

„Er wollte sich selbstständig machen.“ Robert Walters lächelte kühl. „Adam Cauliff war ein Mann mit Sinn fürs Praktische. Außerdem lernte er schnell. Damals griff er sofort zu und kaufte das Grundstück neben der Vandermeer-Villa.“

„Die Villa ist doch abgebrannt, richtig?“, fragte der Staatsanwalt.

„Ja, das stimmt. Doch kurz zuvor hatte man ihr den Status eines Baudenkmals aberkannt. Peter Lang erwarb das Grundstück und wollte dort ein Gebäude mit Wohnungen und Büroflächen errichten.“ Walters lächelte finster. „Adam Cauliff glaubte, dass Lang das Grundstück, das er den Kaplans abgekauft hatte, unbedingt brauchte. Deshalb nahm er an, Lang würde das Haus nach seinen, Cauliffs, Entwürfen bauen lassen. Doch sein Plan ging nicht auf. Cauliffs Entwürfe waren langweilig und abgekupfert. Die Investoren lehnten sie strikt ab, und ich glaube, Lang hat ihm das auch gesagt. Also steckte Cauliff in der Klemme. Er hätte Lang das Kaplan-Grundstück verkaufen müssen, ohne über den Preis verhandeln zu können. Sonst hätte Lang eben ohne Cauliff ein weniger ambitioniertes Gebäude errichtet. In diesem Fall wäre das Kaplan-Grundstück von allen Seiten eingemauert und praktisch wertlos geworden. Wie Sie sehen, steckte Cauliff in einer Zwickmühle.“

Die Tür ging auf, und Staatsanwalt Joe Mayes kam herein. Brennan und Sclafani erkannten an seiner Miene, dass etwas Wichtiges vorgefallen war.

„Mr Walters“, wandte sich Mayes unvermittelt an den Zeugen. „Hat Ihre Firma vor einigen Jahren ein Bürogebäude an der Ecke Lexington Avenue und 80. Straße renoviert?“

„Ja, heute Morgen teilte man uns mit, einige Steine in der Fassade seien locker. Wir haben sofort Fachleute hingeschickt.“

„Ich fürchte, die Steine sind mehr als locker, Mr Walters. Gerade eben ist die gesamte Fassade auf die Straße gestürzt. Ein paar Passanten wurden verletzt, einer davon schwebt in Lebensgefahr.“

AM MONTAGNACHMITTAG läutete Nell an der Tür von Bonnie Wilsons Wohnung an der West End Avenue. Als sie leise herannahende Schritte hörte, spielte sie mit dem Gedanken, sich in den Aufzug zu flüchten, solange noch Zeit war.

Was zum Teufel will ich hier?, dachte sie. Mac hat Recht. Das ganze Gerede von Hellseherei und Botschaften aus dem Jenseits ist nichts als Hokuspokus. Ich bin eine Vollidiotin. Man wird mich auslachen, wenn es sich herumspricht, dass ich auf so etwas hereingefallen bin.

Die Tür öffnete sich. „Nell, kommen Sie herein."

Nells erster Eindruck war, dass Bonnie Wilson in Wirklichkeit noch viel schöner war als im Fernsehen. Ihr pechschwarzes Haar bildete einen starken Kontrast zu ihrer porzellanweißen Haut.

Sie führte Nell in ein kleines Arbeitszimmer und wies auf einen Stuhl. „Bitte nehmen Sie Platz. Zuerst werden wir uns unterhalten, und wenn Sie danach das Bedürfnis haben, aufzustehen und zu gehen, werde ich Ihnen nicht böse sein. Wie Ihre Tante mir erzählt hat, haben Sie Schwierigkeiten mit der Vorstellung, dass es möglich ist, Kontakt mit Verstorbenen aufzunehmen."

„Bonnie, ich muss ehrlich zu Ihnen sein", meinte Nell. „Ich glaube einfach nicht daran, dass Sie mit einem Verstorbenen sprechen können, als würden Sie zum Telefon greifen. Außerdem erscheint es mir seltsam, dass jemand aus dem Jenseits gewissermaßen ebenfalls zum Hörer greift und Sie anruft."

Bonnie Wilson lächelte. „Ich weiß Ihre Unverblümtheit zu schätzen. Dennoch bin ich dazu auserwählt, zwischen Verstorbenen und ihren Angehörigen zu vermitteln. Normalerweise wenden sich die Trauernden an mich, um Kontakt zu jemandem aufzunehmen, der ihnen vorangegangen ist. Manchmal jedoch spielt es sich anders ab. Als ich eines Tages einem Mann half, mit seiner Witwe zu kommunizieren, meldete sich ein junger Mann namens Jackie, der bei einem Autounfall ums Leben gekommen war. Ich verstand nicht, was ich für ihn tun sollte. Doch eine knappe Woche später rief mich eine fremde Frau an." Nell hatte den Eindruck, dass sich Bonnie Wilsons Augen beim Sprechen verdunkelten. „Offenbar war ihr Sohn Jackie einem Verkehrsunfall zum Opfer gefallen."

„Aber dass ich heute hier bin, hat nichts mit so einem Zufall zu tun. Erstens kennen Sie Gerti", wandte Nell ein. „Und zweitens standen die Berichte über die Explosion der Jacht in allen Zeitungen." Nell stand auf. „Bonnie, es tut mir Leid, aber ich fürchte, ich habe Ihnen schon zu viel Zeit gestohlen. Ich sollte besser gehen."

„Adam hat nach Ihnen gefragt, Nell. Sie stehlen mir keine Zeit, wenn Sie mir die Chance geben herauszufinden, ob Adam eine Nachricht für Sie hat."

Widerstrebend nahm Nell wieder Platz.

Minuten verstrichen. Bonnie hatte die Augen geschlossen und das

Kinn auf die Hand gestützt. Plötzlich neigte sie den Kopf, als lausche sie angestrengt. Nach einer Weile senkte sie die Hand und schlug die Augen auf.

„Adam ist hier", sagte sie leise.

Trotz ihrer Zweifel spürte Nell, wie ihr ein Schauer den Rücken hinunterlief. Sei vernünftig, schalt sie sich. „Können Sie ihn sehen?"

„Vor meinem geistigen Auge. Er betrachtet Sie mit einem sehr liebevollen Blick, Nell. Er lächelt Ihnen zu. Und er sagt, Sie glauben natürlich nicht daran, dass er hier ist. Auf Ihre alten Tage würden Sie nicht mehr umlernen."

Nell schnappte nach Luft. Mit dieser Redewendung hatte sie sich immer aus der Affäre gezogen, wenn Adam wieder einmal versucht hatte, ihr das Segeln schmackhaft zu machen.

„Adam möchte sich bei Ihnen entschuldigen. Er sagt, Sie beide hätten sich kurz vor seinem Tod gestritten."

Den Streit habe ich niemandem gegenüber erwähnt, dachte Nell. Kein Mensch weiß davon.

„Adam sagt, dass Sie einen Plan hatten, und er hat sich quer gelegt. Ich sehe weiße Rosen über Ihrem Kopf. Sie sind ein Zeichen dafür, wie sehr er Sie liebt."

Nell brannten Tränen in den Augen. Sie traute ihren Ohren nicht, als sie sich selbst sprechen hörte: „Sagen Sie ihm, dass ich ihn auch liebe und dass mir unser Streit Leid tut."

„Er macht einen sehr glücklichen Eindruck, Nell. Aber er teilt Ihnen mit, Sie sollen ein neues Kapitel in Ihrem Leben beginnen. Gibt es da etwas, was Ihre Kraft und Ihre Zeit voll in Anspruch nehmen würde?"

Der Wahlkampf, dachte Nell.

Bonnie wartete ihre Antwort nicht ab. „Ich verstehe", murmelte sie. „Er sagt: ‚Richten Sie Nell aus, sie soll meine Kleider weggeben.' Ich sehe einen Raum voller Kleiderständer und Container..."

„Ich bringe unsere abgelegten Sachen immer zu unserer Kirchengemeinde", erklärte Nell. „Dort gibt es ein Zimmer, wie Sie es eben beschrieben haben."

„Adam sagt, indem Sie anderen Menschen in seinem Namen helfen, tragen Sie zu seiner spirituellen Erfüllung bei. Und er möchte, dass Sie für ihn beten." Bonnie hielt inne und starrte ins Leere. „Er verlässt uns", flüsterte sie.

„Halten Sie ihn auf!", rief Nell. „Jemand hat seine Jacht in die Luft gesprengt. Fragen Sie ihn, ob er den Täter kennt."

Bonnie lauschte. „Ich glaube nicht, dass er uns das beantworten wird,

Nell. Das heißt, dass er es entweder selbst nicht weiß oder dass er seinem Mörder verziehen hat und möchte, dass Sie das auch tun." Bonnie schüttelte den Kopf und blickte Nell an. „Er ist fort", meinte sie. „Nein, warten Sie. Sagt Ihnen der Name Peter etwas?"

Peter Lang, dachte Nell. „Ja", erwiderte sie leise.

„Nell, ich sehe Blut. Ich bin nicht sicher, ob dieser Peter der Täter ist, doch Adam will Sie eindeutig vor ihm warnen. Er fleht Sie an, diesem Peter nicht zu trauen."

ALS DAN MINOR am Montagnachmittag nach Hause kam, fand er auf seinem Anrufbeantworter eine Nachricht von Lilly Brown vor.

„Dr. Dan", sagte sie. „Ich habe mich überall nach Quinny erkundigt. Aber keiner hat sie in den letzten Monaten gesehen. Irgendetwas stimmt da nicht. Hin und wieder wohnt sie mit einer Gruppe von Leuten in einem verfallenen Mietshaus in der 4. Straße auf der Ostseite von Manhattan. Sie fragen sich, ob sie vielleicht krank geworden ist und in einem Krankenhaus liegt. Wenn Quinny wieder mal ihre Depressionen hat, isst sie nämlich tagelang nichts."

Werde ich sie in einem Krankenhaus finden?, überlegte Dan bedrückt, in einer Nervenheilanstalt oder sogar an einem schlimmeren Ort? Falls Quinny an chronischen Depressionen litt und nicht in einer Obdachlosenunterkunft betreut worden war, war ihr womöglich etwas zugestoßen.

Ich kann nicht mehr untätig herumsitzen und darauf warten, dass sie von selbst auftaucht. Ich fange an, die Krankenhäuser abzuklappern, und ich schaue bei den Mietshäusern in der 4. Straße vorbei, beschloss er. Ihr habe ich zu verdanken, dass ich der wurde, der ich heute bin, dachte er. Bitte gib mir die Chance, ihr das zu sagen, schickte er ein Stoßgebet zum Himmel.

AM MONTAGNACHMITTAG bekam Cornelius MacDermott Besuch von Tom Shea, dem Parteivorsitzenden von New York. Er wollte definitiv wissen, ob Nell sich entschieden habe, für den von Bob Gorman aufgegebenen Sitz im Kongress zu kandidieren.

„Ich muss ja nicht eigens betonen, dass wir in diesem Jahr auch Präsidentschaftswahlen haben, Mac", sagte Shea. „Durch eine aussichtsreiche Kandidatin für diesen Sitz wird sich die Wahlbeteiligung erhöhen, und dann bringen wir unseren Mann ins Weiße Haus. Sie sind in diesem Wahlbezirk ein Mythos. Wenn Sie Nell im Wahlkampf unterstützen, werden sich die Wähler daran erinnern, was Sie für sie getan haben."

„Kennen Sie den guten Rat, den man der Mutter des Bräutigams vor der Hochzeit gibt?", entgegnete Mac unwirsch. „Trage Beige, und halte den Mund. Und genau das habe ich vor, falls Nell kandidiert. Sie ist intelligent, attraktiv, sie kennt das Geschäft und ist eine fähigere Politikerin als alle die anderen. Und sie hat noch Ideale. Aus diesem Grund sollen die Leute sie wählen, nicht weil sie mich für einen Mythos halten."

„Ach, kommen Sie, Mac", erwiderte Tom Shea beschwichtigend. „Die Leute haben sich in Nell verliebt, als sie sie mit zehn Jahren auf einem Foto sahen, wie sie bei dem Trauergottesdienst für ihre Eltern ihre Tränen trocknete. Sie ist im Licht der Öffentlichkeit aufgewachsen. Mit der Ankündigung ihrer Kandidatur können wir bis zum Bankett am Dreißigsten warten, doch wir müssen sichergehen, dass sie den Tod ihres Mannes schon verwunden hat und den Wahlkampf durchstehen wird."

„Nell steht alles durch", knurrte Mac. „Sie ist ein Profi."

Aber nachdem Shea sich verabschiedet hatte, rief Mac seine Sekretärin zu sich. „Liz, als Nell mir gestern erzählte, sie wolle zu einer Hellseherin gehen, bin ich fast geplatzt. Rufen Sie sie an, und helfen Sie mir, mich mit ihr zu versöhnen. Sagen Sie ihr, ich möchte sie zum Essen einladen."

„Gesegnet seien die, die Frieden stiften", entgegnete Liz trocken.

„Diesen Spruch habe ich von Ihnen schon öfter gehört."

„Weil es nicht das erste Mal ist. In welches Restaurant soll ich sie bestellen?"

„Zu ‚Neary's'. Um halb acht."

Am Montagnachmittag, bei ihrer zweiten Sitzung mit Ben Tucker, gelang es Dr. Megan Crowley, geschickt den Tag zur Sprache zu bringen, an dem der Junge die Explosion der Jacht im Hafen von New York beobachtet hatte. Sie hätte lieber noch abgewartet, aber Ben hatte wieder Albträume gehabt, und sie merkte ihm an, wie ihn das belastete.

Am Anfang der Sitzung unterhielt sie sich mit ihm über Fähren. „Als ich klein war, verbrachten wir unseren Urlaub immer auf einer Insel namens Martha's Vineyard", erzählte sie. „Dort hat es mir gut gefallen, doch was für eine weite Reise! Zuerst sechs Stunden im Auto und dann noch über eine Stunde auf der Fähre."

„Fähren sind blöd", erwiderte Ben. „Als ich das letzte Mal auf einer Fähre war, ist mir schlecht geworden. Ich will nie wieder auf eine Fähre."

„Oh, wo bist du denn mit einer Fähre gefahren, Benjy?"

„In New York. Mein Vater wollte mir die Freiheitsstatue zeigen." Er hielt inne. „Das war der Tag, an dem die Jacht explodiert ist."

Megan schwieg abwartend.

Bens Miene wurde nachdenklich. „Ich habe mir die Jacht genau angeschaut. Die war echt cool. Ich habe mir gewünscht, auf so einer Jacht zu sein anstatt auf der dämlichen Fähre." Er runzelte die Stirn. „Ich will nicht darüber reden."

„Ben, manchmal hilft es, über die Sachen zu sprechen, die einen quälen. Schließlich ist es ziemlich schrecklich mitzuerleben, wie eine Jacht explodiert."

„Ich konnte die Leute sehen", flüsterte er.

„Ben, ich mache dir einen Vorschlag. Du könntest ein Bild davon malen. Ganz bestimmt fällt es dir dann leichter, die Angelegenheit zu vergessen. Malst du gerne?"

„Sehr gerne."

Megan hatte Zeichenpapier und Buntstifte bereitgelegt. Kurz darauf saß Ben, in sein Werk vertieft, am Tisch.

Während Megan ihn beobachtete, wurde ihr klar, dass der Junge mehr Einzelheiten des Unglücks beobachtet hatte, als sein Vater ahnte. Auf der Zeichnung flogen bunte Trümmer durch die Luft, zerbrochene Möbel und Geschirrteile.

Mit zusammengepressten Lippen zeichnete Ben eine menschliche Hand.

Dann legte er den Stift weg und verkündete: „Die Schlange will ich nicht malen."

ALS NELLS Großvater im Restaurant eintraf, saß sie bereits an einem Ecktisch, nippte an einem Glas Wein und knabberte eine Brotstange.

Als sie seine erstaunte Miene bemerkte, sagte sie lässig: „Ich dachte, ich spiele heute mal dein Spiel, Mac. Verabrede dich um halb acht und erscheine um Viertel nach sieben. Und dann wirf dem anderen Unpünktlichkeit vor, um ihn aus dem Konzept zu bringen."

„Schade, dass du nicht mehr von mir gelernt hast", knurrte Mac, während er neben ihr Platz nahm.

Nell küsste ihn auf die Wange. Ja, sie hatten ihre Meinungsverschiedenheiten. Doch Mac war immer für sie da, und sie konnte sich auf ihn verlassen, wenn sie ihn brauchte. Und deshalb hielt sie das Zerwürfnis zwischen ihnen einfach nicht aus. „Hallo, Großpapa", sagte sie nun.

Sie fassten sich bei den Händen. „Bist du immer noch mein Lieblingsmädchen, Nell?"

„Natürlich bin ich das. Das heutige Tagesgericht ist Rindergeschnetzeltes, dein Lieblingsessen. Meins auch."

Cornelius und Cornelia MacDermott lächelten sich an. Natürlich begann das Gespräch sich wieder um Politik zu drehen. „Es ist erst vorbei, wenn das endgültige Ergebnis vorliegt, Nell", sagte Mac. „Bei Präsidentschaftswahlen zählt jeder Sitz im Kongress. Menschen, die einen Kandidaten bevorzugen, wählen normalerweise auch dessen Partei. Und du bist eine Kandidatin, die uns diese Stimmen bringen kann."

„Glaubst du das wirklich?", fragte Nell.

„Ich weiß es", entgegnete Mac. „Schließlich war ich nicht umsonst mein Leben lang Politiker. Also setzen wir deinen Namen auf den Stimmzettel, dann wirst du es selbst sehen."

„Ich werde bestimmt kandidieren, Mac. Gib mir nur ein paar Tage, um mich wieder zu sammeln."

„Warst du bei dieser Hellseherin?"

„Ja. Sie hat mir gesagt, Adam bedauere, dass er sich gegen meine Pläne gestellt habe. Ich bin sicher, dass sie damit meine Entscheidung gemeint hat, in die Politik zu gehen. Adam wolle, dass ich mein Leben weiterlebe."

„Damit hat sie gar nicht so Unrecht."

„Wahrscheinlich hätte mir Monsignore Duncan dasselbe geantwortet, wenn ich ihn gefragt hätte. Nur mit dem Unterschied, dass Bonnie Wilson es direkt von Adam weiß", fügte sie hinzu. Nell spürte, wie ihr Großvater sie anstarrte. „Mir ist klar, wie absurd das klingt", fuhr sie fort. „Doch als ich bei ihr war, habe ich ihr geglaubt."

„Und jetzt?"

„Ich finde ihren Ratschlag sinnvoll. Aber da war noch etwas, Mac. Peter Langs Name ist gefallen. Ich habe keine Ahnung, was ich davon halten soll. Adam hat mich vor ihm gewarnt."

„Nell, um Himmels willen! Du nimmst das alles viel zu ernst."

„Darüber bin ich mir im Klaren. Allerdings haben Adam und Peter Lang gemeinsam an der Erschließung des Grundstücks in der 28. Straße gearbeitet."

„Pass auf", erwiderte Mac. „Ohne ein paar krumme Geschäfte hätte Lang es sicherlich nicht so weit gebracht. Also hat er vermutlich keine weiße Weste. Ich werde jemanden damit beauftragen, Erkundigungen über ihn einzuziehen." Er zögerte. „Nell, bestimmt hast du mitbekommen, dass heute Nachmittag in der Lexington Avenue die Fassade eines Hauses eingestürzt ist."

„Ja, ich hab's in den Sechsuhrnachrichten gehört."

„Kurz bevor ich heute Abend mein Büro verließ, erhielt ich einen Anruf von Robert Walters. Sam Krause war der Bauunternehmer, der die Arbeiten an dem Gebäude in der Lexington Avenue ausgeführt hat. Und Adam war beim Architekturbüro Walters und Arsdale der für die

Sanierung zuständige Architekt. Wenn da Pfusch im Spiel war, hätte Adam eigentlich davon wissen müssen. Einige Passanten wurden bei dem Unfall verletzt. Einer schwebt noch in Lebensgefahr." Er hielt inne. „Damit will ich sagen, dass bei den polizeilichen Ermittlungen wieder Adams Name fallen könnte."

Mac sah den Ärger in den Augen seiner Enkelin aufflackern. „Nell", sprach er fast flehend weiter. „Ich muss dich warnen. Ich will verhindern, dass man dir wehtut."

Nell erinnerte sich an Bonnies „Gespräch" mit Adam am Nachmittag. „Er sieht Sie so liebevoll an ...", hatte sie gesagt, „... er hat seinem Mörder verziehen ..."

„Mac, ich muss alles erfahren, was über meinen Mann so geredet wird, denn ich werde der Wahrheit auf den Grund gehen, und wenn es mich umbringt. Jemand hat eine Bombe an Bord der Jacht geschmuggelt und Adam getötet. Ich schwöre dir, dass ich den Täter finden werde."

DIENSTAG, 20. JUNI

Als Nell Peter Lang die Tür öffnete, fragte sie sich unwillkürlich, wie schwer der Unfall wohl gewesen sein mochte, der ihn von der verhängnisvollen Sitzung auf Adams Jacht fern gehalten hatte. Obwohl seit ihrer letzten Begegnung erst eine Woche vergangen war, konnte sie auf seinem Gesicht keine Spur mehr von einem Bluterguss entdecken.

Weltgewandt. Gut aussehend. Ein Visionär in der Immobilienbranche. Mit diesen Worten wurde Lang in den Gesellschaftsspalten der Zeitungen beschrieben.

Ich sehe Blut. Adam will Sie warnen.

„Ich denke oft an Sie, Nell. Wie ist es Ihnen ergangen?"

„Den Umständen entsprechend", erwiderte sie kühl.

„Aber Sie sehen fabelhaft aus", sagte er, nahm ihre beiden Hände und lächelte entwaffnend. „Das klingt zwar seltsam, aber es stimmt."

„Solange der äußere Schein gewahrt bleibt, was, Peter?", entgegnete Nell, machte sich von ihm los und führte ihn ins Wohnzimmer.

„Oh, ich halte Sie für eine starke Frau, die zu stolz ist, um sich gehen zu lassen."

Wie viel weiß sie?, fragte sich Lang und schwieg eine Weile. „Nell, Adam und ich waren gemeinsam an einem Projekt beteiligt. Wie Ihnen sicher bekannt ist, stammen die Entwürfe für den geplanten Wohnturm von Adam."

„Ja, er war ganz begeistert von dem Vorhaben“, erwiderte Nell.

„Adams erste Entwürfe haben uns sehr gut gefallen. Er war ein kreativer und origineller Architekt. Wir vermissen ihn sehr. Doch da er nun nicht mehr bei uns ist, müssen wir leider wieder von vorne anfangen. Und ein anderer Architekt wird wahrscheinlich seine eigenen Vorstellungen haben.“

„Ich verstehe.“

Also hat Adam ihr verheimlicht, dass sein Vorschlag abgelehnt wurde, dachte Lang triumphierend.

„Wie Ihnen sicher bekannt ist, hat Adam im letzten August einer gewissen Mrs Kaplan ein Haus in der Innenstadt abgekauft. Das Grundstück grenzt an das Bauland, das ich inzwischen erworben habe, und er wollte es in unser Bauvorhaben einbringen. Letzte Woche wurde der Wert des Grundstücks auf 800000 Dollar geschätzt, doch ich bin bereit, Ihnen drei Millionen Dollar dafür zu geben. Sie müssen gestehen, dass das für nur zehn Monate eine hübsche Rendite ist.“

„Warum wollen Sie einen so hohen Preis bezahlen?“, fragte Nell.

„Weil wir mit dem Grundstück unser Bauvorhaben in großzügigem Rahmen durchführen können. Auf diese Weise haben wir Platz für ein paar dekorative Extras wie eine geschwungene Auffahrt und eine elegante Gartenanlage. Ich muss hinzufügen, dass unser Gebäude Ihr Haus, sofern Sie es behalten wollen, derart überragen wird, dass es vermutlich einen Teil seines Wertes verliert.“

„Ich werde es mir überlegen“, erwiderte sie mit einem schwachen Lächeln.

Lang lächelte ebenfalls. „Natürlich. Sie wollen es sicher mit Ihrem Großvater besprechen.“ Er fügte hinzu: „Nell, wahrscheinlich geht es mich nichts an, aber ich würde mich freuen, wenn wir Freunde werden könnten und wenn Sie mir vertrauen würden. Gewiss ist Ihnen klar, dass in der Stadt einige Gerüchte über Sie im Umlauf sind. Es heißt – und ich hoffe, es stimmt –, dass Sie für den Kongress kandidieren wollen, und zwar für den ehemaligen Sitz Ihres Großvaters.“

Nell stand auf, um zu zeigen, dass sie das Gespräch für beendet hielt. „Über Gerüchte unterhalte ich mich nicht, Peter“, sagte sie.

„Offenbar heißt das, dass Sie den Zeitpunkt, um Ihre Kandidatur öffentlich zu machen, selbst bestimmen wollen. Nell, ich wollte nur sagen, dass ich voll und ganz hinter Ihnen stehe.“

„Vielen Dank“, erwiderte sie und dachte: Und du bist so diskret wie ein Vorschlaghammer.

Kaum hatte sich die Tür hinter Lang geschlossen, als schon das

Telefon klingelte. Detective Jack Sclafani verlangte, dass Nell ihm und seinem Partner Detective Brennan Zutritt zu Adams Büro gewährte und sie den Inhalt von Winifred Johnsons Schreibtisch und Aktenschrank durchsuchen ließ.

„Wir könnten uns auch einen Durchsuchungsbefehl besorgen", erklärte Sclafani. „Aber so sparen wir uns den Papierkrieg."

„Kein Problem. Wir treffen uns dort", antwortete Nell und fügte hinzu: „Ich muss Ihnen noch sagen, dass ich mit der Erlaubnis ihrer Mutter in Winifreds Wohnung war, um nachzuprüfen, ob Winifred durch Versicherungspolicen oder Sparguthaben für die Zukunft ihrer Mutter vorgesorgt hatte, doch ich konnte nichts entdecken."

Die beiden Detectives trafen kurz vor Nell in der 27. Straße ein. Sie betrachteten das Modell im Fenster.

„Ziemlich schick", meinte Sclafani. „Wer sich so etwas ausdenkt, verdient bestimmt viel Kohle damit."

„Für uns sieht es wahrscheinlich beeindruckender aus als für Leute, die sich mit Architektur auskennen", entgegnete sein Partner. „Walters hat ja behauptet, man hätte den Entwurf abgelehnt."

Nell war aus dem Taxi gestiegen, hatte sich den beiden Polizisten von hinten genähert und so gerade noch Brennans letzte Bemerkung gehört.

„Was?", fragte sie. „Sagten Sie eben, Adams Entwurf sei abgelehnt worden?"

Sclafani und Brennan wirbelten herum. „Mr Walters wurde gestern von der Staatsanwaltschaft vernommen, Mrs MacDermott", erwiderte Brennan. „So lautete seine Aussage."

Unwillig verzog Nell das Gesicht. „Walters würde ich kein Wort glauben." Damit marschierte sie zur Tür und läutete nach dem Hausmeister. „Ich habe keinen Schlüssel", erklärte sie barsch.

Nell kehrte den beiden Männern den Rücken zu und versuchte sich zu beruhigen. Wenn das stimmt, hat Peter Lang mich vor knapp einer Stunde angelogen, dachte sie. Warum? Und aus welchem Grund hat Adam es mir verschwiegen? Er hätte es mir anvertrauen sollen.

Der Hausmeister erschien und öffnete ihnen die Tür.

Am Blick seines Partners erkannte Jack Sclafani, dass Adam Cauliffs Büro auf George Brennan denselben Eindruck machte wie auf ihn: gut eingerichtet, aber erstaunlich klein. Eigentlich bestand es nur aus einem Empfangsbereich und zwei Räumen.

„Wie viele Angestellte hatte Ihr Mann?", fragte Sclafani.

„Nur Winifred. Heutzutage erledigt ein Architekt den Großteil seiner

Arbeit am Computer, und wenn man eine Firma gründet, muss man die fixen Kosten möglichst gering halten. Einen Teil des Auftrags wollte Adam an freie Mitarbeiter vergeben."

Nell bemerkte, dass sie den Großteil der vergangenen zehn Tage damit verbracht hatte, ruhig und gelassen zu wirken.

Was würden diese Polizisten davon halten, wenn sie von der Bitte wüssten, die Lissy Ryan bei ihrem Besuch an Nell gerichtet hatte: „Finden Sie heraus, warum jemand meinem Mann 50000 Dollar Schweigegeld gegeben hat, und helfen Sie mir, es wieder gutzumachen."

Und was war mit der eingestürzten Fassade? Würde man versuchen, Adam dafür die Schuld zu geben? Nell brauchte Zeit, um die Zusammenhänge zu durchschauen.

Auf einmal bemerkte sie, dass die beiden Detectives sie musterten. „Tut mir Leid", sagte sie. „Offenbar habe ich geträumt. Hier zu sein fällt mir schwerer, als ich vermutet habe."

Sie ahnte nicht, dass Brennans und Sclafanis verständnisvolle Mienen nur dazu dienten zu verbergen, was wirklich in ihnen vorging, denn die Polizisten waren mit einem Mal sicher, dass ihnen Nell MacDermott ebenso wie Lissy Ryan aus Angst etwas verheimlichte.

Winifreds Schreibtisch war abgeschlossen, doch George Brennan zog einen Schlüsselbund aus der Tasche. „Ihre Handtasche wurde gefunden", erklärte er Nell. „Diese Schlüssel waren darin. Seltsamerweise war die Tasche kaum versengt."

„In den letzten Tagen hat sich eine ganze Menge merkwürdiger Dinge ereignet", entgegnete Nell. „Zum Beispiel der Versuch von Walters und Arsdale, sämtliche Unregelmäßigkeiten in ihrer Firma meinem Mann in die Schuhe zu schieben. Heute Morgen habe ich mit Adams Steuerberater gesprochen. Er hat mir versichert, dass alle Unterlagen auch der kritischsten Überprüfung standhalten werden."

Hoffentlich, dachte George Brennan und sagte: „Ich möchte Sie nicht aufhalten. Sehen wir uns doch rasch um."

Wenige Minuten später hatten sie sich vergewissert, dass der Schreibtisch nichts Außergewöhnliches enthielt. „Genauso wie in ihrem Schreibtisch zu Hause", sagte Nell zu den Polizisten. „Aber wenigstens haben wir ein paar Versicherungspolicen und die Besitzurkunde für das Grab ihres Vaters gefunden."

In dem Aktenschrank neben dem Schreibtisch befanden sich Akten, Kartons mit Papier, Bogen von dickem braunem Packpapier und Knäuel von Paketschnur.

Jack Sclafani blätterte die Akten durch. „Geschäftskorrespondenz", verkündete er. Dann nahm er Winifreds Adressbuch zur Hand. „Haben Sie was dagegen, wenn wir es uns ausleihen?“, erkundigte er sich bei Nell.

„Natürlich nicht. Wahrscheinlich sollte man es sowieso an ihre Mutter schicken.“ Nell zögerte. „Hören Sie, vielleicht ist es nicht wichtig, aber offenbar hatte Winifred eine Beziehung mit einem Mann namens Harry Reynolds.“

„Woher wissen Sie das?“, erkundigte sich Brennan.

„Als ich den Schreibtisch in ihrer Wohnung durchsuchte, entdeckte ich eine Schublade, die mit allen möglichen Zetteln voll gestopft war, und auf jeden hatte sie *Winifred liebt Harry Reynolds* geschrieben. Für mich sah es aus wie das Gekritzel einer Fünfzehnjährigen, die ganz furchtbar für jemanden schwärmt.“

„Ich würde es eher Besessenheit nennen als Schwärmerei“, merkte Brennan an. „Soweit ich informiert bin, war Winifred Johnson eine zurückhaltende Frau, die immer mit ihrer Mutter zusammengelebt hat, bis diese in ein Pflegeheim ging.“

„Stimmt.“

„Genau diese Sorte von Frauen fällt meistens Hals über Kopf auf den falschen Kerl herein.“ Er zog die Augenbrauen hoch. „Wir werden diesen Harry Reynolds mal unter die Lupe nehmen. Mrs MacDermott, wir wollen einen Kaffee trinken gehen. Möchten Sie nicht mitkommen?“

Nell zögerte, entschied sich aber dann anzunehmen.

„Danke, ja. Heute Morgen hatte ich eine Besprechung mit Peter Lang, von der ich Ihnen gerne erzählen würde. Ich halte diesen Mann für einen Lügner und Intriganten, und er gehört eindeutig zu den Menschen, die vom Tod meines Mannes profitieren.“

CORNELIUS MACDERMOTT hatte eine schlaflose Nacht verbracht. Am Dienstag ging er erst kurz vor der Mittagszeit ins Büro, und als er hereinkam, stellte Liz Hanley zu ihrer Bestürzung fest, dass seine sonst so gesunde Gesichtsfarbe einem fahlen Grauton gewichen war.

Es lag an der Sorge um seine Gesundheit, dass Liz seinem Plan zustimmte: Er wollte Nell beweisen, dass die berühmte Hellseherin Bonnie Wilson nichts weiter war als eine Betrügerin.

„Vereinbaren Sie einen Termin“, wies er Liz an. „Und zwar unter dem Namen Ihrer Schwester, nur für den Fall, dass Gerti Sie je gegenüber dieser Wilson erwähnt hat.“

„Wenn sie eine Rufnummernerkennung hat, weiß sie sofort, wer ich bin.“

„Kluges Mädchen. Ihre Schwester wohnt doch in Beekman Place. Fahren Sie gleich hin, und rufen Sie von dort aus an.“

Als Liz wieder ins Büro kam, verkündete sie: „Ich habe morgen um fünfzehn Uhr einen Termin bei Bonnie Wilson."

„Ausgezeichnet. Und wenn Sie zufällig mit Nell oder mit Gerti …"

„Mac, Sie wollten mich doch nicht etwa ernsthaft bitten, meinen Mund zu halten."

„Danke, Liz. Ich wusste, dass ich mich auf Sie verlassen kann."

AM DIENSTAG nahm Lisa ihre Arbeit im Schönheitssalon wieder auf.

Als sie um sechs Uhr nach Hause kam, wurde sie von ihrer Freundin Brenda Curren in der Küche erwartet. Es duftete köstlich nach Brathuhn. Der Tisch war für sechs Personen gedeckt. Ed, Brendas Mann, half Charley gerade bei seinen Hausaufgaben im Lesen.

„Du bist zu gut, um wahr zu sein", sagte Lisa leise.

„Wir haben uns gedacht, dass du nach deinem ersten Arbeitstag vielleicht ein bisschen Gesellschaft brauchst", erwiderte Brenda fröhlich.

„Gute Idee." Lisa ging ins Bad und wusch sich das Gesicht. Du hast den ganzen Tag nicht geweint, sagte sie sich streng. Also fang bloß nicht jetzt damit an.

Beim Essen kam Ed Curren auf Jimmys Werkzeug im Keller zu sprechen. „Lisa, ich weiß, dass Jimmy ein paar sehr teure Werkzeuge hatte. Du solltest sie so schnell wie möglich verkaufen, bevor sie an Wert verlieren." Er tranchierte das Brathuhn. „Wenn du möchtest, gehe ich gerne runter und sortiere sie aus."

„Nein!", stieß Lisa hervor. Als sie merkte, wie ihre Freunde und ihre Kinder sie entgeistert anstarrten, wurde ihr klar, dass sie ein gut gemeintes Hilfsangebot übertrieben heftig abgelehnt hatte. „Tut mir Leid", sagte sie. „Aber irgendwie kann ich mich noch nicht damit auseinander setzen."

Doch als die Currens gegangen waren und die Kinder schliefen, schlich sich Lisa in den Keller, zog die Schublade des Aktenschrankes auf und betrachtete die Geldpäckchen. Es ist wie eine Zeitbombe, dachte sie. Ich muss es loswerden!

AM DIENSTAGNACHMITTAG tauschte Dan Minor mit einem Kollegen die Schicht und suchte die Vermisstenabteilung der Polizei von New York, Police Plaza Nummer 1, auf.

Der Detective, mit dem er sprach, war zwar verständnisvoll, aber realistisch. „Es tut mir furchtbar Leid, Dr. Minor, aber Sie wissen ja nicht einmal, ob Ihre Mutter überhaupt in New York war, als Sie nach ihr zu suchen begannen. Sie sind gar nicht sicher, ob sie verschwunden ist. Haben Sie eigentlich eine Vorstellung davon, wie viele Menschen jedes Jahr in dieser Stadt als vermisst gemeldet werden?"

Enttäuscht fuhr Dan mit dem Taxi nach Hause. Er beschloss, dass es vermutlich das Beste war, sich in der Umgebung der 4. Straße an der Ostseite von Manhattan umzusehen.

Er zog einen leichten Jogginganzug und Turnschuhe an.

Als er raschen Schrittes die Stadt durchquerte, hatte er Nell MacDermotts Gesicht vor Augen. Seit ihrer zufälligen Begegnung im Park geschah das öfter.

Der Gedanke an ein Wiedersehen mit ihr heiterte Dan ein wenig auf, während er lange die Umgebung der 4. Straße an der Ostseite von Manhattan durchkämmte und jeden, dem er begegnete, nach Quinny fragte.

Er hatte sich mit einem Stapel Visitenkarten ausgerüstet, auf denen seine Telefonnummer stand. Diese verteilte er nun an die Passanten. „Fünfzig Dollar für jeden, der mir einen Hinweis gibt", versprach er.

Um sieben Uhr gab er schließlich auf, fuhr mit dem Taxi zurück in den Central Park und fing an zu joggen. Und auf Höhe der 72. Straße traf er tatsächlich wieder mit Nell zusammen.

NACH dem Gespräch mit Nell MacDermott fuhren Jack Sclafani und George Brennan auf direktem Weg ins Revier. Als ob sie es im Voraus verabredet hätten, erörterten sie die Ergebnisse dieser Unterredung erst, als sie wieder in ihrem Büro saßen.

Jack ließ sich an seinem Schreibtisch nieder und trommelte mit den Fingern auf die Armlehne seines Stuhls. „Die MacDermott hat mehr oder weniger deutlich gesagt, sie verdächtige Lang, die Jacht in die Luft gesprengt zu haben. Doch wir haben ihn überprüft; der Autounfall gibt ihm ein Alibi."

„Soweit ich mich erinnere, hat er angeblich beim Fahren telefoniert und ist dabei von der Sonne geblendet worden. Er hat die Karambolage verschuldet."

„Es hätte Absicht sein können", wandte Brennan ein. „Jedenfalls hat Nell MacDermott eine Menge interessanter Fragen in den Raum gestellt." Brennan zog einen Notizblock heraus und schrieb mit. „Vor allem mit einer sollten wir uns ein wenig eingehender befassen: Was für ein Haus will Lang eigentlich auf dem Vandermeer-Grundstück bauen, und wie notwendig braucht er das Kaplan-Grundstück dazu? Das könnte ein Motiv sein."

„Und ich hätte da noch etwas“, ergänzte Sclafani. „Wann hat Lang Cauliff mitgeteilt, dass sein Entwurf abgelehnt wurde?“

„Das bringt mich wiederum zur nächsten Frage, Jack. Aus welchem Grund hat Cauliff seiner Frau verschwiegen, dass Lang ihn aus dem Projekt geworfen hat? Wenn man davon ausgeht, dass ihre Ehe glücklich war, hätte er es ihr doch eigentlich erzählen müssen.“

„Apropos glücklich: Wie ist Winifreds Freund Harry Reynolds in die Sache verwickelt?“, merkte Sclafani an.

„Ich habe noch einen Vorschlag zu machen“, sagte Brennan. „Schnüffeln wir doch ein bisschen herum und stellen fest, ob Lang und unser alter Freund Jed Kaplan sich kennen.“

Sclafani nickte.

„Und wenn wir schon einmal dabei sind, uns zusätzliche Arbeit aufzuhalsen, hätte ich noch einen Namen für unsere Liste.“

„Lass mich raten: Adam Cauliff.“

„Genau. Kaplan hatte eine Mordswut auf ihn. Walters konnte ihn nicht ausstehen. Lang hat ihm den Laufpass gegeben. Anscheinend war Cauliff nicht unbedingt ein Traumprinz. Ich frage mich, wer sonst noch etwas davon gehabt haben könnte, dass seine Jacht nicht mehr in den Hafen zurückgekehrt ist.“

„Okay. Dann also los“, sagte Brennan.

Eine Stunde später streckte Brennan den Kopf in Sclafanis Büro. „Ich habe einen Kollegen in North Dakota angerufen und von ihm ein paar Vorabinfos bekommen. Offenbar war Cauliff bei seinem ehemaligen Arbeitgeber etwa so beliebt wie Ameisen bei einem Picknick. Dieser Hinweis könnte uns weiterbringen.“

ALS NELL neben Dan Minor durch den Central Park joggte, stellte sie fest, dass sie seine Gegenwart als beruhigend empfand. Er strahlte Kraft und Durchsetzungsvermögen aus, was sich auch an seinen gleichmäßigen Schritten bemerkbar machte. Als sie einmal ins Stolpern geriet, umfasste er beherzt ihren Arm und verhinderte, dass sie stürzte.

Sie liefen nach Norden bis zum Wasserspeicher, umrundeten dann den Park und kehrten anschließend zur 72. Straße an der Ostseite von Manhattan zurück.

Atemlos blieb Nell stehen. „Hier verlasse ich Sie“, verkündete sie.

Nach dieser zweiten Zufallsbegegnung wollte Dan sie auf keinen Fall gehen lassen, ohne ihr vorher ihre Telefonnummer entlockt zu haben. „Ich begleite Sie nach Hause“, schlug er prompt vor. Unterwegs bemerkte er beiläufig: „Ich weiß nicht, wie es Ihnen geht, Nell, aber ich kriege allmählich Hunger. Was halten Sie davon, wenn wir in etwa einer Stunde zusammen essen gehen?“

„Oh, ich glaube nicht ...“

„Oder haben Sie schon etwas anderes vor?“, fiel er ihr ins Wort.

„Nein.“

„Vergessen Sie nicht, dass ich Arzt bin. Auch wenn Sie meinen, dass Sie keinen Hunger haben, müssen Sie etwas essen.“

Einige Minuten lang musste er all seine Überredungskünste aufbringen, und schließlich verabredeten sie sich im „Il Tinello“ in der 56. Straße an der Westseite von Manhattan. „Lieber erst in anderthalb Stunden“, sagte Nell. „Außer alle Ampeln springen bei Ihrem Anblick automatisch auf Grün um.“

NACH ihrer Rückkehr aus Adams Büro hatte Nell einige Stunden damit verbracht, seine Sachen zu sortieren und zusammenzufalten. Nun waren Bett und Sessel im Gästezimmer mit Stapeln von Socken, Krawatten und Unterwäsche bedeckt. Seine Anzüge, Hosen und Sakkos hatte sie dort in den Schrank gehängt, und seine leere Kommode hatte sie vom Hausmeister in den Keller schaffen lassen.

Als sie nun aus dem Park kam und im Schlafzimmer rasch aus Shorts und T-Shirt schlüpfte, erschien ihr der Raum vertrauter als zuvor. Nun konnte sie sich hier wieder geborgen fühlen.

Wahrscheinlich hat mich der Anblick seiner Kommode und seiner Kleidung im Schrank ständig an seinen plötzlichen Tod erinnert, überlegte sie. Ich hatte keine Gelegenheit, mich von ihm zu verabschieden. Außerdem musste ich dauernd daran denken, dass er wütend aus dem Haus und für immer aus meinem Leben gestürmt ist.

Nachdem sie rasch geduscht hatte, entschied sie sich für einen grünen Hosenanzug aus Seide, den sie im letzten Jahr gekauft und inzwischen ganz vergessen hatte. Sie erinnerte sich, wie gut er ihr damals beim Anprobieren gefallen hatte. Und das Beste daran war, dass Adam das Stück noch nie an ihr gesehen hatte.

Als Nell im Il Tinello eintraf, wartete Dan Minor schon an einem Tisch. Er sprang auf und lächelte sie an.

„Offenbar hatten Sie wirklich eine grüne Welle“, witzelte Nell.

„Beinahe. Sie sehen bezaubernd aus, Nell. Schön, dass Sie gekommen sind. Ich fürchte, ich habe Ihnen keine Chance gelassen abzulehnen.“

„Ich freue mich, dass Sie mich überredet haben, vor die Tür zu gehen. Und um ehrlich zu sein, ich sterbe vor Hunger.“

Bei einem Glas Wein plauderten sie über gemeinsame Bekannte in Washington. Als Parmaschinken und Melone gebracht wurden, waren die Präsidentschaftswahlen an der Reihe, und sie stellten fest, dass sie nicht dieselbe Partei wählten. Und während sie ihre Spaghetti verspeisten, erzählte Dan, weshalb er nach New York gezogen war.

„Unser Krankenhaus spezialisiert sich gerade auf Brandverletzungen bei Kindern, und da das mein Fachgebiet ist, habe ich so Gelegenheit, etwas dazu beizutragen."

Er sprach auch über seine Suche nach seiner Mutter.

„Heißt das, dass sie einfach so verschwunden ist?", rief Nell aus. „Glauben Sie denn, sie will von Ihnen gefunden werden, Dan?"

„Sie war Alkoholikerin geworden. Deshalb glaubte sie, dass ich bei meinen Großeltern besser aufgehoben wäre. Sie ist fortgegangen, weil ich einen beinahe tödlichen Unfall hatte, an dem sie sich die Schuld gab. Ich möchte ihr sagen, dass dieser Unfall sich im Nachhinein als positiver Anstoß entpuppt hat, aus dem ich viel gelernt habe."

Er berichtete von seinem Besuch in der Vermisstenabteilung der Polizei.

„Vielleicht könnte Mac Ihnen helfen", schlug Nell vor. „Ich weiß, dass es ihn nur ein paar Anrufe kosten würde, damit die Polizei gründlich in ihren Akten nachsieht. Ich werde mit ihm reden, aber wahrscheinlich wäre es das Beste, wenn Sie sich selbst bei ihm melden. Ich gebe Ihnen seine Visitenkarte."

Als der Espresso serviert wurde, sagte Dan: „Nell, jetzt spreche ich schon den ganzen Abend nur über mich. Wenn es Ihnen zu viel ist, brauchen Sie es bloß zu sagen, aber nun habe ich eine Frage an Sie: Wie geht es Ihnen wirklich?"

„Mir?" Nell warf ein Stück Zucker in ihre Espressotasse. „Was soll ich nur darauf antworten? Wenn ein Mensch stirbt und man weder eine Leiche noch einen Sarg oder einen Trauerzug zum Friedhof hat, ist es fast, als wäre dieser Mensch noch da. Ständig sage ich mir: Adam ist tot. Adam ist tot, doch die Worte scheinen nichts zu bedeuten."

„War es beim Tod Ihrer Eltern auch so?"

„Nein. Ich wusste, dass sie gestorben waren. Der Unterschied ist, dass sie im Gegensatz zu Adam – und da bin ich ganz sicher – bei einem Unfall ums Leben kamen. Überlegen Sie doch: Vier Menschen wurden auf der Jacht getötet. Jemand wollte einen von ihnen oder womöglich sogar alle vier loswerden. Und der Täter läuft noch frei herum, genießt das Leben und isst vielleicht gerade zu Abend, so wie wir." Sie hielt inne und blickte ihn an. „Dan, ich muss rauskriegen, wer es war."

„Ist Ihnen klar, Nell, dass jemand, der vorsätzlich vier Menschen umbringt, möglicherweise gefährlich sein könnte?“

Er sah, wie Nell MacDermott plötzlich das Gesicht verzog und ängstlich die Augen aufriss.

„Nell, was ist los?“

Sie schüttelte den Kopf. „Alles in Ordnung“, erwiderte sie.

„Das ist nicht wahr, Nell! Was bedrückt Sie?“

Kurz fühlte sie sich wie damals, als die Ripptide sie ergriffen hatte. Sie war gefangen, und sie bekam keine Luft mehr. Nur dass sie sich diesmal bemühte, eine Tür aufzustoßen, anstatt um ihr Leben zu schwimmen. Und anstelle des kalten Wassers spürte sie furchtbare Hitze und die Gewissheit, dass sie sterben würde.

MITTWOCH, 21. JUNI, UND DONNERSTAG, 22. JUNI

Das Bauvorhaben auf dem Vandermeer-Grundstück ist nur eines von vielen, die mein Unternehmen betreut“, sagte Peter Lang kühl. Offenbar war es ihm gar nicht recht, dass die Detectives Jack Sclafani und George Brennan an diesem Mittwochmorgen einfach in seinem Büro im obersten Stockwerk des Hauses in der Avenue of the Americas Nummer 1200 erschienen waren.

„Beispielsweise“, sprach er weiter, „gehört dieses Gebäude uns ebenfalls. Ich könnte Sie kreuz und quer durch Manhattan fahren und Ihnen unsere übrigen Liegenschaften zeigen, zudem diejenigen, die wir als Immobilienagentur verwalten. Doch jetzt möchte ich Sie bitten, mir den Grund Ihres Besuchs zu nennen, meine Herren.“

Der Grund unseres Besuchs, alter Junge, dachte Sclafani, ist, dass wir Sie mittlerweile des vierfachen Mordes verdächtigen. Also kommen Sie runter von Ihrem hohen Ross.

„Mr Lang, wir wissen, dass Sie ein viel beschäftigter Mann sind“, sagte George Brennan beschwichtigend. „Doch sicher werden Sie Verständnis dafür haben, dass wir Ihnen Fragen stellen müssen. Ist es richtig, dass Sie gestern bei Nell MacDermott waren?“

Lang hob eine Augenbraue. „Das stimmt. Und warum interessiert Sie das?“

„Weshalb haben Sie Mrs MacDermott aufgesucht?“

„Rein geschäftlich“, entgegnete Lang und warf einen Blick auf die Uhr. „Meine Herren, ich fürchte, Sie müssen mich jetzt entschuldigen. Ich habe eine Besprechung.“

„Sie sitzen gerade in einer Besprechung, Mr Lang." Brennans Stimme klang hart wie Stahl. „Wann haben Sie Mr Cauliffs Entwurf abgelehnt?"

„Ich würde es nicht als Ablehnung bezeichnen. Der Entwurf musste an vielen Stellen überarbeitet werden."

„Seiner Frau haben Sie aber etwas ganz anderes erzählt."

Peter Lang stand auf. „Ich empfinde Ihren Tonfall und Ihr Verhalten als unangemessen."

„Nur noch eine Frage, Mr Lang", meinte Detective Sclafani. „Sie haben für das Vandermeer-Grundstück Vorkaufsrecht beantragt, nachdem das Haus von der Liste der denkmalgeschützten Gebäude gestrichen wurde, richtig?"

„Die Stadt brauchte dringend ein anderes Grundstück, das mir gehörte. Also habe ich getauscht. Die Stadt hat dabei das bessere Geschäft gemacht. Meine Herren, falls Sie noch Fragen haben, wenden Sie sich an meinen Anwalt." Er schaltete die Gegensprechanlage ein. „Mr Brennan und Mr Sclafani möchten gehen", teilte er seiner Sekretärin mit. „Bringen Sie sie bitte zum Aufzug."

AM MITTWOCHMORGEN rief Gerti MacDermott Nell an. „Bist du nachher zu Hause?", erkundigte sie sich. „Ich habe heute einen Streuselkuchen gebacken, den magst du doch so gerne."

„Leidenschaftlich gern, Tante Gerti. Klar, komm nur vorbei."

„Wenn du zu viel zu tun hast…"

„Ich schreibe an meiner Kolumne, aber ich bin fast fertig. Ich setze schon mal das Teewasser auf."

„Um elf bin ich da."

Um Punkt elf rief der Pförtner an und meldete, Mrs MacDermott sei auf dem Weg nach oben. Mac hat mich und Gerti zur Pünktlichkeit erzogen, dachte Nell. Nur Adam kam immer zu spät.

„Du siehst schon viel besser aus", lauteten Gertis erste Worte. Sie hatte eine Kuchenform in der Hand. „Ich habe gestern Abend versucht, dich anzurufen, aber du warst nicht da. Bonnie Wilson hat sich nach dir erkundigt."

„Das ist aber nett von ihr." Nell nahm den Kuchen von ihrer Großtante entgegen. „Komm rein. Wir trinken ein Tässchen Tee."

Als sie saßen, sagte Gerti: „Nell, wenn du traurig bist und Gesellschaft brauchst, weißt du ja, wen du anrufen kannst."

Nell lächelte. „Dich."

„Genau. Und hoffentlich hast du Bonnies Rat angenommen, Adams Sachen wegzugeben. Sie hält es für sehr wichtig."

„Ich habe schon mit dem Zusammenpacken angefangen. Der Hausmeister will mir ein paar Kartons besorgen. Samstag ist doch immer noch der Tag, an dem sie Spenden annehmen, oder?"

„Richtig." Eine kleine Kirche an der Ecke First Avenue und 85. Straße betrieb einen Secondhandshop, in dem Gerti als freiwillige Helferin arbeitete. „Und am Samstag bin ich auch dort, weil ich Dienst habe und die Sachen durchsehen muss."

LIZ HANLEY klopfte an Cornelius MacDermotts Bürotür und öffnete sie gleichzeitig. „Ich gehe jetzt", verkündete sie.

„Ich habe ein schlechtes Gewissen, dass ich Ihnen das zumute, Liz, aber es ist wirklich wichtig."

„Mac, wenn diese Frau mich verhext, ist das ganz allein Ihre Schuld."

„Nachdem Sie mit ihr fertig sind, kommen Sie sofort zurück."

„Und was ist, wenn sie stattdessen mich fertig macht?"

BONNIE WILSON war jünger und attraktiver, als Liz vermutet hätte. Die Atmosphäre in der Wohnung deckte sich eher mit Liz' Erwartungen: Trotz des sonnigen Juninachmittags herrschte im Flur eine überraschend düstere Stimmung.

Wortlos folgte sie Bonnie Wilson in ein Arbeitszimmer, das rechts von dem langen Flur abging.

„Warum setzen Sie sich nicht aufs Sofa?", meinte Bonnie. „Ich nehme mir einen Sessel. Ich würde gerne kurz Ihre Hände halten."

Liz, der immer mulmiger zumute wurde, gehorchte.

Bonnie schloss die Augen. „Sie tragen einen Ehering, aber ich spüre, dass Sie schon lange verwitwet sind."

Mein Gott, woher weiß sie das so schnell?, fragte sich Liz.

„Gerade hatten Sie ein wichtiges Jubiläum. Ihren vierzigsten Hochzeitstag. In den letzten Wochen waren Sie ein wenig bedrückt, denn Sie hätten ihn so gerne gefeiert. Sie haben im Juni geheiratet."

Liz nickte entgeistert.

„Ich höre den Namen Sean. Gab es einen Sean in Ihrer Familie? Ich glaube nicht, dass es Ihr Mann ist. Eher ein Bruder." Bonnie legte die Hand an die Schläfe. „Ich fühle hier große Schmerzen", murmelte sie. „Offenbar starb Sean bei einem Unglück."

„Sean war erst siebzehn", erwiderte Liz mit belegter Stimme. „Er ist zu schnell gefahren und hat die Kontrolle über den Wagen verloren. Er erlitt einen Schädelbruch."

„Er ist im Jenseits bei Ihrem Mann und Ihren anderen Angehörigen, die von uns gegangen sind, und er übermittelt Ihnen liebe Grüße von allen. Es ist tröstlich, das zu wissen."

Wie benommen folgte Liz Hanley Bonnie den düsteren Flur entlang, vorbei an einem Tisch mit einem Spiegel darüber. In einer Silberschale lagen Bonnies Visitenkarten. Liz hielt inne und nahm eine davon. Plötzlich lief ihr ein Schauder den Rücken hinunter. Sie sah in den Spiegel, doch ein fremdes Gesicht blickte ihr entgegen. Es wurde von ihrem Spiegelbild überlagert, und als sie es näher betrachten wollte, war es wieder verschwunden.

Als Liz erschüttert und verstört im Taxi zurück ins Büro fuhr, war sie ganz sicher, dass ihr im Spiegel Adam Cauliffs Gesicht erschienen war.

Und ebenso sicher war sie, dass sie keinem Menschen auch nur ein Sterbenswörtchen von diesem Erlebnis erzählen würde.

AM MONTAG und am Dienstag hatte Ben Tucker wieder Albträume, die jedoch nicht mehr so Angst einflößend waren wie die früheren. Seit er die explodierende Jacht gezeichnet und von Dr. Megan gehört hatte, es sei ganz normal, dass ein Kind auf eine derart schreckliche Erfahrung mit Furcht reagiere, fühlte er sich ein wenig besser.

Es störte ihn nicht einmal, dass er wegen des heutigen Termins zu spät zum Baseball kommen würde. Das sagte er auch zu Dr. Megan, gleich als er ihre Praxis betrat.

„Ach, das freut mich aber, Benjy", erwiderte sie. „Möchtest du heute wieder ein paar Bilder für mich malen?"

Diesmal fiel es ihm leichter, da ihn die Schlange nicht mehr so erschreckte. Außerdem war Ben inzwischen klar geworden, dass die Schlange eigentlich gar nicht wie eine Schlange aussah. In seinen letzten Träumen hatte er sie genauer gesehen.

Bens Hand bewegte sich sicher und zielstrebig.

Er war froh, dass Dr. Megan ein wenig abseits an ihrem Schreibtisch saß, etwas schrieb und nicht auf ihn achtete. So fiel es ihm viel leichter.

Als das Bild fertig war, lehnte er sich zurück und betrachtete kritisch sein Werk. Er fand es ziemlich gelungen, obwohl die Darstellung ihn selbst überraschte. Nun erkannte er ganz deutlich, dass die Schlange gar keine Schlange war. Das hatte er nur gedacht, weil er wegen der Explosion so erschrocken war.

Keine Schlange war aus dem Boot ins Wasser geglitten, sondern ein Mensch, der einen eng anliegenden, glänzenden schwarzen Anzug und eine Taucherbrille trug, und der Gegenstand in seiner Hand war anscheinend eine Damenhandtasche.

AM MITTWOCHNACHMITTAG erhielt Lisa Ryan im Salon einen Anruf von Kellys Klassenlehrerin Mrs Evans. „Sie trauert schrecklich um ihren Vater", sagte Mrs Evans. „Heute im Unterricht hat sie zu weinen angefangen."

„Ich dachte, sie kommt von den dreien am besten damit zurecht", erwiderte Lisa bestürzt. „Zu Hause wirkt sie ganz ruhig."

„Ich habe versucht, mit ihr zu sprechen, aber sie schweigt", fuhr Mrs Evans fort. „Allerdings ist sie für eine Zehnjährige sehr erwachsen, und ich habe den Eindruck, dass sie Sie nicht zusätzlich belasten will, Mrs Ryan."

Kelly darf nicht das Gefühl haben, mich schonen zu müssen, dachte Lisa verzweifelt. Es sollte umgekehrt sein. Ich bin zu sehr um mich selbst gekreist und habe ständig über das verdammte Geld nachgegrübelt. Ich will es keinen Tag länger im Haus haben.

Sie suchte in ihrer Tasche den Zettel mit der Nummer und ging zum Telefon. Dann teilte sie dem Geschäftsführer mit, sie müsse die letzten beiden Termine leider absagen.

Sie eilte ins Behandlungszimmer zurück und lächelte ihrer Kundin entschuldigend zu. „Tut mir Leid. Die Schule hat mich angerufen. Eines meiner Kinder hat im Unterricht geweint."

„Das ist ja furchtbar, Lisa. Aber können wir jetzt weitermachen? Ich habe selbst eine Menge zu tun."

GLEICH nachdem Dan Minor am Mittwochnachmittag seinen Dienst im Krankenhaus beendet hatte, suchte er Cornelius MacDermott in seinem Büro auf. Als er telefonisch einen Termin vereinbaren wollte, hatte er erfahren, dass Nell seinen Anruf bereits bei ihrem Großvater angekündigt hatte.

MacDermott begrüßte ihn herzlich. „Wie ich höre, haben Sie und Nell beide in Georgetown studiert."

„Ja, aber ich war sechs oder sieben Jahre über ihr."

„Und wie gefällt es Ihnen in New York?"

„Meine beiden Großmütter sind hier geboren, und meine Mutter wuchs bis zu ihrem elften Lebensjahr in Manhattan auf. Dann sind sie in die Umgebung von Washington gezogen. Also hatte ich schon immer das Gefühl, dass ich erblich bedingt mit einem Fuß in New York und mit dem anderen in Washington stehe."

„Mir geht es ähnlich", meinte MacDermott.

Beim Plaudern kam er zu dem Schluss, dass ihm Dr. Dan Minor sehr sympathisch war. Die meisten hätten einer Mutter, die sie verlassen hatte, wahrscheinlich keine Träne nachgeweint, vor allem nicht, wenn es sich dabei um eine obdachlose Alkoholikerin handelte. Dieser Sohn hingegen wollte sie finden und ihr helfen. Ein Mann nach meinem Geschmack, sagte sich MacDermott.

„Ich werde sehen, ob ich ein paar dieser Bürokraten aus ihrem Schlaf aufscheuchen kann“, meinte er.

„Wenn sie noch lebt, möchte ich mich um sie kümmern. Doch ich weiß, dass sie inzwischen ebenso gut tot sein kann. Wenn das so ist und wenn sie in einem Armengrab bestattet wurde, werde ich sie in unser Familiengrab in Virginia überführen lassen. Wie dem auch sei, für meine Großeltern wäre es sicher eine Erleichterung zu wissen, dass sie nicht mehr krank und vielleicht verwirrt durch die Straßen wandert.“

„Haben Sie Fotos von ihr?“, fragte Cornelius.

Dan holte das Bild, das er immer bei sich trug, aus seiner Brieftasche und reichte es Nells Großvater.

Als Cornelius MacDermott das Foto betrachtete, spürte er plötzlich einen Kloß in der Kehle. Die Liebe zwischen der hübschen jungen Frau und dem kleinen Jungen in ihren Armen schien ihm aus der abgegriffenen Schwarz-Weiß-Aufnahme entgegenzuleuchten. Mutter und Sohn hatten vom Wind zerzaustes Haar und pressten die Wangen aneinander. Der Kleine hatte die Ärmchen fest um ihren Hals geschlungen.

„Ich habe auch ein Bild von ihr, das aus einem Dokumentarfilm über Obdachlose stammt. Die Sendung wurde vor sieben Jahren von PBS ausgestrahlt. Ich habe sie auf dem Foto per Computer künstlich altern und so verändern lassen, dass es der Beschreibung ihrer Freunde vom letzten Sommer entspricht.“

„Wir werden es vervielfältigen und in der Stadt plakatieren lassen“, versprach MacDermott. „Und ich werde ein paar Jungs an die Akten setzen.“

Dan stand auf. „Ich bin Ihnen sehr dankbar, Herr Kongressabgeordneter.“

MacDermott forderte ihn auf, sich wieder zu setzen. „Meine Freunde nennen mich Mac. Hören Sie, es ist halb sechs, Zeit für einen Drink. Was möchten Sie?“

Liz Hanley kam unangemeldet herein, als die beiden Männer gerade in bestem Einvernehmen einen sehr trockenen Martini tranken. Sie bemerkten sofort, wie aufgewühlt sie war.

MacDermott sprang auf. „Was haben Sie, Liz?“

Liz ließ sich in einen Sessel sinken. „Es geht schon wieder. Mac, schenken Sie mir bitte ein Glas Wein ein. Das wird mich wieder aufmuntern.

Es ist nur … Mac, ich habe meine Meinung geändert. Ich bin sicher, dass Bonnie Wilson wirklich hellseherische Fähigkeiten hat. Und das bedeutet, dass man ihre Warnung an Nell wegen Peter Lang ernst nehmen muss.“

NACHDEM Gerti fort war, setzte sich Nell wieder an ihren Schreibtisch, um die Kolumne zu überarbeiten, die in der Freitagsausgabe des *Journal* erscheinen sollte. Der Artikel handelte davon, dass der Wahlkampf um das Präsidentenamt in den Vereinigten Staaten zunehmend länger dauerte und immer erbitterter geführt wurde.

In ihrer nächsten – und, wenn alles nach Plan lief, letzten – Kolumne wollte sie sich von ihren Lesern mit den Worten verabschieden, sie beabsichtige, sich nun selbst ins Wahlkampfgetümmel zu stürzen und zu kandidieren.

Ich habe mich bereits vor zwei Wochen entschieden, dachte Nell, doch ich habe mich zu lange von meinen Ängsten und Befürchtungen bremsen lassen. Hat Adam mir diese Zweifel eingeimpft?, fragte sie sich. Sie stand auf, lief unruhig durch die Wohnung und blieb vor den Bücherregalen stehen, die im Wohnzimmer rings um den Kamin angebracht waren. Adam hatte die Angewohnheit gehabt, ein Buch, das er noch nicht kannte, aus dem Regal zu nehmen, es kurz durchzublättern und es dann willkürlich irgendwohin zurückzustellen. Nell räumte die Bücher um, bis ihre Lieblingswerke in Reichweite ihres gemütlichen Lesesessels standen.

Ich saß in diesem Sessel und habe geschmökert, als er mich das erste Mal anrief, kam ihr in den Sinn. Ich war ein wenig traurig, weil ich nichts von ihm gehört hatte. Wir hatten uns auf einer Cocktailparty kennen gelernt, und es hatte sofort gefunkt. Aber zwei Wochen später habe ich immer noch auf seinen versprochenen Anruf gewartet.

Gerade war ich von Sue Leones Hochzeit in Georgetown zurückgekommen. Die meisten in unserer alten Clique waren schon verheiratet und tauschten Babyfotos aus. Ich sehnte mich sehr nach einer festen Beziehung. Gerti und ich haben sogar Witze darüber gemacht, und sie sagte, bei mir melde sich wahrscheinlich der Mutterinstinkt.

Und dann rief Adam an. Er sagte, seine Geschäftsreise habe länger gedauert als vermutet. Er habe mich vermisst, mich aber nicht anrufen können, da er meine Nummer in seiner New Yorker Wohnung vergessen habe.

Ich wollte mich unbedingt verlieben, und Adam war so charmant. Schon drei Monate später heirateten wir. Wir hatten so viel vor. Unser Leben fing gerade erst an.

Nell schmiegte sich in ihren Sessel und erinnerte sich an jene berauschende, wunderschöne Zeit. Alles war so schnell gegangen. Was hatte sie an Adam so angezogen?, fragte sie sich nun und dachte an den Mann, den sie so sehr geliebt und so plötzlich verloren hatte. Ich weiß, was es war. Es war sein Charme. Bei ihm fühlte ich mich, als wäre ich etwas Besonderes.

Natürlich gab es auch andere Gründe, gestand sie sich ein. Ich muss ehrlich zu mir sein. Adam war das genaue Gegenteil von Mac. Mir ist klar, wie viel ich Mac bedeute, aber er würde eher ersticken, als das Wort „Liebe" auszusprechen. Ich sehnte mich nach einem Menschen, der mir beteuerte, wie sehr er mich liebte.

Andererseits waren Adam und Mac in vieler Hinsicht auch sehr ähnlich. Adam war weniger rabiat als Mac, hatte aber dasselbe Durchhaltevermögen. Und Adam hatte sich wie Mac sein ganzes Studium selbst finanziert.

„Meine Mutter wollte die Studiengebühren bezahlen", hatte er erklärt, „doch ich sagte ihr, sie wäre doch diejenige gewesen, die mir geraten hatte, nie Geld zu borgen oder zu verleihen."

Das habe ich an ihm bewundert, dachte Nell. Ich glaubte, dass Adam wie Mac sein letztes Hemd verschenken, aber nie im Traum daran denken würde, Schulden zu machen.

Doch das änderte sich später. Adam fiel es nicht schwer, mich zu bitten, mehr als eine Million Dollar von meinem Treuhandkonto abzuheben und es ihm zu leihen, überlegte Nell. Und er hat Mac gebeten, ihm eine bessere Stelle zu vermitteln. Dann verließ er die Firma, um sich mit dem Rest des Geldes, das er sich von mir geborgt hatte, selbstständig zu machen.

Die letzten zwei Wochen waren ein Albtraum gewesen. Zuerst hatte sie ihren Mann verloren und sich dann Andeutungen anhören müssen, er habe ihr all die Jahre etwas verheimlicht. Ich will nicht glauben, dass er an illegalen Preisabsprachen beteiligt war. Wenn er Schmiergelder kassiert hätte, hätte er sich doch nichts von mir leihen müssen, überlegte sie.

Aber weshalb hat er mir verschwiegen, dass Peter Lang seinen Entwurf abgelehnt hat? Und aus welchem Grund war er urplötzlich dagegen, als ich ernsthaft mit dem Gedanken spielte, für Macs Sitz zu kandidieren? Er schob es auf Mac. Er sagte, Mac würde immer weiter Macht über mich ausüben, sodass ich als Marionette meines Großvaters enden würde. Inzwischen frage ich mich, ob Adam mir nicht nur etwas eingeredet hat.

Was – abgesehen von seiner Abneigung gegen Mac – könnte Adam dazu bewogen haben, mich vom Scheinwerferlicht der Medien fern zu halten?, grübelte sie.

Plötzlich drängte sich ihr eine Antwort auf, die sie bis ins Mark erschauern ließ: Adam wusste, dass die Presse nach Leichen im Keller gesucht hätte.

Ist vielleicht doch etwas Wahres an den Gerüchten, er habe Schmiergelder angenommen? War er vielleicht in irgendeiner Weise für den Pfusch an dem Haus in der Lexington Avenue verantwortlich?

Um sich von diesen unangenehmen Gedanken abzulenken, beschloss Nell, die Aufgabe in Angriff zu nehmen, die sie schon eine Weile vor sich herschob. Der Hausmeister hatte ihr einen Stapel Kartons gebracht, in die sie Adams Kleidung verpacken konnte. Also ging Nell ins Gästezimmer und stellte den ersten Karton aufs Bett.

Zweifel erzeugen immer wieder neue Zweifel, dachte sie. Während Nell Unterwäsche und Socken ordentlich in den Kartons verstaute, stellte sie sich endlich der Frage: Habe ich Adam wirklich geliebt, oder hatte ich einfach nur das Bedürfnis, mich zu verlieben? Hätte die anfängliche Begeisterung nachgelassen, wenn wir nicht Hals über Kopf geheiratet hätten? Habe ich nur das in ihm gesehen, was ich sehen wollte? Offen gestanden war unsere Ehe nicht sehr glücklich – wenigstens nicht für mich. Ich habe ihm verübelt, dass ich seinetwegen meine beruflichen Ziele aufgeben musste. Und es tat mir auch nicht Leid, wenn Adam die Wochenenden auf seiner Jacht verbrachte, angelte oder einfach nur herumfuhr. Ich war gern allein, und außerdem hatte ich so Zeit, mich mit Mac zu treffen.

Oder haben meine Zweifel andere Gründe?, überlegte Nell, als sie einen Karton schloss und zum nächsten griff. Liegt es vielleicht daran, dass ich in meinem Leben schon genug getrauert habe und jetzt nach einem Vorwand suche, um so etwas nicht noch einmal durchmachen zu müssen? Ich habe gelesen, dass viele mit Wut auf den Tod eines geliebten Menschen reagieren. Ist das bei mir auch der Fall?

Nell legte Baumwollhosen, Jeans und kurzärmelige Hemden in den Karton. Als Letztes wurden Krawatten, Taschentücher und Handschuhe weggepackt. Endlich war das Bett wieder frei. Nell hatte nicht mehr die Kraft, auch noch den Schrank auszuräumen.

Sie sah auf die Uhr. Es war nach sechs. Am Nachmittag hatte Lisa Ryan angerufen und darauf bestanden, Nell noch heute zu sehen.

Lisa kam in Begleitung des Fahrstuhlführers, der ihr half, zwei Päckchen in Nells Wohnung zu tragen.

„Stellen Sie sie einfach dort drüben ab", meinte Lisa und wies auf den runden Tisch am Fenster, das auf die Park Avenue hinausging.

Der Fahrstuhlführer warf Nell einen Blick zu, und diese nickte.

Nachdem die Tür sich hinter ihm geschlossen hatte, sagte Lisa: „Nell, ich habe Albträume, die Polizei könnte mit einem Durchsuchungsbefehl kommen, das verdammte Geld finden und mich vor den Augen meiner Kinder verhaften. Deshalb müssen Sie es hier behalten, bis Sie es dem Besitzer zurückgeben können."

„Lisa, das ist absolut unmöglich", entgegnete Nell. „Ich freue mich über Ihr Vertrauen, doch dass ich das Geld, das Ihr Mann für illegale Machenschaften erhalten hat, aufbewahre oder weiterleite, kommt überhaupt nicht infrage."

„Woher wissen Sie, dass Ihr Mann nicht auch in die Sache verwickelt war?", antwortete Lisa. „Die Umstände, unter denen Jimmy die Stelle bekommen hat, waren doch ziemlich merkwürdig. Hatte Adam Cauliff etwa ein Herz für Arbeitslose, die auf der schwarzen Liste standen? Oder hat er ihm den Job deshalb besorgt, weil er glaubte, jemand, der so sehr in der Patsche saß wie mein armer Jimmy, könnte ihm vielleicht nützlich sein? Das würde mich brennend interessieren."

„Da bin ich überfragt", erwiderte Nell zögernd. „Ich weiß nur, dass ich ohne Rücksicht auf persönliche Empfindlichkeiten herausfinden muss, warum Jimmy mit diesen Leuten gemeinsame Sache gemacht hat."

Lisa Ryan erbleichte. „Nur über meine Leiche lasse ich zu, dass Sie Jimmy in diese Geschichte hineinziehen!", rief sie. „Lieber nehme ich das verdammte Geld und werfe es in den Fluss. Das hätte ich gleich tun sollen."

„Lisa, hören Sie mich an!", flehte Nell. „Sie haben doch sicher gelesen, dass in der Lexington Avenue eine Fassade eingestürzt ist. Drei Menschen wurden verletzt, einer schwebt in Lebensgefahr."

„Mein Jimmy hat nie in der Lexington Avenue gearbeitet!"

„Das habe ich auch gar nicht behauptet. Aber er war Angestellter von Sam Krause, und wenn Krause dort Pfusch abgeliefert hat, ist die Wahrscheinlichkeit groß, dass auf einer anderen Baustelle, auf der Jimmy tätig war, ebenfalls minderwertiges Material verwendet wurde. Wie ich Jimmy einschätze, würde er wollen, dass Sie alles tun, um einen weiteren tragischen Unfall zu verhindern."

Lisas trotzige Miene verflog, und sie begann bitterlich zu weinen. Nell legte die Arme um sie. „Lisa", sagte sie. „Ich weiß, was Sie durchmachen. Ich habe zwar keine Kinder zu versorgen, doch wenn ans Licht kommt, dass Adam von betrügerischen Machenschaften wusste, könnte das das Ende meiner politischen Karriere bedeuten. Trotzdem hätte ich gern Ihre Erlaubnis, mit den Detectives zu sprechen, die wegen der Explosion ermitteln. Ich werde sie inständig bitten, Jimmys Namen aus den Untersuchungen herauszuhalten. Aber sind Sie sich im Klaren darüber, Lisa, dass Jimmy vielleicht Ziel des Bombenanschlags auf der Jacht war, weil er zu viel gewusst haben könnte?"

Nell hielt inne. „Lisa, einige Leute könnten sich fragen, ob Jimmy Ihnen möglicherweise erzählt hat, woher das Geld stammt. In diesem Fall könnte man auch Sie für eine Bedrohung halten. Haben Sie daran schon einmal gedacht?"

„Aber er hat es mir doch nicht erzählt!"

Sanft berührte Nell ihre Besucherin am Arm. „Das wissen nur wir beide."

AM DONNERSTAGVORMITTAG suchten Jack Sclafani und George Brennan Ada Kaplan erneut in ihrer Wohnung an der Ecke 14. Straße und First Avenue auf.

„Ist Jed zu Hause?", fragte Sclafani.

„Er schläft noch." Ada Kaplan war wieder den Tränen nahe. „Sie wollen doch nicht etwa noch einmal meine Wohnung durchsuchen? Ich ertrage das nicht mehr."

„Nein, wir durchsuchen Ihre Wohnung nicht, Mrs Kaplan", beruhigte sie Brennan. „Wir möchten nur mit Jed sprechen."

„Vielleicht redet er ja mit Ihnen. Mit mir wechselt er kaum noch ein Wort." Flehend sah sie die beiden Polizisten an. „Was hätte er denn davon gehabt, Adam Cauliff umzubringen?", wollte sie wissen. „Offen gestanden hätte ich das Grundstück, wenn nicht an Cauliff, dann an Mr Lang, den Baulöwen, verkauft. Das habe ich Jed klipp und klar gesagt."

„Sie haben sich mit Peter Lang über Ihr Grundstück unterhalten?", hakte Brennan nach.

„Selbstverständlich. Gleich nach dem Brand in der alten Villa kam er zu mir – mit einem Scheck in der Hand." Ihre Stimme senkte sich zu einem Flüstern. „Er hat mir zwei Millionen Dollar geboten."

„War Lang verärgert, als er erfuhr, dass Sie bereits verkauft hatten?"

„Oh ja, das war er. Wenn er Mr Cauliff in die Finger gekriegt hätte, hätte er ihn wahrscheinlich mit bloßen Händen erwürgt."

„Redest du über mich, Mutter?"

Die drei drehten sich um und sahen einen unrasierten Jed Kaplan in der Tür stehen.

„Nein", erwiderte Ada Kaplan ängstlich. „Ich habe den Herren nur erzählt, dass Peter Lang auch Interesse an meinem Grundstück hatte."

Jed Kaplan verzog das Gesicht. „An *unserem* Grundstück, Mutter. Vergiss das nur nicht.“ Er wandte sich an Brennan und Sclafani. „Was wollen Sie?“

Die Polizisten erhoben sich. „Uns vergewissern, ob Sie immer noch so charmant sind wie eh und je“, entgegnete Sclafani. „Außerdem möchten wir Sie daran erinnern, dass Sie weder einen Urlaub noch eine Reise planen sollten, bis wir Ihnen unser Okay geben. Also seien Sie nicht überrascht, wenn wir Ihnen hin und wieder einen kleinen Besuch abstatten.“

„Es war mir eine Freude, Sie wiederzusehen, Mr Kaplan“, sagte Brennan.

„Denkst du dasselbe wie ich?“, fragte Sclafani, als sie im Aufzug nach unten fuhren.

„Ja. Meiner Ansicht nach ist Kaplan nur ein Kleinkrimineller. Wir vergeuden unsere Zeit mit ihm.“

Als sie wieder im Revier waren, trafen sie dort einen unerwarteten Besucher an. „Der Mann heißt Kenneth Tucker“, erklärte die Empfangsdame. „Er möchte mit den Beamten sprechen, die die Explosion auf der Jacht untersuchen.“

Sclafani zuckte die Achseln. Sobald ein Fall in der Presse breitgetreten wird, melden sich Spinner mit heißen Tipps oder unsinnigen Theorien, dachte er.

Tucker wurde in sein Büro geführt. Er wirkte auf ihn wie ein typischer Jungmanager.

„Ich komme am besten gleich zur Sache“, begann Tucker. „Mein Sohn und ich waren im Hafen von New York, als die Jacht explodierte. Seitdem leidet der Junge unter Albträumen.“

„Wie alt ist Ihr Sohn, Mr Tucker?“

„Benjy ist acht. Wir kehrten gerade von einer Besichtigung der Freiheitsstatue zurück. Ich habe offen gestanden nicht viel erkennen können, aber Benjy hat etwas gesehen, was vielleicht wichtig ist.“

Sclafani und Brennan wechselten einen Blick. „Mr Tucker, wir haben etliche Personen vernommen, die sich an Bord der Fähre befanden, und sie sind sich alle einig, dass sich aus dieser Entfernung keine Einzelheiten ausmachen ließen.“

Kenneth Tucker lief rot an. „Mein Sohn ist stark weitsichtig. Normalerweise trägt er eine Brille, die er zum Lesen braucht, doch er hatte sie abgenommen. Er erzählte immer wieder, dass in seinen Albträumen eine Schlange von der explodierenden Jacht sprang und auf ihn zukam. Wir sind mit ihm zu einer Kinderpsychologin gegangen, und sie konnte ihn dazu bringen, das zu zeichnen, was er beobachtet hat.“ Er reichte den

Polizisten Bens Zeichnung. „Er glaubt, er hätte jemanden in einem Taucheranzug gesehen, der eine Damenhandtasche bei sich hatte und im Augenblick der Explosion über Bord sprang. Möglicherweise handelt es sich um die blühende Fantasie eines kleinen Jungen, doch ich denke, Sie sollten sich die Zeichnung zumindest anschauen. Selbstverständlich konnte Ben wegen der Taucherbrille das Gesicht des Froschmannes nicht erkennen. Sie werden hoffentlich verstehen, dass es zwecklos wäre, ihn zu verhören. Und natürlich dürfen die Medien nichts davon erfahren."

Brennan und Sclafani sahen sich erneut an. „Mr Tucker, wir sind Ihnen sehr dankbar", sagte George Brennan. „Es ist durchaus möglich, dass die Zeichnung Ihres Sohnes von Bedeutung ist, wir müssen weiterermitteln. Bens Name wird nicht erwähnt werden. Und ich bitte Sie, unsere Unterredung niemandem gegenüber zu erwähnen. Wir haben es mit einem mehrfachen Mord zu tun, und der Täter ist vermutlich äußerst gefährlich."

„Dann haben wir uns ja verstanden."

Nachdem sich die Tür hinter Kenneth Tucker geschlossen hatte, stieß Sclafani einen Pfiff aus. „Die Medien haben nie erfahren, dass unsere Jungs Winifred Johnsons Handtasche gefunden haben, also konnte der Junge das gar nicht wissen", sagte er. „Es würde aber erklären, warum die Tasche fast unversehrt war. Jemand hat sie von der Jacht entfernt."

„Und sie während der Explosion im Wasser verloren. Wenn der Kleine Recht hat, ist derjenige, der von Bord gesprungen ist, in letzter Minute entwischt."

Ohne anzuklopfen, öffnete Cal Thompson, der Staatsanwalt, der Robert Walters vernommen hatte, die Tür und streckte den Kopf herein. „Wir haben schon wieder einen Kronzeugen. Sam Krauses Bürochef war gerade mit seinem Anwalt hier. Er gibt zu, dass minderwertige Materialien verwendet worden sind. Außerdem hätten sie Walters und Arsdale grundsätzlich überhöhte Rechnungen ausgestellt."

„Hat er gesagt, wer bei Walters und Arsdale ihr Verbindungsmann war?"

„Seiner Meinung nach seien es Walters und Arsdale selbst gewesen, doch beschwören kann er es nicht. Die Kontaktperson war Winifred Johnson. Sie hätten sogar einen Spitznamen für sie gehabt: ‚Winnie, die Frau mit der Tasche'."

„Außerdem ist sie offenbar eine ausgezeichnete Schwimmerin", stellte Brennan fest.

Thompson hob die Augenbrauen. „Wenn mich nicht alles täuscht, hat es sich für sie ausgeschwommen."

„Vielleicht, vielleicht auch nicht", erwiderte Sclafani.

AM DONNERSTAG stand Nell schon bei Morgengrauen auf. Sie hatte nur wenig geschlafen, war immer wieder von Albträumen geplagt worden. Manchmal war ihr Gesicht beim Aufwachen tränennass gewesen.

Sie fragte sich, ob sie um Adam geweint hatte. Sie wusste es nicht. Nichts schien mehr sicher. Doch in ihrem Zimmer fühlte sie sich geborgen.

Beim Aufwachen hatte Nell auch einige Male Dan Minors Gesicht vor Augen gestanden, ein Bild, das sie als sehr beruhigend empfand. Er war ihr Leidensgenosse, denn auch seine Kindheit war von tragischen Ereignissen erschüttert worden – und er suchte ebenfalls nach Antworten.

Nach dem Aufstehen beschloss Nell bei einer Tasse Kaffee, die Päckchen zu öffnen und das Geld zu zählen, das Lisa Ryan ihr am Vorabend anvertraut hatte. Angeblich waren es 50000 Dollar, und Nell hielt es für ratsam, sich zu vergewissern.

Sie trug die Päckchen zum Esstisch, löste sorgfältig die Knoten der Paketschnur, stellte dabei fest, dass darin ein grüner Faden eingewebt war, und entfernte das braune Einwickelpapier, wobei sie ein merkwürdiges Gefühl überkam. Die Schachtel trug keinen Firmennamen. Nell öffnete die erste und betrachtete die ordentlich gestapelten Banknotenbündel. Sie schenkte sich noch einen Kaffee ein und holte den Taschenrechner hervor. Dann zählte sie jeden Stapel zweimal und tippte das Ergebnis ein. Die erste Schachtel enthielt 28000 Dollar, zum Großteil in Fünfzigern.

Sie öffnete die zweite und begann wieder zu zählen. Ihr fiel auf, dass der Inhalt aus abgenutzten, kleineren Scheinen bestand. Keine Hunderter, die Aufmerksamkeit erregen würden, dachte sie. In der zweiten Schachtel befanden sich genau 22000 Dollar.

Also betrug die Gesamtsumme exakt 50000, die Jimmy vermutlich für irgendeinen Auftrag versprochen worden waren. Aber warum hatte er nichts davon ausgegeben?, fragte sie sich. Hatte er so ein schlechtes Gewissen, dass er es nicht wagte, das Geld anzurühren?

Sie wickelte das braune Papier wieder um das erste Päckchen, und plötzlich fiel es ihr wie Schuppen von den Augen. Sie hatte dieses dicke Packpapier schon einmal gesehen und auch die Paketschnur mit dem eingewebten grünen Faden.

In Winifreds Aktenschrank.

IM FRÜHEN Morgenlicht schlüpfte Lisa Ryan aus dem Bett und zog ihren Chenillebademantel an. Als sie den Gürtel zuband, bemerkte sie, wie sehr sie seit Jimmys Tod abgenommen hatte. Auch eine Methode, Diät zu machen, dachte sie finster.

Lisa war felsenfest davon überzeugt, dass die zuständigen Detectives sofort wieder bei ihr erscheinen würden, nachdem Nell MacDermott ihnen alles erzählt hatte. Bevor sie kamen, wollte Lisa herausbekommen, auf welchen Baustellen genau Jimmy gewesen war und wann.

Auf dem Weg nach unten warf Lisa einen Blick in die Kinderzimmer. Kyle und Charley schliefen tief und fest in ihren Betten.

Kelly bewohnte das kleinste Zimmer – eher einen Wandschrank, hatte Jimmy immer gesagt. Ihr schlanker Körper war auf dem Bett zusammengerollt. Das lange hellblonde Haar fiel ihr über Wange und Schultern. Unter ihrem Kopfkissen lugte ihr Tagebuch hervor. Sie schrieb fast jeden Tag etwas hinein.

Alle hatten hoch und heilig geschworen, es nicht zu lesen. Und da Jimmy bemerkte, dass Kyle und Charley verschwörerische Blicke wechselten, hatte er für Kelly einen Kasten mit einem Schloss gebaut, der auf ihrer Kommode stand. Zu dem Kasten gab es zwei Schlüssel. Einen trug Kelly an einer Kette um den Hals, den anderen hatte Lisa in ihrer Kommode versteckt, falls Kellys einmal verloren gehen sollte.

Kelly hatte Lisa das große Indianerehrenwort abgenommen, dass sie den Kasten nie öffnen würde. Doch nun wurde Lisa klar, dass sie gezwungen war, es zu brechen. Sie musste wissen, was die feinfühlige, aufmerksame Kelly, der Liebling ihres Vaters, über Jimmy geschrieben hatte in der Zeit, als er in Depressionen fiel.

NELL wählte Detective Sclafanis Nummer, legte aber gleich wieder auf. Sie beschloss, die Paketschnur und das Packpapier aus Winifreds Aktenschrank in Adams Büro zu holen, bevor sie mit ihm sprach.

Also duschte sie und zog eine weiße Baumwollhose, eine kurzärmelige Bluse, eine dünne Jeansjacke und Sandalen an und verließ die Wohnung.

Am südlichen Ende des Central Parks bog der Taxifahrer rechts ab. An der Seventh Avenue ging es nach links, also nach Süden, zu Adams Büro.

Einen Häuserblock davon entfernt kamen sie an dem Bauzaun vorbei, den man rings um die Ruine der Vandermeer-Villa errichtet hatte. Das schäbige, schmale Haus daneben gehörte jetzt Nell, und Peter Lang wollte es unbedingt haben. Adam hatte es ebenfalls unbedingt haben wollen, schoss es Nell durch den Kopf.

„Ich möchte hier raus", sagte sie in einem spontanen Entschluss zum Taxifahrer. Sie stieg an der Ecke aus und ging zurück zu ihrem Grundstück. Die meisten umliegenden Häuser waren alt, doch auf der anderen Straßenseite wurde ein Apartmenthaus gebaut.

Bei Nells Parzelle handelte es sich eigentlich nur um einen schmalen Streifen. Inzwischen waren alle Mieter ausgezogen. Das Haus wirkte verlassen und heruntergekommen. Die Graffitischmierereien verstärkten den desolaten Eindruck der dunklen Steinfassade noch.

Was hatte Adam nur damit vor?, fragte sie sich. Wie viel Geld hätte er gebraucht, um das Haus abzureißen und an seiner Stelle ein neues zu bauen? Als Nell das Grundstück betrachtete, wurde ihr zum ersten Mal richtig klar, dass es nur einen Wert besaß, wenn man es mit dem Vandermeer-Grundstück zusammenlegte.

Warum also war Adam so versessen darauf gewesen? Zumal die Vandermeer-Villa zum Zeitpunkt des Kaufs noch unter Denkmalschutz gestanden hatte. Wusste Adam vielleicht früher als alle anderen, dass die Vandermeer-Villa von der Liste der denkmalgeschützten Gebäude gestrichen werden sollte? Das war eine weitere Besorgnis erregende Möglichkeit.

Nell machte kehrt und ging die restlichen anderthalb Häuserblocks zu Adams Büro zu Fuß. Bei ihrem Besuch mit den Detectives am Dienstag hatte der Hausmeister ihr den Ersatzschlüssel übergeben. Sie schloss auf und betrat Winifreds winziges Büro.

Sie öffnete die unterste Schublade des Aktenschranks, holte das braune Packpapier und die Schnur heraus und verstaute sie in der mitgebrachten Einkaufstasche. Auch ohne die beiden Schnüre miteinander zu vergleichen, wusste sie genau, dass diese hier und die um die Geldbündel dasselbe Muster hatten.

Obwohl sie sich erst seit wenigen Minuten in diesem Raum befand, hatte sie das Gefühl, dass es immer wärmer wurde. Da ist es wieder, dachte sie, während sich Verwirrung in ihr breit machte. Ich muss hier raus!

Nell knallte die Schublade zu, griff nach der Einkaufstasche und eilte durch den Empfangsraum zum Ausgang. Sie packte den Türknauf und rüttelte daran, aber nichts geschah. Der Knauf fühlte sich heiß an, und Nell musste husten. In panischer Angst trat sie gegen die Tür und spürte, wie sie sich die Handfläche verbrannte.

„Stimmt etwas nicht, Mrs Cauliff? Klemmt die Tür wieder?“ Plötzlich stand der Hausmeister neben ihr und drückte mit der Schulter die Tür auf. Nell taumelte an ihm vorbei auf die Vortreppe.

Da ist es wieder, dachte sie. Es ist eine Warnung. Der Hustenreiz ließ nach, und sie rang nach Luft. Dann betrachtete sie ihre Hände; von den Brandblasen, die sie gespürt hatte, war nichts zu sehen.

WIEDER zu Hause und immer noch erschüttert von dem merkwürdigen Erlebnis in Adams Büro, rief Nell Jack Sclafani an. Er hob nach dem ersten Läuten ab.

„Ich muss Sie unbedingt sprechen. Könnten Sie bitte zu mir kommen“, sagte sie schnell.

„Wir sind in einer halben Stunde da“, erwiderte er.

Um sich abzulenken, ging Nell ins Gästezimmer und fing an, den Wandschrank auszuräumen. Sie nahm die Sakkos, Anzüge und Hosen von den Bügeln. Als sie ein marineblaues Sakko aus dem Schrank holte und es hochhielt, fiel ihr ein: Dieses hier wollte Adam am letzten Tag tragen, doch nach unserem Streit ist er aus dem Haus gestürmt, und ich habe Winifred das falsche Sakko mitgegeben.

Nell wollte das Sakko schon zusammenfalten und in den Karton legen, aber dann zögerte sie. Ihr fiel ein, wie sie sich ein paar Tage nach seinem Tod vor Trauer hineingekuschelt hatte, um seine Gegenwart zu spüren. Und nun kann ich kaum erwarten, es loszuwerden, dachte sie.

Die Gegensprechanlage im Flur surrte. Nell hängte den Blazer über eine Stuhllehne und eilte zur Tür, um den Detectives aufzumachen.

Jack Sclafani und George Brennan saßen mit Nell im Esszimmer. Sie öffneten die Geldkartons und zählten die Scheine noch einmal.

„Dafür, dass man ein Auge zudrückt, wenn der falsche Beton benutzt wird, kriegt man keine 50000 Dollar“, sagte Sclafani. „Bei einer solchen Summe war Jimmy Ryan bestimmt in etwas Größeres verwickelt.“

„Das habe ich mir auch schon gedacht“, erwiderte Nell leise. „Und vielleicht weiß ich auch, wer es ihm gegeben hat.“ Sie holte das Knäuel Paketschnur und die Packpapierbogen aus der Einkaufstasche.

„Das stammt aus Winifred Johnsons Aktenschrank“, erklärte sie. „Die Sachen sind mir aufgefallen, als ich mit Ihnen im Büro war.“

Brennan verglich die Schnur der Päckchen mit einem Stück des Knäuels. „Das Labor wird es bestätigen. Ich bin fest davon überzeugt, dass die Schnur von diesem Knäuel kommt“, meinte er.

Währenddessen untersuchte Sclafani das Packpapier. „Meiner Ansicht nach ebenfalls identisch.“

„Hoffentlich ist Ihnen klar, dass mein Mann nicht zwangsläufig daran beteiligt gewesen sein muss, wenn Winifred Johnson Schmiergelder an Jimmy Ryan ausgezahlt hat“, verkündete Nell im Brustton der Überzeugung, obwohl sie in Wirklichkeit ganz und gar nicht sicher war.

Sclafani musterte Nell. Sie weiß nicht mehr, was sie glauben soll, dachte er. Sie ist ehrlich zu uns, und deshalb dürfen wir ihr auch nichts verheimlichen.

„Mrs MacDermott, vielleicht ist es nur ein Fehlalarm, aber wir haben einen Zeugen, einen achtjährigen Jungen, der gesehen haben will, wie kurz vor der Explosion ein Froschmann von der Jacht sprang."

Nell starrte ihn an. „Ist das möglich?"

„Mrs MacDermott, alles ist möglich. Ob es wahrscheinlich ist? Nein. In diesem Teil des Hafens herrscht eine ziemlich gefährliche Strömung. Ein sehr guter Schwimmer allerdings könnte es nach Staten Island oder nach Jersey City schaffen."

„Dann glauben Sie also, dass dieses Kind wirklich etwas beobachten konnte?"

„Ja, und zwar wegen einer Einzelheit auf dem Bild, das der Junge gezeichnet hat: Der Taucher hatte eine Damenhandtasche bei sich. Wir haben tatsächlich Winifreds Handtasche gefunden, diese Information jedoch nie an die Presse weitergegeben. Also hatte der Junge keine Möglichkeit, es zu wissen – außer, er hat es mit eigenen Augen gesehen. Ansonsten müsste er sehr fantasiebegabt sein. Es existieren noch einige weitere Tatsachen, die Ihnen vermutlich nicht bekannt sind." Sclafani hielt inne und überlegte, wie er sich ausdrücken sollte. „Die DNS-Analyse hat ermittelt, dass Sam Krause und Jimmy Ryan tot sind. Der Tod der beiden anderen Personen hingegen konnte noch nicht bestätigt werden."

Wie betäubt saß Nell da und starrte vor sich hin.

„Es besteht noch eine weitere Möglichkeit, Mrs MacDermott", fuhr Brennan fort. „Eine fünfte Person könnte sich an Bord befunden haben, vielleicht versteckt im Maschinenraum. Unsere Untersuchungen haben ergeben, dass die Bombe dort deponiert war."

„Selbst wenn der Junge sich nicht geirrt hat", sagte Nell, „begreife ich nicht, wozu jemand Winifreds Handtasche mitnehmen sollte."

„Wir sind uns nicht ganz sicher", entgegnete George Brennan. „Der einzige Gegenstand aus dieser Handtasche, der uns vielleicht weiterhilft, ist ein Schließfachschlüssel mit der Nummer 332."

„Können Sie ihn nicht einfach zu der betreffenden Bank bringen?", fragte Nell.

„Schon, wenn wir wüssten, von welcher Bank er stammt. Sonst steht nämlich nichts auf dem Schlüssel, und es wird eine Weile dauern, sämtliche Banken der Umgebung abzuklappern. Wir haben bereits damit angefangen und werden nicht lockerlassen, bis wir die richtige finden."

Nell sah die beiden Polizisten an. „Es war Winifreds Handtasche. Und Winifred war Wettkampfschwimmerin. Die Wände in ihrer Wohnung sind tapeziert mit Fotos von Schwimmturnieren, die sie gewonnen hat.

Das ist zwar schon lange her, aber vielleicht hat sie ja weiter trainiert."

„Das untersuchen wir bereits. Wir wissen, dass sie Mitglied in einem Fitnesscenter war und jeden Tag dort im Pool geschwommen ist." Er zögerte. „Tut mir Leid, aber ich muss Sie noch etwas fragen: War Ihr Mann ein guter Schwimmer?"

Nell stellte zu ihrer Überraschung fest, dass sie das nicht beantworten konnte. Noch etwas, was mir an Adam unbekannt war, schoss es ihr durch den Kopf. „Adam konnte schwimmen, aber wie gut, kann ich nicht sagen."

Die beiden Detectives erhoben sich. „Wir werden Mrs Ryan einen Besuch abstatten. Wir werden unser Bestes tun, um den Namen ihres Mannes aus den Untersuchungen herauszuhalten – zumindest, was die Presse angeht."

„Eine Frage noch." Nell stand auf und sah die beiden Männer an. „Haben Sie unanfechtbare Beweise dafür, dass mein Mann in die Bestechungsaffäre und die illegalen Preisabsprachen verwickelt war?"

„Nein, haben wir nicht", entgegnete Brennan prompt. „Doch wir wissen, dass Winifred Johnson die Kontaktperson bei Geldübergaben war. Es ging um große Summen, möglicherweise viele Millionen Dollar. Aus den Beweisstücken, die Sie für uns beschafft haben, lässt sich schließen, dass sie auch das Schmiergeld für Jimmy Ryan verpackt hat. Die Personen, die Gelder an Winifred gezahlt haben, haben inzwischen gebeichtet. Offenbar hatten sie den Eindruck, dass Walters und Arsdale selbst die Empfänger waren, aber bis jetzt gibt es dafür noch keine Beweise. Vielleicht hat Winifred auf eigene Rechnung gearbeitet, möglicherweise zusammen mit dem geheimnisvollen Harry Reynolds."

„Was ist mit Peter Lang?", fragte Nell.

Sclafani zuckte die Achseln. „Mrs MacDermott, die Ermittlungen laufen noch."

In gewisser Weise waren die Informationen, die sie heute erhalten hatte, beruhigend, dachte Nell, als sie die Tür hinter den beiden Detectives schloss, andererseits gaben sie auch Grund zur Sorge. Sclafani hatte mehr oder weniger deutlich ausgesprochen, dass alle weiterhin unter Verdacht standen – also auch Adam.

Dann fiel ihr die Kleidung ein, und sie beschloss, die Arbeit zu Ende zu bringen. Nach einer Viertelstunde waren Anzüge und Sakkos in Kartons verstaut. Sie verschloss und beschriftete sie.

Da bemerkte sie, dass der marineblaue Blazer noch immer über der Stuhllehne hing, und wieder wurde sie an etwas erinnert. Im letzten Sommer war sie mit Adam zum Essen gegangen. Die Klimaanlage hatte das Restaurant in einen Kühlschrank verwandelt, und Nell trug nur ein ärmelloses Kleid. Adam hatte ihr das Sakko über die Schultern gelegt. Aber sein Hemd hatte kurze Ärmel, und sie hatte entgegnet, dass er nun frieren würde. Doch er erwiderte, solange ihr warm sei, würde ihm das nichts ausmachen.

Nell seufzte und beschloss, die Jacke zu verschenken. Sie steckte die Hände in die Seitentaschen, um sich zu vergewissern, dass sie auch leer waren. In der linken Tasche entdeckte sie ein blütenweißes, gebügeltes Taschentuch. Die rechte Tasche war leer, die Brusttasche ebenfalls.

Nell faltete die Jacke und öffnete den Deckel eines Kartons, um sie hineinzulegen. Sie wollte den Deckel schon wieder schließen, als ihr einfiel, dass das Sakko auch Innentaschen hatte.

In die rechte Innentasche war ein zuknöpfbares Täschchen eingearbeitet. Nell ertastete mit den Fingern einen flachen Gegenstand, öffnete den Knopf und holte einen winzigen braunen Umschlag heraus.

Diesem entnahm sie einen Schließfachschlüssel. Er trug die Nummer 332.

Um drei Uhr erhielt Lisa Ryan bei der Arbeit den Anruf, den sie gefürchtet hatte. Sie rief sofort Brenda Curren an, die versprach, ihr die Kinder nach der Arbeit abzunehmen. Fröhlichkeit vorschützend, überstand Lisa den restlichen Nachmittag irgendwie.

Als die beiden Detectives kamen, führte Lisa sie ins Wohnzimmer.

Sie musterte Jack Sclafani und George Brennan. „Ich sage Ihnen alles, was ich weiß“, begann sie, „aber ich flehe Sie an, Jimmys Namen aus dieser Untersuchung herauszuhalten. Die Schachteln mit dem Geld waren versiegelt. Vielleicht hat ihn ja jemand gebeten, sie für ihn aufzubewahren, ohne dass er ahnte, was sich darin befand.“

„Das glauben Sie doch selbst nicht, Lisa“, entgegnete Sclafani.

„Ich weiß nicht mehr, was ich glauben soll. Aber ich bin sicher, dass Jimmy jeden Pfusch am Bau, der zu einem tragischen Unfall führen könnte, früher oder später gemeldet hätte. Und da er sich nicht mehr verteidigen kann, müssen die Karten jetzt auf den Tisch.“

„Sie haben Mrs MacDermott erzählt, Sie hätten die versiegelten Päckchen im Aktenschrank Ihres Mannes gefunden“, stellte Brennan fest.

„Ja. Der Aktenschrank steht in seiner Werkstatt.“

„Und Sie haben keine Ahnung, woher sie stammen?“

„Nein. Doch ich glaube, ich kenne den Tag, an dem er sie sich verdient hat. Es war am 9. September des vergangenen Jahres.“

„Wie können Sie da so sicher sein?"

„Das Tagebuch meiner Tochter." Lisas Stimme erstarb. „Ich habe Kelly geschworen, niemals ihr Tagebuch zu lesen." Ihre Hände verkrampften sich. „Nachdem ich das Tagebuch gelesen hatte, fiel mir ein, dass Jimmy am Donnerstag, dem 9. September, spät nach Hause gekommen ist. Er arbeitete auf einer Baustelle an der Westseite von Manhattan, auf Höhe der 100. Straße. Ich glaube, es ging um die Renovierung eines Mietshauses. Er war noch nicht zurück, als jemand anrief und ihn sprechen wollte. Es sei dringend. Ich fragte, ob ich etwas ausrichten könne."

„War es ein Mann oder eine Frau?"

„Ein Mann. Er sprach sehr leise und hastig. Die Nachricht lautete: ‚Der Auftrag ist storniert.' Ich hatte solche Angst, das könnte heißen, dass Jimmy wieder arbeitslos werden würde. Endlich, so gegen halb zehn, kam er nach Hause. Als ich ihm von dem Anruf erzählte, wurde er kreidebleich, und der Schweiß brach ihm aus. Doch dann fasste er sich wieder und sagte, der Bauherr fordere nachträgliche Veränderungen, die nun nicht mehr möglich seien."

„Warum erinnern Sie sich noch so gut an diesen Tag?"

„Wegen einer Eintragung in Kellys Tagebuch. Damals glaubte ich, Jimmy hätte Angst, etwas sei geschehen, was ihn den Job kosten könnte. Ich weiß noch, als ich ins Bett gegangen bin, meinte Jimmy, er werde noch ein Bier trinken, sich ein wenig entspannen und dann nachkommen. Kelly schreibt in ihrem Tagebuch, sie sei aufgewacht und habe gehört, dass der Fernseher lief. Sie sei hinuntergegangen, denn sie wollte ihm Gute Nacht sagen."

Lisa holte ein Blatt Papier aus der Schreibtischschublade. „Ich habe ihren Tagebucheintrag abgeschrieben:

> Ich habe auf Daddys Schoß gesessen. Er war sehr still und hat sich die Nachrichten angeschaut. Dann hat er auf einmal angefangen zu weinen. Ich wollte loslaufen und Mama holen, aber er hat es mir nicht erlaubt. Er hat gesagt, dass er so traurig sei, sei unser Geheimnis. Er hätte einen scheußlichen Tag in der Arbeit hinter sich. Danach hat er mich ins Bett gebracht und ist ins Bad gegangen. Ich habe gehört, dass er sich übergeben hat. Bestimmt hat er Darmgrippe."

Langsam zerriss Lisa das Papier. „Ich kenne mich mit dem Gesetz nicht aus, aber ich weiß, dass so etwas vor Gericht nicht als Beweis gilt. Wenn Sie anständige Menschen sind, werden Sie es nie in der Öffentlichkeit erwähnen. Doch ich bin sicher, dass der Auftrag, der laut Jimmy nicht mehr rückgängig zu machen war, der Schlüssel zu der Frage ist, woher das Geld stammt und wofür es gezahlt wurde. Vielleicht sollte man das Haus, das Jimmy im letzten September renoviert hat, einmal gründlich unter die Lupe nehmen."

Kurz darauf verabschiedeten sich die beiden Detectives. Als sie im Auto saßen, begann Sclafani: „Denkst du dasselbe wie ich?"

„Aber klar doch. Wir müssen uns die Aufzeichnungen sämtlicher Nachrichtensendungen besorgen, die am 9. September spätabends gelaufen sind. Vielleicht finden wir in einer davon eine Meldung, die mit der Schmiergeldzahlung an Jimmy in Zusammenhang steht."

„MRS NELL MACDERMOTT, Sir", meldete Peter Langs Sekretärin, als sie Nell in sein Büro führte.

Selbst seine wohlhabendsten Besucher machten für gewöhnlich eine Bemerkung über die wunderbare Aussicht oder das elegant ausgestattete Büro. Doch er hatte den Eindruck, dass Nell weder den Blick noch die Möblierung oder die teuren Bilder an den Wänden wahrnahm.

Mit einem Nicken bedeutete er seiner Sekretärin, Nell zu den Sesseln am Fenster zu führen, das auf den Hudson River hinausging.

„Ich muss mit Ihnen reden", sagte Nell unvermittelt, nachdem sie sich gesetzt hatte.

„Deshalb sind Sie wohl hier, oder nicht?", entgegnete er lächelnd.

Nell schüttelte ungeduldig den Kopf. „Peter, wie gut kannten Sie meinen Mann? Und warum haben Sie mich neulich belogen, was die Nutzung des Grundstücks betrifft, das Adam den Kaplans abgekauft hat?"

„Lassen Sie es mich einmal so ausdrücken, Nell. Ich habe Adam ein paarmal getroffen, als er noch für Walters und Arsdale tätig war. Mein Unternehmen ist schon seit Jahren an Bauvorhaben dieses Büros beteiligt."

„Würden Sie sich als Adams Freund bezeichnen?"

„Offen gestanden, nein. Ich kannte ihn, mehr aber auch nicht."

Nell nickte. „Was hielten Sie von seinen Fähigkeiten als Architekt? Nach allem, was Sie neulich über ihn gesagt haben, könnte man meinen, die Welt hätte ein Genie verloren."

Lang schmunzelte. Dieser Frau konnte man nichts vormachen. „Das wäre nun wirklich zu viel gesagt. Ehrlich gestanden, habe ich nur aus Höflichkeit Ihnen gegenüber behauptet, wir hätten seine Entwürfe benutzt, wenn er nicht gestorben wäre. Da er Ihnen offenbar verschwiegen hatte, dass er nicht mehr an dem Bauvorhaben beteiligt war, hielt ich es für überflüssig, Sie nach seinem Tod damit zu belasten."

„Und als Sie sagten, Sie bräuchten das Grundstück nur für eine zusätzliche Gartenanlage, haben Sie ebenfalls gelogen", stellte Nell trocken fest.

Anstelle einer Antwort ging Lang zur Wand hinüber und drückte auf einen Knopf. Eine Leinwand wurde ausgefahren und angestrahlt. Zu sehen war eine Panoramaansicht von Manhattan. Blau umrandete, nummerierte Gebäude und Bauvorhaben waren über die ganze Karte verteilt. Auf der rechten Seite listete eine Legende in Goldbuchstaben Namen und Lage der verschiedenen Liegenschaften auf.

„Die blauen Markierungen stehen für den Besitz der Firma Lang. Wie ich der Polizei – die mich übrigens mehr oder weniger offen beschuldigt hat, Adams Jacht in die Luft gesprengt zu haben – bereits erzählt habe, würde ich gerne das Kaplan-Grundstück erwerben, denn wir haben nun einen atemberaubenden Entwurf, den ich realisieren möchte, und dazu benötige ich das zusätzliche Grundstück."

Nell näherte sich der Leinwand, betrachtete eingehend die Zeichnung, auf die er zeigte, und nickte.

Dann drückte Peter Lang wieder auf den Knopf. Die Leinwand wurde eingezogen. „Sie haben vollkommen Recht", sagte er leise. „Ich war nicht aufrichtig zu Ihnen, und ich entschuldige mich dafür. Mir liegt viel daran, das Kaplan-Grundstück zusammenzulegen, denn mein Großvater hat, kurz nachdem er als achtzehnjähriger Einwanderer von Bord des Schiffes aus Irland gegangen war, an fast genau dieser Stelle gewohnt. Nun möchte ich dort ein gewaltiges Hochhaus errichten, eine Art Denkmal für das, was drei Generationen von Langs geleistet haben." Er sah ihr in die Augen. „Falls ich das Kaplan-Grundstück jedoch nicht bekomme, werde ich eben etwas anderes machen."

„Warum haben Sie das Kaplan-Grundstück nicht selbst gekauft?"

„Weil ich keine Verwendung dafür hatte, solange die Vandermeer-Villa unter Denkmalschutz stand."

„Und weshalb, glauben Sie, hat Adam es erworben?"

„Entweder war er Hellseher, oder jemand von der Denkmalschutzbehörde hat ihm die nötigen Informationen zugesteckt. Übrigens müssen Sie damit rechnen, dass man dieser Frage nachgehen wird."

Nell hatte noch eine Frage auf dem Herzen: „Kennen Sie einen Mann namens Harry Reynolds?"

Lang sah sie verständnislos an. „Ich kannte einmal einen Henry Reynolds. Er lehrte in Yale mittelalterliche Geschichte. Warum interessiert Sie das?"

Nell zuckte die Achseln. „Nicht weiter wichtig."

Peter Lang, du kriegst keinen Pfadfinderorden für Ehrlichkeit, dachte Nell, als sie in den Aufzug trat. Du leidest an Größenwahn, und was das Grundstück angeht, bin ich überzeugt, dass du absolut versessen darauf bist. Aber das war eigentlich nicht der Grund meines Besuchs. Ich brauchte die Antwort auf eine Frage, und ich glaube, ich habe sie bekommen.

Sie war allein im Aufzug. Und auf der rasanten Fahrt nach unten sagte sie laut: „Peter Lang, an deinen Händen klebt kein Blut."

DAN MINOR freute sich schon darauf, am Abend seinen Anrufbeantworter abzuhören, gleichzeitig aber fürchtete er sich davor. Er hatte, während er Himmel und Erde in Bewegung setzte, um seine Mutter zu finden, das ungute Gefühl, dass das Ergebnis dieser Suche nicht erfreulich sein würde.

Als er am Donnerstag nach Hause kam, erwartete ihn eine Nachricht von Mac: „Rufen Sie mich zurück, Dan. Es ist wichtig."

Cornelius MacDermotts ernstem Tonfall entnahm Dan, dass die Suche nach Quinny abgeschlossen war. Seine Finger, die sonst die empfindlichsten chirurgischen Instrumente handhabten und die sich auch nicht den kleinsten Fehler erlauben durften, wenn er kein Menschenleben aufs Spiel setzen wollte, zitterten, als er Cornelius MacDermotts Büronummer wählte.

„Ich habe Ihre Nachricht erhalten, Mac."

„Ich weiß nicht, wie ich es am besten ausdrücken soll, Dan. Das Bild, das Sie mir gegeben haben, sieht aus wie das Foto einer Obdachlosen, die im letzten September gestorben ist. Die biografischen Daten stimmen, und sie hatte das gleiche Foto an ihren Büstenhalter geheftet, das Sie immer bei sich tragen."

Dan schluckte. „Was ist mit ihr geschehen?"

Cornelius MacDermott zögerte. „In dem Haus, in dem sie übernachtete, brach ein Feuer aus. Sie ist erstickt."

„Erstickt!" Oh, mein Gott!, dachte er bestürzt.

„Dan, ich weiß, wie schwer es für Sie ist. Morgen früh treffen wir uns in der Gerichtsmedizin."

„Wo ist sie jetzt?"

„Sie wurde in einem Armengrab beerdigt. Wir können sie exhumieren lassen."

„Danke, Mac."

Dan legte den Hörer auf und setzte sich aufs Sofa. Er nahm das Foto aus der Brieftasche, das er nun seit seinem sechsten Lebensjahr immer bei sich hatte. Minuten verstrichen. Dann eine Stunde. Er ließ alle Erinnerungen an seine Mutter, mochten sie auch noch so undeutlich sein, vor seinem geistigen Auge Revue passieren.

O Quinny, warum musstest du so sterben?, fragte er.

Und warum, Mutter, hast du dir die Schuld an meinem Unfall gegeben? Ich dummer, kleiner Junge habe ihn verursacht. Doch alles ist gut geworden und hat eine glückliche Wendung genommen. Das hätte ich dir so gerne noch gesagt.

Es läutete an der Tür. Dan achtete nicht darauf. Aber es klingelte beharrlich weiter. Widerstrebend erhob er sich, ging zur Tür und öffnete.

Nell MacDermott stand vor ihm. „Mac hat mir alles erzählt", sagte sie. „Es tut mir so Leid, Dan."

Wortlos machte er Platz, um sie hereinzulassen. Nachdem er die Tür hinter sich geschlossen hatte, legte er die Arme um sie und begann zu weinen.

FREITAG, 23. JUNI

Am Freitagmorgen wurde ein Bote losgeschickt, um die Videobänder mit den Spätnachrichten vom 9. September bei New Yorks sechs größten Fernsehsendern abzuholen. Sclafani und Brennan erwarteten ihn schon in der Staatsanwaltschaft. Sie brachten die Kassetten in den neunten Stock zur Technik und suchten sich einen Videorekorder und einen Fernseher aus. Brennan rückte zwei Stühle heran, während Sclafani das Band des Senders CBS einlegte.

„Jetzt machen wir es uns gemütlich", sagte er zu seinem Partner. „Hol schon mal das Popcorn."

Die Titelmeldung handelte von dem Feuer, das die Vandermeer-Villa an der Ecke 28. Straße und Seventh Avenue zerstört hatte.

Dana Adams berichtete live vom Unglücksort: „Die Vandermeer-Villa stand an der Stelle, wo sich früher der älteste holländische Bauernhof von New York befand. Das seit acht Jahren unbewohnte Gebäude wurde heute Nacht ein Raub der Flammen. Der Brand, der um 19.34 Uhr bei der Feuerwehr gemeldet wurde, breitete sich rasch im Haus aus und griff bald auf das gesamte Dach über. Da immer wieder Obdachlose in und um das Gebäude gesehen worden waren, riskierten die Feuerwehrleute ihr Leben, um das Haus zu durchsuchen. Zur allgemeinen Bestürzung wurde in einer Toilette im oberen Stockwerk eine Frau entdeckt, die offenbar an einer Rauchvergiftung gestorben war. Vermutlich hat sie den Brand verursacht. Die Behörden werden den Namen der Toten unter Verschluss halten, bis sich der Verdacht bestätigt hat und die Angehörigen verständigt werden konnten."

„Die Vandermeer-Villa!", rief Sclafani aus. „Die gehört doch Lang, richtig?"

„Ja, und Cauliff war der Besitzer des Nachbargrundstücks."

„Und das heißt, dass beide finanzielle Vorteile von dem Brand hatten."

„Genau."

Fast drei Stunden später waren sie immer noch nicht auf etwas gestoßen, was mit Jimmy Ryan in Zusammenhang stand. Um auf Nummer Sicher zu gehen, ließen sie die Videos von der Technik kopieren. „Und schneiden Sie die sechs Meldungen über das Feuer in der Vandermeer-Villa zusammen", wies Sclafani den Techniker an.

Dann kehrten sie zu einer Lagebesprechung in Sclafanis Büro zurück. „Was haben wir jetzt in der Hand?", begann Brennan.

„Nur Zufälle, und uns beiden ist klar, dass man darauf nichts geben kann. Und die Tagebucheintragung eines zehnjährigen Mädchens, das meint, sein Vater sei beim Ansehen der Nachrichten in Tränen ausgebrochen. Vielleicht hat er ja nach ein paar Bierchen den Moralischen gekriegt."

„Lisa Ryan zufolge hat sich der Anruf, in dem ein Mann den Auftrag stornierte, auf eine Sache bezogen, die er bereits erledigt hatte."

„Das lässt sich vermutlich leicht überprüfen." Brennan stand auf. „Es ist schon öfter passiert, dass Obdachlose versehentlich leer stehende Gebäude angezündet haben", sagte er nachdenklich. „Und es sind einige Leute auf diese Weise ums Leben gekommen."

„Betrachten wir es doch einmal anders herum", schlug Sclafani vor. „Wenn ein Obdachloser bekanntermaßen in einem verlassenen Haus übernachtet, das dann abbrennt, geht doch jeder davon aus, dass er den Brand verursacht hat."

„Zeit, dass wir die Ereignisse in der Vandermeer-Villa gründlich unter die Lupe nehmen. Die Akte müsste im 13. Revier liegen."

„Ich werde mich noch mal mit dem Schlüssel von Winnifred Johnson befassen", sagte Sclafani. „Wir müssen rauskriegen, bei welcher Bank sich das Schließfach befindet."

„Wenn es nicht schon zu spät ist."

„Die Gefahr sehe ich auch", bestätigte Sclafani. „Denn falls der achtjährige Junge Recht haben sollte, hat jemand kurz vor der Explosion die Jacht verlassen. Ich nehme an, dass es sich bei dieser Person um Winifred Johnson handelte."

„Ist dir klar, dass wir zurzeit Hinweisen folgen, die von einem weitsichtigen Achtjährigen und einem zehnjährigen Mädchen stammen, das Tagebuch führt?“, meinte Brennan und seufzte. „Meine Mutter hat mich schon immer vor diesem Beruf gewarnt.“

AM FREITAGMORGEN rief Nell im Pflegeheim Old Woods Manor an und erkundigte sich nach Winifred Johnsons Mutter.

„Sie ist wirklich sehr niedergeschlagen“, sagte die Krankenschwester. „Winifred war eine ausgesprochen fürsorgliche Tochter. Jeden Samstag ist sie zu Besuch gekommen. Manchmal kam sie sogar abends unter der Woche.“

Winifred, die fürsorgliche Tochter. Winifred, die Schwimmerin. Winifred, die Frau mit der Tasche. Winifred, die Geliebte von Harry Reynolds. Wer ist diese Frau wirklich gewesen?, fragte sich Nell. Oder treffen vielleicht alle diese Eigenschaften zu? Befindet sie sich jetzt womöglich in Südamerika oder auf einer dieser karibischen Inseln, die kein Auslieferungsabkommen mit den Vereinigten Staaten haben?

„Ich besuche sie noch heute“, versprach Nell.

Sie legte auf und ging zum Fenster. Es war ein grauer, regnerischer Morgen. Nach dem Aufwachen hatte sie lange mit geschlossenen Augen im Bett gelegen. Sie hatte sich Adams Gesicht bis in die kleinste Einzelheit vorgestellt. An jenem letzten Morgen hatte es nicht die Spur des Lächelns gezeigt, das sie bei ihrer ersten Begegnung so begeistert hatte. Er war angespannt und nervös gewesen und hatte so eilig das Haus verlassen wollen, dass er ohne Jacke und Aktenkoffer losgegangen war.

Ohne die Jacke mit dem Schließfachschlüssel Nummer 332 in der Tasche!

Ich sollte diesen Schlüssel der Polizei übergeben, überlegte Nell, als sie ins Bad ging und die Dusche anstellte. Das ist meine Pflicht. Allerdings nicht, solange ich nicht… Sie wagte nicht, weiter zu denken. Denn inzwischen war ihr eine absurde Idee gekommen, der sie nur mithilfe des Schlüssels nachgehen konnte.

Fast hätte sie Dan ihre Pläne anvertraut, doch am vergangenen Abend hatte sich keine Gelegenheit dazu ergeben. Er hatte das Bedürfnis gehabt, über seine Trauer und seinen Schmerz zu sprechen. Stockend und mit zitternder Stimme hatte er ihr von dem Unfall erzählt, der seine Mutter fortgetrieben hatte. Von den langen Monaten im Krankenhaus, in denen er ständig darum gebetet hatte, dass sie kommen möge. Und er hatte davon gesprochen, wie die Liebe seiner Großeltern ihm geholfen hatte, seine Wunden an Körper und Seele zu heilen.

Ich habe ihm geantwortet, ich glaubte wirklich daran, dass die Menschen, die wir lieben, uns niemals verlassen. Ich habe ihm gesagt, wie Mutter und Vater sich von mir verabschiedet haben.

Er fragte, ob es bei Adam ebenso gewesen wäre, aber ich habe nur den Kopf geschüttelt. Gestern Abend wollte ich nicht über Adam reden.

Um zehn Uhr war Nell in die Küche gegangen und hatte sich dort umgesehen. „Offenbar gehören Sie nicht zu den Junggesellen, die leidenschaftlich gerne kochen", hatte sie lächelnd festgestellt.

Sie fand Eier, Käse und eine Tomate, die sie zu einem Omelett verarbeitete. Dazu gab es Toast und Kaffee.

Es war schon fast Mitternacht, als Dan sie nach unten begleitet und in ein Taxi gesetzt hatte.

Als Nell nach Hause gekommen war, hatte sie eine Nachricht von ihm auf dem Anrufbeantworter vorgefunden. „Nell, ich glaube, ich habe mich noch gar nicht für Ihren Besuch bedankt. Für mich war es ein Gefühl wie damals als Kind, als ich mir vorstellte, die Tür meines Krankenzimmers ginge auf, und die wunderschöne Frau, die ich liebte, käme herein. Ich weiß, es ist ziemlich unverschämt von mir, so daherzureden, aber ich freue mich einfach so darüber, dass ich Ihnen begegnet bin."

Nell hatte das Band aus dem Gerät genommen und in eine Schublade ihrer Kommode gelegt.

Nun, während sie eine hellblaue Gabardinehose und eine blau-weiße Hemdbluse anzog, dachte sie wieder an die Kassette. Am liebsten hätte sie sie noch einmal abgespielt, aber sie wusste, dass sich das ganz besondere, fast magische Gefühl von gestern Nacht heute Morgen nicht einstellen würde.

Offen gestanden, fürchtete sie sich vor dem bevorstehenden Tag. Schon als sie die Augen aufgeschlagen hatte, hatte sie es geahnt: Eine Katastrophe kündigte sich an, so wie sich ein Tornado durch spiralförmige Wolken ankündigt, die sich am Himmel zusammenballen, bevor der Sturm losbricht. Obwohl sie es fühlte, wusste sie nicht, wie sie es verhindern sollte. Sie gehörte dazu, war Darstellerin in einem unvermeidlichen Akt, der gespielt werden wollte.

Dank ihrer Lebenserfahrung verstand sie, was es war: eine Vorahnung.

Vorgestern, sagte sie sich, als ich glaubte, Hitze und Flammen zu spüren und keine Luft mehr zu bekommen, hielt ich das auch für eine Vorahnung. Doch als Dans Mutter während des Brandes erstickte, muss sie so etwas durchgemacht haben. Habe ich vielleicht Schwingungen von ihr aufgefangen?

Nur die Zeit konnte das beantworten.

Als Dan Minor das Gerichtsmedizinische Institut Ecke 30. Straße und First Avenue betrat, wurde er im Vorraum schon von Mac erwartet.

Er griff nach Dans Hand. „Es tut mir schrecklich Leid, dass es so gekommen ist. Nell war ganz entsetzt, als ich es ihr erzählte. Sie wird sich sicher bei Ihnen melden."

„Das hat sie schon. Sie hat mich gestern Abend besucht." Ein Lächeln huschte über Dans Gesicht. „Nachdem sie sich über die Leere in meinem Kühlschrank beschwert hatte, hat sie mir sogar ein Abendessen gekocht."

„Typisch Nell", meinte Cornelius MacDermott. Er wies mit dem Kopf auf eine Tür, die vom Warteraum abging. „Ein Mitarbeiter hat die Akte Ihrer Mutter für Sie vorbereitet."

Man hatte Quinny fotografiert. So mager, dachte Dan. Sicher litt sie an Blutarmut. Das Gesicht war offensichtlich das gleiche wie auf dem Foto, auf dem er sie künstlich hatte altern lassen, doch es schien, als hätte sie im Tod ihren Frieden gefunden.

„Außer den Narben an ihren Handflächen wies sie keine Verletzungen auf", erklärte der Angestellte. „Der Pathologe war der Ansicht, es handle sich um Verbrennungen."

Es existierte noch ein Foto, das identisch war mit dem, das Dan immer bei sich trug.

„Wo ist das Bild jetzt?", fragte er.

„Man hat es als Beweisstück abgelegt."

„Beweisstück? Wofür?"

„Kein Grund, sich aufzuregen", meinte Mac beschwichtigend. „Ganz bestimmt hat sie das Haus nicht absichtlich in Brand gesetzt. In der Nacht des 9. September war es für diese Jahreszeit ungewöhnlich kalt. Offenbar hat Quinny verschiedene Gegenstände in den Kamin geworfen und ein Feuer angezündet. Dann ist sie nach oben zur Toilette gegangen. Die Lüftungsklappe war geschlossen, und binnen Minuten stand alles in Flammen."

„Meine Mutter hat diesen Brand nicht verursacht", widersprach Dan. „Und ich kann Ihnen auch erklären, weshalb nicht."

Die Tür stand einen Spaltbreit offen. Die Schwester klopfte an. „Besuch für Sie, Mrs Johnson." Nell folgte ihr hinein.

Rhoda Johnson lag auf ihrem Bett im Schlafzimmer der kleinen Wohnung. Sie hatte sich auf Kissen gestützt und mit einer Wolldecke zugedeckt. Als die beiden Frauen hereinkamen, schlug sie die Augen auf.

„Nell MacDermott?", fragte sie.

„Ja.“ Entsetzt bemerkte Nell, wie sich die alte Dame seit ihrem letzten Besuch verändert hatte.

„Ich möchte, dass Sie mir einen Gefallen tun. Winifred hat mir immer Kuchen in einem Einkaufszentrum etwa anderthalb Kilometer von hier geholt. Könnten Sie das für mich erledigen? Das Essen hier bringe ich nicht runter, es ist zu fad.“

O Mann, dachte Nell. „Aber gerne, Mrs Johnson.“

„Unterhalten Sie sich gut“, sagte die Krankenschwester fröhlich.

Nell holte sich einen Stuhl. „Offenbar fühlen Sie sich heute nicht wohl, Mrs Johnson“, meinte sie.

„Es geht so. Aber die Leute hier sind nicht sehr freundlich.“

„Das würde ich nicht sagen. Die Schwester, die mich gerade hergebracht hat, hat vorgeschlagen, dass ich Sie heute besuche. Und die Dame, die mich letzte Woche begleitet hat...“

„Sie sind in Ordnung. Aber die Leute vom Zimmerservice und das Reinigungspersonal sind ziemlich unfreundlich, seit Winifred nicht mehr da ist und ihnen immer wieder mal zwanzig Dollar zusteckt.“

„Das war sehr großzügig von ihr.“

„Man sollte doch meinen, dass man ein wenig Mitleid mit mir hätte.“ Rhoda Johnson brach in Tränen aus. „Das war schon immer so ..., die Leute nutzen mich aus. Seit 42 Jahren habe ich nun schon diese Wohnung, und jetzt verlangt der Vermieter, dass ich in zwei Wochen ausgezogen bin. In den Schränken hängen meine Kleider. Das gute Porzellan meiner Mutter steht noch da.“

„Mrs Johnson, ich muss rasch die Krankenschwester etwas fragen. Ich bin gleich zurück“, sagte Nell.

In weniger als fünf Minuten war sie wieder da. „Gute Nachrichten“, verkündete sie. „Es ist genauso, wie ich gedacht habe. Sie können Ihre eigenen Möbel hierher holen. Warum fahren wir nächste Woche nicht gemeinsam in Ihre Wohnung, und Sie suchen sich aus, was Sie gerne mitnehmen wollen. Dann kümmere ich mich darum, dass alles angeliefert wird.“

Rhoda Johnson betrachtete sie argwöhnisch.

„Warum tun Sie das?“

„Weil Sie Ihre Tochter verloren haben und weil Sie mir Leid tun“, erwiderte Nell.

„Vielleicht glauben Sie, mir etwas schuldig zu sein. Wenn Winifred bei Walters und Arsdale geblieben wäre, würde sie heute noch leben!“ Tränen flossen ihr über die Wangen. „Ich vermisse Winifred so sehr. Keinen einzigen Besuch am Samstag hat sie ausfallen lassen. Unter der Woche hat sie es nicht immer geschafft. Das letzte Mal habe ich sie am Abend vor ihrem Tod gesehen."

„Das wäre der Donnerstag vor zwei Wochen gewesen", meinte Nell. „Haben Sie sich gut unterhalten?"

„Sie war ein wenig nervös und sagte, sie habe eigentlich noch zur Bank gehen wollen, sei aber zu spät dran gewesen."

Automatisch stellte Nell die nächste Frage: „Erinnern Sie sich noch, um wie viel Uhr sie an diesem Abend kam?"

„Es war erst fünf Uhr. Das weiß ich noch, weil es gerade Essen gab, als sie eintraf. Ich esse immer um fünf."

Und die Banken schließen um fünf, dachte Nell. Winifred hätte genug Zeit gehabt, zu einer Bank in Manhattan zu gehen, außer sie wollte zu einer Bank hier in der Nähe.

Rhoda Johnson wischte sich mit dem Handrücken über die Augen. „Ich weiß, ich sollte mich nicht ständig beklagen. Ich werde so und so nicht mehr lange leben. Mein Herz macht nicht mehr mit. Ich habe Winifred öfter gefragt, was sie tun würde, wenn ich einmal nicht mehr bin. Und wissen Sie, was sie geantwortet hat?"

Nell wartete ab.

„Sie sagte, sie würde ihren Job kündigen und das erstbeste Flugzeug irgendwohin nehmen."

DIE BÄCKEREI befand sich in einem Einkaufszentrum, etwa zehn Autominuten vom Pflegeheim entfernt. Nell kaufte den Kuchen und blieb dann eine Weile auf dem Gehweg stehen. In rechtem Winkel zum Einkaufszentrum befand sich eine große Bank. Warum nicht?, dachte Nell und beschloss, dort den Anfang zu machen.

Sie fuhr zur Bank, parkte und trat ein. SCHLIESSFÄCHER verkündete ein Metallschild auf der Theke eines Schalters am Ende des Raums.

Nell schlenderte zu dem Schalter hinüber und öffnete ihre Umhängetasche. Ihrer Brieftasche entnahm sie den kleinen Umschlag, dann ließ sie den Schlüssel auf die Theke gleiten. Die Angestellte lächelte und reichte ihr ein Formular, das sie unterschreiben sollte.

„Ich würde gerne den Filialleiter sprechen", sagte Nell ruhig.

Arlene Barron, die Filialleiterin, war eine gut aussehende Schwarze Anfang vierzig. „Dieser Schlüssel steht in Zusammenhang mit polizeilichen Ermittlungen", erklärte Nell. „Ich muss sofort die Staatsanwaltschaft in Manhattan anrufen."

Man teilte ihr mit, Sclafani und Brennan befänden sich nicht im Haus. Nell hinterließ eine Nachricht.

„Bestimmt kommen sie mit einem Durchsuchungsbefehl her“, meinte Nell zu Arlene Barron. „Würde es gegen den Datenschutz verstoßen, mir zu sagen, in wessen Namen das Schließfach gemietet wurde?“

Arlene Barron zögerte. „Ich weiß nicht, ob...“

„Ist Harry Reynolds ebenfalls zeichnungsberechtigt?“

„Ich dürfte diese Information eigentlich nicht weitergeben“, erwiderte Arlene Barron, nickte dabei aber unmerklich.

„Das habe ich mir gedacht. Bitte verraten Sie mir noch eines: Ist das Schließfach seit dem 9. Juni geöffnet worden?“

„Darüber führen wir keine Aufzeichnungen.“

„Falls jemand versuchen sollte, sich Zutritt zu dem Schließfach zu verschaffen, bevor die Polizei eintrifft, halten Sie denjenigen bitte auf. Sofern das Schließfach nicht schon geleert wurde, enthält es vielleicht wichtige Beweisstücke in einem Fall von mehrfachem Mord.“

ALS SCLAFANI und Brennan im 13. Revier eintrafen, wurden sie von Mac und Dan Minor erwartet.

„Schau mal, wer da steht“, flüsterte Brennan seinem Partner zu. „Der Kongressabgeordnete MacDermott. Was der wohl von uns will?“

„Ich kenne eine tolle Methode, das herauszufinden.“ Sclafani näherte sich dem Empfangstresen und wandte sich mit einem breiten Lächeln an Cornelius MacDermott. „Sir, ich freue mich, Sie zu sehen. Ich bin Detective Sclafani. Detective Brennan und ich stehen seit der Tragödie auf der Jacht in ständigem Kontakt mit Ihrer Enkelin.“

„Nell hat Sie gar nicht erwähnt, aber das sollte mich nicht überraschen“, erwiderte Mac. Er schüttelte Sclafani die Hand. „Doch heute bin ich in einer völlig anderen Angelegenheit hier. Dr. Minor braucht Informationen, die mit dem Tod seiner Mutter zusammenhängen.“

Brennan hatte sich zu ihnen gesellt. „Mein Beileid, Herr Doktor“, sagte er zu Dan. „Ist das gerade erst passiert?“

Mac antwortete für Dan. „Nein, vor neun Monaten. Dan suchte sie schon seit einiger Zeit. Sie ist bei dem Brand in der Vandermeer-Villa am 9. September an einer Rauchvergiftung gestorben.“

Die beiden Detectives wechselten einen Blick. Zehn Minuten später saßen die vier Männer an einem langen Tisch im Konferenzraum des Reviers. Captain John Murphy, der Schichtleiter, war ebenfalls zugegen. Die Akte und die Schachtel mit der persönlichen Habe von Dan Minors Mutter befanden sich auf dem Tisch.

Captain Murphy fasste die wichtigsten Punkte aus der Akte zusammen: „Offenbar hatte sich das Feuer über den Schacht des Lastenaufzugs bis zum Dach hin ausgebreitet. Ungeachtet der Gefahr, machten sich vier Beamte der New Yorker Feuerwehr, verbunden durch eine Halteleine, daran, das Erdgeschoss und den ersten Stock zu durchsuchen, die völlig verqualmt waren. Mithilfe einer Feuerwehrleiter wurden weitere Beamte in den zweiten und dritten Stock geschickt. Im Badezimmer des dritten Stocks fanden sie eine weiße Frau. Sie hatte sich in die Badewanne geflüchtet und sich ein feuchtes Tuch übers Gesicht gelegt. Trotz intensiver Wiederbelebungsmaßnahmen reagierte sie nicht und wurde um 21.30 Uhr für tot erklärt. Todesursache: Ersticken durch Rauchvergiftung."

Der Captain warf Dan einen Blick zu. „Vielleicht ist es ein Trost für Sie, dass Ihre Mutter nicht den Flammen zum Opfer fiel."

„Vielen Dank", erwiderte Dan. „Doch ich möchte wissen, warum man sie für den Ausbruch des Feuers verantwortlich macht."

„Der Brand begann in der Bibliothek im Erdgeschoss. Die Fenster dieses Zimmers zerplatzten, weshalb einige Papiere auf die Straße geweht wurden. Dabei war auch ein Sozialhilfeausweis. Deshalb haben wir Ihre Mutter zunächst falsch identifiziert. Der Ausweis gehörte einer anderen obdachlosen Frau, die behauptete, ihr sei eine ihrer Einkaufstüten gestohlen worden."

„Soll das heißen, dass sich eine weitere Obdachlose in dem Gebäude aufhielt?"

„Zu dieser Vermutung gibt es keine Veranlassung. Von einem zweiten Opfer ist nichts bekannt. Wir glauben, dass Ihre Mutter in der Vandermeer-Villa kampierte und versehentlich den Brand auslöste – vielleicht wollte sie sich ja etwas zu essen machen. Dann ging sie nach oben ins Bad – das Einzige, das im Haus noch funktionierte – und wurde dort von den Flammen eingeschlossen. Wegen des dichten Qualms hätte sie wahrscheinlich nicht einmal die Treppe gefunden."

„Nun möchte ich Ihnen etwas über meine Mutter erzählen", sagte Dan. „Sie hatte eine Todesangst vor Feuer. Niemals hätte sie freiwillig einen Kamin angezündet."

Er bemerkte die zweifelnden Mienen der Polizisten. „Mein Vater hat meine Mutter verlassen, als ich drei Jahre alt war. Danach erkrankte sie an einer Depression und begann zu trinken. Tagsüber hatte sie sich im Griff, doch abends, nachdem ich im Bett war, betrank sie sich bis zur Besinnungslosigkeit." Dans Stimme zitterte. „Ich erinnere mich noch, wie ich als Kind aufwachte und mich mit meiner Decke nach unten schlich. Jedes Mal schlief sie auf dem Sofa, eine leere Flasche neben sich. Damals zündete sie gern ein Feuer im Kamin an und las mir daneben auf dem Sofa vor, ehe ich ins Bett ging. Als ich eines Nachts wieder nach ihr sah, lag sie bewusstlos auf dem Boden genau vor dem Kamin. Ich schüttelte die Decke aus und wollte sie zudecken, doch ein Zipfel geriet mir dabei in den Kamin. Und als ich die Decke zurückziehen wollte, fing mein Schlafanzug Feuer." Er stand auf und zog die Jacke aus. „Beinahe hätte ich diesen Arm verloren", sagte er, während er den Hemdsärmel hochkrempelte. „Fast ein ganzes Jahr verbrachte ich im Krankenhaus, musste unzählige Hauttransplantationen über mich ergehen lassen und wieder lernen, den Arm zu gebrauchen. Ich litt schreckliche Schmerzen. Meine Mutter hatte furchtbare Schuldgefühle und große Angst vor einer möglichen Anzeige wegen Vernachlässigung der Aufsichtspflicht. Eines Tages verschwand sie und kam nie zurück. Ich war sechs Jahre alt. Sie konnte es nicht ertragen, mein Leid mit anzusehen." Dan stockte, zwang sich dann aber fortzufahren. „Wir wussten nicht, wo sie war, bis wir sie vor sieben Jahren in einer Fernsehdokumentation über Obdachlose in New York sahen. Ein Privatdetektiv, an den wir uns wandten, sprach mit einigen Leuten in den Unterkünften, die sie kannten. In einem Punkt waren sie sich alle einig: Beim Anblick von offenem Feuer geriet sie in Panik."

Dans rechter Arm war von oben bis unten mit Brandnarben bedeckt. „Es sieht nicht sehr hübsch aus, aber die Freundlichkeit der Ärzte und Schwestern, die ich als Kind erfahren durfte, ist der Grund, warum ich heute Chirurg bin und die Abteilung für Brandverletzte leite."

„Sie scheinen sich Ihrer Sache sehr sicher zu sein, Herr Doktor", meinte Jack Sclafani. „Natürlich ist es durchaus möglich, dass Karen Renfrew, die Frau, deren Sozialhilfeausweis angeblich gestohlen wurde, den Brand verursacht hat. Die Villa war sehr groß. Vielleicht wusste sie gar nicht, dass Ihre Mutter sich ebenfalls im Haus aufhielt."

Dan rollte den Hemdsärmel herunter. „Ich konnte meine Mutter nicht vor sich selbst retten, aber ihren Ruf kann ich retten. Ich möchte, dass sie in diesem Brandfall nicht mehr als Verdächtige betrachtet wird."

Das Telefon läutete. „Ich habe doch Anweisung erteilt, niemanden durchzustellen", brummte der Captain, hob ab und lauschte. „Für Sie, Jack."

Nachdem Sclafani aufgelegt hatte, sah er Brennan an. „Nell MacDermott hat uns vor einer guten Stunde eine Nachricht hinterlassen. Sie hat die Bank gefunden, und zwar in Westchester in der Nähe des Pflegeheims, in dem Winifred Johnsons Mutter lebt. Wir werden erwartet." Er hielt inne. „Da wäre noch etwas. Unser Mann in North Dakota hat zurückgerufen. Sein Bericht über Adam Cauliff ist nun vollständig. Er faxt ihn uns gerade. Offenbar ist er auf einige Besorgnis erregende Informationen gestoßen."

FREITAG, 23. JUNI, NACHMITTAG

Als Nell in die Stadt zurückfuhr, begann es wieder zu regnen. Sintflutartige Sturzbäche prasselten gegen die Windschutzscheibe. Immer wieder flackerten die Bremslichter ihres Vordermannes rot auf, während der zäh fließende Verkehr allmählich zu einem ausgewachsenen Stau wurde.

Obwohl ihr die Ereignisse des Vormittags nicht aus dem Kopf gingen, zwang sie sich, sich auf den Verkehr zu konzentrieren. Erst als sie den Wagen in der Tiefgarage abgestellt hatte, gestattete sie sich, weiter über das, was sie heute erfahren hatte, nachzudenken.

Winifred hatte mit Harry Reynolds ein gemeinsames Schließfach gehabt.

Adam besaß ebenfalls einen Schlüssel zu diesem Schließfach.

Zuerst hatte Nell sich keinen Reim darauf machen können, aber nun hatte sie einen Verdacht: Adam war Harry Reynolds!

„Ist alles in Ordnung, Mrs MacDermott?" Manuel, der Fahrstuhlführer, betrachtete sie besorgt.

„Ja, danke. Nur ein bisschen wackelig auf den Beinen. Die Fahrt hierher war furchtbar."

Es war fast drei Uhr, als sie ihre Wohnungstür aufschloss und eintrat. Ein Zufluchtsort! Inzwischen wünschte sie sich nichts sehnlicher, als Adams Sachen loszuwerden. Offenbar hatten Winifred und er ein Verhältnis gehabt. Denkbar war aber auch, dass es eine rein geschäftliche Beziehung war und er sie nur in dem Glauben gewiegt hatte, dass noch mehr möglich wäre. Die Antwort mochte aussehen, wie sie wollte, jedenfalls sollte sie nichts mehr in ihrer Wohnung an Adam erinnern.

Ich war verliebt in die Liebe ...

Das wird mir nie wieder passieren!, schwor sich Nell.

Ihr Anrufbeantworter blinkte, offenbar waren Nachrichten darauf. Die erste war von ihrem Großvater: „Nell, Dan und ich haben uns wegen des Todes seiner Mutter die Ermittlungsakten angesehen. Zufällig haben wir die Detectives Sclafani und Brennan kennen gelernt. Du hast ihnen etwas ausrichten lassen. Nun haben sie offenbar Informationen über Adam, die, wie ich fürchte, ziemlich unschön sind. Gegen fünf kommen die beiden zu mir ins Büro. Dan wird ebenfalls da sein, und ich möchte, dass du auch dabei bist."

Darauf folgte eine Nachricht von Dan: „Nell, ich mache mir Sorgen um Sie. Ich habe mein Mobiltelefon bei mir. Bitte rufen Sie mich so bald wie möglich an. Die Nummer ist 917-555-1285." Sie wollte das Gerät schon abschalten, als sie wieder seine Stimme hörte: „Nell, ich brauche dich."

Nachdenklich lächelnd löschte Nell die Nachrichten.

Lass Tante Gerti zu Hause sein, flehte sie, als sie zum Telefon griff.

Zum Glück hob Gerti ab. „Nell, mein Kind, heute ist ein wunderschöner Tag. Ich klebe gerade die Fotos ins Album, die ich bei meinen Partys von den Mitgliedern unserer Hellsehergruppe gemacht habe. Kennst du Raoul Cumberland, der inzwischen so oft im Fernsehen ist? Vor vier Jahren war er bei mir zu Besuch und …"

„Tante Gerti, ich unterbreche dich ja nur ungern, aber heute ist ein verrückter Tag", sagte Nell. „Ich muss dich etwas fragen. Morgen bringe ich fünf Kartons mit Kleidung vorbei. Das sind viel zu viele, als dass du sie allein heben, sortieren und aufhängen könntest. Also werde ich dir bei der Arbeit helfen."

„Das ist aber lieb von dir. Doch das ist gar nicht nötig, mein Schatz. Ich habe bereits eine Hilfe. Allerdings habe ich ihr versprochen, es niemandem zu verraten. Sie will sich nicht in das Privatleben ihrer Klienten einmischen …"

„Na, Tante Gerti, dann verrate Bonnie Wilson nicht, dass ich Bescheid weiß", gab Nell zurück. „Bis morgen."

Nell wählte Bonnie Wilsons Nummer. Nach dem vierten Läuten sprang der Anrufbeantworter an.

„Bonnie, hier spricht Nell MacDermott. Ich störe Sie ja nur ungern", sagte Nell. „Ich weiß nicht, ob es möglich ist, aber könnten Sie für mich wieder Kontakt zu Adam herstellen? Ich muss dringend mit ihm sprechen. Ich bin zu Hause und erwarte Ihren Anruf."

Eine knappe Stunde später klingelte das Telefon. Bonnie war am Apparat. „Nell, ich habe Ihre Nachricht eben erhalten. Natürlich können Sie sofort zu mir kommen. Ich weiß nicht, ob ich Kontakt zu Adam kriege, aber ich tue mein Bestes."

JACK SCLAFANI und George Brennan holten sich Sandwiches in einem Imbiss und nahmen sie mit ins Büro. Bevor sie jedoch Mittagspause machen konnten, hatten sie noch einiges zu erledigen. Zuerst riefen sie die Filialleiterin der Westchester Exchange Bank an. Danach besorgten sie sich einen richterlichen Durchsuchungsbefehl für das Schließfach. Und zu guter Letzt baten sie den Staatsanwalt, andere Kollegen mit der Öffnung des Schließfachs zu beauftragen, denn sie wollten unbedingt im

Revier sein, wenn man Karen Renfrew fand, die Obdachlose, deren Sozialhilfeausweis vor der Vandermeer-Villa sichergestellt worden war.

Erst um drei Uhr hatten sie Zeit, ihre Sandwiches zu verspeisen. Essend saßen sie in Jacks Büro und lasen dabei den Bericht ihres Kollegen aus North Dakota.

„Cauliff stammt aus kaputten Verhältnissen. Seine Jugendstrafakte wurde gelöscht, doch schau dir an, warum er verknackt wurde: Ladendiebstahl und Bagatelldelikte. Mit siebzehn wurde er wegen des Todes eines Onkels vernommen, aber nicht angeklagt. Cauliffs Mutter erbte von diesem Onkel. Deshalb konnte Cauliff das College besuchen."

„Woher hat dein Kontaktmann all diese Informationen?"

„Ausgezeichnete Polizeiarbeit. Lies weiter."

„Chronischer Lügner. Blender. Stand in Verdacht, sich vor der Abschlussprüfung am College die Prüfungsunterlagen beschafft zu haben. Gefälschte Arbeitszeugnisse bei seiner ersten Stelle in Bismarck. Bei seinem zweiten Job hatte er ein Verhältnis mit der Frau des Firmeninhabers. An seinem dritten Arbeitsplatz ging man davon aus, dass er den Inhalt von Angeboten an Konkurrenzfirmen verkauft hat. Der Bericht endet mit folgenden Worten, ich zitiere", sagte Sclafani ... „‚Ich habe seine Akte einem Psychiater vorgelegt. Seiner Ansicht nach leidet Adam Cauliff an einer schweren Persönlichkeitsstörung und ist vermutlich ein ausgewachsener Soziopath. Wie viele dieser Leute ist er hochintelligent und, oberflächlich betrachtet, sehr charmant. Sein Verhalten im Alltag mag tadellos sein. Doch wenn sich ihm Widrigkeiten in den Weg stellen, wird er alles tun, um seine persönlichen Ziele durchzusetzen. Wirklich alles.'"

„Na, so was!", rief Brennan aus. „Wie ist eine Frau wie Nell MacDermott bloß auf so einen Kerl hereingefallen?"

Das Telefon läutete. Sclafani hob ab. „Gut, wir sind unterwegs." Er sah Brennan an. „Sie haben Karen Renfrew gefunden. Sie ist im 13. Revier. Fahren wir los."

NICHT einmal der riesige Regenschirm konnte verhindern, dass Nell auf dem kurzen Weg vom Taxi zu Bonnie Wilsons Haustür nass wurde. Im Windfang schloss sie den Schirm und trocknete sich das Gesicht mit einem Taschentuch ab. Dann holte sie tief Luft und drückte auf den Klingelknopf.

„Kommen Sie rein, Nell", sagte Bonnie über die Gegensprechanlage und drückte auf den Türöffner.

Der Aufzug keuchte in den vierten Stock hinauf. Als Nell aus dem Lift trat, sah sie Bonnie in der Wohnungstür stehen. In der Wohnung war es dämmrig. Dennoch spürte Nell, wie ihr der Atem stockte, denn der zarte Lichtschein, der Bonnie umgab, schien sich zu verdunkeln.

„Nell, Sie sehen so besorgt aus. Kommen Sie", wiederholte Bonnie.

Wie betäubt gehorchte Nell. Sie wusste, dass sie nicht verhindern konnte, was nun in dieser Wohnung geschehen würde.

Während sie eintrat, schloss Bonnie die Tür hinter ihr. Nell hörte das Sicherheitsschloss und den Riegel einrasten.

„Die Feuertreppe wird repariert", erklärte Bonnie mit leiser Stimme. „Der Hausmeister hat einen Schlüssel, und ich möchte nicht, dass er hereingestürmt kommt, während Sie hier sind."

Nell folgte Bonnie durch den Flur. Es war totenstill, und ihre Schritte hallten auf dem Parkettboden wider. Als sie am Spiegel vorbeikamen, hielt Nell inne und starrte hinein.

Bonnie blieb stehen und drehte sich um. „Was ist, Nell?"

Sie standen Seite an Seite und betrachteten ihr Spiegelbild. Siehst du es denn nicht?, hätte Nell am liebsten geschrien. Deine Aura ist fast völlig schwarz, wie die von Winifred. Du wirst sterben!

Dann sah sie zu ihrem Schrecken, wie die Dunkelheit sich ausbreitete und sie ebenfalls einhüllte.

WIEDER rief Dan bei Nell an, aber es war noch immer niemand zu Hause. Vielleicht hat Mac ja von ihr gehört, dachte er.

Cornelius MacDermott erwiderte, seine Enkelin habe sich zwar nicht bei ihm gemeldet, dafür aber seine Schwester. „Es ist schon schlimm genug, dass sie Nell zu einer übergeschnappten Wahrsagerin geschickt hat. Jetzt fängt sie auch noch damit an, sie mache sich Sorgen, weil sie eine Vorahnung hat, dass Nell etwas zustoßen würde."

„Was hat das Ihrer Ansicht nach zu bedeuten, Mac?"

„Dass sie nichts Besseres zu tun hat, als herumzusitzen und zu grübeln. Schauen Sie sich diesen Regen an. Vermutlich hat sich Gertis Arthritis wieder verschlimmert, und nun deutet sie ihr eigenes Unwohlsein als eine Art übersinnliche Warnung – frei nach dem Motto, geteiltes Leid ist halbes Leid. Ich habe Gerti gebeten, zu mir ins Büro zu kommen und sich anzuhören, was die beiden Polizisten über Adam Cauliff zu berichten haben. Gerti hat ihn in den Himmel gelobt, weil er ständig um sie herumscharwenzelt ist und ihr die Tür aufgehalten hat. Aber Brennan meinte, sie hätten eine Menge unschöne Dinge über diesen Typen zutage gefördert."

„Ich möchte Sie etwas fragen: Hat Nell die Angewohnheit, das Telefon nicht abzunehmen? Könnte sie zu Hause sein und einfach nicht abheben, weil sie sich nicht wohl fühlt?"

„Mein Gott, Dan, jetzt fangen Sie auch noch an. Ich rufe ihren Pförtner an und erkundige mich, ob er sie heute schon gesehen hat."

„Ich habe eine Stunde vor dem Brand gemeldet, dass die Tüte mit meinen schönen Sachen gestohlen wurde", sagte Karen Renfrew zornig. Sie saß mit Captain Murphy, Sclafani und Brennan in dem Konferenzraum des 13. Reviers.

„Wo haben Sie es denn gemeldet, Karen?", fragte Sclafani.

„Bei einem Polizisten, der gerade im Streifenwagen vorbeifuhr. Und wissen Sie, was er geantwortet hat? Er meinte: ‚Ach, Lady, haben Sie nicht schon genug Müll in diesem Wagen? Was macht es schon, wenn eine Tüte rausgefallen ist?' Aber sie ist ganz bestimmt nicht rausgefallen. Sie wurde gestohlen."

„Das bedeutet, dass der Dieb offenbar in der Villa kampiert hat", stellte Captain Murphy fest. „Und auch den Brand verursacht hat ..."

Karen Renfrew fiel ihm ins Wort: „Ich kann den Polizisten beschreiben. Er war fett, und er saß im Streifenwagen mit einem Kollegen, der Arty hieß."

„Wir glauben Ihnen ja, Karen", beschwichtigte sie Sclafani. „Wo waren Sie denn, als Ihre Tüte gestohlen wurde?"

„In der 100. Straße. Ich hatte einen hübschen Hauseingang gefunden, gleich gegenüber von dem alten Mietshaus, das gerade renoviert wurde."

Sclafani merkte auf. „Welche Avenue kreuzt dort die 100. Straße, Karen?"

„Die Amsterdam. Warum?"

„Ja, was für einen Unterschied macht das?", erkundigte sich Murphy.

„Vielleicht keinen. Oder einen sehr großen. Ein Fall, in dem wir gerade ermitteln, hat mit einem Typen zu tun, der Polier auf dieser Baustelle war. Laut seiner Frau war er geradezu schockiert, weil seine Anweisungen, was diese Baustelle anging, plötzlich geändert wurden. Allerdings ist über eine veränderte Anweisung nichts verzeichnet. Also denken wir, dass seine Aufregung einen anderen Grund hatte. All das geschah an demselben Abend, an dem die Vandermeer-Villa abbrannte. Vielleicht besteht ein Zusammenhang."

George Brennan sah seinen Partner an. Die beiden Polizisten brauchten nicht auszusprechen, dass sie gerade zu demselben Schluss gekommen waren. Jimmy Ryan hatte gegenüber der Stelle gearbeitet, an der Karen Renfrew ihr Lager aufgeschlagen hatte. Sie war Alkoholikerin. Also war es sicher nicht schwierig für ihn gewesen, ihr eine Tüte zu stehlen und sie in den Kofferraum seines Wagens zu werfen, während sie schlief. Auf diese Weise konnte man den Brand in der Villa einem Obdachlosen in die Schuhe schieben. Endlich begannen sich die Teilchen des Puzzlespiels zusammenzufügen. Falls ich richtig liege, dachte Brennan, hat Jimmy Ryan nicht nur Brandstiftung und damit einen Mord auf dem Gewissen, er hat außerdem eine Obdachlose bestohlen, die verzweifelt an den Lumpen hängt, die sie sammelt.

„NELL, ich spüre, dass Sie sich große Sorgen machen."

Die beiden Frauen saßen an einem Tisch in der Mitte des Raumes. Bonnie hielt Nell bei den Händen.

Bonnies Hände sind eiskalt, dachte Nell.

„Was möchten Sie Adam denn fragen?", flüsterte Bonnie.

Als Nell versuchte, ihre Hände wegzuziehen, umfasste Bonnie sie nur umso fester. Sie hat Angst, schoss es Nell durch den Kopf. Und sie ist völlig ratlos. Sie hat keine Ahnung, wie viel ich bereits über Adam und die Explosion weiß.

„Ich muss mit ihm über Winifred sprechen", erwiderte Nell bemüht ruhig. „Ich denke, dass sie vielleicht noch lebt."

„Warum?"

„Weil ein kleiner Junge auf einer Fähre, die gerade von der Freiheitsstatue zurückkam, die Explosion beobachtet hat. Er sagt, jemand in einem Taucheranzug sei von Bord gesprungen. Winifred war eine ausgezeichnete Schwimmerin."

„Möglicherweise hat er sich geirrt", entgegnete Bonnie leise.

Nell sah sich um. Das Zimmer war dunkel. Sie hörte nur das Prasseln des Regens gegen die Fensterscheiben. „Ich glaube nicht, dass sich der Junge geirrt hat", erwiderte sie mit Nachdruck. „Ich bin fest davon überzeugt, dass jemand von der Jacht entkommen ist. Im Übrigen denke ich, Sie wissen genau, wer es war."

Sie spürte, wie Bonnie schauderte. Als ihre Hände zu zittern begannen, konnte Nell sich endlich losmachen.

„Bonnie, ich habe Sie im Fernsehen erlebt, und ganz bestimmt haben Sie wirklich hellseherische Fähigkeiten. Aber Sie haben Ihr seltenes Talent missbraucht. Meine Tante Gerti hat mich schon vor Jahren gewarnt, dass man seine übersinnlichen Kräfte nur für das Gute einsetzen darf. Wer sie für schlechte Zwecke nutzt, sagte sie, wird streng bestraft."

Bonnie hörte zu und starrte Nell an.

„Sie haben sich an Gerti gewandt und behauptet, Adam hätte Kontakt mit Ihnen aufgenommen. Ich brauchte einen Abschied in Liebe, deshalb wollte ich Ihnen vertrauen."

„Nell, ich bin sicher, dass Adam im Jenseits..."

„Lassen Sie mich ausreden, Bonnie. Falls Sie tatsächlich Kontakt mit Adam hatten, war seine Botschaft an mich eine Lüge. Inzwischen weiß ich, dass er mich nicht geliebt hat. Ein Mann, der seine Frau liebt, hat keine Affäre mit seiner Sekretärin. Er eröffnet mit ihr kein Schließfach unter einem falschen Namen. Und genau das hat Adam nämlich getan."

„Sie irren sich, Nell. Adam hat Sie geliebt."

„Nein, ich habe Recht. Und außerdem bin ich nicht auf den Kopf gefallen. Ich bin überzeugt, dass Sie entweder Adam oder Winifred helfen wollen, an den Schließfachschlüssel heranzukommen, der aus Versehen in Adams Sakko geblieben ist. Ich hoffe, dass Sie für Winifred arbeiten und dass Adam tot ist. Beim bloßen Gedanken, dass ich über drei Jahre lang mit einem Mann gelebt habe, der, ohne mit der Wimper zu zucken, drei Menschen getötet hat, wird mir übel."

Nell griff in die Tasche und holte den Schließfachschlüssel heraus. „Bonnie, ich bin sicher, dass Sie den Aufenthaltsort von Adam oder Winifred kennen. Vielleicht ist Ihnen nicht klar, dass man Sie der Beihilfe zu mehrfachem Mord anklagen kann, wenn Sie auf irgendeine Weise mit einem der beiden zusammengearbeitet haben. Nehmen Sie diesen Schlüssel. Geben Sie ihn dem Überlebenden. Wiegen Sie ihn in dem Glauben, dass er gefahrlos nach White Plains fahren kann. Das ist Ihre einzige Chance, mildernde Umstände zu bekommen."

„Was meinst du mit ‚in dem Glauben wiegen', Nell?", fragte plötzlich eine männliche Stimme.

Sie hatte nicht gehört, dass sich Schritte näherten. Entsetzt wandte sie sich um.

Hinter ihr stand Adam!

DAN MINOR blickte aus dem Fenster und hoffte, der sintflutartige Regen würde endlich aufhören. Die Tropfen prasselten gegen die Scheibe und flossen wie ein Wasserfall daran herunter. Seine Großmutter hatte immer gesagt, die Engel weinen, wenn es derart regnete.

Wo ist Nell?, fragte er sich.

Sie hatten sich alle in Macs Büro versammelt: Dan, Mac, Gerti und Liz. Nells Pförtner hatte bestätigt, sie sei gegen drei Uhr nach Hause gekommen und kurz nach vier wieder gegangen. Also muss sie meine Nachricht abgehört haben, dachte Dan. Warum hat sie nicht zurückgerufen?

Der Fahrstuhlführer erzählte, sie habe niedergeschlagen gewirkt.

Jack Sclafani und George Brennan trafen ein und wurden mit Liz und Gerti bekannt gemacht. Sclafani begann mit dem Bericht: „Fangen wir mit der Obdachlosen an, die eine Stunde vor dem Brand in der Villa den Diebstahl einer Plastiktüte gemeldet hat. Der Polizist, an den sie sich an diesem Tag wandte, bestätigt die Geschichte. Wahrscheinlich werden wir es nie eindeutig beweisen können, doch wir sind davon überzeugt, dass Winifred Johnson Jimmy Ryan dafür bezahlt hat, den Brand zu legen und die Schuld einem Obdachlosen in die Schuhe zu schieben."

„Das heißt, meine Mutter…", fiel Dan ihm ins Wort.

„Das heißt, Ihre Mutter ist frei von jedem Verdacht."

„Denken Sie, dass Winifred Johnson in eigenem Auftrag gehandelt hat?", erkundigte sich Mac.

„Wir nehmen an, dass Adam Cauliff der Drahtzieher war."

„Ich verstehe nur nicht, welchen Nutzen er von dem Brand hatte", meinte Gerti.

„Er hatte das Kaplan-Grundstück gleich neben der alten Villa gekauft. Und er war schlau genug zu wissen, dass der Wert des Grundstücks enorm steigen würde, wenn die Villa verschwand und die Nutzung nicht mehr durch den Denkmalschutz eingeschränkt würde. Dann wollte er sich an Peter Lang, den Besitzer des Vandermeer-Grundstücks, wenden und ihm ein Geschäft vorschlagen. Außerdem war er so von sich überzeugt, dass er glaubte, den Bauunternehmer zwingen zu können, ihn als Architekten anzuheuern."

„Laut Aussage von Mrs Ryan rief am Abend des Brandes ein Mann an, der Jimmy Ryan anwies, den Auftrag zu vergessen", erklärte Brennan. „Vielleicht hatten Adam und Winifred eben erst erfahren, dass die Vandermeer-Villa nicht mehr unter Denkmalschutz stand und ein Feuer dadurch überflüssig wurde."

„Aber es hat ihnen beiden nichts genutzt", stellte Liz fest. „Schließlich sind sie auf der Jacht in Stücke gerissen worden."

„Das glauben wir nicht", erwiderte Brennan. Beim Anblick der erstaunten Mienen fügte er hinzu: „Ein Zeuge sagt, er habe kurz vor der Explosion jemanden in einem Taucheranzug über Bord springen sehen. Zwei Leichen sind nicht gefunden worden – die von Adam Cauliff und die von Winifred Johnson."

„Dank der detektivischen Fähigkeiten Ihrer Enkelin, Herr Kongressabgeordneter", fügte Sclafani hinzu, „haben wir Zugang zu einem Schließfach erhalten, das von einem Mann und einer Frau angemietet wurde. Sie nannten sich Harry und Rhoda Reynolds. Das Schließfach enthielt gefälschte Pässe. Man hat uns Kopien der Passfotos ins Büro gefaxt. Die beiden haben ihr Äußeres zwar ein wenig verändert, doch es handelt sich eindeutig um Winifred Johnson und Adam Cauliff. Außerdem befanden sich in dem Schließfach noch fast 300000 Dollar in bar und zusätzlich Pfandbriefe und andere Wertpapiere im Wert von einigen Millionen", ergänzte Detective Brennan.

Auf diese Enthüllungen folgte langes Schweigen. Schließlich fragte Gerti: „Wie um alles in der Welt haben die beiden so viel Geld angehäuft?"

„Angesichts der Bauvorhaben, die Walters und Arsdale betreuen, ist das nicht weiter schwierig. Zurzeit haben sie verschiedene Projekte mit einem Gesamtvolumen von fast acht Millionen Dollar in den Auftragsbüchern. Darüber hinaus denken wir, dass Winifred und Adam die Sache von langer Hand geplant haben."

Als Sclafani Macs bedrückte Miene bemerkte, meinte er: „Herr Kongressabgeordneter, es ist eine traurige Geschichte. Es tut mir Leid für Mrs MacDermott. Mir ist klar, welcher Schock das für sie sein wird."

„Wollte sie nicht auch hier sein?", fragte Brennan. „Wir möchten ihr gerne für ihre Hilfe danken."

„Wir wissen nicht, wo Nell steckt", erwiderte Gerti, gleichzeitig verärgert und besorgt. „Niemand hört auf mich, aber ich habe schreckliche Angst um sie. Irgendetwas stimmt da nicht. Schon am frühen Nachmittag, als ich mit ihr telefonierte, habe ich ihr angemerkt, dass etwas im Argen liegt."

Brennan und Sclafani sahen sich besorgt an. „Und Sie haben keine Ahnung, wo sie ist?", fragte Sclafani.

„Finden Sie das bedenklich?", entgegnete Mac scharf. „Warum?"

„Weil Mrs MacDermott den zweiten Schlüssel zum Schließfach entdeckt hat und so klug war, sich bei der Bank in der Nähe des Pflegeheims zu erkundigen, in dem Winifred Johnsons Mutter lebt. Und falls sie herausgekriegt hat, wo sich Winifred und Adam verstecken, und versucht, mit ihnen in Kontakt zu treten, begibt sie sich in große Gefahr."

„Ganz bestimmt war es Winifred, die von der Jacht weggeschwommen ist", sagte Gerti mit zitternder Stimme. „Schließlich hat Bonnie Wilson mit Adam Verbindung aufgenommen. Er hat zu Nell aus dem Jenseits gesprochen."

„Was hat er?", fragte Sclafani.

„Verdammt noch mal, Gerti!", schimpfte Mac.

„Mac, ich weiß, dass du daran nicht glaubst, ganz im Gegensatz zu Nell. Sie hat sogar Adams Rat befolgt, seine Kleidung zu spenden. Sie hat schon alles gepackt und will es morgen vorbeibringen. Bonnie Wilson hat sich erboten, mir beim Sortieren zu helfen. Bonnie war uns in den letzten Wochen eine große Stütze. Mich hat nur eines gewundert: Sie hat mir gar nicht gesagt, dass sie Adam einmal bei einer meiner Partys kennen gelernt hat. Ich habe ein Foto gefunden, auf dem die beiden zusammen zu sehen sind."

Brennan sprang auf. „Ich wette, sie versucht an den Schlüssel heranzukommen. Sie steckt mit Adam oder mit Winifred unter einer Decke."

„Mein Gott", stöhnte Liz Hanley. „Und ich dachte schon, er wäre auferstanden."

Die anderen starrten sie an.

„Ich habe Adams Gesicht in Bonnie Wilsons Wohnung im Spiegel gesehen und glaubte, sie hätte ihn aus dem Jenseits herbeigerufen."

Dort ist Nell hingefahren, schoss es Dan durch den Kopf. Zu dieser Wilson. Ich bin ganz sicher.

Voller Angst blickte er sich um, und er erkannte in den Gesichtern der Anwesenden, dass auch ihnen der Schrecken in die Glieder gefahren war.

ADAM stand hinter ihr. Trotz des Dämmerlichts erkannte Nell ihn sofort. Es war tatsächlich Adam. Doch eine Hälfte seines Gesichts war mit Brandblasen bedeckt. Die Haut schälte sich, und die rechte Hand und der rechte Fuß waren dick bandagiert. Seine Augen funkelten vor Wut.

„Du hast den Schlüssel gefunden und die Polizei angerufen", stieß er mit heiserer Stimme hervor. „Drei Jahre lang habe ich alles geplant und dieses dämliche, rührselige Weibsstück ertragen. Fast wäre ich ums Leben gekommen, weil du ihr das falsche Sakko gegeben hast und ich ihre blöde Handtasche suchen musste. Dazu noch die Schmerzen von den Verbrennungen. Und jetzt soll diese ganze Mühe vergeblich gewesen sein!"

Er hob die linke Hand, in der er etwas Schweres hielt, das Nell nicht genau sehen konnte. Als sie aufstehen wollte, stieß er sie mit seiner bandagierten Hand zurück. Sie hörte Bonnie schreien. Dann fühlte sie einen stechenden Schmerz an der Schläfe und sank immer tiefer und tiefer ...

AUS WEITER Ferne hörte Nell ein seltsames Seufzen und Stöhnen. Ihr Haar und ihr Gesicht waren klebrig. Nach einer Weile wurde ihr klar, dass das Geräusch von ihr selbst kam.

„Ich habe solche Kopfschmerzen", flüsterte sie, und dann fiel es ihr wieder ein: Adam lebte. Er war hier. Jemand berührte sie.

„Fester. Zieh es fester zu!" Das war Adams Stimme.

Bonnie beugte sich weinend über sie. Sie hatte eine Rolle dicken Bindfaden in der Hand. Sie will mir die Füße fesseln, dachte Nell.

„Ihre Hände! Nun ihre Hände!" Das war wieder Adams Stimme – hart und grausam.

Sie lag auf einem Bett, auf den Bauch gerollt. Bonnie zog ihr die Hände auf den Rücken und wickelte eine Schnur um ihre Handgelenke.

Nell versuchte zu sprechen. Tu es nicht, Bonnie, wollte sie sagen. Du hast nur noch wenige Minuten zu leben. Deine Aura ist jetzt pechschwarz. Lade so kurz vor deinem Tod keine weitere Schuld auf dein Gewissen.

Nell spürte, wie ihr Bonnie die Hand drückte. Sie wickelte zwar die Schnur darum, aber ziemlich locker. Sie will mir helfen, dachte Nell.

„Beeil dich!", zischte Adam.

Langsam wandte Nell den Kopf. Sie bemerkte einen Haufen zerknüllter Zeitungen auf dem Boden. Adam hielt eine Kerze dagegen. Die erste Flamme züngelte empor.

„Jetzt zahle ich es dir mit gleicher Münze heim, Nell", sagte Adam. „Ich will, dass du dieselben Schmerzen leidest wie ich. Du hast es vermasselt. Deinetwegen hatte ich den Schlüssel nicht. Und so, wie ich jetzt aussehe, konnte ich nicht einmal zur Bank gehen und die Leute dort überreden, mich an das Schließfach zu lassen. Nur wegen dir und diesem dämlichen Weib, das mir die falsche Jacke gebracht hat."

„Adam, warum ...?", stieß Nell hervor.

„Warum? Bist du denn wirklich so blöd?" Seine Stimme klang gleichzeitig wütend und verächtlich. „Nie war ich gut genug für dich, war es nicht wert, mit den erlauchten Freunden deines Großvaters zu verkehren. Kapierst du denn nicht, dass mit deiner Kandidatur für mich alles vorbei gewesen wäre? In meiner Vergangenheit gibt es einige Dinge, die für eine zukünftige Kongressabgeordnete ein wenig peinlich hätten werden können. Ist dir nicht klar, dass es für die Medien ein gefundenes Fressen gewesen wäre? Das durfte ich auf keinen Fall zulassen."

Nun kniete Adam neben dem Bett und näherte sein Gesicht dem von Nell. „Also hast du mich dazu gezwungen, Nell. Du und Jimmy Ryan, dieser Waschlappen, und Winifred mit ihren treuen Kuhaugen. Tja, sei's drum. Es war sowieso Zeit für einen Neuanfang." Er stand auf. „Lebe wohl, Nell."

„Adam, du kannst sie doch nicht umbringen!", rief Bonnie.

„Bonnie, entweder bist du für mich oder gegen mich. Du hast die Wahl. Du kannst hier bei Nell bleiben oder mit mir zur Tür hinausspazieren."

In diesem Augenblick läutete es. Das schrille Geräusch hallte durch die kleine Wohnung. Die Zimmer füllten sich mit Qualm, als die Wände Feuer fingen. „Aufmachen, Polizei!", rief eine Stimme aus dem Treppenhaus.

Adam betrachtete Nell. „Hörst du sie, Nell? Sie wollen dir helfen. Aber weißt du was? Sie werden zu spät kommen." Er schob mit der Schulter die Kommode vor die Schlafzimmertür. Die Flammen umzüngelten schon die Vorhänge.

„Mach das Fenster auf!", brüllte er Bonnie an.

„Die Feuertreppe wird repariert, Adam. Da können wir nicht raus. Es ist zu gefährlich", schluchzte Bonnie.

Er schob Bonnie hinaus auf die Feuertreppe in den strömenden Regen. Nell sah den wilden Ausdruck auf Adams Gesicht, als er das Fenster sorgfältig hinter sich zuzog und sie in dem Zimmer einsperrte.

Nun war sie allein in der sengenden Hitze. Es war unerträglich. Inzwischen brannte die Matratze. Verzweifelt nahm Nell alle Kräfte zusammen, rutschte vom Bett und stellte sich aufrecht hin. Sie stützte sich gegen die Kommode und schaffte es, dank Bonnies lockerer Fesseln, die Hände freizubekommen. Dann schob sie die Kommode weg.

Die Tür stand in Flammen. Als Nell den Türknauf umdrehen wollte, war dieser glühend heiß. Die Brandblasen, der Rauch, sie hatte gewusst, dass es geschehen würde. Blut tropfte ihr in die Augen. Sie bekam keine Luft mehr.

Jemand hämmerte gegen die Wohnungstür. Sie hörte es ganz deutlich. Zu spät, dachte sie, als sie zu Boden glitt und in Richtung Fenster kroch. Sie kommen zu spät.

EIN DÜNNER Rauchfaden quoll ins Treppenhaus hinaus. „Die Wohnung brennt!", rief Sclafani. Obwohl er, Brennan und Dan Minor sich gemeinsam gegen die Tür warfen, gab sie nicht nach.

„Ich gehe aufs Dach", stieß Brennan hervor.

Sclafani drehte sich um und rannte die Treppe hinunter. Dan folgte ihm auf den Fersen. Sie eilten durch die Vorhalle hinaus zu der Seite des Hauses, an der sich die Feuertreppe befand.

„Mein Gott, sehen Sie nur!", schrie Dan auf.

Über ihnen auf der Feuertreppe kletterten zwei Menschen stolpernd die glitschigen Sprossen hinunter.

DAS BRENNENDE Schlafzimmer war völlig verqualmt. Blind kroch Nell über den Boden und versuchte mühsam, Luft zu holen. Das Fenster. Sie musste das Fenster finden. Plötzlich stieß sie mit dem Kopf an etwas

Hartes. Die Wand! Sie zog sich hoch und streckte die Hände nach dem Fensterbrett aus. Doch sie spürte nur heißes Metall. War das ein Griff? Nein, ein Kommodenbeschlag. Mein Gott, sie war im Kreis herumgekrochen und befand sich nun wieder an der Tür.

Ich schaffe es nicht!, dachte sie. Ich ersticke!

Auf einmal fühlte sie sich wieder wie damals in der Ripptide und wurde in einen reißenden Strudel hinabgezogen. „Hilfe!", wimmerte sie.

Und dann hörte sie eine Stimme, doch es war nicht die ihrer Eltern – sondern die von Dan: *Nell, ich brauche dich,* sagte er.

Dreh dich um, befahl sie sich. Wo ist das Fenster? Bleib in der Nähe des Bettes und krieche dann nach rechts. Sie krabbelte durchs Zimmer.

Ich brauche dich, Nell, ich brauche dich.

Hustend und keuchend robbte Nell weiter, dem Fenster entgegen.

„POLIZEI, stehen bleiben!", schrie Sclafani dem Paar auf der Feuertreppe zu. „Hände hoch!"

Adam blieb stehen und wirbelte herum, als Bonnie sich an ihm vorbeidrängen wollte. „Zurück!", rief er und stieß sie die Stufen hinauf.

Sie passierten das Fenster von Bonnies Wohnung im vierten Stock und erreichten schließlich den fünften. Das Dach befand sich etwa 1,80 Meter über ihnen.

„Es ist sinnlos, Adam!", schluchzte Bonnie.

Adam stellte sich auf das Eisengeländer und griff nach oben. Seine Fingerspitzen berührten die Dachkante. Unter sich vernahm er ein Knirschen und spürte einen scheußlichen Ruck, als sich die Feuertreppe von der Hausmauer löste.

UNTEN auf der Straße hörte Dan Minor die Sirenen der Feuerwehrwagen, die die West End Avenue entlangrasten. Er verschränkte die Finger ineinander, sodass Jack Sclafani hineinsteigen und die unterste Stufe der Feuertreppe erreichen konnte. „Lassen Sie die Leiter runter!", rief er Sclafani zu.

Kurz darauf kletterte auch Dan die Feuertreppe empor.

NELL hatte das Fenster erreicht. Als sie sich hochzog, stolperte sie, sodass ihre Schulter die große Glasscheibe durchbrach. Sie fühlte, wie die schreckliche Hitze hinter ihr blitzartig nach außen gesaugt wurde. Sie warf sich nach vorn und merkte, wie sie wieder zurückrutschte, da der Boden unter ihren Füßen schwankte. Ihre mit Brandblasen bedeckten

Hände griffen nach dem Fensterrahmen. Glasscherben bohrten sich in ihre Handflächen. Hinter ihr prasselte das Feuer. Unter ihr heulten Sirenen. Doch in ihrem Kopf herrschte Stille. Ist das der Tod?, fragte sie sich.

ADAM umfasste die Dachkante mit den Fingerspitzen. Die Verzweiflung verlieh ihm übermenschliche Kräfte, als er sich nach oben zog. Dann jedoch spürte er, wie sich Arme um seine Beine schlangen und ihn hinunterzerrten. Es war Bonnie. Er trat nach ihr, um sich zu befreien, aber es war zwecklos. Er konnte sich nicht mehr festhalten. Nach kurzem Widerstand fiel er zurück auf die Feuertreppe.

Wutentbrannt packte er Bonnie. Unter ihnen schwankte die Feuertreppe.

„Lassen Sie sie los, oder ich schieße!“, brüllte Brennan vom Dach aus.

„Das habe ich sowieso vor!“, erwiderte Cauliff.

Sclafani, der die Stufen hinaufeilte, wusste, was gleich geschehen würde. Er kam zu spät. Mit einem Aufschrei stürzte Bonnie hinunter auf die Straße.

Adam sprang wieder aufs Geländer und streckte die Arme aus. Diesmal bekamen seine Fingerspitzen die Dachkante kaum zu fassen. Er rutschte ab. Einen schrecklichen Moment lang stand er schwankend da und versuchte mit rudernden Armen das Gleichgewicht zu halten.

Wie erstarrt sah Sclafani zu, wie der Mann einen tödlichen Tanz vollführte und schließlich in den Abgrund stürzte, ohne einen Laut von sich zu geben.

Gleich unterhalb von Sclafani hatte Dan Bonnies Schlafzimmerfenster erreicht. Er entdeckte Nell, die sich, von Flammen umzüngelt, an den Fensterrahmen klammerte, packte sie mit kräftigen Fingern an den Handgelenken und hielt sie fest, bis kurz darauf Jack Sclafani neben ihm erschien und ihm half, sie aus dem Zimmer zu ziehen.

„Los, das Ding hier stürzt gleich ein!“, rief Jack Sclafani aus.

Die Feuertreppe schwankte wild hin und her, als sie nach unten kletterten. Dan schleppte die inzwischen bewusstlose Nell hinter sich her. Bald hatten sie das ausfahrbare Endstück der Feuerleiter erreicht. „Lassen Sie sie runter, und springen Sie!“, schrie ein Feuerwehrmann zu ihm hinauf.

Dan ließ Nell in die ausgestreckten Arme des Feuerwehrmanns sinken. Dann stießen er und Jack Sclafani sich ab, landeten unsanft auf dem Boden und brachten sich schleunigst in Sicherheit, während das fünf Stockwerke hohe Metallgestänge in sich zusammenstürzte und die Leichen von Adam Cauliff und Bonnie Wilson unter sich begrub.

DIENSTAG, 7. NOVEMBER / WAHLTAG

Ein neuer Präsident wurde gewählt, der in den nächsten vier Jahren die Geschicke der Vereinigten Staaten von Amerika lenken würde. Der Staat New York würde von einem neuen Senator im Kongress, dem exklusivsten Klub des Landes, vertreten werden. Und am Abend würde auch die Stadt New York wissen, ob der Wahlbezirk, dem Cornelius MacDermott fast fünfzig Jahre lang vorgestanden hatte, seine Enkelin Nell MacDermott als Abgeordnete haben wollte.

Aus Nostalgie und auch aus Aberglaube hatte Nell ihre Wahlkampfzentrale im „Hotel Roosevelt" eingerichtet, wo auch ihr Großvater seine Triumphe gefeiert hatte. Als die Wahllokale geschlossen wurden und allmählich die ersten Hochrechnungen eintrudelten, saßen sie in einer Suite im neunten Stock des Hotels gebannt vor drei Fernsehern – einer für jeden wichtigen Sender.

Gerti MacDermott war dabei, außerdem Liz Hanley und Lisa Ryan. Dan Minor hatte gerade angerufen, er werde sich gleich vom Krankenhaus aus auf den Weg machen. Wahlkampfhelfer gingen nervös aus und ein. Der Wahlkampf war hart gewesen.

Nell wandte sich an ihren Großvater: „Egal, ob ich gewinne oder verliere, Mac, ich bin froh, dass du mich überredet hast zu kandidieren."

„Es gab keinen Grund, der dagegen gesprochen hätte", brummte er. „Der Parteivorstand war einer Meinung mit mir – die Sünden eines Ehemannes darf man nicht seiner Frau anlasten. Allerdings muss ich gestehen, dass deine Kandidatur unmöglich geworden wäre, wenn es einen Prozess gegeben hätte. Doch da Adam und seine Komplizinnen tot sind, ist es Schnee von gestern."

Schnee von gestern, dachte Nell. Schnee von gestern, dass Adam mich betrogen hat. Schnee von gestern, dass er alle, die ihm hätten gefährlich werden können, mit der Jacht in die Luft gehen ließ. Schnee von gestern, dass ich mit einem Ungeheuer verheiratet gewesen bin. Drei Jahre lang habe ich mit Adam zusammengelebt. Habe ich nicht immer gespürt, dass mit unserer Ehe etwas schrecklich im Argen lag? Ich hätte es mir eingestehen müssen.

Der Ermittler aus Bismarck hatte noch weitere beunruhigende Einzelheiten über Adam aufgedeckt. Bei einem seiner fragwürdigen Geschäfte in North Dakota hatte er den falschen Namen Harry Reynolds benutzt. Offenbar hatte er das Winifred verraten.

Nell sah sich um. Lisa Ryan, die ihren Blick auffing, reckte aufmunternd den Daumen in die Luft. Im Frühsommer hatte Lisa Nell angeboten, ihr im Wahlkampf zu helfen. Nell war sofort einverstanden gewesen. Lisa hatte unermüdlich gearbeitet und jeden Abend in der Wahlkampfzentrale verbracht, wo sie mit Wählern telefonierte und Broschüren versandte. Ihre Kinder hatte Lisa den Sommer über mit Brenda Curren und deren Mann ans Meer geschickt. Sie hielt es für besser, dass sie aus der Gegend verschwanden, bis sich das Gerede über ihren Vater gelegt hatte. Doch es war weniger schlimm gekommen als erwartet. Der Name Jimmy Ryan stand zwar in den Polizeiakten, aber die Presse hatte sich kaum für ihn interessiert.

„Die Kinder sind sich darüber im Klaren, dass ihr Vater einen großen Fehler gemacht hat", hatte Lisa gesagt. „Aber sie wissen auch, dass er sterben musste, weil er sich dazu bekennen wollte. Seine letzten Worte zu mir waren ‚Es tut mir Leid', und nun verstehe ich, was er damit gemeint hat."

Sie hatten beschlossen, dass Lisa im Fall eines Wahlsiegs in Nells New Yorker Büro arbeiten sollte. Hoffentlich klappt es, dachte Nell und wandte ihre Aufmerksamkeit wieder den Fernsehern zu.

Das Telefon läutete. Lisa hob ab und kam dann zu Nell herüber. „Das war Ada Kaplan. Sie betet, dass du gewinnst, und sagt, du wärst eine Heilige."

Nell hatte Ada ihr Grundstück zurückgegeben, und zwar für genau den Preis, den sie von Adam dafür erhalten hatte. Daraufhin hatte Ada es für drei Millionen an Peter Lang verkauft. „Kein Wort zu meinem Sohn", sagte sie zu Nell. „Er kriegt nur das, was ich ihm versprochen habe. Die Differenz vermache ich einer jüdischen Hilfsorganisation."

„Es ist ein Kopf-an-Kopf-Rennen, Nell", knurrte Mac.

„Mac, seit wann wirst du zappelig, wenn du dir Wahlen ansiehst?", fragte Nell lachend.

„Seit du im Rennen bist. Schau, jetzt heißt es schon, es sei reine Glückssache, wer gewinnt."

Es war halb zehn. Eine halbe Stunde später traf Dan ein. Er setzte sich neben Nell und legte den Arm um sie. „Entschuldige, dass ich so spät komme", sagte er. „Wir hatten ein paar Notfälle. Wie läuft es hier bei euch? Soll ich dir den Puls fühlen?"

„Spar dir die Mühe, so schnell kannst du sowieso nicht mitzählen."

Doch um halb elf zeigten die Hochrechnungen einen Vorsprung für Nell. „Sehr gut! Weiter so", murmelte Mac.

Um halb zwölf stand fest, dass Nells Gegner unterlegen war. Oben in der Suite wurde gejubelt, während auf dem Fernsehschirm die Menschenmenge im Ballsaal des Roosevelt Hotels erschien, die Nells Wahlsieg feierte. Die Anwesenden stimmten ein Lied an, einen Schlager aus den Jahren um die Jahrhundertwende. „Warte, bis die Sonne scheint, Nellie."

Warte, bis die Sonne scheint, Nellie,
Bis die Wolken sich verziehn.

Und sie haben sich verzogen, dachte Nell.

Dann werden wir so glücklich sein, Nellie,
Dann werden du und ich ein Paar...

„Darauf kannst du Gift nehmen", flüsterte Dan.

Drum warte, bis die Sonne scheint, Nellie.

Das Lied war zu Ende, und das Publikum klatschte tosend Beifall. Unten im Ballsaal griff Nells Wahlkampfleiter zum Mikrofon. „Und nun scheint die Sonne!", rief er. „Wir wollen Nell! Wir wollen Nell!", jubelte er dann.

Hunderte von Stimmen schlossen sich an.

„Los, Frau Kongressabgeordnete MacDermott. Sie warten auf dich", sagte Mac und schob Nell zur Tür.

Er führte sie, gefolgt von Dan, Liz und Gerti, den Flur entlang.

„Also, Nell, ich an deiner Stelle würde zuerst...", begann Mac.

Foto: Bernhard Vidal

„Meine Bücher sind wie meine Kinder für mich."

Für die erfolgreiche Bestsellerautorin Mary Higgins Clark ist New York mit seinen schillernden Bewohnern und ihren Schicksalen kein unbekanntes Pflaster. Geboren in Manhattan und aufgewachsen in der Bronx, besitzt sie heute ein Apartment mit einer wunderschönen Aussicht auf den Central Park.

Zu ihrem mittlerweile 22. Buch wurde die „Königin der Spannung" von einem ungewöhnlichen Erlebnis angeregt, das sie – genau wie ihre Heldin Nell in *Vergiss die Toten nicht* – in unbekannte Welten führte und ihr keine Ruhe ließ: „Vor 24 Jahren ging ich zu einer Wahrsagerin, und sie prophezeite mir, dass ich eines Tages reich und berühmt sein würde. Ich glaube daran, dass manche Leute einen Blick in die Zukunft werfen können."

Bis die Prophezeiung sich erfüllen sollte, war es jedoch ein langer Weg. Auch Mary Higgins Clark verlor mit zehn Jahren unerwartet ihren Vater. Gleich nach der Schule nahm sie eine Stelle als Sekretärin in einer Werbeagentur an, um ihrer Mutter bei der Unterstützung der Familie zu helfen. Doch bald wurde ihre Sehnsucht nach fernen Ländern zu groß, und sie beschloss, Stewardess zu werden. Ein Jahr lang bereiste Mary Higgins Clark so die ganze Welt. Zur Schriftstellerei fand sie erst nach der Heirat. Doch immer noch dauerte es sechs lange Jahre, bis sie ihre erste Geschichte für 100 Dollar verkaufen konnte. Diese Zeiten sind glücklicherweise längst Vergangenheit. Inzwischen zählt Mary Higgins Clark – wie einst vorhergesagt – zu den bestbezahlten und berühmtesten Autorinnen der Welt.

PILOT
FÜR
John Nichol

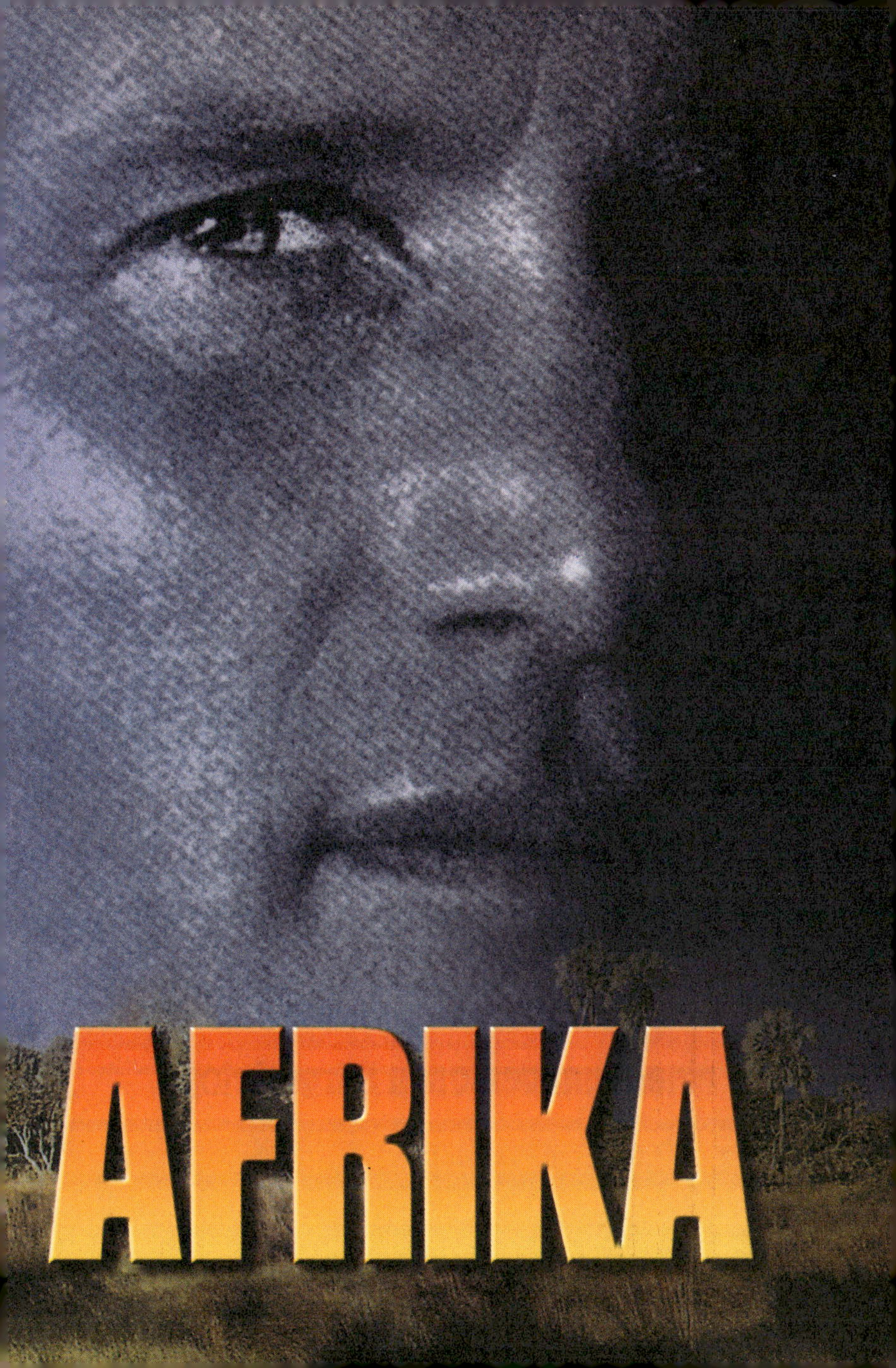
AFRIKA

Versorgungsflüge für eine Diamantenmine in Afrika – das klingt für Jack Griffith nach einem ruhigen Job in Sierra Leone. Doch genau diese Diamantenmine ist das heiß umkämpfte Ziel in einem gnadenlosen Bürgerkrieg.

PROLOG

Die untergehende Sonne färbte den Himmel rot und warf schon lange Schatten über die Hügel, als das Funkgerät mit heftigem Knacken meldete: „Echo vierzehn. Feindliche Truppen gesichtet 179502. Überprüfen."

Mit einem unterdrückten Seufzer bestätigte ich den Befehl. Seit mehr als acht Stunden flogen wir einen Einsatz nach dem anderen über einem Land, das bereits schwer von Luftangriffen gezeichnet war. Doch immer kamen wir zu spät und fanden noch ein Dorf in Ruinen vor und noch eine schwarze Rauchsäule, die in den Himmel aufstieg.

Ich wendete den Hubschrauber und flog über die staubigen mazedonischen Berge nach Nordosten. Sobald wir uns der Grenze zum Kosovo näherten, ging ich auf niedrige Höhe, dabei hielt ich mich dicht an die Konturen der Landschaft. Dann stiegen wir, überquerten einen letzten Bergrücken und näherten uns im Sinkflug unserem Zielgebiet im Tal.

Vor uns lag ein vertrauter Anblick: ein kleines Dorf, ein paar Häuser im Windschatten der Berge, umgeben von einem Waldgürtel. Rauchsäulen und flackernde Flammen stiegen aus den Umrissen zerstörter Häuser auf, von den Bewohnern jedoch war nichts zu sehen.

Ich umrundete das Dorf in weitem Bogen und suchte das offene Gelände und den Waldrand ab. Aus den Augenwinkeln konnte ich im Schatten zwischen den Bäumen gerade noch ein paar Rechtecke erkennen – Lastwagen, vielleicht auch Panzer, die den Wald als Deckung nutzten. Ich bekam eine Gänsehaut, doch ich blieb auf Kurs, bis wir jenseits des Waldrandes außer Sichtweite waren. Jetzt erst funkte ich an den Stützpunkt. „Eventuell Feinde gesichtet. Over." Dann drückte ich die Taste der Bordsprechanlage. „Achtung, Jungs. Da sind mindestens sechs Fahrzeuge zwischen den Bäumen. Ich fliege noch mal am Waldrand entlang. Echo dreizehn, mir nach!", rief ich.

Hinter mir hörte ich ein dumpfes Geräusch, als der Bordschütze die Kabinentür aufschob, sein Maschinengewehr herumschwenkte und auf das Ziel ausrichtete. Ich flog schnell und in niedriger Höhe am Waldrand entlang, während ich nach verdächtigen Bewegungen zwischen den Bäumen suchte. Wieder keine Spur von Menschen, kein Beschuss, nur die halb verborgenen Fahrzeuge.

Inzwischen hatte ich acht unter den Bäumen ausgemacht, außerdem ein langes, spitz zulaufendes Gebilde, das im Winkel von 45 Grad nach oben ragte. Es konnte der Lauf einer Panzerkanone sein, ebenso gut aber auch ein umgestürzter Baum. Ich flog über den Waldrand hinweg und ging in eine enge Kurve über, meinen Flügelmann dicht hinter mir. Die Sprechanlage knisterte, als er vorbeiflog. „Eindeutig Feinde", sagte er. „Nichts wie ran."

Ich zögerte. „Halt! Ich bin nicht sicher. Lass uns noch mal drüberfliegen."

Als wir uns im Sinkflug dem Wald näherten, drosselte ich die Geschwindigkeit. Der Helm meines Kopiloten reflektierte einen Strahl der untergehenden Sonne, als er sich zu mir umdrehte. „Meine Güte, Jack", sagte er vorwurfsvoll, „wie lange willst du die denn noch einladen?"

„Wir müssen doch sicher sein."

„Sicher sind wir, wenn wir tot sind."

Als wir die Hälfte des Waldes hinter uns hatten, fing ich den Hubschrauber ab und brachte ihn in Schwebeflug. Der Rotorabwind bog die Äste einen Augenblick lang auseinander, und jetzt erkannte ich Bewegung am Boden – Gestalten, die auf die Fahrzeuge zuliefen. Ich beschleunigte und brachte mich aus der Gefahrenzone.

Dann griff ich nach dem Funkgerät. „Menschen und Fahrzeuge gesichtet."

Die Antwort kam, bevor ich überhaupt gefragt hatte. „In Ordnung. Angreifen!"

Ich kreiste weiter. „Auf was warten wir noch?", hörte ich die Stimme meines Flügelmanns aus der Sprechanlage.

Mein Kopilot starrte mich noch immer an. „Und jetzt?", fragte er.

Hastig traf ich eine Entscheidung. „Angreifen!", kommandierte ich.

Ich flog einen weiten Bogen, sank bis kurz über den Boden und steuerte mit steigender Geschwindigkeit auf den langen Schatten des Waldes zu. Ich hielt den Helikopter noch ein paar Sekunden auf gleicher Höhe und starrte in das Fadenkreuz, dessen Schnittpunkt auf dem größten Gebilde zwischen den Bäumen lag. Dann drückte ich einmal, zweimal auf den Auslöser.

Zischend schossen die Raketen aus den Werfern, dann ließ ich den Hubschrauber schnell aufsteigen. Einen Augenblick später gab es eine heftige Explosion, und eine riesige schwarze Rauchwolke quoll zwischen den Bäumen hervor. Das MG knatterte, als der Bordschütze den Waldrand unter Beschuss nahm. Das Feuer wurde nicht erwidert.

Als ich zu einem weiteren Angriff ansetzte, sah ich, dass mein Flügelmann seinen Angriffsflug beendete. Mit heulenden Triebwerken ließ ich mich tief sinken und hielt den Finger erneut am Auslöser. In diesem Augenblick stürzte eine Gestalt aus dem Wald, eine menschliche Fackel, die vom Scheitel bis zur Sohle in Flammen stand. Der lange schwarze Rock, der der Frau um die Beine flatterte, brannte lichterloh.

„Abbrechen! Abbrechen!“, schrie ich in die Sprechanlage und blickte wieder nach unten. Noch immer konnte ich die brennende Frau sehen. Jetzt hatte sie die Arme emporgehoben, die Hände flehend ausgestreckt und den Kopf nach hinten geworfen. Ich sah, wie sich ihr Mund zu einem stummen Schrei öffnete. Dann sank sie zu Boden, ein formloser, brennender Haufen.

Ich kehrte um und flog in Richtung Stützpunkt. Die Sicht verschwamm vor meinen Augen, und über mein Gesicht strömten Tränen.

KAPITEL 1

Eine feuchtheiße Wand schlug uns entgegen, als die Tür des Flugzeugs aufschwang. Schweiß perlte mir von der Stirn, während ich beobachtete, wie zwei Afrikaner in abgewetzten Overalls eine rostige Treppe an das Flugzeug schoben.

Tom beugte sich an mir vorbei und starrte auf den Flugplatz. Sein Gesichtsausdruck ließ erkennen, dass er nicht gerade beeindruckt war. Als ehemaliger Berufssoldat der englischen Luftwaffe und mit seinen mehr als vierzig Jahren fiel es ihm schwer, sich an das Leben als Zivilist zu gewöhnen. „Das ist wohl das Begrüßungskomitee“, meinte er lakonisch, als uns eine Wolke von Fliegen umschwirrte.

„Willkommen in der realen Welt, Tom. Am besten, du gewöhnst dich gleich dran. Jetzt ist nämlich Schluss mit angenehmen Kommandoposten und Luftwaffendiners, niemand nimmt uns mehr an die Hand und räumt uns hinterher. Nun sind wir ganz auf uns gestellt.“

Er machte ein düsteres Gesicht, und die stets gegenwärtigen Runzeln auf seiner Stirn vertieften sich. „Was für eine Müllkippe! Sag mir doch noch mal, was wir hier sollen, Jack.“

„Wir tun das Einzige, was wir können, etwas Kohle für uns verdienen und gleichzeitig lebenswichtige Interessen Ihrer Majestät wahren.“

Er lächelte säuerlich. „Lebenswichtige Interessen buchstabiert man hier D-I-A-M-A-N-T-E-N. Und wenn sie wirklich so lebenswichtig sind – warum schickt Ihre Majestät dann nicht ein paar von ihren eigenen

Jungs, damit sie die Sache in die Hand nehmen? Nein, sag's mir nicht, lass mich raten: weil man gewisse Dinge besser so erledigt, dass man selbst im Hintergrund bleibt."

Unsere Blicke trafen sich. „Hör mal zu, es ist einfach nur ein Job. Und wir haben die Bedingungen akzeptiert, als wir den Vertrag unterschrieben haben", erinnerte ich ihn. „Deine Reue kommt ein bisschen spät."

Wir stiegen eilig die Treppe hinunter und gingen über den mit Schlaglöchern übersäten Beton zum Terminal. Das Gebäude war verfallen, die Fenster waren verdreckt und voller Einschusslöcher.

Toms schütteres rotblondes Haar war dunkel vom Schweiß und lag ihm wie angekleistert am Kopf. Ich fühlte, dass mir mein Hemd am Rücken klebte.

Die Ankunftshalle, eine Art Schuppen, lag zwar nicht in der prallen Sonne, war deshalb aber kaum kühler. Zwei Soldaten in fleckigen Uniformen standen auf, als wir näher kamen. Sie studierten lange unsere Pässe und ließen sie dann vor sich auf den Tisch fallen. Wir warteten schweigend und forschten in ihren gleichgültigen Gesichtern nach einem Anhaltspunkt für den Fortgang der Dinge.

Eine Gruppe afrikanischer Männer, Frauen und Kinder, die meisten in abgerissenen Kleidern und zerlumpten T-Shirts, standen auf der anderen Seite der Absperrung und starrten uns ohne erkennbares Interesse an. Dann kam plötzlich Bewegung in die Gruppe, die Leute traten auseinander und ließen zwei Männer durch, die kurz die Absperrung öffneten und schließlich mit großen Schritten auf uns zukamen.

Der Anführer war ein kräftiger Mann mit grau melierten Haaren, dessen Haut in der afrikanischen Sonne einen mahagonifarbenen Ton angenommen hatte. Unter seinem Walrossschnauzer grinste er breit. Ohne die Soldaten zu beachten, kam er zu uns herüber und klopfte uns auf den Rücken. „Schön, euch zu sehen, Jungs. Grizz Riley ist mein Name. Ihr könnt euch nicht vorstellen, wie froh ich bin, dass ihr hier seid. Allmählich hatte ich schon nicht mehr daran geglaubt, dass wir eine neue Hubschraubercrew bekommen würden."

Während er uns begrüßte, sprach sein Begleiter, ein beleibter Afrikaner mit Goldzahn und glänzendem Anzug, in vertraulichem Ton mit den Soldaten. Ich kannte diese Art Mensch, ein einheimischer Schieber, der dafür bezahlt wurde, uns reibungslos an Polizei, Zoll und anderen ortsansässigen Piranhas vorbeizulotsen.

Ich hörte die Worte „Sie arbeiten für die Schutztruppe SeCu" und das Rascheln von Leone-Scheinen – der hiesigen Währung. Die beiden

Soldaten steckten das Schmiergeld ein, strahlten jetzt über das ganze Gesicht, händigten uns die Pässe aus und winkten uns durch.

Grizz führte uns nach draußen zu einem ziemlich ramponierten Pickup. Ein Soldat mit rundem Gesicht und kantigem Kinn, bekleidet mit einem verblichenen Arbeitsanzug, bewachte ihn. Seine blonden Haare waren so kurz geschoren, dass man die Kopfhaut durchschimmern sah, auf der sich netzartige weiße Narben von der gebräunten Haut abhoben. Er schaute Tom und mich abwechselnd prüfend an.

„Jack Griffiths", stellte ich mich vor und streckte die Hand aus. „Angenehm."

Der Soldat machte ein finsteres Gesicht, schüttelte mir aber die Hand. „Ich bin Rudi", sagte er mit einem unüberhörbaren Afrikaans-Akzent.

Rudi und der Schieber stiegen vorn ein, wir setzten uns mit Grizz nach hinten. Es war eine unbequeme Fahrt. Die Straße vom Flughafen war voller Schlaglöcher und Panzerspuren. Am Straßenrand sahen wir das rostige, ausgebrannte Wrack eines Panzers, das man dort zum Verrotten liegen gelassen hatte.

Bald erreichten wir die Hauptstraße, die nach Freetown, der Hauptstadt von Sierra Leone, führte. Da die Fahrbahndecke jetzt ein wenig besser war, kamen wir schneller vorwärts. Inzwischen stand die Sonne senkrecht über uns. Die Straße schlängelte sich immer am Rand des Regenwaldes entlang über die Halbinsel, und ich war für jedes Fleckchen Schatten dankbar. Ab und zu sah man ein paar Hütten aus Lehm und Stroh, bisweilen auch ein Betongebäude. Schilder machten Reklame für Bars, Läden und Cafés, doch alle schienen geschlossen zu sein. Viele waren rauchgeschwärzt und wiesen Einschüsse auf.

Wir fuhren einen bewaldeten Höhenzug hinauf und sahen Freetown zu unseren Füßen liegen, ein Mosaik aus kahler Erde, grauem Beton und Wellblechdächern, bedeckt von einer roten Staubschicht.

So weit das Auge reichte, erstreckten sich jenseits der Hauptstadt weißsandige, von Palmen gesäumte, aber menschenleere Strände nach Süden. Offensichtlich kein Ort für Touristen. Beherrscht wurde der Höhenzug von Häuserreihen aus der Kolonialzeit, die im Schatten von Brotfrucht- und Kapokbäumen auf Stelzen gebaut waren. Grizz folgte meinem Blick. „Die Briten nannten das hier Hill Station", erklärte er.

Wie ihre früheren Bewohner hatten auch die einstmals weißen Häuser eine undefinierbare braune Farbe angenommen. Alle Häuser waren von hohen Ziegelmauern oder Blechzäunen umgeben, auf denen Glasscherben oder gerollter messerscharfer Stacheldraht angebracht waren.

Auf dem üppigen Gelände des Präsidentenpalastes, der auf dem Signal

Hill thronte, wuchsen Mango- und Brotfruchtbäume, doch die weißen Mauern, die über die vielen Jahre der Putsche und Gegenputsche nicht ausgebessert worden waren, zeigten tiefe Spuren von Granatfeuer. Etwas unterhalb zog sich eine riesige Slumsiedlung bis zum Fuß des Hügels hinunter. Die Hütten waren aus Kisten und Holzabfällen gebaut, die Dächer bestanden aus rostigem Wellblech oder Palmwedeln.

Vor uns fuhren einige überladene, schrottreife Pick-ups den Hügel in die Stadt hinunter, beladen mit Brennholz und Obst und Gemüse, das sie in der Stadt zum Verkauf anbieten wollten. In einer Kurve auf dem steilen Weg nach unten mussten wir abrupt anhalten. Ein Pick-up und ein heruntergekommenes Mercedes-Taxi waren zusammengestoßen, und beide Fahrer waren aus ihren Fahrzeugen gestiegen, um lautstark darüber zu debattieren, wer nun eigentlich schuld war an dem Unfall.

Während sie sich stritten, strömte eine Flut von Menschen aus den Hütten unterhalb der Straße. Ohne Rücksicht auf die Proteste der Fahrer begann die Menge die Fahrzeuge zu plündern. Dabei rissen sie alles heraus, was sie tragen konnten. Der Mercedesfahrer versuchte, wenigstens sein Autoradio zu retten, wurde aber einfach zu Boden geschlagen.

Autofahrer, die den Hügel heraufkamen, warfen einen Blick auf die Szenerie, wendeten dann schnell und verschwanden in einer Staubwolke. Endlich bog ein Polizeifahrzeug um die Ecke. Es hielt an und schaltete die Sirene ein. Die Plünderer ließen sich dadurch jedoch in keiner Weise stören. Die Polizisten machten allerdings keine Anstalten, ihr Fahrzeug zu verlassen, und einen Augenblick später fuhr es wieder rückwärts den Hügel hinunter.

Grizz warf mir einen vielsagenden Blick zu. „Willkommen in Sierra Leone!“ Er griff nach seinem Gewehr, stand auf und schoss eine Salve in die Luft. Dann senkte er den Lauf und richtete ihn auf die Plünderer. Einen Augenblick herrschte Stille, dann flohen sie voller Panik, und wir konnten unseren Weg in die Stadt fortsetzen.

Am Kissy-Kreisel fuhren wir nach Westen durch das libanesische Viertel, dann die East Street hinunter an der Moschee und dem Gefängnis vorbei. Die zerfallenden Fassaden der einstmals imposanten Kolonialgebäude säumten die breiten Straßen im Zentrum von Freetown, doch das Rathaus war eine Ruine, umgeben von Reihen schäbiger, zweistöckiger Gebäude. Zerfetzte Wäsche hing an Leinen, die quer über die Straße gespannt waren, und die meisten Häuser hatten statt einer Küche eine ausgehobene Feuerstelle im Hof.

Wir hielten in der Garrison Street und kamen zu einer Reihe verwahrloster Geschäfte mit verbogenen und versengten Läden. Die meisten wurden von libanesischen Händlern geführt, doch nur wenige hatten überhaupt Ware anzubieten, oft standen lediglich eine Hand voll Konserven und mit Fliegendreck übersäte Päckchen in den ansonsten leeren Regalen.

Das Kaufhaus am Ende der Straße war kaum besser bestückt, die Waren freilich schienen eher für eine neu gegründete Siedlung im Busch geeignet als für eine Hauptstadt. Es gab Moskitonetze, Kerzen, Äxte, Buschmesser und die von Goldschürfern benutzten Schaufeln und Siebe. Grizz begann geschäftig Vorräte zusammenzutragen, die Rudi dann hinausbrachte und auf den Pick-up lud. Wir ließen den Schieber um die Preise feilschen, während Grizz uns um die Ecke zu einem Hotel führte. Es ähnelte einem sowjetischen Mietsblock und war sinnigerweise falsch herum gebaut: Die Balkons lagen auf der Landseite, die Badezimmer dagegen hatten Meerblick.

Grizz ließ uns an der Anmeldung zurück.

„Wann fangen wir an zu arbeiten?“, wollte ich wissen.

Er lächelte. „Die Firma SeCu ist ein großzügiger Arbeitgeber. Euch wird sogar eine Nacht zum Akklimatisieren und Amüsieren zugestanden. Aber morgen geht es in aller Frühe ins Landesinnere zur Mine von Bohara. Ich werde euch jetzt kurz alleine lassen, damit ihr eure Sachen auspacken könnt. Um sechs Uhr bin ich wieder da. Dann gebe ich euch nähere Anweisungen. Anschließend zeige ich euch, was man hierzulande unter Spaß versteht.“ Damit schlenderte er hinaus.

Mein Zimmer entsprach genau meinen Erwartungen: Die Lampen waren kaputt, ebenso der rostige Ventilator an der Schlafzimmerdecke. Aus dem Bad drangen Geräusche von Kakerlaken, und ein penetranter Gestank hielt mich fürs Erste von weiteren Erkundungen ab.

Am Bett stand eine Petroleumlampe unter einem Moskitonetz. Ich schlug die Decken zurück, legte mich aufs Bett und schloss die Augen.

Schweißgebadet wachte ich auf, mein Herz schlug heftig, und in meinen Ohren dröhnte noch das Knattern des Maschinengewehrs. Doch in meinem Zimmer herrschte eine Stille, die nur vom Zirpen der Zikaden unterbrochen wurde. Gerade ließ ich den Kopf wieder auf das Kissen sinken und verfluchte den Albtraum, der mich geweckt hatte, da hörte ich Fäuste an die Tür hämmern. „Los, du fauler Sack!“, hörte ich Grizz' Stimme. „Ich hab mir schon fast die Knöchel an dieser Tür wund geschlagen.“

Ich krächzte eine Antwort.

„In zwanzig Minuten in der Halle!“, brüllte er.

Als seine Schritte im Korridor verhallten, schleppte ich mich aus dem

Bett und ging ins Badezimmer. Dort stellte ich mich ein paar Minuten unter das tröpfelnde, brackige Wasser der Dusche, dann trocknete ich mich ab. Ich zog Jeans und ein sauberes Hemd mit langen Ärmeln an und ging dann zu Fuß die Treppe hinunter, weil ich dem Aufzug misstraute.

Grizz, Rudi und Tom warteten bereits in der Halle und sahen aus dem Glasfenster. Im Lauf des Nachmittags hatten sich Wolken zusammengeballt, die jetzt an den Bergen aufstiegen und sich am Himmel immer höher auftürmten, bis sie Gewitterwolken bildeten, die den abendlichen Regen bringen sollten. Die Sonne war schon beinahe untergegangen, und über den Bergen sah man Blitze aufleuchten.

Als sich der Himmel verdunkelte, gingen in ganz Freetown die Lichter aus. Tom fuhr hoch und schaute sich erschreckt um. „Nur mal wieder ein Stromausfall", erklärte Grizz gelassen. Einen Augenblick lag die Stadt in völliger Dunkelheit, dann erhob sich ein metallisch klingender Chor, als Dutzende von Generatoren ansprangen, ein seltsam klingender Kontrapunkt zum Quaken der Frösche in den Sümpfen.

Grizz führte uns in ein kleines Besprechungszimmer neben der Lobby. Dort, wo Wand und Decke aneinander stießen, waren deutliche Spuren von Rauchschäden und primitiv ausgebesserte Umrisse eines Einschlags schwereren Kalibers zu sehen.

Wir ließen uns in den Sesseln nieder. Grizz schloss die Tür und ging dann zur Stirnseite des Zimmers. „Rudi, du kannst während des ersten Teils schlafen, wenn du willst, es sei denn, du bist Helikopterfan."

Dann wandte er sich an Tom und mich. „Seid ihr beide schon einmal miteinander geflogen?"

„Du meinst, außer dem Trainingskurs mit der Huey?", fragte ich. „Ziemlich lange nicht mehr. Allerdings hat mich Tom vor fast zehn Jahren ausgebildet."

„Das ist aber kein Problem", warf Tom ein. „Wir wissen beide, was wir zu tun haben."

Grizz nickte. „Okay, ich nehme an, man hat euch gesagt, dass ihr mit einer Huey XI fliegen werdet. Die Maschine ist lebenswichtig für die Versorgung und Unterstützung der Garnison an der Mine von Bohara. Stationiert seid ihr hier in Freetown. Ihr habt die Aufgabe, Bohara mit allem Nötigen zu versorgen, von Bergbauausrüstung und Munition bis zu Verpflegung und medizinischem Bedarf. Die Huey ist zwanzig Jahre alt, aber etliche Male nachgerüstet, und ich kann für ihren guten Zustand garantieren. Sie ist mit einem MG an der Tür, einer Bordkanone im Rumpfbug, Luft-Boden-Raketen und Leuchtbomben ausgerüstet. Auch für Flüge mit Nachtsichtbrillen ist sie ausgestattet."

„Was ist mit den Rebellen?“, erkundigte sich Tom. „Was haben die für Waffen?“

Rudi regte sich und zeigte allmählich etwas Interesse.

„Sie werden von Liberia unterstützt“, erläuterte Grizz, „und das liberianische Regime liefert ihnen haufenweise Waffen. Sie besitzen jede Menge Kalaschnikow-Sturmgewehre, einige tragbare Raketenwerfer und ein paar schwere Maschinengewehre. Vor ein paar Jahren haben sie den Regierungstruppen eine Flugzeugabwehrkanone abgenommen, aber wir sind nicht sicher, ob sie überhaupt wissen, wie man sie bedient. Vielleicht wisst ihr aus der Zeitung einiges über Sierra Leone, aber in mancher Hinsicht übertrifft die Wirklichkeit hier alles. Theoretisch hat die Regierung das Land fest im Griff, in der Praxis allerdings reicht ihre Macht kaum bis zu den Vororten von Freetown.“ Er setzte ein düsteres Lächeln auf. „Menschenleben zählen hier nicht, das Einzige, um das sich alles dreht, sind Diamanten. Die Regierung ist zwar im Besitz der Minen, ist aber machtlos und kann sie ohne die Hilfe privater Söldnertruppen wie SeCu nicht schützen. Wie alle anderen lassen sich auch diese Firmen mit Edelsteinen bezahlen. Bildet euch aber trotzdem nicht ein, dass wir ein üppiges Budget haben.“

„Für was kämpfen die Rebellen eigentlich?“, erkundigte ich mich.

Grizz zuckte die Schultern. „Für Diamanten – ausschließlich. Sie wollen die Regierung besiegen, aber nur, damit sie die Diamantenfelder in ihre Hand bekommen. Die Rebellen sind blutrünstige, brutale Kämpfer, aber nicht besonders gut ausgerüstet. Das liberianische Regime, das sie unterstützt, sahnt den größten Teil der Diamanten ab, die die Rebellen herausschmuggeln. Eigentlich sollte die Armee auf unserer Seite stehen, aber Sierra Leone ist trotz seiner Diamanten das ärmste Land der Welt, deshalb werden die Soldaten hier nicht so fett, dass sie aus ihren Uniformen platzen. De facto hungern sie oft. Sold bekommen sie nur ab und zu, wenn überhaupt. Eigentlich steht ihnen ein Sack Reis im Monat zu, außerdem Kleidung und ein Gewehr, aber die höheren Offiziere bunkern den Reis, um ihn dann auf dem Schwarzmarkt zu verkaufen. Kurz, wir können uns hier auf niemanden verlassen, nur auf uns selbst. Wenn hier alles den Bach runtergeht, werden sich die britische Regierung und die UNO heraushalten. Wir können also nicht damit rechnen, dass sie eine Spezialeinsatztruppe einfliegen, um unsere Haut zu retten. Entweder schaffen wir's, auf uns selbst aufzupassen, oder wir werden untergehen.“ Er machte eine Pause. „Das ist die schlechte Nachricht. Die gute Nachricht ist, dass wir im Moment eine Kampfpause haben. Die Offensive der Rebellen im Nordosten hat sich wegen der Regenzeit verzögert. Doch demnächst setzt die Trockenzeit ein, dann müssen wir uns auf verstärkte Aktivitäten gefasst machen. Im Augenblick hat SeCu aber nur die Aufgabe, für einen reibungslosen Ablauf in der Diamantenmine von Bohara zu sorgen. Euer Job ist es, die dafür nötigen Versorgungsgüter und das Personal dorthin zu schaffen. Das wär's. Irgendwelche Fragen? ... Dann lasst uns losgehen und ein Bier trinken."

Wir traten in die heiße, feuchte Nacht hinaus. Es herrschte Ebbe, und die Luft stank Ekel erregend nach Schlamm und Mangroven.

Am Straßenrand saßen Frauen, die ihre Waren auf Palmblättern im Staub vor sich ausgebreitet hatten – Trockenfisch, Reis, Maniokwurzeln und Chilischoten. Hungrige Kinder mit aufgeblähten Bäuchen spielten bei den wartenden Frauen.

Hier und da flackerte eine einsame Straßenlaterne auf, als die Stromversorgung wieder funktionierte. Die meisten freilich waren defekt, ihre Kabel gestohlen, die als Schrott verkauft oder für andere Zwecke ausgeschlachtet wurden.

Wir kamen an mehreren verfallenen Häusern vorbei. Die noch intakt gebliebenen Gebäude hatten Fenster mit Eisengittern, robuste Schlösser und Stacheldrahtzäune.

Grizz führte uns die Straße am Strand entlang, an der viele Restaurants lagen. Aus den Schildern über den Türen ging hervor, dass die meisten, ebenso wie die Läden, von Libanesen geführt wurden. Viele waren verlassen, doch in einem saß der Besitzer noch stolz auf einem rostigen Hocker hinter dem Tresen. In dieser Bar drängten sich ausländische Minenarbeiter, Händler, Soldaten und Regierungsbeamte, auch ein paar Prostituierte mit glanzlosen Augen.

Wir setzten uns an einen der Tische. Die Auswahl auf der Speisekarte war begrenzt: Erdnusssuppe und Reis. Ich bestellte Essen und Bier für uns.

Grizz trank einen Schluck Bier, steckte sich einen Stumpen an und sah Tom an. „Und was führt dich hierher, Tom? Abgesehen vom Geld natürlich. Das ist es unter dem Strich ja wohl, oder?"

Tom nahm einen Schluck. „Geld und Langeweile vermutlich", überlegte er. „Die britische Luftwaffe hat mich in Pension geschickt, aber eigentlich fühle ich mich noch ein bisschen zu jung für Pfeife und Pantoffeln, deshalb entschloss ich mich, das hier mal auszuprobieren."

„Familie?"

„Nein. Das heißt, ich habe zwei Kinder, aber die sind inzwischen erwachsen. Eines lebt in Australien, das andere in New York."

„Und deine Frau ist zu Hause in England?“

Tom starrte in sein Bier, die Deckenbeleuchtung vertiefte die Furchen auf seiner Stirn, dabei wirkte er sogar noch älter als 45. „Sie hat mich vor ein paar Monaten verlassen.“

Grizz musterte ihn kurz. „Eure Trennung ist dann wohl auch ein Grund für den Tapetenwechsel?“

Tom antwortete nicht. Nach einer Weile wandte Grizz seine Aufmerksamkeit mir zu. „Und du, Jack? Du bist noch zu jung für eine Pensionierung. Was war los? Hast du dich mit einem Generalleutnant angelegt?“

„So was in der Art.“

Grizz wartete auf eine nähere Erklärung. Als sich das Schweigen hinzog, lächelte er. „Na gut, geht mich auch nichts an, solange ihr euren Job anständig macht.“ Er streifte Rudi mit einem Blick. „Außerdem bist du bestimmt nicht der Einzige bei SeCu, der schon einiges hinter sich hat.“ Er machte eine Pause. „Also ... Frauen oder Kinder?“

„Das letzte Mal, als ich nachgeschaut habe, nicht“, meinte ich. „Und du?“

„Jede Menge von beidem – drei Frauen, vier Kinder. Inzwischen natürlich alles längst Vergangenheit.“

„Die Kinder auch?“

„Na ja, ich schicke ihnen am Geburtstag eine Karte und Geschenke, aber es bringt sie nur durcheinander, wenn ich sie besuche. Ist besser für alle, wenn ich wegbleibe.“ Er versuchte ein Lächeln, aber seine Augen straften seine Worte Lügen.

„Und du, Rudi?“, fragte ich.

„Fünfzehn Jahre bei den südafrikanischen Streitkräften in Buschkriegen gegen den ANC. Am Tag, als Mandela vereidigt wurde, bin ich gegangen.“

„Familie?“

Er schüttelte den Kopf und beendete die Befragung, indem er zur Bar hinüberging. Als er mit frischem Bier zurückkam, hatten Tom, Grizz und ich die Unterhaltung auf ein unpersönlicheres Gebiet gelenkt.

Rudi hielt sich aus dem Gespräch heraus, kippte ein Bier nach dem anderen und antwortete einsilbig auf alle an ihn gerichteten Fragen. Seine wachsamen Augen jedoch zeigten, dass ihm kaum etwas von dem Gespräch entging. Als hätten wir irgendeinen geheimen Test bestanden, knallte er plötzlich mit breitem Grinsen noch mal vier Bier auf den Tisch. Er nahm einen großen Schluck, dann legte er die Füße auf den Tisch und kippte seinen Stuhl nach hinten.

„Das hier könnte ein Paradies sein, Jack – großartige Strände, Diamanten, Frauen in Hülle und Fülle zum Preis von einem Päckchen Zigaretten und gerade genug Ärger mit den Rebellen, um unsere Jobs zu behalten. Man könnte keinen besseren Posten haben." Er sprach ein wenig undeutlich, und trotz seines Lächelns machte er den Eindruck eines Menschen, dessen Laune in Sekundenschnelle umschlagen kann.

Gerade begann Rudi Gefallen an seinem Thema zu finden, als draußen ein Taxi vorfuhr. Kurz darauf betraten zwei groß gewachsene, auffallende Frauen die Bar. Die eine hatte langes schwarzes Haar, das ihr um die kräftigen Schultern fiel, einen rot geschminkten Mund und so dunkle Haut, dass sie in dem schummrigen Licht fast blauschwarz wirkte. Die andere war schlank wie ein Model, mit kurz geschnittenem dunkelbraunem Haar, kaffeefarbener Haut und leuchtend blauen Augen. Ich konnte den Blick nicht von ihr abwenden.

„Na endlich ein paar gut aussehende Nutten!", sagte Rudi.

Er ging zu den Frauen hinüber. „Jetzt wird's lustig", raunte Grizz uns zu und zwinkerte mit den Augen.

Rudis massige Gestalt überragte die beiden Frauen. Er schwenkte eine Zehndollarnote und fragte sie, ob sie mit ihm schlafen wollten. Die schwarze Frau ignorierte ihn, drehte ihm den Rücken zu und unterhielt sich mit dem Barmann. Die andere hörte Rudi schweigend zu, dabei starrte sie ihn unverwandt an. Dann nahm sie den Geldschein, riss ihn in vier Teile und ließ sie auf den Boden fallen.

„Selbst wenn ich eine Hure wäre", hörte ich sie sagen, „würde es mehr kosten, als du je in deinem Leben verdienen kannst, wenn du mich überreden wolltest, mit einem Ochsen wie dir ins Bett zu steigen. Ich bin aber keine Hure, sondern Ärztin. Und es gehört zu meinem Job, dämliche Söldner zusammenzuflicken, wenn sie angeschossen werden. Ich freue mich darauf, dich unter solchen Umständen wiederzusehen."

Rudi starrte sie an, und wir sahen, wie die Venen auf seiner Stirn anschwollen. Ich befürchtete schon, dass er sie schlagen würde, doch dann schlurfte er durch den Raum zu uns zurück.

„Diesem Miststück sollte man dringend mal eine Lektion erteilen", fluchte er auf Afrikaans.

Grizz hob eine Augenbraue. „Dieses Miststück ist eine verdammt gute Ärztin", erwiderte er. „Nun trink mal, und trag deine Niederlage wie ein Mann. Es gibt genug Huren, die dein Geld nehmen, da brauchst du nicht auf Frauen herumzuhacken, die nicht wollen."

Rudi verfiel wieder in dumpfes Schweigen.

„Und wer ist sie nun wirklich?", fragte ich Grizz.

„Sie heißt Layla und arbeitet für Medicaid International, eine weltweit operierende medizinische Hilfsorganisation. Sie ist aber einen Teil der Zeit zu uns abgestellt, in der sie sich um die medizinische Versorgung in der Minensiedlung kümmert und Sprechstunden in den Dörfern abhält." Grizz grinste. „Und verschwende deine Zeit nicht an sie, wir haben's alle versucht."

Da sah ich sie zur Bar gehen.

„Ich hol schon mal die nächste Runde", sagte ich schnell und stand auf.

An der Bar stellte ich mich neben sie, als ich das Bier bestellte, dann warf ich ihr einen Blick zu. „Hallo, ich heiße Jack", stellte ich mich vor. „Ich fliege Hubschrauber. Wahrscheinlich werden wir gelegentlich miteinander zu tun haben."

Sie musterte mich von oben bis unten. „Ich bin Layla." Sie hatte einen britischen Akzent mit einem leicht singenden Tonfall. „Das glaube ich kaum. Mit Söldnern arbeite ich so wenig wie möglich zusammen. Mein Job ist es, Leben zu retten."

„Meiner auch."

„Sicherlich", erwiderte sie sarkastisch, „genauso wie der von Ihren Freunden da drüben." Damit ging sie zu ihrem Tisch zurück. Ich starrte ihr nach.

Schließlich kehrte ich zu den anderen zurück. Rudi kippte noch immer mechanisch ein Bier nach dem anderen, dabei wurde seine Laune immer mieser.

Grizz sah erst ihn an, dann uns. „Vielleicht können wir den Abend mit ein paar Glas Bier im Hotel beschließen", schlug er vor.

Rudi schüttelte den Kopf, den Blick nach wie vor auf Layla und ihre Freundin geheftet. „Ich nicht. Bis später."

Grizz zuckte die Schultern. „Kommt ihr mit? Ich muss noch schnell aufs Klo, dann können wir."

Als er aus dem stinkenden Schuppen, der als Toilette diente, zurückkam, sah ich, wie er stehen blieb und mit Layla sprach. Sie wandte sich um und sah kurz zu Rudi hinüber, dann runzelte sie die Stirn und nickte.

Grizz kam zu uns herüber. „Los geht's!"

Tom und ich folgten ihm nach draußen. Das Taxi, in dem Layla und ihre Freundin hergekommen waren, wartete noch. Grizz gab dem Fahrer ein Zeichen, dann stiegen wir ein.

„Noch einen Moment, bitte", sagte Grizz.

Tom machte ein verwundertes Gesicht. „Warum denn? Rudi wollte doch noch bleiben."

Grizz lächelte. „Ich glaube, diese Gesellschaft wird euch lieber sein als Rudis."

Während wir warteten, begann es zu regnen. Innerhalb von Sekunden schüttete es wie aus Kübeln. Man konnte nichts mehr sehen, und das braune Wasser, das über die Straße rann, verwandelte sich in Schaum.

Layla und ihre Freundin traten aus der Tür. Sie zögerten, als sie den Regen sahen, dann liefen sie auf das Taxi zu. Als die beiden es erreicht hatten, waren sie bereits bis auf die Haut durchnässt.

Layla rutschte auf den Platz neben mir. Die nassen Kleider klebten an ihr und ließen jede Kontur ihres Körpers erkennen. Als sich ihre Freundin ebenfalls auf den engen Rücksitz zwängte, wurde Layla an mich gedrückt. Der moschusartige Duft ihres Parfüms stieg mir in die Nase, und an meinem Arm spürte ich die sanfte Rundung ihrer Brust. Ich fühlte die Wärme ihres Körpers, die mich zu verbrennen schien.

Das Taxi fuhr die Straße entlang und schob sich zentimeterweise durch die Wasserflut. Ich warf einen Blick zurück. Eine Sekunde lang sah man Rudis riesenhafte Gestalt in der Tür stehen. Dann fiel der Platzregen wie ein Vorhang zwischen uns.

Wir hatten den halben Weg zum Hotel zurückgelegt, als der Wolkenbruch ebenso plötzlich aufhörte, wie er begonnen hatte. Die Wasserfluten flossen allmählich ab, und als die Wolken aufrissen, trat ein blasser Mond hervor. Sogar zu dieser späten Stunde kamen die Händler wieder aus den Häusern und Türeingängen, bauten ihre Waren nochmals auf und zündeten Kerzen und Sturmlaternen an, um sie zu beleuchten.

Die Hotelbar war leer, aber noch geöffnet. „Lust auf ein letztes Gläschen?", fragte ich und konnte meine Enttäuschung kaum verbergen, als Layla und ihre Freundin einen Blick wechselten und dann den Kopf schüttelten.

„Das hat nichts mit Ihnen zu tun. Wir müssen morgen alle früh raus."

„Ach, wirklich?"

„Ihr seid doch die Hubschrauberpiloten, oder nicht?"

„Ja, aber …"

„Dann bleibt nicht die ganze Nacht auf und trinkt. Ich fliege morgen früh mit euch nach Bohara, weil ich in der Mine eine Sprechstunde abhalten will." Zum ersten Mal an diesem Abend lächelte sie mich an. Ein schwacher Duft ihres Parfüms lag noch in der Luft, als sie schon längst verschwunden war.

KAPITEL 2

Am nächsten Morgen fuhren wir früh los. Layla saß vorn neben Grizz, Tom und ich hatten uns mit Rudi nach hinten gesetzt.

Aus dem kleinen Fenster im Führerhaus war das Glas herausgeschlagen, somit konnten wir uns mit Grizz und Layla unterhalten. Allerdings mussten wir brüllen, um den Motorenlärm zu übertönen.

Als wir an den Kissy-Kreisel kamen, fuhr Grizz geradeaus weiter. „Das ist aber nicht der Weg zum Flughafen“, protestierte ich.

„Ich weiß. Der Hubschrauber steht ja auch nicht am Flughafen.“

Wir fuhren durch den Gürtel trister Slumsiedlungen, der sich um die Hauptstadt zog. Der Rauch von den Kochstellenfeuern vermischte sich mit dem Gestank von Müll. Zwischen den Hütten bewegten sich Menschen in zerlumpten Kleidern. „Nach jedem Angriff der Rebellen fliehen wieder ein paar tausend nach Freetown“, erklärte Layla. „Und alle enden in den Slums.“

Die Straße führte in offenes Gelände, vorbei an dichtem Regenwald und Sumpfgebieten, dann stieg sie zu den Bergen hin an. Die Asphaltdecke verschwand und machte roter Erde und Schotter Platz. Als ich zurückblickte, konnte ich noch den riesigen Kapokbaum im Zentrum von Freetown erkennen.

Vor uns lag das Grasland der Savanne. Mit seiner Fülle von Robinien, Brotfrucht-, Papaya-, Guaven- und Mangobäumen sah es fruchtbar aus. Dennoch sahen wir nur vereinzelte Dörfer mit wenigen Einwohnern.

In einer Linkskurve trat Grizz plötzlich heftig auf die Bremse. Ein Gewirr von Ästen lag quer über der Straße, dahinter stand eine Reihe bewaffneter Männer.

Ich griff nach dem Gewehr zu meinen Füßen. Rudi hatte seines schon auf dem Schoß, und ich hörte es klicken, als er es entsicherte. Es war nicht zu erkennen, ob es sich um Soldaten oder Rebellen handelte, denn alle trugen dieselben verwahrlosten Uniformen mit grellen T-Shirts oder anderen Kleidungsstücken, die ihnen beim Plündern in die Hände gefallen waren. Schweigend fingerten sie an ihren Waffen herum und starrten uns feindselig an.

„Ich glaube, es sind Regierungsleute“, stieß Grizz zwischen den Zähnen hervor. „Nicht, dass es einen großen Unterschied machen würde. Sie haben Hunger, und sie haben kein Geld bekommen. Da wäre wohl jeder schlecht drauf. Gebt ihnen ein paar Kippen."

Ich griff nach einem der Päckchen amerikanischer Zigaretten, die hinten verstaut waren, und hielt sie nach draußen, als Grizz langsam auf die provisorische Sperre zufuhr. Der Anführer der Soldaten trat vor und nahm die Zigaretten. Er verzog keine Miene, doch dann nickte er und gab seinen Leuten ein Zeichen, die Sperre wegzuräumen.

Beim Losfahren hielt Rudi sein Gewehr noch immer auf das Trüppchen gerichtet und drehte sich langsam um, während wir vorsichtig durch die enge Lücke in der Sperre rollten.

Wir verließen die Straße und gelangten auf eine offensichtlich viel befahrene Piste durch den Busch. Sie verlief in scharfen Kurven, und bereits nach der zweiten Biegung sah ich einen langen Zaun aus rostigem Draht und geöffnete Doppeltore. Die Aufschrift auf den abblätternden Schildern war kaum noch lesbar: SIERRA LEONE DEFENCE FORCES, CAMP 17.

Auf der anderen Seite des Zauns erstreckte sich eine Fläche aus gestampfter Erde und Beton. Die Truppenunterkünfte vor uns waren völlig verfallen, und man konnte sich nicht vorstellen, dass der Stützpunkt überhaupt noch in Betrieb war. Doch dann tauchte aus dem Wachhäuschen ein untersetzter Soldat auf und richtete eine Kalaschnikow auf uns. Seine finstere Miene verwandelte sich jedoch in ein Lächeln, als er Grizz erkannte. Er salutierte.

Grizz grüßte zurück, und ich warf dem Soldaten ein Päckchen Zigaretten zu, als wir holpernd durchs Tor fuhren. Wir umrundeten einen Barackenblock und hielten vor einer alten Huey an. Selbst durch das Tarnnetz konnte ich sehen, dass sie mit Einschusslöchern übersät war.

„Wir fliegen doch nicht etwa mit der Kiste da?", fragte ich entgeistert. „Sie sieht ja aus wie ein Wrack."

Grizz grinste. „Es *ist* ein Wrack. Eure Maschine steht im Hangar." Er wies auf ein gewölbtes Wellblechdach mit Wänden aus Lehmziegeln. Ein Soldat, der an der Tür döste, nahm schnell Haltung an und wurde ebenfalls mit einem Päckchen Zigaretten belohnt.

Grizz trat gegen die verrottenden Holztüren, damit sie sich lockerten, dann zerrten wir sie auf. „Das gleiche Modell", erklärte er, „nur in besserem Zustand."

Rudi wendete den Pick-up und fuhr ihn rückwärts bis an die Türen. Dann wickelte er das Windenkabel ab, hängte es an den Hubschrauber, und schließlich zogen und schoben wir ihn aus dem Hangar. Der Hubschrauber war von einer dünnen roten Staubschicht bedeckt. Die Rumpfverkleidung bestand aus reparierten und wieder verwendeten Stücken und ließ vermuten, dass die Maschine ein hartes, von Kugeln durchsiebtes Leben hinter sich hatte. Immerhin waren die Rotornaben geschmiert, und als ich das Triebwerksgehäuse öffnete, sah ich, dass die Turbinen gut gewartet waren.

„Dieser Hubschrauber gefällt mir wesentlich besser als der andere“, bestätigte ich. „Wo ist der Ingenieur?“

Grizz lächelte. „Er steht vor dir.“

„Ich dachte, du seist der Bordschütze.“

„Bin ich ja auch. Aber bei dieser Art von Einsätzen ist Vielseitigkeit das oberste Gebot.“

„Und warum steht er hier? Was spricht gegen den Flughafen von Freetown?“, wollte ich wissen.

„Wenn wir ihn dort stehen ließen, würde er vom nächstbesten Minister verhökert, der ein bisschen Kohle braucht. So haben wir ihn unter Kontrolle.“

„Glaubst du das im Ernst?“, widersprach ich. „Immerhin wird er doch von Regierungssoldaten bewacht.“

Grizz lächelte. „Aber sie werden nicht von der Regierung bezahlt, sondern von uns. Wenn also der Präsident etwas will und ich will was anderes, tun sie, was *ich* sage.“

Rudi sprang vom Pick-up herunter und verschwand in dem düsteren Hangar. Als er zurückkam, rollte er ein Fass Flugbenzin vor sich her und füllte die Tanks auf, während Tom, Grizz und ich den Helikopter sorgfältig durchcheckten. Layla ließ sich im Schatten nieder. Eigentlich wollte sie dort warten, doch sofort bildete sich neben ihr eine Schlange von Soldaten. Alle klagten über Beschwerden und baten sie um Medizin. Die Soldaten trugen eine verblüffende Vielfalt an Uniformen, dazu bunte T-Shirts und Sandalen aus alten Autoreifen. Ihre Waffen waren eine ähnlich bunte Mischung, wenigstens sahen sie gut gepflegt aus.

Der Check des Hubschraubers dauerte eine Stunde. Bei einer Turbine war der Öldruck zu niedrig. Während Grizz sich daran zu schaffen machte, schlenderte ich zu Layla hinüber, die gerade ihren letzten Patienten weggeschickt hatte, und setzte mich neben sie.

„Das war ja eine ziemliche Schlange bei Ihnen“, sagte ich.

„Ja, es ist überall dasselbe, wenn ich irgendwo auftauche.“

„Und was tun Sie dann?“

Unsere Blicke trafen sich. „Ich behandle die Kranken, soweit es mir möglich ist, die anderen bekommen ein Placebo. Sie würden sich wundern, wie gut das wirkt."

„Wie sind Sie nach Sierra Leone gekommen?", fragte ich.

„Ich bin Ärztin."

„Ich weiß, aber warum ausgerechnet hier?"

„Warum nicht? Die Leute brauchen jede Hilfe, die sie bekommen können. Sierra Leone könnte eines der reichsten Länder der Erde sein, es besitzt Platin, Gold, Eisenerz und Diamanten. Aber es ist das ärmste Land der Welt. Der ganze Reichtum des Landes befindet sich in den Händen ausländischer Firmen oder auf Schweizer Bankkonten. Wenn erst die Minengesellschaften" – sie schaute mich an – „und ihre Söldner, der Präsident, die Armeeoffiziere, Regierungsbeamten und Rebellen ihren Anteil bekommen haben, bleibt verdammt wenig übrig. Wissen Sie, wie man den Minenbezirk nennt? Den Wilden Westen. Offiziell werden jedes Jahr zwei Millionen Karat Diamanten exportiert, doch selbst den konservativsten Schätzungen zufolge werden für jeden legal exportierten Diamanten zwei illegal über die Grenze geschmuggelt. In Liberia gibt es keine Diamantenvorkommen, trotzdem sitzen in Monrovia mehr Diamantenhändler als in Amsterdam. Natürlich wird auch von institutioneller Seite gestohlen. Die Regierung hat keine Devisenreserven, deshalb bezahlen sie auch die Firma SeCu mit Schürfrechten. Inzwischen erhält sie sechzig Prozent der Diamanten. Sobald sie dieses Geschäft unter Dach und Fach hatten, verloren sie jegliches Interesse am Kampf gegen die Rebellen. Sie wollen nur noch ihre Diamantenkonzessionen schützen."

„Und Medicaid International?"

„Die Organisation ist bereit, sich auch an Orten zu engagieren, wohin sonst niemand gehen will. Wir können die Dinge nicht ändern, aber wir können wenigstens dazu beitragen, das Elend von Menschen zu lindern, die sonst niemanden haben, der sich um sie kümmert." Sie runzelte die Stirn. „So viel zu mir. Was hat Sie dazu gebracht, für die Söldner zu arbeiten?"

„Sie wollen nicht gern so genannt werden –"

„Aber das sind sie doch, gedungene Killer."

„Das sind alle Soldaten."

„Und Piloten."

„Und Piloten." Ich machte eine Pause, wieder sah ich die brennende Frau mit den ausgestreckten Armen vor meinem geistigen Auge. Ich redete schnell weiter, um das Bild aus meinen Gedanken zu verdrängen. „Ja, natürlich. Wir alle sind zum Kämpfen und Töten ausgebildet. Es ist das letzte Mittel, aber das ist unser Job, und manchmal müssen wir es tun. In Friedenszeiten werden wir dafür gehasst, in Kriegszeiten liebt man uns dafür. Aber wir führen aus, was die Regierung uns befiehlt."

„Söldner tun das nicht."

„Manche nicht. Firmen wie SeCu allerdings schon. Sie werden hier zur Verteidigung der Diamantenminen eingesetzt, aber indem sie das tun, halten sie gleichzeitig auch die Rebellen in Schach. Sie sind wie die regulären Streitkräfte, arbeiten aber mit einer gewissen Distanz und erledigen die Dinge, bei denen sich England nicht erwischen lassen möchte."

Sie sah zu Rudi hinüber, der sein Gewehr reinigte. „Zum Beispiel Afrikaner zu töten."

„Für mich ist das aber nicht der Grund, hier zu arbeiten. Ich bin in diesem Land, weil ich nicht sehen möchte ..." Hier versagte mir die Stimme. „SeCu würde sagen, wir sind hier, um westliche Interessen zu wahren." Ich änderte den Kurs. „Außerdem, ich bin ausgebildeter Militärpilot und aus der britischen Luftwaffe ausgeschieden. Was sollte ich sonst tun?"

„Warum sind Sie ausgeschieden?"

Ich wich der Frage aus. „Es ist ein Job, er bringt Geld, aber bitte nennen Sie mich nicht einen gedungenen Mörder. Ich fliege nur Leute durch die Gegend, setze Jungs zu Patrouillen ab und transportiere Versorgungsgüter. Es ist wie Bus oder Lastwagen fahren."

Sie deutete auf den Raketenwerfer unter dem Rumpf der Huey. „Und in Ihrer Heimat sind Busse normalerweise mit so etwas ausgestattet, nicht wahr?"

„Und wenn Ihnen das so viel ausmacht", fragte ich zurück, „warum arbeiten Sie dann überhaupt mit SeCu zusammen?"

„Wir haben keine Helikopter und nur sehr wenige Fahrzeuge. Ich behandle die Söldner von SeCu und die Ausländer in der Mine von Bohara, weil ich dann auch die afrikanischen Arbeiter dort versorgen und in einigen Dörfern Sprechstunden abhalten kann." Sie starrte mich an. „Das heißt aber nicht, dass ich stillschweigend hinnehme, was SeCu tut."

Grizz schlenderte zu uns herüber, dabei wischte er sich mit einem Lappen das Öl von den Händen. „Pass auf, dass Layla nicht zu viel Schuld auf dein Haupt lädt, Jack. Söldner gehören seit Jahrhunderten zum Leben in Sierra Leone. Schon immer haben Häuptlinge, Kaufleute und Händler professionelle Kämpfer angeheuert, daran hat sich nichts geändert." Er machte eine Pause. „Übrigens, wenn du und Genossin Layla eure dialektische Diskussion beendet habt, steht hier ein Hubschrauber, und ich möchte, dass du ihn fliegst."

Tom und ich begannen mit den Vorflugkontrollen. Ich kletterte in das Cockpit. Das zerkratzte Kanzeldach aus Acrylglas war von einem Netz dünner Risse durchzogen, die um jeden Gegenstand, den man betrachtete, einen verschwommenen Hof zeichneten. Ich ließ mich auf dem steinharten Sitz nieder und schaute mich um. Tom und ich hatten nur ein dreiwöchiges Training auf der Huey absolviert, aber sie war mir schon so vertraut wie der Fahrersitz meines Privatautos.

Ich verband den Helm mit dem Funkgerät, und wir erledigten die erste Runde der Cockpitchecks. Dann gab ich Tom das Startsignal und drückte auf den Anlasser. Die Turbinen husteten wie jemand, der mit der ersten Zigarette des Tages seine Lungen reinigt, dabei stiegen hinten blauschwarze Rauchwölkchen auf. Dann zündeten sie und sprangen an.

Ich schaltete auf Leerlauf, und die Rotorblätter begannen sich zu drehen, zunächst schwerfällig, dann immer schneller, bis ihre Konturen verschwammen. Das Geräusch verstärkte sich, es begann zu dröhnen, dann stieg eine Staubwolke auf, die uns die Sicht nahm.

Wir absolvierten die letzten Vorflugkontrollen, blitzschnell wurden Fragen und Antworten ausgetauscht – Kraftstoff, hydraulische Drücke, Öltemperatur, Turbinenaustrittstemperatur, Drehmomentmesser und Öldruck.

„Alles klar?", rief ich nach Beendigung des Checks in die Bordsprechanlage.

Die Antworten kamen prompt. „Ich bin fertig", sagte Tom.

„Hinten auch fertig", echote Grizz.

Ich zog den Rotorblattverstellhebel, und wir hoben ab. Die Huey war ein altes Modell, das Arbeitspferd der amerikanischen Streitkräfte in Vietnam, aber sie war solide, gut konstruiert und zuverlässig.

Ich blickte zu Tom hinüber. „Na, geht's dir gut?"

„So gut, wie es einem eben sieben Flugstunden vom King's Head entfernt gehen kann."

Wir flogen den Katzensprung bis zum Flughafen von Freetown, wo wir den Helikopter mit Vorräten beluden. Dann starteten wir wieder und folgten der Straße, die wir morgens entlanggefahren waren. Wir passierten den Stützpunkt und flogen nach Osten über eine Ebene aus roter Erde, die mit Elefantengras bewachsen war, auf der unzählige braune Hütten standen, so rund und dick wie Pilze.

Hohe Baumgruppen warfen dunkle Schatten auf die ausgetrocknete Erde, und ein brauner Fluss schlängelte sich aus den fernen Bergen herab. Bäume säumten die Ufer, doch hinter ihrem Schatten sah man die Wasseroberfläche in der grellen Sonne wie Silber glitzern.

Layla lehnte sich nach vorn und legte einen Arm über die Rückenlehne meines Sitzes. „Wie finden Sie es?", fragte sie.

„Sieht großartig aus", antwortete ich.

„Von hier oben schon", unkte Tom. „Wenn du aber erst hier landest und nur Tsetsefliegen, Moskitos und Rebellen um dich hast, wirst du schon sehen, wie großartig es ist."

Layla starrte ihn an. „Vielleicht sollten Sie mit Ihrem Urteil warten, bis Sie Land und Leute kennen gelernt haben."

„Das brauche ich nicht. Ich weiß schon, wie das sein wird."

„Wie schön, wenn man sich seiner Sache so sicher ist."

„Lassen Sie ihn nur", warf ich ein. „Er hat ein Gemüt wie eine Stahlfalle – dauerhaft geschlossen."

Layla blieb nach vorn gelehnt, schwieg und sah mir zu, wie ich die Huey steuerte. „Es sieht unglaublich kompliziert aus", staunte sie.

Ich warf einen Blick über meine Schulter und lächelte sie an. „Ist es aber nicht. Wenn wir erst in der Luft sind, gibt es nur vier Dinge, die wichtig sind – Ruderpedale, Gashebel, Rotorblattverstellhebel und Steuerknüppel." Ich zeigte auf den Boden des Cockpits. „Das da sind die Fußpedale für die Ruder. Links von mir" – ich wackelte ein wenig mit dem Hebel – „befindet sich der Verstellhebel für die Rotorblattverstellung. Zieht man ihn nach oben, steigt der Hubschrauber, drückt man ihn nach unten, geht man in Sinkflug. Mit dem Drehgriff am Ende des Rotorblattverstellhebels schaltet man den Motor ein und aus. Das ist der Steuerknüppel. Je nachdem, in welche Richtung man ihn bewegt – nach vorn, nach hinten, nach rechts oder nach links –, dieser Richtung folgt dann auch der Hubschrauber. Das ist auch schon alles ..., außer dass man kein Steuerungsorgan einzeln betätigen kann – jedenfalls nicht, wenn man in der Luft bleiben will."

Wir flogen noch eine Stunde nach Osten. Das Gelände unter uns wurde immer höher und unebener. Schließlich stiegen wir zu dem letzten steilen Bergrücken auf, der uns vom Boharatal trennte. Oben angekommen, stockte mir beim Anblick der Verwüstung fast der Atem.

Ganze Wälder waren abgeholzt, der Boden gerodet und bis auf den Grundfelsen abgetragen. Man hatte einen Fluss umgeleitet, einen riesigen Staudamm gebaut und ein weitläufiges Areal mit ekelhaft orangefarbenem Wasser überflutet. Künstliche Schotterberge, der Abraum der Mine, erhoben sich einige hundert Meter hoch. So weit man sehen konnte, wuchs in dem ganzen unteren Tal kein einziges Pflänzchen.

Man sah einige ameisenartige Gestalten zwischen den monströsen Maschinen umherlaufen, die den Boden aufrissen. Riesige Kratzbagger holten den diamantenhaltigen Kies aus dem Boden, mit jeder Bewegung schaufelten sie zig Tonnen Gestein heraus. Dann wurde der Kies in riesigen Kipplastwagen in einer endlosen Prozession hinunter zu einer qualmenden Diamantenwäscherei transportiert. Dort kippten sie den Kies auf straßenbreite Transportbänder, die in dem aufgerissenen Schlund der Anlage verschwanden. Weitere Förderer entsorgten den Abfall und türmten dabei neue Abraumhalden auf, die vor meinen Augen zu wachsen schienen. Gleichzeitig floss ununterbrochen ein Sturzbach verfärbten Wassers aus einer Öffnung am Sockel der Diamantenwäscherei. In weiter Ferne hinter der Mine konnte ich eine hässliche, wild wuchernde Stadt erkennen. Ein paar Betongebäude ragten wie eine Insel aus einem Meer von Hütten aus Lehm und Teerpappe.

Eine wesentlich kleinere Slumsiedlung zog sich um die Umzäunung des Minengeländes. Der Außenzaun war eine surreale Mischung aus einem amerikanischen Kavalleriefort und einem Armeestützpunkt in Belfast – eine hölzerne Palisade aus angespitzten Pfählen, darüber gerollter Stacheldraht. Auf der Innenseite der Palisade befand sich eine weitaus modernere Befestigung: ein Begrenzungszaun aus Maschendraht mit Rollen aus rasiermesserscharfem Stacheldraht.

Genau in der Mitte des eingezäunten Geländes lag ein Hubschrauberlandeplatz aus gestampfter roter Erde.

KAPITEL 3

Ich umkreiste den Platz, um die beste Anflugmöglichkeit zu bestimmen, damit ich beim Landen keinen Hindernissen ausweichen oder gar gegen den Wind anfliegen musste.

Ich schob die Nase des Helikopters hoch und fing ihn zum Landen ab. Der Rotorabwind wirbelte eine dichte rote Staubwolke auf, sodass ich die Maschine nur mit dem künstlichen Horizont gerade halten konnte. Die Turbulenzen in Bodennähe warfen den Hubschrauber auf den letzten Metern des Sinkflugs herum. Dann brachte ich die Nase in die Horizontale. Trotzdem rumpelte es beim Aufsetzen, und die Kufen gingen in die Knie.

Ich schaltete die Triebwerke aus, setzte meinen Helm ab und wischte mir den Schweiß von der Stirn, während der von den langsamer rotierenden Blättern ausgehende Luftstrom die letzten Spuren der Staubwolke fortblies. Dann kletterte ich steifbeinig aus dem Cockpit und ging zu den anderen.

Ein großer dunkelhaariger Mann wartete bereits, um uns zu begrüßen. Er trug Zivilkleidung, die an ihm jedoch wie eine Uniform wirkte. Alles an ihm – von den untadelig gescheitelten Haaren bis zu seiner Hose mit den scharfen Bügelfalten – ließ auf einen ehemaligen Armeeoffizier schließen.

„Willkommen in Bohara", begrüßte er uns. „Ich bin Colonel Henry Pleydell, Generaldirektor von SeCu. Aber keine Sorge" – er mühte sich redlich, ein Zwinkern in seine Augen zu legen –, „das ist nur eine Stippvisite. Wir sind hier, um das Gelände zu schützen und für den reibungslosen Betrieb einer der größten Diamantenminen der Welt zu sorgen." Er deutete auf die in der Ferne sichtbare Stadt. „An dieser Stelle standen früher gerade mal ein halbes Dutzend Hütten, bis hier Diamanten gefunden wurden. Jetzt hat die Stadt 75 000 Einwohner und ist nach Freetown die größte Stadt des Landes.

Die meisten Arbeitsgänge sind automatisiert. Das hat auch den Grund, dass manuelle Tätigkeiten zu viele Gelegenheiten zum Diebstahl bieten würden. Es gibt hier tausende von illegalen Minenarbeitern." Er verzog verächtlich den Mund. „Sie arbeiten nachts, weil sie hoffen, auf diese Weise unseren Sicherheitskräften entgehen zu können. Die nerven uns ganz schön. Oft waren Flächen, die am Tag vorher für den maschinellen Abbau eingeebnet worden waren, am nächsten Morgen von handgegrabenen Löchern übersät." Er sah uns kurz prüfend an. „Nun ja, ich hoffe, es macht Ihnen Spaß hier."

Als er sich umdrehte, um mit einem der Bergbauingenieure zu sprechen, warf ich einen Blick auf sein Reich. An der Innenseite der äußeren Palisade standen mit Palmblättern gedeckte Hütten, die aussahen wie japanische Gefängnishütten aus dem Zweiten Weltkrieg.

Layla folgte meinem Blick. „Dort leben die eingeborenen Arbeiter", erklärte sie. „Die Mine ist rund um die Uhr und sieben Tage die Woche in Betrieb. Die Leute hier arbeiten zwölf Stunden, dann haben sie zwölf Stunden frei. Die Tagschicht schläft in den Betten, die die Nachtschicht gerade geräumt hat. Einige ihrer Frauen und Angehörigen wohnen in den Slums außerhalb des Stacheldrahts ..."

Sie brach ab, als Pleydell ringsum Hände schüttelte und dann in einen schwer gepanzerten Landrover stieg. Sechs Söldner gingen mit ihren Gewehren auf dem Fahrzeug in Feuerstellung, dann fuhr es aus dem Tor.

„Nun macht sich der Colonel also wieder auf zum Golfplatz“, bemerkte Grizz spitz.

Ich setzte derweil meine Musterung des Geländes fort. In der Mitte waren acht Container zu einem doppelstöckigen Block zusammengestellt. Man hatte Tür- und Fensteröffnungen hineingeschnitten und Stahlgitter über die Fenster geschweißt. Um den Bau zog sich ein Erdhügel, auf dem ein Wall aus Sandsäcken lag.

Umgeben war das Bauwerk von einer Reihe einstöckiger Häuser aus Kalkbeton, den Unterkünften für die ausländischen Arbeitskräfte. Seitlich an den Häusern angebrachte Markisen sorgten für etwas Schatten. Auf den Treppen sah man Sonnenliegen, Schaukelstühle und Grills, und in den Häusern befanden sich mit Sicherheit Fernsehgeräte und Kühlschränke, randvoll mit kaltem Bier.

Layla traf ihre Vorbereitungen, um ihre Sprechstunde zu beginnen, denn schon hatte sich eine Reihe Afrikaner neben der Feuerstelle aufgestellt und wartete geduldig. Wir anderen gingen zu den Containern hinüber und schlängelten uns durch eine Lücke in den aufgestapelten Sandsäcken. Grizz zeigte uns alles. Die Minengesellschaft benutzte das obere Stockwerk als Büro. Die vordere Hälfte der unteren Etage diente gleichzeitig als Kasino, Fernseh- und Besprechungszimmer und als Freizeitraum für die Söldner. Ein abgetrennter Bereich am Ende wurde als Schlafsaal genutzt. Rudi hatte es sich bereits in einer freien Koje gemütlich gemacht. Tom und ich wählten Kojen, die möglichst weit von der seinen entfernt lagen.

Die meisten anderen Söldner sahen sich Videos an. Ihre Waffen, ein ganzes Arsenal, lehnten griffbereit an den Wänden. Wir wurden ihnen vorgestellt: weiße Offiziere und Unteroffiziere, die das Kommando über schwarze Soldaten hatten. Von diesen sahen wir nur wenige, und ich fragte mich, ob sie ihre Quartiere bei den schwarzen Arbeitern auf der anderen Seite des Zauns hatten. Dem Akzent nach zu urteilen, waren die meisten weißen Soldaten Landsleute von Rudi, aber wir zählten auch fünf Engländer, von denen zwei behaupteten, sie hätten einmal einer Sondereinsatztruppe angehört.

„Ich bin aus Hereford – das muss reichen“, brummte der eine, als er meine Hand mit eisernem Griff schüttelte. „Nenn mich Raz, das tun hier alle.“ Er war ein paar Jahre jünger als ich, hatte ausgeprägt blaue Augen und ein kantiges, herausforderndes Kinn.

„Das ist mein Kumpel Reuben“, sagte er und deutete auf einen anderen jungen Söldner mit Mondgesicht und einem Tick, ständig mit den Augen zu blinzeln, was ihm einen permanent überraschten Gesichtsausdruck verlieh. Er hob grüßend den Arm, blinzelte, lächelte, blinzelte noch mal und wandte sich dann wieder dem Fernseher zu.

„Der Dicke da ist Hendrik“, erklärte Raz und wies auf einen bulligen Mann, der mit einer Messerspitze in seinen Zähnen stocherte und uns kurz zunickte, als er seinen Namen hörte. „Lasst euch nicht von seinen Tischmanieren abschrecken. Er ist ganz in Ordnung – für einen Südafrikaner.“

Diese drei waren die Einzigen, die sich die Mühe machten, ihren Blick vom Fernseher abzuwenden. Also überließen wir sie ihren Videos und gingen zurück in den Speisesaal. Grizz griff in einen ramponierten alten Kühlschrank und reichte Tom und mir ein Bier.

„Sind die beiden wirklich aus Hereford, oder quatschen die nur dummes Zeug?“, fragte ich leise.

„Das sind Quatschköpfe. Einer der Jungs ist ein ehemaliger Fallschirmspringer, die anderen sind Infanteristen oder südafrikanische Veteranen aus den Buschkriegen gegen den ANC.“

Plötzlich hörte man draußen Schüsse, was sofort gewaltige Aufregung auslöste. Soldaten griffen nach ihren Helmen und Waffen und rannten zur Tür. Auch Grizz lief nach draußen.

Es waren keine weiteren Schüsse zu hören, deshalb kamen Grizz und die anderen bald zurück. „Nichts Besonderes“, beruhigte er uns, „nur ein paar Rebellen, die herumballern. Eine Patrouille ist ausgerückt, die dürfte das inzwischen geregelt haben.“

Mir fiel plötzlich ein, dass auch Layla während der Schießerei draußen gewesen war, daher rannte ich eilig hinaus in die gleißende Sonne. Die Menschenschlange war inzwischen auf eine Hand voll Leute geschrumpft. Ich trat in den Schatten der Tür zurück und beobachtete Layla bei ihrer Arbeit.

Einige der afrikanischen Arbeiter hatten ihre Frauen und Kinder zur Behandlung auf das Minengelände gebracht, und selbst das kleinste Kind, ein kleiner Junge, zeigte keine Angst, als Layla ihn untersuchte. Mit einer Hand strich sie ihm über die Stirn, während sie mit der anderen seine aufgeblähte Bauchdecke abtastete. Sie lächelte den Eltern beruhigend zu, doch als diese mit der Medizin, die Layla ihnen gegeben hatte, fortgingen, sah ich ihren betrübten Blick.

Sie fuhr hoch, als ich aus dem Schatten neben ihr hervortrat. „Tut mir Leid“, sagte ich entschuldigend, „ich wollte Sie nicht erschrecken. War das ein Placebo?“

Sie nickte. „Aber in diesem Fall wird es nichts nützen.“

„Gibt es etwas, was Sie für ihn tun können?“

„Eigentlich nicht ..."

„Wir könnten ihn nach Freetown fliegen."

Sie blickte überrascht auf. „Anscheinend haben Sie die Vorschriften von SeCu nicht gelesen – der Transport von unwichtigen Passagieren ist nicht gestattet."

„Zum Teufel mit den Vorschriften! Wenn es um Leben oder Tod geht, sollten wir einfach handeln und uns später Sorgen machen."

„Danke." Ich spürte ihre kühlen Finger auf meinem Arm. „Aber so einfach ist das nicht. Auch in Freetown gibt es weder die richtigen Medikamente noch das nötige Fachwissen, um ihn zu heilen. Und falls das Schlimmste eintreten sollte, ist er weit weg von seinen Eltern und seinem Dorf. Es ist besser, wenn er hier bleibt."

Als sie ihren letzten Patienten untersucht hatte, wurde es bereits dunkel.

„Ich habe mich nie daran gewöhnt, wie schnell die Sonne in den Tropen untergeht", sagte ich. „Was ich wirklich vermisse, sind die langen Sommerabende zu Hause."

„Ich auch." Sie verstummte und sah in den dunkler werdenden Himmel.

„Wo ist zu Hause für Sie?", fragte ich.

„Sie werden lachen, ich bin auf dem Land aufgewachsen, in der Grafschaft Essex, also nicht gerade der ideale Ort für jemand meiner ...", sie zögerte, „meiner Herkunft."

„Wie meinen Sie das?"

„Was glauben Sie wohl, wie ich das meine?" Sie warf mir einen misstrauischen Blick zu. „Meine Mutter war Krankenschwester. Meinen Vater lernte sie kennen, als er nach einem Unfall im Krankenhaus lag. In Guyana hatte er als Ingenieur gearbeitet, doch der einzige Job, den er in England finden konnte, war am Fließband in Dagenham. Vielleicht hat sich das ja inzwischen geändert, aber mir kam es immer so vor, als sei ich für die einen zu schwarz und für die anderen zu weiß." Sie verstummte und schüttelte den Kopf. „Ich weiß noch nicht mal, warum ich Ihnen das alles erzähle. Sie sind auch nicht anders – auch nur ein weißer Söldner, der sich Chancen bei mir ausrechnet."

„Das stimmt nicht."

„Wirklich nicht?"

Inzwischen war es ganz dunkel geworden. Ein einsamer Soldat patrouillierte am Zaun. Ich hörte, wie er mit den Stiefeln durch den Staub schlurfte. Sonst schien niemand in der Nähe zu sein. Ich vermisste den normalen Lärm des afrikanischen Buschs – das Schnattern der Affen,

Froschgequake und das Sirren von einer Milliarde Insekten. In diesem trostlosen Tal bewegte sich fast nichts außer den Menschen und ihren Maschinen.

Die Nacht freilich hatte eine ganz eigene, seltsame Schönheit. Die Sterne am Himmel über uns spiegelten sich in Myriaden winziger Lichtpünktchen, die sich wie Glühwürmchen langsam durch die dunkle Minengrube bewegten. „Was ist denn das?", fragte ich erstaunt.

„Die illegalen Arbeiter, die nachts bei Kerzen- oder Laternenlicht arbeiten. Sie graben den Kies aus und tragen ihn in Körben auf dem Kopf zum nächsten Bach. Dort sieben und schütteln sie ihn, kippen ihn um und klauben mit der Hand die Diamanten heraus." Layla machte eine Pause. „Falls sie noch Zeit dazu haben, bevor die Wachpatrouillen sie fortjagen oder erschießen."

„Das müssen mindestens tausend sein."

„Warum überrascht Sie das? Hier gibt es keine andere Arbeit. Die Minen haben die meisten Felder zerstört oder überflutet und auch die Fischerei ruiniert." Layla sah mich einen Augenblick forschend an. „Wenn Sie das wahre Sierra Leone kennen lernen wollen, begleiten Sie mich doch morgen. Ich halte eine Sprechstunde in Boroyende, einem Dorf ein paar Kilometer weiter im Norden. Sie werden dort einiges zu Gesicht bekommen, was alles andere als angenehm ist, aber es wird Ihnen eine Vorstellung davon geben, wie dieses Land sein könnte, falls der Krieg jemals enden sollte und die Minen endlich für das Wohl Sierra Leones arbeiten und nicht für Großbritannien oder Amerika."

„Einverstanden", sagte ich. „Gern."

Sie schenkte mir ein strahlendes Lächeln. „Wunderbar. Aber jetzt bin ich müde, und wir müssen morgen früh los. Deshalb werde ich jetzt versuchen, ein bisschen Schlaf zu bekommen."

Dann ging sie über den Platz zu einem der Häuser aus Kalkbeton. Als sie durch das Haus ging, konnte ich ihren Schatten sehen, der sich hinter den Rollos abzeichnete. Ich blieb eine Zeit lang stehen und beobachtete sie, dann ging ich in das Containergebäude zurück.

Grizz warf mir einen misstrauischen Blick zu, als ich ihn fragte, ob ich Layla begleiten könnte. „Ich habe dir doch gesagt, dass du bei ihr nur deine Zeit verschwendest."

Ich blieb gelassen. „Also kann ich nun gehen oder nicht?"

„Ich denke schon. Ich kann die Zeit hier brauchen, um die nutzlosen Bastarde ein bisschen auf Zack zu bringen. Aber lass dich nicht von den Rebellen gefangen nehmen. Sie halten sich derzeit nämlich in einem Gebiet auf, das nicht weit von Boroyende entfernt liegt. Nimm auf jeden

Fall ein Gewehr, deine Pistole und Munition mit. Und sei rechtzeitig zurück, damit du uns noch vor Einbruch der Dunkelheit nach Freetown zurückbringen kannst."

„Und, Jack, willst du nicht Tom als Gesellschafter mitnehmen?", hörte ich plötzlich Grizz' spöttische Stimme hinter mir, als ich zu meiner Koje ging.

„Wenn er Lust dazu hat", erwiderte ich.

„Keine Chance", lachte Tom. „Den Touristenkram überlasse ich dir. Mir geht es hier ganz gut, vielen Dank."

Lächelnd streckte ich mich auf der Koje aus, schloss die Augen und stellte mir immer wieder Laylas Körper vor, wie er sich hinter dem Rollo abgezeichnet hatte. Ich versuchte, den Schlaf so lange wie möglich abzuwehren, denn ich wusste, dass der vertraute Albtraum bereits lauerte.

SOBALD sich das erste graue Licht der Morgendämmerung am Himmel zeigte, stand ich auf. Doch als ich mit Duschen und Frühstücken fertig war, wartete Layla bereits auf mich.

„Erst fahren wir ein Stück, den Rest müssen wir zu Fuß gehen", erläuterte sie und kletterte dann auf den Fahrersitz eines mineneigenen Pick-ups.

„Anscheinend sind die Minengesellschaften doch zu etwas gut", spottete ich.

Sie blickte mich scharf an. „Das gehört zum Vertrag mit Medicaid."

Wir fuhren durch die Tore des inneren und äußeren Geländes, durch die Slumsiedlung, dann einen steilen Pfad hinauf, der sich um die Abraumhalden der Mine wand und zum Bergrücken hin anstieg. Die schmale Hochebene auf dem Gipfel verband zwei völlig verschiedene Welten: hinter uns kahler Fels, verschmutztes Wasser, der Lärm großer Maschinen und hässliche Slumsiedlungen, vor uns ein üppiges Tal, ein bunter Teppich aus Dörfern und kleinen Feldern, umgeben von einem breiten Waldgürtel. Erst als wir den Hügel hinunterfuhren, erkannte ich die Narben des Krieges – zerstörte Gebäude und verlassene Felder, auf denen sich allmählich wieder der Wald ausbreitete.

Wir fuhren weiter auf die Berge zu. Die Vegetation wurde karger, und die wenigen Stammesangehörigen, denen wir begegneten, sahen arm und mager aus. Einige Männer waren in Lumpen gehüllt, andere trugen überhaupt keine Kleider. Alle hatten Pangas dabei – Buschmesser.

„Sie leben vom Brandrodungsfeldbau", erklärte Layla. „In den letzten Jahren haben die Kämpfe viele zur Flucht gezwungen, bevor sie ihre Ernte einbringen konnten." Sie zuckte die Schultern. „Einige sagen, das sei Absicht. Die Rebellen und die Regierungssoldaten verjagen sie von ihrem Besitz, um dann die Ernte unter sich aufzuteilen.“

Einige Dörfer waren ganz verschwunden. Wo sie früher einmal gestanden hatten, konnte man nur noch an den runden Flecken geschwärzter Erde erkennen, die die verbrannten Hütten hinterlassen hatten.

Layla parkte den Pick-up bei einer Reihe von Ruinen.

Ich nahm mein Gewehr und den schweren Rucksack voller Munition und folgte Layla durch das Geisterdorf in den Wald. Dort war es grün und kühl im Vergleich zu der Sommerhitze, trotzdem dauerte es nicht lange, dann waren unsere Kleider durchgeschwitzt.

Nach etwa einer Stunde verbreiterte sich der Pfad, und allmählich tauchten kleine bestellte Felder auf, Nischen, die man der dichten Mauer des Waldes abgetrotzt hatte. Wir begegneten Frauen, die Brennholz auf dem Kopf balancierten, und Männern mit Hacken und Pangas. Alle starrten zuerst misstrauisch auf mein Gewehr, doch als sie Layla erkannten, strahlten sie über das ganze Gesicht. Viele umarmten sie, und die Frauen hielten stolz ihre Babys hoch, damit Layla sie begutachten konnte. Bald war Layla umringt, und sie blieb stehen, um am Wegrand mit ihrer ersten improvisierten Sprechstunde zu beginnen.

Die letzten Meter bis zum Dorf ging ich allein. Es schien verlassen zu sein. Der Pfad endete auf einer Lichtung mit gestampfter Erde. In der Mitte stand ein Brotfruchtbaum, der für etwas Schatten sorgte. Um die Lichtung herum gruppierten sich ein Dutzend Lehmhütten mit Dächern aus Palmblättern.

Ich warf einen Blick in die erste Hütte: Sie war leer. Der Lehmfußboden war sauber gefegt, Stapel von Kochtöpfen und Schalen standen auf einem Regal, das zwischen zwei dicken Pfosten angebracht war, die Schlafmatten waren ordentlich aufgerollt.

Die nächste Hütte muss wohl dem Dorfzimmermann gehört haben. Ich sah Werkzeug, dessen matter Glanz sein Alter und die ständige Benutzung verrieten, und eine Hand voll Nägel, die man wieder gerade gehämmert hatte. Außerdem lagen Reste von Draht, Seilen, Schnüren und ein defektes Sägeblatt mit einem provisorischen Griff herum. Unter den Möbeln war ein schön geschnitzter, fugenverleimter Schaukelstuhl, der auch einem englischen Handwerker alle Ehre gemacht hätte.

Ich ging wieder hinaus, und einen Moment später traf auch Layla ein. „Das war ja eine beeindruckende Begrüßung, die man Ihnen da bereitet hat“, stellte ich fest.

„Ich habe drei Jahre in Boroyende gearbeitet, als ich das erste Mal hierher kam, und seitdem halte ich regelmäßig Sprechstunden im Dorf – das sind nun schon acht Jahre. Ich habe sie bei vielen Krankheiten betreut, bei der Geburt ihrer Kinder geholfen und ihre Hochzeiten mitgefeiert." Ein Schatten huschte über ihr Gesicht. „Und ich war bei den Begräbnissen von Menschen, für die ich nichts tun konnte. Es sind gute Menschen."

Sie ging bis zur Mitte der Lichtung und rief laut in den Wald hinein. Zögernd tauchten verängstigte Menschen auf. Ein weißhaariger Mann ging voraus. Er umarmte Layla und sprach lebhaft in seiner Stammessprache auf sie ein.

Layla antwortete, dann deutete sie auf mich. Sie musste etwas Beruhigendes gesagt haben, denn der alte Mann lächelte mich freundlich an und schüttelte mir die Hand.

„Das ist Njama", sagte sie, „er versteht ein bisschen Englisch."

Ich stellte mich vor und machte ihm höfliche Komplimente zum Dorf und der Ernte. Er lächelte, nickte bestätigend, dann klatschte er in die Hände und gab ein Zeichen, dass man Essen bringen sollte. Sie hatten nicht viel, doch was sie hatten, wurde ganz selbstverständlich geteilt.

Ich beobachtete die Menschen, dabei fiel mir auf, dass etliche im Dorf nur einen Arm hatten.

„Was ist mit ihnen passiert?", fragte ich.

„Das waren die Rebellen", antwortete Layla. „Allen, die man verdächtigte, bei der Wahl die falsche Seite unterstützt zu haben, wurde zur Strafe ein Arm abgetrennt. Das muss man sich mal vorstellen: Der Arm, der für die Regierung gestimmt hat, wird abgehackt. Tausende von Menschen wurden verstümmelt. Man sieht sie überall. Hier passiert tagtäglich noch Schlimmeres." Sie blickte an mir vorbei und rief einen Jungen, der am Rande der Lichtung herumstand. Er zögerte erst, doch dann kam er zu uns herüber. Er schien kaum mehr als neun Jahre alt zu sein, doch als sich unsere Blicke trafen, schauten mich die resignierten Augen eines viel älteren Mannes an.

„Kaba kommt von einem anderen Stamm", erklärte Layla. „Njamas Leute haben ihn aufgenommen, weil er keine eigene Familie mehr hat." Sie strich ihm übers Haar, während sie sprach. „Sein Stamm besteht traditionell aus Jägern. Zuerst kämpften sie, um ihre Dörfer gleichermaßen gegen die Armee und die Rebellen zu verteidigen, doch dann wurden sie von der Regierung als Söldner rekrutiert oder von den Rebellen gewaltsam eingezogen. Wenn die Rebellen ein Dorf angreifen, töten sie in der Regel die Erwachsenen und nehmen die Kinder mit. Die Jungen werden in so genannten ‚Knabeneinheiten' zusammengefasst, wo sie brutalisiert, unter Drogen gesetzt und dann in den Kampf geschickt werden.

Als Soldaten sind sie besonders wertvoll, weil sie keine Angst haben. Sie gehen in die Schlacht im festen Glauben, dass Kugeln ihnen nichts anhaben können."

„Und wenn sie ihre Freunde um sich herum sterben sahen, glaubten sie auch dann noch an ihre Unverwundbarkeit?", fragte ich dazwischen.

„Man erzählt ihnen, dass jemand, der stirbt, eine der Regeln übertreten hat. So dürfen sie zum Beispiel vor dem Kampf keinen Sex mit einer Frau haben. Aber dazu war Kaba sowieso zu jung. Er spricht gut Englisch. Lassen Sie sich von ihm seine Geschichte erzählen!" Sie lächelte dem Jungen freundlich zu und hielt ihm die Hand, als er zu sprechen begann.

„Ich war Anführer in einer der Knabeneinheiten", sagte er. „Wir hatten die Aufgabe, den Leuten die Hände abzuhacken, sie zu töten und Häuser in Brand zu stecken. Ich wurde befördert, weil ich meine Sache gut gemacht hatte. Die Rebellen gaben uns Tabletten, die uns kräftig und tapfer machten."

„Sie haben ihnen eine Mischung aus Amphetaminen, Marihuana, Alkohol und Schießpulver verabreicht", erklärte Layla.

„Das hat unsere Herzen stark gemacht", bestätigte Kaba. „Wir hatten vor nichts Angst. Manchmal tranken wir das Blut der Menschen, die wir getötet hatten. Die Männer haben auch Herz und Leber gegessen. Sie sagten uns, das gebe uns Kraft."

Mich überlief es kalt. „Was ist mit deinen Eltern passiert?"

„Sie sind tot." Er zögerte und verschränkte die Hände. „Ich habe sie getötet. Die Rebellen drohten mir, wenn ich mich weigerte, meine Mutter, meinen Vater und meine Geschwister zu töten, würden sie mich umbringen."

Er entzog Layla seine Hand und ging über die Lichtung zurück.

Inzwischen war das Essen aufgetragen, und wir setzten uns. Kabas Geschichte hatte mir den Appetit verdorben, doch aus Höflichkeit aß ich ein wenig von dem getrockneten Räucherfisch und Reis.

„Sie sehen, es ist eine einfache, aber ausreichende und gesunde Kost", erklärte mir Layla, „vorausgesetzt, sie können ihren Reis ernten. Sie essen auch Obst, Kassavawurzel, Okra und Fisch."

Ein Krug mit Palmöl wurde herumgereicht und über das Essen gegossen. „Öl macht das Essen schmackhafter", erläuterte Layla. „Sie benutzen Palmöl für alles, zum Kochen und zum Konservieren von Nahrungsmitteln, sie legen auch Fisch in Öl ein, das hält sich monatelang. Und mit Asche vermischt, dient es als Seife."

Nun begann Njama zu mir zu sprechen, wobei er immer wieder Pausen einlegte, damit Layla dolmetschen konnte. „Unser Stamm lebt hier seit vielen Generationen. Es ist gutes Land, aber wir haben zu viele Leute verloren. Deshalb wagen wir es nicht mehr, uns weit von unserem Dorf zu entfernen, denn wir müssen roden und die Felder bestellen, wo und wann immer es möglich ist."

Gleich nach dem Essen bildete sich eine Schlange von Patienten, die Layla untersuchen sollte. Während sie arbeitete, nahm Njama mich am Arm und führte mich durch das Dorf zu seiner Hütte. Er bat mich einzutreten.

Seine Söhne, vier Männer zwischen zwanzig und dreißig Jahren mit buschigen Augenbrauen, folgten uns. Es dauerte ein paar Minuten, bis mir auffiel, dass bei dreien die rechte Hand am Handgelenk abgetrennt war.

Die Söhne starrten mich an, sagten aber nichts, während ihr Vater mich stolz herumführte. Die Innenwände bestanden aus bloßem Lehm. Die Waffen der Männer – Pangas, Speere und ein altes Jagdgewehr – hingen an Haken und Nägeln an der Wand. Eine Reihe Granatenhülsen enthielten Wasser, Reis, Trockenfisch und Palmöl, und aus den Metalltüren und Karosserieblechen von Fahrzeugwracks hatten sie Teller und Schüsseln gehämmert.

Mit einem Gesicht, das vor Stolz strahlte, schaute Njama zur Decke. Ich folgte seinem Blick und sah eine mit Fliegendreck übersäte Glühbirne vom Dach baumeln.

Njama zog an einem Schalter. Die Glühbirne erhellte sich ein wenig und warf ihr flackerndes Licht in die tiefsten Winkel der Hütte.

Ich schüttelte ungläubig den Kopf. „Wie funktioniert denn das?"

Er lachte, dann führte er mich hinaus. Wir gingen zum Fluss hinunter, wo am Ufer ein rostendes Lastwagenrad auf einer Achse angebracht war. Roh bearbeitete Metallschaufeln, hergestellt aus der Karosserie eines Lastwagens, waren an der Felge befestigt. Sie drehten sich in der Strömung und trieben einen Dynamo an.

Ich lächelte. „Du erinnerst mich an meinen Vater. Als ich ein kleiner Junge war, bastelte er ständig in seinem Schuppen und versuchte, Metall- und Drahtstückchen oder den Motor eines alten Staubsaugers zu verwerten."

Ich zog aus meiner Tasche ein Schweizer Armeetaschenmesser und zeigte ihm die verschiedenen Werkzeuge und Klingen, dann klappte ich es zusammen und drückte es ihm in die Hand. Seine Söhne drängten sich um ihn und bestaunten jede neue Klinge oder jedes Werkzeug, die er wie ein Zauberer, der Kaninchen aus dem Hut zieht, aus dem Griff schnappen ließ.

Als ich mich zum Gehen anschickte, hielt Njama mich einen Augenblick zurück. Er sah mir eindringlich in die Augen. „Du wirst uns Layla doch nicht wegnehmen?“, fragte er dann.

Ich zuckte verlegen die Schultern. „Ich kenne sie kaum. Wir arbeiten zusammen, das ist alles.“

Er lächelte. „Ich habe aber gesehen, wie du sie ansiehst … Ich glaube, du wirst sie glücklich machen.“ Er breitete die Arme aus, als wolle er das ganze Dorf umfassen. „Und wenn du das tust, wirst du hier viele Freunde haben“, versicherte er.

Auf dem Rückweg schwieg ich meist und ließ mir das Gesehene und Gehörte nochmals durch den Kopf gehen. Layla warf mir häufig Blicke zu, als wir zuerst den Waldpfad entlanggingen und dann mit dem Pickup nach Bohara zurückfuhren.

„Es ist besser, aber auch schlimmer, als ich es mir vorgestellt habe“, sagte ich schließlich. „Sie haben nichts und doch alles, was sie brauchen. Aber wenn man Njama oder Kaba reden hört …“ Ich machte eine Pause und sah vor meinem geistigen Auge Kabas jung-altes Gesicht, wie er mit ausdrucksloser Stimme von den unglaublichen Gräueln berichtete. „Ich wollte, es gäbe etwas, was ich für sie tun könnte.“

„Es gibt etwas. Aber Sie müssten bereit sein, für eine Organisation wie Medicaid zu arbeiten, nämlich zum Wohl der Dorfbewohner und nicht zum Wohl der Söldner und der Minengesellschaften. Ich bin mir nicht sicher, ob Sie dazu in der Lage wären.“

Das war eher eine Frage als eine Feststellung. Ich gab ihr keine Antwort.

KAPITEL 4

Wir holten Grizz und Tom in Bohara ab und flogen am selben Nachmittag zu Camp 17 zurück. Der Flug verlief ohne besondere Vorkommnisse, und während ich zum Anflug auf den Stützpunkt ansetzte, dachte ich bereits an ein kaltes Bier, als es plötzlich still wurde. Das Heulen der Turbinen hatte aufgehört. Stattdessen hörte man den Wind und das Geräusch der Rotoren, die immer langsamer arbeiteten. Dann heulte eine Sirene.

„Triebwerkspanne! Bereitet euch auf eine Autorotationslandung vor! Gehen Sie zurück in die Kabine, Layla! Halten Sie sich um Himmels willen gut fest!“, schrie ich nach hinten.

Ein Helikopter sinkt im freien Fall etwa 500 Meter in der Minute. Da ich aber bereits unter sechzig Metern flog, hatte ich weniger als sechs Sekunden, um auf den Triebwerksausfall zu reagieren und eine freie Fläche zu finden, auf der ich landen konnte. Instinktiv stieß ich den Rotorblattverstellhebel ganz nach unten, um den Einstellwinkel der Rotoren zu neutralisieren. Denn wenn die Blätter den Einstellwinkel des Flugbetriebes beibehielten, würden sie sich erst verlangsamen und dann stillstehen. Solange ich aber darauf achtete, dass sie flach blieben, würde die nach oben gerichtete Luftströmung die Rotoren weiterdrehen, sodass der Sinkflug abgefangen würde und ich die Maschine sicher aufsetzen konnte. So verhielt es sich zumindest in der Theorie.

Knapp innerhalb der Umzäunung der Basis war eine freie, halbwegs ebene Fläche, auf die ich geradewegs zusteuerte. Etwa fünfzehn Meter über dem Boden zog ich den Steuerknüppel zurück, um den Hubschrauber abzufangen und die Sinkgeschwindigkeit auf null zu drosseln. Beim Abfangen hielt ich die Nase des Helikopters gerade und brachte ihn in letzter Sekunde in die Horizontale.

Wir setzten mit einem dumpfen Aufschlag auf. Meine Zähne stießen aufeinander, und mein Hals wurde an die Kopfstütze gepresst. Der Hubschrauber ging in die Knie und gab ein beinahe menschliches Stöhnen von sich, als er nochmals einen Ruck nach oben machte. In leichter Schräglage kamen wir zum Stehen.

Die Rotoren verlangsamten sich und hielten an, dann herrschte plötzlich Stille. Sofort zerrte ich an meinen Gurten, drehte mich um und schaute nach hinten in die Kabine. Das Cockpit war mit wirkungsvollen Stoßdämpfern abgefedert, die Kabine jedoch hatte fast keinen Schutz. Menschen, die hinten saßen, erlitten bei einer Autorotationslandung oft Wirbelverletzungen.

„Layla!“ Ich zwängte mich durch die enge Lücke zwischen den Sitzen in die Kabine. Sie hatte noch immer den Gurt um, ihre Augen waren geschlossen, das Gesicht leichenblass. „Layla!“

Ihre Lider flatterten, dann öffnete sie die Augen. „Ich bin in Ordnung. Aber ich hatte Todesangst.“ Sie begann die Gurte zu lösen.

„Bewegen Sie sich nicht, bis Sie sicher sind, dass Ihr Rücken in Ordnung ist.“

Sie machte ein paar vorsichtige Bewegungen mit Hals und Schultern, dann erhob sie sich langsam aus ihrem Sitz. „Ich bin okay.“

„Gott sei Dank.“ Ich half ihr zur Tür.

„Also, mach dir bloß um mich keine Sorgen!“, hörte ich Grizz’ vorwurfsvolle Stimme.

„Tut mir Leid, Grizz. Bist du in Ordnung?"

„Ja, bin ich tatsächlich. Trotzdem vielen Dank für die Nachfrage."

Tom begann zu kichern, und wie auf Kommando prusteten wir plötzlich alle los. Wir fanden den Satz auf einmal total komisch, so als wäre es der größte Witz aller Zeiten. Dann kletterten wir aus dem Hubschrauber und untersuchten ihn.

„Nichts gebrochen, soweit ich sehen kann", stellte ich fest, „aber ich möchte ihn doch lieber erst dann wieder fliegen, wenn wir wissen, warum die Triebwerke einfach ausgefallen sind."

„Da stimme ich dir voll und ganz zu", bekräftigte Grizz. „Ich werde veranlassen, dass die Jungs hier den Hubschrauber in den Hangar zurückschleppen, dann nehme ich ihn auseinander und setze ihn wieder zusammen."

„Was ist mit uns?"

„Einen von euch brauche ich zum Helfen. Der andere kann Layla nach Freetown zurückbringen und morgen wieder herkommen."

Ich drehte mich zu Tom um.

Er musterte mich kurz. „Schon gut, schon gut, du hast gewonnen! Ich bleibe hier."

Ich gab mir Mühe, nicht allzu zufrieden auszusehen.

Grizz übergab mir ein Gewehr und ein paar zusätzliche Ladestreifen. „Es schadet nie, wenn man für alles gerüstet ist. Und nimm das Funkgerät hier, dann können wir in Verbindung bleiben."

„Gut. Aber nerv mich ja nicht ständig, ich hab vor, mich etwas zu entspannen!"

Grizz grinste breit.

„Was gibt's?", fragte ich.

„Nichts. Eine schöne Nacht wünsche ich euch beiden, das ist alles."

Layla betrachtete ihn eingehend, die Arme verschränkt, den Kopf auf die Seite gelegt. Dann deutete sie auf den staubigen Stützpunkt, wo man ständig umschwirrt war von Mücken. „Ich will dir mal was sagen, Grizz, es dürfte verdammt schwierig für uns werden, eine schlimmere Nacht als du zu verbringen", sagte sie lachend.

AM SPÄTNACHMITTAG kamen wir in Freetown an. Der Himmel war blass, fast weiß, und die tief stehende Sonne schien ein schwacher Abglanz ihrer selbst und vom Staub verdunkelt zu sein. Die monatelange Regenzeit war dem Harmattan gewichen, einem trockenen Saharawind, voll von staubfeinem Sand. Als wir den Berg hinunter ins Stadtzentrum fuhren, hing er wie Nebel in der Luft.

Bevor ich aus dem Pick-up stieg, wickelte ich mir ein Stück Tuch wie eine Maske ums Gesicht, trotzdem fühlte ich schon den Staub in der Nase und schmeckte ihn im Mund. Die Luft war erfüllt vom Knacken und Knarren der Holzgebäude, die im Wind austrockneten.

In meinem Hotelzimmer war der Sand durch die Fensterritzen gekrochen und bedeckte bereits meine Bücher und Kleidungsstücke. Selbst durch das Moskitonetz war er gedrungen und hatte sich wie Talkumpuder über mein Bettzeug gelegt.

Nach einer kurzen Dusche traf ich mich mit Layla zum Abendessen. Auf der Speisekarte des Hotels standen Räucherfisch mit Reis und Okra - oder ein nicht zu identifizierendes Eintopfgericht.

Wir entschieden uns für den Fisch, und ich bestellte eine Flasche Wein - in der Hoffnung auf einen guten Tropfen, doch ich erwartete nicht wirklich einen.

Misstrauisch nahm ich ein Schlückchen, dann noch eines. „Er ist köstlich", staunte ich, „körperreich und libanesisch - wie der Hotelbesitzer."

Sie lächelte, und die Anspannung in ihrem Gesicht verschwand.

„Schon besser", sagte ich. „Lassen Sie Ihre Probleme draußen, und entspannen Sie sich."

„Ich habe das Gefühl, dass Sie darin auch nicht besonders gut sind."

„Schuldig", bekannte ich.

Sie blickte mich forschend an. „Also warum sind Sie hier? Offensichtlich ist bei Ihnen etwas anders als bei den übrigen Söldnern, denn die sind meist schon um die vierzig. Wie alt sind Sie, achtundzwanzig oder neunundzwanzig?"

Ich nickte. „Ersteres."

„Sie hätten also noch zehn Jahre in der englischen Luftwaffe bleiben können. Warum sind Sie ausgeschieden? Und was wollen Sie ausgerechnet hier?"

„Ich brauchte wohl mal einen Tapetenwechsel." Das hörte sich sogar in meinen Ohren wenig überzeugend an.

Sie wartete schweigend auf die Fortsetzung.

„Ich - ich brauchte einfach einen sicheren Job, glaube ich. Keine Aufregung -"

„Und keine Verantwortung?"

„Das auch."

Sie lächelte trocken. „Sierra Leone ist nicht gerade für seine Ruhe berühmt. Und wenn hier etwas schief geht, werden auch Unbeteiligte hineingezogen, ob sie es wollen oder nicht."

Ich schenkte uns noch ein Glas Wein ein. „Und was ist mit Ihnen?“, fragte ich. „Warum sind Sie hier?“

„Weil ich auf meinem letzten Posten Probleme hatte. Ich habe einem Politiker wohl zu deutlich meine Meinung gesagt. Dann wurde hastig auf diplomatischem Weg eingegriffen, sonst wäre das gesamte medizinische Team ausgewiesen worden. Ich hatte Glück, dass man mich nicht entlassen hat, aber das hier war der schlimmste Posten, den sie sich ausdenken konnten.“ Sie lächelte. „Komisch, aber trotz aller Entbehrungen und Gewalttätigkeiten bin ich gerne hier. Ich glaube, ich gehöre irgendwie hierher.“

Der Hotelbesitzer räumte unsere Teller ab und brachte winzige Tassen mit dickem libanesischem Kaffee. Wir unterhielten uns noch lange, auch als sich die anderen Gäste schon längst zurückgezogen hatten. Als wir uns vor meinem Zimmer Gute Nacht sagten, beugte ich mich vor und wollte sie küssen.

Sie ließ es zu, dass meine Lippen die ihren streiften, doch als ich sie dann fest in die Arme schließen wollte, schob sie mich weg. „Lass uns Freunde bleiben, Jack“, flüsterte sie. „Ich müsste sehr viel mehr über dich wissen, bevor ich überhaupt im Traum daran denken würde, die nächste Kerbe in deinem Bettpfosten zu werden.“

„Das weiß ich“, murmelte ich verwirrt. „Ich habe nicht –“ Aber da ging sie bereits den Korridor hinunter.

Nachdem ich zu Bett gegangen war, lag ich noch lange wach und starrte in die Dunkelheit. Doch dann war es wie in fast jeder Nacht seit dem Kosovo – der vertraute Albtraum wartete bereits auf mich. Dieses Mal freilich war er etwas anders: Eine Hand winkte mir aus den Flammen zu, und ich hörte eine Männerstimme meinen Namen rufen. „Kommen! Kommen!“, rief sie immer wieder.

Ich wachte auf. Doch die Stimme rief weiter. „Jack, kommen! Jack, kommen!“, hörte ich sie jetzt ganz deutlich.

Noch gänzlich benommen, versuchte ich einen klaren Gedanken zu fassen. Kalter Schweiß perlte mir von der Stirn. Dann fuhr ich hoch, quälte mich aus dem Bett und kramte in dem stockdunklen Zimmer nach dem Funkgerät, das Grizz mir mitgegeben hatte. Schließlich fand ich es unter meiner Kleidung.

„Jack hier. Was ist los, Grizz?“

„In Bohara ist der Teufel los. Ein massiver Angriff der Rebellen. Es hat hohe Verluste gegeben. Komm sofort hierher zum Stützpunkt, und bring Layla mit. Wir müssen so bald wie möglich mit dem Hubschrauber los.“

„Er ist aber nicht flugbereit, bis er repariert ist.“

„Wir haben ihn hingekriegt“, warf Grizz schnell ein. „Und jetzt kommt her. Aber schnell!“

Ich zog mir eilig meine Kleidung über, dann rannte ich los und hämmerte an Laylas Tür.

Eine schlaftrunkene Stimme antwortete, dann kam Layla, nur in ein Handtuch gewickelt, zur Tür. Selbst völlig verschlafen, sah sie atemberaubend schön aus.

„Grizz hat gefunkt!“, stieß ich atemlos hervor. „Es gibt Ärger in Bohara. Wir müssen sofort los.“

„Was für Ärger?“, fragte sie.

„Die Rebellen.“

Sie wandte sich um und ging ins Zimmer zurück. Durch die halb geöffnete Tür sah ich ihre Haut im Sternenlicht glänzen, als sie das Handtuch fallen ließ und ein T-Shirt und Jeans anzog. Kurz darauf eilte sie mit ihrem Arztkoffer aus der Tür. Wir rannten die Treppen hinunter und in die Dunkelheit hinaus.

Ich ließ den Motor des Pick-ups an, und wir fuhren durch die menschenleeren Straßen. Layla saß schweigend auf dem Beifahrersitz und starrte durch die Windschutzscheibe, die Unterlippe zwischen den Zähnen. „Alles in Ordnung?“, fragte ich.

„Was? Ja, Entschuldigung, ich dachte nur gerade an Njamas Leute und fragte mich, ob sie wohl in Sicherheit sind.“

Wir verließen die Stadt und fuhren über das offene Gelände in die Berge. Als wir uns der Kurve näherten, wo beim letzten Mal die Straßensperre gewesen war, schob ich das Funkgerät und meine Pistole unter den Sitz. Das Gewehr, das Grizz mir gegeben hatte, lag noch im Hotelzimmer. Ich fluchte, aber jetzt war es zu spät, um umzukehren und es zu holen.

Eigentlich hatte ich nur halb damit gerechnet, dass die Sperre besetzt war, doch als wir um die Ecke bogen, brachte ich den Pick-up mit einem Ruck zum Stehen. Ein Dutzend schwer bewaffneter Männer stand an der Sperre Wache. Sobald wir in Sicht kamen, richteten sie die Gewehre auf uns.

„Das sieht aber gar nicht gut aus“, murmelte ich.

„Gib ihnen ein paar Zigaretten, dann wird es schon gehen“, schlug Layla vor.

Ich kurbelte das Fenster hinunter und streckte die Schachtel hinaus, als wir vor der Sperre anhielten. Die Soldaten sahen müde und nervös aus. Einer von ihnen – wegen der verspiegelten Sonnenbrille, die er wie ein amtliches Abzeichen trug, vermutete ich, dass er der Anführer war –

ging zur Tür des Pick-ups und nahm mir die Zigaretten ab. „Los, aussteigen!“, befahl er mit einer Kopfbewegung.

Wir gehorchten, und der Soldat durchsuchte uns nacheinander. Ich sah, wie Layla zurückwich, als er unter dem Vorwand, nach versteckten Waffen zu suchen, ihre Brüste berührte. Dann trat er zurück und gab zwei anderen ein Zeichen, das Auto zu durchsuchen.

Sie gaben ihm Laylas Arztkoffer, dann fand einer von ihnen das Funkgerät und die Pistole unter dem Sitz.

Der Anführer drehte die Pistole in den Händen. „Und was ist das hier?“, fragte er wütend. „Wer seid ihr? Was macht ihr hier?“

„Sie sehen doch an dem Arztkoffer, dass wir Ärzte von Medicaid International sind“, erklärte ich, bevor Layla etwas sagen konnte. „Wir sind auf dem Weg zu einem schwer kranken Patienten. Bitte lassen Sie uns durch.“

„Seit wann haben denn Ärzte Waffen bei sich?“

Ich hob die Hände. „Es sind gefährliche Zeiten. Ich habe sie nur zum Schutz gegen Räuber und Banditen dabei.“

Er betrachtete mich einen Augenblick prüfend. „Wo ist denn euer Patient?“

„Im Armeecamp in den Bergen.“

Er erstarrte. „Dann ist der Patient wohl ein Soldat?“

„Nein“, entgegnete ich. „Sie ist Zivilistin. Die Soldaten haben sie mit ins Camp genommen, weil sie so krank war.“

„Was hat sie denn?“

Bevor ich antworten konnte, griff Layla ein. „Sie bekommt ein Kind und liegt seit fast zwei Tagen in den Wehen. Und wenn wir nicht bald zu ihr kommen, stirbt sie und das Kind auch.“ Sie schaute ihn eindringlich an. „Bitte! Stellen Sie sich vor, es wären Ihre Frau und Ihr Baby – eines Tages, meine ich.“

Er zögerte, dann nickte er kurz. Seine Leute räumten sichtlich widerwillig die Barrikade beiseite.

„Und meine Pistole und das Funkgerät?“, erkundigte ich mich.

Er schüttelte den Kopf. „Funkgeräte sind Handwerkszeug von Spionen, nicht von Ärzten.“

Ich überlegte, ob ich mit ihm diskutieren sollte, dann ließ ich es sein. „Und meine Pistole?“

„Die werdet ihr nicht brauchen“, sagte er und steckte sie ein. „Ich und meine Männer haben die Kontrolle über diese Straße. Wir dulden keine Diebe oder Banditen.“ Er lächelte herausfordernd. Sollte ich mich doch mit ihm anlegen, wenn ich den Mut dazu hatte!

Doch wir stiegen wieder in den Pick-up, und ich fuhr los, den Hügel hinauf.

Als wir außer Sichtweite waren, hörte ich das Knattern von einem Maschinengewehr, jedoch nicht hinter uns, sondern irgendwo aus der Dunkelheit vor uns.

Ich hielt an, schaltete die Scheinwerfer aus, dann legte ich den Gang ein und fuhr vorsichtig vorwärts, dabei ließ ich mich vom schwachen Schein des Mondlichts leiten, das sich auf der Straßenoberfläche spiegelte.

Als wir den Kamm des Hügels erreicht hatten, sah ich in der Ferne zu unserer Linken etwas rötlich glühen. Es pulsierte und flackerte, und Funken sprühten spiralförmig in den Himmel.

„Der Stützpunkt", sagte Layla. „Was machen wir jetzt?"

Ich fuhr den Pick-up von der Straße auf eine kleine Lichtung am Waldrand. „Wir gehen zu Fuß weiter und schauen nach, was los ist."

Wir stiegen aus, tasteten uns unter den Bäumen vorwärts und stolperten über abgestorbene Äste. Ich war schweißnass von der Anspannung und der Anstrengung mitten in der schwülen Nacht. Mühsam versuchte ich, die Dunkelheit vor uns zu durchdringen. Dabei stellte ich mir vor, dass hinter jedem Busch Rebellen lauerten.

Die letzten paar Meter krochen wir durch das Unterholz am Rand des Stützpunkts. Ich hob ein wenig den Kopf und bog die Zweige vor mir auseinander, dann legte ich mich sofort flach auf den Boden.

Knapp dreißig Meter entfernt befand sich eine Stellung der Rebellen. Ihr Anführer brüllte Feuerbefehle in die Funkgeräte, die er in beiden Händen hielt. Andere Rebellengruppen hatten sich um den Begrenzungszaun verteilt, und das schwere Maschinengewehr, das wir vom Berg aus gehört hatten, war etwa hundert Meter rechts von ihm aufgebaut.

Auf dem Stützpunkt standen einige Hütten in hellen Flammen, doch durch den Rauch konnte ich den Hangar erkennen, in dem der Hubschrauber stand. Er sah intakt aus und wurde noch von einem Verteidigungsring geschützt.

Trotzdem erschien die Lage hoffnungslos. Grizz hatte höchstens ein paar Dutzend Soldaten zur Verfügung, und es waren mindestens zehnmal so viele Rebellen.

„Wir müssen irgendwie in den Stützpunkt reinkommen", sagte ich, „wenn ich die Huey in die Luft bekomme, haben wir eine Chance, diese Bastarde das Fürchten zu lehren."

„Das geht nicht", erwiderte Layla. „Sie haben den Stützpunkt ganz umstellt."

„Irgendetwas müssen wir aber unternehmen. Wenn wir nur hier herumsitzen, werden Grizz, Tom und alle anderen abgeschlachtet. Wir müssen sie irgendwie ablenken. Los, komm!“

„Wohin gehen wir?“

„Zurück zum Pick-up.“

KAPITEL 5

Das Maschinengewehrfeuer dröhnte in unseren Ohren, als wir unseren eigenen Spuren zurück in den Wald folgten. Bevor ich losfuhr, riss ich einen meiner Hemdsärmel ab, schraubte den Deckel vom Tank und tränkte den Lappen mit Benzin. Ich ließ ihn halb aus dem Tankstutzen hängen, dann fuhr ich ohne Licht langsam den Weg hinunter.

Das Knattern des Gewehrfeuers wurde lauter, und als wir um eine Kurve bogen, sah ich einige Gebäude lichterloh brennen und das Mündungsfeuer von ein paar Dutzend Feuerwaffen. Ich parkte den Pick-up in der Dunkelheit unter Bäumen, deren herabhängende Äste den Wagen verdeckten. Die Stellung des Rebellenkommandeurs lag unmittelbar vor mir, knapp hinter einem geparkten Lastwagen. Ich wandte den Kopf und ließ den Blick langsam an der Umzäunung entlangwandern, um die Positionen von ein paar Rebellengruppen auszumachen.

Ich berührte Laylas Arm und zeigte auf einen Abschnitt des Zauns, der etwa in der Mitte zwischen zwei Rebellengruppen lag. Nahe am Zaun stand ein Baum, das Gelände fiel zum Zaun hin ab, sodass er ein wenig Deckung bot. „Das ist der beste Platz“, flüsterte ich. Ich zog meine Fliegerjacke aus. „Nimm sie, und lauf bis zum Zaun. Warte in der Deckung des Baumes, bis die Bombe hochgeht, dann wirfst du die Jacke über den Stacheldraht und kletterst hinüber.“

„Und wo wirst du sein?“

„Immer auf deinen Fersen.“

„Es ist zu gefährlich, Jack. Falls uns die Rebellen nicht erschießen, werden es bestimmt Grizz’ Leute tun. Die werden nämlich nicht warten, bis sie uns erkennen, sondern sofort schießen.“

„Das Risiko müssen wir eingehen. Wenn wir es nicht schaffen, in den Stützpunkt hineinzukommen und den Hubschrauber in die Luft zu kriegen, werden die Rebellen alle umbringen.“

Plötzlich lehnte ich mich über den Sitz und küsste sie. Sie starrte mich an, dann griff sie nach meiner Fliegerjacke und glitt aus dem Pick-up.

Ich sah ihr nach, wie sie den Abhang bis zum Baum hinunterlief, und fuhr dann auf dem Weg rund hundert Meter rückwärts. Dort stieg ich aus, suchte einen geeigneten Stein, legte ihn in den Fußraum des Fahrzeugs und ging dann zur Heckklappe. Ich zündete ein Streichholz an, hielt es an den Lappen, der aus dem Tankstutzen hing, und rannte zum Fahrerhaus. Nun beschleunigte ich, richtete den Pick-up auf sein Ziel aus, klemmte den Stein auf das Gaspedal und ließ mich seitlich herausfallen.

Der Pick-up holperte den Weg entlang, dann prallte er gegen die hintere Ecke des Lastwagens. Einen Augenblick lang herrschte Stille, dann gab es eine riesige Explosion, als der Benzintank in die Luft flog. Noch bevor der grelle Schein der Flammen erlosch, lief ich geduckt den Hang hinunter.

Ich sah, wie Layla die Jacke über den Stacheldraht warf und hinaufzuklettern begann. Sie war gerade oben angekommen, als ich den Zaun erreichte. Sie unterdrückte einen Schrei, weil ihr der Stacheldraht in die Hand stach, dann ließ sie sich auf der anderen Seite hinunterfallen.

Fast schon war ich oben angekommen, als ich vom Innern des Stützpunkts einen Ruf hörte. Gleich darauf wurde eine Gewehrsalve auf mich abgefeuert. Jetzt hatten mich auch die Rebellen entdeckt. Mitten im tödlichen Kreuzfeuer von beiden Seiten warf ich mich nach vorn. Ich spürte, wie der Stacheldraht an mir zerrte, dann fiel ich zu Boden.

Ich landete hart auf der Seite, rappelte mich aber schnell auf und stolperte hinter Layla her, immer auf der Suche nach Deckung. Wir warfen uns in eine Mulde und lagen still, während die Erde über unseren Köpfen vom Kugelhagel zersiebt wurde.

„Grizz!", schrie ich in einer Feuerpause, so laut ich konnte, und hob die Arme. Es fiel ein einzelner Schuss, dann war es still. Schließlich richtete ich mich auf und wagte mich ein paar Schritte aus der Deckung.

Ich entdeckte Grizz hinter einem Erdhügel, von wo aus er auf das andere Ende des Geländes schoss. Er hatte mir den Rücken zugewandt. Layla wollte mir folgen. „Noch nicht!", befahl ich. „Warte hier!"

Sie beachtete mich nicht und stellte sich ebenfalls mit erhobenen Armen neben mich. „Grizz!", schrie ich wieder aus vollem Hals.

Er drehte sich um, starrte uns an und rief dann den Soldaten etwas zu. Sie gaben uns Deckung, während wir uns langsam vorwärts bewegten. Einen Augenblick später rannte Grizz auf uns zu. Er schob sich an den Soldaten vorbei, zog uns hinter den Erdhügel und nahm uns beide in den Arm. „Gott sei Dank!", sagte er. „Ich hatte euch schon abgeschrieben. Kannst du den Flieger starten und uns hier ein bisschen helfen?"

„Klar, aber sieh zu, dass uns deine Jungs etwas Deckung geben, während wir den Hubschrauber herausholen. Er fliegt doch, oder?"

„Hoffentlich. Wir haben ihn repariert, hatten aber keine Zeit für einen Testlauf."

„Maschinengewehr und -kanone?"

„Voll geladen. Aber keine Zeit für den Raketenwerfer."

„Gut." Ich drehte mich um und rannte gebückt zum Hangar hinüber. Grizz folgte mir. „Wo ist Tom?", rief ich über die Schulter.

„Du wirst ohne ihn auskommen müssen. Er wurde am Bein getroffen."

Wir zogen die Hangartüren auf. Das Sperrfeuer der Verteidiger hielt an, bis Grizz ihnen ein Zeichen gab, dann ließen ein Dutzend Leute schlagartig die Waffen fallen, rannte los und half, die Huey aus dem Hangar ins Freie zu schieben.

Als die Nase des Hubschraubers auftauchte, verdoppelten die Rebellen den Beschuss und boten alles auf, was ihnen zur Verfügung stand, um den Start der Maschine zu verhindern. Obwohl eine Böschung den Hubschrauber zum Teil vor dem Feuer der Rebellen schützte, krachten Kugeln auf das Metallgehäuse der Maschine. Ich zwang mich zur Konzentration auf die Steuerungsgeräte.

Sobald die Spitzen der Rotorblätter aus der Hangartür ragten, startete ich die Triebwerke und setzte die Nachtsichtbrille auf. Die Rotorblätter drehten sich, verschwammen, beschleunigten weiter und standen dann wie eine Scheibe über mir.

Grizz hechtete in die Kabine, dann flogen wir ab. Ich stieg in raschem Kurvenflug auf sechzig Meter, dann wendete ich und flog in niedriger Höhe auf mein erstes Ziel zu, die Kommandostellung der Rebellen.

Ich hörte das MG knattern, als Grizz von der Kabinentür aus das Feuer eröffnete und den Boden mit Sperrfeuer übersäte. Bevor ich die Kanone am Rumpfbug abfeuerte, wartete ich ab, bis ich den ganz links stehenden Mann der Rebellengruppe im Visier hatte. Dann drückte ich auf den Auslöser und trat vorsichtig auf das linke Pedal, damit ich die Gruppen der Rebellensoldaten direkt in der Schusslinie hatte. Die Bugkanone donnerte, dann hörte ich das laute Rattern der ausgeworfenen Patronenhülsen und roch den scharfen Geruch von Kordit.

Erneut flog ich eine Kurve, um die nächsten Rebellen ins Visier zu nehmen: die Leute am schweren Maschinengewehr. Wieder drückte ich auf den Auslöser, schwenkte den Helikopter herum, um das Ziel in die Schusslinie zu bekommen. Der Boden unter mir bebte. Erdklumpen wurden hoch in die Luft geschleudert, und der Staub vermischte sich mit Rauch.

Ein paar vereinzelte Rebellen erwiderten das Feuer, dann begannen sie in alle Himmelsrichtungen auseinander zu rennen. Ich sah, wie der Kommandeur in den Lastwagen sprang und den Fahrer anwies, rückwärts zu fahren, doch der Weg war von dem ausgebrannten Pick-up blockiert. Ich zielte und durchsiebte den Lastwagen von einer Stoßstange zur anderen. Er verschwand in einer Wolke aus Rauch und Flammen.

Jetzt verfolgte ich ein paar flüchtende Rebellen, bis die Magazine leer waren, dann flog ich im Bogen zum Stützpunkt zurück.

Wir landeten, und ich kletterte aus dem Cockpit. Langsam tauchten die Verteidiger hinter den Barrikaden auf.

Grizz klopfte mir auf die Schulter. „Gute Arbeit! Du scheinst ja ein echtes Ass zu sein." Seine Leute schwärmten auf der Basis aus, dabei untersuchten sie ausgiebig jeden getöteten Rebellen. Dann hörte man mehrere einzelne Schüsse, als sie die Verwundeten mit einem Kopfschuss töteten. Ich wandte mich ab.

Grizz fing meinen Blick auf. „So ist der Krieg nun mal in Sierra Leone, auf beiden Seiten", sagte er. „Die Genfer Konvention ist noch nicht bis hierher durchgedrungen. Es gibt nicht einmal genug Medikamente, Verpflegung oder sonst etwas für die eigenen Leute, geschweige denn für Kriegsgefangene. Deshalb …" Er hielt sich den Zeigefinger an die Schläfe und tat, als drücke er ab.

Layla tauchte aus einem Bunker auf. Sie sah abgespannt aus und war leichenblass. Wir sahen einander an. Grizz' Gesicht war voller Schnitte und Blutergüsse. Auch ich gab kein schönes Bild ab.

„Wo ist Tom?", fragte ich und unterdrückte ein leichtes Schuldgefühl, dass ich erst jetzt an ihn gedacht hatte.

Grizz deutete auf ein niedriges Gebäude neben dem Hangar. „Er ist dort drüben in der Hütte. Wie gesagt, er ist verwundet, aber ich glaube, ansonsten ist er so weit in Ordnung. Er hat eine Kugel im Oberschenkel, nur eine Fleischwunde, aber dafür hat er ziemlich viel Theater veranstaltet – du weißt ja, wie Piloten sind –, deshalb haben wir ihn mit Morphium voll gepumpt." Er richtete den Blick auf Layla. „Jetzt, wo das Schlimmste vorbei ist, kannst du mal einen Blick auf ihn und die anderen Verwundeten werfen."

Er führte uns zur Hütte hinüber, wo die Verwundeten auf dem Boden lagen oder an der Wand lehnten. Tom lag zusammengesunken neben der Tür. Er blickte zu uns auf, lächelte und winkte, als er uns erkannte, aber seine Sprache war undeutlich, wahrscheinlich stand er noch unter Morphium.

Die Wasserflasche, die er an der Hüfte hängen hatte, war zertrümmert, aber sie hatte ihm das Bein gerettet, vielleicht sogar das Leben. Die Metallsplitter, die in seinen Schenkel eingedrungen waren, hatten zwar hässliche Wunden verursacht, aber Knochen waren nicht gebrochen.

Einige der anderen Verwundeten hatte es dagegen übel erwischt. Doch Layla bewegte sich schnell und entschlossen zwischen ihnen und zeigte keine Spur von Panik. „Der hier kann warten. Der kommt sofort dran."

„Was machen wir als Nächstes?", fragte ich Grizz.

„Wir müssen den Helikopter zum Flughafen bringen, so viel Munition laden, wie er tragen kann, und schnellstens nach Bohara fliegen. Dort wird nach wie vor gekämpft."

Wir luden Tom und diejenigen, die am schwersten verletzt waren, hinten in die Huey. Grizz setzte sich erneut hinter das MG an der Tür.

„Du kannst vorn sitzen", sagte ich zu Layla. „Der Kopilot braucht den Sitz gerade nicht, und dort bist du genauso sicher wie an jedem anderen Platz."

Ich setzte mich mit dem Tower des Flughafens in Verbindung, damit sie wussten, dass der ankommende Hubschrauber nicht von der feindlichen Seite war. „Hier ist Hubschrauber Grizzly One von SeCu auf dem Weg von Camp 17 der Verteidigungsstreitkräfte von Sierra Leone. Bitte um Landeerlaubnis."

„Kommt ruhig, Grizzly One", kam die Antwort. „Ihr habt den ganzen Platz für euch."

Wir hoben ab. Ich ließ die Huey auf 1500 Meter steigen, dann drehte ich nach Freetown ab. Als wir uns dem Flughafen näherten, erkannte ich ein Transportflugzeug mit nigerianischem Kennzeichen, das gerade entladen wurde.

Nach der Landung half ich Grizz und Layla beim Transport der Verwundeten. Die Schwerverwundeten wurden in einem klapprigen Ambulanzwagen mit dem Zeichen von Medicaid fortgebracht. Die anderen, darunter auch Tom, setzten wir auf den Boden.

Tom sah noch immer ziemlich benommen aus. „Kann er überhaupt fliegen?", fragte ich.

Layla runzelte die Stirn. „Sein Bein ist nicht so schlimm verletzt, es ist nur eine Fleischwunde. Aber er braucht noch ein paar Stunden, bis sich das Morphium in seinem Körper abgebaut hat. Vier Stunden mindestens! Ist das klar?"

Ich nickte, dann wandte ich mich ab, um Grizz zu helfen.

Wir schlossen einen der Bunker auf und begannen Kisten voll

Munition, Granaten und panzerbrechender Raketen in die Kabine des Helikopters zu laden, stapelten sie bis zum Dach und befestigten sie mit Gurten an den Wänden.

„Was ist mit Layla?“, fragte ich Grizz.

„Was soll mit ihr sein? Sie kommt mit uns.“

„Das ist zu gefährlich“, sagte ich.

„Im Augenblick ist es überall zu gefährlich. Außerdem wird sie gebraucht, es gibt Verwundete.“

WIR WARTETEN auf den Schutz der Dunkelheit, bevor wir starteten. Es war eine mondlose Nacht. Die Berge im Norden waren schwärzer als der Nachthimmel, und der ferne Fluss, der sich unter dem Laubdach des Waldes schlängelte, schimmerte wie stumpfes Zinn.

Der Flugplatz war verdunkelt. Der einzige Lichtschein stammte von den schwach beleuchteten Instrumenten, aber die Dunkelheit würde uns etwas Schutz vor dem Bodenfeuer der Rebellen verschaffen. Außerdem hätte ich mit der Nachtsichtbrille die Huey notfalls auch um Mitternacht in ein Kohlenbergwerk fliegen können.

Tom humpelte zur Huey hinüber und kletterte ins Cockpit. Ich warf einen Blick nach hinten in die Kabine. Grizz hatte Position an der offenen Tür hinter dem MG bezogen. Layla saß auf dem ziemlich gefährlichen Platz zwischen den Munitionskisten. Wenn wir auf Bodenfeuer treffen und Kugeln durch die Kabine dringen würden … Ich schüttelte den Gedanken schnell ab.

Kurz bevor ich die Triebwerke startete, warf ich einen Seitenblick auf Tom. „Bist du wirklich so weit in Ordnung, dass du das Steuer übernehmen kannst, wenn Not am Mann ist?“, fragte ich ihn.

„Kein Problem. Nun mach schon!“ Der giftige Unterton in seiner Stimme beruhigte mich mehr als seine Worte.

Endlich warf ich die Motoren an, griff nach der Rotorbremse und schob den Hebel nach vorn auf Leerlauf. Die herabhängenden Rotorblätter begannen sich allmählich mit ihrem typischen Geräusch zu drehen, rotierten immer schneller, bis Lärm und Bewegung verschmolzen.

Dann zog ich mir die Nachtsichtbrille über die Augen und schaltete sie ein. Es gab ein schwaches elektronisches Surren, und die dunkle Landschaft vor meinen Augen leuchtete auf und verfärbte sich grün. Der Fluss glänzte wie ein Lichtband, und die Sterne spiegelten sich auf den Rotorblättern wie grüne Feuerfunken.

„Los geht’s. Haltet euch fest, es wird ein unruhiger Flug!“, rief ich in die Bordsprechanlage.

Nun zog ich den Rotorblattverstellhebel hoch, und die Huey schwang sich in die Luft. Ich hielt sie auf dreißig Meter, bis ich vom Tower die Startfreigabe bekam. „Wir sind unterwegs. Ankunft etwa 20.15 Uhr. *Over*", funkte ich nach Bohara.

„Je eher, desto besser!" Die Antwort wurde von atmosphärischen Störungen und Geschützfeuer überlagert.

Langsam ließ ich die Huey sinken. Auch ohne einen Blick auf die Anzeigen verriet mir die Änderung des Luftdrucks in meinen Ohren, dass wir im Sinkflug waren.

Ich wartete, bis der Höhenmesser fünfzehn Meter anzeigte, dann ging ich in die Horizontale. Unter ständiger Beschleunigung donnerten wir nach Osten, stiegen und sanken als Reaktion auf meine grün gefärbte Sicht. Ich zog uns hoch, um einen Bergrücken zu überqueren, dann schoss ich in einem Sturzflug, der einem den Magen umdrehen konnte, bis auf den Boden des Tals und stieg wieder bis zum nächsten Höhenrücken auf. Beim Bedienen der Steuerung gab ich laufend Kommentare, damit sich Grizz und Layla hinten auf das nächste Schlingern einstellen konnten.

Wir mussten jetzt nur noch den letzten größeren Höhenzug überwinden, der zwischen uns und Bohara lag. Als wir uns dem Gipfel näherten, sahen wir das erste Feuer in der Dunkelheit unter uns aufblitzen. Ich fühlte, wie mir der Schweiß ausbrach, und griff noch fester nach der Steuerung. Schließlich überquerten wir den Bergrücken und taumelten in einem Sinkflug nach unten, bei dem einem schlecht werden konnte. „Bohara, hier ist Grizzly One. Wir befinden uns im Augenblick im Landeanflug und werden beschossen!", rief ich ins Funkgerät.

Ich lenkte meinen Blick nach vorn und hielt nach einem Signal von dem unbeleuchteten Stützpunkt Ausschau. Dann sah ich in der Ferne ein einziges Quadrat von Lichtpunkten in der samtigen Dunkelheit aufleuchten.

In Bohara empfing uns ein Kugelhagel, und Leuchtspurmunition schoss in hohem Bogen in die Luft. Ich bemühte mich, die roten und orangefarbenen Lichtstreifen, die uns wie Dolchstöße entgegenblitzten, nicht zu beachten. Es schien unmöglich, durch dieses Inferno zu fliegen, ohne in Stücke gerissen zu werden. Ich zog den Hubschrauber nach links und rechts, ließ ihn steigen und sinken, um den Rebellen kein sicheres Ziel zu bieten.

Vor uns zerrissen knallrote Leuchtspurgeschosse den Himmel. Wir durften keinesfalls unseren Kurs beibehalten, sonst würden wir mitten in den Kugelhagel fliegen und unweigerlich abgeschossen werden.

Nach einer plötzlichen Wende vollführte ich auf einer Strecke, die kaum länger war als die Huey selbst, eine Drehung um 360 Grad. Hinten hörte ich Grizz überrascht aufschreien, gleich darauf löste sich rasselnd eine Munitionskiste aus der Befestigung.

Ich hielt den Atem an, dann sah ich, wie ein Leuchtspurgeschoss, nunmehr harmlos, hinter uns explodierte. Nach einer kurzen Pause erschien überraschend wieder eines und schoss über den Himmel. Ich wiederholte das Manöver. Noch einmal pfiff ein Leuchtspurgeschoss an uns vorbei und verschwand dann hinter uns im Dunkel.

Die Lichter auf dem Gelände waren nach dem kurzen Aufleuchten wieder erloschen, doch einer der Söldner wies mich mit einer Taschenlampe ein. Er hatte das Glas mit Klebeband umwickelt, damit nur eine dünne, schwache Lichtraute in der Dunkelheit leuchtete. Ich legte mich in die Kurve zum Landeanflug.

„Geschwindigkeit fünfzig, Höhe dreißig Meter", sagte Tom.

Als ich zum Landen ansetzte, begann das Bodenfeuer wieder, diesmal noch heftiger. Einen Augenblick später feuerten die Rebellen eine Reihe von Leuchtkugeln ab, die den sinkenden Hubschrauber in grelles Licht tauchten.

„Wir können hier nicht landen", entschied Tom. „Wirf die Munition ab und dann nichts wie weg hier!"

Erst wollte ich widersprechen, aber dann sah ich ein, dass er Recht hatte. Ich drückte auf die Sprechtaste. „Fertig machen zum Abwurf. Ich zähle."

Die Sekunden schlichen dahin, bis wir die Abwurfstelle erreichten. „Drei ..., zwei ..., eins ..., Abwurf!"

Grizz und Layla schoben und stießen die Munitionskisten hinaus, während ich die Huey langsam über den Boden des Geländes hinwegzog. Wir warfen die Kisten aus einer Höhe von neun Metern ab. Eine platzte beim Aufprall, und alle Patronen fielen in den Staub. Doch Grizz mahnte zur Eile. „Ladung abgeworfen. Los! Los! Los!", rief er.

Nun riss ich den Rotorblattverstellhebel hoch, und von der schweren Last befreit, konnten wir schnell steigen. Sobald wir die Funkantennen und die Satellitenschüsseln des Quartierblocks hinter uns hatten, machte ich fast einen Senkrechtstart mit der Huey und verschwand in der Dunkelheit der Nacht.

Ich griff nach der Bordsprechanlage. „Alles in Ordnung dahinten?“, rief ich hinein.

„Die Kabine hat ein paar neue Löcher“, antwortete Grizz, „aber zum Glück haben Layla und ich keine Kugeln abgekriegt.“

Wir flogen zum Flughafen zurück, unternahmen aber in dieser Nacht noch zwei weitere Flüge nach Bohara, wobei wir jedes Mal noch mehr Munition auf dem Gelände abwarfen. Dann verschwanden wir schnell, während Kugeln wie wütende Hornissen um das Cockpit schwirrten. Auf dem zweiten Flug gelang es uns, Layla sicher abzusetzen, damit sie die Verwundeten behandeln konnte.

Der Morgen dämmerte, als wir wieder zum Flughafen Freetown zurückflogen. Wir erreichten das Rollfeld, und ich sah, wie eine riesige Hercules-Transportmaschine in der Nähe des Geländes von SeCu anhielt.

Gleich nach der Landung begannen wir mit der Kontrolle der Huey. Wir fanden ein paar zusätzliche Löcher in der Metallhaut und ein paar Kerben an den Rändern der Rotorblätter, doch sonst gab es keine besonderen Schäden. Als wir uns von der Huey abwandten, konnten wir gerade noch sehen, dass aus der Hercules ein Feldgeschütz ausgeladen wurde.

„Das ist für uns“, sagte Grizz. „Lass uns schnell einen Happen frühstücken und dann das Geschütz nach Bohara schaffen.“

„Wir sind auch ohne ein Zweitonnenpendel unter uns schon eine großartige Zielscheibe“, warf Tom ein. „Brauchen die dieses Ding wirklich?“

„Die Rebellen arbeiten auch nicht gerade mit Feuerwerkskörpern, Tom“, wandte ich ein. „Natürlich brauchen sie es.“

Ich musterte ihn nachdenklich. Zu Anfang meiner Laufbahn als Hubschrauberpilot in der Luftwaffe hatte er mich in Finnington ausgebildet, aber das war auch alles, was ich von ihm wusste. Als ich hörte, dass wir wieder zusammen fliegen würden, hatte ich mich in der Gerüchteküche der Luftwaffe ein wenig umgehört.

Allem Anschein nach war Tom ein mäßiger Pilot mit einer durchschnittlichen Laufbahn. Seine Akte war einwandfrei, aber es wurde hinter vorgehaltener Hand so manches über ihn gemunkelt. Der Mann hatte zwanzig Jahre lang in der Luftwaffe gedient – ein Zeitraum, in den der Falklandkrieg, der Golfkrieg und der Krieg im Kosovo fielen –, und doch war er nie direkt am Kampf beteiligt gewesen. Meine Informanten machten vage Andeutungen, er habe keinen Mumm in den Knochen.

Insgesamt hatte ich jetzt buchstäblich dreißig Stunden nicht geschlafen, und wir waren inzwischen mehr als zwölf Stunden nonstop geflogen. Ich war am Rande der Erschöpfung und flog wie auf Autopilot, trotzdem kam es nicht infrage, diesen Flugeinsatz abzulehnen. Aber in Toms Haltung spürte ich eine Veränderung, sein Geisteszustand begann mich allmählich zu beunruhigen.

„Das ist nun mal der Job, Tom“, fuhr ich fort. „Sie brauchen es, wir liefern es.“

„Selbst wenn wir dabei draufgehen?“

„Dafür bezahlen sie uns ja schließlich.“

Grizz schaute auf. „Hör mal, Tom, du hast einen harten Job, aber er ist nicht annähernd so gefährlich wie der, den die Jungs in Bohara gerade machen.“ Er warf Tom einen Blick zu, der nicht viel Sympathie enthielt, und wandte sich um.

Tom schaute ihm nach, dann sah er mir fest in die Augen. „Ich bin nicht zum Sterben hergekommen, Jack. Ich wollte mein Leben wieder in den Griff bekommen und mir eine Atempause verschaffen. Jedenfalls will ich mich nicht über einem stinkenden Urwald in Stücke schießen lassen. Du bist jünger als ich. Für dich ist das alles viel klarer: Es gibt richtig und falsch und nicht viel dazwischen. Und wie alle jungen Leute fliegst du, als ob immer nur die anderen abgeschossen würden“, sagte er mit zitternder Stimme. Er packte mich am Arm. „Das ist aber nicht so, Jack. Das passiert auch Menschen wie dir und mir. Meine Glückssträhne ist zu Ende. Einmal hat es mich schon erwischt. Die nächste Kugel wird mich umbringen.“

So sanft wie möglich schüttelte ich seinen Arm ab. „Du hast eine Fleischwunde im Bein, Tom, das ist alles. Wenn deine Glückssträhne vorbei wäre, hätte die Kugel dich getötet.“ Ich machte eine Pause und versuchte, Worte zu finden, die ihn wieder aufbauten. „Wir sind beide fix und fertig, und nach den Regeln sind wir schon jetzt viel zu viele Stunden geflogen, aber wir müssen den Job machen. Schon in ein paar Stunden werden wir die Füße hochlegen, uns ein kaltes Bier reinziehen und über dieses Gespräch lachen. So, und jetzt lass uns nach etwas Essbarem und Wasser suchen, dann fliegen wir los.“

Er wandte sich ab. Ich sah ihn zu einem fliegenden Händler humpeln, der seinen Stand am Rand des Rollfeldes aufgestellt hatte und dort Bohnensuppe, geräucherten Fisch und Reis verkaufte. Seitdem sich die Nachricht von den Angriffen der Rebellen herumgesprochen hatte, waren die Preise um das Fünffache gestiegen, und als Zahlungsmittel nahm er nur Dollars. Aber wir hatten keine Wahl, entweder das oder die Marschverpflegung.

Beim Essen brachte Grizz seine Privatarmee mit Gebrüll und gutem Zureden dazu, das Feldgeschütz fertig zu machen. Es war ein uralter 25-Pfünder.

„Ich wusste gar nicht, dass du Antiquitätensammler bist, Grizz", frotzelte ich.

Er grinste. „Wir nehmen, was wir kriegen können, Klugscheißer. Es stammt aus den Beständen der britischen Armee, funktioniert aber noch ganz ordentlich, und genau wie ein modernes Artilleriegeschütz lässt es sein Geschoss im Ziel landen – vielleicht sogar besser."

Während wir uns unterhielten, schlangen die anderen schwitzend vor Anstrengung zwei dicke Drahtkabel um das Geschütz und stapelten die Kisten mit den Granaten in den Hubschrauber. Als alles fertig war, tankten wir die Huey auf, und ich startete die Triebwerke. Ich flog ein Stückchen vorwärts, und ein Typ, der neben dem Geschütz kauerte, warf vier Kabel über den Haken, während ich den Helikopter im Schwebeflug hielt. „Wir haben es. Los geht's!", hörte ich Grizz rufen.

Die Rotoren hatten Mühe, die Last vom Boden zu hieven. Schließlich aber begannen wir mit ächzenden Triebwerken aufzusteigen. Die Steuerung sprach unter der zusätzlichen Last und der Trägheit des Geschützes nur schlecht an. Ich bediente sie mit kleinen, fast unmerklichen Bewegungen, denn ich kannte die Gefahr, dass die Last in eine Pendelschwingung geraten konnte, die sich so weit verstärkte, dass der Helikopter aus der Normalfluglage geriet.

Der Flug nach Bohara kam uns endlos vor. Das Gewicht des 25-Pfünders, der unter der Huey baumelte, erschwerte jedes Manöver, und ich wusste, wenn wir unter schweren Beschuss geraten würden, wäre es unmöglich, die normalen Ausweichmanöver zu fliegen. Jeder Versuch eines zu steilen Aufstiegs oder Sinkflugs würde uns unweigerlich abstürzen lassen.

Ein Trick blieb mir noch – der Anflug aus einer unerwarteten Richtung. Das war eine der ersten Regeln, die wir im Kampftraining gelernt hatten: Man darf nie denselben Anflugweg zweimal nehmen, sonst stellt der Feind seine Geschütze entsprechend auf und reißt einen beim nächsten Anflug in Stücke.

Statt direkt von Westen her nach Bohara zu fliegen, kreiste ich deshalb südlich und östlich des Geländes, sodass ich genau aus der entgegengesetzten Richtung kam, aus der uns die Rebellen erwarteten.

Trotzdem war der Abwurf recht gefährlich. Mit dem unter uns hängenden Geschütz konnten wir nicht einmal in niedriger Höhe anfliegen. Stattdessen kam ich also in großer Höhe heran und ging dann in einem Steilflug zum Gelände hinunter, der aber wegen des destabilisierenden Gewichts des 25-Pfünders weder auf so engem Raum noch so schnell verlief, wie ich es mir gewünscht hätte.

Die Rebellen eröffneten das Feuer mit allem, was sie hatten. Dutzendweise konnte ich die Mündungsfeuer sehen, und nur Augenblicke später knallten Kugeln an den Rumpf oder schlugen an dem Feldgeschütz unter uns Funken und prallten dann ab.

Grizz und Tom wiesen mich zur Landung ein, während ein Kugelhagel an die gepanzerte Unterseite der Huey trommelte. Eine Kugel prallte pfeifend vom Metallrahmen des Acryldachs ab. Die nächste durchschlug es und stanzte ein paar Zentimeter von unseren Köpfen entfernt je ein Loch in beide Seiten des Cockpits. Acrylglassplitter prasselten auf mein Visier. Toms Stimme versagte, als er mir Anweisungen geben wollte. Grizz freilich blieb unerschütterlich.

„Neun Meter nach links“, kommandierte Grizz. „Dann auf der Höhe bleiben und sinken ... Angekommen. Halten. Abwurf!“

„Abwurf“, wiederholte Tom. Die Erleichterung war ihm anzuhören. Der Helikopter schlingerte aufwärts, als er auf den Knopf drückte und die schwere Last nach unten fiel.

Kaum mehr als eine Minute hatte unser Schwebeflug gedauert, doch in dieser Zeit standen wir unter schwerem Beschuss. Immer mehr Kugeln schlugen an die Rotoren und durch die Kabinenwände. Als wir das Feuer erwiderten, fiel ein Wasserfall leerer Hülsen auf die Wellblechdächer im Gelände.

Grizz hatte bereits die Kisten mit den Granaten für das Feldgeschütz an den Deckrand gestellt. Ich flog den Helikopter etwa zwanzig Meter weiter, damit er ein Stück von dem 25-Pfünder entfernt war, dann schubste er sie hinaus. Immer mehr Kugeln trafen den Rumpf der Huey. Es grenzte schon an ein Wunder, dass noch keine ein lebenswichtiges System zerstört hatte. „Letzte abgeworfen. Los! Los! Los!“, hörte ich endlich Grizz’ Stimme.

Ich gab Vollgas. Als die Huey endlich von ihrer gewaltigen Last befreit war, schoss sie nach oben in den Schutz des Himmels.

KAPITEL 6

Wir kehrten sicher zum Flugplatz von Freetown zurück, doch jeder Gedanke an Ausruhen erwies sich als illusorisch. Mit der Hercules waren außer dem Feldgeschütz auch neue Verstärkungstruppen eingetroffen, eine Gruppe schwarzer südafrikanischer Soldaten mit ihren weißen Unteroffizieren und ein abgerissen aussehender Haufen weißer Söldner – Deutsche, Russen, Franzosen und Südafrikaner –, alle mit dem harten Blick von Männern, die getötet hatten und wieder töten würden.

„SeCu scheint bei der Auswahl neuer Rekruten allmählich nicht mehr sehr wählerisch zu sein", bemerkte ich.

Grizz zuckte die Achseln. „In der Not frisst der Teufel Fliegen. Also, los jetzt!"

Inzwischen war der Weg nach Bohara fast schon Routine geworden, Anflug in großer Höhe, dann auf den letzten paar Kilometern ein halsbrecherischer Flug in niedriger Höhe mit verschiedenen Ausweichmanövern. Jeder Flug brachte der Huey ein paar neue Einschusslöcher ein, doch ich fühlte mich inzwischen fast unverwundbar. Ich war eins mit der Maschine, kannte ihre Reaktionen, wenn ich sie bis an die Grenze ihrer Leistungsfähigkeit brachte und die Rotoren fast die Baumwipfel streiften. Wir fingen die Maschine ab und landeten oder schwebten über dem Gelände die paar Sekunden, die wir zum Abwerfen oder Absetzen der Ladung brauchten, dann verschwanden wir in einer Staubwolke in der Luft.

Als wir diesmal landeten, ließen wir die Rotoren mit hoher Geschwindigkeit laufen, während die Söldner ihre Waffen und Ausrüstung abwarfen und absprangen. Diese ganze Aktion wurde von heftigem Beschuss der Rebellen begleitet. Ich hörte es krachen und klicken, als die Kugeln die Stahlhaut des Helikopters durchschlugen und sich durch das Acryldach über meinem Kopf bohrten.

Die Sekunden schienen kein Ende zu nehmen, während die Soldaten ihre Ausrüstung herauszerrten. „Los!", brüllte Tom. „Los! Lass uns abfliegen!"

„Wir warten auf Layla", bestimmte Grizz.

Layla hatte ein paar Verwundete im Camp behandelt, kam aber nun wieder mit nach Freetown. Ich sah sie aus dem befestigten Containerbau rennen, dann schlängelte sie sich über das Gelände und stürzte in die Kabine.

Es erschien uns wie eine Ewigkeit, bis sich Grizz endlich meldete. „Sie ist drin. Los! Los! Los!“, kommandierte er.

Er hatte seinen Satz noch nicht beendet, als die Huey schon aufstieg und im Bogen dem Rebellenfeuer entschwebte. Hinter uns wurde das Schlachtfeld von Staub und Rauch verdunkelt.

Mitten im Feuer unwirksamer Handfeuerwaffen sah ich plötzlich eine Reihe knallroter, sternförmiger Explosionen aufsteigen, die sich den Bruchteil einer Sekunde vom Hintergrund des kahlen Felsens und des Waldes abhoben und dann über den blauen Himmel auf uns zuschossen. Einen Moment wollte ich einfach nicht glauben, was meine Augen sahen.

„Das sind Flugabwehrgeschosse“, sagte Tom. „Diese Flak, von der sie erzählt haben ...“ Seine Stimme brach ab.

Schweiß tropfte mir von der Stirn, als ich die Huey in einem hektischen Ausweichmanöver hin und her warf. Der unsichtbare Schütze folgte uns, die Feuerbälle kamen näher und näher. Ich machte eine gewaltige Wende, und die roten Feuerbälle schossen in den leeren Himmel, in die Richtung, in die wir nur ein paar Sekunden zuvor noch geflogen waren.

Ich machte eine weitere halsbrecherische Wende, dann erstarrte ich. Wie ein Gasschneidbrenner, der sich durch Metall frisst, brannte rotes Feuer eine Linie über den Himmel auf uns zu. Es verschwand im blendenden Sonnenlicht, dann tauchte es unmittelbar vor uns wieder auf.

Die Zeit schien stillzustehen, dann folgten eine Explosion und ein Schlag, und Licht, Lärm und Hitze verschwammen wild ineinander. Schon schossen die roten Fackeln in die Kabine, schlugen von unten durch den gepanzerten Boden und flogen durch das Dach wieder hinaus.

Penetranter Brandgeruch breitete sich aus, und um mich herum regnete es Metall, Plastik, Gummi und Stoff. Tom zuckte ein wenig zusammen, dann sank er in den Sitz, als sei er eingeschlafen, doch aus den Augenwinkeln sah ich, dass sich auf seinem Fliegeranzug ein großer roter Fleck ausbreitete.

Für eine Sekunde waren alle Anzeigen auf dem Instrumentenbrett verschwunden. Dann blitzten alle möglichen Lichter auf, verschiedene Alarmanlagen gingen gleichzeitig los. Die Huey schlingerte wild und rotierte immer schneller. Leuchtspurgeschosse, rote Erde, dunkelgrüne Vegetation und blauer Himmel blitzten wie ein undeutlicher bunter Strom am Cockpit vorbei.

Mit gewaltiger Kraftanstrengung zog ich die Hebel, drosselte das Gas und nahm das Drehmoment zurück, um die Maschine in der Horizontalen zu halten. Dann rückte die Landschaft wieder ins Blickfeld.

Vorsichtig flog ich den immer wieder aussetzenden Hubschrauber auf eine Bresche in den Bäumen zu, wo einige Urwaldriesen umgestürzt waren. Die Lücke war eigentlich viel zu schmal für die Rotoren, aber wir hatten keine andere Wahl. Ich stellte den Helikopter so, dass der Heckrotor parallel zur Längsseite der Lücke stand.

Ich holte tief Luft. Moderne Hubschrauber waren leichter, doch die stabile Verarbeitung des alten Hubschraubers hatte auch ihre Vorteile. Die Hauptrotoren hatten eine Gesamtspannweite von beinahe fünfzehn Metern, und die Ballastgewichte an den Enden gaben den schweren Rotorblättern eine solche Wucht, dass sie Buschwerk zerschneiden konnten, ohne dabei selbst beschädigt zu werden.

Zentimeterweise ließ ich den Helikopter sinken. Sein Rumpf befand sich jetzt bereits unter den Baumwipfeln. Während er tiefer und tiefer flog, hörte man ein Geräusch, das nach Geschützfeuer klang, dabei flogen Holzstückchen wie bei einem Schneegestöber durch die Luft.

Es war mühsamer für die Rotorblätter, sich durch die dickeren unteren Äste zu kämpfen. Wir befanden uns noch in einer Höhe von etwa achtzehn Metern über dem Boden, als die Rotorblätter auf ein Hindernis stießen: einen spitzen, abgebrochenen Ast, so dick wie mein Oberschenkel. Die Rotorblätter blieben vor meinen Augen stehen, dann brachen sie, und messerscharfe silbrige Splitter flogen durch die Luft.

Das Acrylglas zersprang, als das Bruchstück eines Rotorblattes wie eine Machete hindurchfuhr. Die Vorderkante schnitt sich durch meine Gurte und in meine Brust. Die Huey stürzte mit einem solchen Krachen auf den Boden, dass sogar noch der Alarm übertönt wurde. Dann verlor ich das Bewusstsein.

ALS ICH die Augen öffnete, flatterten Blätter auf das zerquetschte Cockpit herab, und ein orangebrauner Staubnebel breitete sich aus. Mein Kopf hämmerte, und in meiner Brust spürte ich einen stechenden Schmerz. Ich hörte Flüssigkeit zischend auf heißes Metall tropfen und das Knacken der Triebwerke, die allmählich abkühlten. Aus dem Regenwald drang kein einziger Laut, offensichtlich hatten alle Vögel und anderen Tiere vor der Bruchlandung des Helikopters die Flucht ergriffen.

Ich schüttelte den Fliegerhandschuh ab und befühlte meine Brust, die vom Blut dunkel und klebrig war. Dann schaute ich nach rechts. Tom lag reglos im Sitz. Sein Fliegeranzug war von der Brust bis zu den Knöcheln eine durchweichte, blutige Masse, sein Gesicht war aschfahl, wie aus Lehm geformt. Ich bekam eine Gänsehaut und schaute schnell weg.

Dann rief ich nach Layla und Grizz. Schweigen. Panik stieg in mir hoch. Ich rief noch einmal und drehte den Kopf, um hinter mich zu schauen. Doch sofort zuckte ich vor Schmerz zusammen, da sich der messerscharfe Splitter des Rotorblatts noch tiefer in mein Fleisch bohrte. Er war am Brustbein abgeprallt – ein paar Zentimeter weiter, und ich wäre tot gewesen.

Endlich hörte ich Grizz etwas murmeln, dann Laylas zögernde Antwort. Fast hätte ich vor Erleichterung geweint. „Versucht euch nicht zu bewegen. Ich schnalle mich los, dann helfe ich euch!", rief ich nach hinten.

Schnell öffnete ich meine Gurte, dann zog ich mich, so weit ich konnte, in meinen Sitz zurück. Die Spitze des Rotorsplitters hatte einen Widerhaken, der an meiner Brust hängen geblieben war. Ich unterdrückte einen Schmerzensschrei, als sie abriss und ein Fleischstückchen wie ein Fischköder auf dem Haken zurückblieb.

Als ich mich durch die Lücke in die Kabine zwängte, hörte ich das Krachen von Gewehrfeuer. Grizz war bereits aus seinem Sitz aufgesprungen und riss das MG aus seiner Halterung.

„Bring Layla raus, und versucht hier wegzukommen", rief er, „ich gebe euch Feuerschutz!" Er gab mir eine Handgranate. „Jag die Tanks damit in die Luft, wenn ihr startklar seid. Die Ablenkung verschafft uns allen eine größere Chance."

„Wo sollen wir auf dich warten?"

„Nirgendwo. Wir treffen uns in Bohara wieder."

„Aber, Grizz –"

„Keine Widerrede! Los jetzt!" Er ballerte eine Gewehrsalve in den Wald, dann sprang er hinaus, rannte los und suchte auf der anderen Seite der Lichtung Deckung.

Ich wandte mich zu Layla um. „Alles klar?"

Sie nickte. „Was ist mit Tom?" Sie las die Antwort in meinem Gesicht.

Eilig griff ich nach einem Gewehr und nahm so viel Munition, wie ich in den Taschen meiner Kampfweste unterbringen konnte. Dann schob ich die Tür auf der anderen Kabinenseite auf, wartete auf Deckungsfeuer von Grizz und winkte Layla zu, sie solle zum Unterholz am Rande der Lichtung laufen. Sie rannte schnell, im Zickzack. Als sie hinter einem verrottenden Baumstumpf in Deckung gegangen war, schwang ich mich aus der Tür. Ich steckte die Handgranate in den Tankstutzen, zog den Sicherungsstift und rannte los. Dann ging ich neben Layla in Deckung.

Die Granate explodierte. Ihr folgte eine noch gewaltigere Explosion, als der Tank in die Luft flog. Eine Feuersäule schoss empor, und Trümmerteile sausten über unsere Köpfe hinweg. Als das Echo der Explosion verhallt war, stand ich bereits auf den Beinen und packte Layla am Arm. „Los, komm."

Wir machten kehrt und rannten in den Wald. Fast sofort setzte der Beschuss wieder ein, doch wir wurden nicht von Schüssen verfolgt, als wir uns durch das Unterholz vorarbeiteten. Wir rannten weiter, bis wir das Gewehrfeuer nur noch wie ein schwaches Echo hörten, dann gingen wir langsamer. In dem dichten Wald war die Orientierung schwierig, doch ich versuchte, uns in nordwestlicher Richtung zu halten.

„Was machen wir denn jetzt?", fragte Layla.

„Ich möchte nicht direkt nach Bohara. Falls uns die Rebellen verfolgen, werden sie uns in dieser Richtung vermuten. Wir werden versuchen, das Camp nördlich zu umgehen, und uns dann von Osten nähern – obwohl wir uns in diesem Labyrinth durchaus verirren können."

Bald wurden die Bäume spärlicher, immer wieder sahen wir kleine Felder, die dem Urwald durch Brandrodung abgetrotzt worden waren. Einige waren erntereif, was darauf schließen ließ, dass in nicht allzu großer Entfernung ein Dorf liegen musste.

Schließlich erreichten wir den Waldrand und schauten über ein breites Tal, durch das sich ein Fluss schlängelte. In einem Meer aus Elefantengras konnte ich ein Dorf erkennen, ein paar Hütten mit Wänden aus lehmverputztem Flechtwerk und palmblattgedeckten Dächern.

Wir schlichen durch das brusthohe Gras einen niedrigen Höhenrücken hinauf, um auf das Dorf hinunterzuschauen. Es war ein Bild des Friedens. Frauen saßen in den Eingängen ihrer Hütten, um sie herum spielten Kinder, und ein paar magere Hühner scharrten im Staub. Die jüngeren Frauen kamen gerade vom Flussufer zurück, sie trugen Wassergefäße und saubere Wäsche auf dem Kopf.

Eine Zeit lang blieben wir liegen und beobachteten das Treiben im Dorf. „Was meinst du?", fragte ich Layla.

„Ich kenne diese Leute", antwortete sie, „ich glaube, wir sind hier sicher."

Gerade wollte ich mich aufrichten, als ich ein leises Geräusch hinter mir hörte, dann explodierte ein Schlag an meinem Ohr. Ich taumelte und stürzte auf die Knie. Als ich wieder klar sehen konnte, erkannte ich eine Gruppe von mindestens zwanzig Männern. Ich schloss die Augen und verfluchte meine Dummheit. Bei unserer überstürzten Flucht durch den Wald mussten wir eine Spur hinterlassen haben, die selbst ein Blinder finden konnte. Wir wären besser durch das Grasland weitergegangen, anstatt hier eine Pause einzulegen, damit uns die Rebellen bequem einholen konnten.

Ihre Haare waren zu groben Rastalocken verfilzt, in die Teile von Haarbändern, Fäden und Spiegelscherben eingeflochten waren. Sie starrten uns mit blutunterlaufenen Augen und stecknadelkopfgroßen Pupillen an. Obwohl die meisten kaum den Kinderschuhen entwachsen zu sein schienen, war der mordlustige Blick in ihren Augen nicht zu übersehen.

Ihr Anführer, ein aufgedunsener, brutal aussehender Veteran von mindestens 18 Jahren, ließ uns nicht aus den Augen, als man uns durchsuchte. Meine Kampfweste wurde mir vom Leib gerissen und ihm übergeben, ebenso mein Gewehr und die Munition. Er leerte meine Brieftasche und steckte mein Geld ein. Meine Überlebensausrüstung wurde durchsucht und dann unter seinen Leuten verteilt. Das GPS-Navigationssystem jedoch warf er auf den Boden und zermalmte es mit seinem Gewehrkolben.

Sie trieben uns den Hügel hinunter ins Dorf. Schreckensschreie wurden laut, als uns die Dorfbewohner entdeckten. Sie wollten wegrennen, doch von allen Seiten drangen Rebellen in ihr Dorf ein. Die Männer und Jungen, die auf den Feldern gearbeitet hatten, wurden ein paar Minuten später hergeschleppt, dann trieben sie die gesamte Bevölkerung in der Dorfmitte zusammen.

Der Anführer der Rebellen stieß Layla und mich in eine Ecke bei einer der Hütten und ließ uns von zwei Rebellensoldaten bewachen.

Ich berührte Laylas Hand. „Es tut mir Leid, dass ich dich da mit hineingezogen habe“, sagte ich entschuldigend.

„Das hast du nicht. Ich habe mich selbst hineingezogen. Wenn du es schaffst, hier rauszukommen, Jack, geh bitte zu meinen Eltern“, sagte sie, während ihr eine Träne über ihre Wange lief, „erzähl ihnen, was passiert ist, und sag ihnen, ich hätte es nicht bereut, hierher gekommen zu sein, auch wenn ich mir ein solches Ende nicht gewünscht hätte.“

„Das wirst du ihnen selbst sagen, wenn du das nächste Mal zu Hause bist.“

Ungeduldig schüttelte sie den Kopf.

„Gut.“ Ich gab nach. „Ich verspreche es.“

Sie blickte mir noch einen Moment in die Augen.

Wir verstummten und saßen dicht aneinander gedrängt, verängstigt und allein, während die Rebellen das Dorf plünderten. Essen und Krüge mit Palmwein wurden aus den Hütten geholt und von einem zum anderen weitergereicht. Bald waren sie betrunken. Sie begannen die Dorfbewohner zu verhören, doch bereits nach ein paar Minuten gaben sie es auf, auch nur Interesse an den Antworten vorzutäuschen. Sie sangen in

Sprechchören, stampften mit den Füßen, kamen immer näher und drängten die Dorfbewohner zusammen. Pangas wurden erhoben und fielen nieder, die Sonne glitzerte auf den Klingen. Layla unterdrückte einen Schrei, als ein Mann blutüberströmt zusammenbrach. Dann hackte der Rebellenführer den Kopf seines Opfers mit drei Pangahieben ab, er lachte höhnisch, als er das Entsetzen in unseren Gesichtern sah.

Das Gemetzel ging weiter, bis das ganze Dorf mit Leichen übersät war. Ein süßlicher, ekelhafter Geruch nach Blut hing in der Luft.

Die Jungen wurden gezwungen, sich den Rebellen anzuschließen. Jeder musste seine Eltern identifizieren und erhielt dann den Befehl, sie zu töten. Wer sich weigerte, wurde selbst umgebracht. Doch nachdem das drei- oder viermal geschehen war, töteten die Jungen ihre Eltern anstandslos, sobald es ihnen befohlen wurde.

Uns liefen die Tränen über die Wangen, als wir zusehen mussten, wie die überlebenden Jungen und Männer abgeführt wurden. Sie waren zum Teil so benommen, dass sie nicht einmal weinen konnten. Nun blieben nur noch die Mädchen und Frauen im Dorf zurück. Der Anführer gesellte sich zu den beiden Männern, die uns bewachten. Die anderen zerrten die Mädchen fort, rissen ihnen die Kleider vom Leib und hielten sie auf dem Boden fest, während die Rebellen sie nacheinander vergewaltigten. Es war wie eine Filmmusik aus der Hölle, von allen Seiten hörte man Rufe, Stöhnen und Schreie.

Mit einem Lächeln beobachtete der Anführer einen Augenblick lang das Geschehen, dann wandte er sich uns zu. Sein Blick fiel erst auf mich, dann auf Layla. Er leckte sich die Lippen, dabei schoss seine Zunge aus dem Mund wie bei einer züngelnden Schlange.

Er signalisierte den anderen, mich an den Armen festzuhalten. Als ich mich dagegen wehren wollte, fühlte ich, wie scharfer Stahl meine Kehle berührte, und zwang mich stillzuhalten.

Der Anführer stellte sich hinter Layla und legte ihr eine Hand auf die Hüfte. Dann trieb er sie mit seinem Panga auf eine der Hütten zu und stieß dabei seine Hüfte gegen ihren Hintern.

Als er den Eingang erreichte, hielt er inne und rief den beiden Männern, die mich bewachten, etwas zu. Sie brachen in raues Gelächter aus. Einer von ihnen stellte seine Panzerfaust an die Hüttenwand und drückte mir eine Klinge an den Hals. Der andere stand vor mir. Sein T-Shirt war voller Blut- und Schweißflecken, und wenn er sprach, sah man schwarze, verfaulende Zähne. Er streckte die Hand aus und streichelte mir über die Wange, dann sagte er etwas zu dem anderen Rebellen. Wieder lachten beide.

Er zog aus der Scheide an seinem Gürtel ein Messer, setzte es mir unters Kinn und zwang mich, den Kopf zu heben. Ich spürte einen schmerzhaften Stich, dann sickerte mir Blut den Hals hinunter. Die Messerspitze glitt tiefer über meine Kehle und Brust. Nacheinander schnitt er mir alle Hemdknöpfe ab, dann ließ er das Messer durch den Hosenbund nach unten gleiten.

Plötzlich hörte man einen grässlichen Schrei aus der Hütte, in die der Rebellenführer Layla geschleppt hatte, so hoch, dass er kaum von einer menschlichen Stimme stammen konnte. Selbst meine Wärter waren vorübergehend verdutzt.

Mir schwand das letzte Fünkchen Hoffnung. Layla war tot. Ich würde der Nächste sein. Besser kämpfen, als gedemütigt und ermordet zu werden, beschloss ich. Angespannt bereitete ich mich auf den Angriff vor. Vielleicht konnte ich wenigstens einen von ihnen erwischen, bevor mich der andere in Stücke hackte.

Dann hörte ich Schritte und einen dünnen, zischenden Ton. „Sssst! Sssst!"

Das Gesicht des Rebellen, der mich bewachte, war zu einer roten Maske aus Blut geworden. Wieder war das Geräusch zu hören. „Sssst!"

Nun quiekte jemand wie ein Schwein, das geschlachtet wird, und der massige Körper des anderen Mannes fiel auf meinen Rücken. Ich wand mich hin und her, um mich von seinem enormen Gewicht zu befreien, dann drehte ich mich um. Da sah ich seine starren Augen und die klaffende Wunde in seinem Hals. Noch immer quoll Blut heraus, doch er war bereits tot.

Ich blickte auf. Da stand Layla, ihr Rock war zerrissen und voller Flecken. Von der Klinge des Panga, den sie in der Hand hielt, tropfte Blut. Unsere Blicke trafen sich, ihre Augen waren ausdruckslos und hart, doch als sie wieder nach unten auf die Leichen schaute, verzog sich ihr Gesicht, als würde sie gleich weinen. Der Panga fiel ihr aus der Hand.

Mühsam erhob ich mich. „Wir müssen von hier verschwinden", sagte ich mit brüchiger Stimme. „Sofort."

Der Rebellenführer taumelte uns schreiend entgegen. Seine Schenkel waren blutüberströmt. Die Waffen der Soldaten standen noch an die Hüttenwand gelehnt. Schnell griff ich nach einem Gewehr, entsicherte es und zielte.

Der Schuss traf ihn tief in der linken Körperhälfte und drang seitlich durch seinen Unterleib. Durch die Wucht des Aufpralls drehte er sich, und sein Körper zuckte, als ich immer wieder feuerte. Endlich stürzte er zu Boden und blieb reglos liegen.

Ich ließ das Gewehr fallen und starrte auf meine Hände. Aus der Perspektive von Piloten wirkte der Krieg bisweilen wie ein idyllisches Spiel. Nun aber steckte ich mitten in der blutigen, grauenvollen Wirklichkeit auf dem Boden, der Realität des brutalsten und gemeinsten Krieges, den sich ein menschliches Hirn ausdenken konnte.

„Jack!“ Laylas Finger gruben sich in meinen Arm.

Schnell schaute ich auf. Eine Gruppe Rebellen rannte kreischend und schreiend auf uns zu. Ich griff nach dem Gewehr, dann überlegte ich es mir anders und nahm stattdessen die Panzerfaust zur Hand. Ich fingerte daran herum, drückte sie mir an die Schulter, zielte und zog am Abzug. Nichts passierte. Ich riss sie herunter, tastete nach der Sicherung und nahm sie wieder hoch.

Der erste Rebell war keine zwanzig Meter mehr entfernt. Während ich am Lauf entlangschaute und ihn anvisierte, sah ich, wie sich sein Gesichtsausdruck veränderte, als er die Panzerfaust entdeckte. Dann zog ich am Abzug. Es gab einen Donnerschlag und eine Explosion. Die Rakete durchbohrte seinen Unterleib und detonierte an einem Felsen, der einen Meter hinter ihm lag. Die Splitter mähten alle anderen in Reichweite befindlichen Rebellen nieder, doch der Lärm bewirkte, dass alle übrigen wie Hornissen in die Dorfmitte zurückschwärmten.

Rauch erfüllte meine Lungen, und ich musste husten. Die Hüttenwand stand in Flammen, der Rückstoß der Rakete hatte sie in Brand gesteckt. Halb blind vom Rauch, packte ich den Panga, das Gewehr und einen Patronengürtel und schob Layla fort. Wir stolperten auf den Wald zu. Dabei pfiffen uns die ersten Schüsse um die Ohren.

Als wir die Bäume erreichten, drehte ich mich um und feuerte eine Gewehrsalve ab. Ein Rebell stürzte, doch die anderen zögerten keine Sekunde in ihrer Verfolgungsjagd. Wieder drehte ich mich um, und wir rannten um unser Leben, immer tiefer in den Wald hinein.

Wir liefen, bis ich glaubte, meine Lungen würden platzen, dann hielt ich an einer kleinen Lücke in der dichten Vegetationsmauer an. Wir stürzten durch und verdeckten die Lücke wieder mit dem Laub. Dann krochen wir tief in die Streuschicht auf dem Waldboden und lagen ganz still.

Zunächst übertönte das wilde Klopfen meines Herzens jeden Laut, doch dann hörte ich das Geräusch bloßer Füße, die auf uns zuliefen. Die Rebellen kamen in Sicht, sie dachten nicht an ihre eigene Sicherheit, sondern rannten mit großen Schritten, weil sie glaubten, uns bald einzuholen. Durch das schützende Laubwerk sah ich das Gesicht des

Anführers, der im Buschwerk nach Spuren suchte, die ihm verraten würden, wohin wir geflüchtet waren.

Ich senkte den Kopf und blieb ruhig liegen, als sie näher kamen, obwohl ich am ganzen Körper zitterte. Die Schritte wurden langsamer. Ich zwang mich, ja keine Bewegung zu machen, obwohl mir mein Instinkt zuschrie wegzulaufen, bevor es zu spät war.

Die Sekunden vergingen quälend langsam. Dann hörte ich, wie sich die Schritte auf dem Pfad wieder in Bewegung setzten. Ich wartete, bis die Geräusche verstummten und mein Herzklopfen nachließ. Gerade wollte ich den Kopf heben, als ich einen leisen Ton hörte.

Ich erstarrte.

Das Geräusch verstummte. Kaum mehr als einen Meter entfernt sah ich einen bloßen Fuß. Sämtliche Nackenhaare sträubten sich mir. Ich wusste, dass uns die allerkleinste Bewegung verraten würde, deshalb zwang ich mich, ruhig liegen zu bleiben. Ich biss die Zähne zusammen und schickte stumme Gebete zum Himmel, dass der Rebell weitergehen möge. Nur ein einziger struppiger Busch und eine dünne Laubdecke trennten uns vom sicheren Tod. Ich spürte ein leichtes Zittern in meinem Arm, konnte aber nichts dagegen tun.

Dann hörte ich leises Rascheln von Kleidungsstücken und sah, wie sich der Fuß bewegte, als er sich zur anderen Seite des Pfads wandte, doch einen Augenblick später kam er zurück. Jetzt erblickte ich einen Arm, der sich nach unten streckte und einen geknickten Pflanzenstängel befühlte.

Eine Stimme durchbrach die Stille, fast wäre ich vor Schreck hochgefahren. Der Mann hatte in einer Stammessprache gesprochen, deshalb hatte ich zwar seine Worte nicht verstanden, doch sein Tonfall sagte mir, dass das Spiel vorbei war. Er hatte uns entdeckt und befahl uns nun herauszukommen.

Mit angespannten Muskeln wollte ich mich gerade aufrichten, als ein anderer Mann hinter ihm auf dem Weg antwortete.

Lange blieb es still, dann ertönte ein scharfer Befehl, und wieder hörte ich ein schwaches, schlurfendes Geräusch, dann sah ich zwei Paar Füße, die sich auf dem Weg entfernten.

Ich blieb mit hämmerndem Herzen liegen, bis mir Vogelrufe verrieten, dass wir – zumindest vorerst – sicher waren. Langsam stand ich auf, schaute auf den menschenleeren Pfad, dann nahm ich Layla am Arm und führte sie tiefer in den Urwald hinein.

KAPITEL 7

Wir liefen noch eine Stunde weiter, bis ich das Gefühl hatte, wir könnten gefahrlos eine Pause einlegen. Am Ufer eines Flusses machten wir schließlich Halt, und Layla sank sofort zu Boden. Ihr Gesicht war voller Prellungen und Schnitte, ihr Haar blutverklebt. Ich zog mein zerfetztes Hemd aus, wusch Schweiß und Schmutz aus und säuberte ihr damit vorsichtig das Gesicht. Als ich einen Schnitt über ihrem Auge abtupfen wollte, legte ich eine Hand auf ihren Arm, um nicht das Gleichgewicht zu verlieren. Sofort zuckte sie zusammen und wich vor mir zurück.

„Bist du in Ordnung?“, fragte ich.

Sie antwortete nicht. Ihr Blick blieb auf meine Augen gerichtet, aber sie schien durch mich hindurchzuschauen.

„Hat er –“, ich konnte mich gerade noch bremsen und formulierte meine Frage anders. „Wie bist du ihm entkommen?“

Ihre Stimme war hart und ausdruckslos. „Ich möchte nicht darüber reden, und wenn wir hier je lebendig herauskommen sollten, will ich, dass niemals jemand erfährt, was sich in diesem Dorf abgespielt hat.“

Ich sah, dass ihr Tränen in die Augen stiegen, und wollte ihren Kopf an meine Schulter betten, doch sie stieß mich wütend zurück. Dann stand sie auf und wandte mir den Rücken zu, doch ich sah, wie ihr Körper bebte. Schweigend wartete ich, bis sie sich wieder beruhigt hatte.

„Möchtest du dich waschen?“, fragte ich. „Ich halte solange Wache.“

Sie zitterte, als erwache sie aus einem Albtraum, dann wandte sie mir ihr verweintes Gesicht zu. „Ja, gern. Danke.“

Ich ging ein paar Meter weiter und drehte mich um, während sie sich auszog und im Flusswasser badete.

Als sie fertig war, tauschten wir die Plätze. Ich zog meine Kleider aus, kauerte mich ans Ufer und wusch mich. Dann holte ich ein paar Hände voll Sand vom Flussboden und rubbelte mich damit ab. Ich hatte das Gefühl, ich könnte mich eine Woche lang waschen, ohne je sauber zu werden.

„Was tun wir jetzt?“, fragte Layla, nachdem ich mich wieder angezogen hatte.

„Ich weiß es nicht. Ich dachte, wir könnten Bohara erreichen, aber ich glaube, ohne Karte und GPS können wir froh sein, wenn wir es nach Freetown schaffen."

„Aber wir können das Land doch nicht zu Fuß durchqueren. Und wie sollen wir uns orientieren?"

„Der Fluss war nördlich von uns, nicht wahr? Es bleibt uns also nichts anderes übrig, als uns nach der Sonne zu richten und so lange nach Norden zu gehen, bis wir den Fluss finden."

„Und dann?"

„Am besten versuchen wir, ein Boot zu stehlen."

Ich ging ein paar Schritte flussaufwärts und orientierte mich, so gut es ging, an der Sonne, die gedämpft durch die Baumkronen schien.

Nur mühsam kamen wir durch das dichte Unterholz vorwärts, außerdem konnte man leicht die Orientierung verlieren, weil die Sonne häufig von Bäumen verdeckt war.

Obwohl wir oft nicht mehr als fünf Meter weit sehen konnten, schienen meine anderen Sinne als Ausgleich dafür umso geschärfter zu sein. Alle paar Schritte hielt ich an und lauschte auf Geräusche von Bewegungen oder Rufe aufgeschreckter Vögel, oder ich schnupperte nach Spuren menschlichen Geruchs.

Endlich hörte ich ein schwaches Geräusch. Es verstärkte sich und erwies sich als das stetige Plätschern von fließendem Wasser. Ich sah etwas durch das Unterholz blitzen, und als ich die Zweige auseinander bog, schaute ich auf einen breiten, träge fließenden Fluss.

Wir folgten dem Fluss nach Westen. Kurz vor Sonnenuntergang entdeckte ich ein dunkles Gebilde am anderen Ufer. Als wir näher kamen, entpuppte es sich als eine Fährmannshütte mit Lehmwänden und einem primitiven, laubgedeckten Dach.

Auf der anderen Flussseite war ein ramponiertes Boot am Ufer vertäut, und von einem Ufer zum anderen spannte sich ein Drahtkabel, das in der Mitte bis ins Wasser durchhing. Das Kabel verlief durch Stahlösen am Bug und Heck des Bootes, sodass der Fährmann, vom Kabel geleitet, über den Fluss staken konnte.

Wir legten uns auf den Boden und warteten, bis es ganz dunkel war.

EINE halbe Stunde nachdem der schwache Schein in der Hütte erloschen war, ließ ich Layla in unserem Versteck zurück und kroch vorwärts. Ich richtete mich neben dem Pfosten auf, an dem das Kabel hing, und zog probeweise an dem rostigen Seil. Das Boot rührte sich nicht, aber das Quietschen des verrosteten Metalls dröhnte durch die Nacht.

Schnell ließ ich mich auf den Boden fallen. Eine Sekunde später wurde die Hüttentür aufgerissen, und ich sah die Umrisse eines Rebellen, dessen Gewehrlauf sich schwarz vom Himmel abhob. Er suchte pflichtgemäß die Umgebung der Hütte ab, doch er fand nichts, und kurz darauf hörte ich die Tür wieder zuschlagen.

Ich wartete zehn Minuten, dann knotete ich die Tragschlaufe meines Gewehrs zusammen, nahm den Gurt zwischen die Zähne und ließ mich ins Wasser gleiten. Mühsam hangelte ich mich an dem Kabel entlang, den Kopf im Nacken, damit das Gewehr nicht nass wurde.

Mein Herz raste, als dunkle Schatten an mir vorüberglitten. Es waren nur Zweige, doch in meinen Augen sahen sie aus wie Wasserschlangen oder Krokodile. Meine Arme schmerzten vor Anstrengung, und ich zitterte vor Kälte. Ich zwang mich weiterzumachen, doch hatte ich mich kaum bewegt, als mir ein Holzstamm, der mit der Strömung herbeigetrieben war, an die Schulter krachte. Ich schnappte entsetzt nach Luft.

Gerade als ich glaubte, nicht mehr zu können, und meine gefühllosen Finger allmählich den Halt am Kabel verloren, stieß meine rechte Hand an etwas Hartes. Das breite, flache Metallfährboot war höchstens 3,40 Meter lang und 1,70 Meter breit. Ich arbeitete mich am Boot entlang vor und kroch ans Ufer. Dort lag ich keuchend auf dem Schlamm und wartete, bis meine Kräfte zurückkehrten.

Ich starrte auf die Hütte, lauschte, ob etwas zu hören war, dann bearbeitete ich den verrottenden Pfosten, an dem das Stahlkabel hing. Mit ganzer Kraft zog und zerrte ich, doch er bewegte sich kaum.

Von der anderen Flussseite sah ich Laylas Gesicht wie eine blasse Scheibe zu mir herüberschauen. Es musste mir gelingen, das Boot loszumachen, es war unsere einzige Hoffnung! Ich wusste, was ich zu tun hatte – für sie und auch für mich.

Ich kauerte mich höchstens fünf Meter von der Hütte entfernt hinter dem Fährboot auf den Boden und stellte das Gewehr auf Automatik. Ich zielte auf einen Punkt rund zwanzig Zentimeter über dem Boden und übersäte die Hütte von links nach rechts und von rechts nach links mit einem Kugelhagel. Ich hörte einen Schrei, dann tauchte ein Rebell, der ein Bein nachzog, in der Hüttentür auf. Er schoss, ohne zu zielen, dabei wankte er auf das Boot zu, hinter dem ich mich versteckt hatte. Ich feuerte eine weitere Salve ab. Durch den Aufprall der Kugeln wurde er an die Hüttenwand zurückgeschleudert, dann sank er zu Boden und blieb regungslos liegen. Zur Sicherheit feuerte ich noch eine Salve auf die Hütte ab, dann trat ich aus der Deckung und ging zum Eingang.

Im schwachen Schein des verglühenden Feuers konnte ich noch eine

Leiche in der Hütte erkennen. Es war kein Soldat, sondern der Fährmann, unbewaffnet und ungeschützt, nur mit Shorts und einem ausgeblichenen T-Shirt bekleidet. Meine Schüsse hatten ihn im Schlaf in Kopf, Brust und Schenkel getroffen. Eine Welle der Scham überkam mich.

Schnell durchsuchte ich die Hütte, denn jetzt zählte jede Sekunde. Das Knallen der Gewehrschüsse war kilometerweit zu hören gewesen, wahrscheinlich war bereits eine Patrouille der Rebellen unterwegs.

Ich hatte gehofft, eine Axt oder Schaufel zu finden, aber es gab nur einen Panga, den ich mit nach draußen nahm.

Dann lief ich zu dem toten Soldaten, um sein Gewehr als Brechstange zu benutzen. Doch als ich es aufhob, sah ich eine Handgranate an seinem Gürtel hängen. Ich hieb mit dem Panga in den Pfosten, bis ich unterhalb des Kabels eine grobe Vertiefung eingekerbt hatte. Dort stopfte ich die Granate hinein, zog den Sicherungsstift, rannte los und suchte hinter dem Boot Deckung. Es gab einen Blitz und eine Explosion, dann hörte ich Splitter auf den metallenen Bootsrumpf prasseln.

Ich rannte zu dem Pfosten zurück. Das Kabel war zum größten Teil zerfetzt, nur ein paar Stränge hielten noch. Ich hob den Panga hoch und zerhackte sie.

Mit einem Knall zerriss der letzte Strang. Langsam trieb das Fährboot vom Ufer fort. Ich rannte das glitschige Ufer hinunter, stürzte halb springend, halb tauchend auf das Boot zu und konnte es gerade noch an der Bordwand packen, bevor es von der Strömung fortgerissen wurde. Ich zog mich mühsam über die Seite hoch und fiel dann auf die Bodenplanken. Das Boot hing noch immer am Kabel und pendelte auf das andere Ufer zu. Dann straffte sich das Kabel, und das Boot blieb etwa zwanzig Meter vom Ufer entfernt stehen.

Ich rief nach Layla, doch sie rannte bereits am Ufer entlang auf mich zu. Gerade als sie zum Boot hinauszuwaten begann, hörte ich ein Schaben, dann ein Peitschen – das Kabel war aus der Öse am Heck gefallen.

Layla stürzte auf die Bordwand zu. Das Boot wurde schneller und schneller. Ich packte sie am Arm und zog sie ins Boot. Wir lagen flach auf dem Boden und keuchten vor Anstrengung, während unser Boot flussabwärts schwamm.

Bald waren wir ein gutes Stück unterhalb der Fährmannshütte und wurden von der starken Strömung weiter mitgerissen. Plötzlich bekam ich Angst, wir könnten in der Dunkelheit an einem Felsen zerschellen. Ich fuhr hoch. Ein Ruder hatte das Boot nicht, doch auf dem Boden lag eine lange Stange. Ich hängte sie als provisorisches Ruder am Heck ins Wasser. Als wir schließlich an einen längeren Abschnitt mit Stromschnellen gelangten, versuchte ich, das Ufer anzusteuern, doch die Strömung war zu stark, und wir wurden seitwärts auf die Felsen zugetrieben. Um uns herum dröhnte das Rauschen der Stromschnellen, als wir in eine steile Schlucht fuhren, deren Wände von den Wasserfluten der Regenzeit abgeschliffen waren. Das Boot ließ sich kaum noch steuern.

Ich holte die Stange ins Boot, und Layla und ich hielten uns mit beiden Händen an der Bordwand fest, während es durch das Wasser schoss. Dann aber war unsere Glückssträhne zu Ende. Das Boot trieb geradewegs auf einen riesigen Felsen in der Mitte der Fahrrinne zu. Ich spürte einen heftigen Stoß, der sämtliche Knochen im Leib erschütterte, dann wurde ich hinausgeworfen.

Als das Boot in die Dunkelheit schoss, hörte ich Layla aufschreien. Ich kämpfte um mein Leben, und nur mühsam konnte ich den Kopf über Wasser halten. Die Stromschnellen schleuderten mich weiter. Ich wurde heftig von einem Felsen zum andern gestoßen und konnte kaum Luft holen. Mit den Fingern versuchte ich, an den glitschigen Felsen Halt zu finden, doch jedes Mal wurde ich von der Strömung weitergezerrt. Sehen konnte ich in der Dunkelheit gar nichts, und zu hören war auch nur das Donnern des Wassers, das von den kahlen Felswänden der Schlucht widerhallte. Ich konnte gerade noch Luft holen, bevor die nächste Woge über mich schwappte und ich weiter stromabwärts gerissen wurde.

Das Donnern der Stromschnellen schien nachzulassen, dann schlug das Wasser wieder über meinem Kopf zusammen, und Dunkelheit hüllte mich ein.

Allmählich kam ich wieder zu mir, rang nach Luft und würgte. Ich spürte, dass noch Wasser um meine Beine plätscherte, doch an meiner Wange fühlte ich körnigen Sand. Dann drückten kräftige Hände meinen Brustkorb zusammen, und als mich ein neuer Hustenanfall erschütterte, schoss mir ein Schwall Wasser aus dem Mund.

Ich öffnete die Augen. Layla saß rittlings auf mir. Als sie sah, dass ich sie anschaute, umarmte sie mich und küsste mein Gesicht. „Gott sei Dank! Ich dachte schon, ich hätte dich verloren."

Ich hob ein wenig den Kopf. Das Boot lag auf dem schmalen Strand. Zu meiner Rechten konnte ich die Stelle erkennen, wo die Stromschnellen aus dem Cañon schossen. Der Fluss strömte schnell und ruhig an dem Strand vorbei, auf dem ich lag. Ich setzte mich auf und machte ein paar tiefe Atemzüge. „Lass uns von hier verschwinden", sagte ich.

Im grauen Licht der anbrechenden Morgendämmerung kletterten wir ins Boot zurück, und Layla stieß es mit der Stange ab. Wir glitten flussabwärts, erst schnell, doch je weiter wir uns von den Stromschnellen entfernten, desto gemächlicher wand sich der Fluss durch das Sumpfgebiet, das uns von der Küste trennte.

Wir ließen uns von der Strömung treiben, blickten aufmerksam in das Wasser und versuchten, verräterische Strudel an der Oberfläche zu erkennen, während der Fluss um Sandbänke und versunkene Felsen wirbelte. Dreimal mussten wir das Boot an Land ziehen und über seichte Stellen bis zum nächsten schiffbaren Abschnitt zerren und tragen.

Das Flussufer erhob sich jetzt kaum dreißig Zentimeter über der Wasseroberfläche. Wir kamen an palmenbewachsenen Inseln vorüber, wo Reiher mit ihren langen Schnäbeln im schwarzen Schlamm stocherten.

Der Fluss teilte sich immer wieder, und als es hell wurde, sahen wir, dass wir durch immer schmalere und trägere Wasserläufe trieben. Die Mangroven rückten so nahe, dass sie an den Bootswänden schabten.

Schließlich kamen wir an eine schlammige, flache Stelle, wo eine kleine Lücke in der Mauer aus Mangroven zu erkennen war. Im Dämmerlicht sah man Fußspuren auf dem Schlamm, die vom Wasser wegführten. Selbst wenn sie ein Hinweis auf lauernde Gefahren waren, bedeuteten sie doch einen Ausweg aus den Sümpfen. Also zogen wir das Boot aus dem Wasser und folgten der Spur. Wir stolperten über untergetauchte Wurzeln und arbeiteten uns im Schneckentempo durch das Dickicht, immer bedacht, zwischen der Hauptfahrrinne des Flusses und den ersten Hinweisen auf bewohntes Gebiet zu bleiben – den Siedlungen am Rand der Küste.

Wir stapften weiter, vom Hunger erschöpft und geschwächt. Dann wurde der Trampelpfad immer deutlicher. Über Wasserläufen und Flüsschen lagen Palmenstämme als Brücken, und zwischen den Mangroven sah man stellenweise Reisfelder mit grellgrünen Reisschösslingen.

Jetzt wurden die Mangroven spärlicher, und vor uns konnten wir den Weg erkennen. Nach dem düsteren Sumpfgebiet musste ich die Augen vor der Morgensonne abschirmen.

Es war gerade Ebbe, und die Fahrrinne des Flusses war von breiten, glänzenden Schlammflächen gesäumt. Auf dem gegenüberliegenden Ufer sahen wir Boote, unseres dagegen war leer. Etwa 800 Meter von uns entfernt, erhob sich ein steiler Hügel, hinter dem Freetown lag, und schon sah ich Rauch aus den Slumvierteln der Stadt aufsteigen.

„Wenn wir den Hügel hier hinter uns haben, müssten wir in Sicherheit sein", sagte ich zu Layla.

„Vorausgesetzt, die Rebellen haben nicht in der Zwischenzeit die Hauptstadt angegriffen", antwortete Layla trocken.

„Wir wollen mal auf das Schlimmste gefasst sein, aber das Beste hoffen", entgegnete ich.

Wir machten uns auf den Weg am Flussufer entlang. Es ging nur langsam voran, immer am Rand trügerischer Schlammflächen, die uns wie Treibsand an den Beinen klebten, über verrottende Baumstämme und an Hütten und Baracken vorbei, die knapp oberhalb der Hochwassermarke standen.

Plötzlich tauchte etwa dreißig Meter vor uns eine Gestalt auf. Wir ließen uns auf den Boden fallen und erstarrten. Eine Frau ging zum Flussufer hinunter, ihre Fußspuren hoben sich schwarz von dem feuchten Schlamm ab. Sie füllte einen Kochtopf mit Wasser und ging dann denselben Weg zurück, den sie gekommen war.

Wir gingen weiter, doch je mehr Menschen ans Flussufer kamen, um sich zu waschen oder Wasser zu holen, desto langsamer kamen wir vorwärts. Als wir an der Mündung einer schmutzigen Straße mit hässlichen Baracken vorüberkamen, bellte uns ein Hund an und verschwand dann zwischen zwei Hütten.

Das Herz schlug mir bis zum Hals. Wenn irgendjemand Alarm schlagen würde, wären wir sofort von ein paar hundert Leuten umringt. Und ich hatte am Tag meiner Ankunft in Sierra Leone erlebt, wie manche Slumbewohner vorgingen: Entweder würden sie uns den Rebellen ausliefern oder uns selbst ausrauben und ermorden.

Ich fühlte mich hin- und hergerissen zwischen der Notwendigkeit, die Leute nicht auf uns aufmerksam zu machen, und einer Panik, nach der ich am liebsten überstürzt zur Flussmündung und der relativen Sicherheit der hinter ihr liegenden Strände gerannt wäre.

Als wir um eine Kurve bogen, standen wir plötzlich einer Frau gegenüber, die einen Eimer Wasser auf dem Kopf balancierte. Sie erstarrte einen Moment. Dann ließ sie den Eimer fallen, drehte sich um und lief fort.

Layla legte mir beruhigend die Hand auf den Arm. „Wir können nichts machen", sagte sie, „nur weitergehen."

Hinter den letzten verwahrlosten Ausläufern des Slums wich der Schlamm allmählich gelbem Sand, aus dem grüne Grashalme wuchsen. Ich hörte das Donnern der Brecher, als wir auf dem Strand, der von kleinen Krabben wimmelte, weitereilten. Über uns rauschten die Wedel der zerzausten Palmen, die den Sand umsäumten wie trockenes braunes Papier.

KAPITEL 8

Wir arbeiteten uns über den verlassenen Strand vorwärts, bis wir fast unmittelbar hinter unserem Hotel waren. Dann krochen wir durch das Dünengras und nahmen das Gebäude und die Stadt dahinter in Augenschein.

Mein Kopf dröhnte. Ich fuhr mir mit der Zunge über die rissigen Lippen. Wir brauchten dringend Wasser. Mühsam bezwang ich den übermächtigen Drang, sofort zum Hotel zu laufen, aber wir waren nicht mehr auf dem neuesten Stand. Falls die Rebellen in der Zwischenzeit eine Offensive gegen die Stadt gestartet hatten, würden wir womöglich schnurstracks in eine tödliche Falle laufen.

Also lagen wir in unserem Versteck, beobachteten und warteten. Die Straßen waren nahezu menschenleer – ein Zeichen, dass etwas nicht stimmte –, allerdings hatten die paar Menschen und Fahrzeuge, die wir zu Gesicht bekamen, etwas entwaffnend Normales an sich.

Es war die Ankunft eines Lieferwagens am Hintereingang des Hotels, der uns schließlich das Signal zum Handeln gab. Der Duft nach warmem Brot, der mit der leichten Brise zu uns herüberwehte, ließ mir das Wasser im Mund zusammenlaufen, und mein Magen begann gleich in froher Erwartung zu knurren. „Komm“, sagte ich und stand auf. „Ich bin sicher, dass alles in Ordnung ist.“ Wir gingen die abschüssige Düne hinab, überquerten die betonierte Zufahrtsstraße und betraten das Gebäude.

Es war nur eine Hand voll Leute in der Lobby. Niemand trug Waffen, und endlich fühlte ich die Spannung von mir abfallen. Bei unserem Eintreten breitete sich ein betroffenes Schweigen unter den Hotelgästen aus. Ein kurzer Blick auf unser Spiegelbild verriet mir den Grund: Mich starrten zwei schlammverdreckte, skelettähnliche Gestalten mit wilden Augen an.

Der libanesische Inhaber betrachtete mich neugierig vom Empfang aus und versuchte, den schlammverkrusteten Fremden zu identifizieren.

„Wir brauchen Wasser“, sagte ich. „Und etwas zu essen. Dann eine Dusche und ein Bett.“

Er starrte mich weiter unsicher an.

Ich versuchte es noch einmal. „Wir haben hier bereits vor ein paar Tagen gewohnt. Meine Name ist Jack Griffith. Ich arbeite bei der Schutztruppe SeCu.“

Nun strahlte er über das ganze Gesicht und klatschte in die Hände, um seine Mitarbeiter herbeizurufen. „Natürlich, Mr Griffith. Ich lasse sofort Ihr Zimmer herrichten. Vielleicht möchten Sie vor dem Essen gern duschen."

Ich schüttelte den Kopf. „Wasser und Brot – sofort!"

Er bellte einem herumlungernden Kellner einen Befehl zu, dann führte er uns in den Speisesaal. Dort merkte ich, wie meine Knie nachgaben. Ich musste mich auf einen Stuhl fallen lassen. Der Kellner brachte einen Krug Wasser, ich trank hastig, dann fiel ich über das Naanbrot her, das er mir anbot.

Layla legte mir warnend die Hand auf den Arm. „Langsam", mahnte sie. „Iss und trink erst ganz wenig, dann warte, bevor du weiterisst. Lass deinem Körper Zeit." Sie nippte an ihrem Wasser, während sie sprach, dann aß sie einen kleinen Bissen Brot.

So saßen wir eine halbe Stunde, sprachen kaum ein Wort, sondern aßen, tranken und lächelten uns an. Schließlich schob ich meinen Stuhl zurück und stand unsicher auf. „Ich muss unbedingt duschen, aber ich glaube, ich bin zu aufgedreht zum Schlafen."

Sie nickte. „Ich auch. Aber lass uns von diesen Leuten weggehen."

Auf unserem Weg durch die Hotelhalle blieb ich am Empfang stehen und hob den Telefonhörer ab, um SeCu anzurufen, in der Hoffnung, etwas über die Lage in Bohara zu erfahren. Doch die Leitung war tot. Der Inhaber hob bedauernd die Hände. „Ich fürchte, es ist nicht in Ordnung. In der ganzen Stadt scheint das Telefon nicht zu funktionieren."

Ich versuchte, etwas aus seinem Gesichtsausdruck abzulesen. „Ist hier alles ruhig?"

Er lächelte ein wenig nervös. „Es ist sehr ruhig. Nicht viele Gäste."

„Ich meinte eigentlich mehr die Rebellen."

„In den Bergen wird gekämpft, aber sie werden es nicht wagen, Freetown anzugreifen." Er blickte in der Halle umher, um die Wirkung seiner Worte auf die Hotelgäste abzuschätzen, dann beugte er sich über die Theke. „Aber es gibt Gerüchte. Die Leute verlassen die Stadt", sagte er mit gedämpfter Stimme.

„Was für Gerüchte? Welche Leute?"

„Der Präsident ist nicht beliebt. Die Armee hat keinen Sold bekommen. Gestern ist der Sohn des Präsidenten nach Guinea geflüchtet." Er klopfte sich leicht an die Nase. „Es heißt, das Flugzeug, das ihn ausgeflogen hat, sei zurückgekehrt und warte auf den nächsten Passagier."

„Wir werden später mehr erfahren", sagte ich zu Layla, als wir zur Treppe gingen. „Wenn das Telefon weiterhin gestört bleibt, gehe ich zum Hochkommissariat und setze mich von dort aus mit SeCu in Verbindung.“

„Und ich gehe zu Medicaid International“, sagte sie. „Ich hätte mich dort sowieso schon längst melden sollen, sie werden sich bestimmt Sorgen machen.“

„Zum Teufel mit ihnen“, meinte ich. „Wir werden uns später darum kümmern. Nach allem, was wir durchgemacht haben, finde ich, dass wir jetzt etwas Erholung verdient haben.“

Als wir im ersten Stock ankamen, standen wir schweigend auf dem Gang und sahen einander an. Ich sehnte mich danach, sie mit in mein Zimmer zu nehmen, sie an mich zu reißen und mich in ihrem Körper zu vergraben, dann eng umschlungen zu schlafen, abgeschnitten von allem, was noch auf uns zukommen sollte. Doch noch zögerte ich, denn ich wusste nicht, wie sie reagieren würde. „Würdest ..., willst du ...“, begann ich schließlich.

Sie erhob sich auf die Zehenspitzen, nahm mein Gesicht in ihre kühlen Hände und küsste mich, doch als sie meine Reaktion spürte, wich sie zurück. „Es tut mir Leid“, sagte sie. „Ich kann nicht. Noch nicht. Es ist zu früh. Aber ich möchte nicht allein sein. Können wir nicht einfach ...?“

Als Antwort legte ich ihr den Arm um die Taille und stützte sie, als wir den Gang entlang zu meinem Zimmer gingen.

Das Gewehr, das ich vor einer Woche zurückgelassen hatte, stand noch immer hinten in einer Schrankecke. Ich setzte mich auf die Bettkante. „Du duschst zuerst.“

Zwanzig Minuten später erschien sie mit feuchten Haaren und in ein abgewetztes Handtuch gehüllt, das kaum lang genug war, sie zu bedecken. Ich sah die Platzwunden und dunkel verfärbten Prellungen auf ihren Schenkeln und spürte, wie die Wut in mir kochte. Als sie zu mir herüberschaute, wandte ich den Blick schnell ab, so als sei ich beim Spionieren ertappt worden.

Unter der tröpfelnden Dusche seifte ich Haare und Körper ein, bis der Schmutz abgewaschen war. Dann betrachtete ich mich im Badezimmerspiegel und war über mein Aussehen entsetzt. Unter meinen Augen lagen tiefe schwarze Ringe, außerdem hatte ich ein paar Pfund verloren, und meine Haut war mit Abschürfungen, Prellungen und Insektenbissen übersät.

Schließlich zog ich mir ein paar saubere Kleidungsstücke an und ging zum Schlafzimmer hinüber. Layla lag auf dem Bett, zugedeckt mit einem Laken. Sie streckte die Arme aus. „Komm und lass uns reden.“

Ich legte mich neben sie, spürte das ungewohnt weiche Bett unter mir und war mir der Wärme ihres Körpers an meinem sehr bewusst.

„Etwas möchte ich dich fragen", begann Layla. „Das letzte Mal, als wir hier im Hotel waren, hast du fast den ganzen Abend damit verbracht, mir zu verschweigen, warum du in Sierra Leone bist. Willst du mir jetzt erzählen, warum ein sonst offensichtlich gesunder und anständiger Mensch hier Söldner werden will?"

„Gut." Ich zögerte. Ich wollte sie nicht belügen, aber ich hatte Angst davor, was sie von mir denken würde, wenn ich ihr die Wahrheit sagte. „Es gab einen Einsatz im Kosovo", sagte ich endlich. „Er ging völlig daneben." Und dann erzählte ich ihr schonungslos, was passiert war.

Als ich zum Ende kam, strömten mir Tränen über das Gesicht. „Es war dieser Frau gelungen, den Serben zu entkommen. Und dann habe ich sie getötet."

Layla antwortete nicht, doch sie streichelte mir übers Gesicht, während ich mich allmählich wieder fasste.

„Es tut mir Leid!", stieß ich hervor. „Ich habe noch nie einem Menschen davon erzählt."

Wir blieben eine Zeit lang schweigend liegen. „Ich träumte immer davon, eines Tages berühmt zu werden", sagte Layla. Sie lächelte. „Aber je älter ich werde, desto mehr wird mir klar, dass das eigentliche Leben aus kleinen Dingen besteht. Und wenn wir im Lauf unseres Lebens ein wenig mehr Gutes als Böses tun können, ist das wahrscheinlich für die meisten Menschen schon ziemlich viel."

„In dem Fall ist mein persönliches Konto wohl ziemlich unausgeglichen", stellte ich fest.

Sie packte mich am Arm. „Dann hast du umso mehr Grund, deine Bilanz wieder auszugleichen. Die Vergangenheit kannst du nicht mehr ändern, aber die Zukunft. Du willst doch nicht im hohen Alter zurückblicken und noch immer die Frau im Kosovo vor dir sehen?"

Sie verstummte, sah mich prüfend an, und als sie wieder zu reden begann, sprach sie fast flüsternd. „Ich habe einmal ein Kind getötet. Das war während meiner Ausbildungszeit als Ärztin. Damals war ich Assistenzärztin. Es war am Ende einer langen Schicht, und ich war hundemüde, obwohl das natürlich keine Entschuldigung ist. Aus irgendeinem Grund – wieso, ist mir völlig schleierhaft, ich kannte die richtige Dosis – gab ich dem kleinen Mädchen die dreifache Dosis eines Medikaments. Es kam zum Herzstillstand. Ich hatte das Baby umgebracht."

„Aber seitdem hast du viele hundert Menschenleben gerettet!", warf ich ein.

„Das eine aber habe ich getötet. Wenn ich die Augen schließe, sehe ich noch immer die kleine, gekrümmte Gestalt im Bettchen liegen und wie sich ihre Eltern zu mir umwandten und fragten: ‚Warum? Was ist passiert?' Und weißt du, ich hatte noch nicht mal den Mut zuzugeben, was ich getan hatte." Sie verstummte wieder und starrte an mir vorbei. „Wir haben also beide lernen müssen, mit unseren Fehlern zu leben", sagte sie schließlich. „Ich kann verstehen, warum du die Luftwaffe verlassen hast, aber das erklärt noch nicht, warum du nach Sierra Leone gekommen bist."

„Ich wollte nie wieder in eine Situation kommen, in der ich eine so furchtbare Fehlentscheidung treffen könnte. Aber Hubschrauber fliegen ist nun mal mein Job. Es gibt fast keine zivile Arbeit für Hubschrauberpiloten, und auf einen einzigen Job bewerben sich dreißig Piloten. Ich hielt das hier für eine sichere Wahl. Um diesen Job reißen sich nicht viele, aber mir war er recht."

Sie lächelte mich sanft an. „Wenn du aus guten Gründen zur Luftwaffe gegangen bist, sollte das, was im Kosovo passiert ist, sie nicht zunichte machen. Es war ein tragischer Unfall, trotzdem kannst du davor nicht davonlaufen." Sie machte eine Pause. „Ich habe mich bei der Familie des toten Mädchens vor der Verantwortung gedrückt, und das werde ich mir nie verzeihen, trotzdem habe ich die Medizin nicht aufgegeben. Ich weiß, dass nichts, was ich tue, das Leid der Eltern lindern kann. Alles, was ich tun kann, ist zu versuchen, anderen kranken Kindern zu helfen und sicherzugehen, dass ich nicht noch einmal einen solch furchtbaren Fehler machen werde." Sie sah mich fest an, während sie sprach. „Genau das musst du auch tun, Jack. Du kannst dich nicht heraushalten, am allerwenigsten in Sierra Leone. Hier bist du entweder ein Teil des Problems oder ein Teil der Lösung." Sie schwieg. „Tut mir Leid. Ausgerechnet ich halte dir eine Predigt. Dabei verbringe ich mein ganzes Leben damit, mit dem Kopf gegen jedes Hindernis zu stoßen, das sich mir bietet."

„Dann sind wir ein gutes Team", meinte ich. „Vielleicht heben sich unsere Schwächen gegenseitig auf."

Sie warf mir einen langen, nachdenklichen Blick zu. „So kann man es auch sehen. Aber was ist, wenn sich stattdessen unsere Stärken gegenseitig aufheben?"

„Wenn das so wäre, würden wir dieses Gespräch nicht führen. Dann wären wir jetzt beide tot irgendwo da draußen im Regenwald."

Es wurde allmählich dunkel. Sie küsste mich, dann setzte sie sich auf. „Ich gehe in mein Zimmer zurück", sagte sie unvermittelt. „Ich muss jetzt schlafen."

„Schlaf doch hier", bat ich.

Sie schüttelte den Kopf. „Ich muss eine Weile allein sein und über alles nachdenken." Sie hielt noch kurz meine Hand, dann stand sie auf.

Ich sah ihr nach, und als sich die Tür hinter ihr schloss, flüsterte ich „Ich liebe dich" in den leeren Gang.

Trotz meiner Erschöpfung dauerte es lange, bis ich einschlief. Und dann fiel sofort der vertraute Albtraum über mich her: MG-Knattern, die brennende Gestalt und ein niederschmetterndes Gefühl der Hilflosigkeit und Schuld. Endlich wachte ich auf, den Lärm von Explosionen und Geschützfeuer im Ohr. Es war kein Traum.

Ich ging zum Fenster und schaute hinaus. Die Morgendämmerung war noch nicht angebrochen, doch ich sah den grellen Feuerschein von Explosionen.

Ich griff nach dem Gewehr. Als ich mich den verdunkelten Korridor entlang zu Laylas Zimmer tastete, hörte ich, wie sich eine Tür öffnete, und sah ihre Silhouette im Blitz einer weiteren Explosion. Ich rief ihren Namen, dann fielen wir uns in die Arme.

„Gerade wollte ich zu dir kommen", flüsterte sie, und ihre Stimme zitterte vor Angst. „Was sollen wir nur tun?"

„Herausfinden, was los ist."

„Sind wir im Hotel in Sicherheit?"

„Ich denke schon, so sicher wie sonst wo. Wenn wir jetzt in die Nacht hinausrennen, bringen wir uns nur noch mehr in Gefahr. Wir werden hier bleiben, bis wir wissen, was draußen passiert."

Wir tasteten uns bis zur Treppe und gingen in die Hotelhalle hinunter. Kein Mensch war zu sehen. Das Hotelpersonal und, was noch beunruhigender war, die Sicherheitsleute, die für die Bewachung des Gebäudes bezahlt wurden, hatten offenbar ihre eigenen Schlussfolgerungen aus der Schießerei gezogen: Alle waren geflüchtet.

Auch der Hotelinhaber war nicht da, doch sein Büro war offen. Ich versuchte, die Nummer des britischen Hochkommissariats zu wählen, aber die Leitungen waren nach wie vor tot. Auf dem Schreibtisch stand ein Transistorradio, doch als ich es einschaltete, waren von den örtlichen Kanälen nur atmosphärische Störungen zu hören – ein weiteres Zeichen, das nichts Gutes verhieß.

Nun stellte ich das Radio auf den Weltdienst der BBC. Wir mussten vierzig Minuten lang alle möglichen Beiträge über uns ergehen lassen, bis die nächste Nachrichtensendung kam. Die Lage in Sierra Leone war das Hauptthema. „Soeben erhielten wir Meldungen über den Versuch eines Staatsstreichs in Sierra Leone. Einheiten der Streitkräfte meuterten und starteten gleichzeitig Angriffe auf den Flughafen, den Radiosender und das Regierungsgebäude in der Hauptstadt Freetown. Auch liegen unbestätigte Berichte über Morde und Plünderungen in der Hauptstadt vor ..."

Ich kehrte wieder zum örtlichen Sender zurück. Zunächst hörte man eine zerkratzte Aufzeichnung kriegerischer Musik, die ein paar Minuten später von einem Sprecher der Rebellen abgelöst wurde. Er verkündete, die Regierung und „wichtige Einrichtungen" seien bereits in der Hand der Rebellen. Dann rief er die sofortige Ausgangssperre aus, jeder Verstoß werde mit dem Tode bestraft. Er warnte „ausländische Soldaten, sich in die inneren Angelegenheiten der neuen Republik Sierra Leone einzumischen".

Ich versuchte ein gequältes Lächeln. „Damit meinen sie vermutlich mich und die anderen Jungs."

„Was machen wir jetzt?", fragte Layla.

„Erst einmal brauchen wir mehr Informationen darüber, was hier eigentlich los ist. Bis dahin bleiben wir, wo wir sind. Vor Beschuss wären wir wahrscheinlich in der Gebäudemitte am sichersten, aber ich glaube, oben sind wir besser dran, weil wir da sehen können, was vor sich geht. Wenn die Rebellen nämlich beschließen sollten, das Hotel zu stürmen, müssen wir das möglichst frühzeitig wissen, damit wir uns noch rechtzeitig absetzen können." Ich sah sie unverwandt an. „Ich mache mir keine Illusionen über unsere Chancen – besonders deine –, wenn sie uns hier finden."

Wir gingen in die Lobby zurück. Dort hatte sich eine Hand voll anderer Gäste eingefunden, die sich in aller Eile angezogen hatten und nun darüber debattierten, was zu tun sei. Einige plädierten dafür, sofort zum Flughafen aufzubrechen, andere wollten lieber bis Tagesanbruch warten.

Inzwischen war der Hotelinhaber aufgetaucht und lief aufgeregt um die Gruppe herum. Er flehte sie an, nicht in Panik zu geraten und abzuwarten, was der neue Tag bringen würde. Es war schwer auszumachen, ob seine Sorge um sie mehr den Menschen oder den Finanzen galt.

Wir verließen sie und gingen in die Küche, holten uns etwas zu essen und Wasser und gingen in den ersten Stock hinauf. Die Tür zur Ecksuite war geschlossen, doch ich stieß sie auf. Die Fenster dieser Suite gingen nach Süden zur Straße am Strand, wo sich einige Häuser von Ausländern befanden, und nach Osten bis zum Stadtzentrum. Wir zogen die Vorhänge zu bis auf einen kleinen Spalt, durch den wir nach draußen sehen konnten, dann lehnten wir uns zurück, eng aneinander gekauert, beobachteten und warteten. Layla hatte ihren Kopf auf meinen Arm gelegt.

Explosionen erhellten immer wieder die Nacht, und in regelmäßigen Abständen hörte man anhaltende Salven aus Handfeuerwaffen.

Kurz vor Anbruch der Morgendämmerung rasten zwei Fahrzeuge, voll gestopft mit Menschen, aus dem Parkhaus des Hotels den Hügel hinunter. Offenbar hatte sich die Fraktion, die für den Aufbruch zum Flughafen gestimmt hatte, durchgesetzt.

Wir sahen den Rücklichtern der Autos nach, bis sie außer Sichtweite waren. Kurz darauf hörten wir aus der Richtung, in die sie gefahren waren, eine Reihe von Schüssen. Wir schauten uns an, und keiner von uns beiden sagte ein Wort, doch ich spürte, wie Layla lautlos weinte.

Im ersten Tageslicht konnte man eine graue Rauchwolke über der Stadt erkennen. Von unserem Versteck aus sah ich mit dem Fernglas Rebellensoldaten auf der Straße vorpreschen. Die meisten trugen eine Sonnenbrille, T-Shirts und einige Schichten gestohlener Kleidungsstücke über ihren abgetragenen Arbeitsanzügen. Wie die Rebellen, die wir vorher gesehen hatten, trugen auch sie Spiegelstückchen und bunte Plastikfetzen im Haar.

Auf ihrem Weg durch die Straßen durchsuchten sie jedes einzelne Gebäude, indem sie wild hineinballerten. Dann begann die Plünderung. Bald waren die Straßen weiter unten am Hügel von Schutt und Glasscherben übersät.

„Wo sind die Regierungstruppen?“, fragte ich.

„Du wirst es nicht glauben: Sie sind bereits beim letzten Aufstand massenhaft zu den Rebellen übergelaufen. Sie stellen sich immer auf die Seite, von der sie glauben, dass sie gerade gewinnt.“

Von den Fenstern aus, die auf die Straße zum Strand gingen, sah ich, wie die Häuser der Ausländer ausgeräumt wurden. Die libanesischen Händler waren den Plünderern am wehrlosesten ausgesetzt. Wer keine Vorkehrungen getroffen und sich den Schutz der Rebellenführer erkauft hatte, wurde komplett ausgeraubt. Die meisten Leute waren bereits geflohen oder hatten sich versteckt. Die grässlichen Schreie, die wir durch die menschenleeren Straßen hallen hörten, ließen erahnen, welches Schicksal viele andere erlitten.

Um die Mittagszeit begannen die Rebellen auf das Hotel zuzusteuern.

„Los jetzt!“, sagte ich. „Wenn wir bleiben, sind wir erledigt. Lass uns schnell verschwinden.“

„Wohin?“

Ich zuckte die Achseln. „Zum Hochkommissariat.“

Sie warf mir einen zweifelnden Blick zu. „Ich glaube, wir gehen am besten zum Gelände von Medicaid International. Ich werde dort jetzt sowieso gebraucht. Es werden viele Verwundete dort sein. Und wenn die Rebellen auch sonst alles zerstören, dort werden sie bestimmt nichts zerstören."

„Ich wollte, ich hätte dein Vertrauen", erwiderte ich. „Das Hochkommissariat hat gut bewaffnete Wachleute als Schutz. Die Rebellen werden es wahrscheinlich in Ruhe lassen, weil sie kein unmittelbares Eingreifen britischer Soldaten provozieren wollen. Dort dürfte es sehr viel sicherer sein."

„Für dich vielleicht, aber ich muss Medicaid International erreichen. Ich bin Medizinerin, Jack, ich werde dort gebraucht."

Wir rannten zur Hotelhalle hinunter. Dort saß nur noch der Inhaber, der schluchzend die Hände rang. Er ergriff meinen Arm. „Was soll ich nur tun?", fragte er. „Bitte holen Sie Hilfe, holen Sie Soldaten, bevor es zu spät ist."

Vorsichtig befreite ich mich. „Sie sollten jetzt gehen", sagte ich. „Wenn Sie bleiben, sind Sie in großer Gefahr."

„Wenn ich mein Hotel im Stich lasse, wird es zerstört."

„Das kann sein, aber auch wenn Sie bleiben, werden die Rebellen es plündern. Sie müssen jetzt fortgehen, sonst ist Ihr Leben in Gefahr!"

Er wandte sich ab und verschwand in seinem Büro. Kurz darauf hörte ich, wie der Schlüssel umgedreht wurde.

Wir gingen nach unten in die verlassene Küche, nahmen noch Wasser und ein wenig Brot mit, dann schlüpften wir aus der Hintertür des Hotels und rannten über die Zufahrtsstraße zum Strand hinunter.

Schnell liefen wir über die Sandflächen und nutzten dabei die Dünen am Strand als Deckung. Nach etwa 800 Metern warfen wir uns auf den Boden und rangen nach Luft.

„Wir können jetzt noch keine Pause machen", sagte ich, als ich wieder sprechen konnte. Ich griff nach einer Hand voll abgestorbener Palmwedel. „Komm weiter. Wir müssen zum Meer hinunter."

Als wir am Strand ankamen, führte ich Layla noch ein paar hundert Meter weiter. Dann hielt ich wieder an, weil ich fürchtete, meine Lungen würden gleich platzen. Nachdem ich mich vergewissert hatte, dass der Strand hinter uns noch leer war, gab ich Layla das Gewehr und schickte sie voraus in die Dünen. Ich folgte ihr und verwischte dabei mit den Palmwedeln unsere Spuren.

Layla fand ein Versteck, von wo wir eine gute Sicht hatten. Als ich die letzten Spuren verwischt hatte, legte ich mich neben sie. Ich fühlte, wie ihr Herz pochte, doch als sie sich mir zuwandte, klang ihre Stimme gelassen. „Und was jetzt?"

„Wir warten auf den Anbruch der Dunkelheit, dann brechen wir auf."

KAPITEL 9

Den ganzen Tag lagen wir dort. Wir benutzten die Palmwedel als provisorischen Schutz gegen die Sonne. Die Schüsse, die aus der Ferne zu hören waren, die Schreie und Explosionen hörten nicht auf, und die einzige sichtbare Bewegung war der Flügelschlag kreisender Geier.

Am Spätnachmittag kam ein Lastwagen voller Rebellensoldaten langsam von der Zufahrtsstraße den Strand heruntergefahren. Ich sank tiefer in mein Versteck, als er abbremste und anhielt. Vier Rebellen sprangen ab und gingen am Strand auf und ab, dabei sahen sie angestrengt aufs Meer hinaus, dann wieder in die Dünen. Zentimeterweise schob ich das Gewehr nach vorn und entsicherte es vorsichtig.

Ich merkte, wie sich Layla verkrampfte, als einer der Rebellen uns direkt anzustarren schien. „Bleib still", beruhigte ich sie. „Ich bin sicher, dass sie uns nicht sehen können. Beweg dich nicht, sonst verrätst du uns." Ich drückte ihre Hand und spürte ihren Händedruck als Antwort.

Nun fuhren die Soldaten langsam den Strand entlang. Sie drehten den Kopf hin und her und suchten mit ihren Blicken die Dünen ab. Ich erstarrte und wagte kaum zu atmen, als sie auf unserer Höhe ankamen. Noch immer konnte ich die schwachen Spuren erkennen, wo ich unsere Fußstapfen verwischt hatte, also konnte ich nur beten, dass sie vom Strand aus nicht zu sehen waren.

Der Lastwagen wurde langsamer, dann war er außer Sichtweite, doch wir blieben weiter regungslos liegen und lauschten dem verhallenden Motorengeräusch. Dann wurde es wieder lauter, als das Fahrzeug wendete und zurückfuhr.

Wieder tauchte der Lastwagen auf, fuhr noch langsamer und blieb schließlich auf der Höhe unserer Spuren stehen. Wir hörten laute Stimmen, die sich heftig stritten, dann krachte das Getriebe, der Wagen setzte sich erneut in Bewegung und fuhr eilig weiter.

Auch nach Einbruch der Dunkelheit blieben wir, wo wir waren, denn noch immer hörten wir gelegentlich Feuersalven, und der Wind trug das Geräusch von Rufen und brutalem Gelächter zu uns herüber.

„Lass uns gehen. Wir können nicht ewig hier bleiben", schlug Layla gegen Mitternacht vor.

Also verließen wir die Dünen und arbeiteten uns langsam am Rand des Strandes entlang. Wir brauchten dringend Wasser. Mein Plan war,

Wasser aus dem Hotel zu holen, falls es sicher genug war, dann wollten wir uns quer durch die Stadt zum Gelände von Medicaid International durchschlagen. Wenn alles in Ordnung war, sollte Layla dort bleiben, und ich wollte versuchen, allein zum Hochkommissariat durchzukommen.

Langsam bewegten wir uns am Rand der Zufahrtsstraße und blieben dann ein paar Minuten im Schatten hinter dem Hotel liegen. Es brannte kein Licht, alles war ruhig. Nach zehn Minuten schaute ich mich noch einmal prüfend um, dann ergriff ich Laylas Hand und drückte sie. „Okay", sagte ich, „los jetzt."

Wir rannten zur Rückseite des Hotels. Langsam schoben wir uns vor, duckten uns unter den Fenstern, bis wir an die Hintertür kamen. Sie stand einen Spalt offen.

Ich entsicherte mein Gewehr, stieß die Tür vorsichtig mit der Fußspitze auf, wartete und lauschte. Nichts war zu hören, nur ein leises Tröpfeln von Wasser.

Wir schlichen in das dunkle, verlassene Untergeschoss. Alles war geplündert. Die Kücheneinrichtung war mit Gewalt entfernt, sogar Spülbecken und Herd waren herausgerissen und abtransportiert worden. Nur noch kaputte Rohrleitungen und zerbrochene Fliesen waren übrig.

Zunächst stillten wir unseren Durst und füllten unsere Wasserflaschen aus einem tröpfelnden Rohr, dann krochen wir die Treppe zum Erdgeschoss hinauf. Kein Mensch war zu sehen, aber auch dort war alles, was wertvoll war, einer Orgie der Verwüstung zum Opfer gefallen. Als wir durch die Hotelhalle gingen, wo Glasscherben unter unseren Stiefeln knirschten, hörte ich ein leises Geräusch aus dem Büro des Hotelinhabers.

Ich bedeutete Layla, ganz still zu sein, und schlich um den geborstenen Sockel, auf dem noch vor kurzem der Empfangstisch gestanden hatte. An der Tür horchte ich, öffnete sie vorsichtig einen Spalt und stürzte dann ins Zimmer.

In der gegenüberliegenden Ecke saß ein verletzter, blutüberströmter Mann, halb unter einem Haufen zerschlagenen Mobiliars und abgefallenem Putz begraben. Er wiegte sich leicht hin und her und jammerte vor sich hin.

Es war der Hotelinhaber. Er schaute einen Moment zu mir auf und erhob sich dann mühsam. „Meine englischen Freunde, Gott sei Dank, ihr seid zurückgekommen."

Seine Sprache war undeutlich, und als er den Mund öffnete, sah ich im Mondlicht die Stümpfe abgebrochener Zähne.

„Habt ihr Soldaten mitgebracht?“ Sein Lächeln verschwand, als ich den Kopf schüttelte.

„Sind die Rebellen noch hier?“, fragte ich.

Es schauderte ihn, dann schüttelte er den Kopf. „Alle fort. Alles mitgenommen.“

„Sind noch andere Leute hier?“ Wieder schüttelte er den Kopf. „Ich weiß es nicht. Ich weiß es nicht.“

„Haben Sie etwas zu essen?“

„Nichts. Nichts.“

Ich ließ ihn dort sitzen. Wir hasteten durch das gesamte Erdgeschoss und suchten nach Lebensmitteln, doch die Rebellen hatten wirklich alles mitgenommen. In dem verwüsteten Eingang des Hotels hielten wir an und schauten prüfend in die Dunkelheit. Dann traten wir wieder in die Hitze der Nacht hinaus.

Die Straßen waren nahezu menschenleer, und die Hand voll Leute, die wir sahen, waren genauso nervös und verängstigt wie wir und versteckten sich eilig, als sie uns näher kommen sahen. Wir hielten uns möglichst an Nebenstraßen und bewegten uns nur meterweise vorwärts. In regelmäßigen Abständen hielten wir an, um den vor uns liegenden Abschnitt zu überprüfen.

Überall bot sich uns ein Bild der Zerstörung, und in den Rauchgestank mischte sich der Übelkeit erregende Geruch von Blut. Mehrmals mussten wir über Leichen steigen, und außer den Ratten, die an den Früchten des Rebellensieges teilhatten, sahen wir kein Leben.

Die Doppeltüren des Lagerhauses von World Food Programme standen weit offen, und die gesamten Reisvorräte waren aus dem Gebäude verschwunden. Laylas Arbeitsplatz lag ein paar Meter weiter die Straße hinunter. Auch hier waren die Tore des Geländes unbewacht und weit geöffnet. Wir schlichen über den Hof und betraten das verdunkelte Gebäude.

Wir durchsuchten es von einem Ende zum anderen. Es gab keine Hinweise auf einen Kampf, keine Blutflecken, nur ein paar Einschusslöcher. Aber von den Ärzten und Krankenschwestern, die hier gearbeitet hatten, fehlte jede Spur, und das Lager war bis auf das letzte Medikament ausgeräumt.

Layla ließ die Schultern hängen. „Was ist nur mit ihnen passiert?“, fragte sie.

Ich drückte sie an mich. „Es geht ihnen sicher gut“, beruhigte ich sie. „Selbst wenn sie nicht rechtzeitig fliehen konnten, wissen die Rebellen doch genau, wie wertvoll sie als Mediziner und Geiseln sind. Man wird sie bestimmt gut behandeln.“

Sie atmete schwer aus und schaute sich um. „Und was jetzt?"

„Das Hochkommissariat. Hoffentlich ist es nicht auch geplündert."

Nach einem Fußmarsch von etwa zwanzig Minuten erreichten wir eine enge Gasse, die den Hügel hinauf ungefähr in die Richtung führte, die wir einschlagen wollten. Zentimeterweise schoben wir uns die Gasse entlang, machten an der Ecke Halt, horchten und schauten, dann rannten wir schnell über eine breite Straße und tauchten in einer anderen Gasse unter. Da hörte ich plötzlich Rufe und schnelle Schritte.

Wir rannten die Gasse hinauf. Wieder vernahmen wir einen Ruf, gefolgt von einem Schuss. Ich hörte die Kugel pfeifen, dann prallte sie an der Wand ab.

Da kam mir in den Sinn, was man mir als frisch gebackenem Piloten bei einem Überlebenstraining für den Kampfeinsatz eingebläut hatte: „Kugeln laufen an Wänden entlang. Wenn man auf einer Straße in der Falle sitzt und keine Deckung hat, ist es in der Straßenmitte sicherer, als sich flach an die Wand zu drücken."

In der Theorie klang das gut, die Praxis schien mir weniger verlockend. Immer mehr Kugeln pfiffen an uns vorbei. Ich verschwand blitzschnell in einem Hauseingang, rüttelte an der Tür und versuchte, das Geräusch laufender Füße und den Kugelhagel zu ignorieren. Das Holz knirschte, gab endlich nach, dann taumelten wir in einen verlassenen Raum.

Das Geräusch laufender Füße hörte abrupt auf. Einen Augenblick herrschte Stille, dann explodierte eine Handgranate draußen vor der schief hängenden Tür. Die Wucht der Explosion schleuderte uns an die Wand. Nach einer donnernden Erschütterung spürte ich einen versengenden Blitz. Dann schmeckte ich den sauren Geschmack von Chemikalien im Mund.

Wir rappelten uns auf. Die robuste Tür hing nur noch in einem Scharnier und blockierte den Eingang. Sie hatte einen großen Teil der umherfliegenden Splitter abbekommen, die uns sonst zerfetzt hätten. Beide hatten wir Kratzer und Schnitte, waren aber sonst unverletzt.

Trotz des Dröhnens in meinen Ohren vernahm ich wieder das Geräusch laufender Füße. Es gab keinen anderen Weg ins Freie als den Weg durch die Tür.

Ich blickte hoch. Das niedrige Satteldach über uns wurde von geschwärzten alten Balken gestützt, die in der Mitte durchhingen. Wo sie an die Wand stießen, waren sie völlig verschimmelt. Ich konnte nur beten, dass sie unser zusätzliches Gewicht aushalten würden.

Das Fußgetrappel kam näher, war fast schon am Hauseingang. Ich sprang hoch und bekam einen Balken zu fassen. Meine Armmuskeln zitterten von der Anstrengung, als ich mich hinaufzog, dann quetschte ich mich zwischen Balken und Dach. Nun streckte ich die Hand nach unten aus und zog Layla zu mir herauf.

„Leg dich auf die Seite auf den Balken, und rühr dich nicht“, flüsterte ich ihr ins Ohr. Sie nickte. Wir lagen Kopf an Kopf auf dem Balken und hielten uns an den Händen. Kurz darauf wurde das, was von der Tür noch übrig war, eingetreten, und automatische Waffen donnerten los.

Dann hörte die Schießerei auf. Die Wände waren von Einschusslöchern durchsiebt. Es folgte eine Pause, dann bemerkten wir zwei Gestalten, die den Eingang verdunkelten.

Sie feuerten nach oben. Neben uns pfiffen Kugeln durch das Dach. Auch in den Balken, auf dem ich lag, schlugen Kugeln ein, und ich spürte, wie er unter dem Beschuss schwankte.

Die Schießerei schien nicht enden zu wollen. Ich zitterte, wollte vor panischer Angst schreien, betteln, flehen, alles tun, wenn nur das Schießen endlich aufhörte. Plötzlich machten sie eine Pause. Ich hörte Stimmen. Dann verschwanden die schwarzen Schatten aus dem Hauseingang. Ich bezwang das Bedürfnis, nach unten zu schauen.

Im nächsten Augenblick donnerte eine weitere Handgranate unter uns los. Ich hörte es rumpeln, als ein Teil der Rückwand einstürzte. Der Balken, auf dem wir lagen, drehte sich, und wir krachten zusammen mit Mauerwerk und Holz auf den Boden. Der Aufprall verschlug mir den Atem, und ich blieb hilflos liegen, während Steinbrocken und Fliesentrümmer auf mich niederprasselten.

Ich vernahm rohes Gelächter. Ein paar Momente später hörte ich, wie sich die Schritte die Gasse hinauf entfernten.

Das Dröhnen in meinen Ohren ließ allmählich nach, und es gelang mir, den Kopf ein wenig zu heben. Ich zwängte meinen rechten Arm durch den bleischweren Schutt und begann, an dem Berg, der auf mir lastete, zu graben. Nach ein paar Minuten anstrengender Arbeit konnte ich mich endlich befreien. Augen und Mund waren voller Staub, ich hatte Schnittwunden und Abschürfungen, aber ich lebte.

Vergeblich suchte ich nach Layla und geriet in Panik, als mir klar wurde, dass sie unter dem Schutt begraben lag. Dann entdeckte ich einen Fuß, der aus dem Trümmerberg ragte. Ich schob den Schutt beiseite, bis ich den Balken fand, der quer über ihrer Brust lag.

Ich grub und schob Steine und Schutt von Laylas Kopf, dann blickte ich ihr plötzlich in die Augen. Sie waren rot gerändert und staubverschmiert, und aus vielen Schnittwunden sickerte Blut über ihr Gesicht. Sie zitterte vor Angst.

„Bist du schwer verletzt?", fragte ich.

„Ich – ich glaube nicht. Ich habe ... nur große Angst..." Ihre Stimme versagte.

„Kannst du die Beine bewegen? Den Körper? Den Brustkorb?"

Jedes Mal zögerte sie zuerst, dann nickte sie kaum wahrnehmbar. Ich tastete nach der Unterseite des Balkens und fuhr mit der Hand daran entlang. Zwischen ihrem Körper und dem Balken waren höchstens ein paar Millimeter Platz.

Das Gebäude war fast vollständig eingestürzt. Wir lagen unter freiem Himmel im Schein der Sterne und des untergehenden Mondes.

Ich wandte mich wieder an Layla. „Ich kann den Balken nicht bewegen, er ist zu schwer. Aber ich werde versuchen, dich darunter hervorzuziehen."

Das untere Ende des Balkens lag unter einem Haufen Steine am Boden verkeilt. Das obere Ende balancierte gefährlich auf einem Berg Schuttmaterial. Ich stopfte Steinbrocken und Holzstücke darunter und befestigte es, so gut es ging. Als ich sicher war, dass sich der Balken nicht verschieben würde, begann ich, den Schutt von Laylas Körper zu räumen.

Mit ängstlichem Gesicht sah Layla mich an. Ich beugte mich über sie und küsste sie auf die Stirn. „Das wird schon. Du schaffst es."

Ich zog vorsichtig an ihrem Oberarm, während sie sich hin und her wand. Mit jeder Bewegung lösten sich kleine Lawinen aus Staub und Steinbröckchen. Ängstlich beobachtete ich den Balken über ihr. Beine und Hüften konnte sie freibekommen, doch ihr Oberkörper steckte noch immer unter dem Balken fest. „Ich komme einfach nicht weiter", klagte sie.

Nun umklammerte ich ihre Knöchel. „Ich werde dich jetzt herausziehen." Im fahlen Mondlicht wirkte ihr Gesicht unter dem Schmutz leichenblass. Ich begann zu ziehen, dabei vergrößerte ich den Druck auf ihre Beine ständig. Sie bewegte sich ein wenig in meine Richtung, dann steckte sie wieder fest. Sie biss sich auf die Lippen, um einen Schmerzensschrei zu unterdrücken. Ich ließ ihre Beine los. „Das bringt nichts. Du steckst total fest. Ich werde wohl den Balken ein kleines Stück hochhebeln müssen."

Sie schwieg, doch dann hörte ich sie zustimmend murmeln.

Also kletterte ich über den Schutt zu der Stelle, wo einmal die Vorderseite des Hauses gewesen war. Eine Seite des Eingangs stand noch, der Rest war eingestürzt. Ich schaute auf die Gasse hinaus. Kein Mensch war zu sehen und kein Laut zu hören.

Entschlossen ergriff ich den dicken Pfosten, der als senkrechter Türpfosten gedient hatte, und zerrte ihn hin und her. Staub und Mörtel fielen von ihm ab, doch mit jedem Ruck konnte ich ihn ein wenig mehr lockern. Endlich gelang es mir, das Holz herauszuziehen. Ich schleppte es zu dem Schutthaufen, unter dem Layla lag.

Nun zwängte ich den Pfosten unter den Balken, so dicht wie möglich an Laylas Kopf. „Wenn du merkst, dass er sich hebt", sagte ich, „nichts wie raus! Kämpf um dein Leben! Fertig?"

Mit aller Kraft warf ich mich auf das eine Ende des Pfostens. Es knirschte, und einen Augenblick lang passierte gar nichts. Ich verdoppelte meine Anstrengung. Das Blut pochte mir in den Schläfen, und die Venen an meinen Armen traten hervor. Dann knarrte es, Staub und Steinchen prasselten auf die Erde, und der Balken hob sich zwei oder drei Zentimeter. „Jetzt, jetzt!"

Sie stieß mit aller Kraft mit den Beinen, und ihr Kopf verschwand unter dem Balken, als sie sich darunter durchquetschte. Noch einmal knirschte der Pfosten, dann zersplitterte er mit einem Knall. Der Balken krachte nach unten, und der Schuttberg stürzte unter seinem Gewicht zusammen. Ich zwang mich, auf die andere Seite des Balkens zu schauen. Laylas Kopf war nur zwei bis drei Zentimeter von dem Balken entfernt. Sie rollte sich herum und stand dann mühsam auf.

„Gott sei Dank", seufzte ich. Ich riss sie an mich und küsste sie und ließ sie nicht mehr los. Unsere Tränen hinterließen helle Spuren auf unseren staubverschmierten Wangen.

Sie erwiderte meinen Kuss, dann löste sie sich aus meinen Armen und begann behutsam ihre Rippen abzutasten.

„Irgendetwas gebrochen?"

„Ich glaube nicht."

Der Himmel war noch dunkel, doch schon zeigte sich die erste leichte Röte am östlichen Horizont. „Wir müssen weiter", sagte ich. „Bald ist Tagesanbruch, und wenn man uns auf der Straße erwischt ..."

Dicht an die Mauer gedrückt, bewegten wir uns durch die verlassene Gasse. Vor jeder Straßenkreuzung hielten wir an, dann hasteten wir weiter den Hügel hinauf und nutzten dabei jede Deckung.

Als wir uns der Kreuzung mit der nach Osten verlaufenden Hauptstraße näherten, legten wir uns flach auf den Boden und krochen auf allen vieren weiter, dann machten wir eine Pause hinter dem Schuttberg einer eingestürzten Ladenfront am Straßenrand. Aus der Richtung des Flughafens konnte man das Knallen und Pfeifen von Handfeuerwaffen und das Donnern schwerer Waffen hören.

Laylas Gesicht verdüsterte sich. Ich drückte ihren Arm. „Das macht doch etwas Hoffnung. Es zeigt, dass man den Rebellen noch Widerstand leistet." Mein Blick fiel auf zwei Gebilde, die sich über dem Flughafen vom Himmel abhoben, und ich hörte das ferne Heulen von Triebwerken. „Die Rebellen haben keine Flugzeuge für Angriffe aus der Luft", murmelte ich nachdenklich. „Vielleicht sind die Nigerianer gerade dabei einzugreifen."

Durch ein Gewirr von Holztrümmern konnte ich einen Menschenstrom auf der Straße sehen. Es waren unbewaffnete Zivilisten, die sich anscheinend ohne Plan und Ziel auf den Weg gemacht hatten. Falls sie vor dem Kampf flohen, flüchteten sie in verschiedene Richtungen, denn zu den Bergen waren ebenso viele Menschen unterwegs wie ins Stadtzentrum.

Alte Männer, Frauen und Kinder trotteten an uns vorbei. Jugendliche oder junge Männer und Frauen waren nicht darunter. Ich konnte mir denken, was mit ihnen passiert war.

Als die letzten Flüchtlinge außer Sicht waren, überquerten wir die Straße. Mit jeder Minute wurde der Himmel heller, deshalb mussten wir uns beeilen. Wir hofften, weder auf Patrouillen der Rebellen noch auf Straßensperren zu stoßen.

Nun arbeiteten wir uns den Hügel hinauf, dabei zuckten wir beim kleinsten Geräusch zusammen. Fast weinte ich vor Erleichterung, als ich endlich die grellweiße Beleuchtung über den Toren des Hochkommissariats erblickte.

Noch lagen etwa hundert Meter Weg über offenes Gelände vor uns. Sorgfältig schaute ich mich um, bevor wir über die Straße rannten. Das Geräusch unserer Schritte dröhnte im Halbdunkel wie Donnerhall.

Das Hochkommissariat war ein Blockhaus aus Beton, geschützt von Toren mit Stahlgittern und einer fast drei Meter hohen Mauer mit einem Verhau aus Stacheldraht.

Die Tore waren verriegelt, die Tür des Wachhäuschens dahinter geschlossen. Hinter den kugelsicheren Fenstern konnte ich die Umrisse einer Gestalt erkennen, außerdem hörte ich gedämpfte Musik. Ich rief leise. Keine Antwort. Wieder schaute ich mich um, dann rüttelte ich am Tor. Das metallische Rasseln erschien mir ohrenbetäubend, doch noch immer schaute der Mann nicht auf.

Unten am Hügel hörte ich das Geräusch eines Motors. Ich wühlte hektisch im Staub, bis ich endlich einen Erdklumpen zu fassen bekam, den ich durch das Tor ans Fenster warf. Es gab einen dumpfen Schlag, und der Wachmann starrte uns mit missbilligendem Kopfschütteln an.

Er öffnete die Tür und hielt sein Gewehr locker in der rechten Hand. „Was wollt ihr?“

Mich verließ der Mut. Was wir jetzt brauchten, war ein ausgebildeter britischer Soldat, nicht irgendein einheimischer Rekrut.

„Wir sind britische Staatsbürger und möchten mit dem Hochkommissar sprechen.“

Er schüttelte den Kopf. „Ich habe Order, niemanden reinzulassen.“

Ich hörte das Motorengeräusch hinter uns lauter werden. „Dann bringen Sie sofort Ihren Vorgesetzten hierher“, sagte ich.

„Er schläft.“

„Es geht aber um Leben und Tod. Wecken Sie ihn.“

„Wenn ich das tue, kriege ich Ärger“, wandte er unerbittlich ein.

Das Motorengeräusch wurde noch lauter. Für eine weitere Diskussion blieb keine Zeit. Ich schwenkte das Gewehr herum und richtete es auf ihn. „Wenn Sie es nicht tun, sind Sie ein toter Mann. Jetzt lassen Sie die Knarre fallen, und gehen Sie zum Tor.“

Er legte das Gewehr hin und bewegte sich langsam auf das Tor zu. Auf seiner Stirn glänzte Schweiß. Scheinwerferlicht beleuchtete den Himmel hinter uns, und das Motorengeräusch verstärkte sich.

„Schneller!“, befahl ich. „Los, öffnen Sie das Tor!“

Er öffnete den Mund, um mir zu widersprechen, doch ich stieß ihm den Gewehrlauf zwischen die Rippen. Er trat neben das Tor und drückte auf einen Knopf. Ein Elektromotor heulte auf, dann glitten die schweren Stahltorflügel langsam auseinander.

Kaum war die Lücke groß genug für uns, zwängten wir uns durch. „Jetzt wieder schließen.“

Erneut drückte er auf den Knopf. Gerade als sich die Torflügel wieder schlossen, fuhr das Fahrzeug, das ich gehört hatte, über die Hügelkuppe hinter uns. Schlingernd kam es zum Stehen. Rufe ertönten, und eine Gewehrsalve wurde abgefeuert, sodass wir schnellstens Deckung hinter dem Wachhaus suchten. Die meisten Kugeln prallten von dem Stahlgitter ab, doch eine schlug in das kugelsichere Glas des Fensters ein. Nach einer weiteren Salve hörte ich den Pick-up davonfahren.

Wieder stupste ich den Wachmann mit dem Gewehrlauf. „Nun holen Sie schon Ihren Vorgesetzten“, sagte ich.

Wir folgten ihm ins Wachhaus. Er nahm den Telefonhörer und wählte eine Nummer, den Blick stets auf die Mündung meines Gewehrs gerichtet. Ich hörte eine schlaftrunkene Stimme eine Antwort geben, dann stammelte der Wachmann eine Erklärung. „Ich werde am Tor von Bewaffneten festgehalten“, sagte er.

„Von britischen Bewaffneten!“, brüllte ich.

Einen Augenblick später begann eine Sirene aufzuheulen. Sekunden vergingen, ohne dass sich in dem Gebäude etwas rührte. Dann schwang plötzlich die Tür des Hochkommissariats auf. Gleichzeitig sah ich schnelle Bewegungen an beiden Seiten des Gebäudes, bewaffnete Soldaten rannten heraus und gingen sofort in Deckung.

Ich hatte keine große Lust, von britischen Soldaten erschossen zu werden, deshalb sorgte ich dafür, dass ich durch die gepanzerten Fenster des Wachhauses gut zu sehen war, als ich das Gewehr weit vom Körper entfernt hielt und dann fallen ließ. Danach hob ich die Hände über den Kopf, Layla ebenfalls.

Eine Stimme brüllte uns aus der Dunkelheit an. „Fünf Schritte nach vorn treten. Jetzt runter! Auf den Boden!“

Ich legte mich mit gespreizten Armen und Beinen in den Staub und hörte, wie sich Layla neben mich fallen ließ. Dann vernahm ich das Geräusch schneller Schritte, meine Arme wurden gepackt und hinter dem Rücken nach oben gerissen. Vor Schmerz zuckte ich zusammen, als mir die Kabelbinder in die Handgelenke schnitten. Dann zog man mich hoch.

„Wer seid ihr?“

„Jack Griffith. Hubschrauberpilot bei der Schutztruppe SeCu.“

„Und die Frau?”

Layla gab selbst die Antwort. „Layla Edwards. Ärztin bei Medicaid International.“

„Wir wurden vor ein paar Tagen im Landesinnern abgeschossen“, erläuterte ich. „Wir haben es gerade noch rechtzeitig nach Freetown geschafft, um in die Wirren des Staatsstreichs verwickelt zu werden.“

„War wohl nicht gerade Ihre Glückswoche, was? Also gut, Ihre Ausweise!“ Seine Stimme klang schon freundlicher.

Ich deutete mit dem Kopf auf meine Tasche. Einer der Soldaten zog unsere Dokumente heraus und reichte sie seinem Chef. Er kontrollierte sie.

„Okay“, sagte er. „Bringt sie rein.“ Schnell wurden wir durch den Haupteingang in das Gebäude gebracht. „Sie können die Fesseln abnehmen.“

Sobald sie weg waren, rieb ich mir erst mal die Handgelenke, bis das Gefühl wieder in meine Hände zurückkehrte.

Man führte uns in ein Zimmer. Kurz darauf kam ein Attaché herein. Ich ergriff seine ausgestreckte Hand. „Schön, dass Sie’s geschafft haben“, sagte er. „Wir hatten uns schon Sorgen um Sie gemacht.“

In groben Zügen erzählte ich, was wir erlebt hatten. Als ich schwieg, rümpfte er die Nase. „Also, so wie Sie aussehen, brauchen Sie eine Dusche, saubere Kleidung, etwas zu essen und einen anständigen Drink. Machen Sie sich frisch, dann lasse ich Sie ins Kasino bringen. Dort werden Sie auch jemanden treffen, der sich noch mehr als ich freuen wird, Sie zu sehen." Er war hinausgegangen, bevor ich fragen konnte, wen er meinte.

Ich blieb lange unter der Dusche und seifte mir Schmutz und Schweiß vom Körper. Ich war von Schnittwunden, Abschürfungen und Insektenstichen übersät, die sich zum Teil bereits entzündet hatten, aber es hätte schlimmer sein können. Als ich fertig war, zog ich mir saubere Kleidung an – nicht meine eigene, aber ungefähr die richtige Größe – und folgte einem Soldaten ins Kasino.

Als ich eintrat, sprang Grizz auf und zermalmte mir mit seiner Umarmung fast die Rippen. „Ich hätte nicht gedacht, dich wiederzusehen", sagte er. „Entweder bist du ein militärisches Genie oder der größte Glückspilz auf Erden."

„Du musst aber auch verdammtes Schwein gehabt haben", meinte ich.

Er zuckte die Schultern. „Diese Rebellen sind mutig, aber es sind keine Soldaten. Ich habe einfach geschossen und bin weitergegangen. Schließlich hat ihr Anführer die Sache abgeblasen. Ich hatte wahrscheinlich dieselbe Idee wie du – mich nach Freetown und nicht nach Bohara durchzuschlagen. Glücklicherweise konnte ich mir von ein paar Rebellen, die mir auf der Straße in die Quere kamen" – er hielt inne und lächelte –, „einen Kleinlaster borgen. Sie sahen sowieso nicht so aus, als hätten sie noch Verwendung dafür. Ich war hier oben und wartete auf Anweisungen vom Hauptquartier, als der Putsch begann."

Er brach ab, als Layla hereinkam, und umarmte sie. „Wie schön, dich zu sehen", sagte er. „Jetzt esst ihr beide erst einmal, und ich rede. So sieht es im Moment aus." Er setzte ein bitteres Lächeln auf. „Wie ihr sicher schon gemerkt habt, geht es in der Stadt drunter und drüber – keine Polizei, keine Armee, keiner, der etwas zu sagen hat. Die Nigerianer halten die Kontrolle über den Flughafen und haben anscheinend einen Vorstoß in Richtung Stadt gestartet, aber wenn die Rebellen tatsächlich Widerstand leisten, mache ich mir über die Kampfbegeisterung der Nigerianer keine allzu großen Illusionen."

„Glaubst du, die Rebellen tun das?"

„Schwer zu sagen. Normalerweise nehmen sie alles, was nicht niet- und nagelfest ist, und verziehen sich dann in die Berge. Dorthin werden sie die Nigerianer nicht verfolgen. Die Rebellen überlassen ihnen womöglich zunächst einmal Freetown, denn eigentlich wollen sie nur die Diamantenminen. Wir haben auf jeden Fall drei Aufgaben: sicherzustellen, dass die derzeitige Regierung an der Macht bleibt, und wenn möglich, gegebenenfalls – aber nur, wenn es notwendig ist – europäische Arbeiter zu evakuieren und die Diamantenminen zu halten, koste es, was es wolle." Er lächelte säuerlich. „Nicht unbedingt in dieser Reihenfolge. Unsere erste Aufgabe ist es, so viel Munition nach Bohara zu fliegen, wie wir laden können. Die Garnison hält den Angriffen im Moment noch stand, aber sobald die Rebellen mit der Plünderung der Hauptstadt fertig sind, ist damit zu rechnen, dass sie einen massiven Angriff auf die Minen starten. Wir müssen vor Ort sein und bei der Abwehr helfen oder unsere Jungs ausfliegen, bevor sie aufgerieben werden."

Ich warf einen Blick auf Layla. „Was ist mit den Leuten von Medicaid?"

Grizz zuckte die Achseln. „Bis jetzt gibt es noch keine Spur und auch keine Lösegeldforderung."

Layla sagte nichts, aber ich sah ihren Gesichtsausdruck, als sie sich abwandte.

„Versuch dir keine Sorgen zu machen", sagte ich zu ihr. „Ich habe dir ja schon gesagt, man wird ihnen nichts tun. Sie sind viel zu wertvoll für die Rebellen."

„Auf jeden Fall", fuhr Grizz fort, „sitzen die Jungs in Bohara ganz schön in der Scheiße. Vorräte und Munition gehen allmählich aus, und sie werden ziemlich heftig von den Rebellen bedrängt. Aber jetzt, wo wir euch wiederhaben, werden wir ihnen zu Hilfe eilen. Es gibt nur ein Problem. Die Regierung Ihrer Majestät hat große Angst davor, dass man ihr nachsagen könnte, sie unterstütze uns. Das heißt im Klartext, obwohl man uns hier so freundlich begrüßt hat, werden sie uns weder Helikopter noch schwere Waffen zur Verfügung stellen. Diesmal werden sie noch nicht mal wegschauen, wenn wir sie uns anderswo besorgen."

„Was können wir also tun?", fragte ich. „Der Hubschrauber liegt in Einzelteilen im Regenwald."

Er schüttelte den Kopf. „Einen gibt es noch."

Ich starrte ihn einen Augenblick an, dann schüttelte ich den Kopf. „Oh nein, sag bloß nicht, du denkst an das Wrack in Camp 17."

Er nickte. „Genau."

„Den kriegen wir nie in die Luft."

„Das müssen wir aber, verdammt noch mal! Was bleibt uns anderes übrig? Die Rebellen haben Bohara schwer unter Beschuss. Wir müssen unsere Jungs ein bisschen unterstützen."

Ich schaute mich um. Layla saß am anderen Ende des Tischs und trank eine Tasse Kaffee, als sei es das Schönste, das sie je probiert hatte. „Was ist mit Layla?", erkundigte ich mich.

„Sie kommt natürlich mit. Es gibt Verwundete in Bohara."

„Nein!" Ich schrie beinahe.

„Am Anfang hast du dich aber gefreut, dass sie mitkam", bemerkte Grizz spitz.

„Das war etwas anderes."

„Ich glaube, ich habe da auch noch ein Wörtchen mitzureden", meldete sich Layla. Sie war am Tisch entlanggegangen und stand nun unmittelbar hinter mir. „Ich gehe mit euch nach Bohara zurück."

„Das ist zu riskant, Layla!", gab ich zu bedenken.

Sie lächelte. „Gefährlicher als das, was wir hinter uns haben?"

„Aber das mussten wir tun. Das hier nicht."

„Ich bin Ärztin, Jack. Natürlich muss ich."

„Aber du kannst doch nicht –", setzte ich an.

Ihre Augen blitzten. „Glaub nicht, dass du mir zu sagen hast, was ich kann und was nicht. Ich mache meine Arbeit genauso wie du die deine. Ich gehe mit euch nach Bohara. Schluss. Aus."

Ich wollte weiterstreiten, aber ihr Gesichtsausdruck zeigte mir, dass ich nur meine Zeit verschwenden würde. „Und wie kommen wir überhaupt ohne Fahrzeug zu Camp 17?", fragte ich, wieder an Grizz gewandt.

„Wir haben doch meinen geborgten Kleinlaster."

„Und was ist mit Waffen?"

Er zwinkerte und berührte seine Nase. „Der Hochkommissar steht uns nicht ablehnend gegenüber. Offiziell kann er natürlich nichts tun. Aber die Garnison hier ist mir noch ein paar Gefälligkeiten schuldig."

„Und was ist mit Ersatzteilen für den Hubschrauber?"

„Wir verwenden, was wir haben. Was wir nicht haben, müssen wir erfinden."

„Und wann brechen wir auf?"

„Sobald wir fertig sind", sagte er. „Ich will nur noch schnell den letzten Lagebericht holen und im Hauptquartier wegen der neuesten Meldungen anrufen, dann sind wir auch schon auf dem Weg."

Ein paar Minuten später kam er zurück. „Die Nigerianer haben ihren Vorstoß nach ein paar Kilometern aufgegeben", berichtete er. „Sie sind bei den ersten Anzeichen von Widerstand umgekehrt. Da gibt's also keine Überraschungen. Das Hauptquartier schätzt, dass sie nur den Flughafen halten wollen und ansonsten die weitere Entwicklung abwarten werden."

Er ging vor uns her zum Gelände hinter dem Hochkommissariat. Dort war ein ramponierter Kleinlaster geparkt. Beiderseits des Überrollbügels waren zwei Maschinengewehre aufmontiert. „Gut", sagte er. „Layla fährt. Wir beide kümmern uns um die MGs. Hast du mit so etwas schon einmal geschossen?"

Ich schüttelte den Kopf.

„Mit etwas Glück reicht schon die Drohung. Aber wenn wir auf Straßensperren treffen und die üblichen Zigaretten und Schmiergelder nicht reichen, feuerst du ganz kurze Salven ab. Das spart Munition und hält dich davon ab, auf die Baumwipfel statt auf die Rebellen zu schießen."

Ich half ihm, Treibstoff, Wasser und Verpflegung aufzuladen, dann stopften wir ein paar Stangen Zigaretten unter das Armaturenbrett. Schließlich stiegen wir hinten ein, und Layla warf den Motor an.

KAPITEL 10

In einer Staubwolke schossen wir aus dem Tor, und ich musste mich an dem Überrollbügel festhalten, als wir die Straße entlangholperten. Es war früh am Morgen, und die meisten Rebellen erholten sich zweifellos noch von ihren Plünderungen und schliefen den Rausch der vorhergehenden Nacht aus.

Wir rasten durch die Vororte der Stadt, dabei manövrierte Layla das Fahrzeug geschickt um Schuttberge, verlassene Fahrzeuge und die Überreste von Barrikaden. Doch als wir in die Straße zu den Bergen einbogen, trafen wir auf eine von acht Soldaten bewachte Straßensperre.

Grizz riss den Lauf seines Maschinengewehrs herum, um sie in Schach zu halten. Ich tat dasselbe, dabei behielt ich insbesondere einen Mann mit einer Panzerfaust im Auge. „Regierungssoldaten oder Rebellen?", fragte ich.

„Wer weiß", antwortete Grizz. „Sie sehen eher nach Regierungsleuten aus, aber das macht nicht notwendigerweise einen Unterschied." Er krümmte den Zeigefinger der rechten Hand um den Abzug seiner Waffe, und in einer freundschaftlichen Geste hob er die andere Hand mit der Handfläche nach außen.

Layla zog eine Stange Zigaretten heraus und hielt sie aus dem Fenster. Einer der Soldaten nahm sie ihr ab. Sie verteilten die Zigaretten, machten aber keine Anstalten, die Sperre zu beseitigen.

„Wohin wollt ihr?“, fragte der Anführer.

„Nur in die Berge. Wir wollen dort Lebensmittel kaufen.“

„Nicht nach Bohara?“

„Sehen Sie doch selbst, wir haben nichts außer Wasser und ein bisschen Benzin dabei.“

Die Soldaten diskutierten heftig, wobei sie immer wieder die Maschinengewehre anstarrten. Schließlich zuckte der Anführer die Schultern. „Zwanzig Dollar, und ihr könnt durch.“

„Wir haben nur Leones“, log Grizz.

Der Anführer bedeutete einem seiner Soldaten vorzutreten, und Grizz gab ihm ein Bündel zerknitterter Banknoten. Er zählte sie, dann machte er eine Kopfbewegung zu seinen Leuten, und sie begannen die Barrikade abzubauen.

Wir fuhren mit knirschenden Reifen den Berg hinauf, bogen von der Hauptstraße ab und folgten einem gewundenen Pfad durch den Wald. Als wir uns dem Camp näherten, waren wir in höchster Alarmbereitschaft, doch uns bot sich noch immer das bekannte Bild: Teilnahmslose Soldaten lagen hingeflegelt im Staub an den brandgeschwärzten Gebäuden. Als sie uns näher kommen hörten, sprangen sie auf und schulterten ihre Waffen, doch sobald sie Grizz und eine weitere Stange Zigaretten sahen, öffneten sie die Tore.

Wir fuhren auf das Gelände zu dem rostenden Helikopter hinüber. Layla und ich zogen das verstaubte Tarnnetz herunter, während Grizz in der Nissenhütte verschwand und Ersatzteile, Werkzeug und einen Haufen Metallschrott – so sah es jedenfalls aus – herausholte.

Ich überprüfte den Hubschrauber und schüttelte den Kopf. „Den kriegen wir nie hin!“

Grizz schwenkte eine Rolle Metallband. „Es gibt nichts, was man damit nicht reparieren könnte.“

Ich kontrollierte das Äußere des Hubschraubers, während Grizz an den Turbinen arbeitete. Dann machte ich mich daran, Aluminiumprofile über die schlimmsten Löcher in den Kabinenwänden zu schrauben.

Es dauerte vier Stunden, bis Grizz mit den Triebwerken zufrieden war. Wir machten eine Pause, aßen einen Bissen und tranken etwas, dann absolvierte ich die Cockpitkontrollen, während Grizz die Maschinengewehre aus dem Kleinlaster holte, Halterungen, die er provisorisch aus Schrott zusammengebaut hatte, am Türrahmen des Hubschraubers anbrachte und die MGs mit Unmengen von Klebeband daran befestigte.

Dann winkte er mir, und ich folgte ihm in die Nissenhütte. Zusammen zerrten wir einen Raketenwerfer aus der Hütte und brachten ihn unter der Nase des Cockpits in Position. Ich versuchte, die Erinnerung daran zu verdrängen, was geschehen war, als ich das letzte Mal eine Rakete während eines Einsatzes abgefeuert hatte, doch der Gedanke ließ mich nicht los.

Als er sicher angebracht war, verband Grizz ein Zündkabel mit dem Auslöser am Rotorblattverstellhebel und befestigte es mit Klebeband.

Ich half Grizz beim Beladen der Raketenwerfer, dann tankten wir die größtmögliche Menge Benzin und luden Munition für die MGs. Als wir fertig waren, sah der Helikopter aus, als habe man ihn aus Metallschrott und Teilen aus dem Metallbaukasten zusammengebastelt und dann mit Klebeband umwickelt.

Ich führte die Vorflugkontrollen aus, dann drückte ich auf den Anlasser. Das Triebwerk stotterte und heulte wie eine alte Klapperkiste an einem frostigen Morgen. Dann hustete es, stieß eine schwarze Rauchwolke aus und erstarb. Ich tauschte einen Blick mit Grizz, dann versuchte ich es noch einmal. Wieder stockte das Triebwerk, stotterte, aber es sprang an. Jetzt versuchte ich es mit dem anderen. Es heulte auf, als es ebenfalls zündete. Grizz gab mir zu verstehen, dass alles in Ordnung war, und rannte zur Kabine. Was die Mechanik betraf, schien der Hubschrauber erstaunlich gut in Schuss zu sein. Ich ließ die Triebwerke fünf Minuten lang im Leerlauf, während ich die Anzeigen kontrollierte und auf Warnsignale achtete.

Ich sah kurz zu Layla im Kopilotensitz hinüber. Ihr Gesichtsausdruck war entspannt, doch ihre weiß hervortretenden Knöchel und die Art, wie sie die Lippen zwischen die Zähne zog, verrieten ihre Nervosität.

Schnell streckte ich meine behandschuhte Hand zu ihr hinüber und drückte ihren Arm, dann brachte ich den Drehgriff auf volle Leistung. Ich zog den Blattverstellhebel, schob den Steuerknüppel langsam nach vorn, trat auf das Pedal, und wir flogen im Bogen nach Osten.

Die Huey sprach träge auf die Steuerung an, aber das war kaum anders zu erwarten. Sogar durch meinen Helm hörte ich den ohrenbetäubenden Lärm, als der Sog durch die Kugellöcher im Rumpf pfiff und die Vibrationen von Metall auf Metall eine wahre Kakophonie verursachten.

Bei unserem Flug über die Außenbezirke der Hauptstadt trafen wir nur gelegentlich auf Bodenfeuer. Ich sah hinunter. Noch immer stieg aus Dutzenden von Bränden Rauch auf. In Zickzacklinien fuhren Fahrzeuge in beide Richtungen. Leere Lastwagen und Pick-ups waren auf dem Weg in die Stadt, und schwer beladene Fahrzeuge fuhren in die Berge im Osten.

Die Straße vom Flughafen wies deutliche Spuren der vergangenen Kämpfe auf. Die Oberfläche war geschwärzt und zum Teil von Fahrzeugwracks blockiert. Noch immer lagen um die Fahrzeuge Leichen herum.

Die beiden Hawk-Jets, die ich am Abend zuvor im Einsatz gesehen hatte, standen auf dem betonierten Platz am anderen Ende des Flugfeldes, in der Nähe mehrerer nigerianischer Militärtransporter, aus denen gerade Versorgungsgüter ausgeladen wurden. Ein paar Grüppchen Soldaten hatten sich an der Umzäunung eingegraben, und in der Nähe der Ankunftshalle liefen zahlreiche Soldaten umher.

Ich ließ den Helikopter bis zum allerletzten Moment in großer Höhe fliegen, dann ging ich mitten über dem Flugfeld in einen steilen Sinkflug über und landete sicher.

Wir kletterten aus der Huey und folgten Grizz zum Hauptgebäude. Eine Gruppe nigerianischer Offiziere hatte die Büros der Flughafenverwaltung für ihre eigenen Zwecke beschlagnahmt.

Grizz stellte sich dem leitenden Offizier vor, einer stämmigen Gestalt im Kampfanzug mit der unvermeidlichen Sonnenbrille mit Spiegelgläsern.

„Wie ist die Lage hier, Major?“, erkundigte sich Grizz.

„Wir haben das Flugfeld abgesichert“, antwortete er. „Und wenn wir bereit sind, rücken wir nach Freetown vor und drängen die Rebellen in die Berge zurück.“

Wir gingen zu dem kleinen, mit Stacheldraht eingezäunten Gelände hinüber, das SeCu auf dem Flughafen zur Verfügung stand. Einige der für die Bewachung abgestellten Soldaten aus Sierra Leone waren noch dort, doch schien die Anwesenheit der Nigerianer sie einzuschüchtern.

In diesem Bereich waren keine Spuren von Kämpfen zu sehen, aber es hatte wohl einen ernsthaften Versuch gegeben, die Schlösser an den Stahltoren der Vorratsbunker zu knacken. In einem Fall war der Versuch offensichtlich geglückt. Die Türen hingen schief in den Angeln, und der Bunker war komplett ausgeräumt.

„Die Rebellen?“, mutmaßte ich.

Grizz schüttelte den Kopf. „Die haben sich noch nie über den Flughafenzaun getraut. Das waren wohl eher unsere Retter hier.“

Er schlenderte zu den Nigerianern hinüber und sprach mit ihnen. Alle schüttelten den Kopf oder zuckten die Schultern.

Dann führte Grizz die Soldaten von Sierra Leone beiseite und sprach mit ihnen. Ich konnte nicht hören, was sie sagten, aber ihre Körpersprache ließ erkennen, dass ihnen unbehaglich zumute war. Sie wandten das Gesicht von Grizz' forschenden Augen ab und schauten nur auf, wenn sie den Nigerianern nervöse Blicke zuwarfen.

Grizz deutete mit dem Finger Richtung Freetown. „Wollt ihr weiter für uns arbeiten? Oder wollt ihr lieber da draußen euer Glück versuchen?"

Ein paar Männer zögerten, dann murmelten sie eine Antwort. Grizz kam zu uns zurück. „Kommt jetzt."

Wir gingen zum Verwaltungsgebäude zurück. Der nigerianische Offizier machte keinen Versuch, seine Ungeduld zu verbergen, als Grizz seine Beschwerde vorbrachte. „Man hat aus einem unserer Bunker Granaten, Gewehre und Munition geklaut."

„Und was geht mich das an?"

„Es waren Ihre Leute."

„Sie wagen es, meine Männer zu beschuldigen? Haben Sie Beweise?"

„Das Wort der Soldaten, die wir für die Bewachung bezahlen." Er machte eine Pause. „Wenn wir die Waffen nicht zurückbekommen, werden sie an die Rebellen verkauft, die in Freetown geraubt, vergewaltigt und gemordet haben, während Ihre Leute hier sitzen und nichts tun. Sind Sie zum Schutz der Menschen hier, oder warten Sie, bis die Rebellen abziehen, damit Sie und Ihre Leute sich nehmen können, was noch übrig ist?"

Der Nigerianer kam hinter seinem Schreibtisch hervor und stellte sich dicht vor Grizz. „Wir sind Afrikaner." Er bohrte Grizz seinen dicken Daumen in die Brust. „Ich bin Afrikaner. Es sind meine Leute, sie stehen unter meinem Schutz. Wir Afrikaner wissen, wer die wirklichen Unterdrücker sind. Machen Sie, dass Sie rauskommen, bevor ich Sie verhaften lasse."

„Machen Sie ruhig so weiter. Dann werden Sie schon sehen, in welche beschissene Lage Sie sich damit bringen werden. Mit dem, was wir als Schmiergeld an nigerianische Generäle zahlen, dürfte es wohl kein Problem sein, einen zu finden, der Sie wieder zum Gefreiten degradiert." Er machte eine Pause. „Wir wollen diese Waffen wiederhaben, Major, und wenn sich noch einmal jemand an den Bunkern zu schaffen machen sollte, werden wir unsere Generäle um einen Gefallen bitten müssen."

„Hat SeCu wirklich nigerianische Generäle auf der Gehaltsliste?", fragte ich, als wir über das Rollfeld zurückgingen.

Grizz lachte. „Keine Ahnung. Aber man muss als Major schon mutig sein, wenn man es darauf ankommen lassen will, oder?" Er öffnete einen weiteren Bunker, und wir luden noch mehr Munition für die Garnison in Bohara. Dann startete ich die Triebwerke, und wir hoben ab. Bis ich bei meinem in einer engen Spirale verlaufenden Steigflug die richtige Höhe erreicht hatte, blieb ich über dem sicheren Hafen des Flugplatzes.

In 600 Meter Höhe ging ich in die Horizontale und lenkte die Nase der Huey direkt in Richtung Bohara. Die Landschaft hatte sich in ein Bild der Verwüstung verwandelt. Aus Dörfern waren geschwärzte Ruinen geworden, von den Feldern war die gesamte Ernte verschwunden. Überall sah man fliehende Menschen, die beim Anblick des Hubschraubers voller Panik in alle Himmelsrichtungen auseinander stoben. Ob es sich dabei um Rebellen, Regierungssoldaten oder einfach nur um Flüchtlinge handelte, war nicht festzustellen.

Wir ließen uns ins Tal von Bohara sinken. Grizz und ich begannen ein Dreiergespräch mit dem Funker auf dem Minengelände. Auch mit Rudi setzte er sich über Funk in Verbindung.

„Wir müssen die Ausländer ausfliegen", sagte der Funker. „Die Minen waren sowieso in der letzten Woche geschlossen, und wir stehen unter starkem Beschuss, deshalb können wir nicht mehr für ihre Sicherheit garantieren."

„Sie sollen sich zum Ausfliegen fertig machen", sagte ich.

Grizz schaltete sich ein. „Es wird gemeldet, dass feindliche Truppen in zwanzig Kilometer Entfernung vorrücken. Wir wollen erst mal sehen, ob wir die Bastarde in Schach halten können, bevor wir uns Sorgen um die Ausländer machen."

Wir flogen über das Gelände und schwenkten in die Richtung, die Grizz anzeigte. Im Tiefflug überquerten wir einen Hügelrücken und schwebten dem Ziel im Tal entgegen. Als wäre mein Kosovo-Albtraum wieder wahr geworden, sah ich ein brennendes Dorf vor mir, klar hoben sich die Ruinen der Häuser von den Flammen und dem Rauch ab. Hinter dem Dorf erstreckte sich dicht bewaldetes Gelände.

Beim Flug knapp über den Baumwipfeln drückte der nach unten gerichtete Luftstrom die Zweige auseinander, und man sah, dass sich etwas im Schatten der Bäume bewegte. Mündungsfeuer gab es nicht, auch prallten keine Kugeln an die Außenhaut der Huey. Ich sah Gestalten zwischen den Bäumen umherlaufen, doch man konnte nicht erkennen, ob es sich dabei um Flüchtlinge aus dem brennenden Dorf oder um Rebellensoldaten handelte.

Nicht schon wieder, lieber Gott, nicht schon wieder, dachte ich. Ich flog langsam noch eine Runde. Noch immer kamen keine Schüsse aus dem Wald. Ich schaltete das Bordsprechgerät ein.

„Was siehst du, Grizz?", fragte ich.

„Gestalten. Feinde."

„Es könnten auch Dorfbewohner sein."

„Negativ. Ich sehe Männer mit Waffen."

„Das könnten Stöcke oder Speere sein", gab ich zu bedenken. „Noch nicht schießen, ich fliege noch eine Runde.“ Ich flog eine Runde und eine weitere, dann ließ ich den Hubschrauber unmittelbar vor den halb versteckten Gestalten schweben und lud sie geradezu zum Schießen ein.

Ich hörte das Klicken der Munitionsgurte in den MGs an der Tür.

„Noch nicht schießen!“, rief ich.

„Was?“, fragte Grizz. „Mein Gott, Jack! Was hast du vor?“

Ich achtete nicht auf ihn. *Warum schießen sie nicht? Warum schießen sie nicht?*, hämmerte es in meinem Gehirn.

Ich blickte zu Layla hinüber. Die Angst stand ihr ins Gesicht geschrieben, doch ihre Stimme war fest und klar. „Das hier ist nicht der Kosovo, Jack“, sagte sie. „Vertrau deinem Urteil. Tu, was du tun musst.“

Angestrengt schaute ich durch das Blätterdach, das wie eine Tarnung wirkte. Ich sah ein paar kantige Formen und etwas, was wie glitzerndes Metall aussah. Dann fing sich die Sonne, die von dem Metallrumpf des Helikopters reflektiert wurde, in Dutzenden winziger Spiegelchen und wurde von ihnen zurückgeworfen, sodass sie wie Weihnachtskerzen in der Dunkelheit des Waldes glitzerten.

Das gab für mich den Ausschlag. Ich hatte genügend Rebellen gesehen, die Spiegelstückchen ins Haar geflochten oder an ihrer Kleidung baumeln hatten. Dies war Teil des Juju, das, wie sie glaubten, Böses abwehren und sie am Leben halten würde.

Ich steuerte den Hubschrauber erst vom Wald fort und flog dann in einer weiten Kurve zurück. „Seid ihr da hinten so weit?“, fragte ich.

Grizz’ Antwort kam prompt. „Gib mir nur das Kommando.“

„Sobald ich schieße.“ Mein Finger krümmte sich um den Abzug. Den Bruchteil einer Sekunde bevor ich abdrückte, rannte eine Gestalt aus dem Wald – eine Frau, die mir direkt ins Fadenkreuz geriet.

Sofort stand mir das Bild von der brennenden Frau im Kosovo vor Augen. „Abbrechen! Abbrechen! Abbrechen!“ Ich riss meine Hand vom Abzug weg, als hätte ich sie verbrannt, zog den Helikopter in einer Linkskurve hoch und vom Wald weg.

„Jack? Was ist los? Jack?“

Einen Augenblick lang konnte ich nicht antworten. Meine Hände zitterten so heftig, dass ich kaum die Steuerung festhalten konnte, und mein Körper bebte. Ich stieß ein stummes Dankgebet aus, dass ich davor bewahrt geblieben war, das schreckliche Verbrechen vom Kosovo noch einmal zu begehen.

Ich warf einen Blick über die Schulter und sah die Frau noch immer laufen. Dann hielt sie an, taumelte hin und her, als werde sie von einer Riesenhand geschüttelt, fiel nach vorn und blieb reglos liegen.

Nun schoss ein roter Blitz vom Waldrand empor. „Raketenabschuss. Ausweichen! Ausweichen! Ausweichen!“, hörte ich Grizz warnend rufen. Schon ließ ich die Huey scharf nach rechts abdrehen, als die panzerbrechende Rakete auf uns zuschoss und dabei eine schmutzig graue Rauchfahne hinter sich herzog. Mit einer merkwürdigen Distanz beobachtete ich, wie das Geschoss haarscharf an uns vorbeisauste, so nah, dass es die wirbelnden Rotorblätter zu durchdringen schien. Dann war es fort, wurde zu einem schwarzen Pünktchen am Himmel, bis es als orangeroter Feuerball explodierte.

Ich blickte kurz nach unten. Sofort entdeckte ich die gebeugte Gestalt eines Rebellensoldaten, der ein kurzes, dickes Rohr an die Schulter gepresst hielt. Ich schwenkte den Helikopter auf den Wald zu.

Der Rebellensoldat hatte nachgeladen und hob den Raketenwerfer wieder an die Schulter. Ich schob die Nase des Helikopters eine Kleinigkeit nach rechts, und als der Soldat genau im Fadenkreuz war, drückte ich den Auslöser. Zischend schoss die Rakete aus dem Werfer. Der Soldat verschwand in einer feuerroten Explosion.

Nun hörte ich das MG knattern, als Grizz den Waldrand beschoss. „Mündungsfeuer bei vier Uhr!“, schrie er warnend. Ich wendete den Hubschrauber nach rechts, um die Waffen einsetzen zu können, und drückte wieder auf den Auslöser des Raketenwerfers. Von kalter Wut gepackt, griff ich ungeachtet der Gefahr immer wieder an, wie um damit die Geister meiner Vergangenheit auszutreiben. Ich nahm Rache sowohl für das, was ich im Kosovo getan hatte, als auch für den Terror, den die Rebellen hier ausgeübt hatten.

Ich feuerte alle Raketen aus dem Werfer ab, anschließend schoss ich mit der Bugkanone weiter, auch dann noch, als sich die Rebellen schon längst nicht mehr regten. Dann drehte ich ab und flog nach Bohara.

KAPITEL 11

Rasch flogen wir über den Hügel hinweg auf Bohara zu. Sofort setzte das Bodenfeuer der Rebellen ein. Kugeln prallten auf die Rotorblätter und zeichneten eine kurze feurige Funkenspur an den Himmel.

Ich sank tiefer und schwenkte den Hubschrauber hin und her, während ich mich über Funk mit unseren Leuten in Verbindung setzte. „Grizzly One im Anflug.“

Fast sofort belegte die Garnison die Rebellen mit Sperrfeuer. Als ich mich schnell und in niedriger Höhe dem Hubschrauberlandeplatz näherte, konnte ich Menschenknäuel am Zaun erkennen, auch vor den Toren des inneren Bereichs drängte sich eine dichte Menschenmenge. Die Rebellen hatten Dorfbewohner und Minenarbeiter gleichermaßen nach Bohara getrieben. Nun waren sie zwischen den vorrückenden Rebellen und der Söldnergarnison eingekeilt. Ich sah, wie sie riefen, flehten und mit Leonegeldscheinen winkten.

Wir landeten. Während die Triebwerke ausliefen, sah ich Layla an. „Deine Patienten warten", sagte ich. „Du hast aber nicht lange Zeit."

Ich warf einen beklommenen Blick aus dem Cockpit. Die Ankunft des Helikopters schien die Leute in helle Aufregung versetzt zu haben. Sie krallten sich am Stacheldraht fest und versuchten sich erst hoch- und dann hinüberzuziehen, ohne auf die Schnitte in ihren Händen zu achten.

Ein Junge hatte es geschafft. Er landete im Staub, zog sich mühsam hoch und wurde von einem Söldner wieder zu Boden geprügelt. Ich erkannte Rudis mächtige Gestalt, die über dem Jungen stand. Als der sein Gesicht aus dem Staub hob, starrte Layla aus dem Cockpit und begann an ihren Sicherheitsgurten zu zerren.

Sie sprang hinaus und rannte ungeachtet des Feuers auf den Zaun zu. Eilig folgte ich ihr. Sie beugte sich über den Jungen. Ich half ihr, ihn zu dem zweistöckigen Containergebäude in der Geländemitte zu tragen.

Wir legten ihn neben dem Eingang nieder, und im Schutz des Walls aus Sandsäcken untersuchte Layla zunächst seinen Schädel auf Frakturen, dann verband sie seine aufgerissenen Hände. Erst als er die Augen öffnete und etwas sagte, merkte ich, dass es Kaba war.

„Du musst nach Boroyende kommen. Njama ist verletzt." Ununterbrochen stammelte Kaba denselben Satz.

„Was ist passiert?", fragte ich.

Mit traurigen Augen sah er mich an. „Die Rebellen sind gekommen. Sie haben gewusst, dass ihr im Dorf gewesen seid, weil sie euren Lastwagen gesehen haben. Sie glaubten, wir hätten für euch spioniert." Er fixierte mich. „Dann haben sie das Messer gefunden, das du Njama gegeben hast. Sie haben gesagt, das sei bestimmt der Lohn fürs Spionieren gewesen, deshalb wollten sie alle töten. Ein paar konnten entkommen und sich verstecken."

Übelkeit stieg in mir auf. „Und Njama? Lebt er?"

Er nickte. „Er war auf dem Feld, sonst hätten sie ihn auch umgebracht. Aber er ist krank, verwundet. Er braucht Arznei." Wieder wandte er sich an Layla. „Er braucht dich. Du musst kommen."

Layla nahm mich am Arm und führte mich beiseite. „Wir müssen dorthin", sagte sie. „Wir sind schuld an dem, was passiert ist. Wir sind verantwortlich."

„Ich kann nicht", wandte ich ein, „ich muss die ausländischen Arbeiter ausfliegen."

„Und dann?"

„Das kommt darauf an, was für einen Auftrag ich dann bekomme."

„Und die schwarzen Minenarbeiter?"

„Du kennst die Antwort auf diese Frage, fürchte ich."

„Mit anderen Worten, du lässt sie einfach sterben."

Ich konnte ihrem Blick nicht standhalten.

„Und Boroyende?"

Ich senkte den Blick. „Dasselbe."

„Du kümmerst dich also um die Ausländer und die Diamanten, und die Einheimischen lässt du krepieren."

„So einfach kannst du das nicht sehen."

„Falsch, Jack. Genauso einfach ist das."

Sie sah mich einen Moment an, und in ihren Augen war ein Ausdruck, den ich nicht zu deuten vermochte.

„Was ist?", fragte ich.

Sie schaute weg. „Nichts", sagte sie. „Ich habe mich geirrt, das ist alles."

Bevor ich antworten konnte, wandte sie mir den Rücken zu.

Grizz hatte sich mit Rudi beraten und kam nun zur Huey zurückgerannt. „Wir müssen uns beeilen, schnell!"

Eine Gruppe weißer Ausländer, jeder mit einem einzigen Koffer in der Hand, wartete auf das Signal zum Laden. Auf ihren Gesichtern spiegelten sich abwechselnd Furcht und Wut, wenn sie auf die Menschenmenge vor dem Gelände sahen, die nur von den drohenden Gewehren der Söldner in Schach gehalten wurde.

Ich ging zu Layla hinüber, die in einer Ecke hockte und mit Kaba sprach. Sanft berührte ich ihre Schulter, doch der Blick, den sie mir zuwarf, ließ mich zurückzucken. „Wir müssen uns fertig machen", sagte ich.

Sie schüttelte den Kopf. „Du meinst, du musst dich fertig machen. Ich bleibe hier."

„Das kannst du nicht tun. Das ist verrückt."

Doch sie starrte mich gleichgültig an. „Du kommst doch wieder und holst die Söldner. Oder ist es für sie auch vorgesehen, hier zu sterben?"

„Natürlich komme ich zurück."

Sie zuckte die Achseln. „Dann fliege ich mit ihnen zurück."

Grizz kam angelaufen. „Jack, um Gottes willen, wir müssen hier raus, bevor der Hubschrauber gestürmt wird." Ich zögerte, blickte noch immer in Laylas Augen, dann drehte ich mich um und lief auf die Huey zu.

Die Ausländer kamen gerade angerannt, als ich die Triebwerke anwarf. Eine Gruppe schwarzer Arbeiter versuchte, die Tore des Geländes mit Gewalt zu öffnen. Mitten in einem Haufen Söldner sah man die stämmigen Gestalten Hendriks und Reubens, die in die Luft und auf den Boden schossen, um sie zurückzuhalten. Auf ein Kommando Rudis drehte sich Reuben um und lief auf den Hubschrauber zu. Er schwang sich in die Kabine.

„Grizz, was geht hier eigentlich vor?", fragte ich über Bordfunk. „Die Huey ist sowieso schon völlig überladen. Du bist der Bordschütze. Ihn brauchen wir nicht auch noch."

„Ich bin aber auch der Boss", sagte Grizz. „Wir haben zwei Maschinengewehre. Ich kann nicht gleichzeitig beide bedienen, und wir brauchen jeden Schützen, den wir in diese Kiste laden können."

„Wenn wir zu stark überladen sind, kommen wir nicht vom Boden."

„Versuch's einfach, ja?"

Ich zögerte und spürte einen Stich im Herzen, als ich zum Eingang des Containergebäudes hinübersah, wo Layla noch immer neben dem Jungen im Schatten hockte.

„Worauf wartest du noch? Los, mach schon!", befahl Grizz.

Die Triebwerke heulten sich durch alle Oktaven hoch. Ich zog den Rotorblattverstellhebel, um die Huey in Schwebeflug zu bringen, doch sie bewegte noch nicht mal die Kufen. Ich riss den Hebel bis zum Anschlag, doch der Hubschrauber blieb wie fest angewurzelt stehen, vibrierte dabei aber heftig, da die Triebwerke mit maximaler Kraft arbeiteten.

„Ich muss versuchen, die Huey ins Rutschen zu bringen, damit wir Auftrieb gewinnen", sagte ich.

Mit dem Steuerknüppel setzte ich den Hubschrauber rumpelnd in Bewegung. Er arbeitete sich langsam über das Gelände vor, die Kufen scharrten ratternd über die Erde. Wenn ich genug Vorwärtsfahrt herausholen konnte, mussten wir theoretisch genügend Auftrieb haben, um abzuheben.

Das war unser Ziel. Im Augenblick freilich holperten wir noch immer über den Boden und schnitten mit den Kufen tiefe Furchen in den roten Staub. Kurz vor dem Begrenzungszaun trat ich auf das Pedal – die Drehung erhöhte die für die Hauptrotoren verfügbare Energie – und schwenkte herum.

Wieder beschleunigten wir auf dem Gelände. Der Hubschrauber schwankte. Für eine weitere Wende am Boden waren wir zu schnell, und der Zaun kam immer näher. Ich zog am Rotorblattverstellhebel. Einen Augenblick lang blieb der Hubschrauber auf dem Boden, dann spürte ich einen plötzlichen Ruck.

Schon schien der Grenzzaun auf uns zuzurasen, da erhoben wir uns langsam ein paar Handbreit in die Luft. Ich riss den Helikopter gerade noch rechtzeitig herum, damit wir nicht in den Zaun schossen, dann steuerte ich ihn über das Gelände zurück.

Wir gewannen keinen Zentimeter an Höhe. Ich brachte den Hubschrauber etwa hüfthoch über dem Boden zum Schweben. Die Vibrationen wurden stärker, und nach einem Augenblick ertönte der inzwischen schon vertraute Alarm, dass die Drehzahl zu niedrig war.

Der Kampf zwischen Leistung und Gewicht war verloren, und die Huey sank langsam. Ich musste eine Möglichkeit finden, die Leistung kurz zurückzunehmen, sonst würde ich völlig die Kontrolle über die Maschine verlieren.

Langsam drückte ich den Rotorblattverstellhebel ein winziges Stück nach unten und ließ die Huey in Richtung Boden sinken. Zur Belohnung hörte ich, wie die Triebwerke beschleunigten. Die Alarmsirene verstummte, und sobald sich der Hubschrauber stabilisierte, zog ich den Rotorblattverstellhebel vorsichtig wieder hoch, und die Huey stieg wieder.

Doch selbst als die Huey bei voller Leistung durch den Bodeneffekt zu steigen begann, sank sie kurz darauf wieder. Ich wiederholte das Manöver, und dieses Mal gelang es mir – vielleicht auch durch einen Gewichtsverlust durch den hohen Treibstoffverbrauch –, einen etwas höheren Auftrieb herauszuholen. Endlich konnte ich die Huey bis auf Zaunhöhe steigen lassen. Ich hielt mich parallel zum Zaun und erhöhte den Auftrieb, so gut ich konnte. Dann holte ich tief Luft und ging in eine scharfe Rechtskurve. Dabei betete ich, dass die höhere Leistung, die ich der Huey durch das zusätzliche Drehmoment abknöpfen konnte, ausreichen würde, uns über den Zaun zu bringen.

Die Stacheldrahtrollen auf dem Zaun verschwanden unter uns. Gerade wollte ich erleichtert aufatmen, als ich einen heftigen Ruck spürte. Die Nase senkte sich, und ich kämpfte mit der Steuerung, um den Hubschrauber zu stabilisieren. Ich hielt ihn im Schwebeflug, hörte aber die Triebwerke unter der Belastung aufjaulen.

„Wir hängen fest. Eine Kufe hat sich im Stacheldraht verfangen", hörte ich über Bordfunk Grizz' Stimme.

Ich warf einen Blick nach hinten in die Kabine. Grizz hing aus der Tür. „Ich muss die Kufe aus dem Zaun kriegen. Seilt mich an."

Er schlängelte sich zurück. Reuben band ihm ein Seil um die Brust und polsterte es mit seinem Hemd. Grizz holte eine Metallschere aus dem Werkzeugkasten, dann seilte Reuben ihn aus der Kabinentür ab. Einen Moment hing er außerhalb der Reichweite von Zaun und Kufen, dann ließ Reuben ihn wie ein Pendel schwingen.

Grizz pendelte erst langsam, dann wurde der Radius größer und größer. Ich hörte ihn knurren, als er nach den Kufen griff und sie verfehlte, doch beim zweiten Versuch bekam er sie zu fassen.

Wieder hörte ich seine Stimme über die Sprechanlage. „Zurück nach fünf!", rief er.

Langsam zog ich den Hubschrauber zurück. Ein Stück Draht rollte sich vor meinen Augen zusammen, als er ihn zerschnitt, und ich hörte ihn angestrengt atmen.

Plötzlich ergriff eine Windbö den Hubschrauber und schob ihn ein paar Meter weiter. „Festhalten!", rief ich in die Sprechanlage und hantierte an der Steuerung, um ein Stück zurückzusetzen. Genau in diesem Moment hörte ich, wie der Stacheldraht riss, dann folgte ein Schrei. Der Hubschrauber machte einen Satz, und ein Ende des durchtrennten Drahtes knallte wie eine Peitsche an die Seite des Cockpits. Es hinterließ eine Blutspur auf dem Acrylglas.

„Wir müssen noch mal landen. Grizz liegt da unten", drang Reubens Stimme aus der Sprechanlage.

Ich schwenkte den Hubschrauber herum und reckte den Hals, um nach unten schauen zu können. Eine Gestalt lag ausgestreckt im Staub, ein Bein unter dem Körper verdreht. Der fliegende Stacheldraht hatte das Seil zerschnitten, sodass Grizz auf die Erde gestürzt war. Doch nicht der Sturz hatte ihn getötet, sondern der Draht hatte ihm den Hals durchschnitten.

Wieder hörte ich Reubens Stimme. „Wir müssen landen."

„Wir können nicht", erwiderte ich. „Wir sind schon jetzt überladen, und der Zaun hat nachgegeben. Wenn wir dort landen, werden die Leute den Hubschrauber stürmen. Außerdem gibt es nichts mehr, was wir für Grizz tun können. Er ist tot. Wir müssen ihn hier lassen."

„Man lässt keinen Kameraden liegen, selbst wenn er tot ist."

„Dieses Mal müssen wir aber! Ich habe auch große Stücke auf Grizz gehalten, aber wenn wir landen und seine Leiche holen, werden wir nie in die Luft kommen." Ich zog den Rotorblattverstellhebel hoch, drückte den Steuerknüppel nach vorn und beendete damit die Diskussion.

Der Hubschrauber ächzte und bebte, als er langsam über dem Gelände stieg. Ich flog wie benommen, die unter mir vorbeiziehende Landschaft und das Gefühl der Steuerung in meinen Händen nahm ich nur verschwommen wahr.

Schließlich erblickte ich in der Ferne den über der Küste hängenden Dunst der Brandung. Dann kam der graue, holprige Beton der Landebahn des Flughafens in Sicht. Beim Anflug begrüßten uns ein paar Salven Bodenfeuer, aber es war nur sporadisch und kaum gefährlich.

Langsam drückte ich den Rotorblattverstellhebel nach unten, fing den Hubschrauber ab und landete. Dann stellte ich die Triebwerke aus und fiel in meinen Sitz zurück. Ich fühlte, wie der Schweiß durch meinen Fliegeranzug drang. Die Ausländer sprangen aus dem Hubschrauber. Sie lachten und scherzten, als sie über die Betonpiste zum Terminal liefen. Ich ging in die entgegengesetzte Richtung zum Rand des Flugfeldes, wo ich an einem Stand etwas zu essen und zu trinken kaufte.

Ich setzte mich in den Schatten eines Treibstoffbunkers, während ein Tankwagen zur Huey hinüberfuhr. Plötzlich hörte ich Schritte auf dem staubigen Beton, und ein Schatten fiel über mich. Ich schaute auf.

„Bleiben Sie sitzen“, sagte eine Stimme mit britischem Akzent kurz angebunden. „Henry Pleydell. Wir haben uns in Bohara kennen gelernt, als Sie gerade angekommen waren.“

Ich nickte. „Ich erinnere mich an Sie, Colonel.“

„Sie haben gute Arbeit für uns geleistet, Jack“, sagte er. „Grizz hat es uns erzählt.“

„Grizz ist tot.“

Er schürzte die Lippen, eine Schweißperle rann ihm von der Stirn und tropfte auf sein exakt gebügeltes Hemd. „Es tut mir außerordentlich Leid, das zu hören“, antwortete er. Er nickte vor sich hin, dann fuhr er fort, jetzt wieder forsch und geschäftsmäßig: „Uns liegen Berichte vor, dass sich liberianische Truppen an der Grenze zusammenziehen. Einige haben sie womöglich bereits überschritten. Die Minengesellschaft ist nicht bereit, die Kosten für die Abwehr einer richtigen Invasion zu übernehmen. Deshalb ziehen wir uns zurück, Jack, und überlassen es den Nigerianern, das auszufechten.“

„Bis zum nächsten Mal“, bemerkte ich.

„Oh, wir kommen bestimmt zurück, wenn es die Lage erlaubt. In der Zwischenzeit aber brauchen wir Sie für ein paar weitere Einsätze, um den Rest der Garnison und ein Päckchen auszufliegen.“

„Was für ein Päckchen?“

Er rollte die Augen. „Es *ist* schließlich eine Diamantenmine, mein

Lieber.“ Er machte eine Pause. „Sehen Sie zu, dass Sie möglichst bald wieder in der Luft sind. Es ist ein kräftiger Bonus für Sie drin, wenn sie sicher abgeliefert sind.“

„Wer – die Diamanten oder die Leute?“

Sein Gesicht zeigte einen Anflug von Ärger. „Beides natürlich. Sie glauben doch wohl nicht, dass wir sie dort sterben lassen, oder?“

„Ich brauche einen Bordschützen und einen Kopiloten“, entgegnete ich.

„Der Bordschütze ist kein Problem. Nehmen Sie Reuben. Fliegen müssen Sie allerdings leider weiter allein. Wir haben in den letzten Tagen Himmel und Hölle in Bewegung gesetzt, um einen Kopiloten zu finden. Wir haben sogar den doppelten Lohn geboten, trotzdem gab es keine Interessenten. Die Leute glauben alle möglichen Gerüchte.“

„Ach wirklich?“, fragte ich. „Und was haben Sie hier an Material? Gibt es Raketen für den Werfer?“

Er schüttelte den Kopf. „Leider nur Munition für die MGs.“ Er schaute auf die Uhr. „Na, dann viel Glück.“

Als er gegangen war, lud Reuben Kisten voller Sprengstoff in den Hubschrauber.

„Sprengstoff für den Abbruch?“, fragte ich.

Reuben wandte nicht einmal den Kopf. „Du fliegst den Hubschrauber“, antwortete er. „Um den Rest kümmern wir uns.“

Es DÄMMERTE schon, als wir starteten, und ich setzte mir wie üblich eine Nachtsichtbrille auf. Ausnahmsweise wurden wir beim Anflug auf Bohara nur von mäßigem Geschützfeuer begrüßt. Es kam mir vor, als wären sich die Rebellen ihres Sieges bereits sicher und hätten sich zurückgezogen, um sich vor dem letzten Angriff eine Atempause zu gönnen.

Rudi überwachte das Ausladen der Sprengladungen. Diese wurden sofort in Rucksäcke gepackt, und Raz, Reuben und Hendrik, die sich das Gesicht mit Schmierfett geschwärzt hatten, schlüpften aus dem Tor und verschwanden in der Dunkelheit in Richtung Minenschächte.

Rudi spuckte in den Staub. „So wird eine gute Anlage vergeudet“, sagte er. „Aber die Kaffern wüssten sowieso nicht, wie man sie nutzt.“

Ich wandte mich um und ging ins Containergebäude. Dort durchsuchte ich beide Stockwerke, dann ging ich durch das ganze Gelände. Keine Spur von Layla.

Nun hielt ich jeden an, der mir begegnete. „Wo ist Layla?“, fragte ich. „Wo ist Layla?“ Doch alle schüttelten nur den Kopf oder zuckten die

Schultern. Ich erreichte das Haupttor. „Wo ist Layla?“, fragte ich den Wachposten.

„Sie ist eine Stunde vor Einbruch der Dämmerung hinausgegangen“, antwortete er. „Sie bestand darauf, einem Patienten im Arbeiterquartier Medikamente zu bringen, und war unter keinen Umständen davon abzubringen.“

„War ein Junge bei ihr, ein kleiner Afrikaner?“

„Ja.“

Da war mir sofort klar, wohin sie gegangen war.

Mit schwerem Herzen kehrte ich in das Gebäude zurück. Rudi saß an einem Tisch. „Layla ist fort“, sagte ich.

Er zuckte die Achseln. „Und?“

„Ich muss sie finden.“

Er lachte. „Wenn du den Job erledigt hast, für den du bezahlt wirst, kannst du ja im Busch spazieren gehen, Heulsuse. Aber im Augenblick haben wir genug zu tun, auch ohne uns um irgendein farbiges Miststück Sorgen zu machen, das auf dem Eingeborenentrip ist.“

Ich schaute weg und wartete, bis ich meine Wut bezwungen hatte. „Wann brechen wir auf?“

„Die erste Gruppe fliegt los, sobald die Sprengmannschaften zurück sind.“

„Und der Rest?“

„Wir werden das Fort halten, bis du uns abholst.“

Schweigend saßen wir eine Stunde herum, dann kamen die Sprengteams zurück. Rudi wählte acht Männer aus und schickte sie zum Hubschrauber. Mit all ihren Sachen war er wieder gefährlich überladen.

„Einen Passagier haben wir noch“, meinte Rudi.

Ich wollte gerade protestieren, da sah ich, wie zwei Männer aus dem Containerbau gelaufen kamen und eine Last zwischen sich trugen.

Sie hatten Grizz’ Leiche mit Kabelbindern an den Hand- und Fußgelenken zusammengebunden, damit sie sich besser tragen ließ. Gebückt rannten sie zum Hubschrauber und schubsten sie ohne große Förmlichkeit hinein.

Nun blieben nur noch Rudi, Raz, Reuben und Hendrik zurück, um den Stützpunkt zu halten. „Sieh zu, dass du vor der Morgendämmerung zurück bist und uns abholst“, mahnte Rudi.

Ich streckte die Hände aus. „Die Diamanten.“

„Oh nein. Die Diamanten bleiben hier. Wenn wir sie dir jetzt mitgeben, welche Garantie haben wir dann noch, dass du uns wirklich abholst?“

„Die Diamanten kümmern mich einen Scheißdreck", sagte ich. „Alles, was ich will, ist, alle lebend hier rauszubringen."

„Ich bin wirklich gerührt, dass du dir solche Sorgen um mich machst! Vielleicht gelten bei SeCu andere Prioritäten, aber auf diese Weise haben wir eine Versicherungspolice."

Ich startete den Helikopter und flog in die Nacht hinaus. Irgendwo in der Dunkelheit unter mir war Layla, wenn sie noch am Leben war.

Kaum waren wir auf dem Flughafen gelandet, als Colonel Pleydell und der Quartiermeister von SeCu zu uns herauskamen. Sofort umringten die Söldner den Colonel und machten ihrem Ärger Luft, die üblichen Beschwerden von Soldaten über ihren Sold. Während sie diskutierten, bat ich laut um einen Leichensack. Der Quartiermeister schlenderte schließlich zu einem Bunker und kam mit einem schwarzen Gummisack zurück. Ich breitete ihn auf dem Boden aus. „Helft mir, ihn aus der Kabine zu holen", bat ich.

Wir hoben Grizz' Leiche heraus und legten sie auf den Sack. „Wir müssen die Kabelbinder abschneiden", sagte ich.

„Das ist ihm doch jetzt egal."

„Mir aber nicht. Macht schon."

Er zuckte die Schultern und schnitt die Kabelbinder mit einem Messer ab.

„Sorgt dafür, dass man ihm den gebührenden Respekt erweist", mahnte ich.

Der Quartiermeister nickte. Wir hoben den Sack auf den Rücksitz seines Jeeps, dann fuhr er über das Flugfeld zu einem wartenden Charterjet.

Der Colonel schob die wütenden Söldner beiseite und drängte sich zu mir durch. „Sie haben die Diamanten?"

„Die kommen mit dem nächsten Flug."

Seine dünnen, blutleeren Lippen wurden noch schmaler. „Ihr Auftrag lautete aber anders."

„Das weiß ich. Rudi und seinen Kumpels da draußen gefiel die ursprüngliche Vereinbarung aber nicht besonders."

Er bemühte sich sichtlich, seinen Ärger zu unterdrücken. „Wie schnell können Sie wieder losfliegen?", fragte er.

„Sobald ich aufgetankt habe."

Er wandte sich ab und bellte der Bodenmannschaft Befehle zu. Sie reagierten mit verdrossener Gleichgültigkeit, und es dauerte gut vierzig Minuten, bis sie den Wagen zum Auftanken herbeigeschafft hatten.

Die Söldner waren verständlicherweise nicht sonderlich begeistert, dass einer von ihnen auf dem letzten Einsatz nach Bohara den Bordschützen spielen sollte. Der Colonel versuchte es nacheinander mit Toben, gutem Zureden und Bestechung.

Der Plan, der sich bereits in meinem Kopf gebildet hatte, wurde vollends deutlich, während ich der Diskussion zuhörte. „Machen Sie sich keine Sorgen, Colonel“, sagte ich schnell. „Die letzten Einsätze bin ich ohne Kopiloten geflogen, ich bin sicher, dass ich auch diesen ohne schaffen werde.“ Ich machte der Sache ein Ende, indem ich mich umdrehte, meinen Helm aufsetzte und zum Hubschrauber lief.

Ich meldete mich beim Tower, dann stieg ich in einer Staubwolke auf und flog in einer Kurve nach Südosten, zurück nach Bohara. Vorausgesetzt, ich würde es bis dorthin schaffen, würde alles, was später geschah, voll und ganz von Rudi abhängen. Doch ich war mir ziemlich sicher, dass ich ihn richtig eingeschätzt hatte.

Auf sechshundert Metern schaltete ich auf Nachtsichtbrille um und gab meinen Augen etwas Zeit, sich an die grün gefärbte, negative Sicht der Welt unter mir zu gewöhnen, bevor ich mit dem Sinkflug begann.

Bis ein paar Meilen vor Bohara mied ich jeden Funkkontakt, dann drückte ich auf die Funktaste. „Bohara, hier ist Grizzly One. Zeit für den letzten Bus nach Hause. Macht mir ein paar Lichter an, ja?“

Durch die atmosphärischen Störungen ertönte sofort der Klang von Rudis gutturalem Afrikaans-Tonfall. „Halte dich bereit. Wir leuchten dich rein. Es gibt auch ein bisschen Abwechslung!“, rief er.

Ich sah die grünen Lichtpunkte in der Ferne aufleuchten, als sie begannen, die vereinbarten Signale zu senden: zweimal lang, einmal kurz, dreimal lang.

Gerade drosselte ich die Geschwindigkeit für den Landeanflug, da wurde die Dunkelheit hinter der Basis von einer Reihe greller Blitze erhellt, als die Sprengladungen an den Minen nacheinander detonierten.

Einen Augenblick später knatterte mir das erste Bodenfeuer um die Ohren. Ich wendete die Huey, flog Ausweichmanöver und hielt sie ständig in Bewegung. Das Gelände zeichnete sich unmittelbar vor mir ab, und ich landete in der Nähe des Containergebäudes.

Überall auf dem Stützpunkt schlugen Garben aus schweren Maschinengewehren ein, und der Beschuss verdoppelte sich, als die Reste der Garnison – Raz, Reuben und Hendrik – auf die Kabine zurannten.

Rudi verließ das Gebäude als Letzter. Er lief tief gebückt, hielt sein Gewehr in der rechten Hand und eine gesicherte Stahlkassette mit Kette, so groß wie eine Geldkassette, in der linken. Er stürzte durch die Kabinentür. „Los! Los! Los!“, brüllte er.

Ich rammte den Rotorblattverstellhebel hoch, und die Huey war wieder in der Luft.

Ein Schwall Leuchtspurgeschosse zerriss die Nacht um uns herum.

Wir waren knapp neunzig Meter über dem Stützpunkt, als das Containergebäude in die Luft flog. Flammen schossen bis zur halben Höhe der Huey empor.

Die fehlende Rückantwort aus Bohara musste den Rebellen verraten haben, dass die letzten Garnisonsangehörigen fort waren. Das Bodenfeuer wurde sofort eingestellt, als habe man einen Schalter umgelegt. Ich stellte mir vor, wie sie durch die Dunkelheit rannten und die Tore einrissen, um alles, was übrig war, zu plündern.

„Der nächste Stopp heißt Heimaturlaub“, meinte Rudi.

„Komm doch mal kurz nach vorn“, sagte ich. „Ich möchte mit dir sprechen.“

„Worüber?“

„Das sage ich dir, wenn du hier bist.“

Er zwängte sich durch die Lücke zwischen den Sitzen und ließ sich auf den Kopilotensitz fallen.

„Setz den Helm auf“, sagte ich.

Er warf mir einen argwöhnischen Blick zu, dann hob er den Helm vom Cockpitboden auf und setzte ihn auf.

„Das macht es privat“, sagte ich. „Nur zwischen dir und mir. Ich habe einen Vorschlag.“

„Und was schlägst du vor?“

„Ein Geschäft“, sagte ich. „Ich brauche deine Hilfe, um Layla zu finden.“

„Du weißt ja noch nicht einmal, wo sie ist.“

„Doch, das weiß ich. Sie ist in Boroyende. Ich möchte, dass du mir hilfst, sie zu finden und sie und alle anderen hier in Sicherheit zu bringen.“

Er lachte. „Und was hast du, damit mich das interessieren könnte?“

„Nicht viel. Nur Diamanten im Wert von zehn Millionen Pfund. Colonel Pleydell wartet im Flughafen von Freetown auf sie. Aber wir sind hier, und er ist ein paar hundert Kilometer entfernt. Er kann mich mal“, sagte ich. „Ihr Jungs könnt die Diamanten zwischen euch aufteilen. Ich lasse den Hubschrauber im Bach landen und sage, wir seien abgeschossen worden, die Rebellen hätten die Diamanten erbeutet und soweit ich wüsste, hätten sie auch euch. Ihr werdet als im Einsatz vermisst gemeldet. Mit einem einzigen dieser Diamanten könnt ihr euch eine neue Identität kaufen und eine Fahrkarte für ein neues Leben irgendwo auf der Welt.“

„Übersiehst du da nicht etwas? Die Diamanten habe ich, nicht du.“

„Klar, das weiß ich. Aber im Augenblick fliegen wir in sechshundert Meter Höhe Richtung Freetown. Wenn wir dort landen, teilen sich SeCu und ihre Freunde die Beute, und euch speist man mit ein paar tausend Dollar an rückständigem Sold und Bonuszahlungen ab …“

In der Dunkelheit konnte ich das raubtierhafte Glitzern seiner Augen sehen und lächelte vor mich hin. Ich hatte ihn. „Alles, was du noch zu tun hast, ist, die anderen zu überreden, dass sie mitkommen“, meinte ich.

„Du übersiehst etwas“, entgegnete Rudi. „Was hindert uns eigentlich daran, uns sowieso mit den Diamanten abzusetzen und Layla und ihre Kaffernfreunde verrotten zu lassen?“

„Eigentlich nichts, außer dass ihr drei Wochen braucht, um hier herauszukommen, wenn ich euch hier absetze – wenn ihr es überhaupt schafft. Aber wenn du tust, was ich dir sage, setze ich euch ab, wo immer ihr wollt. Wir könnten bis Guinea, zur Elfenbeinküste oder sogar in den Senegal fliegen. Wir haben genügend Kraftstoff, dafür habe ich gesorgt.“

Er blieb ein paar Minuten schweigend sitzen und dachte nach. „Okay. Die Abmachung gilt. Aber wir wollen die Sache zunächst noch für uns behalten. Was die andern betrifft, gehört das zum Einsatz. Okay?“

„Okay“, bekräftigte ich. „Wenn du meinst, dass du sie überzeugen kannst?“

„Das muss ich gar nicht“, sagte er. „Als Soldaten sind sie Befehlsempfänger, und ich habe einen höheren Rang als sie alle.“

Besorgt schaute ich zum östlichen Horizont. Die ersten Anzeichen der Morgendämmerung zeigten sich bereits.

Als Nächstes lenkte ich meinen Blick wieder auf den steilen, felsigen Hügelkamm vor uns. Ich suchte nach dem Einschnitt in der Silhouette, den Erdrutsch, den ich ein paar Tage zuvor entdeckt hatte. Schließlich konnte ich ihn in ein paar Kilometer Entfernung sehen.

In dem Augenblick, als wir den Kamm überquerten, fing ich den Hubschrauber ab und ließ ihn in dem Einschnitt landen. Er war nur aus der Luft zu sehen, da er auf beiden Seiten und von unten verdeckt war.

Ich stellte die Triebwerke ab. Rudi kletterte bereits in die Kabine zurück. „Noch eine Patrouille, Jungs“, sagte er. Sofort erhob sich ein Chor von Stöhnen und Widerreden, bis Rudi die Meinungsverschiedenheiten mit seiner gutturalen Stimme beendete. „Ich bin auch nicht mehr davon begeistert als ihr, aber Befehl ist Befehl. Wir gehen nur hinein und wieder hinaus. Wir machen unseren Job, dann gehen wir nach Hause. Und einen Bonus gibt es auch“, fügte er hinzu. „Zehntausend Dollar pro Kopf, wenn wir die farbige Schwester lebendig rausbringen. Sie hat offensichtlich einflussreiche Freunde.“

Sie kletterten aus der Kabine, und ich sprang ebenfalls hinunter. Reuben und Hendrik halfen mir, ein Tarnnetz aus der Kabine zu ziehen und über den Hubschrauber zu legen. Mit besonderer Sorgfalt dunkelte ich das Acrylglasdach ab, bedeckte es mit Zweigen und warf ein paar Hände voll Staub darauf, damit es nicht wie ein Suchscheinwerfer aufleuchtete, wenn die Sonnenstrahlen darauf fielen.

Rudi stand abseits und hielt die Kassette mit den Diamanten noch immer fest in der linken Hand. „Los! Bewegung!", kommandierte er. „Wir müssen von diesem Berg verschwunden sein, bevor die Sonne noch höher steht."

Nun ging ich zu ihm hinüber und senkte die Stimme. „Eins noch", sagte ich. „Die Diamanten lassen wir hier."

Er lachte kurz auf, stopfte die Kassette in die unterste Tasche seiner Kampfhose, befestigte die Kette um seinen Fußknöchel und ließ das Schloss zuschnappen. Er hielt den Schlüssel kurz in der geschlossenen Faust, dann drehte er sich um und schleuderte ihn über den Überhang des Erdrutsches hinweg. Der Schlüssel glitzerte, als das Licht auf ihn fiel, dann verschwand er aus unserem Blickfeld und kullerte irgendwo in das Geröll unter uns.

Ich zuckte die Schultern und wandte mich ab. Wir bildeten eine Kolonne und zogen in dem immer heller werdenden Morgenlicht los. Rudi und Raz gingen voraus, Hendrik und Reuben bildeten die Nachhut. Mich hatte man als Neuling in die Mitte der Kolonne gesteckt, an den sichersten Platz, falls wir in einen Hinterhalt gerieten. Gleichzeitig konnte ich in dieser Position die anderen durch meine Unerfahrenheit am wenigsten gefährden.

Rudi hielt am Überhang des Erdrutsches ein paar Minuten inne und sezierte mit seinem Blick die geröllbedeckte Hügelflanke unter uns, dann führte er uns aus dem Schatten in die Wärme der aufgehenden Sonne. Nach etwa einem Kilometer Fußmarsch am Hang entlang erreichten wir ein trockenes Flussbett. Halb im Schutz der im Flussbett liegenden Felsblöcke stiegen wir ab und gingen auf den fernen Wald am Fuß des Abhangs zu.

Wir kamen an die ersten Krüppelbüsche auf den Geröllhängen, und als wir uns der Baumgrenze näherten, bewegten wir uns langsamer und vorsichtiger. Am Waldrand machten wir Pause, damit sich unsere Augen an das Dämmerlicht unter dem dichten Laub gewöhnen konnten.

Hoch oben im Kronendach des Urwalds sah man Vögel, bisweilen auch Affen, und wo ein umgestürzter Baum eine Lücke in das Laubdach geschlagen hatte, die die Sonnenstrahlen durchließ, flatterten Schmetterlinge. Insekten surrten mir um die Ohren und stürzten sich hungrig auf alle bloßen Körperstellen. Wir gingen langsam und in völligem Schweigen und verständigten uns mit Handzeichen. Alle paar Meter hielten wir an, lauschten und kontrollierten das GPS.

Boroyende lag höchstens noch zwanzig Kilometer entfernt, trotzdem würden wir den Rest des Tages brauchen, um bis dahin zu kommen.

Ich konnte kaum noch glauben, dass ich so leichtsinnig gewesen war, Rudi zu vertrauen, aber ich sah keine andere Möglichkeit, wie ich es ohne die Hilfe seiner Söldner hätte schaffen sollen. Bei aller Brutalität waren diese Männer erfahrene Dschungelkämpfer.

Es machte mich auch besorgt, dass Rudi die anderen angelogen hatte. Wenn er ein falsches Spiel trieb, wollte er logischerweise keine Zeugen haben.

Mit dem flacher werdenden Hang wurde der Boden zusehends feuchter. Wir durchquerten träge Bäche und wateten durch die ersten flachen Teiche. Dann entdeckte ich über dem Waldboden vor uns den Anfang eines Sumpfgebiets. Es gab keine Möglichkeit, es zu umgehen, denn es zog sich kilometerweit über das ganze Tal. Es blieb uns nichts anderes übrig – wir mussten durch.

KAPITEL 12

Wir hatten noch gut drei Kilometer bis Boroyende, als es dunkel wurde. Eng aneinander gedrängt, stapften wir durch das schenkelhohe Sumpfwasser und diskutierten im Flüsterton unseren nächsten Schritt.

„Es sind nur noch drei Kilometer", sagte ich. „Können wir nicht einfach weitergehen?"

Rudi warf mir einen verächtlichen Blick zu. „Hast du jemals versucht, dich nachts im Urwald durchzuschlagen? Er ist so schwarz wie dein Hut. Und alles, was du damit erreichen würdest, wäre lediglich, sämtliche Rebellen im Umkreis von ein paar Kilometern zu alarmieren, wenn du durch das Unterholz stolperst und die Tiere erschreckst." Er schüttelte den Kopf. „Wir müssen eine trockene Stelle finden und bis zum Morgen biwakieren."

Ich wusste, dass er Recht hatte, aber der Gedanke, eine weitere Nacht so nah bei Layla und doch so fern von ihr zu verbringen, zerriss mir fast das Herz.

An einem niedrigen Hügel, der sich aus dem Sumpf erhob, machten wir Halt. Rudi und die anderen hatten Hängematten, Kochgeschirr und Überlebensrationen in ihrem Rucksack. Ich hatte fast nichts.

Im Dämmerlicht verzehrten wir ein paar dehydratisierte Lebensmittel und tranken einen Becher Tee, dann teilte Rudi Raz und Reuben als Wache ein, während er und Hendrik sich in ihren zwischen den Bäumen angebrachten Hängematten niederließen. Ich rollte mich auf dem Boden zusammen.

Der Sumpf war erfüllt vom Quaken der Frösche und dem Surren von Insekten, und um mich herum summten Wolken von Stechmücken. Ich schlief kaum, und es war eine Erleichterung, als mit der aufkommenden Morgendämmerung gedämpftes Licht durch das Kronendach fiel.

Wir verzehrten ein einfaches Frühstück, brühten uns ein bisschen Tee auf und brachen dann zum Marsch über die letzten drei Kilometer zum Dorf auf. Nach rund anderthalb Kilometern stieg das Gelände ein wenig an, und wir gelangten endlich aus dem unangenehmen Sumpfwasser auf die Laubschicht des Waldbodens.

Fast sofort lichtete sich auch der Wald. Als wir das bebaute Ackerland erreichten, bewegten wir uns langsam voran und machten am Waldrand vor Boroyende Halt. Das Dorf wirkte völlig verlassen, nicht einmal ein mageres Hühnchen scharrte im Staub.

Die Söldner arbeiteten sich systematisch durch das Dorf und gaben sich gegenseitig Deckung, während sie jede Hütte untersuchten. Ich folgte ihnen, und mit jedem Schritt wuchs in mir eine ungute Vorahnung. Ich schaute in die Hütte des Dorfzimmermanns. Die ordentlichen Reihen sorgfältig polierter Werkzeuge waren verschwunden, und der schöne Schaukelstuhl war in Stücke geschlagen.

Ich ging weiter zu Njamas Hütte. Im Staub unmittelbar im Eingang sah ich getrocknete Blutflecken. Die Hütte war verwüstet, Vorratsdosen und Teller waren verschwunden. Die Glühbirne hing noch, doch das Glas war zerbrochen, nur die kaputte, verbogene Fassung baumelte dort. Alle Hütten waren zerstört, und von den Bewohnern fehlte jede Spur.

Als ich aus der letzten Hütte trat, sah ich Rudi und die anderen Söldner ein Stück vom Dorfrand entfernt stehen und auf etwas zu ihren Füßen starren. Angst überwältigte mich.

Man hatte eine primitive Grube ausgehoben, über der nun ein Hügel aufragte, bedeckt von etwas Schwarzem, das sich zu bewegen und zu schimmern schien. Als ich den Grubenrand erreichte, stocherte Rudi gerade mit seinem Gewehr in dem Haufen. Die schwarz schimmernde Schicht erhob sich in die Luft, es war eine Fliegenwolke, die jetzt den Blick auf die darunter liegenden Leichen freigab.

Ich starrte in das tote Gesicht von einem der Söhne Njamas. Bevor ich überhaupt wusste, was ich tat, war ich schon in die Grube gestiegen und begann die Leichen auseinander zu zerren. Dabei war ich mir des fürchterlichen Gestanks nach verwesendem Fleisch kaum bewusst.

Drei von Njamas vier Söhnen waren tot, auch alte Männer und Frauen, Kinder, sogar Säuglinge waren dort begraben.

Ich kletterte aus der Grube und starrte in den Wald. Dann schüttelte ich den Kopf. „Keine Spur von Layla oder Njama oder Kaba."

„Das heißt noch lange nicht, dass sie noch leben. Vielleicht haben die Rebellen sie an einem anderen Ort getötet oder sie mitgenommen." Rudi machte eine Pause und sah mich prüfend an. „Bestimmt wollten sie ein bisschen Spaß mit Layla haben, bevor sie sie umbrachten", meinte er mit einem Grinsen.

Ich ballte die Fäuste, aber das war nicht der richtige Zeitpunkt, ihn anzugreifen. „Sie könnten aber noch am Leben sein. Wir müssen sie suchen."

„Wie? Und wo? Selbst wenn sie noch leben, können sie sonst wo sein."

„Ich glaube nicht, dass sie weit weg sind. Wir könnten ein Signalfeuer anzünden oder einen Schuss abfeuern."

„Du bist ja wohl bescheuert! Die Einzigen, die dann sofort angerannt kämen, wären die Rebellen. Pass auf, ich hab meinen Teil der Abmachung erfüllt, jetzt bist du dran."

Ich dachte an Layla. Sie musste einfach irgendwo da im Wald sein! Ich warf den Kopf in den Nacken und schrie ihren Namen. Da hörte ich plötzlich Stahl auf Stahl knirschen.

Rudi hatte sein Gewehr entsichert und auf mich gerichtet. „Wenn du das noch einmal machst", drohte er, „lass ich dich in dieser Grube hier verschwinden!" Damit trat er näher zu mir und rümpfte dabei die Nase. „Und jetzt mach, dass du zum Fluss kommst und dich wäschst, sonst brauchen die Rebellen nur dem Geruch von totem Fleisch und der Fliegenwolke zu folgen, um uns zu finden."

Ich ging zum Flussufer hinunter und wusch den Geruch des Todes ab. Gerade wandte ich mich um, um zum Dorf zurückzukehren, da sah ich für ein paar Sekunden ein Gesicht, das mich aus dem Unterholz beobachtete. Ich erstarrte. Dann teilten sich die Blätter, und Kaba kam heraus. Sein Haar war verfilzt, und unter der Haut sah man seine Rippen hervorstehen, doch er strahlte mich an. „Du kommst uns holen", sagte er.

„Layla?" Ich wagte kaum, die Frage zu stellen.

„Sie ist in Sicherheit."

Eine Welle der Erleichterung überflutete mich.

„Wie viele andere sind noch da?“

„Zwölf.“ Das Dorf hatte mindestens achtzig Einwohner gehabt.

„Wo sind sie?“, fragte ich.

„In einem Versteck nicht weit von hier. Ich bring dich hin.“

„Warte“, sagte ich. „Wir müssen die Soldaten mitnehmen.“

Ich führte ihn ins Dorf zurück. Seine Miene verfinsterte sich bei Rudis Anblick. „Was will der denn hier?“

„Euch – uns allen helfen.“

„Sie leben noch“, berichtete ich Rudi. „Sie sind ganz in der Nähe. Wir müssen sie holen.“

Sein Gesichtsausdruck war undurchdringlich. Schweigend betrachtete er mich eine ganze Weile. Dann zuckte er die Schultern. „Also, dann mal los.“

Der Junge ging uns voraus zum Fluss, stieg in die Strömung und begann in dem brusthohen Wasser flussaufwärts zu waten. Wir folgten ihm und hielten dabei unsere Gewehre über dem Kopf. Der Fluss wurde schmaler und verschwand hinter einer Biegung. Beide Ufer waren von Pflanzen überwuchert, Zweige und Lianen hingen über dem Wasser und bildeten einen Tunnel, durch den wir vorwärts krochen. Unter dem dichten Pflanzenwuchs war es stockdunkel, vor uns jedoch sah ich den Schein des Tageslichts leuchten.

Wir näherten uns einer weiten Flussbiegung. Schlick und Sand hatten einen kleinen Strand gebildet, der sich bis zu einer steilen Felswand hinzog. Der Strand war nur etwa zwölf Meter breit und an beiden Enden von überhängenden Zweigen und Lianen abgeschirmt.

Ich schaute flussaufwärts und flussabwärts. Die Biegung des Flusses versperrte den Blick auf den Strand. Die einzige Möglichkeit, dorthin zu kommen, war, durch den Fluss zu waten, wie wir es getan hatten, oder sich durch den Urwald zum gegenüberliegenden Ufer vorzukämpfen.

Jetzt rief Kaba leise, dann ging er den Strand hinauf. Ich sah, wie sich die Blätter an dem einen Ende bewegten, dann kam eine alte Frau heraus. Sie blickte unsicher von dem Jungen zu den Söldnern, dann erkannte sie mein Gesicht. Sie lächelte, wandte sich um und sagte etwas zu den Leuten, die noch hinter ihr versteckt waren.

Dann erschien Layla. Einen Augenblick später lag sie in meinen Armen. Ich zog sie fest an mich und küsste sie. Sie erstarrte kurz, dann schmiegte sie sich an mich, nahm mein Gesicht in ihre Hände und sah mir in die Augen. „Ich hatte dich schon aufgegeben“, sagte sie. „Tut mir Leid, dass ich an dir gezweifelt habe.“

„Du hattest Recht, als du an mir gezweifelt hast“, antwortete ich.

Sie schaute über meine Schulter zu Rudi und den anderen hinüber. „Aber warum sind die denn hier? Erzähl mir nicht, dass sie plötzlich ihr Gewissen entdeckt haben."

„Es ist streng genommen ein Geschäft. Ich habe Rudi bestochen: Diamanten gegen Menschenleben."

Als ich sie losließ, sah ich, dass die anderen Überlebenden aus dem Dorf ebenfalls aus ihrem Versteck gekommen waren. Es waren zwei kleine Kinder, ein Mädchen, ein paar Jungen im Teenageralter und einige alte Frauen. Njama kam als Letzter heraus, gestützt auf die Schultern von zwei Frauen. Über die Wunden in Bauch, Brust und Arm waren Verbände angelegt, und Schmerzen und Kummer hatten tiefe Spuren in sein Gesicht gegraben. Doch als er mich erkannte, flackerte kurz ein Lächeln in seinem Gesicht auf.

Ich wandte mich wieder an Layla. „Ist er transportfähig?"

„Eigentlich nicht, aber wenn er hier bleibt, wird er sterben."

Rudi packte mich am Arm und zog mich beiseite. „Wenn wir versuchen, den alten Mann mitzunehmen, werden wir unser aller Leben in große Gefahr bringen."

„Und wenn schon, er kommt mit. Ich lasse ihn nicht einfach hier sterben."

Er starrte mich schweigend an, dann wandte er sich ab. „Los, komm."

Ich hob Njama auf meine Schultern, watete in den Fluss hinaus und folgte Rudi und den anderen flussabwärts. Als wir das Dorf erreichten, ließ ich Njama vorsichtig zu Boden gleiten. Kaba und ich halfen ihm, als er mühsam den Pfad hinauf ins Dorf humpelte.

Rudi ging gleich weiter und verschwand im Wald auf der anderen Seite. Als wir Anstalten machten, ihm zu folgen, hielt Njama uns zurück. Er warf einen letzten Blick auf das, was einmal sein Dorf gewesen war, dann wandte er sich um und ging mit uns in den Wald.

Die vier Söldner verteilten sich über unsere unordentliche Kolonne. Rudi ging voran, Hendrik bildete die Nachhut. Trotzdem waren wir einem Angriff ziemlich schutzlos ausgeliefert, denn unsere Kolonne war mehr als vierzig Meter lang, die Sicht im Wald dagegen betrug höchstens sechs Meter.

ZUNÄCHST kamen wir nur quälend langsam voran, nach einer Weile aber fanden wir einen Tierpfad, der von Schweinen oder Buschböcken stammte.

Ich bestand darauf, dass wir jede Stunde ein paar Minuten Rast machten. Njama sank dann sofort mit grauem Gesicht zu Boden und schloss die Augen. Layla untersuchte ihn jedes Mal und kontrollierte seine Verbände.

Unsere Blicke trafen sich. „Er muss sich ausruhen."

„Das geht jetzt nicht, dafür müssen wir noch viel zu weit gehen."

Sie biss sich auf die Lippe. „Na gut. Noch ein kleines Stück, aber dann muss er sich ausruhen."

Die schwache Stimme des alten Mannes durchbrach unsere Diskussion. „Ich schaffe es", sagte er. „Keine Sorge, ich werde euch nicht im Stich lassen."

Wir wateten durch das trübe Sumpfwasser. Bald war ich von der Anstrengung erschöpft, Njama halb zu tragen und halb mitzuziehen.

Wir sanken ermattet zu Boden, als wir den niedrigen Hügel im Sumpf erreichten, wo wir die Nacht zuvor geschlafen hatten. Layla untersuchte Njama noch einmal. „Ohne richtige Pause kann er keinen Schritt weitergehen", sagte sie bestimmt.

Ich schaute nach oben. Das Licht, das durch das Kronendach fiel, war strahlend hell. Die Sonne musste also noch ziemlich hoch am Nachmittagshimmel stehen. Ich zögerte, dann nickte ich. „In Ordnung", sagte ich zu Rudi. „Wir werden hier wohl Rast machen müssen. Njama kann erst weitergehen, wenn er sich ausgeruht hat."

Rudi sah mich finster an, während sich die anderen Söldner um ihn scharten. „Was soll das hier?", fragte Reuben. „Machen wir nun eine Patrouille, oder veranstalten wir ein Picknick?"

Raz stimmte in die Beschwerde ein. „Was tun wir hier eigentlich?"

„Wir führen Befehle aus", sagte Rudi. „Wir haben einen Job zu erledigen."

„Kindermädchen für Kaffern spielen?", fragte Hendrik aufgebracht. „Seit wann interessiert man sich denn bei SeCu für so etwas?"

Sie sahen aus, als wollten sie meutern. „Vielleicht sollten wir ihnen reinen Wein einschenken", schlug ich vor.

Rudi antwortete mit einem finsteren Blick und zog mich beiseite, außer Hörweite. „Nein, das werden wir nicht!", sagte er bestimmt. Die anderen starrten uns mit düsteren Blicken an, und ich konnte hören, wie sie untereinander murrten, als wir uns niederließen, um uns auszuruhen und für die Nacht fertig zu machen. Rudi teilte Raz und Reuben als Wachen ein und stellte sie weit auseinander, damit sie, so glaubte ich, keine weitere Gelegenheit mehr hatten, sich über ihre Beschwerden zu unterhalten.

Wir hatten nur wenig zu essen, und obwohl Raz und Reuben, wenn auch widerwillig, einen Teil ihrer Rationen mit uns teilten, behielten Rudi und Hendrik alles für sich. Ich schnitt Reisig ab und bereitete dem alten Mann ein paar Zentimeter über dem durchnässten Boden ein primitives Lager. Er legte sich hin, schloss die Augen und schlief auf der Stelle ein.

Layla saß mit besorgter Miene neben ihm. Als die Nacht hereinbrach, kuschelten wir uns zusammen auf den Boden.

Layla sah mich im Dämmerlicht prüfend an. „Warum bist du zurückgekommen?“, wollte sie wissen.

„Mir wurde endlich klar, dass es stimmte, was du gesagt hast. Man kann sich der Verantwortung nicht entziehen, indem man am Spielfeldrand bleibt oder in die andere Richtung schaut. Man muss Partei ergreifen und eingreifen, sonst ist man nicht besser als die anderen.“

Erschöpft schliefen wir eng umschlungen ein, doch schon vor dem ersten Tageslicht wachten wir auf. Als es heller wurde, machten wir uns wieder auf den Weg und wateten durch das Wasser. Kaba und ich stützten Njama und trugen ihn durch die tiefsten Stellen im Sumpf.

Ein paar Stunden später hielten wir an, tranken einen Becher Sumpfwasser, das wir durch eine Mullbinde gefiltert hatten, aßen ein paar Körnchen Reis und ein Stück Trockenobst. Als wir uns wieder auf den Weg machten, änderte Rudi die Marschordnung, stellte die beiden jüngeren Söldner Raz und Reuben an die Spitze der Kolonne und übernahm mit dem erfahreneren Hendrik selbst die Nachhut.

In dem schummrigen Licht unter der üppigen Vegetation konnten wir vor und hinter uns nicht weiter als fünf Meter sehen. Schon waren wir fast zwei Stunden im Gänsemarsch durch den Sumpf gewatet, als Gewehrfeuer aus dem Wald hinter uns drang. Wir eilten weiter.

Raz und Reuben waren abrupt an der Spitze der Kolonne stehen geblieben. Sie gingen auf beiden Seiten des Pfades in Feuerstellung.

Rudi machte eine Kopfbewegung in meine Richtung. „Führ sie weiter“, sagte er. „Wir kommen nach, wenn wir die Gefahr ausgemacht haben.“

Layla übernahm meine Rolle, den alten Mann zu stützen, während ich an die Spitze der Kolonne vorrückte. Wie ich es bei Rudi und den anderen gesehen hatte, hielt ich alle paar Meter an, lauschte und kontrollierte das Navigationssystem, dabei versuchte ich uns möglichst auf direktem Kurs zum Helikopter zu halten. Auf dem zentimeterweisen Vormarsch durch den Sumpf verlor ich jedes Zeitgefühl, meine Nerven vibrierten bei jedem kleinsten Geräusch – dem Plumps, wenn ein Frosch ins Wasser hüpfte, dem leisen Kratzen, wenn eine Schlange durch das Unterholz glitt, oder den Rufen der Vögel in den Baumkronen.

Endlich stieg das Gelände vor uns leicht an, wir hatten das Ende des Sumpfgebiets erreicht. Nacheinander stiegen wir aus dem Wasser auf trockenen Boden.

Vor uns wurde es heller, und wir gelangten auf eine Lichtung. Ein riesiger Baum war umgestürzt und hatte eine Lücke in das Kronendach gerissen. Ich zögerte und schaute angestrengt zu den Schatten auf der anderen Seite der Lichtung. Durch ihre Mitte lief ein Pfad, der unseren Weg im rechten Winkel kreuzte. Ich blieb im Unterholz versteckt und lauschte.

Nichts rührte sich. Nach ein paar Minuten bedeutete ich der Kolonne loszugehen, ich wollte ihnen beim Überqueren der Lichtung Feuerschutz geben. Doch kaum hatten Layla, Njama und Kaba die Lichtung betreten, als ich auf dem Pfad zu meiner Linken eine Bewegung wahrnahm. „Zurück! Schnell!“, rief ich ihnen zu.

Sie gingen in Deckung. Ich schaute wieder nach links. Eine Frau kam langsam auf mich zu. Ich trat in die Mitte des Pfades und hielt meine Hand mit der Handfläche nach außen, um ihr zu zeigen, dass sie von uns nichts zu befürchten hatte. Trotzdem blieb ihr Gesichtsausdruck nervös und ängstlich.

Das war nicht ungewöhnlich, es waren schreckliche Zeiten, in denen man vor jedem Fremden Angst haben musste. Doch irgendetwas veranlasste mich, nochmals zu ihr hinüberzuschauen. Und als ich genau hinsah, entdeckte ich die Mündung eines Gewehrs unter ihrem Arm, und im Staub hinter ihr erkannte ich einen doppelten Schatten – den der Frau und den einer zweiten Gestalt hinter ihr. Ich riss mein Gewehr hoch. „Los, weg! Aus dem Weg!“, rief ich der Frau zu.

Sie warf mir einen angstvollen Blick zu, aber sie bewegte sich nicht. Ich sah, wie sich die schwarze Gewehrmündung auf mich richtete, und warf mich schnell zurück ins Unterholz. Ein Gewehrknall ertönte, dann schlug eine Kugel neben meinem Kopf in die Pflanzendecke ein. Ich rollte zur Seite und robbte auf dem Bauch ein paar Meter weiter. Währenddessen hörte ich einen weiteren Schuss, dann zerfetzte eine Gewehrsalve das Unterholz, wo ich mich eben noch versteckt hatte. Ich schob das Gewehr nach vorn und hob ein wenig den Kopf, um durch die Farnwedel einen Blick auf die Lichtung zu werfen.

Die Frau lag ausgestreckt auf dem Pfad. Sie war offensichtlich tot, und um sie herum breitete sich eine Blutlache aus. In den Augen des Rebellensoldaten hatte sie ausgedient. Der Rebell ging nun auf die Stelle zu, wo ich im Unterholz verschwunden war. Er ging ganz aufrecht, machte sich nicht einmal die Mühe, gebückt zu gehen, so sehr war er offenbar von seiner Unverwundbarkeit überzeugt.

Ich zielte, dann drückte ich den Abzug. Das Gewehr stand auf Halbautomatik. Die ersten Kugeln trafen ihn in die Brust und schleuderten ihn nach hinten. Die übrige Salve verteilte sich, doch er war bereits tot und lag zusammengesunken über dem Körper der Frau.

Nun winkte ich die restliche Kolonne durch, trieb sie zur Eile an und ließ mich als Nachhut zurückfallen. Wir waren noch keine fünfzig Meter gegangen, als ich Geräusche von Verfolgern hörte.

Vorsichtig zwängte ich mich durchs Unterholz und richtete das Gewehr in Richtung der Spur, die wir hinterlassen hatten. Ich hörte das Geräusch von Menschen, die sich schnell durch das Unterholz bewegten. Dann entsicherte ich mein Gewehr, blickte am Lauf entlang und zielte etwa einen Meter über dem Boden auf die Stelle, wo der Pfad aus meinem Blickfeld verschwand. Eine Gestalt stürzte hervor. Mein Finger krümmte sich bereits am Abzug, als ich den stämmigen Mann im Tarnanzug erkannte. Es war Rudi, und er hatte nur Raz und Reuben bei sich.

„Rudi!", rief ich und wartete mit dem Aufstehen, bis ich sicher war, dass er mich erkannt hatte.

„Ich habe dein Werk dahinten auf dem Weg gesehen", sagte er. „Nicht schlecht. Vielleicht machen wir am Ende tatsächlich noch einen Soldaten aus dir." Er hielt inne. „Allerdings hätte ich nicht gedacht, dass ihr englischen Gentlemen auch Ladys umbringt."

„Habe ich auch nicht", entgegnete ich. „Das war der Rebell."

Er grinste. „Ich glaube dir, Engländer, ich glaube dir."

„Was ist mit euch passiert?", fragte ich. „Was war das für eine Schießerei?"

„Rebellen. Ein kleiner Trupp. Sie werden uns keinen Ärger mehr machen. Aber vielleicht waren sie nur die Vorhut einer größeren Truppe."

„Ihr seid nur drei. Was ist mit Hendrik?"

„Hendrik ist tot. Die Rebellen haben ihn erschossen."

Irgendetwas an der Art, wie er das sagte, ließ mich erschauern. Er drängte sich an mir vorbei und ging weiter den Pfad entlang.

Raz war kreidebleich, und ich sah an Reubens Wange beharrlich einen Muskel zucken, quasi als Gegenstück zu seinem schnellen Lidschlag.

„Tut mir Leid mit eurem Kumpel", sagte ich. „War einer von euch dabei, als es passiert ist?"

Raz schüttelte den Kopf, wandte sich schnell ab und folgte Rudi. Ich starrte auf den Boden und spürte eine wachsende Kälte in meiner Magengrube aufsteigen.

KAPITEL 13

Nach fünfzig Metern holten wir die Kolonne ein, die sich mühsam fortbewegte, und zogen gemeinsam weiter. Endlich begann der lange Aufstieg auf den Berg.

Ich ging neben Rudi. Sein Blick schweifte über die ungeschützte Hügelflanke hinter den letzten Bäumen. Nichts rührte sich auf dem weiten Hang, doch weil Njamas Verletzungen unser Vorwärtskommen behinderten, wusste ich, dass wir uns noch mindestens zwei Stunden völlig ungeschützt in offenem Gelände bewegen mussten, bevor wir den Erdrutsch erreichten, wo der Hubschrauber versteckt war.

Rudi ließ seine Augen noch einmal umherwandern. Dann wandte er sich an mich. „Du machst dich mit den anderen auf den Weg. Wir gehen im Bogen um den Pfad herum und vergewissern uns, dass uns niemand folgt. Wenn sie uns hier im freien Gelände erwischen, schneiden sie uns in Stücke."

Ich hatte das dumpfe Gefühl, dass seine Worte mehr verbargen, als sie offenbarten.

Er blieb noch einen Moment stehen und berührte seine Pistole, sein Verpflegungspäckchen und die am Gurt hängende Handgranate, als hake er im Geist eine Checkliste ab. Dann drehte er sich um und zischte den beiden anderen einen Befehl zu. Sie folgten ihm auf dem Weg zurück in den Wald.

Wir anderen traten aus dem Schatten der Bäume hervor und quälten uns stolpernd über lose Felsbrocken und Geröll den Hügel hinauf.

Njamas Kopf schwankte auf seinen Schultern hin und her, und sein Mund stand offen. Er war erschöpft. Ich übergab Layla das Gewehr und hob den alten Mann auf meinen Rücken. Während ich mühsam bergauf stieg, hämmerte mir der Kopf durch den Flüssigkeitsmangel.

Noch immer ging es im Schneckentempo das ausgetrocknete Flussbett hinauf, und wir hatten noch etwa fünfzig Meter vor uns, bis wir die Höhenlinie erreichten. Da hörte ich eine Explosion aus dem Wald hinter uns, gefolgt von einer Gewehrsalve. Ich drängte die anderen weiter und kletterte schnell bergauf, bis ich glaubte, meine Lungen würden platzen. Dann setzte ich Njama kurz auf den Boden, drehte mich um und schaute den Hügel hinab.

Gerade begann Rudi das Flussbett hinter uns heraufzuklettern. Er war allein und kletterte schnell, ohne auch nur einen Blick hinter sich zu werfen.

Er holte uns ein, gerade als wir die Erdrutschstelle erreichten. „Wo sind die anderen?“, fragte ich.

„Wir wurden verfolgt. Sie haben eine Handgranate geworfen und Raz und Reuben getötet. Ich habe die Rebellen erschossen, aber es kommen bestimmt noch mehr. Wir müssen hier so schnell wie möglich verschwinden.“

Ich starrte ihn an.

„Was hast du?“, fragte er. „Los! Los!“

Ich starrte ihn weiter an. Die Stelle an seinem Gurt, wo vorher noch eine Handgranate gehangen hatte, war leer.

„Ich habe aber nur eine Granatenexplosion und einmal Gewehrfeuer gehört, Rudi“, sagte ich.

Er folgte meinem Blick. Als er wieder aufschaute, war ein kalter, mörderischer Ausdruck in seinen Augen, und ich sah mich plötzlich seinem Gewehrlauf gegenüber.

Er betrachtete mich kurz, kaute auf der Lippe und überlegte, welche Möglichkeiten er hatte. Dann zuckte er die Schultern. „Weniger Leute, mit denen man die Diamanten teilen muss, Jack. Das ist das Einzige, über das du dir Sorgen machen musst. Flieg einfach den Hubschrauber über die Grenze, lande im Busch bei einer Stadt, und wir haben jeder Diamanten im Wert von ein paar Millionen.“

Ich schüttelte den Kopf. „Kommt nicht infrage.“

„Du hast keine Wahl, Kaffernfreund“, sagte er.

Ich schaute nach den anderen, doch er lachte mich aus. „Glaubst du wirklich, dass die farbige Hure oder die Kaffern da dir helfen werden? Wenn es darum geht, die eigene Haut zu retten, werden sie tatenlos zusehen, wie du draufgehst.“

Trotzdem versuchte er, sie im Auge zu behalten. Njamas Sohn stand mit ausdruckslosem Gesicht herum, doch ich sah, dass Kaba hinter Rudi zu den Felsen schlich. Ich konnte ihm keinen Vorwurf machen, ich hätte mich auch aus dem Staub gemacht, wenn ich gekonnt hätte.

„Töte mich, und du sitzt in der Falle“, sagte ich. „Du kannst nämlich den Hubschrauber nicht fliegen.“

„Das brauch ich auch nicht. Glaubst du vielleicht, dass ich in den zwanzig Jahren, in denen ich Kaffern getötet habe, nicht gelernt hätte, im Busch zu überleben?“

„Dann bring mich um“, sagte ich. „Ich gehe nämlich nirgendwohin ohne diese Leute.“

Sein Kiefer arbeitete, und ich sah, wie seine Knöchel weiß hervortraten, als er den Finger um den Abzug anspannte. Plötzlich hörte ich einen Gewehrschuss, dessen Echo von den Felswänden widerhallte. Eine Kugel traf mich in die Schulter und warf mich zu Boden. Ich versuchte mich aufzurichten, dann brach ich zusammen, als meine zerschmetterte Schulter unter mir nachgab. Benommen schaute ich auf das Blut, das meinen rechten Ärmel tränkte.

Ich schaute auf. Rudis Mund stand offen in einem stummen Schrei der Wut und des Schmerzes. Sein Kopf war zur Seite geneigt, und sein rechter Arm stand in einem skurrilen Winkel ab. Ein dunkler Fleck breitete sich auf seinem Kampfanzug aus. Ich sah, wie er die Finger spreizte und die Hand kraftlos zur Seite fiel. Das Gewehr, dessen Schaft blutüberströmt war, glitt zu Boden.

Rudi drehte sich nach seinem Angreifer um, doch in diesem Moment schlug Kaba noch einmal zu, reckte sich auf die Zehenspitzen wie ein Kind, das nach einer Bonbondose greift, nur dass er stattdessen einen blutigen Panga in der Hand hielt. Rudi stieß einen dumpfen Schrei aus und versuchte, dem Jungen mit seinem gesunden Arm einen Hieb auf den Kopf zu versetzen, doch Kaba duckte sich weg und schwang den Panga in Rudis Kniekehlen. Seine Sehnen rissen wie Gitarrensaiten, dann stürzte er zu Boden.

Rudi und ich starrten uns an, während wir beide im Staub lagen. Jetzt trat Kaba vor und stand mit ausdruckslosem Gesicht über Rudi.

„Kaba! Nein!“, schrie ich, aber es war bereits zu spät. Schon hatte er den Panga hochgerissen. Pfeifend fuhr er nieder, als der Junge ihn mit aller Kraft durch Rudis Hals trieb und ihm den Kopf abschlug.

Reglos und mit ausdruckslosem Gesicht stand Kaba da und betrachtete den Toten. Niemand rührte sich, bis Layla aufstand, zu dem Jungen ging und ihm eine Hand auf den Arm legte. Er schreckte hoch, leistete aber keinen Widerstand, als sie ihm vorsichtig den Panga aus der Hand nahm, seinen Kopf an ihre Brust bettete und ihn von der Leiche wegführte.

Eine der alten Frauen nahm ihn beiseite, und Layla kam zu mir gerannt. Ich unterdrückte einen Schmerzensschrei, als sie mit den Fingern die Wunde untersuchte. „Ein übler Bruch“, sagte sie. „Zuerst werde ich die Blutgefäße abbinden, ihn dann einrichten und bandagieren. Ich muss dir etwas Morphium geben, weil das wehtut.“

„Kein Morphium“, wehrte ich ab. „Ich muss noch fliegen.“

„Mit einer gebrochenen Schulter? Unmöglich.“

„Ich muss es einfach. Und du wirst mir dabei helfen.“

„Aber ich kann doch gar keinen Hubschrauber fliegen!"

„Du kannst das, wenn ich dir sage, wie es geht. Wenn wir hier nicht rauskommen, werden wir alle sterben, Layla. Entweder bringen uns die Rebellen um, oder wir verhungern. Jetzt binde meine Schulter ab, damit ich nicht verblute. Und dann nichts wie weg hier! Aber, Layla", ich sah sie fest an, „bitte kein Morphium. Ich muss hellwach sein, sonst sind wir alle tot."

„Aber du kannst dir nicht vorstellen, wie höllisch das wehtun wird."

„Nun mach schon", drängte ich.

Sie gab mir ein Stück Mullbinde, auf das ich beißen sollte, dann begann sie die Wunde zu säubern, holte Knochenstückchen heraus und band die Venen ab. Ich schaute die meiste Zeit weg, aber es brannte wie die Hölle, und immer wieder überrollten mich Wellen heißer Übelkeit.

Sie hielt kurz inne, und wir sahen uns an. Dann küsste sie mich auf die Stirn. „Halt durch", sagte sie. „Jetzt kommt der wirklich schmerzhafte Teil. Ich muss deinen Arm bewegen, damit ich den Knochen einrichten kann, und ihn dann über deiner Brust fixieren."

Sie rief Kaba und eine der Frauen. Diese knieten sich auf beide Seiten neben mich und hielten mich fest, während Layla rittlings auf meiner Brust hockte und meinen Arm nahm. Qualvolle Schmerzen schossen mir wie Messerstiche durch den Körper. Ich hörte das trockene Knirschen von Knochen auf Knochen. Der Schmerz wurde immer stärker, bis ich glaubte, mein Schädel würde platzen. Dann wurde ich ohnmächtig.

Als ich wieder zu mir kam, hatte sich Layla über mich gebeugt und beobachtete mein Gesicht. Die Sorgenfalten auf ihrer Stirn glätteten sich, als meine Augen sich langsam öffneten. Sie lächelte mich sanft an. „Bist du in Ordnung?", fragte sie mich.

In meiner Schulter pochte ein dumpfer Schmerz. Ich schaute an mir hinunter. Der rechte Arm war über meiner Brust festgebunden. „Ich glaube schon. Hilf mir beim Aufstehen."

Sie und Kaba halfen mir, als ich mich mühsam aufrichtete. Wieder jagten heiße Schmerzwellen durch meinen Körper, und ich musste mich auf Layla stützen und die Augen schließen, bis sie nachließen.

„Es ist noch zu früh", sagte sie.

Ich schüttelte den Kopf. „Hilf mir, das Netz vom Hubschrauber zu ziehen."

Wir zerrten am Tarnnetz, und ich schickte Kaba hinauf, um die Staubschicht vom Dach zu wischen.

Dann halfen Layla und Kaba Njama in die Kabine und legten ihn auf den Boden. Die anderen Dorfbewohner scharten sich um ihn.

Ich führte Kaba zu Rudis Leiche. „Wir brauchen diese Kassette, die er trägt“, erklärte ich ihm. „Kannst du die Kette mit dem Panga zerhacken?“

Er betrachtete sie kurz, dann nickte er. „Ich kann sie dir holen.“ Er hob den Panga hoch über den Kopf und schlug zu. Es gab keine Funken, keinen Klang von Metall auf Metall, nur ein Geräusch, das mir inzwischen nur allzu vertraut war – einen dumpfen, klatschenden Hieb, als werde feuchtes Holz mit einer Axt gespalten. Ich schaute nach unten. Rudis linker Fuß war am Knöchel abgehackt. Kaba bückte sich, zog die blutige Kette über den Stumpf und wollte mir die Kassette geben.

„Stell sie einfach in das Cockpit des Hubschraubers“, sagte ich. Dann wandte ich mich Layla zu. „Wir müssen starten. Das meiste kann ich selbst tun, aber den Steuerknüppel musst du für mich bedienen.“

Sie sah mich starr an. „Das ist doch Wahnsinn. Ich kann dir nicht helfen, dieses Ding zu fliegen. Wir werden abstürzen und alle sterben. Wir können doch zu Fuß gehen!“

Ich schüttelte den Kopf. „Wir wären schon tot, bevor wir überhaupt die Grenze erreicht hätten. Was glaubst du, wie lange Njama oder ich durchhalten werden? Oder die alten Frauen? Oder du? Selbst Kaba würde zu kämpfen haben. Es ist die einzige Möglichkeit, Layla. Ich habe dir das alles schon einmal erklärt, weißt du noch? Um die Pedale, das Gas und den Rotorblattverstellhebel kann ich mich selbst kümmern, du musst lediglich den Steuerknüppel bedienen. Alle Steuerungsorgane sind doppelt vorhanden, einmal für den Piloten und einmal für den Kopiloten. Alles, was du zu tun hast, ist, den Steuerknüppel zu bewegen, wenn ich es dir sage. Die notwendigen Bewegungen sind ganz kleine Bewegungen. Wenn ich sehe, dass du irgendetwas falsch machst, oder an der anderen Steuerung merke, dass du dich verhauen hast, kann ich dir sagen, wie man den Fehler korrigiert. Vielleicht werden wir wie ein Betrunkener auf der Achterbahn fliegen, aber wir werden fliegen. Kannst du mir vertrauen?“

Sie betrachtete mich, dann nickte sie zögernd.

Ich lächelte mit einer gespielten Tapferkeit, von der ich selbst weit entfernt war. „Dann wollen wir mal, bevor einer von uns merkt, auf was für einen Wahnsinn wir uns da einlassen.“

Layla schob die Kabinentür zu, dann half sie mir ins Cockpit hinauf. Die Sicherheitsgurte gingen nicht über meinen bandagierten Arm, deshalb konnte ich mich nicht anschnallen. Layla legte ihre Sicherheitsgurte an, lehnte sich so weit wie möglich im Sitz zurück und schloss die Augen.

Ich setzte die Füße auf die Pedale und griff mit der Linken nach dem Rotorblattverstellhebel. Die Schmerzen in meiner Schulter hatten ein wenig nachgelassen, doch sie waren noch immer so heftig, dass mir der Schweiß auf der Stirn stand, und mit jeder Bewegung schoss mir ein neuer Schmerz wie ein Messerstoß durch den Körper.

„Gut“, sagte ich. „Versuch ein Gefühl für den Steuerknüppel zu bekommen, bevor wir irgendetwas anderes tun.“

Sie öffnete die Augen und ergriff ihn zögernd, wobei sie den Vorderarm über ihren Oberschenkel legte.

„Etwas fester musst du den Steuerknüppel schon in die Hand nehmen“, sagte ich. „Wenn wir die Triebwerke anlassen, wird er sonst anfangen zu rotieren.“

Sie packte ihn fester.

„Das ist schon besser“, sagte ich. „Nun versuch, ihn hin und her zu bewegen. Zieh ihn nach links ..., rechts ..., nach vorn ..., nach hinten. Wunderbar, nur bewegst du ihn zu weit. Versuch es noch einmal, aber höchstens fünf Millimeter in jede Richtung. Es ist besser, ihm einen kleinen Stups zu geben, als ihn zu überziehen und dann wieder zurückzuholen.“ Ich machte eine Pause. „Also los, Helme aufsetzen.“

Sie half mir, den Gurt unter dem Kinn zu befestigen, dann zog sie ihren eigenen fest. Ich drehte mich ein wenig um, um in die voll besetzte Kabine zu schauen. Sofort schoss ein qualvoller Schmerz durch meinen Arm. Ich schnappte nach Luft.

„Alles in Ordnung?“, fragte Layla besorgt.

Ich nickte. „Wir wollen sehen, dass wir das Ding in die Luft bekommen.“ Unbeholfen streckte ich die linke Hand über den Körper, reckte mich und schob die Hebel auf Anlassstellung. Ich wartete, bis die erneute Schmerzattacke in meiner Schulter nachgelassen hatte, dann drückte ich auf den Anlasser. Über unseren Köpfen ertönte ein elektrisches Heulen, und das linke Triebwerk begann sich zu drehen.

Ich sah auf den Drehzahlmesser und wartete, bis die richtige Drehzahl erreicht war, dann gab ich Gas. Das Triebwerk heulte auf, und ich wiederholte die Prozedur für das rechte Triebwerk. Als beide liefen, kontrollierte ich die Anzeigeinstrumente und Warntafeln, dann stellte ich den Hebel auf Leerlauf. Langsam zog ich den Rotorblattverstellhebel, bis sich der Helikopter ein wenig aus der Federung hob und kurz vor dem Abheben stand. Ich sah zu Layla hinüber. „Keine Sorge. Du schaffst das schon. Hör auf das, was ich dir sage. Selbst wenn es aussieht, als sei alles außer Kontrolle, können wir es schaffen, solange keiner von uns in Panik gerät.“

Ich sah, wie die mechanischen Vibrationen des Steuerknüppels ihre Hand zittern ließ. Ihre Knöchel traten weiß hervor, als sie ihn noch fester ergriff.

„Also, zunächst haben wir das Problem, ohne Seitenberührung aus diesem Erdrutsch zu kommen. Wenn uns das gelingt, ist der Rest ein Kinderspiel. Das Einzige, um das wir uns dann sorgen müssen, ist die Landung in Freetown. Ich werde also gleich den Rotorblattverstellhebel ziehen, und ich möchte, dass du im gleichen Augenblick den Steuerknüppel ein ganz klein wenig nach vorn schiebst. Versuch ihn nur nach vorn zu bewegen, nicht seitlich. Es wird einen kleinen Moment dauern, bis der Hubschrauber reagiert. Lass dich davon nicht irritieren, und beweg den Steuerknüppel nicht noch weiter, weil du glaubst, dass er nicht funktioniert. Wenn du das tust, wird er nämlich wieder mit Karacho nach unten gehen."

Ich drehte den Kopf und wollte etwas in die Kabine rufen. Doch selbst diese kleine Bewegung verursachte höllische Schmerzen. „Alles in Ordnung da hinten? Haltet euch an den Seiten fest, wir heben in einer Sekunde ab, und es sieht so aus, als würde es kein sanfter Flug werden." Ich hörte, wie Njama mit brüchiger Stimme meine Worte übersetzte.

„Okay, dann wollen wir mal", sagte ich und zog den Rotorblattverstellhebel hoch. „Steuerknüppel ein bisschen nach vorn." Während der Hubschrauber sich träge unter der schweren Last hob, schob Layla den Steuerknüppel nach vorn. Sie zögerte und schob ihn noch etwas weiter. „Das ist zu viel", sagte ich. „Warte ab, bis er reagiert."

Sie korrigierte, doch die Huey polterte nach unten und prallte dann wieder in die Luft. Weil ich nicht angeschnallt war, wurde ich ebenfalls nach oben geschleudert und krachte dann in den Sitz zurück, wobei die Steuerung in meinen Händen ruckelte. Ich biss mir auf die Lippe, als mich eine neue Schmerzwelle überrollte.

Die Huey stieg jetzt wieder auf, begann aber nach links abzudriften. „Den Steuerknüppel eine Spur nach rechts", sagte ich.

„Er reagiert nicht." Wieder bewegte sie den Steuerknüppel.

„Gib ihm Zeit!", fuhr ich sie an. „Beweg ihn nach links." Ich sah die Felswand hinter ihr hoch aufragen. „Jetzt nach links!"

Sie reagierte, korrigierte aber zu stark, und wir trieben auf die Felswand zu unserer Linken zu. „Nach vorn", sagte ich und zog den Rotorblattverstellhebel wieder hoch. Der Schlag der Rotorblätter beschleunigte sich, aber wir näherten uns jetzt dem felsigen Untergrund des Erdrutsches und trieben gefährlich nah an die Felswand. „Jetzt zurück und wieder nach rechts. Rechts!"

Wir schlingerten von den Felsen fort und schossen in die Luft. Ich drückte den Rotorblattverstellhebel, damit wir nicht überzogen, doch Layla machte bereits halb instinktiv eine Korrektur und schob den

Steuerknüppel nochmals nach vorn. Wir rasten in die Tiefe, und der dumpfe Schlag, mit dem wir den Überhang des Erdrutsches erwischten, ließ uns hoch in die Luft zurückfedern. Die Rotorblätter mähten durch die Luft und zerfetzten das verdorrte Gestrüpp, das sich um die Felswand geschlungen hatte.

„Links! Links!", brüllte ich. „Nach vorn!"

Jetzt zog ich den Rotorblattverstellhebel hoch, und wir taumelten aus der Durchbruchstelle des Erdrutsches. Ich hörte, wie Layla die Luft einsog, als sie sah, wie sich der Boden langsam von uns entfernte. „Alles in Ordnung", sagte ich. „Du machst das hervorragend!"

Ich warf ihr vorsichtig einen Blick zu. Durch das Acrylglas ihres Visiers sah ich, dass ihr das Haar verschwitzt an der Stirn klebte. „Jetzt müssen wir etwas mehr Geschwindigkeit kriegen", sagte ich, „damit wir steigen und den Hügelrücken überqueren können. Halt den Steuerknüppel ruhig, und schieb ihn ein klein bisschen nach vorn."

Dieses Mal wartete ich den Bruchteil einer Sekunde, bis ich den Rotorblattverstellhebel zog, denn mir wurde klar – gerade noch rechtzeitig –, dass es für mich einfacher war, wenn ich mich an ihre Bewegung des Steuerknüppels anglich als umgekehrt.

Als ich die Hebel bewegte, hörte ich sogar durch das Donnern der Rotoren das Geknatter von Maschinengewehren. Ich schaute nach unten. „Scheiße!", rief ich. „Rebellen!"

Der Hang unter uns war schwarz von Soldaten. Kugeln schlugen Splitter von den Felsen an der Durchbruchstelle ab, und kurz darauf hörte ich es krachen und sah Flammen, als ein Raketengeschoss die Huey nur um Zentimeter verfehlte.

„Aufsteigen!", rief ich. „Den Steuerknüppel zurück und nach links. Zurück und nach links!"

Ich riss den Rotorblattverstellhebel hoch, drehte brutal den Gashebel, schwang uns herum, dann sah ich mich plötzlich der Felswand gegenüber. Schreie ertönten aus der Kabine, weil die Dorfbewohner bei dem Manöver durch die Kabine geschleudert wurden.

An die gepanzerte Unterseite des Helikopters prallten weiter Geschosse. Wenn der Soldat mit der panzerbrechenden Rakete beim nächsten Mal sein Ziel traf, würde das Geschoss die Panzerung wie Papier durchschlagen und uns in den Himmel schleudern.

Wir mussten den Hügelrücken zwischen uns und den Rebellenschützen bringen, bevor er einen weiteren Schuss abfeuern konnte, doch inzwischen gab es eine noch dringlichere Gefahr. Layla hatte sich an mein Wort gehalten und den Steuerknüppel nur minimal bewegt. Und das war in diesem Fall zu wenig gewesen, denn plötzlich tauchte die Felswand unterhalb des Rückens riesengroß vor dem Cockpit auf. „Den Steuerknüppel zurück! Zurück! Zurück! Noch mehr!"

Langsam und schwerfällig reagierte die Huey, und die Nase begann sich zu heben. Das Gewicht der Menschen in der Kabine ließ die Triebwerke aufheulen, als sie sich alles zu geben bemühten, was ich mit der Steuerung von ihnen verlangte.

Obwohl wir langsam stiegen, kam der Höhenrücken immer schneller auf uns zu. In der oberen Hälfte des Glasdachs war noch blauer Himmel zu sehen, doch der Rest meiner Sicht war erfüllt von schwarzem, unnachgiebigem Felsen. „Wir schaffen es nicht!", brüllte ich und machte mich auf einen Aufprall gefasst.

Es krachte, und der Helikopter geriet ins Taumeln, als seine Kufen die Felsen unmittelbar unter dem Gipfel streiften. Aus der Kabine drangen wieder Schreie, und ich wurde vor Schmerz fast bewusstlos. Als sich der Hubschrauber nach vorn neigte, korrigierte Layla bereits, bevor ich dazu kam, etwas zu sagen. Sie zog den Steuerknüppel kräftig zurück, um der abwärts geneigten Nase entgegenzuwirken.

Ein weiteres Krachen, dann schrammten die Kufen mit einem fürchterlich kratzenden Geräusch über den massiven Felsen. Die Triebwerke heulten immer schriller unter der aufgezwungenen Belastung, dann drehte sich die Huey nach rechts und kam durch die Wucht der Bewegung frei.

Sofort stiegen wir fast senkrecht auf, doch noch immer prallten Kugeln auf die Metallhaut. Die kreischenden Triebwerke begannen unter der Belastung zu versagen. „Jetzt nach vorn!", rief ich.

Die Triebwerke beschleunigten wieder, als wir in die Horizontale gingen, doch noch immer wurde der Rumpf von Geschossen durchlöchert. „Wieder nach vorn. Und noch mehr."

Das Geräusch des Geschützfeuers ließ nach und hörte ganz auf, als wir auf der anderen Seite des Höhenrückens, wo uns die Verfolger nicht mehr sehen konnten, in Sinkflug gingen. Ich kämpfte darum, die Huey unter Kontrolle zu bekommen, und sobald wir wieder in der Horizontalen flogen, gab ich anständig Gas, um so viel Abstand wie möglich zwischen uns und den Höhenrücken zu bringen, bevor auch nur einer der Rebellensoldaten ihn erreichen konnte.

Ich schaute Layla an. „Du warst großartig", sagte ich, sobald ich wieder Luft bekam. „Du bist als Pilotin ein Naturtalent. Jetzt wollen wir aber machen, dass wir hier fortkommen."

KAPITEL 14

Wir flogen weiter nach Westen. Layla bemühte sich sehr, die Huey beim Flug gerade und waagerecht zu halten, doch wir schwankten weiterhin von einer Seite zur anderen, während sie die Bewegungen mit dem Steuerknüppel korrigierte, noch einmal korrigierte und zu stark korrigierte.

„Offensichtlich hat er seinen eigenen Kopf, er macht, was er will“, klagte sie.

Ich hörte das leichte Zittern in ihrer Stimme. „Du machst es gut“, beruhigte ich sie.

Ein paar Minuten später war sie in der Lage, den Hubschrauber im Bereich von fünf Grad in der von mir angestrebten Richtung zu halten. Wir kamen nur langsam voran, wie ein Schiff bei Gegenwind, doch mit jeder Minute verringerten wir die Entfernung, die uns von Freetown trennte.

Ich ließ Layla die Funktaste drücken und sprach mit dem Tower am Flughafen. *„Mayday. Mayday. Mayday.* Hier ist Grizzly One. Pilot verwundet, Hubschrauber überladen, bitte um sofortige Landeerlaubnis, wiederhole, sofortige Landeerlaubnis. Over.“

Eine Stimme drang durch das Rauschen der Atmosphäre. „Grizzly One, hier ist der Tower Freetown. Wir haben militärische Einsätze, die von hier aus starten, um eine Bodenoffensive zu unterstützen. Bitte fliegen Sie weiter nach Conakry.“

„Negativ, Tower. Wir haben nicht genug Treibstoff, sind nahe dran, vom Himmel zu fallen, und so überladen, dass wir nicht einmal in Schwebeflug gehen können. Wir fliegen von Osten an, wiederhole, Osten, und wir brauchen eine freie Landebahn. Ankunft in etwa fünf Minuten. *Over and out.*“

Sofort protestierte das Funkgerät, doch ich ignorierte es. „Jetzt kommt der schwierige Teil“, sagte ich zu Layla.

Kaum hatte ich den Satz beendet, sah ich rote und orangefarbene Leuchtspurmunition in den Himmel hinaufstoßen. „Wir müssen auf jeden Fall in Bewegung bleiben“, sagte ich, „damit wir kein berechenbares Ziel abgeben.“

„Du meinst, im Prinzip also genauso weiterfliegen wie bisher?“, fragte sie. Es war ein tapferer Versuch, einen Witz zu machen, aber ihre Stimme brach dabei.

Wir befanden uns auf sechshundert Meter Höhe, einer fraglichen Entfernung für Sturmgewehre, aber für alle schwereren Kaliber sehr wohl in Reichweite. Salven von Leuchtspurmunition kamen weiterhin, hell genug, um sich sogar von der hellen Nachmittagssonne noch abzuheben. Allmählich kamen wir in ihre Reichweite, und die Wellenlinien schossen über den Himmel auf uns zu.

„Schieb ihn nach rechts und nach vorn." Während ich die Anweisungen gab, trat ich auf das rechte Pedal und drückte den Rotorblattverstellhebel nach unten. Die Abwärtsdrehung hatte ein solches Tempo, dass ich regelrecht an die Cockpitwand gepresst wurde und einen Schmerzensschrei nicht unterdrücken konnte. „Tut mir Leid", sagte ich. „Aber ich bin in Ordnung, wirklich. Jetzt nach links und nach hinten schieben."

Ich wartete, bis ich sah, wie sie ihre Hand in Bewegung setzte, dann zog ich den Rotorblattverstellhebel nach oben. Jedes Manöver wurde von einem Kreischen aus der Kabine erwidert, denn nur wenige Dorfbewohner hatten einen Halt, und wenn wir den Helikopter drehten und wendeten, fielen sie um und schlitterten von einer Seite zur anderen.

Wir setzten unsere Ausweichmanöver fort, dabei bewegte Layla den Steuerknüppel so, dass nicht einmal ich irgendetwas vorhersagen konnte. „Wenn sie uns treffen, ist das der pure Zufall", meinte ich trocken. „Kein Schütze dieser Welt kann dieses Verhaltensmuster durchschauen."

Wenn das Hochmut war, so folgte die Strafe auf dem Fuß. Ein paar Sekunden später raste das orangefarbene Feuer explodierender Flakgeschosse quer über unsere Flugbahn. Ich trat auf das Seitenruderpedal und rief Layla eine Anweisung zu, doch schon als sie den Steuerknüppel bewegte, hörte ich einen Geschosssplitter blechern am Rumpf aufprallen und dann einen Knall vom Heckausleger.

Ich spürte, wie das Heck des Helikopters nach links schwenkte. Mit einem Tritt auf das rechte Pedal wollte ich das Schwenken des Rumpfs abfangen. Einen Moment lang blieb mir fast das Herz stehen, bis ich spürte, dass er langsamer wurde. Wieder flogen wir vorwärts, doch sobald ich den Druck auf das Pedal verringerte, kam der Hubschrauber wieder ins Trudeln.

Meine Wadenmuskeln begannen von der Anstrengung zu schmerzen, und ich konnte mich nur schwer auf das konzentrieren, was Layla mit dem Steuerknüppel anstellte. Unser Flug wurde noch unberechenbarer, und die Huey taumelte wie ein Betrunkener über den Himmel.

Wieder kam eine Flaksalve, und messerscharfe Geschosssplitter prasselten auf den Rumpf. Dann hörte man das Heulen einer Sirene.

Wir hatten mit dem Gestank nach verbranntem Öl zu kämpfen, der uns fast den Atem nahm, als der Druckmesser des rechten Triebwerks einen Druckabfall anzeigte. Der Höhenmesser schaltete sich ruckartig ab, fiel um ein paar Meter, stabilisierte sich, als das Triebwerk ansprach und wieder reibungslos zündete, fiel erneut, als es stotterte und beinahe zum Stillstand kam.

Ich starrte geradeaus, ignorierte die Flak und zwang den Helikopter mit meiner Willenskraft in Richtung Flughafen, der inzwischen deutlich vor uns zu sehen war.

Wieder rief ich den Tower.

„*Mayday. Mayday. Mayday.* Tower, hier ist Grizzly One. Verlieren jetzt Öl, müssen uns auf Triebwerksausfall einstellen. Bitte Flugfeld räumen und auf Bruchlandung vorbereiten. *Over.*“

Hinter uns verhallte das Flakfeuer allmählich, und unter uns sah ich die Frontlinie der Kämpfe. Nigerianische Panzerfahrzeuge rollten die Flughafenstraße entlang in Richtung Freetown.

Nachdem wir nun vor dem Bodenfeuer sicher waren, fühlte ich mich hin- und hergerissen zwischen der Notwendigkeit, eine ausreichende Höhe beizubehalten, um den Flughafen zu erreichen, und dem Wissen, dass uns bei einem Aussetzen der Triebwerke auf dieser Höhe keine Autorotationslandung dieser Welt retten würde.

Der Helikopter stabilisierte sich, stieg ein wenig und sank dann erneut. Wir wurden von einer Seite auf die andere geschleudert, als Layla mit dem Steuerknüppel eine Korrektur versuchte. Immer wieder durchfuhren mich Wellen heftiger Schmerzen, als ich in meinem Sitz herumgeschleudert wurde.

Die Flughafenumzäunung lag nun etwa einen Kilometer vor uns. Der Öldruckmesser hatte aufgehört, irgendetwas anzuzeigen, das Triebwerk stotterte und stieß rußige Qualmwolken aus, und der penetrante Geruch nach verbranntem Metall überwältigte uns fast.

Die Anstrengung, das Pedal nach unten zu drücken, ließ mein Bein zittern. Ich verringerte den Druck für den Bruchteil einer Sekunde, und schon schlingerte der Hubschrauber zur Seite. Ich biss die Zähne zusammen und trat das Pedal erneut. Dabei zählte ich leise, während ich den Druck beizubehalten versuchte und Schwäche und Übelkeit mich zu überwältigen drohten.

„Halt durch, Jack. Wir sind gleich da. Halt durch!“, hörte ich von weit her Laylas Stimme.

Knapp fünfzig Meter vor der Umzäunung explodierte das rechte Triebwerk und ging in Flammen auf. Der Helikopter machte einen Übelkeit erregenden Satz. „Steuerknüppel nach links. Links!", rief ich, als wir schräg nach unten glitten.

Layla zog ihn zu weit nach links, und wir drifteten in die andere Richtung. Die Umzäunung erhob sich vor uns. Wenigstens hatte der Sinkflug bewirkt, dass sich die Drehzahl des anderen Triebwerks eine Millisekunde lang erhöhte. Mühsam holte ich aus dem schwachen Leistungsanstieg ein paar Meter Höhe heraus. Das Cockpit war von Rauch erfüllt, und die Hitze des brennenden Triebwerks über uns war Furcht erregend. Wenn wir nicht in den nächsten Sekunden landen konnten, würde der Hubschrauber in der Luft explodieren.

Wir hatten den Zaun erreicht. Der Hubschrauber ruckte und verlor an Leistung, als er sich im Draht verfing und dann zur Seite kippte. Spontan ließ ich das eine Pedal los und trat heftig auf das andere Pedal. Das Drehmoment ließ den Heckausleger herumschwenken. Durch die Wucht wurde der Hubschrauber aus der Nähe des Zauns katapultiert, gleichzeitig fiel er krachend auf die rechte Seite, und die rotierenden Blätter brachen wie Zahnstocher.

Ich heulte vor Schmerzen auf, als ich durch das Cockpit geschleudert wurde, auf Layla plumpste und dabei auf meine gebrochene Schulter fiel. „Raus! Raus! Raus! Springt!", schrie ich, als die Schmerzwelle abebbte.

Schwarzer Rauch wirbelte um uns herum, und selbst durch das Visier meines Helms spürte ich die sengende Hitze des brennenden Triebwerks. Die Stahlkassette mit den Diamanten war bei dem Aufprall zerquetscht worden. Der verbogene Deckel stand offen, und im Staub des Cockpitbodens glitzerte ein halbes Dutzend Diamanten. Ich fing an, nach ihnen zu tasten.

„Diese blöden Diamanten!", schrie Layla. „Lass sie doch liegen!"

„Steig aus, ich komme sofort nach!", rief ich. „Lauf! Mach, dass du von dem Hubschrauber wegkommst!"

Als sie über die Seite des Cockpits gesprungen war, ging der Hubschrauber in Flammen auf. Das Feuer breitete sich rasch aus, und der Hubschrauber wurde von dichtem Qualm erfüllt. Hustend quälten sich die Dorfbewohner zur Kabinentür. Einer nach dem anderen stürzte hinaus und kroch vom Hubschrauber fort.

Ich befühlte die Stahlkassette, dann wollte ich die Cockpittür öffnen, aber sie war verklemmt. Durch das Prasseln der Flammen hörte ich Layla schreien, ich solle aussteigen. Wegen der stinkenden Rauchwolken bekam ich kaum noch Luft. Dann stieß ich mit dem Fuß zu. Es krachte, und endlich strömte Luft herein, als die Tür nachgab.

Mit der Stahlkassette in der unverletzten Hand warf ich mich nach vorn und fiel schwerfällig auf den Boden. Völlig außer Atem und mit schwelender Kleidung blieb ich liegen, bis Layla mir auf die Füße half.

„Sind alle rausgekommen?“, fragte ich.

Sie nickte. Dann half sie mir beim Aufstehen und stützte mich, als ich von dem Wrack der Huey weghumpelte. Die Dorfbewohner rannten vor mir her über den Beton.

Ich hörte die Sirene eines Feuerwehrfahrzeugs, doch bevor es den Helikopter erreichte, gab es einen riesigen Knall. Wir wurden auf den Boden geschleudert, als die Druckwelle über uns hinwegraste und ein Schauer brennender Bruchstücke auf uns herunterregnete. Die Huey war eine rauchende Ruine, ein Trümmerhaufen von schwarzem, verbogenem Metall. Layla half mir auf, und wir bewegten uns zu dem ausgedörrten Gras am Rande des Flugfelds. Dort sank ich auf den Boden und legte den Kopf auf den unverletzten Arm.

Layla fühlte mir den Puls. Sie nahm mir den Helm ab und legte mir die Hand auf die Stirn. Dann nahm sie den Verband ab, um meine Schulterverletzung zu untersuchen. „Das sieht nicht schlecht aus“, meinte sie. „Fühlst du dich einigermaßen?“

„Es ging mir nie besser.“ Ich musste über die Dummheit meiner eigenen Antwort lachen, was in einem Erstickungsanfall endete. „Klar, meine Schulter tut verdammt weh, aber Gott sei Dank sind wir alle in Sicherheit. Das war eine tolle Leistung!“

„Bist du bestimmt in Ordnung? Deine Sprache klingt sehr undeutlich.“

„Mir geht’s gut. Ich bin nur hundemüde.“

Ich hielt mir die Hand vor den Mund, dann presste ich sie an die Schulter und zuckte zusammen, als ob ein neues Aufflammen der Schmerzen mich erschauern lassen würde.

Dann legte Layla den Verband wieder an. Über ihre Schulter hinweg sah ich Colonel Pleydell mit einem Aufgebot von SeCu auf uns zukommen.

Ich wartete mit halb geschlossenen Augen, bis die makellos polierten Stiefelspitzen des Colonels vor mir anhielten. Dann hob ich den Kopf. „Tut mir Leid wegen der Huey, Colonel“, sagte ich. „Hoffentlich ist sie versichert.“

Er starrte mich einen Moment an. „Sie sind vor drei Tagen nach Bohara abgeflogen. Wo zum Teufel haben Sie gesteckt?“

„Triebwerksschaden, Colonel. Wir haben verdammtes Glück gehabt, dass ich sie ein wenig zusammenflicken konnte, um überhaupt wieder hierher zu kommen."

Er warf mir einen zweifelnden Blick zu, dann deutete er mit der Hand auf die Dorfbewohner. „Und wer zum Teufel sind diese Leute hier?"

„Menschen. Flüchtlinge."

„Und wo sind die anderen?"

„Rudi und seine Jungs? Im Busch. Sie sagten, sie würden lieber einen Zusammenstoß mit den Rebellen riskieren, als den Rückflug mit mir zu wagen. Und weil ich leer zurückflog, habe ich die Gelegenheit genutzt und die Leute hier mitgenommen."

Es dauerte eine volle Minute, bis ihm die Folgen von Rudis Verschwinden klar wurden. „Wo sind die Diamanten?"

Ich überreichte ihm die Stahlkassette. Er starrte argwöhnisch auf den zerbeulten Deckel, dann kniete er nieder, öffnete sie und schüttete die Diamanten in den Staub. Dann begann er sie zu zählen. Als er sich wieder aufrichtete, war sein Gesicht wutverzerrt. „Es sollten vierundsiebzig Diamanten in der Kassette sein. Sechs fehlen."

„Na, ich habe sie jedenfalls nicht. Vielleicht liegen sie noch im Cockpit. Sie können gern dort danach suchen. Oder unterhalten Sie sich mit Rudi und seinen Leuten darüber. Sie haben mir die Kassette nur gegeben. Ich habe nicht gefragt, wie viele Diamanten drin waren." Ich hielt inne, als sei mir gerade etwas eingefallen. „Vielleicht wollten sie deshalb so gern die Sache mit dem Busch riskieren."

Er starrte mich an. „Durchsucht ihn."

Seine Schläger stellten mich mit Gewalt auf die Füße. Ich schrie vor Schmerz, als einer mich am rechten Arm packte.

„Was tun Sie da", sagte Layla aufgebracht. „Er hat eine gebrochene Schulter. Außerdem hat er eine Menge Blut verloren. Also lassen Sie ihn in Ruhe, und rufen Sie einen Krankenwagen."

Pleydell fuhr herum und sah sie an. „Und wer sind Sie, bitte schön?"

„Ich bin Ärztin bei Medicaid International."

Er sah sie mit spöttischem Lächeln an. „Wenn ich einen Rat von Vertretern kommunistischer Frontorganisationen brauche, melde ich mich. Dieser Mann steht unter Verdacht, mehrere Diamanten gestohlen zu haben, und er wird durchsucht, ob Ihnen das passt oder nicht."

„Ist ja in Ordnung, Layla", beruhigte ich sie.

Die Schläger schauten Pleydell an und warteten auf Anweisungen. „Weitermachen!", befahl er. „Durchsucht ihn!" Halb entschuldigend klopfte mich einer von ihnen ab. „So doch nicht", stöhnte Pleydell. „Wir suchen schließlich nicht nach einer Pistole, sondern nach Diamanten. Macht eine Leibesvisitation!“

Sie zogen mir Stiefel und Hose aus und kontrollierten jeden Saum. Dann knöpften sie mein Hemd auf. Sie wollten mir sogar den Verband abnehmen und meine Wunde inspizieren, aber ich stieß einen solchen Schrei aus, dass sie sofort aufhörten. Der Schweiß auf meinem aschgrauen Gesicht hätte sie eigentlich schon überzeugen müssen, dass ich nicht simulierte.

„Das reicht jetzt“, sagte Layla.

Pleydell sah mich lange an. Dann flog ein leichtes Lächeln über sein Gesicht. „Sein Mund“, sagte er. „Durchsucht seinen Mund.“

Die Männer blickten unsicher von ihm zu Layla.

Fluchend schob er sie beiseite. Ich tat ihm den Gefallen und öffnete den Mund. Er sah hinein und tastete mit seinem Finger zwischen Kiefer und Wangen. „Zunge heben!“, befahl er.

„Was?“

„Sie sollen die Zunge heben.“

Ich gab mir den Anschein, als zögerte ich, dann tat ich, was er verlangt hatte.

Pleydell fühlte unter meine Zunge, dann trat er zurück und wischte sich die Finger an der Hose ab.

Noch immer war sein finsterer Blick auf mich gerichtet. „Glauben Sie ja nicht, dass die Sache damit erledigt ist. Ich habe Ihnen noch ein paar Takte zu sagen, wenn wir wieder in England sind. Das Charterflugzeug wartet schon. Ich möchte, dass Sie in zehn Minuten an Bord sind.“

„Sie verstehen mich nicht, Colonel“, entgegnete ich. Ich schaute von ihm zu Layla. Hinter ihr saßen Njama und die anderen Dorfbewohner und beobachteten uns schweigend. Layla schaute mich unverwandt an, und ihr Blick verriet mir alles, was ich wissen wollte.

Ich wandte mich erneut an Pleydell. „Ich bin gern hier. Was mich angeht, können mir Ihre Befehle und Ihre Diamanten gestohlen bleiben. Ich gehe nirgendwohin. Ich bleibe hier.“

Pleydell verzog den Mund. „Dann zum Teufel mit Ihnen. Sie haben Ihren Vertrag nicht eingehalten und damit keinen Anspruch auf Gehalt. Sie werden schon sehen, wie lange Sie es ohne Geld in diesem Saustall von einem Land aushalten.“

Er drehte sich um und marschierte los, gefolgt von seinen Leuten. Als unser zerlumptes Trüppchen langsam auf die Flughafengebäude zutrottete, sah ich, wie sich die Türen der Tristar schlossen. Ein paar Minuten später hob sie ab und flog der untergehenden Sonne entgegen.

Als das Dröhnen der Triebwerke leiser wurde, wandte ich mich an Layla. „Kannst du mir bitte den Verband wechseln? Diese Diamanten sind verdammt unbequem."

Sie starrte mich einen Moment an, dann fing sie an zu lachen. Sorgfältig löste sie den Verband, und kurz darauf ließ sie sechs vollkommene, wenn auch blutverschmierte Diamanten in meine Hand fallen.

Ich drehte sie hin und her und sah, wie sich das Licht in ihnen brach. Dann gab ich sie Njama. „Die gehören euch", sagte ich. „Ihr werdet sie brauchen. Wenn die Rebellen erst geschlagen sind, werden wir eine Menge Aufbauarbeit zu leisten haben."

JOHN NICHOL

Foto: Stephen Gill

Pilot mit Golfkriegserfahrung

John Nichol geriet zum ersten Mal in die Schlagzeilen, als er im Golfkrieg 1991 bei der britischen Luftwaffe diente. Er und sein Gefährte John Peters wurden abgeschossen, von den Irakern gefangen genommen, gefoltert und im Fernsehen vorgeführt. Zurück in England, schilderten die beiden Männer ihre Erlebnisse in dem Buch *Tornado Down,* das zum Bestseller wurde. Seit damals hat Nichol eine erfolgreiche Karriere als Rundfunkmitarbeiter und Schriftsteller gemacht.

Das Thema des Bürgerkriegs in Sierra Leone beschäftigte Nichol schon eine ganze Weile, bevor es schließlich auch in den Medien für Schlagzeilen sorgte. Einige seiner Freunde, die dort längere Zeit im Einsatz waren, hatten ihm davon erzählt. Von ihnen hat er, quasi „aus erster Hand", viele Informationen bekommen. Denn 1999, als er mit den Recherchen für dieses Buch begann, war die Lage in Sierra Leone für einen Besuch bereits zu gefährlich. Aber natürlich informierte er sich genauso anhand von Zeitungsberichten und Büchern. Dabei bewegten ihn viele kritische Fragen, zum Beispiel ob „die Briten auch dann eingegriffen hätten, wenn Sierra Leone, die ehemalige britische Kronkolonie, nicht Diamanten, sondern Bananen exportieren würde".

Der Held des Buches ist Flieger wie Nichol selbst. Doch dies ist nicht das Hauptthema des Buches. „Für mich ist nicht das Leben als Hubschrauberpilot das Wichtigste", sagt er, „sondern die Menschen – die Männer und Frauen – und ihre Reaktion auf Kämpfe und die belastenden Situationen, denen sie sich gegenüber sehen."

STEINE
SABINE KORNBICHLER

UND ROSEN

Wenn man unversehens in eine Wohngemeinschaft mit einem eigenbrötlerischen Mann, einem temperamentvollen Siebenjährigen und einer resoluten alten Dame gerät, sollte man sich auf einige Überraschungen gefasst machen …

Gibt es Menschen, die vom Pech verfolgt werden? Denen Zufall und Schicksal in konzertierter Aktion Steine in den Weg rollen? Es gibt sie, diese unglückseligen Wesen. So und nicht anders sah ich es jedenfalls noch vor ein paar Monaten – und das mit Fug und Recht, wie ich fand.

Zu jener Zeit ging alles schief. Damals war ich überzeugt, meine beiden Widersacher Zufall und Schicksal hätten ein besonderes Auge auf mich geworfen. Kein wohlwollendes, versteht sich. Oder wie sollte ich es mir sonst erklären, dass ich an diesem kalten und verregneten Januartag missmutig die Zeitung aufschlug und mein Blick sich in sieben Wörtern verfing, die das Chaos in meinem Leben nur noch weiter vertiefen sollten.

ALTES BAUERNHAUS ZU VERMIETEN – DIREKT VOM EIGENTÜMER, stand dort, ohne jede Vorwarnung und im wahrsten Sinne des Wortes fehl am Platze. Irgendeine gute Seele in der Anzeigenannahme musste gehörig geschlampt haben, als sie dieses verheißungsvolle Angebot zwischen die Einzimmerwohnungen und damit direkt vor meine Nase platzierte. Wer außer mir würde hier über seinen Traum stolpern? Wer außer mir sehnte sich überhaupt danach, in einem alten Bauernhaus zu wohnen? Mehr als du denkst, mahnten leise Zweifel zur Eile und ließen mich beherzt zum Telefonhörer greifen. In meinem Kopf überschlugen sich Bilder von roten Klinkerbauten, knarrenden Fensterläden und verzierten Holztoren. Ich sah schon den Bauerngarten vor mir, in dem sich fette Dahlien gegen den Holzzaun lehnen würden. Mein Herz klopfte aufgeregt. Ich wählte die Nummer, und nach dem zweiten Klingeln meldete sich eine leise Frauenstimme mit einem zaghaften „Hallo“.

„Guten Tag“, sagte ich betont forsch, „mein Name ist Katja Winter. Ich rufe an wegen Ihrer Anzeige ‚Altes Bauernhaus zu vermieten‘. Sind Sie die Eigentümerin?“

„Ja.“

„Ist das Haus noch frei?“

„Eigentlich ist es …“

„Nein“, unterbrach ich sie flehend, „sagen Sie jetzt nicht, dass es schon vermietet ist. Sie müssen mir eine Chance geben, bitte!“

„Das würde ich ja gerne, aber …“, versuchte sie es erneut, doch ich ließ sie nicht zu Wort kommen.

„Wie viel Zimmer hat es?“, schoss es aus mir heraus. Ich würde sie so lange mit Fragen bombardieren, bis sie Erbarmen hatte.

„Sechs, aber …“

„Sie sind sicher klein“, vollendete ich ihren Satz. „Früher hat man ja auch nicht so großzügig gebaut. Das finde ich übrigens viel schöner als das, was man heute so sieht.“ Hoffentlich konnte ich sie überzeugen.

„Nein, das ist es nicht, das Haus …“, setzte sie vorsichtig an.

„… hat alte Fenster? Das macht mir gar nichts“, beruhigte ich sie. „Im Gegenteil, das ist gut für das Raumklima. Kann ich gleich kommen und es mir ansehen? Ich habe gerade Zeit.“

„Ja, aber …“

„Sie müssen mir noch die Adresse geben, natürlich. Das hätte ich beinahe vergessen“, schnitt ich ihr das Wort ab. Ihre mangelnde Gegenwehr ließ mich immer mutiger werden.

Sie nannte mir eine Adresse in Kronberg und erklärte mir den Weg dorthin. „In einer halben Stunde bin ich bei Ihnen“, sagte ich beschwörend. Bevor sie es sich anders überlegen konnte, verabschiedete ich mich und legte den Hörer auf.

Ich lief zu meinem Auto und hoffte, dass die Autobahn nicht verstopft war. Aber in diesem Fall war das Glück einmal auf meiner Seite, ich kam gut durch. Dank der genauen Beschreibung fand ich mich am Rande von Kronberg schnell zurecht. Vorbei an Obstwiesen und Pferdeweiden gelangte ich zu der kleinen Anliegerstraße, an deren Ecke das alte Bauernhaus stehen sollte. So weit, so gut, dachte ich irritiert. Die Ecke hatte ich gefunden, nur stand dort nicht mein Traumhaus, sondern ein zweigeschossiges Landhaus in Miniaturausgabe. Mit ockerfarbenem Anstrich, dunkelgrünen Fensterläden und einem roten Ziegeldach. Zwar sah es durchaus alt aus, aber nichts deutete auch nur im Entferntesten auf eine bäuerliche Vergangenheit hin.

Hatte sich die zaghafte Dame am anderen Ende der Telefonleitung gegen meine Überrumpelungstaktik zur Wehr gesetzt, indem sie mir eine falsche Adresse genannt hatte? Ich stieg aus dem Auto, spannte meinen Regenschirm auf und las noch einmal die Beschreibung, die sie mir gegeben hatte. Kein Zweifel, ich stand genau dort, wohin sie mich gelotst hatte. Ich betrachtete die gegenüberliegende Ecke und sah mich Auge in Auge mit fünf Ponys, die die Hoffnung auf einen Leckerbissen an das Holzgatter gelockt hatte. Fehlanzeige, dachte ich enttäuscht.

„Sind Sie Frau Winter?", hörte ich jemanden in meine Gedanken hinein rufen. Ich drehte mich um und sah eine zierliche Person auf mich zukommen.

„Ja", sagte ich und ging ihr zögernd entgegen.

„Dann haben wir miteinander telefoniert." Sie hielt mir ihre Hand hin. „Lieblich."

„Wie bitte?"

„Lieblich", wiederholte sie lächelnd. „Das ist mein Name. Sie hatten es am Telefon so eilig, dass ich gar nicht dazu gekommen bin, mich Ihnen vorzustellen." Sie schwieg einen Augenblick. „Wenn ich meinen Mann heute noch einmal heiraten würde, dann würde ich meinen eigenen Namen behalten. Dieser stiftet doch immer wieder Verwirrung. Aber zu meiner Zeit ..."

Wann ihre Zeit gewesen war, überließ sie meiner Vorstellungskraft. Doch dieses zierliche Wesen mit der zarten Stimme war schlicht zeitlos. Sie konnte genauso gut Ende sechzig sein wie Anfang achtzig.

„Sie wollten sich das Haus ansehen, nicht wahr?" Sie sah mich in einer Weise an, die ihrem Namen alle Ehre machte.

„Ja", strahlte ich sie im Gegenzug an, „wo ist es denn? Können wir zusammen hinfahren?"

„Das wird nicht nötig sein. Weil wir nämlich schon davor stehen."

Ich sah sie verständnislos an.

„In der Anzeigenabteilung ist es zu einer Verwechslung gekommen", sagte sie entschuldigend. „Mein Text lautete ‚Gemütliches Häuschen zu vermieten', aber irgendwie ..."

Wieder ein Satz, der in der Luft hängen blieb.

„Ja, dann", sagte ich unschlüssig und suchte nach Worten für einen höflichen Rückzug.

„Wollen Sie es sich nicht wenigstens ansehen?" Ihre Stimme hatte einen flehentlichen Tonfall angenommen. „Es ist ein so schönes Haus."

„Das glaube ich Ihnen gern", setzte ich mich vorsichtig zur Wehr, „aber es ist eben kein Bauernhaus. Ich suche ..."

„Ein Haus mit alten Fenstern und niedrigen Decken", unterbrach sie mich lächelnd und drehte den Spieß zu meinem Erstaunen kurzerhand um. „Wenn Sie es erst einmal von innen gesehen haben, werden Sie hingerissen sein."

„Aber es ist kein ..."

„Nein, das ist es sicher nicht, aber es liegt zentral und hat einen herrlichen Blick. Um in einem Bauernhaus zu wohnen, müssten Sie sehr weit in den Hintertaunus ziehen. Das ist nichts für einen so jungen Menschen." Sie sah mich von oben bis unten an und nickte bekräftigend.

„Ich bin 35", trumpfte ich auf.

„Eben. Das ist viel zu früh für die Abgeschiedenheit. Da haben Sie ja noch gar nichts erlebt."

Bevor ich Luft holen konnte, um zu protestieren und ihr meine Erlebnisse der vergangenen Monate aufzuzählen, machte sie auf dem Absatz kehrt und marschierte auf das Haus zu. „Kommen Sie!", rief sie mir von der Haustür aus zu. „Es ist so unwirtlich draußen."

Ich folgte ihr widerstrebend. Mittlerweile erschien mir eine Besichtigung als der schnellere Weg, um ihr zu entkommen. Meinen völlig durchweichten Schirm ließ ich vor der Tür und folgte ihr in ihr gemütliches Häuschen.

„Am besten fangen wir gleich hier unten an", sagte sie mit unüberhörbarem Stolz in der Stimme.

Mit wenigen Schritten gelangten wir mitten in eine riesige Wohnküche. Hier gab es weder Hightech noch Edelstahl, dafür stachen mir ein altes Küchenbüfett ins Auge und ein Holztisch, der mindestens drei Meter lang war und den Raum unübersehbar dominierte.

„Die Mieter müssten die Küche komplett übernehmen, wir haben in unserer neuen Wohnung keinen Platz mehr dafür." Frau Lieblich sah sich wehmütig in ihrer Küche um.

„Wer ist denn ‚wir'?", fragte ich sie.

„Mein Mann und ich. Wir haben die vergangenen vierzig Jahre gemeinsam in diesem Haus verbracht. Ich bin hier sogar schon aufgewachsen", sagte sie stolz.

„Und warum wollen Sie dann ausziehen?"

„Wir ziehen nach Mallorca. Dort haben wir uns ein Apartment gekauft. Mein Mann muss in die Wärme, die Knochen, wissen Sie." Ihr Blick strich zärtlich über die einzelnen Möbelstücke. „Wir können nur leider nicht alles mitnehmen."

Wir verließen die Küche und gingen vorbei an einer winzigen Gästetoilette in das angrenzende Wohnzimmer, das höchstens die Hälfte der Küche maß. In diesem Zimmer würde ich Platzangst bekommen, dachte ich voller Unbehagen. Lieblichs hatten nicht nur die vergangenen vierzig Jahre hier verbracht, sie hatten diese Zeit offensichtlich auch einer unbezwingbaren Sammelleidenschaft gewidmet und in die Räume gestopft, was hineinging.

„Gleich nebenan ist ein großzügiges Zimmer mit Bad. Das haben wir als Gästezimmer benutzt."

Frau Lieblich ging voraus und blieb mitten in einem karg möblierten Raum stehen, der aus Sicht der Gastgeber unmissverständlich klarmachen musste, dass Gäste sich hier nicht allzu lange wohl zu fühlen hatten. Verglichen mit dem, was ich bisher gesehen hatte, erschien mir dies jedoch als eine Oase zum Luftholen.

„So, und dann gehen wir nach oben."

Inzwischen war ich vorbereitet auf die in meinen Augen wenig anheimelnde Eigenheit der Lieblichs, mit ihren Möbelstücken auf Tuchfühlung zu gehen. Die vier Zimmer im oberen Stockwerk waren innenarchitektonisch Ebenbilder des Wohnzimmers, nur dass eines der Zimmer durch ein winziges Doppelbett genauer auf seine Funktion schließen ließ als die übrigen drei. Warum Frau Lieblich das eine als Lesezimmer, das andere als Nähzimmer und das dritte als Fernsehzimmer bezeichnete, war für meine inzwischen reizüberfluteten Augen nicht zu erkennen. Ich war ermattet und wollte nur noch raus. „Frau Lieblich ...", begann ich.

„Ich weiß, wir haben noch nicht über die Miete gesprochen, aber das Schönste soll man sich doch immer bis zum Schluss aufheben", sagte sie geheimnisvoll und zwinkerte mir zu.

„Das ist genau das Stichwort", setzte ich beherzt zu einem neuen Versuch an. „Ich kann mir ein Haus nämlich gar nicht leisten." So, jetzt war es heraus. „Ich bin allein stehend und habe im Moment noch nicht einmal einen Job." Das wird mich aus der Rubrik der möglichen Mieter blitzschnell in die der keinesfalls infrage kommenden Anwärter katapultieren, dachte ich mit einem Anflug von Schadenfreude.

„Ach, das gibt sich", sagte stattdessen Frau Lieblich in einem mitfühlenden Ton, ließ dabei aber offen, auf welchen meiner derzeitigen Zustände sich ihre Zuversicht bezog. „Wenn Sie erst einmal ein Dach über dem Kopf haben, löst sich alles andere von selbst, Sie werden sehen."

Ihr Optimismus in allen Ehren, dachte ich bitter, aber das bisherige Dach über meinem Kopf hatte weder etwas gelöst noch die Dinge verhindern können, die mich nun auf Wanderschaft gehen ließen.

„1400", platzte Frau Lieblich freudestrahlend in meine düsteren Erinnerungen.

Ich sah sie entgeistert an. Nach meinen Eröffnungen hätte jedes weitere Detail absolute Verschwendung sein müssen. Hatte sie mir nicht zugehört? Vielleicht hört sie auch nicht mehr so gut, überlegte ich.

„Nun, was sagen Sie?" Sie lächelte mich mit kindlicher Begeisterung an.

„Kaum zu glauben“, ging ich auf ihren erwartungsvollen Ton ein, wobei ich noch nicht einmal lügen musste. Bei dieser Lage hätte sie mindestens das Doppelte verlangen können.

„Nicht wahr? Wir sind nicht wirklich auf die Miete angewiesen, müssen Sie wissen“, gestand sie mir in vertraulichem Ton. „Hauptsache, wir bekommen nette Mieter.“

Inzwischen standen wir wieder in der riesigen Küche. Frau Lieblich lehnte sich entspannt gegen den massiven Küchentisch.

„Das sollte nicht so schwierig sein“, sagte ich überzeugt. Bei dieser Miete würde selbst der griesgrämigste Bewerber vor Freundlichkeit zerfließen. Eigentlich schade, dass ich mir die Miete nicht selbst leisten kann, dachte ich und ließ meine Gedanken meinen Träumen folgen. Im Geist entrümpelte ich das gesamte Haus und richtete es nach meinem Geschmack ein.

„Das finde ich auch“, sagte mein Gegenüber vieldeutig.

„Wie bitte?“

„Na, nette Mieter zu finden.“ Sie lachte. „Sie haben wohl schon in Gedanken das Haus eingerichtet.“ Anerkennend nickte sie mir zu.

„Oh, Moment, das ist ein Missverständnis“, bremste ich sie. „Die Miete ist zugegebenermaßen ungewöhnlich niedrig, aber ich kann sie mir trotzdem nicht leisten. 700 Mark sind das höchste der Gefühle, und die werden mir schon schwer fallen.“

„700 Mark sind doch eine ganze Menge“, sagte sie. Damit könne ich schließlich schon die Hälfte der Miete aufbringen.

„Aber eben nur die Hälfte“, hielt ich ihr mit beginnendem Trotz entgegen. „Und da ich allein bin ...“

„Wer sagt, dass Sie das bleiben müssen?“, fragte sie mich aufmunternd.

Die Situation entwickelte sich so absurd, dass ich mir ein Lachen nicht verkneifen konnte. „Ich kann schlecht einen Lebenspartner aus dem Hut zaubern, der sich die Miete mit mir teilt.“

„Das nicht, aber wie wäre es mit einem Wohnpartner? Und den müssen Sie gar nicht herzaubern, da geben Sie einfach eine Anzeige auf.“

„Frau Lieblich, das geht doch nicht. Wie stellen Sie sich das vor?“

„Als Wohngemeinschaft, wie sonst! Sie suchen sich eine Gleichgesinnte, wie es so schön heißt, und teilen sich das Haus. In sechs Wochen sollte das zu machen sein.“

„Wieso in sechs Wochen?“, fragte ich verwundert.

„Morgen kommen die Möbelpacker hierher, und zwei Tage später ist der Umzug. Dann wird noch renoviert. Das dauert schätzungsweise eine Woche. In zwei Wochen können Sie also einziehen. Miete müssen Sie aber erst ab März zahlen. Dann haben Sie genug Zeit, um jemanden zu finden."

Nach diesem Monolog, der kurzerhand meine Zukunft gestaltete, sah ich sie eine Minute lang sprachlos an, bis ich meine durcheinander wirbelnden Gedanken geordnet hatte. „Warum tun Sie das? Sie könnten die tollsten Mieter haben, mit Doktortitel, Beamtengehalt und Ehering am Finger. Warum also ich, ein arbeitsloser Single?"

„Aus Zeitnot und Menschenkenntnis", erwiderte sie schlicht. „Um mit Letzterem anzufangen, glaube ich, dass Sie weder lange arbeitslos sein noch Single bleiben werden. Das mit der Zeitnot ist allerdings ein wenig komplizierter." Sie sah mich mit einem Blick an, der um Verständnis warb. „Mein Mann ist schon seit Anfang Januar auf Mallorca. Sobald er in milderem Klima ist, geht es ihm gut. Ich habe ihm versprochen, dass ich mich um die Vermietung des Hauses und um den Umzug kümmere. Er war sehr skeptisch, aber ich habe ihn überzeugen können."

An dieser Stelle musste ich in mich hineinlächeln, da ich von Frau Lieblichs Überzeugungskünsten inzwischen ein Lied singen konnte.

„Ich habe auch an alles gedacht, alles organisiert, nur habe ich dummerweise vergessen, die Anzeige aufzugeben. Als mir das vor ein paar Tagen einfiel und ich es nachholte, landete sie zu allem Überfluss in der falschen Rubrik. Von der Verwechslung mit dem alten Bauernhaus ganz zu schweigen. Kurz und gut: Sie sind die Einzige, die bisher angerufen hat, und in ein paar Tagen bin ich selbst auf Mallorca. Wie soll ich von da aus das Haus vermieten?"

„In ein paar Tagen kann sich noch sehr viel tun", sagte ich lahm.

Frau Lieblich sah mich an und schüttelte entschieden den Kopf. „Nichts da, wer zuerst kommt, mahlt zuerst. Ich kann Sie doch jetzt, wo Sie extra hergekommen sind, nicht hängen lassen. Sie bekommen das Haus, und damit basta!"

Ich sah sie vollkommen ungläubig an. Wie machte sie das nur? „Sie hätten Immobilienmaklerin werden sollen, Frau Lieblich", stellte ich neidlos fest.

„Heißt das, Sie nehmen das Haus?" Aus ihren Augen leuchteten mir Freude und Erleichterung entgegen.

„Ich muss total verrückt sein. Wahrscheinlich wache ich morgen früh mit einem fürchterlichen Kater auf und wünsche mir, den heutigen Tag aus meinem Leben zu streichen. Aber ... ja, ich nehme das Haus, Frau Lieblich. Allerdings unter einer Bedingung."

„Und die wäre?", fragte sie vorsichtig.

„Wenn ich es bis März nicht schaffe, eine Mitbewohnerin zu finden, entlassen Sie mich aus dem Mietvertrag. Dann suche ich Ihnen selbstverständlich passende Nachmieter. Ist das okay?“

Sie drehte mir ihren Rücken zu, ging zum Küchenfenster und sah hinaus. Es verging eine endlose Minute, bevor sie sich umdrehte und mir ihre Hand entgegenstreckte. „Einverstanden.“

Ich schlug ein, bekam jedoch im selben Moment Angst vor meiner eigenen Courage. Wie sollte ich das alles schaffen? Ich musste eine Mieterin suchen, umziehen, einen Job finden.

„Sie schaffen das schon“, sagte da Frau Lieblich in meine Gedanken hinein, und ich fragte mich nicht zum ersten Mal in ihrer Gegenwart, ob sie hellseherische Fähigkeiten hatte. Während ich noch darüber nachdachte, zauberte Frau Lieblich einen Mietvertrag hervor.

„Am besten machen wir gleich Nägel mit Köpfen“, schlug sie aufgekratzt vor. Mit einer einladenden Geste bedeutete sie mir, mich zu ihr an den Küchentisch zu setzen. Es dauerte keine fünf Minuten, bis wir die beiden Vordrucke ausgefüllt und unterschrieben hatten. Frau Lieblich strahlte mich zufrieden an. Ihr Problem war gelöst, meines hatte gerade erst begonnen. Während ich auf der Suche nach einer Einzimmerwohnung von einem alten Bauernhaus geträumt hatte, war ich nun urplötzlich Mieterin eines gemütlichen Häuschens geworden, das ich mir nicht leisten konnte. Wohin sollte das führen?

DIE NÄCHSTEN zwei Wochen vergingen wie im Fluge. Ich fragte mich, wie ich es früher geschafft hatte, einen Umzug einfach so nebenher zu organisieren. Zum ersten Mal seit langem hatte ich Zeit. Ich musste mich nach keinem Dienstplan richten, keinen Tag freinehmen, um die wichtigsten Behördengänge zu erledigen, und nicht mitten in der Nacht Kisten packen. Vielleicht sollte ich meinem Arbeitgeber noch dankbar sein, dass er mir durch seine Kündigung so viel Freiraum geschaffen hat, dachte ich in einem Anflug von Bitterkeit und Selbstmitleid.

Systematisch wanderte ich durch jedes Zimmer der Wohnung, die in den letzten fünf Jahren mein Zuhause gewesen war, und sammelte die Dinge zusammen, die mir gehörten. Es war nicht sehr viel, was ich mitnehmen würde. Meinen kleinen Biedermeiersekretär, mit dem ich mir einen Jugendtraum verwirklicht hatte, meinen alten Kleiderschrank, das Bettsofa, den Ohrensessel vom Sperrmüll und die drei Ikea-Regale voller Bücher. Ich ging sie der Reihe nach durch, um nicht aus Versehen eines von Julius' Büchern zu entführen. Als schließlich alles verpackt war, stand ich vor ein paar Möbelstücken und 25 Umzugskartons. Nicht gerade ein üppiger Hausstand, dachte ich erstaunt.

Nach seinem Urlaub würde Julius keine Spur mehr von mir entdecken. Das hatte er schließlich beabsichtigt, als er herumdruckste und von ein wenig Abstand sprach, den er so dringend benötige. Viel konkreter und weitaus konsequenter hatte sich dagegen mein Arbeitgeber ausgedrückt, als er sagte, dass er „wegen der besonderen Vorkommnisse für den Fortbestand unseres Verhältnisses keine Basis mehr sehe", und meinen Vertrag kurzerhand kündigte. Julius hatte weder Mitgefühl noch Verständnis gehabt, als ich ihm von dieser in meinen Augen himmelschreienden Ungerechtigkeit erzählte. Im Gegenteil, er zeigte sich verwundert, dass die Kündigung nicht schon eher ausgesprochen worden war, und schlug damit die Jahre, die wir gemeinsam verbracht hatten, zu Kleinholz. Anfangs war ich wie gelähmt und hoffte noch auf ein Missverständnis. Wann immer ich das Thema ansprach, kam es zu heftigen Auseinandersetzungen, bis ich begriff, dass er nur sagte, was er dachte. Als ich für diese Einsicht endlich bereit war, spürte ich nur noch Wut und eine zentnerschwere Enttäuschung. Ich musste so schnell wie möglich aus seinem Leben verschwinden und ein neues beginnen.

Sobald mich die Erinnerungen an die vergangenen Monate zu überschwemmen drohten, zwang ich mich, nach vorne zu blicken. Doch was ich da sah, war auch nicht dazu angetan, mich optimistisch zu stimmen. Dank Frau Lieblich würde ich in zwei Tagen in ein Haus in Kronberg ziehen, das meine Verhältnisse als Bezieherin von Arbeitslosengeld weit überstieg. Der einzige Lichtblick waren drei Frauen, die sich auf meine Anzeige hin gemeldet hatten. Sobald ich eingezogen war, würden sie vorbeikommen und sich das Haus ansehen. Wenn ich Glück hatte, könnte sich eine von ihnen schon bald Miete und Küche mit mir teilen. Weitere Gemeinsamkeiten würde ich von Anfang an im Keim ersticken. Ich hatte keine Lust auf Feierabendgespräche am Küchentisch, und auf Fragen und gute Ratschläge von wohlmeinenden Lebenshelferinnen konnte ich gut verzichten. Vor allem aber wollte ich mir keine endlos ausgedehnten Geschichten über Probleme anhören, davon hatte ich selbst genug.

Als ich zum vereinbarten Termin mit dem gemieteten Kleintransporter vor meinem neuen Domizil hielt, mischte sich in mein Unbehagen trotzdem so etwas wie eine leise Freude. Wie viel Zeit auch immer mir hier beschieden war, ich würde versuchen, sie zu genießen. Nachdem ich ausgestiegen war, betrachtete ich das Haus, dessen Farben mir in der tief stehenden Januarsonne einladend entgegenleuchteten. Ich schob das Gartentor langsam auf und ging dann entschlossen auf die Eingangstür zu. Als ich gerade klingeln wollte, öffnete mir Frau Lieblich.

„Ich habe Sie kommen sehen“, zwitscherte sie fröhlich. „Schön, dass Sie so pünktlich sind. Dann können wir sofort die Übergabe machen. In drei Stunden geht mein Flugzeug. So haben wir noch genug Zeit.“

Das ganze Haus strahlte in blendendem Weiß. Die Maler konnten noch nicht lange fertig sein, da es überall intensiv nach Farbe roch. Ich folgte meiner ungewöhnlichen Vermieterin gespannt durch die einzelnen Räume, die jetzt viel großzügiger wirkten, nachdem Lieblichs Möbelsammlung nicht mehr den Blick verstellte.

„Haben Sie einen Teil Ihrer Möbel eingelagert?“, fragte ich Frau Lieblich verwundert.

„O nein, außer den Küchenmöbeln nehmen wir alles mit nach Mallorca.“

„Ich denke, Sie haben dort nur ein Apartment?“, fragte ich sie überrascht.

„Stimmt, aber das geht schon. Vielleicht wird es hier und da ein wenig eng“, gestand sie ein, „aber wir hängen so sehr an all unseren Dingen, dass wir uns nicht davon trennen mögen.“ Sie sah sich wehmütig um.

Wir setzten uns an den Küchentisch, und Frau Lieblich holte die Unterlagen und Schlüssel hervor. „Hier habe ich Ihnen unsere Telefonnummer auf Mallorca aufgeschrieben, falls Sie später noch irgendwelche Fragen haben. Ich hoffe aber, dass ich an alles gedacht habe und Sie sich schnell hier zurechtfinden.“ Sie schob mir den Zettel über den Tisch zu. „Haben Sie denn schon eine Mitbewohnerin gefunden?“

„Nein, noch nicht. Aber morgen werden sich drei Frauen vorstellen.“

„Nur Mut, wird schon klappen, Frau Winter, Sie sind doch eine patente Person. Und Sie haben mein vollstes Vertrauen.“ Dazu nickte sie bekräftigend und sah mich mit einer Zuversicht an, die ich beim besten Willen nicht teilen konnte. Die Welt war verrückt. Menschen, die mich seit Jahren kannten, hatten mir ihr Vertrauen aus mangelnder Vorstellungskraft entzogen. Und hier stand eine Frau, die mich heute zum zweiten Mal sah und mir ihr Haus anvertraute, obwohl ich ihr keinerlei Garantien für die Zukunft bieten konnte.

„Haben Sie jemanden, der Ihnen beim Ausladen hilft?“ Frau Lieblich war zum Fenster gegangen und zeigte auf den Kleintransporter, der vor dem Haus stand.

„Ja, heute Mittag kommen zwei Studenten vorbei. Sie haben mir gestern schon beim Einladen geholfen.“

„Na, dann ist ja alles in Ordnung“, sagte sie beruhigt. „Und ich muss jetzt gehen, so schwer es mir fällt.“ Sie hatte ein Stofftaschentuch hervorgeholt, mit dem sie ihre Augenwinkel betupfte. „Passen Sie mir gut auf unser Häuschen auf." Sie ließ ihre Blicke noch einmal durch die Küche wandern, bevor sie schnell hinausging. Das Taxi wartete bereits.

„Alles Gute, Frau Lieblich." Ich nahm ihre Hand und drückte sie.

„Für Sie auch." Sie sah mich fest an. „Für Sie auch."

Ich hörte an ihrer Stimme, dass sie ein Schluchzen nicht mehr lange würde unterdrücken können. Als sie Richtung Gartentor ging, schloss ich die Haustür, damit sie in Ruhe und ohne störendes Publikum von ihrem Zuhause Abschied nehmen konnte.

Nach fünf Minuten ging ich hinaus zu meinem Auto und lud meinen Überlebenskarton aus. Darin waren drei Packungen mit Keksen, mein Wasserkocher, eine Teekanne und Becher. Damit würde ich zumindest die Stunden überstehen, bis die beiden Studenten kamen und mir halfen, mich in meinen neuen vier Wänden häuslich niederzulassen. Ich kochte mir einen Tee und setzte mich an den riesigen Küchentisch.

Die ersten Stunden in einem neuen Heim sollten eigentlich von erwartungsvoller Aufregung geprägt sein, dachte ich traurig. Ich dagegen kam mir einfach nur verloren vor. Ich war aus meiner gewohnten Umgebung ausgebrochen, um zur Ruhe zu kommen und den zermürbenden Zweifeln zu entfliehen. Nur hatte ich nicht bedacht, wie einsam es dabei werden könnte. In einer fremden Stadt, ohne Freunde und ohne Arbeitskollegen. Aber es gab kein Zurück.

Plötzlich fiel mir ein, dass ich mir noch gar kein Zimmer ausgesucht hatte, immerhin hatte ich die Wahl. Ich würde nicht viel Platz brauchen, mein magerer Hausstand würde schon auf zwei Zimmer verteilt sehr luftig wirken. Ich wanderte durch die leeren Räume und entschied mich spontan für Lieblichs ehemaliges Lesezimmer und das angrenzende Nähzimmer, die durch eine Tür miteinander verbunden waren. Auch die beiden übrigen Zimmer im ersten Stock gingen ineinander über, aber meine beiden hatten den schöneren Blick. Zum Glück gab es zwei Bäder hier oben, sodass ich mich mit der Neuen nicht würde arrangieren müssen, wer morgens zuerst unter die Dusche durfte.

Die nächsten Stunden verbrachte ich damit, das gesamte Haus zu putzen und es auf den Hygienestandard zu bringen, den ich vom Krankenhaus gewöhnt war und in den vergangenen Jahren auch auf mein Zuhause übertragen hatte. Als ich gerade fertig war und mich nach einer Pause sehnte, standen die beiden Studenten vor der Tür, um meine Habseligkeiten ins Haus zu schleppen. Kaum hatten sie ihr Werk vollbracht, sahen sie sich um und fragten, wann die anderen einziehen würden. Ich sagte, am nächsten Tag, und ersparte es mir, sie darüber aufzuklären, dass nur noch eine andere Frau mit mir hier leben würde.

Mein Geschirr räumte ich in das Küchenbüfett, das mir schon bei meinem ersten Besuch im Haus gefallen hatte. Wer zuerst kommt, mahlt zuerst, hatte Frau Lieblich gesagt. Und da konnte ich ihr nur beipflichten. Was nicht vor dem Eintreffen der Neuen geregelt war, würde zu Diskussionen führen, in denen ich möglicherweise den Kürzeren zog. Also galt es, unmissverständliche Zeichen zu setzen. Schließlich war jetzt ich die Vermieterin. Ich richtete mich entschlossen auf und wappnete mich für den nächsten Tag, an dem mich meine Menschenkenntnis hoffentlich nicht im Stich lassen würde.

Am Abend streifte ich durch meine beiden Zimmer und nahm die noch ungewohnte Atmosphäre in mich auf. Schließlich machte ich mich noch daran, meine Bücher in die einzelnen Regalreihen zu verteilen. Danach war ich so müde, dass ich alle Lichter im Haus ausschaltete und vor neun Uhr in einen bleiernen Tiefschlaf versank, aus dem ich erst zehn Stunden später wieder erwachte.

Als Erstes meldete sich mein Magen mit einem lauten Knurren. Außer ein paar Keksen hatte ich in den letzten 24 Stunden nichts gegessen. Ich musste dringend einkaufen. Also duschte ich schnell, zog mich an und machte in aller Herrgottsfrühe meinen ersten Großeinkauf in Kronberg.

Kaum hatte ich den Kühlschrank gefüllt, klingelte es an der Tür. Durch den Spion sah ich das hagere Gesicht einer Frau in mittleren Jahren, der ersten Bewerberin.

„Ich bin Ella Gundlach", stellte sie sich vor. „Leider bin ich ein bisschen zu früh."

„Katja Winter", sagte ich freundlich gestimmt, streckte ihr meine Hand entgegen und bat sie herein. Ihr Händedruck war fest genug, um mich optimistisch zu stimmen. Von ihrem Äußeren wollte ich mich nicht gleich beeinflussen lassen. Was sagte es schließlich schon aus, wenn jemand klein, drahtig und Grau in Grau von der Haarfarbe bis zu den Gesundheitsschuhen daherkam. Ich setzte mich wohlwollend mit ihr an den Küchentisch und sah sie gespannt an.

„Erzählen Sie doch einfach ein wenig über sich", forderte ich sie auf.

„Ja, wo soll ich anfangen?", fragte sie mich Hilfe suchend.

„Vielleicht am besten damit, warum Sie sich dafür interessieren, hier einzuziehen", half ich ihr auf die Sprünge.

„Ja, wissen Sie", begann sie zögernd, „mein Mann meint, es wäre ganz gut, wenn wir mal eine Weile nicht so eng aufeinander hockten. Er ist ein sehr sensibler Mann, müssen Sie wissen, er braucht viel Freiheit und Verständnis. Und er braucht auch ein bisschen Abwechslung vom Alltag, sagt er immer. Sonst wird es ihm zu langweilig, und dann kann er mich nicht lieben. Und Liebe ist doch schließlich das Wichtigste, nicht wahr?"

Ich erwiderte ihren Blick mit ungläubigem Staunen. Als ich ihr auf diese tief philosophische Frage nicht antwortete, setzte sie ihre hanebüchenen Erklärungsversuche fort. „Wir haben das schon einmal für ein halbes Jahr gemacht, danach ging alles viel besser. Aber jetzt meint mein Mann, es müsse doch einmal für länger sein, dass ich ausziehe. Er muss ausspannen, wissen Sie." Sie lauschte ihren eigenen Worten nach, als wolle sie sich vergewissern, dass sie mir auch alles wahrheitsgetreu wiedergab. „Das ist so mit sensiblen Menschen, dafür muss man Verständnis haben. Ja", sprach sie sich selbst Mut zu und lächelte zaghaft, „deshalb bin ich hier."

Inzwischen hatte ich meine Sprachgewalt wieder entdeckt. „Wenn es sich hier nicht um ein grundlegendes Missverständnis handelt", wetterte ich los, „dann haben Sie mir gerade in harmlos verpackter Form erzählt, dass Ihr Mann permanent fremdgeht und Sie ihn dabei stören. Um dem Ganzen die Krone aufzusetzen, zeigen Sie Verständnis und ziehen sich so lange zurück, bis er sich in aller Seelenruhe ausgetobt hat und seinem Triebleben in Ihren verzeihenden Armen eine Atempause gönnen möchte, bevor er Sie dann schließlich wieder vor die Tür setzt. Habe ich das richtig wiedergegeben?"

Bereits nach dem ersten Satz war sie erschrocken zusammengezuckt. „Ich bitte Sie, Frau Winter, so hört sich das an, als wäre mein Mann ein Schuft. Aber er ist nicht so unrecht, wie Sie ihn darstellen. Sie müssten ihn einmal kennen lernen, dann hätten Sie schnell eine andere Meinung von ihm."

Meinem Anflug von Mitleid wollte ich nicht nachgeben. „Vielen Dank, aber manche Menschen muss ich nicht kennen lernen. An Ihrer Stelle würde ich den Spieß umdrehen, ihn auf Zimmersuche in eine Wohngemeinschaft schicken und die Schlösser auswechseln, sobald er hinter der ersten Ecke verschwunden ist."

„Heißt das, Sie möchten, dass ich meinen Mann bei Ihnen vorbeischicke?", fragte sie unsicher.

„Um Himmels willen, nein, nur das nicht! Sie sollen ihn nicht bei mir vorbeischicken, sondern ihn zum Teufel jagen."

„Also Frau Winter, ich bitte Sie", schnaufte sie empört. „Ein bisschen Toleranz kann man doch erwarten von seinen Mitmenschen. Das sagt auch mein Mann immer. Und er hat Recht."

Ich konnte es nicht glauben, sie war tatsächlich zutiefst entrüstet.

„Es tut mir Leid, Sie enttäuschen zu müssen", fuhr sie unbeirrt fort,

„aber unter diesen Umständen kann ich auf keinen Fall mit Ihnen zusammenziehen.“ Sie erhob sich von ihrem Stuhl und bewegte sich wie ein Krebs rückwärts Richtung Küchentür. „Es würde nicht gut gehen mit uns beiden.“

Da konnte ich ihr nur zustimmen. Ich nickte entgeistert, begleitete sie wortlos zur Tür und sah erleichtert zu, wie sie das Gartentor hinter sich schloss. Ich hatte den Eindruck, in die Abgründe eines Lebens geschaut zu haben, das mir unangenehme Schauer über den Rücken jagte.

Diesem Gefühl musste ich so schnell wie möglich entkommen; mein erstes Frühstück im Haus Lieblich, wie ich es inzwischen nannte, sollte schließlich unter einem guten Stern stehen. Also holte ich meine Einkäufe wieder aus dem Kühlschrank, breitete sie auf dem Tisch aus und ließ mir viel Zeit für die Brote, die ich mir genussvoll schmierte.

Als ich mein Frühstücksgeschirr gerade abgewaschen hatte, klingelte es zum zweiten Mal an diesem Morgen. Ich ging zur Tür, guckte durch den Spion und prallte angesichts des Farbschocks vor meinen Augen einen Meter zurück. Vorsichtig versuchte ich es noch einmal, jedoch mit dem gleichen Ergebnis. Von draußen starrte mir ein Gesicht in allen Farben des Regenbogens entgegen. Wenn dieses Gesicht zu Isolde Werner gehörte, die ich als zweite Interessentin erwartete, dann musste sie bisher ohne Spiegel gelebt haben. Ich öffnete vorsichtig die Tür.

„Guten Tag“, flötete es mir entgegen, „ich bin Isolde Werner.“

Ich konnte sie nur anstarren. Über die unverhältnismäßig dicke Schicht von Make-up hätte ich noch hinwegsehen können. Der purpurrote Lippenstift mit Goldglitter ließ mich jedoch ebenso an Fasching denken wie der Lidschatten, der sich in hellblauen, zartlilafarbenen und senfgelben Wellenlinien von den Lidern zu den Augenbrauen hocharbeitete. Hatte man diese Farbskala gerade noch halbwegs überlebt, gab einem das Rouge den Rest. Das tiefdunkle Aubergine erinnerte zwangsläufig an eine ernst zu nehmende Kriegsbemalung.

„Sind Sie Katja Winter?“, fragte sie unbeeindruckt von meinem Gesichtsausdruck.

„J-J-Ja“, stotterte ich und stellte erstaunt fest, dass es Menschen gab, in deren Gegenwart meine sonst so auffällige rote Haarfarbe dezent in den Hintergrund trat.

„Fein, dann können wir uns ja gleich mal beschnuppern.“ Dabei kräuselte sie ihre Nase wie ein Pekinese und lachte über ihren eigenen Scherz, dem ich so gar nichts abgewinnen konnte.

„D-D-Das wird nicht nötig sein“, versuchte ich sie aufzuhalten. „Das Zimmer ist leider schon vermietet.“

„Wissen Sie, das macht gar nichts. Ich habe schon so oft in meinem Leben ein Nein gehört, das sich später in ein begeistertes Ja verwandelt hat. Sie müssen mich nur ein bisschen besser kennen lernen, dann sagen Sie der anderen ab." Sie war schnurstracks vor mir her in die Küche gegangen und sah sich dort ungeniert um. „Das kann man wohl größtenteils so lassen", sagte sie gönnerhaft. „Der Tisch ist ein bisschen groß, ich müsste mal mit meinem Schreiner sprechen, ob sich da was machen lässt. Und eine Spülmaschine muss selbstverständlich her, wer will denn heute noch *spülen*."

Sie ließ sich auf einen der Stühle fallen, der unter ihrem Angriff verdächtig ächzte. „Hier fehlen Farben!", stieß sie hervor. „Farben machen doch alles viel freundlicher. Ein bisschen Lippenstift würde in Ihrem Gesicht übrigens auch *wunderbare* Akzente setzen." Ihr prüfender Blick hatte sich von der Küche abgewandt und meinem ungläubig erstarrten Antlitz zugewandt. „Wir werden eine *fantastische* Zeit zusammen haben. Ich sehe schon alles genau vor mir. Wir werden gemeinsam frühstücken und die langen Winterabende bei einem guten Glas Sherry ausklingen lassen. Wir werden uns *blendend* unterhalten."

„Nein!", stieß ich mit einer Entschiedenheit hervor, die ich mir selbst nicht zugetraut hätte. „Ich habe der Dame, die vor Ihnen hier war, meine Zusage gegeben. Und ich stehe zu meinem Wort."

„Sie wissen nicht, was Ihnen entgeht", sagte sie spitz. „Wir hätten uns so gut verstanden."

Während ich sie mit unmissverständlichen Gesten zur Haustür dirigierte, plapperte sie trotz ihrer Niederlage ungebremst weiter. Bevor ich sie in diesen unwirtlichen Januartag entließ, siegte meine Neugier über den Wunsch, so schnell wie möglich die Tür hinter ihr zu schließen. „Frau Werner, eine Frage noch", hielt ich sie kurz zurück. „Warum möchten Sie eigentlich in eine Wohngemeinschaft ziehen?"

„Wegen der Unterhaltung", erklärte sie mir im Brustton der Überzeugung. „Ich unterhalte mich so gerne mit anderen Menschen."

„Aha", sagte ich und musste mich zusammennehmen, um nicht schallend loszulachen. „Also dann, viel Glück bei Ihrer Suche."

Als ich Haus Lieblich wieder für mich hatte, sehnte ich mich nur noch nach meinem Bett. Ich würde eine Stunde meine Augen und Ohren entspannen, um mich innerlich für den dritten Angriff auf meine Nerven zu stärken. Die letzte Interessentin würde erst gegen Mittag kommen. Sie sei beruflich so stark eingespannt, dass sie nur kurz während ihrer Mittagspause vorbeischauen könne. Allem Anschein nach steht sie mitten im Leben, überlegte ich voller Hoffnung. Wer so viel arbeitete, musste morgens früh aus dem Haus und war abends müde. Das wäre zu schön, um wahr zu sein.

Als es schließlich klingelte, war ich fest entschlossen, Frau Merten eine echte Chance zu geben. Dieses Mal ließ ich den Spion aus und riss die Tür entschlossen auf.

„Oh", rutschte es mir enttäuscht heraus, als ich im Eingang einen Mann stehen sah. Er hatte lässig eine Hand in der Hosentasche, mit der anderen drückte er ein Handy an sein Ohr. In knappen Sätzen bombardierte er seinen Gesprächspartner mit Zahlen, die mich staunen ließen. Beträge unter einer Million schien es in seiner Welt nicht zu geben. War er möglicherweise Immobilienmakler und hatte sich angepirscht, um Lieblichs Häuschen zu kaufen?

Als er ungeniert weitertelefonierte und keine Anstalten machte, das Gespräch zu unterbrechen, um sein Anliegen vorzutragen, schloss ich die Tür vor seiner Nase und lehnte mich von innen dagegen. Wenn er bisher keine Manieren gelernt hatte, dann würde er jetzt kostenlosen Nachhilfeunterricht bekommen. Kaum hatte ich meinen pädagogischen Lehrplan aufgestellt, klingelte es erneut. Ich öffnete langsam die Tür.

„Merten", sagte er in einem Geschäftston, der auf viel Erfahrung schließen ließ.

„Winter", erwiderte ich unbeeindruckt, bis es mir wie Schuppen von den Augen fiel. Meine dritte Interessentin hieß Merten. „Ich erwarte eine Frau", hielt ich ihm vorwurfsvoll entgegen.

„Das kann ich Ihnen erklären. Sie haben mit meiner Sekretärin gesprochen, sie hat sich Ihnen mit Merten vorgestellt."

„Hat sie Identitätsprobleme?", fragte ich ihn ironisch.

„Nein", erwiderte er lachend, „sie ist noch ganz neu bei mir und tut lediglich, was ich ihr sage. Jedenfalls zu fünfzig Prozent."

„Muss eine kluge Sekretärin sein", konnte ich mir nicht verkneifen zu sagen. „Nur warum dieses Versteckspiel?"

„Mir als Mann hätten Sie wohl kaum einen Termin gegeben."

„Stimmt. Wenn Sie das schon so richtig eingeschätzt haben, warum dann der ganze Aufwand? Oder wollen Sie Ihre Geliebte hier parken?" Ich hatte an diesem Tag schon so vieles gehört und gesehen, dass ich inzwischen alles für möglich hielt. Wahrscheinlich war er verheiratet und hatte nicht genug Geld, um sich für sein Verhältnis ein eigenes Apartment zu leisten.

„Wenn Sie mir eine kleine Chance geben, erkläre ich es Ihnen."

Ich rang mir ein Nicken ab und nahm mir vor, ihn ausreden zu lassen.

„Ich bin auf der Suche nach einem Zimmer. Und da Sie in Ihrer Anzeige eine allein stehende Frau über vierzig suchen, war ich mir sicher, dass es Ihnen gar nicht unbedingt um weibliche Gesellschaft geht, sondern dass Sie nur keine Kinder im Haus haben wollen."

„Ich will überhaupt keine Gesellschaft haben", platzte ich heraus.

„Entschuldigung", sagte er ehrlich zerknirscht. „Ich habe mich ungeschickt ausgedrückt. Was ich sagen will, ist, dass ich bei den Stichworten allein stehend und über vierzig automatisch an kinderlos gedacht habe. Und das bin ich."

„Aha." Er hatte Recht mit dem, was er sagte. Ich suchte eine ruhige und anspruchslose Mitbewohnerin, die mir meine Ruhe ließ.

„Ich will ganz ehrlich sein, ich brauche das Zimmer auch nur für ein halbes Jahr. Das Haus, in dem ich in Frankfurt wohne, wird saniert. Ich werde meine Wohnung dort behalten und später, wenn alles fertig ist, wieder einziehen. Ich dachte nur, dass eine Wohngemeinschaft vielleicht etwas intimer ist als ein Hotel."

„Intim?"

„O Gott", sagte er, „heute ist wirklich nicht mein Tag. Ich meine natürlich, dass eine Wohngemeinschaft persönlicher ist als ein Hotel. Ich glaube, ich kann mich in Zahlen besser ausdrücken als in Worten." Den Zahlenkolonnen nach zu urteilen, die er im Hauseingang über sein Handy verbreitet hatte, konnte ich ihm nur beipflichten. „Kurz und gut", versuchte er es erneut, „ich würde mir das Zimmer gerne einmal ansehen."

Warum nicht, dachte ich versöhnlich, wenn er schon einmal hier ist?

„Es sind zwei Zimmer", verriet ich ihm, während ich ihn die Treppe hochlotste.

Während er durch die beiden Räume ging, erzählte er mir, dass seine jetzige Wohnung auch nicht sehr viel größer sei, sodass er sogar all seine Möbel würde unterbringen können. Und ehe ich es mich versah, hatte er mich in ein ernsthaftes Verhandlungsgespräch verwickelt. Die Miete in Höhe von siebenhundert Mark sei gar kein Problem, einer möglichen Hausordnung würde er sich fügen, und ansonsten sei er ein sehr verträglicher und weitestgehend abwesender Zeitgenosse.

Ich spürte, wie sich meine Abwehr legte und ich mir mehr und mehr vorstellen konnte, Herrn Merten die beiden Zimmer abzutreten. Bevor ich jedoch einschlug, nahm ich ihn kritisch unter die Lupe. Er sah sehr gepflegt aus und hatte ein attraktives, jungenhaftes Gesicht. Durch seine dunkelbraunen Haare zogen sich bereits ein paar feine weiße Fäden, obwohl er höchstens Anfang dreißig sein konnte. Ich mochte seine Hände, die eine gewisse Bodenständigkeit ahnen ließen. Außerdem sahen sie kräftig genug aus, um mit Bohrmaschine und Hammer umzugehen.

„Werden Sie es sich überlegen?“, fragte er mich in einem Ton, aus dem ich unschwer heraushören konnte, dass ihm einiges an einer positiven Entscheidung lag.

„Das brauche ich nicht mehr. Ich kann es mir nicht leisten, noch sehr viel länger nach einer Alternative zu suchen. Und wenn Sie sowieso nur ein halbes Jahr bleiben wollen, dann gibt mir das mehr Zeit, eine adäquate Mitbewohnerin zu suchen. Ich denke, wir werden uns in diesem halben Jahr arrangieren.“ Ich war erleichtert über diese überaus pragmatische Lösung.

„Sie sind also einverstanden?“, fragte er überrascht.

„Ja. Wann wollen Sie einziehen?“

„Gleich nächstes Wochenende, wenn es Ihnen passt.“

„Okay, abgemacht.“ Ich streckte ihm meine Hand hin und ging bei seinem kräftigen Händedruck fast in die Knie.

Nachdem er sich meiner Zustimmung sicher war, drängte es ihn wieder zurück in sein Büro, wo noch Berge von Arbeit auf ihn warteten. Ich hatte ihn gar nicht gefragt, was für eine Arbeit das war, aber ich würde noch ausreichend Gelegenheit haben, das nachzuholen. Ich verabschiedete ihn an der Haustür und sah ihm zufrieden hinterher. Frau Lieblichs Zuversicht hatte inzwischen auch mich erreicht. Vielleicht würde doch noch alles gut.

Zwei Tage blieben mir noch bis zum Wochenende und bis zum Einzug von Robert Merten. Ich hoffte, meine bisherigen Erfahrungen mit Männern würden auch auf ihn zutreffen. Hatte ich mich bei Julius und seinen Vorgängern darüber aufgeregt, dass sie sich in ihren Jobs verbal so sehr verausgabten, dass für ihren Feierabend nur wenige Worte übrig blieben, so baute ich in diesem Fall auf das Gesetz der Serie. Mit Robert Merten im Haus würde ich sicher sein vor redegewaltigen Unterhaltungen und ausführlichen Problembetrachtungen. Außerdem hätte ich darauf wetten können, dass er in einer problemfreien Zone lebte: Er hatte eine Wohnung, einen Job und ein Handy. Das wird eine wunderbare Hausgemeinschaft werden, freute ich mich. Jedenfalls ein halbes Jahr lang.

Vor einem halben Jahr, dachte ich wehmütig, ist mein Leben noch in Ordnung gewesen. Hätte mir damals jemand prophezeit, was da auf mich zukommen sollte, hätte ich gelacht und es für einen üblen Scherz gehalten. Aber es war kein Scherz, als ich in die Verwaltung beordert wurde, um dort meine Kündigung in Empfang zu nehmen. Und es war auch kein Scherz, als Julius sich auf die Seite unseres gemeinsamen Arbeitgebers gestellt hatte. Zunächst hatte ich geglaubt, er habe es aus

Opportunismus getan, weil es auch sein Brötchengeber war und er um seine Karriere fürchtete. Doch dann erkannte ich in seinen Augen denselben Unglauben, dieselbe mitleidige Überheblichkeit, die das Fass meiner Belastbarkeit zum Überlaufen brachte.

Stundenlang hatte ich auf ihn eingeredet, hatte ihm jeden Vorfall aus meiner Sicht geschildert und nach Erklärungen gesucht. Aber für ihn zählten nicht die sechs gemeinsamen Jahre mit mir, sondern allein die Fakten, für die es in seinen Augen keine andere Erklärung geben konnte als die, dass ich versagt haben musste.

Vielleicht hatten jene Menschen Recht, die behaupteten, man lerne einander erst in der Not richtig kennen. Bei uns war es jedenfalls so gewesen. Die erste wirkliche Krise hatte unsere Beziehung nicht überstanden. Meine Gefühle, die einmal so zärtlich und beständig gewesen waren, hatten sich in nichts aufgelöst. An ihre Stelle waren Kälte und Verachtung getreten, aber auch Wut und der unbändige Wunsch, es ihm zu zeigen. Er sollte sich dafür schämen, dass er mich im Stich gelassen hatte, als ich ihn so dringend brauchte.

Erschreckend fand ich, wie spurlos meine Liebe verschwunden war oder das Gefühl, das ich dafür gehalten hatte. Hatte ich mir tatsächlich all die Jahre etwas vorgemacht?

Ich wischte die Fragen und die Antworten fort, die mir meine Unzulänglichkeit nur allzu deutlich bewusst machten. Beides konnte ich im Augenblick nicht gebrauchen. Ich musste Sicherheit und Selbstbewusstsein ausstrahlen, wenn ich bei dem Vorstellungstermin heute auch nur den Hauch einer Chance haben wollte.

Das Arbeitsamt hatte mir geschrieben und ein Krankenhaus in Frankfurt genannt, an dem die Stelle einer Intensivkrankenschwester neu zu besetzen war. Pünktlich um 15 Uhr klopfte ich an die Tür des Verwaltungschefs. Es war mein erstes Bewerbungsgespräch seit meinem Rauswurf vor vier Wochen, und mein Herz pochte bis zum Hals. Wenn ich diese Stelle bekäme, würde mein Leben wieder in geordneten Bahnen verlaufen.

Der Verwaltungschef, der sich mir nach einer kurzen Begrüßung gegenübersetzte, machte seiner Funktion alle Ehre. Er war erbarmungslos sachlich. Ich versuchte, freundlich und offen zu reagieren, obwohl er sich benahm, als säße ich auf der Anklagebank. Nachdem er meinen Lebenslauf minutiös nachvollzogen hatte, verbiss er sich in den Grund für meine Kündigung. Mein Berater beim Arbeitsamt hatte mir empfohlen, die Wahrheit zu sagen, trotzdem versuchte ich es mit dem, was in meinen Augen die sanfte Version der Geschehnisse war. „Man hat mir aus sehr persönlichen Gründen gekündigt." Wenn er sich damit zufrieden gab, stiegen meine Chancen.

„Erläutern Sie das bitte genauer."

„Man hat meine Überzeugungen nicht mehr geteilt", machte ich einen neuen Versuch, meine Erlebnisse allgemein zu umschreiben.

„Ihre Überzeugungen hinsichtlich der Versorgung von Patienten?" Er verfolgte sein Ziel wie ein Roboter.

„So kann man es sagen, ja."

„Spezifizieren Sie das bitte."

„Hören Sie, der Grund für meine Kündigung hat überhaupt nichts mit der Qualität meiner Arbeit zu tun. Sie haben doch mein Zeugnis vorliegen. Reicht das nicht?" Er machte mich nervös.

„Ihr Zeugnis weist Lücken auf, es steht hier beispielsweise nichts über Ihre Belastbarkeit. Würde ich zu Interpretationen neigen, dann ..."

„Was Sie nicht tun", unterbrach ich ihn ironisch, „Sie halten es mit den Fakten. Fakt ist jedoch, dass ich acht Jahre lang in Wiesbaden einen hervorragenden Job gemacht habe."

„Nichts anderes sagt Ihr Zeugnis, aber es sagt nichts über Ihre Belastbarkeit." In seiner Stimme schwang weder ein rechthaberischer noch ein vorwurfsvoller Ton mit, er erläuterte mir lediglich die Tatsachen. „Frau Winter, ein Anruf in Wiesbaden genügt, um die Angelegenheit aufzuklären. Es steht Ihnen jedoch frei, das selbst zu tun."

Und so nahm ich mir die Freiheit, ihm von den Vorfällen zu erzählen, für die mein bisheriger Arbeitgeber allein mir die Schuld zugesprochen hatte.

„Um Ihren Bericht kurz zusammenzufassen", sagte mein Gegenüber vollkommen unbeeindruckt, „Sie haben vergessen, den Alarm einzuschalten, und haben die Infusionsdosis falsch bemessen."

„Nein", sagte ich entschieden, „so hat man es nur dargestellt, aber mir sind diese Fehler nicht unterlaufen."

„Typische Überlastungssünden", redete er weiter, als habe er meinen Widerspruch gar nicht wahrgenommen. „Tödlich in Ihrem Job."

„Vielen Dank für die Diagnose", sagte ich sarkastisch. „Ich frage mich nur, warum allem Anschein nach meine fehlerfreien Jahre gar nicht ins Gewicht fallen. Warum jeder so schnell bereit ist zu glauben, dass ich versagt habe."

„Irgendwann ist immer das erste Mal. Außerdem sind fehlerfreie Jahre kein Argument. Andernfalls, verzeihen Sie mir diesen Vergleich, hätte ein Mörder auch alle Chancen freizukommen, wenn er bis zu dem Mord ein unbescholtener Bürger war."

„Ich denke, das reicht", sagte ich in einer Lautstärke, die meiner Meinung nach seinem unverschämten Vergleich angemessen war. „Geben Sie mir bitte meine Unterlagen zurück."

Er sammelte geruhsam die einzelnen Blätter zusammen und reichte sie mir über den Tisch. „Ich wünsche Ihnen viel Erfolg, aber ich würde mir an Ihrer Stelle keine allzu großen Hoffnungen machen."

„Wenn ich dazu neigen würde, Hoffnung so schnell in den Wind zu schlagen, wie Sie es mir nahe legen", sagte ich kalt, „dann wäre ich auf einer Intensivstation tatsächlich fehl am Platze. Guten Tag!" Ich drehte mich um und eilte nach draußen, nicht ohne die Tür kräftig hinter mir zuzuschlagen.

Als ich die Treppe hinunterlief, nahm ich zwei Stufen auf einmal, um diesen Ort so schnell wie möglich zu verlassen. Ich hätte vor Wut am liebsten gegen sämtliche Türen, die mir den Weg versperrten, getreten, aber dieses Krankenhaus war so modern, dass sie sich wie von Geisterhand selbst öffneten. Vor dem Portal atmete ich mehrmals tief durch, um meine Wut zu besiegen, aber so schnell gab sie nicht klein bei. Da half nur noch essen. Ich ging in die nächste Bäckerei und kaufte Kuchen in einer Menge, die für fünf gereicht hätte.

Zum Glück ignorierte mein Körper solche Exzesse und behielt seine Form. Ich musste eher aufpassen, dass meine Knochen nicht hervorstachen. Besonders nach den vergangenen Wochen, die mich nicht nur Nerven, sondern auch etliche Pfunde gekostet hatten.

Nach Kronberg zurückgekehrt, parkte ich mein Auto vor dem Haus, eilte hinein und setzte das Teewasser auf. Das Kuchenpaket legte ich mitten auf den Tisch. Ich würde jedes einzelne Stück genießen. Für meine angegriffenen Nerven wählte ich zuerst das dicke, fette Stück Mohnstriezel. Ich wollte gerade hineinbeißen, als das Telefon klingelte. Das Geräusch ließ mich zusammenschrecken, und mir wurde bewusst, dass das Telefon zum ersten Mal läutete. „Winter", meldete ich mich.

„Guten Tag, Frau Winter, hier Lieblich", drang die fröhliche Stimme meiner Vermieterin an mein Ohr.

„Oh, hallo, Frau Lieblich. Wie geht es Ihnen? Sind Sie heil angekommen? Geht es Ihrem Mann besser?" Ich freute mich so sehr, ihre Stimme zu hören.

„Ja", sagte sie entspannt, „es ist alles in Ordnung. Wir haben uns inzwischen ganz gut in unserer Wohnung eingerichtet, und unser Heimweh ist gar nicht so groß, wie wir anfangs befürchtet haben. Mein Mann blüht hier auf, das macht alles so viel einfacher."

„Ich freue mich für Sie. Um Ihr Häuschen müssen Sie sich auch keine

Sorgen machen. Hier ist alles bestens." Soweit es das Haus betraf, stimmte es sogar. „Inzwischen habe ich auch einen Mitbewohner gefunden", erzählte ich ihr.

„Das klingt nach einem Mann. Hat sich da etwa gleich etwas angebahnt?", fragte sie mit einem freudigen Lachen in der Stimme.

„Nein, Gott bewahre", ging ich bereitwillig auf ihren lockeren Ton ein. „Aber Robert Merten war der einzige Lichtblick zwischen mehr als düsteren Aussichten, als Wohnpartner, meine ich. Für eine mögliche Anbahnung fehlen ihm jedoch ein paar Jahre und die passenden Chemikalien, um die Luft zwischen uns zum Knistern zu bringen." Ich lachte.

„Vielleicht hat er einen älteren Bruder." Frau Lieblich gab die Hoffnung nicht auf, meinen Single-Zustand möglichst schnell zu beenden.

„Wir werden sehen", sagte ich, um das Thema abzuschließen.

Frau Lieblich plauderte munter weiter und erzählte mir nun von ihrer allerliebsten Freundin Margarethe. „Sie ist eine ganz wundervolle Person und vor allem klug. Sie wird Ihnen gefallen. Ich bin sicher, Sie beide werden sich gut verstehen."

Irgendetwas hatte ich verpasst, einen kurzen erklärenden Satz, der auf dem Weg von Mallorca nach Kronberg im Äther verloren gegangen sein musste. Wollte sie ihre Freundin vielleicht vorbeischicken, um nach dem Rechten zu sehen?

„Margarethe ist in der vergangenen Woche siebzig geworden", fuhr Frau Lieblich unbeirrt fort. „Sie ist noch sehr vital und will ihre Angelegenheiten regeln, solange sie das noch kann."

Wollte sie möglicherweise, dass ich ihr half, ein Patiententestament zu verfassen? Aber ich hatte Frau Lieblich doch gar nicht erzählt, dass ich Krankenschwester war. Das Ganze wurde immer unverständlicher.

„Das ist vernünftig", sagte ich deshalb vorsichtig.

„Ja, finde ich auch", pflichtete sie mir erleichtert bei. „Aber sie ist nicht nur vernünftig, sondern auch sehr erfolgreich. Vor zwei Tagen hat sie ihr Haus in Kronberg verkauft. Mit dem Geld wird sie bis an ihr Lebensende in einem Seniorenstift leben können."

Das Schweigen, das Frau Lieblich ihren Worten folgen ließ, machte mich nervös.

„In welchem Zimmer wird denn Ihr neuer Hausgenosse wohnen?", wechselte meine Vermieterin dann das Thema. Jedenfalls dachte ich, es sei ein Themawechsel, und klärte sie über die Raumverteilung auf.

„Das ist ja ganz ausgezeichnet", freute sie sich. „Dann gibt es ja gar kein Problem."

„Nein, bestimmt nicht. Das Haus ist wirklich groß genug."

„Sehen Sie, das habe ich meiner Freundin auch gesagt. Sie wollte erst gar nicht auf mein Angebot eingehen, aber dann habe ich sie doch überzeugen können."

„Ich verstehe nicht ganz", sagte ich unsicher. „Wovon haben Sie sie überzeugen können?"

„Dass sie zu Ihnen zieht, natürlich. Das Haus ist verkauft, aber im Altenheim ist noch kein Platz frei."

„Aber, Frau Lieblich", protestierte ich, „Sie können doch nicht einfach ..."

„Sie ist eine so nette Person, Frau Winter, Sie werden gar nicht merken, dass sie überhaupt da ist. Das ehemalige Gästezimmer steht doch jetzt leer. Denken Sie nur mal, wie traurig so ein leerer Raum ist. Es ist bestimmt viel schöner, wenn ein bisschen Leben dort einzieht. Und es wird ganz sicher nicht für länger sein. In diesem Heim kann von heute auf morgen ein Platz frei werden."

Bevor ich ihr meine Meinung zu dieser unfreiwilligen Einquartierung sagen konnte, fuhr sie lebhaft fort, mir die Vorzüge ihrer Freundin in den schillerndsten Farben auszumalen. Langsam überkam mich das Gefühl, dass es sich bei dieser Margarethe um die ungewöhnlichste Seniorin auf Gottes Erdboden handeln musste. Laut Frau Lieblich war sie ein toleranter Freigeist mit viel Humor und ungewöhnlichen Ansichten. „Sagen Sie Ja", bat sie mich mit einem flehenden Unterton, „Sie werden es nicht bereuen, das verspreche ich Ihnen."

Ich war mir da zwar überhaupt nicht so sicher, aber wie konnte ich Frau Lieblich gegenüber abweisend sein, nachdem sie mir so weit entgegengekommen war? „Also gut", gestand ich ihr widerwillig zu, „aber nur für kurze Zeit. Wann will sie denn überhaupt einziehen?"

„Morgen. Der Möbelwagen wird gegen zehn Uhr bei Ihnen sein. Margarethe wollte Sie jedoch nicht auf diese Weise überfallen, deshalb wird sie heute Abend schon einmal bei Ihnen vorbeischauen. Ist Ihnen zwanzig Uhr recht?"

„Ja", gab ich mich geschlagen, „zwanzig Uhr ist in Ordnung."

„Fein! Sie glauben nicht, wie sehr ich mich darüber freue. Und Margarethe wird es nicht anders gehen. Ich werde sie jetzt gleich anrufen."

Sie verabschiedete sich fröhlich von mir, nicht ohne mir noch einen wunderbaren Abend in Aussicht zu stellen. Fein, dachte ich entnervt, wunderbar. Wenn der Tag so weiterging, würde ich mich im Bett verkriechen und mir die Decke über den Kopf ziehen. Als ich den Hörer aufgelegt hatte, stürzte ich mich auf mein Stück Kuchen und verschlang es mit fünf Bissen. Nach dem dritten Stück fing ich langsam an, mich zu beruhigen und mir die möglichen Vorzüge dieser Konstellation auszumalen. Das Geld war jedoch das einzig Positive, das mir zu Margarethe einfiel. Die Miete würde sich für mich noch weiter reduzieren und meiner Arbeitslosigkeit etwas Schärfe nehmen, jedenfalls für kurze Zeit. Ich stimmte Frau Lieblich nämlich durchaus in ihrer Einschätzung der naturbedingten Fluktuation in Altenheimen zu. Deshalb war ich sicher, dass ich Margarethe nicht lange auf dem Hals haben würde.

Für den Rest des Nachmittags kuschelte ich mich in meinen Ohrensessel und las weiter in dem Buch, das ich am Tag zuvor angefangen hatte. Kurz vor acht ging ich wieder nach unten. Ich hatte gerade die letzte Treppenstufe hinter mir gelassen, als es klingelte. Pünktlich, dachte ich, und wahrscheinlich auch noch preußisch. Diese Frau, die laut Frau Lieblichs Schilderungen ein wahres Fabelwesen sein musste, sollte nur nicht denken, dass sie hier das Sagen hätte, bloß weil sie mir um Jahre voraus war und mit meiner Vermieterin auf gutem Fuß stand. Für sie war schließlich ich die Vermieterin. Ich riss schwungvoll die Tür auf und hielt meine Augen auf eine Höhe gerichtet, in der ich ihre vermutete. Dort fand ich jedoch nur Pfauenaugen, die auf Seide gebannt ihren Hals umschlangen. Margarethe war gut einen Kopf größer als ich, die ich immerhin einssiebzig auf der Messlatte erreichte. Ungewöhnlich für diese Generation, dachte ich gerade, als sie ihre rechte Hand von edlem Kalbsleder befreite und mir entgegenstreckte.

„Margarethe zur Linden", stellte sie sich vor.

„Katja Winter", sagte ich forsch, um vom ersten Augenblick an die Fronten zu klären.

Sie ließ ihre Augen seelenruhig über mein Gesicht gleiten, womit sie sich ihren ersten Pluspunkt verdiente. Sie hatte weder meine gemütlichen Hauslatschen begutachtet noch mein restliches Outfit, das allein durch seine Bequemlichkeit hervorstach. Dabei hätte sie wirklich einen Grund gehabt hinzuschauen, trafen doch mit uns beiden Welten aufeinander. Selbst wenn ich nie zuvor einer Vertreterin ihrer Spezies begegnet wäre, hätte ich gewusst, wer da vor mir stand: eine Dame in ihrer ausgefeiltesten Form.

Wenn sie die Punkte nach ähnlichen Kriterien verteilte wie ich, dann musste ich auf meinem Konto ein bemerkenswertes Minus verzeichnen. Ich stand nämlich da und ließ meinen Blick unverhohlen über sie schweifen: über die dunkelbraunen, fellgefütterten Stiefeletten, ihre warme Wildlederjacke bis hin zu ihren kastanienbraunen Haaren, aus denen kein einziges graues hervorlugte. Das Einnehmendste an Margarethe zur Linden war jedoch ihr Gesicht. Es beherbergte zwischen ihren feinen Zügen all die Falten, die sich für ihr Alter gehörten, trotzdem strahlte es eine Vitalität und Fröhlichkeit aus, die sie jünger wirken ließen, als sie war.

„Wenn wir noch sehr viel länger in dieser Kälte stehen bleiben, haben Sie ab morgen einen Pflegefall im Haus", sagte sie trocken.

„Oh, Entschuldigung", brachte ich zerknirscht heraus und bat sie ins Haus.

„Und wie lautet nun Ihr Urteil?", fragte sie mich, nachdem ich ihr die Jacke abgenommen und einen Platz am Esstisch angeboten hatte.

„Wie bitte?" Ich setzte mich ihr gegenüber und sah sie verständnislos an.

„Sie haben mich so eingehend studiert", erwiderte sie lachend, „dass ich doch gespannt bin, was dabei herausgekommen ist. Ich bin zwar siebzig, aber immer noch eine Frau." Ihre Augen blitzten mich spitzbübisch an. „Die Eitelkeit verliert sich nicht mit den Jahren, sie macht nur größere Zugeständnisse."

„Entschuldigung", stotterte ich und lief tatsächlich rot an.

„Wofür? Dafür, dass Sie sich genau ansehen, was Sie interessiert? Das ist kein Grund, sich zu entschuldigen. Außerdem fühle ich mich geschmeichelt, wenn ich Ihr Interesse wecken konnte. Also was ist nun? Gefalle ich Ihnen?"

„Ja", sagte ich ehrlich und sah sie erstaunt an. War ich bisher der Meinung gewesen, eine Dame müsse immer dezent um den heißen Brei herumreden, dann belehrte mich Margarethe zur Linden gerade eines Besseren.

„Das ist doch ein guter Anfang. Der erste Eindruck von Ihnen ist auch nicht zu verachten", meinte sie schmunzelnd.

Ich versuchte, mich mit ihren Augen zu sehen, konnte jedoch kaum glauben, was sie da sagte. Meine verwaschenen Leggings und das ausgeleierte Sweatshirt musste sie geflissentlich übersehen haben. Sie ist nur höflich, schloss ich messerscharf, schließlich kann sie als Dame schlecht die Wahrheit sagen.

„Ist der Karottenton in Ihren Haaren echt?", fragte sie interessiert und warf damit meine Einschätzung kurzerhand über den Haufen.

Jedem anderen wäre ich bei dieser Frage an die Gurgel gegangen, aber bei ihr schwang echte Begeisterung mit. Normalerweise gab ich meine Haarfarbe als blond an, und das in einem Ton, bei dem nur sehr wenige noch einen Widerspruch wagten. Aber Margarethe hatte genau richtig charakterisiert, was sich da trotz meines kurzen Haarschnitts unübersehbar hineingemischt hatte.

„Ja, und auch die Sommersprossen und die grünen Augen", antwortete ich ruppig. „Und um Ihrer nächsten Frage gleich zuvorzukommen, nein, ich bin nicht die ältere Schwester von Pippi Langstrumpf."

„Ich finde Ihre Haarfarbe wunderschön", sagte sie unbeeindruckt und katapultierte sich mit diesen fünf Wörtern in die Nähe meines Herzens.

„Als Kind", erklärte ich ihr eine Spur versöhnlicher, „habe ich die Menschen in zwei Lager geteilt, in die Freunde und die Feinde meiner Haarfarbe. Wobei die Freunde zugegebenermaßen rarer waren, da Kinder in der Regel das Gewöhnliche lieben, das, was sie anderen gleich macht."

„Bis man älter wird und sich danach sehnt, etwas Besonderes zu sein", sagte sie ernst. „Und wenn man schließlich alt ist, erfährt man, dass das Besondere in den ganz einfachen Dingen zu finden ist. Eine lange Suche für eine so simple Antwort." Ihre ruhige Art war Balsam für meine an diesem Tag so heftig strapazierten Nerven.

„So", sagte sie entschlossen, „jetzt aber genug davon. Ich wollte mich Ihnen nur kurz vorstellen, damit Sie eine leise Ahnung von Ihrer neuen Mitbewohnerin bekommen." Sie erhob sich von ihrem Stuhl. „Haben Sie übrigens im Keller noch ein wenig Platz, um Möbel unterzustellen? Ich werde in dem Stift zwei große Zimmer haben, nur kann ich die Möbel nicht in dem einen Raum hier unterbringen."

„Sie müssen sie nicht in den Keller stellen. Lieblichs ehemaliges Wohnzimmer ist auch noch frei, da stehen sie sicher besser."

„Benötigen Sie den Raum denn nicht?"

„Nein, ich habe oben meine beiden Zimmer und der Mieter, der am Wochenende einzieht, auch."

„Also, dann abgemacht", sagte sie erleichtert. „Wir sehen uns morgen früh. Ich freue mich."

„Ich mich auch", antwortete ich ehrlich und brachte sie zur Tür.

ALS ICH am nächsten Morgen aufwachte, spürte ich den vergangenen Tag noch in allen Winkeln meiner Seele. Für den neuen würde ich zum Glück nicht so viel Energie benötigen. Es stand vorerst kein weiteres Bewerbungsgespräch an, und von Margarethe zur Linden hatte ich mir schon ein Bild gemacht, einen Schnappschuss gewissermaßen, der mich jedoch sehr versöhnlich stimmte. Gerade überlegte ich euphorisch, Brötchen zu holen und sie zum Frühstück einzuladen, als meine Vorsicht diesen Impuls im Keim erstickte. Was, wenn sie annahm, dieser Einstand ließe sich zur Gewohnheit erheben? Dann waren die ersten Zeichen gesetzt, und ein Zurück gab es nur noch über unangenehme Auseinandersetzungen. Also sparte ich mir den Weg zum Bäcker und verdrückte mein Frühstück allein.

Als ich sie eine Stunde später dann inmitten ihrer Umzugskisten stehen sah, bot ich ihr doch meine Hilfe an. Wie sich herausstellte, kam sie jedoch prächtig ohne mich zurecht. Sie hatte sich den Luxus eines Rundumservice erlaubt und dirigierte die Mainzelmännchen durch die beiden Räume ihrer Zwischenstation. An ihrer Stelle hätte ich mir den Aufwand gespart, jede einzelne Kiste auszupacken. Ich hätte mich für das Nötigste entschieden und den Rest in den Keller gestellt. Aber sparen musste Margarethe zur Linden allem Anschein nach nicht. Sie richtete sich ein, als beziehe sie zwei Zimmer mit Zukunft, dabei würde sie höchstens ein paar Wochen bleiben. Aber solange sie regelmäßig ihre Miete zahlte, konnte sie von mir aus auch die Wände blau streichen, wenn es ihr das Intermezzo im Haus Lieblich versüßte.

Bis im Haus wieder Ruhe eingekehrt war, verzog ich mich in den ersten Stock. Danach wagte ich mich hinunter, um mit Margarethe zur Linden die gemeinsame Nutzung der Küche zu besprechen. Ich fand sie am Küchentisch, wo sie gerade einen Einkaufszettel schrieb.

„Ich habe mir erlaubt, mal einen Blick in die Speisekammer zu werfen“, sagte sie, während sie mich über ihre Lesebrille hinweg tadelnd ansah. „Wovon ernähren Sie sich?“

„Brot, Brot, Kuchen, Pizza. Meistens in dieser Reihenfolge.“

Ich sah ihren ungläubigen Blick. Glaubte sie etwa, das sei zu wenig?

„Was ist mit Obst und Gemüse? Was ist mit einer kleinen Abwechslung?“

„Für Ersteres gibt es hervorragende Vitamintabletten, und über einen Mangel an Abwechslung kann ich mich schon außerhalb meiner Mahlzeiten nicht beklagen. Deshalb möchte ich wenigstens beim Essen davon verschont bleiben.“

„Wissen Sie, was Sie Ihrem Körper damit antun, Frau Winter?“, fragte sie besorgt.

„Natürlich“, hielt ich ihr ungerührt entgegen. „Er kann sich voll und ganz auf mich verlassen. Keine bösen Überraschungen, keine exotischen Experimente.“

Ich sah ihr an, dass sie sprachlos war und nicht wusste, auf welche meiner Überzeugungen sie zuerst eingehen sollte. Dann richtete sie sich auf ihrem Stuhl zu voller Größe auf und ließ ein Redegewitter auf mich nieder, das ihr bei der Deutschen Gesellschaft für Ernährung einige Pluspunkte verschafft hätte. „Sie beherbergen da in sich ein hochkompliziertes Chemiewerk, das wenigstens einen Anflug Ihrer Hochachtung verdient.“ Während sie redete, zeigte sie mit ihrem spitz ausgestreckten Zeigefinger direkt auf mein Sonnengeflecht.

War es einer Dame nicht verboten, so unverhohlen mit dem Finger auf etwas zu deuten? Aber mir war schon bei unserer ersten Begegnung aufgefallen, dass sich Margarethe zur Linden über störende Konventionen kurzerhand hinwegsetzte. „Da greifen in einem ausgeklügelten Mikrokosmos unzählige Prozesse ineinander, die Sie laufen, rennen, schlafen oder sich konzentrieren lassen, die radikale Angreifer abwehren. Und Sie haben nichts Besseres zu tun, als jedes dieser einzelnen Wunder durch eine Ernährung zu torpedieren, die nicht einmal mit zwei zugedrückten Augen diese Bezeichnung verdient. Mir wird ganz schummerig bei solch unverantwortlichem Leichtsinn."

„Wieso Leichtsinn?", hakte ich ein.

„Weil Sie zu jung sind. Wenn Sie so weitermachen, begehen Sie kulinarisch bedingten Selbstmord. Und überhaupt, wo bleibt denn da der Genuss?"

„Wenn Sie mir erst einmal beim Kuchenessen zugesehen haben, stellen Sie diese Frage nicht mehr." Ich lächelte sie siegessicher an.

„Ich rede nicht von Frustkompensation", sagte sie unbeeindruckt, „sondern von Genuss. Aber ich sehe schon, da breitet sich ein weites, jungfräuliches Feld vor mir aus." Sie rieb sich entschlossen die Hände, nahm ihren Stift zur Hand und fuhr fort, den Einkaufszettel zu füllen.

Ich sah ihr staunend zu, wie sie das vor ihr liegende Blatt systematisch mit sauber untereinander geschriebenen Wortkolonnen füllte. Wenn sie das alles einkaufen wollte, würde sie einen Lieferwagen benötigen. Als sie endlich fertig war, sah sie mich fröhlich an und schraubte langsam ihren Füller zu. „Wie halten Sie es eigentlich mit dem Sex?", fragte sie ohne Vorwarnung. „Vermeiden Sie da auch jede Abwechslung?"

Während ich sie fassungslos anstarrte, kämpfte ich mit dem Schluck Tee in meinem Mund, der sich zielstrebig in Richtung auf meine Luftröhre zubewegte. Um nicht vor ihren Augen zu ersticken, ließ ich mir mit einer Antwort Zeit. „Frau zur Linden", holte ich aus, nachdem ich meine Sprache wieder gefunden hatte, „ich finde Sie unmöglich!"

„Sagen Sie doch bitte Margarethe zu mir, Katja. Manche Dinge klingen viel netter, wenn sie in Verbindung mit dem Vornamen gesagt werden." Sie sah mich freundlich und völlig ungerührt an. „Außerdem lässt sich so viel leichter über Intimes reden."

„Frau zur Linden ..."

„Margarethe", unterbrach sie mich.

„Margarethe", entsprach ich ihrer Bitte, wobei ich jede einzelne Silbe betonte, „ich muss, glaube ich, mal kurz etwas klarstellen. Das hier ist eine Wohngemeinschaft und keine Generationen übergreifende Sexualsprechstunde. Ich habe weiß Gott nicht vor, auch nur ein weiteres Wort über dieses Thema zu verlieren."

„Schade", sagte sie einfach und faltete in aller Ruhe ihren Einkaufszettel zusammen. „Darf ich Ihr Telefon benutzen, um dem Supermarkt meine Bestellung durchzugeben?"

Ich sah sie verdattert an und hatte meine Schwierigkeiten, diesem sekundenschnellen Themenwechsel in gleicher Weise zu folgen. Sie wartete mein „Ja" geduldig ab und griff dann zum Telefonhörer.

O Gott, dachte ich bange, würden alle Diskussionen mit ihr diesen Verlauf nehmen? Ich hatte nur kurz ein Küchenarrangement treffen wollen und war unversehens in eine mittelschwere Grundsatzdiskussion geraten, bei der ich eindeutig den Kürzeren gezogen hatte. Ich wartete das Ende ihrer Bestellung nicht ab, sondern zog meinen Mantel über und floh nach draußen, um mein aufgebrachtes Gemüt abzukühlen. Ich wanderte durch die angrenzenden Nebenstraßen Richtung Ortskern. Bisher war ich noch nicht dazu gekommen, mir Kronberg genauer anzusehen. Jetzt lenkten mich die im Nieselregen glänzenden Kopfsteinpflastergassen und die liebevoll restaurierten, alten Fachwerkhäuser von meinen missmutigen Gedanken ab. Ich sah hinauf zu der Burg und nahm mir vor, an einem der nächsten Tage eine Besichtigung mitzumachen. Wenn ich erst wieder einen Job hätte, würden sich derartige Freizeitaktivitäten schnell auf ein Minimum reduzieren. Die wunderschöne Ausstrahlung des Ortes ließ mich fast friedlich nach Hause zurückkehren. Ich hatte gerade die Tür hinter mir geschlossen, als ich in der Küche das Telefon klingeln hörte.

„Winter", meldete ich mich außer Atem und erkannte Frau Lieblich am anderen Ende der Leitung.

„Ich wollte nur kurz fragen, ob mit Margarethe alles geklappt hat."

„Der Umzug hat allem Anschein nach bestens geklappt, nur unsere Kommunikation muss sich noch ein bisschen besser einspielen", sagte ich ironisch.

„So?", fragte sie verwundert.

„Frau Lieblich", fuhr ich leise fort, „sind Sie sicher, dass Margarethe nicht irgendwo entlaufen ist? Sie ist ein bisschen merkwürdig."

„Ach so, das meinen Sie." Sie lachte herzhaft. „Ich habe Ihnen doch gesagt, dass sie ein Freigeist ist. Sie sagt, was sie denkt. Ist das nicht erfrischend? Und so selten."

„Da haben Sie Recht", erwiderte ich trocken und ließ es dabei bewenden. Margarethe hatte ihren Fanklub gut präpariert, da hatte ich keine Chance. Frau Lieblich verabschiedete sich lachend von mir und wünschte uns eine wundervolle Zeit.

Den Abend verbrachte ich in aller Ruhe allein im Haus. Margarethe musste ausgegangen sein, unter ihrer Tür schien kein Licht hindurch. Umso besser, dachte ich, dann konnte ich es mir in der Küche gemütlich machen, ohne mich gegen eine ihrer unvorhersehbaren Attacken zur Wehr setzen zu müssen. Ich schob eine Pizza „Vier Jahreszeiten“ in den Ofen und sah entspannt zu, wie sich der Käse im Zeitlupentempo goldbraun färbte. Als ich gerade herzhaft in das erste Stück gebissen hatte, hörte ich den Schlüssel in der Haustür. Sie war zurück. Schwungvoll öffnete sie die Tür, sagte „Hallo“, als sei nichts geschehen, und setzte sich Wasser für einen Schlaftee auf, wie sie mir ungefragt verriet. „Eine Herausforderung für jede Nährwertanalyse“, sagte sie in meine Richtung.

„Wie bitte?“

„Na, Ihre Pizza.“ Sie betrachtete die leckeren Dreiecke auf meinem Teller, als handle es sich um Kunstprodukte, die im besten Fall für eine Collage an der Wand geeignet waren.

„Mir schmeckt's“, sagte ich freudig und ließ sie an meinem Gleichmut abprallen. Nur nicht darauf eingehen, ermahnte ich mich.

„Das sehe ich.“ Sie lachte herzhaft. „Aber eines verspreche ich Ihnen, Katja: Wenn ich hier wieder ausziehe, werden Sie kulinarisch von Grund auf verdorben sein.“

„Dann müssen Sie sich aber beeilen, Margarethe, das kann nämlich sehr schnell gehen in diesen Heimen. Ehe Sie sichs versehen, haben Sie schon einen Platz.“ Den kleinen Seitenhieb konnte ich mir nicht verkneifen.

„Nur keine Sorge“, sagte sie, „meine Küche verdirbt die Leute schon beim ersten Bissen.“ Bevor ich etwas erwidern konnte, nahm sie ihren Schlaftee und wünschte mir eine gute Nacht.

Am nächsten Morgen stand Robert Merten bereits um sieben Uhr samt Umzugswagen vor der Tür. Die Klingel hatte mich aus einem wilden Traum gerissen, in dem Margarethe mir die Hände fesselte und mich mit Nährwerten fütterte. Ich wankte im Halbschlaf die Treppe hinunter und stieß kurz vor der Haustür mit ihr zusammen. Robert Merten musste noch einen Augenblick draußen warten, erst ließ ich das Bild, das sie mir bot, auf mich wirken. Ihre Haare waren perfekt frisiert, und ihr Körper verbarg sich hinter wallender Seide, die bis zu ihren Fußspitzen reichte. Solche Morgenröcke hatte ich bisher nur in Filmen gesehen.

„Wollen wir ihn jetzt hereinlassen?“, fragte sie sanft. „Es ist kalt da draußen.“

„Oh, n-n-natürlich“, stotterte ich.

Draußen war es nicht nur kalt, sondern auch stockdunkel, aber die Umzugsleute hatten bereits angefangen auszuladen und rempelten mich fast über den Haufen, als ich die Tür öffnete. Robert Merten begrüßte uns kurz und ging vor den Männern her die Treppe hinauf. „Wir werden ja noch genügend Zeit haben, alles Nötige zu besprechen!", rief er mir über die Schulter zu und war schon oben verschwunden.

„Also dann", sagte ich gähnend zu Margarethe, „verschieben wir die gegenseitige Vorstellung auf später. Ich verkrieche mich noch ein bisschen in mein Bett."

Dieses „Später" ergab sich jedoch erst am Nachmittag, als wir uns alle drei zufällig in der Küche trafen und ich Robert Merten in unmissverständlichen Worten über die neue Konstellation aufklärte.

„Frau zur Linden wird nur kurze Zeit hier wohnen, sie wartet auf einen Heimplatz."

„Was für ein Heim?", fragte Robert Merten sichtlich irritiert.

„Ein Altenheim", meldete sich Margarethe lächelnd zu Wort. „Ich verbuche es als Kompliment, dass Sie bei meinem Anblick nicht sofort darauf gekommen sind."

Kokett ist sie also auch, dachte ich entnervt. Wenn ich nicht gleich eingriff, hätte sie ihn in null Komma nichts für sich eingenommen. Männer waren in dieser Hinsicht ja so naiv.

„Vielleicht", säuselte ich mit sanfter Boshaftigkeit, „dachte Herr Merten ja eher an eine andere Art Heim."

Margarethe grinste und sah mich mit blitzenden Augen an, während Robert Merten seinen skeptischen Blick zwischen uns beiden hin- und herwandern ließ. „Frau Winter", setzte sie in aller Ruhe zu einer Erklärung an, „studiert seit meinem Einzug heimlich die Polizeiberichte. Sie ist fest davon überzeugt, dass aus einer der umliegenden Nervenheilanstalten eine unberechenbare Siebzigjährige ausgebrochen sein muss. Dabei hatten wir lediglich eine kleine Unterhaltung über genussvolle Abwechslungen."

„Vielleicht führen Sie diese Unterhaltung einmal mit Herrn Merten", sagte ich bissig in ihre Richtung. „Ich bin gespannt, was er zu diesem Thema zu sagen hat."

„Ich auch", ließ sich Margarethe fröhlich vernehmen. „Und ich bin sicher, es wird sich eine Gelegenheit dazu ergeben. Ich bin übrigens Margarethe." Sie hielt ihm ihre Hand hin, und er schlug entschlossen ein.

„Robert."

„Katja", meldete ich mich zu Wort, bevor hier ohne mich ein Pakt geschlossen wurde. Außerdem war es an der Zeit, Margarethe das Zepter wieder aus der Hand zu nehmen. „Da wir gerade alle hier sind, können wir gleich die Modalitäten für unser Zusammenwohnen besprechen."

„Hört, hört", sagte Margarethe, die es sich am Küchentisch gemütlich gemacht hatte. „Bei Katja muss man auf die feinen Unterschiede achten. Ein Wort wie Zusammenleben kommt ihr nicht über die Lippen."

Ich überging ihren Einwurf kurzerhand. „Jeder von uns hat seine eigenen Räume, auf die er, beziehungsweise sie, sich zu beschränken hat. In der Küche müssen wir uns entsprechend arrangieren."

„Was Katja meint, ist, dass wir von vertraulichen Gesprächen am Küchentisch absehen sollen." Margarethe konnte es nicht lassen.

„Kein Problem", sagte Robert. „Das kommt mir sehr entgegen."

Margarethe sah uns beide entgeistert an. „Was ist los mit Ihnen? Sie machen mir nicht den Eindruck, als hätten Sie aus religiöser Überzeugung ein Schweigegelübde abgelegt. Warum also diese Selbstbeschränkung?" Sie wartete eine Antwort gar nicht erst ab. „Ein interessantes Gespräch ist doch belebend und aufschlussreich, ein hervorragender Weg, um sich besser kennen zu lernen, sich selbst und den anderen."

„Wenn man das will", sagte ich kühl und sah Robert aufmunternd an, damit auch er sich mit seiner Meinung nicht zurückhielt.

„Generell haben Sie natürlich Recht, Margarethe", begann er zögernd, „aber in diesem speziellen Fall stimme ich eher Katja zu. Dies ist eine reine Zweckgemeinschaft für einen begrenzten Zeitraum, und mehr sollte man auch nicht hineininterpretieren."

Auf Robert war Verlass, dachte ich schadenfroh. „Um das eigentliche Thema abzuschließen", fuhr ich bestimmt fort, „schlage ich vor, dass wir die Küche nicht zum Aufenthaltsraum werden lassen, sondern dass sie nur zum Kochen und Essen genutzt wird. Ich halte auch nichts von einem Küchendienst. Jeder beseitigt seinen eigenen Dreck, das erspart uns Ärger und eine Menge Diskussionen."

„Einverstanden", sagte Robert knapp, und ich spürte, dass ihm schon diese Diskussion zu viel war.

„Wir werden sehen", ließ Margarethe verlauten, sah uns beide jedoch mit unmissverständlicher Gewissheit an.

Robert verschwand kopfschüttelnd nach oben. Während ich Milch für einen Kakao wärmte und mir ein Stück Kuchen abschnitt, wappnete ich mich innerlich gegen eine Fortsetzung von Margarethes Lebensweisheiten, aber sie hatte sich in eines ihrer Kochbücher vertieft, die sie auf dem Küchentisch ausgebreitet hatte.

„Bis später!", rief sie mir hinterher, als ich hinausging, um Kakao und Kuchen fern von ihren beredten Blicken zu genießen. In meinem Zimmer machte ich es mir in meinem Sessel gemütlich und begann, die Wochenendzeitung zu lesen.

Gegen Abend entschloss ich mich trotz der Kälte, die draußen herrschte, zu einem kurzen Spaziergang. Ich wanderte durch die kleinen Nebenstraßen und sah im Vorbeigehen neugierig in die hell erleuchteten Fenster der Häuser. Es war alles noch so neu und ungewohnt hier, dass ich mir wie ein Besucher vorkam. Aber mein Zuhause war jetzt hier, ich spürte nur noch nichts davon. Ich fühlte mich um alles betrogen, um meine berufliche Sicherheit, um die Geborgenheit meiner vertrauten vier Wände, die ich erst zu schätzen gelernt hatte, nachdem ich sie verloren hatte, und um die Zuversicht, die aus einer dauernden Beziehung erwuchs. Es hieß, hinter allem im Leben stecke ein tieferer Sinn. Wenn dieser Sinn in meinem Fall darin lag, mir zu zeigen, was mir etwas bedeutete, dann wünschte ich mir, dass sich mir dies auf einem anderen, leichteren Weg erschlossen hätte. Ich war durchaus lernwillig, auch ohne die Holzhammermethode.

Als ich die Tür zu Haus Lieblich aufschloss, strömten mir intensive Gerüche aus der Küche entgegen. Ich verdrückte mich erst mal nach oben. Als ich eine halbe Stunde später eine Pizza in den Ofen schieben wollte, saßen sich Margarethe und Robert am Tisch gegenüber und waren in die Betrachtung ihrer Teller versunken. Was Margarethe da angerichtet hatte, sah tatsächlich aus wie die Komposition eines Gourmetkochs, jedenfalls so, wie ich mir das vorstellte.

„Haben Sie Lust mitzuessen, Katja?“ Sie sah mich fragend an. „Es gibt Schweinefleischröllchen mit Rosmarin und Pilzen, dazu Schwenkkartoffeln.“

„Nein, danke“, sagte ich fest, obwohl mir bei dem Anblick das Wasser im Mund zusammenlief. Aber so leicht würde ich mich Margarethes Verführungskünsten nicht ergeben. Während ich mir einen Tee kochte, hörte ich den beiden zu, die sich am Tisch angeregt unterhielten.

„Haben Sie Kinder?“, fragte Robert gerade.

„Noch nicht.“ Aus Margarethes Ton war nicht zu entnehmen, ob es sich bei ihrer Antwort um einen Scherz handelte oder um eine Hoffnung, die sie sich gegen jedes biologische Gesetz bewahrt hatte. Robert hatte sich offensichtlich für den Scherz entschieden und ließ ein kraftvolles Lachen folgen.

„Und Sie?“, gab sie seine Frage zurück.

„O nein, das überlasse ich anderen. In mein Leben passt kein Kind.“ Er schüttelte vehement den Kopf und machte sich über die Reste auf seinem Teller her.

„Das habe ich auch einmal gedacht“, sagte Margarethe plötzlich ganz ernst und mit einem Anflug von Wehmut in der Stimme. „In der Rückschau würde ich mich jedoch anders entscheiden. Zu spät.“ Sie tupfte entschlossen ihre Lippen mit der Serviette ab und wechselte das Thema. „Ich koche übrigens jeden Tag. Wenn Sie wollen, lasse ich Ihnen für abends etwas übrig, ohne jede Verpflichtung, versteht sich.“

„Gern“, sagte Robert begeistert. „Kochen zählt nicht gerade zu meinen Stärken, Essen schon eher.“

Margarethe räumte den Tisch ab, während ich mich mit meiner Pizza dort niederließ und Robert, ganz Mann, geruhsam sitzen blieb.

„Das gilt übrigens auch für Sie, Katja“, hörte ich sie hinter meinem Rücken sagen. „Sollte doch einmal der Moment kommen, in dem Sie die Sehnsucht nach einer kleinen Abwechslung übermannt, dann zögern Sie nicht. Es wird immer genug für Sie da sein.“

„Vielen Dank“, brachte ich zwischen zwei Bissen hervor.

Eigentlich hatte ich gehofft, die beiden würden sich nun in ihre Zimmer verziehen, aber weder Margarethe noch Robert machten entsprechende Anstalten. Im Gegenteil, sie nahmen in aller Seelenruhe ihre Unterhaltung wieder auf. Da Robert Margarethes indiskrete Attacken bisher noch nicht erlebt hatte, beantwortete er bereitwillig ihre Fragen.

„Ich bin Controller in einer Unternehmensberatung in Frankfurt.“

„Das ist aber eine beachtliche Karriere für Ihr Alter“, sagte Margarethe beeindruckt.

„Wie man’s nimmt“, entgegnete er zögernd. „Ich bin 32, und es gibt manche, die schon viel eher auf einem ähnlichen Posten sitzen. Ich muss mich ranhalten, damit ich nicht irgendwann von so einem Youngster überholt werde.“ Er sagte es in scherzhaftem Ton, ließ aber den Ernst, den er der Sache beimaß, durchblicken.

„Und Sie, Katja?“, wandte er sich völlig unerwartet an mich. „Was machen Sie?“

„Ich bin Kinderintensivschwester und derzeit arbeitslos.“ Die nötige Portion Trotz in meiner Stimme dürfte jede Diskussion über meinen Job im Keim ersticken.

„Stellenstreichung?“, fragte er unbeeindruckt.

„So kann man es auch nennen“, sagte ich vage und räumte mein Geschirr zusammen.

„Es wird sich etwas finden, Katja.“ Margarethe sah mich ruhig an und erntete zum ersten Mal seit Tagen wieder einen Pluspunkt. „So“, sagte sie entschieden und stand auf, „jetzt wünsche ich Ihnen noch einen schönen Abend.“

Robert folgte ihr kurz darauf und überließ mich in der Küche meinen Gedanken. Ich dachte an das nächste Vorstellungsgespräch, das am Montag anstand, und hoffte einmal mehr auf mein Glück, denn viel mehr konnte mir mein Berater beim Arbeitsamt im Moment nicht anbieten. Inzwischen war ich auf die Fragen gefasst und hatte ausreichend Gelegenheit gehabt, mich entsprechend darauf vorzubereiten. Da mir die Wahrheit niemand glaubte, würde ich ihnen eine überzeugende Geschichte aus dem Reich der Fantasie erzählen.

ALS ICH am Montagmorgen gegen acht Uhr hinunterging, begegnete mir Robert in Jogginganzug und Turnschuhen auf der Treppe. Er war vollkommen verschwitzt und zum Glück genauso ungesprächig wie ich. Mit einem knappen „Guten Morgen“ ging jeder von uns seines Weges. Margarethe saß am Küchentisch und las ihre Zeitung. Auch sie hatte Erbarmen und ließ mich bis auf einen kurzen Gruß in Ruhe. Ich machte mir schnell einen Tee und trank ihn im Stehen. Meine Nerven waren bis zur Schmerzgrenze gereizt. Selbst wenn es dieser Job nicht ist, kommt irgendwann ein anderer, versuchte ich mich selbst zu beruhigen, aber das gelang mir nur ansatzweise. Ich trank den letzten Schluck Tee, straffte meine Schultern und wünschte Margarethe einen schönen Tag.

„Viel Glück“, sagte sie herzlich und drehte sich zu mir um. „Ich drücke Ihnen die Daumen, Katja.“

„Woher ...?“, ließ ich meine Frage in der Luft hängen. Ich hatte ihr nichts von meinem bevorstehenden Bewerbungsgespräch erzählt.

„Sie sind so hübsch angezogen heute. Außerdem kann ich Ihre Anspannung spüren. Nur Mut!“

Ich nickte ihr zu, schluckte meine Aufregung hinunter und presste ein zaghaftes „Na klar“ zwischen meinen Lippen hindurch.

Fünf Minuten vor meinem Termin erreichte ich das St.-Johannes-Hospital in Frankfurt. Die Sekretärin brachte mich zu einer gemütlichen Sitzgruppe und bat mich, Platz zu nehmen. Ihre Chefin werde gleich kommen. Meine Zuversicht stieg, als ich in die weichen Polster sank, die so ganz anders anmuteten als der harte Büßerstuhl, auf dem ich in der vergangenen Woche dem Verwaltungsroboter gegenübergesessen hatte. Und als sich dann die Chefin zu mir setzte, schaukelte sich mein Optimismus in ungeahnte Höhen. Sie musste ungefähr so alt sein wie ich, hatte lange braune Haare und steckte in einem dunkelgrünen, sehr femininen Kostüm. Ihre warmherzige Ausstrahlung ließ mich hoffen.

Nach dem üblichen Vorgeplänkel kam sie zur Sache, nämlich zum Grund für meine Kündigung.

„Man hat mir aus sehr persönlichen Gründen gekündigt“, begann ich wie beim letzten Mal, um dann jedoch in die Welt der Fantasie abzubiegen.

„Können Sie mir das ein wenig genauer erklären?“, bat sie.

„Selbstverständlich.“ Ich sah ihr direkt in die Augen. „Ich hatte ein Verhältnis mit einem Oberarzt. Es kam heraus, und man kündigte mir. Auf mich konnte man offensichtlich eher verzichten als auf ihn.“

„Warum wurde denn aus einem solchen Grund eine Kündigung ausgesprochen?“, fragte sie überrascht.

„Es ist ein ungeschriebenes Gesetz dort, dass Mitarbeiter untereinander keine Beziehungen eingehen sollen“, erklärte ich ihr bereitwillig. „Das belastet angeblich die Arbeitsqualität.“ In diesem Fall sagte ich sogar die Wahrheit. Bis auf die Tatsache, dass man es zwar nicht gerne sah, aber dennoch duldete. So wie die Beziehung zwischen Julius und mir, die wir über die Jahre hinweg nicht hatten geheim halten können.

„Damit haben wir hier keine Probleme“, sagte sie zufrieden. „Im Gegenteil, wir sehen es eher als willkommen an, wenn neben dem Arbeitsverhältnis auch eine persönliche Beziehung besteht.“ Sie schlug ein Bein über das andere und las noch einmal ihren Fragenkatalog durch.

Ich spürte, dass ich sie fast so weit hatte, sie hatte meine deutlich abgewandelte Version geschluckt. Was aber, wenn sie meine Geschichte mit einem Telefonanruf nachprüfte? Ich dachte fieberhaft nach, wie ich sie daran hindern könnte.

„Über ein einfaches Verhältnis hätte man sicher auch hinweggesehen“, sagte ich zerknirscht. „Das Problem war nur, dass der Oberarzt verheiratet ist.“ So, dachte ich erleichtert, das war zu delikat, um es nachzuprüfen.

„Oh“, sagte sie stirnrunzelnd. „Verheiratet.“ Sie sah mich kühl an. „Das ändert die Sachlage grundlegend, Frau Winter. Unter diesen Umständen können wir nicht zusammenkommen.“

„Wie bitte?“, fragte ich sie entsetzt. „Das hat doch mit meiner beruflichen Qualifikation nicht das Geringste zu tun.“

„Mit Ihrer beruflichen nicht, aber es hat etwas ganz Entscheidendes mit Ihrer persönlichen Qualifikation zu tun.“ Sie sammelte meine Unterlagen zusammen und legte sie auf den kleinen Tisch vor mir.

„Ich verstehe nicht“, sagte ich aufgeregt.

„Ich erkläre es Ihnen gerne. Wir leisten uns hier den Luxus, uns Menschen auszuwählen, die eine gewisse persönliche Reife vermuten lassen. Durch das Verhältnis mit einem verheirateten Mann sind Sie jedoch noch meilenweit davon entfernt.“

Ich sah sie fassungslos an.

„Entschuldigen Sie meine Offenheit“, lenkte sie eine Spur freundlicher ein, „aber Sie haben mich gefragt.“ Sie erhob sich und bedeutete mir damit, dass das Gespräch für sie beendet war.

„Was, bitte, spricht gegen das Verhältnis mit einem verheirateten Mann?“, hielt ich sie ungläubig zurück.

„Seine Frau“, sagte sie schlicht, „und Ihre eigene Würde.“ Sie gab mir die Hand und ließ mich sprachlos stehen.

Als ich mich einigermaßen berappelt hatte, folgte ich mit Bleifüßen den Schildern Richtung Ausgang. Ohne es zu merken, hatte ich mir selbst ein Bein gestellt. „Fein, prima, grandiose Leistung“, schimpfte ich auf dem Weg zum Parkplatz vor mich hin und erntete dafür neugierige Blicke von Passanten. Ich stieg in mein Auto und atmete tief durch. Wer auch immer für die Vorkommnisse in meiner alten Klinik verantwortlich war, sollte verflucht sein.

Ich hatte nächtelang darüber gegrübelt, wie die Dinge, die man mir unterstellte, passiert sein konnten. Wäre es nur um den Alarm gegangen, dann wäre zumindest noch technisches Versagen infrage gekommen. Eine zu hohe Geschwindigkeit beim Einlaufen der Infusionslösung ließ dagegen, da gab ich meinen Anklägern Recht, nur auf einen menschlichen Fehler schließen. Alle folgenden Anschuldigungen gehörten jedoch mitten ins Reich der Spekulation. Zwar war jeweils meine Überwachungseinheit während meines Dienstes betroffen, aber ich wusste genau, was ich getan hatte und was nicht.

Blieb die Frage: Wer, wenn nicht ich? Nur fand ich darauf keine Antwort. Denn wenn nicht ich es gewesen war, dann ging es nicht um Flüchtigkeitsfehler, sondern um gezielte Maßnahmen von jemandem, der in meiner Überwachungseinheit nichts zu suchen hatte. Und von dort bis zu der Gleichung „gezielt gleich kriminell“ war es nur noch ein kleiner Schritt. War ich mit meinen Gedanken so weit gekommen, brach ich sie erschreckt ab. Wer sollte so etwas tun? Diese Frage stellte ich mir nicht nur selbst, man hatte sie mir auch im Krankenhaus immer wieder vorgehalten. Wer sollte so etwas tun, Frau Winter!

Als ich, mit meinem Groll beladen, die Tür zu Haus Lieblich aufschloss, nahm ich als Erstes den Duft von frisch gebackenem Kuchen wahr. Ich hängte meinen Mantel in die Garderobe und ging in die Küche, wo ich Margarethe vermutete. Das Erste, was ich dort sah, war ein dunkelhaariger Junge, der am Tisch saß und Kuchenbrocken verschlang, als würde am nächsten Tag eine Fastenzeit von ungewisser Dauer beginnen. Margarethe stand an der Spüle und schrubbte die festgebackenen Reste von der Kuchenform.

„Hallo“, sagte ich in Richtung des kleinen Jungen. Er sah nur kurz auf und machte sich ohne jede weitere Reaktion über die Reste auf seinem Teller her. Dann eben nicht, dachte ich. Von einem Kind in Margarethes Umfeld hätte ich besseres Benehmen erwartet.

„Bin wieder da.“ Ich ließ mich auf meinen inzwischen angestammten Stuhl fallen und ignorierte den Knirps mir gegenüber.

„Und wie war's?“ Margarethe hatte sich zu mir umgedreht und trocknete sich sorgfältig die Hände ab.

„Elend“, sagte ich ebenso ehrlich wie niedergeschlagen. „Erst lief es ganz gut, aber dann sind irgendwie die Pferde mit mir durchgegangen – weil ich es besonders gut machen wollte. Ich hätte einfach meinen Mund halten sollen, dann hätte ich jetzt einen Job.“

„Ich habe mir auch so manches im Leben verbaut, weil ich meinen Mund nicht halten konnte.“ Margarethes Stimme hatte einen weichen Tonfall angenommen. „Aber wenn ich es mir recht überlege, habe ich im Endeffekt mehr dadurch gewonnen. Die Menschen wissen bei mir ziemlich schnell, woran sie sind. Ich mache ihnen nichts vor, das schafft die gesünderen Beziehungen.“

„Und ich habe gelogen“, sagte ich matt, „weil ich dachte, dass mir die Wahrheit sowieso niemand glaubt.“

Der Kleine hatte sich in der Zwischenzeit das nächste Stück Kuchen auf seinen Teller geladen.

„Nehmen Sie sich auch ein Stück Kuchen, Katja, das beruhigt die Nerven. Und vielleicht erzählen Sie mir heute Abend in Ruhe, was passiert ist. Natürlich nur, wenn Sie wollen. Hin und wieder hilft nämlich ein neutraler Zuhörer, die Dinge zu sondieren.“ Sie setzte sich zu uns an den Tisch und stellte mir einen Teller vor die Nase. Ich griff dankbar zu und probierte ein Stück des Mohnkuchens. Er schmeckte einfach herrlich, und ich vergaß für einen Moment diesen unseligen Morgen.

„Jetzt muss ich Ihnen aber erst einmal Paul vorstellen“, unterbrach Margarethe fröhlich das Aufblühen meiner Geschmacksnerven. „Katja, das ist Paul, Paul, das ist Katja.“

„Hallo Paul“, sagte ich freundlicher gestimmt und bereit, unseren krummen Anfang zu vergessen.

Er aber sah mich wieder nur an und machte seinen Mund lediglich auf, um ihn ein weiteres Mal mit Kuchen voll zu stopfen.

„Paul ist noch ein wenig schüchtern“, entschuldigte Margarethe ihn und sah ihn verständnisvoll an. „Aber das wird sich mit der Zeit geben. Wenn er uns ein wenig besser kennt, dann wird er sich auch trauen, den Mund aufzumachen, um etwas herauszulassen.“

„Was heißt das, wenn er uns ein wenig besser kennt? Seit wann kennen Sie ihn denn?"

„Seit heute Morgen. Er kam, kurz nachdem Robert das Haus verlassen hatte. Seine Mutter hat ihn hier abgegeben."

„Und Sie sind der Babysitter", sagte ich vergnügt. Da hatte Margarethe sich ja etwas aufgeladen.

„Ich bin kein Baby", sagte Paul empört und verteilte die Krümel aus seinem Mund mit jedem einzelnen Wort weiträumig über den Tisch.

„Bisher hätte man das aber annehmen können", sagte ich süffisant. „Doch nachdem du offensichtlich reden kannst, muss ich meinen ersten Eindruck revidieren."

Seine Augen sprühten Funken in meine Richtung. Dumm ist er also nicht, stellte ich beruhigt fest. Er hatte mich ganz genau verstanden.

„Ich bin sieben und kann reden, seit ich ein Jahr alt bin."

„Und in welchem Alter willst du anfangen, Manieren zu lernen?", fragte ich ihn spitz.

Er sah Margarethe Hilfe suchend an.

„Sie meint es nicht so", sagte sie beruhigend. „Katjas Tag hat nur heute nicht so schön angefangen, deshalb hat sie schlechte Laune."

„Ich habe keine schlechte Laune", brauste ich auf. „Ich ..."

„Ich muss mal", unterbrach mich Paul, sprang auf und lief hinaus.

„Sie werden noch ausreichend Gelegenheit bekommen, ihm Manieren beizubringen, Katja."

„Wie bitte? Was habe ich mit ihm zu tun? Darum soll sich mal schön seine Mutter kümmern."

„Seine Mutter ist gerade auf dem Weg nach Amerika und steuert einer Zukunft an der Seite ihres Liebsten entgegen, der zu unser aller Leidwesen einer puritanischen Familie entstammt, für die eine unverheiratete Frau mit Kind an die Schwere einer Erbsünde heranreicht."

„Und da gibt sie ihn einfach bei Ihnen ab? Dieses Kind muss doch einen Vater haben. Warum hat sie ihn nicht einfach da geparkt?"

„Sie hat ihr Kind bei dem Vater geparkt, Katja." Margarethes Tonfall ließ mich aufhorchen. „Der Vater weiß nur noch nichts von seinem Glück. Er war schon ins Büro gefahren, als sein Sohn hier anklopfte."

„Robert?", fragte ich entsetzt. „Er hat mir gesagt, dass er keine Kinder hat."

„Robert!" Margarethe nickte bekräftigend. „Er weiß nichts von seinem Kind, sie hat es ihm nie gesagt. Es war wohl nur eine sehr kurze Affäre."

„Na fein", sagte ich genervt. „Ich habe alles versucht, damit in diesem Haus keine Kinderfüße herumstampfen, und dann schleicht sich so ein

Bengel durch die Hintertür ein. Was ist denn das überhaupt für eine Mutter, die ihr Kind einfach abschiebt?"

„Nicht so laut", bat mich Margarethe. „Der Junge muss das ja nicht unbedingt hören. Das Ganze ist schon schlimm genug für ihn. Ich weiß nicht, was das für eine Frau ist, sie war nur eine Viertelstunde hier, hat mir kurz erklärt, warum sie ihn hier abgibt und dass er so bald wie möglich nach Amerika nachkommen soll. Dann hat sie für Robert eine Liste der wichtigsten Informationen über sein Kind dagelassen und dazu eine Erklärung, dass sie das Sorgerecht vorübergehend auf ihn überträgt. Scheint eine durchorganisierte Person zu sein", sagte Margarethe mit ehrlicher Anerkennung. „Sie hat nichts vergessen."

„Doch! Ihren Sohn", schimpfte ich ungehalten. „Warum haben Sie sich nicht geweigert, Margarethe? Man kann Möbel einlagern, aber doch kein Kind. Und überhaupt: Wann soll er denn nachkommen?"

„Weigern konnte ich mich schlecht. Sie hatte das Ganze wohl zunächst anders geplant. Paul sollte für eine Weile bei ihrer Freundin leben. Die hatte aber unglücklicherweise gestern einen Bandscheibenvorfall und liegt im Krankenhaus. Blieb als einziger Ausweg offensichtlich der Vater. Den konnte sie aber unter seiner Adresse in Frankfurt nicht erreichen. Als sie ein paar Stunden vor ihrem Abflug mit Paul im Schlepptau hinfuhr, hat ihr der Hausverwalter Roberts neue Anschrift gesagt. So kamen sie auf den letzten Drücker hier an." Margarethe verdrehte die Augen in Anbetracht dieser haarsträubenden Geschichte. „Was das Abholen betrifft", fuhr sie zögernd fort, „nun ja. Sie sagte, sie wolle sich erst einmal in der Familie ihres zukünftigen Mannes einleben und sie nach und nach auf Paul vorbereiten."

„Das muss doch ein Schock für das Kind sein, dass sie es einfach so im Stich lässt", überlegte ich laut und eine Spur friedlicher.

„All das habe ich ihr auch zu bedenken gegeben, aber sie ließ sich nicht beirren." Margarethe saß kopfschüttelnd da.

„Wie erklärt man einem Kind, dass man es verlässt, um in Amerika sein Liebesglück zu suchen?"

„Das habe ich mich auch gefragt, und ich habe noch keine befriedigende Antwort gefunden. Viel wichtiger ist aber im Moment, wo der Junge bleibt." Margarethe stand auf und machte sich auf die Suche, während ich versuchte, das Schlachtfeld, das Paul auf Tisch und Fußboden hinterlassen hatte, zumindest einzugrenzen.

„Er hat sich in Roberts Zimmer verzogen und spielt dort", klärte Margarethe mich auf, als sie in die Küche zurückkam.

„Womit?", fragte ich wachsam.

„Keine Sorge", beruhigte sie mich. „Seine Mutter hat nicht nur ihren Sohn hier abgeladen, sondern auch sein gesamtes Spielzeug. Und das ist nicht wenig." Margarethe grinste.

Ich ließ mich gegen die Lehne meincs Stuhls sinken und dachte nach. So ging das nicht, ich würde am Abend mit Robert reden, ich wollte kein Kind hier im Haus. Er würde sich etwas einfallen lassen müssen. Ich stand auf und streckte meinen verspannten Rücken. „Danke für den Kuchen, der hat wirklich sehr gut geschmeckt", sagte ich mit ehrlicher Anerkennung zu Margarethe.

„Freut mich." Sie nahm sich wieder ihre Zeitung, bei deren Lektüre sie am Morgen durch Pauls Eintreffen unterbrochen worden war.

Ich war so müde, dass ich mich zu einem Mittagsschlaf entschloss. Wenn ich Glück hatte, sah die Welt danach etwas angenehmer aus.

Kaum hatte ich mich hingelegt, versank ich auch schon in einen erschöpften Schlaf und in verwirrende Träume, in denen nach einiger Zeit jemand meine Nerven mit einem Hammer zu bearbeiten schien. Es dauerte einige Zeit, ehe ich begriff, dass das Hämmern sehr realen Ursprungs war. Ich sprang aus dem Bett, riss meine Zimmertür auf und platzte mit drei Schritten in Roberts Reich. Inmitten von vier sich gegenüberstehenden Sesseln aus schwarzem Leder und Chrom saß Paul und bearbeitete mit einem Holzhammer kraftvoll mehrere Holzklötze.

„Ruhe!", schrie ich ihn an, sodass er erschrocken aufsah und zusammenzuckte. Trotz meiner Rage rührte mich dieses Zucken merkwürdig an. Ich senkte meine Stimme und setzte erneut an. „Ich versuche nebenan zu schlafen, kannst du bitte aufhören zu hämmern!"

„Ich bin aber noch nicht fertig", sagte er ernst. „Ich baue ein Haus, vorher muss ich die Steine bearbeiten." Er hatte begonnen, den Hammer wieder kräftig auf die Klötze niedersausen zu lassen.

Dieses Mal zuckte ich zusammen. „Du hörst auf der Stelle damit auf!"

Ich schloss die Tür und ging nach unten, um mir einen Tee zu kochen. Kaum war ich unten angekommen, drang mir das unverwechselbare Geräusch des Holzhammers erneut durch Mark und Bein. Wenn er schon meine natürliche Autorität nicht anerkannte, sagte ich mir ironisch, dann vielleicht Margarethes großmütterliche. Ich klopfte an ihre Zimmertür und wartete einen Moment, aber nichts rührte sich.

„Ich bin hier im Wohnzimmer, Katja", hörte ich ihre Stimme hinter der nur angelehnten Tür am Ende des Flurs.

Ich war seit ihrem Einzug nicht mehr in diesem Raum gewesen und war erstaunt, was sie daraus gemacht hatte. Am Fenster standen sich zwei gemütliche helle Sofas gegenüber, die in der Mitte einem flachen

Couchtisch Raum gaben. Ansonsten befanden sich nur noch eine Kommode und ein Sekretär in diesem Zimmer und bewahrten dessen lichten Charakter. An den Wänden hatte Margarethe Gemälde versammelt, die es an Jahren mit ihrem antiken Mobiliar durchaus aufnehmen konnten. Ein kurzer Blick auf die Kommode gab mir eine Ahnung davon, dass Margarethe durchaus Anhang hatte und nicht allein in dieser Welt stand. Zwischen Silberrahmen verewigt, lachten dem Betrachter in Schwarz-Weiß festgehaltene Gesichter entgegen.

Margarethe saß zurückgelehnt in einer Sofaecke und hatte offensichtlich gelesen, bis ich sie unterbrochen hatte.

„Wie können Sie bei diesem Lärm lesen?“, begann ich das Gespräch nicht weniger aufbrausend, als ich es mit Paul beendet hatte.

„Hier unten geht es“, erwiderte sie ruhig. „Setzen Sie sich doch, Katja.“ Sie bot mir mit einer einladenden Handbewegung einen Platz auf dem Sofa ihr gegenüber an. „Ich freue mich immer über Besuch.“

„Von wegen hier unten geht es, das Klopfen ist doch direkt über uns.“ War sie schwerhörig? „Außerdem komme ich nicht zu Besuch, ich brauche Ihre Unterstützung, auf Sie hört er vielleicht.“

„Sie setzen sich jetzt, Katja, atmen tief durch und hören mir zu“, sagte Margarethe in einem Befehlston, der die Hierarchie, die ich in diesem Haus hatte aufbauen wollen, im Nu durcheinander wirbelte.

Ich sah sie erstaunt an und setzte mich.

„Ich verstehe Sie, Katja, aber ich verstehe auch dieses Kind. Es ist von seiner Mutter sitzen gelassen worden. Und jetzt sitzt da oben ein kleiner Krümel, der die Welt nicht mehr versteht und der seinen Schmerz an seinen Bauklötzen auslebt. Und ich habe ganz bestimmt nicht vor, ihn daran zu hindern. Im Gegenteil, ich bin froh, dass er ein Ventil findet.“

„Das ist ja wunderbar“, zischte ich. „Ich habe mir eine ruhige Idylle gesucht mit ruhigen Mietern, wobei von zweien nie die Rede war, geschweige denn von dreien, und schon gar nicht von einem Kind.“ Ich bemühte mich, meinen Ärger dosiert entweichen zu lassen. „Ich habe mich dazu breitschlagen lassen, Sie für kurze Zeit hier wohnen zu lassen. Aber ich werde keinesfalls dieses Krümelmonster da oben unter meinem Dach dulden. Wenn ich eines nicht ertrage, dann ist es Lärm. Und Kinder produzieren nichts anderes.“ Ich sah sie herausfordernd an.

„Ich kann Ihnen natürlich nicht hineinreden, Katja“, erwiderte Margarethe gelassen. „Ich kann Sie nur bitten, Ihre Abneigung nicht ganz so ungefiltert auf den Kleinen niederprasseln zu lassen. Er macht schon genug durch, da müssen Sie das Fass nicht zum Überlaufen bringen.“

„Wer bringt hier wessen Fass zum Überlaufen?“ Das war doch die

Höhe! „Ich werde Robert heute Abend fristlos kündigen. Irgendwo wird er mit seinem Sprössling schon unterkommen. Ich habe genug eigene Sorgen, da kann ich weiß Gott auf die Probleme anderer Leute verzichten. Robert wusste von Anfang an, dass ich keine Kinder im Haus haben will. Er wird es verstehen."

Kaum hatte ich das gesagt, als ich die Haustür hörte. Es war erst kurz nach fünf, Robert konnte es also noch nicht sein. Ich lief in den Flur, wo ich fast mit ihm zusammenprallte. „Oh, Sie sind es doch schon", stammelte ich und sah ihn überrascht an.

Er reagierte jedoch kaum, sondern versuchte, mit einem kurzen „Hallo" an mir vorbeizukommen und nach oben zu verschwinden.

„Einen Moment bitte, Robert", hielt ich ihn auf. „Ich muss kurz mit Ihnen reden."

„Ein anderes Mal", sagte er kurz angebunden und ging einfach weiter Richtung Treppe.

„Nein, jetzt!", rief ich ihm hinterher und stampfte mit dem Fuß auf.

„Mir ist jetzt nicht nach Reden zumute."

„Es ist mir egal, wonach Ihnen gerade zumute ist", sagte ich. „Es hat sich ein Problem ergeben, und wir müssen ..."

„Entschuldigen Sie, Katja, aber Ihr Problem ist mir im Augenblick wirklich egal. Ich habe selbst eines, und ich werde jetzt nach oben gehen und überlegen, was ich dagegen tun kann." Seine Stimme kam direkt aus den Tiefen der Antarktis. Er wandte sich wieder der Treppe zu und ging mit schweren Schritten nach oben. So einfach würde er mir nicht davonkommen. Ich wollte gerade Anlauf nehmen, um ihm hinterherzulaufen, als ich Margarethes Hand auf meiner Schulter spürte.

„Robert, kommen Sie bitte einen Augenblick herunter", hörte ich sie hinter mir sagen. Ihre Stimme klang so ruhig und liebevoll, als lade sie einen guten Freund zu einer Tasse Tee ein. Was mir weder mit meiner vehementen Aufforderung noch mit meinem Fußstampfen gelungen war, glückte nun Margarethe mit ein paar knappen Worten. Mit einer einladenden Geste lotste sie uns beide in ihr Wohnzimmer. Robert setzte sich widerwillig auf die Sofakante und sah uns abweisend an.

Für ein paar Minuten hatte ich Paul vollkommen vergessen, doch jetzt ertönte wieder das kraftvolle Hämmern von Holz auf Holz über unseren Köpfen. Robert sah unwillig hoch zur Decke. „Handwerker?", fragte er genervt und lockerte den Knoten seiner Krawatte.

„Wenn es nur das wäre." Ich sah ihn vorwurfsvoll an. „Die würden ja nach einer Weile wieder verschwinden."

„Sie haben Besuch bekommen, Robert", klinkte sich Margarethe in das Gespräch ein. „Heute Morgen war eine Frau Gassner hier, um ihren Sohn Paul abzugeben. Es ist Ihr Sohn, Robert." Margarethe sah ihn behutsam an und forschte in seinem Gesicht nach einer Reaktion.

„Ich verstehe nicht ganz", stammelte Robert, „ich habe gar keinen Sohn. Ich kenne auch keine Frau Gassner. Das muss ein Irrtum sein. Aber das lässt sich ja aufklären, wenn sie ihn abholt." Damit war das Thema für ihn erledigt, und er machte Anstalten aufzustehen, wurde jedoch von Margarethes Blicken wieder in die Polster zurückgedrängt.

„Natalie Gassner ist ihr Name, und Sie müssen ihr vor knapp acht Jahren begegnet sein. Ihr Sohn ist jetzt sieben. Hier habe ich einen Brief für Sie. Ich dachte, es ist besser, wenn Sie ihn hier unten lesen, bevor Sie Paul kennen lernen. Lassen Sie sich Zeit, wir gehen so lange in die Küche." Margarethe war aufgestanden und bedeutete mir, ihr zu folgen.

„Aber ...", protestierte ich. Die Worte, die ich mir zurechtgelegt hatte, um Robert samt Anhang vor die Tür zu setzen, sollten schließlich auch zu ihrem Recht kommen.

„Später", sagte Margarethe in einem Ton, der für Missverständnisse keinen Raum ließ.

Robert vertiefte sich sofort in den Brief. Während ich Margarethe in die Küche folgte, fragte ich mich, auf welche Weise ich das durcheinander geratene Kräfteverhältnis zwischen uns wieder zurechtrücken konnte. In ihrer Gegenwart hatte ich mehr und mehr das Gefühl, das Zepter aus der Hand zu geben.

„Ich bin alt genug, um ohne Vorschriften auszukommen", fauchte ich sie in der Küche an. „Also tun Sie das nie wieder!"

Was auch immer Margarethe war, eines war sie sicher nicht – leicht zu provozieren. Sie holte seelenruhig zwei Töpfe und eine Pfanne aus dem Schrank und platzierte sie auf dem Herd. Dann setzte sie sich zu mir an den Tisch und begann, Kartoffeln zu schälen. „Wenn Sie von ihrer egoistischen Exkursion zurückgekehrt sind, Katja, werden Sie einsehen, dass man Robert und Paul nicht so mir nichts, dir nichts auf die Straße setzen kann."

„Und ob ich das kann! Von Kindern war nie die Rede."

„Haben Sie nicht ein kleines bisschen Mitgefühl, Katja? Ich beneide im Moment keinen von beiden." Sie saß kopfschüttelnd da.

„Haben Sie sich einmal überlegt, was das Ganze bedeutet?", hielt ich ihr entgegen. „Da es eher unwahrscheinlich ist, dass Robert Erziehungsurlaub einreicht, müsste er für die Nachmittage eine Kinderfrau engagieren. Selbst wenn diese Paul im Idealfall mit zu sich nach Hause nähme, wäre er immer noch morgens und abends hier."

„Wäre das denn so schlimm?“, fragte Margarethe mich erstaunt. „Außerdem sollten Sie erst einmal hören, was Robert dazu zu sagen hat. Es gibt tausend Möglichkeiten: Großeltern, Internate – wobei ich für Paul hoffe, dass er diese Idee auslässt – oder eben eine Kinderfrau.“ Dabei nickte sie zustimmend in meine Richtung. „Er wird eine Lösung finden, Katja, er macht doch einen ganz patenten Eindruck.“

„Auf die Gefahr hin, dass ich mich wiederhole, Margarethe“, sagte ich langsam, indem ich jede Silbe betonte, „ich habe die ideale Lösung bereits gefunden. Die beiden verlassen so schnell wie möglich das Haus.“

„Sie kommen mir vor wie jemand, der durch eine glückliche Fügung in einem Rettungsboot gelandet ist, dort zum Kapitän ernannt wurde und nun entscheidet, wer über Bord geworfen wird und wer nicht.“ Margarethe hatte ihren Kopf zur Seite geneigt und sah mich zweifelnd an.

Eine innere Stimme hielt mich gerade noch davor zurück, ihr entgegenzuhalten, dass, hätte ich wirklich Kapitänsgewalt, auch sie am nächsten Tag ihre Sachen packen könnte. Aber ich wollte den Bogen nicht überspannen. Deshalb änderte ich meine Taktik und appellierte an ihre Vorstellungskraft. „Margarethe“, begann ich, „wir haben beide keine Kinder, und meine Erfahrung beschränkt sich auf kranke, meist bewusstlose Kinder. Wie sich die Knirpse im Wachzustand benehmen, haben wir in den letzten paar Stunden ungefiltert miterlebt. Das können Sie doch nicht wollen.“ Ich sah sie Beifall heischend an.

„Manchmal geht es nicht um das Wollen, sondern um das Müssen. Um Verantwortung und um Menschlichkeit. Und um den Spiegel, in dem Sie sich morgen auch noch gefallen wollen.“ Sie ließ ihre Worte in aller Ruhe auf mich wirken und stand auf, um am Herd weiterzuwerkeln. „Und nun genug davon“, sagte sie forsch. „Wir reden hier über ungelegte Eier. Vielleicht gibt es längst eine verblüffend einfache Lösung, und Sie machen sich ganz überflüssige Sorgen, Katja.“

„Wir werden sehen“, brummelte ich und ließ es dabei bewenden. Ich überließ sie ihren Töpfen und wappnete mich im Flur mit meiner dicksten Jacke und Handschuhen gegen die kalte Winterluft. Ich zog die Haustür hinter mir zu, ging Richtung Altstadt und atmete in der Dunkelheit erleichtert auf. In den vergangenen Stunden hatte ich die herrliche Luft hier draußen völlig vergessen, die Stille und die anheimelnde Schönheit dieses Ortes. Wenn mich dies alles schon im Winter so begeisterte, wie würde es dann erst im Sommer sein? Aber bis dahin war es noch ein weiter Weg, bremste ich meine aufkeimende Vorfreude. Ich konnte noch nicht einmal sagen, ob ich dann noch hier sein würde. So vieles war ungewiss, dass ich kaum die nächsten vier Wochen überblicken konnte.

Als ich über den großen Platz am Rande der Altstadt lief, begann es zu schneien. Die dicken, kräftigen Schneeflocken fielen fast senkrecht vom Himmel und überzogen im Nu alles mit einer weißen Schicht. Ich sah über die Fachwerkhäuser hinweg hinauf zu der mit Scheinwerfern angestrahlten Burg und wünschte mir nichts sehnlicher, als bleiben zu können. Es musste einen Weg geben, einen neuen Job, eine sorglose Mitbewohnerin, Lösungen.

Es war kurz nach sieben, als ich um die Ecke bog und vor Haus Lieblich stehen blieb. Aus den Fenstern fiel warmes Licht in den Vorgarten. Doch die friedliche Stimmung täuschte, das wusste ich nur zu gut. Die ockerfarbenen Mauern beherbergten weder eine fröhliche Familie noch die zufriedenen Singles einer funktionierenden Zweckgemeinschaft. Dafür verbarg sich dahinter eine unaufhörlich sprudelnde Quelle für meinen Missmut. Und die würde ich noch heute zum Versiegen bringen! Jedenfalls die eine Hälfte.

Im Haus war es außergewöhnlich ruhig. Die Küchentür stand weit offen, aber Margarethe war nirgends zu sehen. Ich vermutete sie in ihrem Wohnzimmer, dessen Tür nur leicht angelehnt war. Meine nasse Jacke ließ ich an der Garderobe und ging nach oben. Während ich mir in meinem kleinen Reich eine trockene Hose anzog, drangen ganz schwach die Stimmen von Robert und Paul durch die Wand zu mir. Zumindest kommunizieren sie mit Worten und nicht mit Holzklötzen, dachte ich in einem Anflug von Galgenhumor.

Da offenbar alle in ihren Zimmern beschäftigt waren, wollte ich die Gelegenheit nutzen und in Ruhe essen. Ich lief nach unten in die Küche, holte mir eine Thunfischpizza aus dem Gefrierfach und blieb wie angewurzelt vor dem Backofen stehen. Durch das kleine Fenster sah ich direkt auf Margarethes Kartoffeln, die zusammen mit Rosenkohlknospen in einer Auflaufform bräunten. Na prima, murmelte ich vor mich hin. Wenn es wenigstens ein Umluftherd gewesen wäre, hätte ich eine Etage tiefer noch eine Chance für mein Abendessen gesehen. Aber so …

Als ich gerade daran dachte, kurzerhand einen Austausch vorzunehmen, hörte ich hinter mir das unverwechselbare Geräusch von Pumps auf Steinboden. „Der Auflauf ist fast fertig“, erstickte Margarethe meinen Unmut im Keim. „In zwei Minuten ist der Ofen frei.“

Als die Zeit um war, nahm sie zwei Topflappen, holte die glühend heiße Form heraus und stellte sie auf einen Untersatz mitten auf den Küchentisch. „Es reicht für vier“, hörte ich sie sagen, als ich gerade die Ofenklappe hinter meiner Pizza geschlossen hatte.

„Vielen Dank“, sagte ich standhaft, „aber Sie wissen ja …“

„Ja“, sagte Margarethe in einem Ton, der mehr Missbilligung als Bewunderung enthielt. „Bockig bis zur Selbstverleugnung, ich weiß.“

„Eher aufopfernd bis zur Selbstaufgabe“, hielt ich ihr zuckersüß entgegen. „Der Kleine hat doch sicher großen Hunger. Wenn ich daran denke, wie er sich über den Kuchen hergemacht hat ...“

„Ich bin nicht klein!“, schallte eine Stimme aus dem Flur, der auch gleich ihr Besitzer samt Vater folgten. Während mit dem einen eine geballte Portion Aufmüpfigkeit in die Küche wehte, wirkte der andere durcheinander und hilflos.

„Solange du meine Blickhöhe nicht erreicht hast“, sagte ich ruhig, „bist du klein. Merk dir das!“ Ich hielt meine Augen auf Robert gerichtet und sah ihm mit einer Spur von Mitgefühl entgegen. Die kommenden Wochen würden für ihn turbulenter werden als erwartet: Eine dicke Wolke trübte seinen Horizont. Aber er musste damit genauso fertig werden wie ich mit meiner dichten Wolkendecke, nämlich allein. Ich verschloss mich gegen seine Hilfe suchenden Blicke und wandte mich ab. Als ich mir gerade einen Teller und Besteck aus dem Schrank holen wollte, sah ich, dass Margarethe bereits für vier gedeckt hatte. Na gut, dachte ich lakonisch und setzte mich an den Tisch, sollten die beiden ihre Henkersmahlzeit im trauten Kreis haben.

„Rosenkohlauflauf mit Haselnusskruste“, pries Margarethe ihr immer noch vor Hitze dampfendes Werk an und verteilte es auf drei Teller.

Ich schnitt derweil meine Pizza in Dreiecke und sah sie wohlwollend an, da sie noch zu heiß waren, um hineinzubeißen.

„Ich möchte auch Pizza“, quengelte Paul und schob seinen Teller zur Tischmitte. „Rosenkohl mag ich nicht.“

„Probier doch erst einmal, das Essen ist so lecker“, machte Robert einen schwachen Versuch, seinen Sohn umzustimmen.

„Woher willst du das wissen?“, fragte dieser empört. „Du hast doch noch gar nichts gegessen!“

Ich schob meinen Teller geräuschvoll zu Paul hinüber und nahm mir seinen. Je eher wir das Essen hinter uns brachten, desto besser.

„Danke“, hörte ich ihn leise sagen.

„Schon okay.“ Ich war entsetzlich müde von diesem Tag und stocherte lustlos in Margarethes Auflauf herum. Nachdem ich jedoch die erste Gabel in den Mund geschoben hatte, musste ich ihr widerwillig ein Kompliment machen. „Schmeckt sehr gut“, sagte ich knapp und vermied es, sie dabei anzusehen. Auf den Triumph in ihren Augen konnte ich verzichten.

Aus den Augenwinkeln sah ich, dass Robert, der neben mir saß, sein

Essen immer noch nicht angerührt hatte. Paul dagegen hatte meine Pizza bis auf zwei Stücke verdrückt und turnte unruhig auf seinem Stuhl herum. „Kann ich noch fernsehen?“, fragte er.

Mir fiel auf, dass er dabei niemanden direkt ansah. Wir waren alle gleich fremd für ihn, und er wusste nicht, wer das Sagen hatte. Im Geist schüttelte ich ihm die Hand, da ich nach den vergangenen Tagen nicht viel klüger war als er. Ich wusste lediglich, wer das Sagen hätte haben sollen.

„Nein“, sagte Robert ruhig und bestimmt, „es ist gleich halb neun, und du musst ins Bett. Geh bitte schon mal hoch und putze dir die Zähne. Ich komme gleich nach.“

Paul sah uns unsicher der Reihe nach an, stand aber unwillig auf und schlurfte hinaus, als er merkte, dass von Margarethe und mir keine Hilfe zu erwarten war.

„Ich muss mit Ihnen reden“, sagte Robert ernst, als er Pauls Schritte auf der Treppe hörte und ihn außer Hörweite vermutete.

„Da gibt es nicht viel zu reden“, meldete ich mich entschieden zu Wort. „Die Bedingungen waren unmissverständlich: keine Kinder. Ich sehe ein, dass Sie ein Problem haben, aber Sie werden schon eine Lösung finden.“

„Da bin ich mir nicht so sicher“, sagte er seltsam ruhig.

Für einen Sekundenbruchteil hatte ich eine Mischung aus Verzweiflung und Angst in seinen Augen erkennen können. Diesen Blick kannte ich nur zu gut. Über Jahre hinweg hatte ich ihn Tag für Tag in den Augen der Eltern meiner kleinen Schützlinge gesehen.

Margarethe musste etwas Ähnliches bemerkt haben, denn sie stellte die Frage, die mir auf der Zunge lag. „Was ist los, Robert?“

„Der Teufel ist los“, sagte er gequält. „Heute Morgen war noch alles in Ordnung. Und plötzlich ...“ Er stockte. „Plötzlich gerät alles durcheinander, und nichts ist mehr, wie es war.“

„Paul ist ja auch nicht gerade mein Traumkind“, versuchte ich, das Ganze etwas herunterzukochen, „aber ich finde, jetzt übertreiben Sie ein wenig.“ So tief konnte der Schock doch gar nicht sitzen. Schließlich würde Paul seiner Mutter in ein paar Wochen nach Amerika folgen.

Robert schüttelte unwillig den Kopf. „Wenn es nur der Junge wäre. Ich bin es, ich ...“ Er sprach so leise, dass ich ihn kaum verstand. „Ich muss morgen früh ins Krankenhaus. Verdacht auf einen Hodentumor.“ Er starrte vor sich auf die Tischplatte. Seine Miene verriet eine Mischung aus Unglauben, Erschütterung und der Hoffnung, aus einem bösen Traum aufzuwachen.

„O nein!“, sagte Margarethe, als könne sie damit das Schicksal von ihm abwenden.

„Nein!“ Ich sah ihn fassungslos an. In meinem Inneren kämpfte mitfühlendes Entsetzen gegen puren Selbstschutz. War es denn immer noch nicht genug? Was war mit diesem Tag los?

„Ich werde ein paar Tage dort bleiben müssen.“ Er atmete schwer.

Ich sah in dieses entblößte Gesicht und konnte nichts mehr von dem dynamischen Jungmanager erkennen, der mir noch heute Morgen nach dem Joggen auf der Treppe begegnet war. Es musste ihn sehr viel Kraft gekostet haben, die Angst, die jetzt unverkennbar seine Züge zeichnete, vor seinem Sohn zu verbergen. Warum geschahen all diese Dinge? Ich konnte ihn noch nicht einmal trösten, ich hatte ja für mich selbst keinen Rat. Jetzt hoffte ich auf Margarethe, und sie ließ mich nicht im Stich.

„Machen Sie sich um Paul keine Sorgen“, sagte sie pragmatisch. „Sie nehmen sich alle Zeit, die Sie brauchen, Robert. Hier wird schon alles klappen. Schließlich sind wir zu zweit, nicht wahr?“ Dabei zwinkerte sie mir aufmunternd zu.

„Natalie hat geschrieben, dass Paul in der Schule angemeldet werden muss. Ich habe überhaupt keine Ahnung, was so ein Kind macht, was es braucht, worauf man achten muss. Wie konnte sie das tun?“ Robert sah uns fragend an.

„Ich habe auch keine große Erfahrung in dieser Hinsicht“, versuchte Margarethe, ihn zu beruhigen, „aber ich weiß, wie lange es dauert, sich die Zähne zu putzen. Ich denke, Sie sollten hinaufgehen und mal nach dem Rechten sehen.“

„Ja“, sagte er schlicht. „Natürlich.“

Ich folgte ihm mit meinen Blicken, als er langsam aus der Küche ging. Etwas in seiner Haltung rührte mich seltsam an, so als sei er voller Vorsicht, um vor dem nächsten Schlag in Deckung zu gehen. Er hatte viel einstecken müssen an diesem Tag, und ich konnte mir vorstellen, was auf ihn zukam, sollte sich dieser schreckliche Verdacht bestätigen.

Margarethe saß einfach nur da und war vollkommen in sich gekehrt. Ich musste etwas tun, mich bewegen, deshalb stand ich auf und begann, das Geschirr abzuräumen und in der Spüle zusammenzustellen. Als wolle mir das Leben beweisen, dass nichts planbar war, begann ich mit dem Abwasch für vier Personen, obwohl ich mir so fest vorgenommen hatte, mich ausschließlich um meine Dinge zu kümmern.

Kaum hatte ich den ersten Teller zum Abtropfen abgestellt, als sich Margarethe zu mir gesellte und abzutrocknen begann. Sie war immer noch tief in Gedanken und nahm sich mechanisch einen Teller nach dem anderen vor. Ihr Schweigen war mir sehr recht, es war zu viel geschehen an diesem Tag. Als wir fertig waren, ließ sie sich auf ihren Küchenstuhl sinken und streckte die Beine aus. „Was für ein Tag", sagte sie müde und sprach mir aus der Seele.

„Im Heim wäre es sicher ruhiger." Ich musste lächeln, als ich mir Margarethe zwischen lauter gebrechlichen Alten vorstellte, die von nichts anderem als ihren Krankheiten erzählten. Ich setzte mich ihr gegenüber und spürte wohltuend den Waffenstillstand zwischen uns, als sie einfach nur zurücklächelte.

„Es gab tatsächlich einmal eine Zeit", begann ich laut zu denken, „da war ich überzeugt, das einzig wahre Überlebenstraining zu beherrschen. Ich konnte auch der schlimmsten Situation noch ein Fitzelchen Gutes abgewinnen. Nur war ich nicht darauf gefasst, dass auch diese vermeintlich schlimmsten Situationen durchaus noch Steigerungspotenzial haben." Ich spürte eine Bitterkeit in mir aufsteigen, die mir bis vor kurzem noch fremd gewesen war. Ich hatte meinen Arbeitsplatz verloren, mein Partner hatte sich von mir getrennt, und ich hatte einen Umzug hinter mich gebracht. All dies nur, um vollkommen kopflos eine Tür zu öffnen, hinter der sich ein Chaos verbarg.

„Das ist schon ein ganz guter Ansatz für ein Überlebenstraining", stellte Margarethe fest und zerrte mich aus meinen Gedanken in die Gegenwart. „Wobei, das muss ich zugeben, nicht jede Situation ihr Gutes hat. Und manchmal dauert es sehr lange, bis man in der Rückschau trotzdem etwas Positives erkennen kann."

Ich glaubte nicht, dass mich ein Blick zurück irgendwann mit meiner gegenwärtigen Situation versöhnen würde, aber für einen Widerspruch war ich einfach zu müde. Es war erst Viertel nach neun, und doch hatte ich das Gefühl, zwei Nächte nicht geschlafen zu haben. „Das einzig Positive, was ich im Moment erkennen kann", sagte ich gähnend, „ist die Tatsache, dass da oben mein Bett auf mich wartet. Ich gehe schlafen. Gute Nacht, Margarethe." Ich war mir bewusst, dass ich kniff. Ich hätte auf Robert warten sollen, um mit beiden zu besprechen, was in den nächsten Tagen mit Paul geschehen sollte. Aber nachdem ich das Zepter vorübergehend schon an Margarethe hatte abgeben müssen, überließ ich ihr nun auch die Verantwortung. Ihr würde schon etwas einfallen.

ES WAR bereits nach elf, als ich am nächsten Morgen zum Frühstück nach unten ging. Im Vorgarten lag der Schnee zentimeterdick, während auf der Straße schon ein Räumfahrzeug am Werk gewesen sein musste. An den Spuren zwischen Haustür und Gartentor sah ich, dass ich die einzige Langschläferin im Einzugsbereich von Haus Lieblich war, alle anderen waren bereits ausgeflogen.

Ich schmierte mir zwei Brote, setzte mich an den Tisch und begann, den Stellenteil der Fachzeitschrift *Kinderkrankenschwester* durchzulesen. Die einzigen Krankenhäuser, die in der aktuellen Ausgabe eine Intensivschwester mit meinem Profil suchten, lagen am Tegernsee, in Bielefeld und in Wiesbaden. Letzteres kam für mich nicht infrage, da es sich um meinen ehemaligen Arbeitgeber handelte, der eine Nachfolgerin für mich suchte. Es versetzte mir einen gewaltigen Stich, diese Anzeige zu lesen. Nur nicht kleinkriegen lassen, sprach ich mir selbst Mut zu und rief meinen Sachbearbeiter beim Arbeitsamt an. Ich spürte, dass er sich Mühe gab, nicht genervt zu klingen. Es war bereits mein dritter Anruf innerhalb einer Woche, und er konnte mir immer noch nichts Neues sagen. Ich legte den Hörer enttäuscht wieder auf.

In diesem Augenblick hörte ich den Schlüssel in der Haustür und gleich darauf Stiefelpaare, die den Schnee abstampften. Es folgte ein Plumpsen, das, wie ich noch herausfinden sollte, Pauls Schulranzen war, der von seinen Schultern ungebremst gen Boden rutschte. Margarethes Frage, ob er vor dem Essen noch spielen wolle, beantwortete er mit einem altklugen „Na klar" und sprang die Treppe hinauf.

„Guten Tag, Katja!", ertönte Margarethes fröhliche Stimme hinter mir.

„Hallo." Ich drehte mich um und sah mich einem putzmunteren Temperamentsbündel gegenüber, dessen Augen über den von der Kälte noch roten Wangen weit ausgeruhter aussahen, als ich mich fühlte. Während ich am Küchentisch sitzen blieb und in meiner Zeitschrift blätterte, widmete sich Margarethe einer ihrer Lieblingsbeschäftigungen. Innerhalb von fünf Minuten hatte sie jeden freien Platz auf der Arbeitsplatte mit Beschlag belegt und war mitten in ihrem Element.

„Paul hatte heute seinen ersten Schultag in Kronberg", erzählte sie stolz, während sie ein Ei, Mehl, Milch, Wasser und Zucker in einer Rührschüssel verschwinden ließ. „Ich kenne die Leiterin der Grundschule, sie ist sehr verständnisvoll und absolut unbürokratisch."

„Was haben Sie ihr denn erzählt?", fragte ich neugierig.

„Die Wahrheit, die ist in der Regel am beeindruckendsten. Und in diesem Fall ganz besonders." Margarethe hielt kurz inne und betrachtete den Schneebesen in ihrer Hand. „Paul tut ihr von Herzen Leid", fuhr sie fort. „Sie hat ihn in die Klasse 2c gesteckt. Die Lehrerin soll eine ganz warmherzige und kluge Person sein."

„War das nicht etwas voreilig?" Ich war plötzlich auf der Hut. „Robert weiß doch noch gar nicht, ob er in Kronberg eine neue Bleibe findet.

Oder will er durch diese Einschulung etwa Tatsachen schaffen, die mich in Zugzwang versetzen?“

„Ich glaube kaum, dass er so berechnend ist“, verteidigte Margarethe ihn. „Außerdem war ich diejenige, die ihn dort angemeldet hat. Ich habe es Robert gestern Abend vorgeschlagen, und er hat dankbar angenommen.“ Sie klopfte den Schneebesen am Rand der Schüssel ab und legte ihn in die Spüle. „So, und jetzt wollen wir erst einmal abwarten, was heute bei ihm herauskommt. Dann sehen wir weiter.“

Wie sie es sagte, klang es vollkommen harmlos und fast liebevoll, aber ich fühlte mich wieder von ihr zurechtgewiesen.

„Waren Sie eigentlich verheiratet, Margarethe?“

„Ja“, antwortete sie schlicht und begann, die Äpfel zu schälen, die sie sich bereitgelegt hatte.

„Haben Sie Ihren Mann auch so untergebuttert, oder haben Sie in ihm Ihren Meister gefunden?“

„Er war ganz anders als ich.“ Sie lachte mit einem sehr zärtlichen Ausdruck auf ihrem Gesicht. „Er war eher ein Feingeist. Aber das ist eine andere Geschichte. Jetzt wollen wir doch erst einmal sehen, wie wir die hungrigen Mägen stopfen. Wie ist es mit Ihnen, Katja? Wollen wir heute Mittag eine Überraschungsparty für Ihre Geschmacksnerven bereiten? Paul hat sich Apfelpfannkuchen gewünscht.“

„So, hat er das?“, fragte ich schneidend. „Seit wann werden denn in diesem Haus Wünsche erfüllt? In den letzten Tagen hatte ich eher das Gefühl, dass meine Albträume wahr werden.“ Ich schlug meine Zeitschrift zu und stand auf. „Und um Ihre erste Frage zu beantworten: Nein, danke, ich bin satt. Ich werde jetzt duschen.“

Als ich mich nach dem Duschen abtrocknete, hörte ich Margarethe nach Paul rufen. Er solle zum Telefon kommen, seine Mutter sei am Apparat. Es dauerte keine zwei Sekunden, bis ich seine Füße auf der Treppe hörte. Sie klangen, als wollten sie einen Geschwindigkeitsrekord brechen. Armer kleiner Kerl, dachte ich etwas versöhnlicher. Er musste sich genauso entwurzelt vorkommen wie ich.

Draußen hatten sich die Sonnenstrahlen ihren Weg zur Erde freigekämpft. Der Blick aus meinem Fenster war so verlockend, dass ich beschloss, einen Spaziergang zu machen. Während ich in der Garderobe Jacke und Stiefel anzog, lauschte ich Pauls verzagter Stimme, die nur hin und wieder ein „Ja“ oder „Nein“ in die Neue Welt entließ. Er stand mit gesenktem Kopf vor der Wand, an der das Telefon hing, und hielt den Hörer krampfhaft fest. Ich schämte mich für meinen Groll auf dieses Kind, das nichts für die Misere konnte, in der ich festzusitzen schien.

Der Schnee war so fest, dass meine Schritte ein lautes Knirschen verursachten. Ich ging über die Straße und sah einen Moment lang den Ponys auf der gegenüberliegenden Weide zu. Sie hatten sich vor dem kleinen Holzstall versammelt und kauten gemächlich ihr Heu.

Diesmal ging ich nicht in den Ort, sondern wanderte entlang den Feldern, bis ich an eine stark befahrene Straße kam und umkehrte, da ich mich dort nicht auskannte. Als ich wieder an der Ponyweide vorbeikam, stand Paul dort am Zaun und fütterte eines der Tiere mit Mohrrüben. Er redete leise auf den zotteligen Schecken ein und strich ihm unablässig mit der Hand über die Stirn. „Hallo“, sagte ich und blieb kurz stehen.

„Hallo“, hörte ich ihn verhalten antworten. Er drehte sich nicht zu mir um, das Pony forderte seine gesamte Aufmerksamkeit.

Zurück in Haus Lieblich, rief Margarethe mir aus der Küche zu, ich möge doch einen Moment hereinkommen. Sie saß mit ihrer Zeitung am Tisch, hatte ihren Stuhl jedoch so gedreht, dass sie Paul durchs Küchenfenster beobachten konnte. „Robert hat vor zehn Minuten angerufen.“ Ihre ernste Stimme sprach Bände. „Der Verdacht hat sich bestätigt“, fuhr sie traurig fort. „Er ist heute Morgen operiert worden und hat gerade das Ergebnis erfahren.“ Margarethe hatte die Zeitung sorgsam zusammengefaltet und strich immer wieder über die Kante. „Er wird zirka eine Woche im Krankenhaus bleiben müssen. Sie wollen in einer zweiten Operation die Lymphknoten im Bauchraum überprüfen.“

Ich ließ mich auf den nächstbesten Stuhl fallen. „So ein verdammter Mist!“

„Was ist ein verdammter Mist?“, hörte ich eine Stimme in meinem Rücken. Paul war unbemerkt in die Küche gekommen.

„Dass es in diesem Haus gar kein richtiges Spielzimmer für dich gibt“, sagte Margarethe geistesgegenwärtiger, als mir lieb war. „Und oben bist du so alleine. Wie wär's, wenn du nachher deine Spielsachen runterholst? Die Küche ist riesig. Und hier am Tisch kannst du auch viel besser deine Schulaufgaben machen.“

„Okay“, sagte er. „Aber erst brauche ich noch ein bisschen Futter für das Pony, es hat schon alle Mohrrüben aufgefressen.“ Er sah Margarethe erwartungsvoll an.

Sie sammelte vorsichtig die Apfelschalen aus dem Müll und tat sie ihm in einen kleinen Eimer. Paul machte auf dem Absatz kehrt, um wieder nach draußen zu verschwinden.

„Ich wollte Sie nicht überrumpeln, Katja“, entschuldigte sich Margarethe. „Ich dachte nur, dass man den Kleinen nicht ganz sich selbst überlassen kann da oben, solange Robert nicht da ist.“

„Ist schon in Ordnung“, sagte ich in einem Anfall von Müdigkeit, die nichts mit körperlicher Erschöpfung zu tun hatte. Das unbeschwerte Leben, das ich einmal so dankbar geführt hatte, war auf Nimmerwiedersehen verschwunden. „Da draußen laufen Hunderttausende herum, die überhaupt nicht wissen, was ein Problem ist“, sagte ich mürbe, „und ich habe das Gefühl, dass ich in letzter Zeit direkt im Epizentrum einer sprudelnden Quelle sitze und es dort einen Sog gibt, der mich nicht mehr herauslässt.“

„Es gibt diese Zeiten, Katja, ich weiß.“ Ihr gütiger Blick beruhigte meine aufkeimende Verzweiflung um einige Nuancen. „Es mag für Sie im Moment sehr unbefriedigend klingen, aber so ist das Leben nun einmal. Es ist nicht so angelegt, dass es uns in einem steten Gleichklang von der Geburt bis zum Tod unbeschadet durchschleust. Was auch schrecklich langweilig wäre“, fügte sie lächelnd hinzu. „Das jedenfalls würden wir antworten, wollte man uns die Höhen nehmen. Das Problem sind die Tiefen, die möchte jeder gerne auslassen. Aber es sind die Täler, die uns wirklich herausfordern und wachsen lassen, nicht die Berge.“

Margarethe hatte auf seltsame Weise zu ihrer Fröhlichkeit zurückgefunden. Sie sah mich nachsichtig an. „Und jetzt lassen Sie uns kurz besprechen, wie wir die Woche mit Paul gestalten.“ Sie wartete, bis ich aufsah und sie meiner Aufmerksamkeit sicher sein konnte. „Ich werde ihn die ersten Tage morgens zur Schule bringen und ihn auch wieder abholen, bis er den Weg alleine findet. Das Nachmittagsprogramm lassen wir am besten auf uns zukommen. Es wäre nur gut, wenn wir uns absprechen, damit immer eine von uns beiden zu Hause ist.“ Sie machte eine Pause; als mein Einspruch jedoch ausblieb, fuhr sie unbeirrt fort. „Morgen zum Beispiel habe ich eine feste Verabredung mit einer Freundin. Ich besuche sie immer mittwochnachmittags. Da wäre es mir sehr lieb, wenn Sie hier die Stellung halten würden. Lässt sich das machen?“

„Ja“, erwiderte ich knapp. Was hätte ich auch sonst sagen sollen? Ich hatte keinerlei Verpflichtungen oder Termine. Und nachdem ich mich selbst so sehr darüber aufgeregt hatte, in der Not im Stich gelassen worden zu sein, konnte ich schlecht dasselbe mit Robert und Paul tun.

Margarethe war zufrieden und beschloss, einen kleinen Mittagsschlaf zu machen. Ich würde solange auf Paul aufpassen. Von meinem Platz auf der Fensterbank aus sah ich ihm zu, wie er im Vorgarten einen Schneemann baute, bis mich das Telefon aus meinen Gedanken riss. Dieses Mal war ich rechtzeitig am Apparat.

„Seniorenresidenz Taunushöhe“, hörte ich eine Frauenstimme am anderen Ende der Leitung. „Erreiche ich bei Ihnen Frau zur Linden?“

„Sie schläft gerade“, sagte ich bedauernd. „Soll ich ihr etwas ausrichten?“

„Ich habe heute Vormittag schon einmal angerufen, aber niemanden erreicht. Richten Sie ihr doch bitte aus, dass wir jetzt ein Apartment für sie frei haben. Sie müsste allerdings Anfang nächster Woche einziehen.“

„Das geht nicht!“, platzte ich spontan heraus.

„Wie bitte?“, hörte ich ihre erstaunte Stimme. „Frau zur Linden hatte es doch so eilig, einen Platz bei uns zu bekommen.“

„Das stimmt“, druckste ich herum. „Aber letzte Woche waren Sie noch voll belegt, und da meine Tante annahm, dass sich daran so schnell nichts ändern würde, macht sie ab morgen eine vierwöchige Schiffsreise. Sie können sich nicht vorstellen, wie sehr sie sich darauf freut.“ Falls es bei Robert im Krankenhaus doch länger dauern sollte, hatte ich damit etwas Spielraum und blieb nicht mit Paul allein.

„Ich dachte, Frau zur Linden hat keine Familie.“

„Sie hat keine Kinder“, sagte ich, um eine freundliche Aufklärung bemüht. „Manche Begriffe definiert sie sehr eng. Das werden Sie auch noch feststellen, wenn Sie sie näher kennen lernen.“

„Vielleicht könnten Sie ja den Umzug für Ihre Tante organisieren.“ Ich spürte, wie sehr sie sich über diesen genialen Lösungsansatz freute. Hätte sie gewusst, was es für mich bedeutete, wenn Margarethe mich in diesem Chaos allein ließe, hätte sie auch gewusst, wie standhaft ich ihr widerstehen würde.

„So gerne ich es würde“, sagte ich, um einen bedauernden Ton bemüht, „aber das geht leider nicht. Ich begleite sie nämlich auf dieser Reise. Deshalb werden Sie uns auch telefonisch nicht erreichen können. Wenn Sie in der Zwischenzeit ein freies Apartment bekommen sollten, schreiben Sie meiner Tante am besten. Dann kann sie sich nach unserer Rückkehr gleich mit Ihnen in Verbindung setzen.“

Es gab zum Glück nur einen Briefkastenschlüssel, und den hatte ich. Bis sich die Situation hier entschärft hätte, würde ich die Post mit Argusaugen durchsehen.

„Na gut, dann melde ich mich wieder, sobald sich etwas Neues ergibt.“ Es war nicht zu überhören, wie unzufrieden sie mit dem Ausgang dieses Gesprächs war.

Besser sie als ich, dachte ich und war im gleichen Moment erschrocken über meine ungeahnten Potenziale, die nach und nach ans Licht kamen. Hätte mir früher jemand prophezeit, dass ich einmal lügen würde, dass sich die Balken bogen, und wild entschlossen war, Margarethes Post zu unterschlagen, hätte ich mich von Grund auf missverstanden gefühlt.

Aber da hatte ich auch noch nicht geahnt, was es bedeutete – dieses ganz normale Leben in Haus Lieblich. Und außergewöhnliche Umstände rechtfertigten schließlich außergewöhnliche Taten.

AM NACHMITTAG erledigte ich einige Einkäufe im Supermarkt und zog mich anschließend auf mein Zimmer zurück. Dort las ich eine halbe Stunde in einem Buch, bis mir vor Müdigkeit die Augen zufielen. Als ich aufwachte, war es bereits sieben Uhr. Ich ging hinunter in die Küche, die sich in der Zwischenzeit grundlegend gewandelt hatte. Die luftigen Freiflächen gehörten der Vergangenheit an, und die Gegenwart hatte Einzug gehalten: mit einer Raumstation, einem elektrischen Jeep mit überdimensional großen Reifen, mit einem überaus gut bestückten Bauernhof Marke Großgrundbesitzer, mit Malkästen, Buntstiften, Knetmasse ... und, und, und. Es sah aus wie das Lager eines Spielwarengeschäftes. Bevor ich meine Meinung zu dem Chaos kundtun konnte, nahm Margarethe mir den Wind aus den Segeln. „Paul hat diese Raumstation ganz allein zusammengebaut", sagte sie munter. „Bemerkenswert, nicht wahr?"

„Das ist allerdings bemerkenswert", stimmte ich ihr mit einem Schuss Sarkasmus zu.

„Wie gut, dass Lieblichs diesen großen Tisch hier gelassen haben." Margarethe ließ nichts aus, um mir die Situation schmackhaft zu machen. „Er reicht zum Essen und für die Hausaufgaben. Das ist wie früher, als es noch die großen Wohnküchen gab und sich das ganze Familienleben in einem Raum abspielte."

„Wunderbar", sagte ich schwach. „Wie schade, dass ich das nicht mehr miterleben durfte."

„Dafür darfst du es jetzt", mischte sich Paul freudig ein und bewies, dass Ironie an Kindern tatsächlich abprallt.

„Heute Abend werden Ihre Wünsche erfüllt, Katja", wechselte Margarethe schnell das Thema. „Es gibt Pizza."

„Und ich durfte alles drauflegen", verriet Paul mir stolz.

Margarethe holte die beiden herrlich belegten runden Teile aus dem Ofen, schnitt sie in Dreiecke und stellte sie vor uns auf den Tisch. Das war die erste selbst gemachte Pizza meines Lebens, und ich musste an Margarethes Prophezeiung denken, dass ihr Essen einen beim ersten Bissen für anderes verderbe. Ich aß mit riesigem Appetit und entspannte mich zusehends.

„Hast du deine Haarfarbe auch zu lange draufgelassen?" Paul hatte die ersten Bissen hinuntergeschluckt und sah mich interessiert an.

„Wie bitte?"

„Na, deine Haarfarbe. Meine Mama hatte auch mal so eine wie du, und die hat sie zu lange draufgelassen. Deshalb sah sie so komisch aus."

„Ich habe die Farbe schon immer gehabt", presste ich zwischen meinen Zähnen hervor.

„Oh, tut mir Leid." Er sah mich ganz zerknirscht an.

„In einem Ratgeber, wie man am leichtesten Freundschaften schließt, sollte vor diesem Ansatz dringend gewarnt werden", sagte ich bemüht freundlich und war erleichtert, dass ich zu meinem Galgenhumor zurückgefunden hatte.

Margarethe lachte lauthals los und riss mich gegen meinen Willen mit.

Paul sah verständnislos von seiner Pizza auf. „Was ist denn so komisch?"

„Das Leben", antwortete ihm Margarethe. „Einfach das Leben."

Es dauerte lange, bis an diesem Abend Ruhe im Haus einkehrte. Paul war nicht nur voller neuer Eindrücke, die verarbeitet werden mussten, er vermisste auch seine Mutter sehr. Was er tagsüber hatte überspielen können, holte ihn abends beim Zubettgehen ein. Ich hatte mich bereit erklärt, ihn hinaufzubringen und ihm noch eine Geschichte vorzulesen.

Nach 25 Minuten voller Verzögerungstaktik hatte ich ihn glücklich im Bett. Überflüssig zu sagen, dass die Glücksgefühle ausschließlich auf meiner Seite zu finden waren, ihm war es eindeutig zu schnell gegangen.

„Ich bin froh, wenn ich wieder zu meiner Mama kann", hielt er mir anklagend vor.

„Glaub mir, Paul, ich auch." Ich sah ihn offen an und stopfte die Decke um ihn herum fest. Dann nahm ich das Fünf-Freunde-Buch, das neben Roberts Bett auf dem Boden lag, und begann ihm daraus vorzulesen. Nach drei Sätzen unterbrach er mich bereits.

„Wann kommt meine Mama mich holen?"

„Ich denke, bald", sagte ich fest.

„Wann ist bald?"

„So in zwei bis drei Wochen, solange wirst du es doch hier aushalten können, oder?"

„Aber warum kann ich nicht weiter in meine alte Schule gehen?"

„Die ist zu weit weg, Paul." Soweit ich wusste, hatte Paul mit seiner Mutter in der Nähe von Darmstadt gewohnt. „Weder Margarethe noch ich können dich jeden Tag so weit fahren."

„Und was ist mit Robert?"

„Er wird es auch nicht können", sagte ich leicht genervt.

„Aber was ist mit ihm? Warum ist er noch nicht hier?"

Robert hatte ihm also nichts gesagt. Feine Eltern, dachte ich übellaunig, erst machte sich die Mutter aus dem Staub, und dann verschwand auch noch der Vater, ohne seinem Sohn zu sagen, warum. Die Antworten auf all die Fragen überließen sie getrost Margarethe und mir.

„Dein Papi ist leider krank geworden und musste ins Krankenhaus. Er kommt in ein paar Tagen wieder." Ich versuchte, alle mir mögliche Zuversicht in meine Stimme zu legen.

„Ach so", sagte er enttäuscht und drehte sich zur Seite.

„Soll ich dir jetzt weiter vorlesen?"

„Wenn du willst", antwortete er lahm und gab mir das Gefühl, es sei ihm egal.

Trotzdem begann ich zu lesen und entführte ihn in die Welt von Enid Blyton. Es dauerte keine fünf Minuten, bis er eingeschlafen war. Ich ließ seine Tür angelehnt und ging hinunter, um mir noch eine heiße Schokolade zu machen. Während die Milch heiß wurde, setzte ich mich hin.

„Kommen Sie doch mit Ihrer Schokolade noch auf einen Sprung zu mir herüber, Katja." Margarethe stand im Türrahmen und sah mich einladend an. „Natürlich nur, wenn Sie Lust haben."

„Okay", sagte ich wenig begeistert und folgte ihr in ihr Wohnzimmer. Dort empfing mich eine wunderschöne Atmosphäre aus klassischer Musik und Kerzenschein, der die Schatten an den Wänden tanzen ließ. Auf dem Couchtisch stand eine geöffnete Flasche Rotwein, daneben ein riesiges Burgunderglas. Margarethe, die Genießerin, ließ es sich gut gehen.

Ich setzte mich ihr gegenüber in eine Sofaecke und stellte den Becher mit der heißen Schokolade auf dem Couchtisch ab.

„Morgen Abend mache ich den Abwasch, und Sie bringen Paul ins Bett", schlug ich ihr vor.

„War es so schlimm?"

„Schlimmer", gab ich ehrlich zu. „Es ist, als wolle man einen störrischen Esel am Abend in den Stall treiben."

„Ich glaube, der Ansatz ist falsch", amüsierte sich Margarethe. „Wenn Sie versuchen, ihn zu treiben, haben Sie schon verloren. Versuchen Sie einmal, ihn in den Stall zu locken. Mit einer Kissenschlacht, einem kleinen Wettbewerb, einer spannenden Geschichte ..."

„Mit dieser Antwort sind die Aufgaben eindeutig verteilt", sagte ich entschieden. „Wie ich schon sagte: Ich werde in Zukunft abends abwaschen."

„Von mir aus gerne", stimmte Margarethe aufgeräumt zu. „Dann kann ich auf den letzten Drücker noch ein wenig Großmutter spielen. Wie lange das sein wird, kann ich nur leider nicht sagen", schickte sie bedauernd hinterher. „Sie wissen ja, dass ich sehr bald mit einem Platz im Seniorenheim rechne. Ich habe der Seniorenresidenz Taunushöhe übrigens Ihre Telefonnummer gegeben, falls sich etwas ergibt."

„Ich werde daran denken", sagte ich wahrheitsgemäß und versenkte meinen Blick in die heiße Schokolade.

„Solange ich noch hier bin, würde ich mich allerdings freuen, wenn wir uns duzen könnten, Katja. Wir leben in diesem Haus so eng beieinander ..." Sie sah bittend zu mir herüber. „Außerdem hätte ich noch einmal für kurze Zeit das Gefühl, in einer Familie zu leben. Ganz egoistische Gründe, wie Sie sehen."

Mir kam es eher sentimental vor, aber sollte sie ihren Willen haben, schließlich war ich ihr, wenn es um Egoismus ging, um einen großen Schritt voraus. „In Ordnung", sagte ich deshalb und prostete ihr mit meinem Becher zu.

„Was für ein Sakrileg!", wies sie mich energisch zurecht, stand auf und holte ein zweites Glas, das sie ebenfalls mit Rotwein füllte. „Nichts gegen die Schokolade, sie taugt sicherlich dazu, um kalte Füße aufzuheizen, aber nicht, um mit einem Neunziger Clos de Vougeot anzustoßen." Sie stellte das Glas vor mich hin und sah mich so lange auffordernd an, bis ich danach griff und probierte.

„Die Gegensätze könnten nicht passender sein", grinste ich. „Schau uns beide doch an." Das Du ging mir noch etwas schwer über die Lippen, aber ich würde mich daran gewöhnen.

„Ich weiß gar nicht, ob wir tatsächlich so verschieden sind", sinnierte Margarethe. „Ich bin nur schon 35 Jahre länger auf der Welt als du. Da schleifen sich so manche Kanten ab, und es kommen ein paar Gedanken und Erfahrungen hinzu, die das Leben erheblich einfacher machen." Ihre Zufriedenheit mit sich und der Welt war unüberhörbar.

„Meine jüngsten Gedanken und Erfahrungen haben mein Leben nicht gerade einfacher gemacht, eher im Gegenteil", stöhnte ich.

„Dein Job?", fragte sie vorsichtig.

„Ja, mein Job", bestätigte ich bitter.

Margarethe sah mich gespannt an.

„Es ist müßig, die Geschichte zu erzählen", wehrte ich unwillig ab. „Bisher hat mir niemand geglaubt, warum solltest du es tun?"

„Weil ich sehr viel Fantasie habe und weil ich gelernt habe, Erwartungen aus meinen Gedanken herauszuhalten. Ich bin absolut unvoreingenommen", stellte sie ohne jede Koketterie fest. „Aber hier geht es nicht um mich, sondern um deine Geschichte, und die würde ich gerne hören."

„Ich war leitende Intensivschwester am Kinderkrankenhaus in Wiesbaden“, begann ich widerstrebend. „Vor sechs Jahren habe ich dort angefangen, und vor einem Jahr haben sie mir die Leitung der Station übertragen, obwohl es einige dienstältere Kollegen gab. Es war eine Chance, mit der ich so schnell nicht gerechnet hatte.“ Ich spürte immer noch den Stolz, der mich erfüllt hatte, als man mir den Posten anbot. „Ich hole nur so weit aus, damit du einen Eindruck bekommst.“

Während ich erzählte, ließ ich Margarethe nicht aus den Augen. Warum sollte sie anders sein als all die anderen mit ihren ungläubigen Blicken, denen ich von den selbst für mich unerklärlichen Geschehnissen berichtet hatte?

„Es gibt sicher Berufsgruppen, bei denen Fehler nicht sofort auffallen, aber auf einer Intensivstation ist das anders. Deshalb erinnere ich mich auch noch genau, wann es begann. Die Tagschicht war fast zu Ende, als in meiner Überwachungseinheit der Alarm blinkte. Bei dem zehnjährigen Mädchen, das dort lag, war kurz vorher schon einmal der Alarm losgegangen, ihr Kreislauf musste stabilisiert werden. Wenn so etwas passiert, schaltet man den akustischen Alarm bis nach der Behandlung aus und dann wieder ein. Und genau das habe ich getan, da bin ich mir hundertprozentig sicher. Aber beim zweiten Mal hat der Alarm nur geblinkt, das heißt, das akustische Signal war ausgeschaltet. Ich habe es durch Zufall entdeckt, als ich noch einmal nach ihr sehen wollte.“ Bei der Erinnerung daran begann mein Herz aufgeregt zu klopfen. „Es blieb kein Einzelfall“, fuhr ich fort. „Ein anderes Mal waren bei einem Dreijährigen die Schläuche des Beatmungsgerätes nicht richtig zusammengesteckt. Zwei Wochen später traf es ein Baby: Die Frequenz am Beatmungsgerät war plötzlich falsch eingestellt. Dann war zweimal die Geschwindigkeit für das Einlaufen der Infusionslösung zu hoch. Und all das immer während meiner Schicht und in meinen Überwachungseinheiten.“ Je weiter ich mich auf diese Erinnerungen einließ, desto aufgeregter wurde ich. „Ich habe es immer so rechtzeitig entdeckt, dass ich es entweder selbst beheben oder einen Arzt rufen konnte. Keinem der Kinder ist etwas Ernstes passiert, aber ich konnte es weder mir selbst noch anderen erklären. Zum Schluss war ich so weit, dass ich jeden meiner Handgriffe dreimal kontrolliert habe. Und nicht nur ich, die anderen fingen an, mich skeptisch zu beobachten. Es gab Ärzte, die während meiner Schicht mehrfach vorbeikamen, weil sie mir nicht mehr vertrauten. Neben den Gefahren, denen die Kinder ausgesetzt waren, war das für mich das Schlimmste.“

„Und wie ging es weiter?“ Aus ihrer Stimme sprach weder Sensationsneugier noch die mir so vertraute Skepsis, es war reines Interesse.

„Einige Zeit später war das akustische Alarmsignal ein weiteres Mal ausgeschaltet – während meiner Schicht, in meiner Überwachungseinheit. Eine Kollegin kam dort vorbei, weil sie mich suchte, und bemerkte das Blinken. Sie hat es gemeldet, und man hat mir noch am selben Tag fristlos gekündigt.“ Ich schluckte, als mir die Tränen in die Augen zu steigen drohten. „Über ein, zwei Fehler hätte man noch hinwegsehen können“, erzählte ich stockend von dem Gespräch in der Verwaltung, „aber durch diese Häufung von Vorkommnissen sähen sie sich gezwungen, mich freizusetzen, meine Überlastungssymptome seien nicht mehr tragbar für diese Klinik. Sie fühlten sich außerdem verpflichtet, meiner mangelnden Belastbarkeit in meinem Zeugnis Rechnung zu tragen. Zum Abschied haben sie mir noch geraten, mich in Behandlung zu begeben. Ich wusste nur leider nicht, was ich hätte behandeln lassen sollen“, fügte ich sarkastisch hinzu, während mir die Mundwinkel zuckten. „Vielleicht meinen Starrsinn, mit dem ich mich nach wie vor weigere, an meine Schuld zu glauben.“

„Den solltest du nicht behandeln lassen, sondern pflegen“, sagte Margarethe trocken. „Hast du Buch darüber geführt, wer jeweils mit dir zusammen Dienst hatte?“

„Nein, warum? Es ist doch nur in meinen Überwachungseinheiten passiert.“

„Eben deshalb! Ein einziger derartiger Fehler liegt durchaus im Bereich des Möglichen, aber keinesfalls diese Häufung, zumal du, wie du sagst, sehr wachsam geworden warst. Außerdem glaube ich an Routine. Bestimmte Handgriffe sind nach so langer Zeit automatisiert.“ Margarethe hatte sich vorgebeugt und sah mich aus ihren blitzgescheiten Augen gespannt an. „Gab es irgendetwas in deinem Leben, das diese Routine hätte durcheinander bringen können? Hattest du Liebeskummer oder Geldsorgen? Warst du mit deinen Gedanken woanders?“

Ich schüttelte den Kopf. „Nein!“ Das ist alles erst hinterher gekommen, zumindest die Geldsorgen, dachte ich verbittert.

„Was ist mit Missstimmungen unter Kollegen oder mit Vorgesetzten? Ich glaube, Mobbing heißt das auf Neudeutsch.“

„Nichts, nichts, nichts! Das macht mich fast wahnsinnig. Es ist, als wäre das alles von Geisterhand geschehen.“

„Ich vermute, da waren eher Hände am Werk, die sehr menschliches Blut durchströmt. Deshalb schlage ich vor, dass du dich hinsetzt und alles aufschreibst, was dir dazu einfällt, vor allem, wer jeweils mit dir zusammen Dienst hatte. Was dir geschehen ist, lässt sich nur mit klaren Fakten erklären.“

Ich betrachtete sie, wie sie halb aufgerichtet in den Sofakissen lehnte, und stellte fest, dass ich noch nie einer Frau begegnet war, die sich bis ins hohe Alter eine solch natürliche Grazie bewahrt hatte.

„Hast du mir zugehört, Katja?“, holte sie mich zurück.

„Habe ich.“ Es war vielleicht wirklich keine schlechte Idee, alles einmal genau aufzuschreiben, überlegte ich.

„Gut so.“ Sie lächelte zufrieden zu mir herüber. „Und nun weiter. Bist du mit dieser fristlosen Kündigung und vor allem mit deinem Zeugnis schon vor ein Arbeitsgericht gegangen?“ Ich schüttelte stumm den Kopf.

„Warum nicht?“, fragte sie überrascht.

„Julius hat mir nachdrücklich davon abgeraten.“

„Wer ist Julius?“

„Er war bis vor ein paar Wochen mein Lebensgefährte.“

„Und warum hat er dir abgeraten? Versteht er etwas davon?“

„Er ist Radiologe an der Klinik, die mich an die Luft gesetzt hat.“

„Seit wann verstehen Radiologen etwas von Arbeitsrecht?“

„Er versteht davon genauso wenig wie ich, aber er meinte, ich würde mir nur noch mehr schaden, wenn ich es an die große Glocke hänge. Mit einem stillen Rückzug hätte ich wenigstens die Chance, noch einmal woanders unterzukommen.“

„Ist das die wörtliche Wiedergabe: stiller Rückzug?“

Ich nickte beschämt, das waren tatsächlich seine Worte gewesen.

„Du sagtest, er *war* dein Lebensgefährte. Hat er auch gleich selbst den Rückzug angetreten?“

Ich nickte ein weiteres Mal. „In so einer Situation wünscht man sich einen Partner, der einem den Rücken stärkt. Meiner hat mir den Rücken gekehrt, wie es so schön heißt.“ Ich lächelte Margarethe traurig an. „Er hat sich für mich geschämt. Ich müsse das verstehen“, wiederholte ich seine Worte, „er mache gerade einen ganz entscheidenden Karriereschritt, und da könne er keine Irritationen gebrauchen. Also hat er die Irritation nach fünf Jahren aus seinem Leben verabschiedet.“

„Und hat gleichzeitig einen Irrtum korrigiert“, fügte Margarethe hinzu. Da war kein Fragezeichen in ihrem Tonfall, und auch ich hatte das Fragezeichen hinter dem Irrtum längst eliminiert.

„Es ist schwer, sich das einzugestehen“, sagte ich zögernd, „aber du hast Recht, ich habe mich in ihm geirrt, jedenfalls in dieser Hinsicht.“

„Dann hatte die Situation doch wenigstens etwas Gutes. Nun aber zurück zu deinem Job“, fuhr sie unbeirrt fort. „Bist du schon einmal auf die Idee gekommen, dich zu wehren?“

Ich sah sie matt an und wusste nicht, was ich hätte sagen sollen.

„Katja, entschuldige, aber du bist ein Schaf", unterbrach sie meine Gedanken. „Oder sagen wir besser: ein sehr willfähriges Opfer." Sie sah mich liebevoll an und nahm damit ihren Worten die Schärfe.

„So fühle ich mich auch", gab ich ehrlich zu. „Und das Schlimmste sind die Rachegefühle. Ich möchte es allen, die mir das angetan haben, so gerne zeigen, ich weiß nur noch nicht, wie."

„Zum Antun gehören immer zwei, Katja, der aktive und der passive Part. Du hast es doch auch zugelassen, hast es hingenommen. Besser wäre es gewesen, sich beizeiten zu wehren. Zurechtrücken kannst du es jedoch am besten durch Fakten, und damit schließt sich der Kreis. Schreib sie auf, und dann sehen wir weiter!"

Der Kerzenschein spiegelte sich auf ihrem Gesicht und betonte ihr Mienenspiel, das die Aufforderung in ihren Worten unterstrich.

Ich wollte nicht als dieses Schaf zurückbleiben, als das sie mich gerade kennen gelernt hatte. „Weißt du, Margarethe, bis vor einem halben Jahr war mein Leben noch ganz in Ordnung. Ich habe meinen Job gerne gemacht und war überzeugt, eine gute Beziehung zu haben. Und dann wurde plötzlich mein gesamter Lebensplan in Fetzen zerrissen, und nun sitze ich davor und weiß nicht, wie ich sie wieder zusammenfügen soll. Jeden Morgen wache ich auf und hoffe, dass der Spuk endlich ein Ende hat. Ich möchte ja nicht unbescheiden sein, aber ich wünsche mir einfach nur ein unbeschwertes Leben."

„Das ist nicht unbescheiden, das ist absolut unrealistisch", hielt sie mir entgegen. „Dieses unbeschwerte Leben, das du dir ersehnst, Katja, gibt es nicht. Es gibt immer nur Momente, mal längere, mal kürzere. Manche davon sind unbeschwert, glücklich, zufrieden, nenn es, wie du willst. Manche sind jedoch auch traurig, düster, belastet und schwierig. Viele davon überschneiden sich. Und sie gehören alle zum Leben."

„Trotzdem weiß ich nicht, womit ich das alles verdient habe! Ich habe mich immer sozialverträglich verhalten, habe meinen Job gewissenhaft gemacht, meinen Müll getrennt und an der Kasse andere vorgelassen", schimpfte ich und fühlte mich vom Leben ungerecht behandelt.

„Wenn es so leicht wäre", sagte Margarethe lachend, „würde ich mit Freuden einen ganzen Rattenschwanz von voll gestopften Einkaufswagen an der Kasse vorlassen. Aber man kann sich sein Glück leider nicht verdienen. Es gibt kein Konto, auf dem dir die Punkte gutgeschrieben werden, die du dann dein Leben lang glücklich abfordern kannst." Margarethe war wieder ernst geworden. „Es gibt keinen Gutschein für ein unbeschwertes Leben." Ihre sanfte Stimme trug eine Menge an Erinnerungen in sich, die mir verschlossen waren.

„Das klingt mir zu sehr nach Resignation.“ So schnell ließ ich mich nicht beirren. „Wer hat mir denn gerade geraten, mich zu wehren?“

„Oh, ich habe dir nicht geraten, gegen das Prinzip des Lebens zu kämpfen. Das Geheimnis ist, sich damit auszusöhnen wie mit dem Meer, das so viel mehr zu bieten hat als eine glatte, ruhige Oberfläche. Da gibt es Wellenberge, Wellentäler, überschäumende Wellenbrecher – alles, was du willst, oder eben auch nicht. Aber es liegt in der Natur der Sache, dass es nie gleich ist. Je eher du das erkennst, desto besser wirst du dich durchs Leben schlagen.“

„Sagt das ein altes Schlachtschiff?“, fragte ich trocken.

„Mit dem Schlachtschiff könntest du Recht haben, das ‚alt‘ habe ich überhört.“ Sie schmunzelte über ihre eigene Eitelkeit. „Wie wäre es mit ‚sturmerprobt‘? Das gefällt mir viel besser.“

„Und welche Lehre hast du aus diesen Stürmen gezogen?“

„Dass die Beschaffenheit des vor mir liegenden Weges ungewiss ist. Niemand kann mir sagen, ob ich durch raue Gewässer muss oder über friedliche Ozeane, ob Orkane toben oder mich ein günstiger Wind in meinen Zielhafen trägt. Das Einzige, was ich weiß, ist, dass ich hindurchmuss, so oder so – bis ich ans Ende komme.“

Ich dachte an den Weg, der vor mir lag, und war mir ziemlich sicher, dass er nichts Gutes verhieß.

„Und noch etwas weiß ich“, sagte sie erschöpft, während sie ein Gähnen kaum unterdrücken konnte. „Dass ich jetzt unbedingt schlafen muss. Das war ein sehr langer Tag, und um sieben Uhr muss Paul aufstehen, damit er rechtzeitig in der Schule ist.“

„Soll ich …?“

„Nein, nein“, wehrte Margarethe entschieden ab. „Solange ich noch hier bin, mache ich das gerne.“ Sie erhob sich langsam von ihrem Sofa.

Ich hielt in jeder Hand einen der gewaltigen Weinkelche und sah Margarethe dankbar an. Sie schaltete ihre Musikanlage ab und blies die Kerzen aus, von denen nur noch kleine Stumpen übrig waren. Vor ihrer Tür verabschiedete sie sich von mir. „Gute Nacht!“

„Dir auch“, sagte ich im Gehen, stellte die Gläser in die Spüle und schlich leise nach oben. Es würde wohl eine Weile dauern, bis ich die Schlafgewohnheiten eines gesunden Kindes durchschaute und weder flüsterte noch auf Zehenspitzen an seiner Tür vorbeischlich.

Trotz meines ausgedehnten Mittagsschlafs übermannte mich die Müdigkeit innerhalb von Minuten. Ich träumte von Paul, der mich in meinem Bett verfolgte und mit seinen kleinen Füßen beständig den Kontakt zu meinen Beinen suchte. Jedenfalls dachte ich, es sei ein Traum, bis ich gegen Morgen kurz aufwachte und ihn leise neben mir atmen hörte. Das würde ganz bestimmt keine Gewohnheit werden, nahm ich mir vor und fiel zurück in einen bleiernen Schlaf.

Als ich das nächste Mal meine Augen aufschlug und die Erinnerung an die vergangene Nacht in mein Bewusstsein drang, war ich plötzlich hellwach und sah neben mich, aber Paul war verschwunden. Mein Wecker zeigte bereits halb elf, und mein kleiner nächtlicher Besucher musste schon bald wieder aus der Schule kommen. Wollte ich mein Frühstück noch ungestört genießen, musste ich mich beeilen.

Margarethe hatte mir in der Küche frische Brötchen, Kräuterquark und Marmelade hingestellt, selbst gemacht, versteht sich. Ich setzte Teewasser auf und blätterte derweil im Stellenteil der *Frankfurter Rundschau*, die auf dem Küchentisch lag. Doch niemand war dort auf der Suche nach mir. Das einzig Interessante war die Anzeige einer Klinik für plastische Chirurgie in Königstein: Sie suchten eine Schwester für die Aufwachphase frisch Operierter. War das ein Fingerzeig des Schicksals, sollte ich einfach anrufen und etwas ganz Neues anfangen? Ich wählte die Nummer. Ein etwas ungewöhnlicher Job für eine Kinderintensivschwester war immer noch besser als gar keiner.

Das Gespräch mit der zuständigen Dame war so unkompliziert wie die Anzeige. Um 11.30 Uhr sei noch ein Vorstellungstermin frei, wenn ich also Interesse hätte ... Ich hatte, drehte den Herd wieder aus, schrieb Margarethe einen Zettel, auf dem ich versprach, spätestens um zwei Uhr zurück zu sein, um meinen Dienst bei Paul anzutreten, und machte mich im Eiltempo fertig. Eine Viertelstunde später verließ ich das Haus. Nach weiteren zehn Minuten ergatterte ich einen Parkplatz auf dem Klinikgelände in Königstein und war pünktlich am Empfang. Dort bat man mich, noch einen Moment zu warten, man werde mich abholen. So hatte ich genügend Zeit, meine Blicke durch die Halle schweifen zu lassen und die Atmosphäre in mich aufzunehmen. Mit leiser Meditationsmusik in den Ohren und einem zarten Duft von Orangenaroma in der Nase wanderte ich entlang den gewaltigen Ölgemälden, die besser in einen modernen Bankenpalast als in ein Krankenhaus gepasst hätten.

„Frau Winter?“ Die freundliche Stimme kannte ich bereits vom Telefon, sie gehörte der Verwaltungssekretärin.

„Ja“, sagte ich betont aufgeschlossen und folgte ihr den Flur entlang.

Das knappe Kostüm über ihrer Mannequinfigur passte nahtlos in diese Umgebung, ebenso ihre hauchzarten Nylons und die Pumps mit den angedeuteten Plateausohlen. Am Ende des Gangs öffnete sie eine

Tür und entließ mich in die Gefilde des Verwaltungstempels, wo ich zum zweiten Mal in kürzester Zeit einer Verwaltungschefin begegnete.

„Schön, dass Sie so schnell kommen konnten, Frau Winter.“ Eine elegante Mittvierzigerin kam kühl lächelnd auf mich zu, zog mich mit einem kräftigen Händedruck hinter sich her, bis sie mich vor einem knallroten Sessel losließ und mir bedeutete, Platz zu nehmen. Sie setzte sich mir gegenüber, streckte gebieterisch ihre Hand aus und griff nach meinen Bewerbungsunterlagen, die sie eingehend studierte. Als sie fertig war, bombardierte sie mich mit Fragen, die gezielter nicht hätten sein können. Es war jedoch nicht deren Inhalt, der meine Vorstellung zerstörte, Frauen würden neben ihrer Kompetenz auch eine gewisse Menschlichkeit in Chefetagen einbringen, es war ihre kalte und leidenschaftslose Art, die mich irritierte.

„Weitestgehend exzellente Referenzen“, gratulierte sie mir sachlich. „Über die Lücke hinsichtlich Ihrer Belastbarkeit können wir hier durchaus hinwegsehen. Eine tragende Säule unseres Konzepts ist die vollkommen stressfreie und sehr persönliche Betreuung der Patienten. Sie müssen sich im Aufwachraum jeweils nur um eine Person kümmern, und ich denke, das werden Sie problemlos schaffen. Von meiner Seite aus können wir es also versuchen. Haben Sie noch Fragen?“ Sie lehnte sich gelassen zurück und sah mich großmütig an.

Ich konnte mein Glück kaum fassen. All meine Gebete waren erhört worden, und ich bekam die Chance, meiner Arbeitslosigkeit endlich ein Ende zu machen. Am liebsten hätte ich ganz einfach „Ja“ gesagt, doch sie erwartete sicher mehr von mir. Also akzeptierte ich die Regeln und stellte meine Fragen. „Auf welches Gebiet ist Ihre Klinik spezialisiert?“

„Plastische Chirurgie“, benannte sie verwundert das Offensichtliche.

„Ja“, sagte ich vorsichtig, „aber worauf genau? Auf Verbrennungen, Deformierungen, auf –“

„Wir sind auf Schönheit spezialisiert.“ Ihre Stimme war voller Hochmut. „Schlupflider, schwache Mundwinkel und Brüste, Falten, Fettpolster - was Sie wollen. Wir helfen, wenn es darum geht, den Alterungsprozess aufzuhalten oder einer unglücklichen Veranlagung zum Übergewicht entgegenzuwirken. Auf privater Basis selbstverständlich, die Kassen sind in dieser Hinsicht noch schwer zugänglich.“

Ich hoffte inständig, sie würden es auch bleiben. Ich erinnerte mich an Margarethes Worte vom vergangenen Abend. Sie hatte mir einen wehrhaften Arbeitsgerichtsprozess nahe gelegt, und ich hatte nichts Eiligeres zu tun, als einen weiteren Rückzug anzutreten und mit einem Job zu liebäugeln, der sowohl meine Qualifikation als auch meinen Anspruch meilenweit unterlief. „Denken Sie wirklich, dass ich hierher passe?“, fragte ich sie.

„Mit ein wenig Make-up und einer anderen Haarfarbe denke ich das durchaus.“

Ich blitzte sie übermütig an und erklärte mich zum ersten Mal in meinem Leben mit meiner Haarfarbe solidarisch. „Diese Farbe hat mir die Natur mitgegeben, und sie hat sich bisher allen Versuchen, daran etwas zu ändern, standhaft widersetzt. Ich denke, ich sollte das als ein Zeichen werten, nicht gegen die Natur zu handeln. Hier würde ich nichts anderes tun.“

„Warten Sie, bis Sie in das Alter kommen, dann sprechen wir uns wieder.“ Ihr überheblicher Ton hatte keine Spur an Intensität eingebüßt.

„Bestimmt nicht!“ Ich dachte an Margarethes wunderbar faltiges Gesicht und freute mich, dass es wenigstens ein Gebiet gab, auf dem ich eine unumstößliche Zuversicht verspürte. Ich nahm ihr meine Unterlagen aus der Hand, verabschiedete mich und lief beschwingt Richtung Ausgang. Hatte ich die beiden letzten Kliniken enttäuscht verlassen, spürte ich an diesem Ausgang eine ungemein beflügelnde Erleichterung, die auch noch anhielt, als ich Haus Lieblich betrat.

Wie nicht anders zu erwarten, stand Margarethe vor dem Herd und bereitete das Mittagessen. An diesem Tag hatte sie sich von Kopf bis Fuß in sanfte Beigetöne gehüllt und sogar ihre Schürze farblich darauf abgestimmt. Sie war einfach eine Augenweide. Mein „Hallo“ musste so ungewohnt fröhlich ausgefallen sein, dass sie mich gespannt ansah.

„Ich war kurz davor, einen riesigen Fehler zu machen“, klärte ich sie auf. „Zum Glück ist es aber gerade noch mal gut gegangen.“

Sie nickte zufrieden und wandte sich wieder ihren Töpfen zu, während ich mich halb verhungert über mein Frühstück hermachte.

„Wann kommt Paul aus der Schule?“, fragte ich.

„Er ist schon zurück, er ist drüben bei seinem Pony.“

„Was heißt bei *seinem* Pony?“

„Solange er hier ist, gehört es ihm“, klärte sie mich auf. „Ich habe heute Morgen mit der Besitzerin gesprochen: Wenn ich das Futter zahle, kann er jederzeit rüber zu ihm und es füttern.“ Als sei es das Natürlichste von der Welt, einem Siebenjährigen ein Pony zu überlassen, rührte Margarethe weiter in ihrem Topf.

„Wozu braucht er ein eigenes Pony?“

„Er braucht einen Freund. Außerdem kann er mit den Tieren umgehen, er hat in der Nähe eines Ponyhofs gewohnt.“ Margarethe probierte die dickflüssige rote Soße in ihrem Topf und nickte zufrieden. „Im

Backofen habe ich übrigens noch einen Kuchen, falls ihr heute Nachmittag Lust auf etwas Süßes habt. Ich gehe gegen drei Uhr weg."

In diesem Augenblick klingelte jemand an der Haustür Sturm. Ich stürzte zur Tür und riss sie auf, nur um einem quietschvergnügten Knirps schnellstmöglich den Weg zur Toilette frei zu machen. „Ich muss!", rief Paul mir zu und verschwand in der Gästetoilette, nicht ohne mit seinen Stiefeln feuchtdreckige Abdrücke auf den Fliesen zu hinterlassen.

„Das Essen ist fertig!", rief Margarethe gleich darauf aus der Küche.

„Spaghetti mit Tomatensoße!" Paul strahlte und zog blitzschnell Anorak und Stiefel aus.

Ich folgte ihm in die Küche, wo Margarethe gerade zwei Teller belud.

„Wenn du mit uns essen möchtest, Katja – es ist genug da."

„Nein, danke, ich bin satt, ich gehe in mein Zimmer. Sag bitte kurz Bescheid, wenn du gehst, dann komme ich herunter und passe auf den Kleinen auf."

„Ich bin nicht klein!" Er sagte es mit einer solchen Überzeugung, dass ich fast bereit war, es zu glauben.

Aber eben nur fast. „Solange du nachts unter meine Decke kriechst, bist du klein."

„Der Freund von meiner Mami schläft auch immer bei ihr, wenn er schlecht geträumt hat. Und der ist schon groß." Er sah mich böse an.

„Nachts gelten eben andere Gesetze", kam Margarethe ihm zu Hilfe, „Katja weiß das nur noch nicht." Sie stellte ihm seinen Teller vor die Nase und zwinkerte mir dabei zu. Ich konnte ihr ansehen, dass sie genau wie ich versuchte, ihr Lachen im Zaum zu halten.

Als ich die Treppe hinaufging, musste ich immer noch grinsen. Vielleicht konnte Robert diese Dinge in einem Gespräch von Mann zu Mann aufklären, vor allem, dass es kein Albtraum war, der Pauls Mutter und ihren Freund unter einer Decke vereinte.

Robert ... Ich hatte die Gedanken an ihn in den vergangenen anderthalb Tagen erfolgreich verdrängen können, doch jetzt holten sie mich wieder ein. In der kurzen Zeit, die er in Haus Lieblich verbracht hatte, war keine Gelegenheit gewesen, ihn kennen zu lernen, aber er musste schon ein übermenschlicher Klotz sein, wenn ihn seine gegenwärtige Situation nicht ängstigte. Ich wünschte ihm, dass alles gut ging.

Während ich zu lesen versuchte, schweiften meine Gedanken ab. Sie wanderten von Robert zu den Kindern, die ich im Krankenhaus betreut hatte. Es war mir nicht immer gelungen, die berufliche Distanz zu wahren. Manchen Tod war ich ein kleines Stück mitgegangen, und manchen Weg zurück ins Leben hatte ich überglücklich begleitet.

Mitten in meine Gedanken hinein hörte ich das Telefon klingeln. Als es nach dem fünften Mal nicht abgenommen wurde, spurtete ich genervt hinunter in die Küche und nahm ab. Es war Robert.

„Hallo, Katja." Auch wenn er noch so sehr versuchte, sachlich zu klingen, über das Zittern in seiner Stimme konnte er mich nicht hinwegtäuschen. „Ich habe vorhin das Ergebnis bekommen. Ein Lymphknoten ist befallen. Sie haben heute schon mit der Chemotherapie angefangen. Zum Wochenende werde ich entlassen." Seine kurzen, abgehackten Sätze trafen mich stärker als ein direkter Hilferuf.

„Kann ich etwas für Sie tun?", fragte ich vorsichtig.

„Gott spielen und das Damoklesschwert, das über mir hängt, verschwinden lassen."

„Das ist leider eine Nummer zu groß für mich. Daran bin ich schon früher gescheitert."

„Schade."

Ich war froh, dass er auf meinen leichten Ton einging. „Wie wär's, wenn wir uns stattdessen den Faden, an dem das Damoklesschwert hängt, einmal genauer ansehen? Vielleicht ist er dick und stark und besonders langlebig. Einverstanden?" Ich würde ihm sämtliche Literatur besorgen, die sich verständlich mit seiner Krankheit auseinander setzte.

„Abgemacht", sagte er leise und legte auf.

„Was ist ein Damoklesschwert?" Paul hatte das Spiel mit seinem Gameboy unterbrochen und sah mich neugierig an.

„Das ist ein Schwert", erklärte ich ihm, „das einmal vor langer, langer Zeit über dem Kopf eines Mannes hing, der gerade ein herrliches Essen genoss. Das Schwert war nur mit einem Pferdehaar an der Decke befestigt."

„Wieso?"

„Der Mann sollte dadurch lernen, dass Lachen und Weinen sehr nah beieinander liegen."

„Was heißt das?"

„Das heißt, dass es keine Garantie dafür gibt, dass man immer glücklich bleibt. Man kann zum Beispiel auch einmal krank werden, so wie dein Vater."

„Mhm." Mit diesem Laut, der so ziemlich alles heißen konnte, war für Paul die Unterhaltung beendet.

Margarethe war in die Küche gekommen, um sich zu verabschieden. Sie warf mir einen aufmunternden Blick zu und verschwand zu ihrem Damenkränzchen, nicht ohne vorher noch auf die Notwendigkeit hinzuweisen, Paul bei seinen Hausaufgaben zu betreuen.

So kam ich in den zweifelhaften Genuss, Rechenaufgaben nachzuprüfen, die ich beim besten Willen nicht verstand, die er jedoch in Windeseile gelöst hatte. Das federleichte Jonglieren mit Zahlen musste er von seinem Vater haben. Mit dem Vorlesen haperte es allerdings erheblich, die lang gezogenen, falsch betonten Wörter erinnerten unzweifelhaft an buddhistische Meditationsgesänge. „Noch einmal“, befahl ich ihm, als er mit dem letzten Absatz fertig war. Wenn alle Zweitklässler so lasen, musste seiner Lehrerin eigentlich eine Härtezulage zustehen.

Als Margarethe zurückkam, machte ich mich in meinem Zimmer daran, meine Erlebnisse in der Klinik aufzuschreiben. Aber sosehr ich mich auch anstrengte, es wollte mir nicht gelingen, zu einem klaren Ergebnis zu kommen. Der Einzige, der jedes Mal, wenn ein Fehler passiert war, mit mir zusammen Dienst gehabt hatte, war Sven Kuhlmann. Er war mir nicht unbedingt sympathisch, dazu war er zu rechthaberisch und selbstgerecht. Außerdem hatte er sich hin und wieder sehr angestellt, wenn es darum ging, meine Anweisungen zu befolgen. Aber gegenüber den Kindern war er immer überaus engagiert und liebevoll gewesen. Ja, fast aufopferungsvoll. Er hatte mich wie alle anderen nach jedem Vorfall vorwurfsvoll angesehen. Er schied als möglicher Täter aus, da war ich mir sicher. Margarethes Idee war gut gemeint, aber sie half mir leider nicht weiter.

AM NÄCHSTEN Morgen wachte ich entspannt auf und streckte mich genüsslich in meinem Bett. Ich würde diesen Tag, an dem weder ein Bewerbungsgespräch noch Paul auf dem Programm standen, in vollen Zügen genießen. Nachdem ich mich geduscht und angezogen hatte, lief ich beschwingt die Treppe hinunter, um mir Frühstück zu machen. Ich hörte Pauls Stimme aus der Küche, er musste also schon aus der Schule zurück sein. Wider Erwarten freute ich mich sogar auf ihn. Als ich um die Ecke bog, blieb ich im Rahmen der Küchentür wie angewurzelt stehen. Paul unterhielt sich nicht etwa mit Margarethe, wie ich angenommen hatte, sondern mit Johnny, dem er seine einzelnen Spielzeuge vorführte. Das Pony stand neben ihm und schnupperte gerade an der Raumstation.

„Paul!“ Meine Lautstärke ließ selbst mich zusammenfahren. „Raus mit dem Pony, und zwar sofort!“

„Aber ich will ihm doch das Haus zeigen.“

„Dafür, dass du einen Blick in seinen Stall geworfen hast, musstest du dich nicht gleich mit einer Gegeneinladung revanchieren. Eine Mohrrübe hätte es auch getan.“ Ich versuchte, meiner überschäumenden Wut Herr zu werden, indem ich betont langsam sprach.

„Aber Johnny ist mein Freund, er muss doch mein Spielzeug sehen." Pauls Stimme wurde immer kleinlauter.

„Ponys gehören nicht in ein Haus."

„Aber bei Pippi Langstrumpf ..."

„Dies ist Haus Lieblich und nicht die Villa Kunterbunt!", schimpfte ich ungehalten. „Und nur weil ich rote Haare habe, dulde ich noch lange nicht dieses Vieh in meinem Haus."

„Johnny ist kein Vieh." Paul wischte sich die Tränen von den Wangen und sah mich verzweifelt an. Und als melde auch Johnny gegen meinen ungebührlichen Ausspruch Protest an, schüttelte er sich einmal kräftig und begrub die gesamte Küche unter einem feinen Schlammregen.

Ich sah fassungslos dabei zu, wie sich im Zeitlupentempo graue Tropfen aus seinem schmuddeligen, nassen Fell lösten. Bis auf die Decke blieb kein einziges Teil in der Küche von diesem Sprühregen verschont.

„Nein!", schrie ich entsetzt.

„Ich glaube, Johnny muss jetzt wieder hinaus." Paul nahm das Pony am Halfter, manövrierte es vorsichtig um den Küchentisch herum und führte es mit gesenkten Augen an mir vorbei.

„Wo ist Margarethe?", fragte ich ihn am Rande eines Nervenzusammenbruchs.

„Sie wollte noch schnell etwas besorgen."

Ich hörte die Ponyhufe durch den Flur trotten. Wo ich hinsah, waren Spritzer. Es würde Stunden dauern, die Küche wieder sauber zu machen. „Womit habe ich das verdient?", schrie ich laut und stampfte mit dem Fuß auf.

„Das ist kein Verdienst, das ist eine Heimsuchung", sagte Margarethe, die plötzlich neben mir stand und ungläubig den Kopf schüttelte. „Paul hat mir draußen schon erzählt, was passiert ist."

„Gerade dachte ich, meine Unglückssträhne wäre abgerissen, da stampfen vier Hufe und zwei Kinderfüße hier herein und zerstören den winzigen Keim von Zuversicht, den ich mir mühsam angezüchtet habe. Ich will endlich wissen, was ich getan habe, dass ich so gestraft werde."

Margarethe wischte die Sitzfläche eines Stuhls trocken und ließ sich mitten in diesem Chaos nieder, das ich am liebsten für immer hinter mir gelassen hätte. „Katja, es wird langsam Zeit, dass du aufhörst, in diesen Kategorien zu denken. Sünde und Strafe sind Erfindungen der Kirche. Da oben sitzt keiner, der die Erde als Straflager sieht."

„Weißt du, Margarethe, was ich am liebsten tun würde?"

„Uns alle im hohen Bogen rauswerfen, ich weiß. Aber ich kann dich beruhigen, das ist nicht deine Natur, das ist lediglich ein Traum, der dir momentan sehr verführerisch erscheint. Ich bin sicher, du würdest uns spätestens nach zwei Tagen vermissen."

„Bist du eigentlich schon imprägniert auf die Welt gekommen?" Woher nahm sie dieses Selbstbewusstsein, das alle Angriffe an ihr abprallen ließ?

„Schöne Vorstellung", meinte sie mit einem Lächeln, „aber ganz so einfach war es nicht. Ich habe viel einstecken müssen, bis ich gelernt habe, genau hinzuschauen."

„Und was siehst du? Ein ein Meter siebzig großes, verbiestertes Nervenbündel", gab ich gleich selbst die Antwort. „Und dieses Wesen da oben hat es geschehen lassen, dass mein Haupt von einer Farbe gekrönt wird, die zum Himmel schreit." Da dies offenbar eine längere Diskussion werden sollte, wischte ich ebenfalls einen Stuhl trocken und setzte mich Margarethe gegenüber an den Tisch.

„Ich sehe eine sehr hübsche junge Frau", widersprach sie mir sanft, „die verletzt ist und derzeit ein wenig im Wald herumirrt. Anstatt vor lauter Angst zu singen, schimpft sie lauthals. Das ist in Ordnung, denn ich finde, jeder muss seinen eigenen Weg finden, wie er sich Mut macht."

Ich sah sie sprachlos an.

„Und was diese Haarfarbe betrifft, solltest du dem Himmel danken. Andere Frauen geben für einen Rotton sehr viel Geld aus."

„Aber nicht für die Version ‚Karotte'", widersprach ich schwach.

„Du wirst dich irgendwann damit aussöhnen", prophezeite sie mir, „spätestens wenn du akzeptierst, dass dieses Leben ohne Höhen und Tiefen, das du dir immer noch wünschst, nicht erstrebenswert ist. Du verzichtest freiwillig auf das Schöne im Leben, weil du denkst, dass du dich damit von der Kehrseite freikaufen kannst. Aber so funktioniert das nicht. Die Kehrseite bekommst du nämlich so oder so."

„Warum?"

„Darüber haben wir schon einmal gesprochen, und ich kann mich nur wiederholen: Damit du etwas lernst. Aus den Höhen lernst du nichts, sie sind nur schön und zum Luftholen."

„Kannst du mir dann auch noch sagen, was ich aus dieser schlammverseuchten Küche lernen soll?"

„Dass Kinder nichts für unmöglich halten – bis man es ihnen sagt."

„Worauf gründet eigentlich dieser Erfahrungsschatz einer kinder- und enkellosen Frau?"

„Auf ihrer Arbeit in der Kinderarztpraxis ihres Mannes."

Plötzlich stellte ich fest, dass ich bis auf die Tatsache, dass sie ihr Haus verkauft hatte, überhaupt nichts über Margarethe wusste. „Du warst verheiratet und hast gearbeitet?", fragte ich erstaunt.

Sie sah mich mit blitzenden Augen an. „Was überrascht dich daran?“

„Eigentlich nichts, ich dachte nur, du bist so eine richtige Dame. Ich habe nicht angenommen, dass du gearbeitet hast.“

„Das habe ich auch anfangs nicht, aber als mein Mann sich hier in Kronberg niedergelassen hat, habe ich eine Ausbildung gemacht und in seiner Praxis als Sprechstundenhilfe gearbeitet.“

„Daher die guten Beziehungen hier im Ort, die Grundschulrektorin, die Ponybesitzerin ...“

„Ja.“ Sie lachte und klatschte in die Hände. „Und jetzt ziehen wir uns warm an, schnappen uns Paul und gehen Pizza essen. Ich lade euch ein. Das Chaos hier vergessen wir einfach für die nächsten zwei Stunden.“

Paul stand zitternd vor Kälte bei seinem Pony auf der Weide und redete unablässig auf es ein. Ich kletterte über das Gatter und ging zu ihm.

„Es tut mir Leid, dass ich so geschrien und geschimpft habe, Paul. Und ich wäre froh, wenn du meine Entschuldigung annähmst.“

Er studierte mein Gesicht, ob ich es auch wirklich ernst meinte. „Okay“, sagte er leise, „aber nur, wenn du dich auch bei Johnny entschuldigst. Er hat sich so erschreckt und hatte richtig Angst vor dir.“

Also entschuldigte ich mich auch bei dem Pony und streichelte ihm auf Pauls Geheiß widerstrebend über den Hals.

Das Essen in der Pizzeria nahm ich kaum wahr, da ich die ganze Zeit darüber nachdachte, wie ich die Sauerei in der Küche taktisch am besten in den Griff bekommen konnte.

In unser Schlammtropfenchaos zurückgekehrt, hätte ich Paul während des Putzens am liebsten vors Videogerät verbannt, aber Margarethe beauftragte ihn – pädagogisch wertvoll – damit, sein gesamtes Spielzeug abzuwaschen. Er tat es mit einer unerwarteten Akribie. Um Viertel vor sieben waren wir endlich fertig, und das im wahrsten Sinne des Wortes.

Nach dem Abendessen ging Paul nach oben, um sich seinen Schlafanzug anzuziehen. Margarethe und ich blieben in der Küche.

„Robert hat gestern angerufen“, erzählte ich ihr. „Ein Lymphknoten ist befallen, sie haben direkt mit der Chemotherapie angefangen.“

„Denkst du immer noch daran, ihn vor die Tür zu setzen?“

„Ja. Aber etwas wünschen und es dann auch wirklich tun sind zwei verschiedene Paar Schuhe. Es ist schon so, wie du gesagt hast, man muss auch am nächsten Morgen noch in den Spiegel sehen können. Nur, glücklich bin ich darüber nicht“, lamentierte ich.

„Katja, du bist so fixiert auf deine fest gefügte Vorstellung von Ruhe und Unbeschwertheit, dass du es gar nicht merken würdest, wenn sich dir das Ersehnte in einer anderen Form präsentierte.“

„Du willst mir doch nicht allen Ernstes weismachen, dass ein schwer kranker Mann Ruhe und Unbeschwertheit in dieses Haus bringt. Ganz zu schweigen von seinem Sohn.“

„Ich weiß nicht, was Robert hier hereinbringen wird. Und genau das ist der Punkt. Du meinst, es genau zu wissen.“ Im Gegensatz zu mir sprach sie völlig ruhig. „Was ich dir deutlich machen will, ist, dass uns die Erwartungen und die fest gefügten Bilder in unseren Köpfen böse Streiche spielen und nur zu Enttäuschungen führen. Wenn du dagegen etwas ganz unvoreingenommen betrachtest, ergibt sich ein anderes, möglicherweise sogar ein viel positiveres Bild.“

Margarethe nickte mir zu und folgte Paul nach oben, während ich den Tisch abzuräumen begann. Es war bereits kurz vor neun, als ich die Spüle trocken wischte und das Licht in der Küche löschte. Ich machte noch einen kleinen Abendspaziergang, bevor ich mich total erschöpft in mein Bett sinken ließ und in einen traumlosen Schlaf fiel.

Mitten in der Nacht wachte ich auf, als plötzlich das Licht anging und Paul vor meinem Bett stand. „Ich hab schlecht geträumt.“ Er sah mich angsterfüllt an.

„Jetzt ist der Traum doch vorbei“, beruhigte ich ihn verschlafen und bat ihn, das Licht wieder auszumachen.

Er sah verschämt auf seine Füße und meinte, dass er lieber bei mir schlafen würde. „Manchmal habe ich einen Traum zweimal, weißt du?“

Ich wusste. Schließlich verfolgte mich der Traum, Haus Lieblich wieder ganz für mich zu haben, nicht nur durch meine Nächte. „Ausnahmsweise“, sagte ich fest, und er holte seine Decke. Dann löschte ich das Licht.

ES WAR Freitag, der Tag, an dem Robert aus dem Krankenhaus entlassen werden sollte. Mit ihm würde das Rettungsboot, zu dem Haus Lieblich sich entwickelt hatte, wieder komplett sein.

Nach einem späten Frühstück machte ich mich mit meinem Stadtplan bewaffnet auf den Weg nach Frankfurt in die Bibliothek der Universitätsklinik. Bis ich mich dort endlich zurechtgefunden hatte, war gut eine Stunde vergangen. Schließlich saß ich an einem kleinen Tisch und grub mich wie ein Maulwurf durch unzählige Bücher und Zeitschriften, die sich mit dem Thema Hodenkrebs befassten. Manches war so hochwissenschaftlich, dass es keinen Sinn hatte, es Robert zum Lesen zu geben. Aber es gab auch Publikationen, die ein Laie mit etwas gutem Willen durchaus verstehen konnte. Nachdem ich alles kopiert hatte, schlenderte ich auf Umwegen zu meinem Auto zurück. Ich warf einen wehmütigen Blick auf die Kinderklinik und spürte, wie sehr es mich dorthin zog. Hier hatte ich vor etlichen Jahren meine zweite Stelle angetreten, bevor ich später nach Wiesbaden wechselte.

Als ich mich wieder Kronberg näherte, hielt ich am Straßenrand an und ließ diesen wundervollen Anblick eine Weile auf mich wirken. Der Ort schmiegte sich wie ein Sahnehäubchen an den Hügel, während die Burg majestätisch daraus emporragte. Wenn ich doch nur bleiben könnte, dachte ich voller Sehnsucht. Ich legte den Gang ein und fädelte mich langsam wieder in den fließenden Verkehr ein. Mit einem Job würde auch mein Leben wieder in geordneten Bahnen verlaufen.

In Haus Lieblich empfing mich ungewohnte Stille. Paul hatte ich gegenüber auf der Ponyweide entdeckt, und Margarethe machte um diese Zeit ihren Mittagsschlaf. Da das Wetter sich an diesem Tag so herrlich entwickelt hatte, beschloss ich, einen langen Spaziergang zu machen. Es gab einen Waldweg von Kronberg nach Falkenstein, den ich endlich erkunden wollte. Beim Hinausgehen prallte ich mit Paul zusammen.

„Wohin gehst du?“, fragte er neugierig.

„An die frische Luft“, entgegnete ich vage.

„Kann ich mitkommen?“

„Nein.“ Ich drängelte mich an ihm vorbei Richtung Gartentor, aber er blieb mir dicht auf den Fersen.

„Wieso nicht?“

„Ich möchte lieber alleine gehen.“

„Aber das ist doch ganz langweilig. Ich könnte mitkommen. Der Opel-Zoo soll ganz toll sein, weißt du.“

„Und du bist eine Nervensäge.“

„Das sagt meine Mami auch immer.“

„Paul, ich weiß nicht, wo der Opel-Zoo ist. Dein Vater kommt heute zurück, dann kannst du sicher einmal mit ihm hingehen.“

„Aber du hast doch eine Landkarte.“ Er fixierte mit seinen Augen das rechteckige Faltblatt in meiner Hand. „Ich kann dir suchen helfen.“

„Und was ist, wenn ich den Zoo gar nicht finden will?“

„Ich dachte ja nur“, sagte er unsicher, trat von einem Fuß auf den anderen und sah mich betreten an.

Ich kannte seine Stimme inzwischen gut genug, um zu wissen, wann er mit den Tränen kämpfte. Und ich kannte mich gut genug, um zu wissen, wann das Mitleid mich überschwemmte. „Also gut“, meinte ich und schlug die Karte auf. Ich folgte mit meinem Finger dem Weg, den wir einschlagen mussten, und schätzte, dass wir gut eine Dreiviertelstunde unterwegs sein würden. „Ich will kein Wehklagen über Blasen an den

Füßen hören, ich werde dich nicht tragen, und ich werde nicht zehntausend Fragen beantworten.“ Ich schlug die Karte wieder zu und sah ihn fest an. „Und jetzt geh hinein und schreib Margarethe einen Zettel.“

Freudestrahlend rannte er nach drinnen. Es dauerte fünf Minuten, bis er endlich wieder auftauchte. Die Kälte war in der Zwischenzeit langsam meine Beine hochgekrochen, und ich marschierte kräftig los, um mich wieder aufzuwärmen. Paul musste sich anstrengen, um mit mir Schritt zu halten, aber er beschwerte sich mit keiner Silbe. „Es soll dort im Zoo Wollschweine geben“, erklärte er aufgeregt, „und Giraffen und einen riesigen Spielplatz.“ Er war stehen geblieben und hatte seine Arme ausgebreitet, um mir die Dimension seines Paradieses näher zu bringen. „Und ein Trampolin.“ Die Begeisterung, die in diesen drei Wörtern steckte, wirkte fast ansteckend. Als wir wieder losgingen, hüpfte er vor mir her, und ich musste mir Mühe geben, hinter ihm herzukommen. Die klirrend kalte Luft tat mir in der Lunge weh, doch Paul schien sie nichts anhaben zu können. Schließlich erreichten wir die eingezäunten Areale, auf denen Pauls Träume Wirklichkeit wurden. Es gab tatsächlich eine Giraffenfamilie und Wollschweine, die ich zum ersten Mal in meinem Leben sah. Ich hatte angenommen, sie seien Pauls Fantasiewelt entsprungen. Er bestaunte jedes einzelne Tier, während ich ihm die Tafeln vorlesen musste. Weiter hinten ging es rechts zu dem Spielplatz, der nicht von ungefähr eine Attraktion für die Kinder war. Es gab alles, was man sich nur vorstellen konnte, und eine ganze Menge mehr. Der Lärmpegel konnte es mit dem Strahlen der Kinderaugen ohne weiteres aufnehmen. Ich setzte mich auf eine Bank in der Nähe des Trampolins und sah Paul zu, der laut juchzend in die Luft sprang und mir hin und wieder zuwinkte.

Als wir schließlich den Heimweg antraten, war die Sonne bereits hinter den Hügeln verschwunden. Die friedliche Stimmung der Schneelandschaft ließ uns nicht unberührt. Wir gingen einträchtig nebeneinander her und sprachen kaum ein Wort, bis wir vor Haus Lieblich schnell unsere Stiefel auszogen und in die wohlige Wärme flüchteten.

Wir folgten den Stimmen von Robert und Margarethe, die sich in der Küche leise unterhielten. Paul rang sich ein knappes „Hallo“ ab, bevor der Kuchen, der auf dem Tisch stand, seine volle Aufmerksamkeit forderte.

Ich setzte mich mit an den Tisch und begrüßte Robert, der sehr mitgenommen aussah. Alles Dynamische war von ihm abgefallen; sein Gesicht war furchtbar blass und bildete einen starken Kontrast zu Pauls geröteten Wangen. „Hallo, Robert“, sagte ich behutsam. Es war überflüssig, ihn zu fragen, wie es ihm ging.

Er machte den schwachen Versuch zu lächeln, gab dann jedoch auf und sah mich offen an. „Danke für all die Hilfe“, sagte er mit einem vielsagenden Blick in Pauls Richtung.

„Ich habe kaum etwas gemacht“, gab ich ehrlich zu, „bedanken Sie sich lieber bei Margarethe. Sie hat sich die Lorbeeren verdient.“

„Robert und ich sind inzwischen auch zum familiären Du übergegangen“, meldete sich Margarethe zu Wort. „Ich denke, ihr solltet euch anschließen, sonst wird es zu kompliziert.“ Ich konnte zwar nichts Kompliziertes daran erkennen, ließ ihr aber ihren Willen, damit sie ihre Vision von einer Familie wenigstens noch für kurze Zeit leben konnte. Robert und ich nickten uns in stillem Einverständnis zu.

„Katja und ich waren heute im Opel-Zoo, Robert, wenn du willst, zeige ich ihn dir morgen. Ich kann den Weg jetzt schon alleine finden.“ Paul war um den Tisch herumgelaufen und hatte sich neben Roberts Stuhl gestellt.

Sein Vater lächelte ihn erschöpft und traurig an und strich ihm zaghaft über den Kopf. „Damit werden wir noch ein bisschen warten müssen, bis ich wieder kräftiger bin.“

„Ach so.“ Pauls Enttäuschung war weder zu überhören noch zu übersehen. Als Margarethe ihn jedoch fragte, ob er auch mit ihr vorlieb nehmen würde, war seine Welt wieder in Ordnung.

„Danke“, sagte Robert.

„Ich werde den Dank an meine Nichte weiterleiten, sie hat für mich nämlich einen kleinen Aufschub im Heim erwirkt, sodass ich euch noch eine Weile erhalten bleibe.“ Margarethe sah vollkommen arglos in die Runde, während ich mich fast an meinem Stück Kuchen verschluckte. Wie hatte sie das nur herausgefunden?

„Das ist gut zu wissen.“ Während Robert diese Nachricht verständlicherweise erleichterte, wusste ich nicht, wohin ich schauen sollte.

„Ich muss mich einen Moment hinlegen“, entschuldigte sich Robert und stand vom Tisch auf. Er bewegte sich so mühsam, dass kaum etwas an den Mann erinnerte, der mir noch vor kurzem nach dem Joggen auf der Treppe begegnet war. Paul sprang hinter ihm her und versuchte ihn aufzuheitern, indem er vorschlug, ihm oben etwas vorzulesen. Dann würde er sich bestimmt besser fühlen.

„Paul“, rief Margarethe ihm hinterher, „deine Mutter hat übrigens angerufen und schickt dir liebe Grüße und lauter Küsse!“

Sein „Okay“ konnten wir gerade noch hören, bevor es von den Geräuschen auf der Treppe verschluckt wurde.

„Hat sie irgendetwas von Abholen gesagt?“ Ich war froh über diesen Themenwechsel und sah Margarethe vorsichtig an.

„Nicht freiwillig, ich musste ihr jedes Wort aus der Nase ziehen. Es sieht so aus, als bliebe auch Paul uns noch eine Weile erhalten. Frau Gassner und ihr Freund wollen in drei Wochen heiraten, und vorher dürfen die Eltern angeblich keinesfalls etwas von Pauls Existenz erfahren. Ich glaube, der junge Mann fürchtet, enterbt zu werden."

„Was soll sich denn durch eine Heirat ändern?"

„Das frage ich mich auch", seufzte Margarethe kopfschüttelnd. „Ich glaube, Pauls Mutter macht sich da etwas vor."

„Frauen wie sie werden nie klug", pflichtete ich ihr bei. „Sie vertäuen ihr Lebensglück fest an der Schulter eines Mannes und stürzen damit die Menschen um sich herum ins Unglück. Zum Glück steht mir selbst im Augenblick der Sinn nach allem anderen, nur nicht nach einem Mann."

„Lass mich raten: Für tagsüber hättest du gerne schnellstmöglich einen Job und für die Abende ausschließlich Ruhe."

„Das wäre zu schön, um wahr zu sein", seufzte ich aus tiefster Seele.

„Katja, hast du dir schon einmal überlegt, dass auch ein Leben zwischen den Extremen möglich ist? Was du suchst, führt dich haarscharf am Leben vorbei. Du lässt dir so vieles entgehen, wenn du weiter versuchst, dein Leben im Schongang zuzubringen."

„Und was raten Sie mir, Frau Margarethe?"

„Nimm es mit den Steinen, die dir im Weg liegen, auf, und freue dich an den Blumen, die dazwischen emporsprießen." Ihr Gesicht hatte wieder den sanften Ausdruck angenommen, den ich inzwischen so sehr an ihr mochte.

„Sei mir nicht böse, Margarethe", sagte ich deshalb vorsichtig, „aber ich denke, dass ich mit deinen Kochrezepten mehr anfangen kann."

„Darf ich dich daran erinnern, dass du dich anfangs auch dagegen vehement gesträubt hast?"

Ich sah sie sprachlos an. Musste sie denn immer das letzte Wort haben? „Du bist unverbesserlich."

„Das werte ich als Kompliment", sagte sie augenzwinkernd, stand auf und räumte das Kaffeegeschirr zusammen. „Zeit fürs Abendessen."

Bevor die beiden anderen herunterkamen, wollte ich jedoch unbedingt noch eine Sache klären, die mir auf dem Herzen lag. „Margarethe?", setzte ich vorsichtig an.

„Ja?" Sie war bereits wieder mitten in ihrem Element, hatte drei Töpfe auf dem Herd verteilt und schnippelte Gemüse.

„Ich wollte mich noch für die Sache mit der Nichte entschuldigen."

„Ist schon in Ordnung", erwiderte sie leichthin, „ich war schon immer für kreative Lösungen zu haben."

DIE NÄCHSTEN Tage half ich nach Kräften mit, Robert in unseren Alltag zu integrieren. Während Margarethe mit Breien und Suppen seine durch die Chemo angegriffene Mundschleimhaut und Speiseröhre schonte, versuchte ich mithilfe meines ausgeprägten Hygienebewusstseins, so viele Keime wie möglich von ihm fern zu halten, da es mit seiner Abwehr nicht zum Besten stand.

Nach und nach schliff sich das ganz normale Leben in Haus Lieblich ein. Insgeheim bezeichnete ich es allerdings immer noch als den ganz normalen Wahnsinn. Abgesehen von drei festen Mahlzeiten am Tag und Margarethe, die durch ihre Gelassenheit der ruhende Pol im Haus war, gab es nämlich weder ein Gleichmaß noch Ferien von Sorgen und Problemen. Paul sah nicht ein, dass er während seines kurzen Gastspiels in der Kronberger Schule zu Höchstleistungen auflaufen sollte, und übte sich stattdessen im Zweikampf. Während ich ihn zu Hause abwechselnd mit Jod, Pflaster und kalten Kompressen versorgte, versuchte Margarethe, den Schaden in der Schule zu begrenzen. Es war einzig ihrem guten Kontakt zur Schulleiterin zu verdanken, dass diese Paul nicht in hohem Bogen hinauswarf. Er empfand es als zutiefst ungerecht, dass seine Widersacher von diesen Drohungen ausgespart blieben, bis Margarethe ihm klar machte, dass diese ihre schulischen Leistungen in die Waagschale werfen konnten, während es bei ihm leider nichts zum Hineinwerfen gebe. Das ließ sich unser kleiner Hitzkopf nicht zweimal sagen und wurde von Stund an das, was man einen guten Schüler nennt.

Im Nachhinein glaube ich, dass Pauls unbekümmerter Umgang mit der Krankheit seines Vaters eine ebenso unschätzbare Leichtigkeit in unser Leben brachte wie Margarethes Unvoreingenommenheit. Während ich Robert die Kopien aus der Uniklinik wortlos auf den Nachttisch gelegt hatte und im Stillen hoffte, er werde sich damit beschäftigen, ging Margarethe zum Frontalangriff über. „Bist du mit deiner Lektüre weitergekommen?“ Wir hatten gerade das Abendessen beendet. Paul war an diesem Abend ohne größere Diskussionen nach oben gegangen, und wir drei konnten ungestört reden.

„Ich habe noch gar nicht damit angefangen.“ Robert saß zusammengesunken auf seinem Stuhl und starrte vor sich hin.

„Wie willst du dann ein aufgeklärter Patient werden? Soweit ich weiß, hat heute kaum noch ein Arzt Zeit, dir deine Krankheit von allen Seiten zu beleuchten.“ Margarethe ließ sich von Roberts abwehrendem Gesicht nicht irritieren, sondern sah ihn erwartungsvoll an.

„Man hat mich aufgeklärt“, hielt er ihr sarkastisch entgegen. „Willst du Details?“

„Wenn es welche gibt, nur heraus damit."

„T eins, N eins." Aus diesen Kürzeln klang seine geballte Wut.

„Also war der Tumor nicht größer als zwei Zentimeter, und du hattest nur einen befallenen Lymphknoten", sagte Margarethe ungerührt. „Da sind deine Aussichten doch gar nicht schlecht."

„Wenn man sich mit achtzig Prozent zufrieden gibt, magst du Recht haben." In seinen Worten lag eine Bitterkeit, die ich sehr gut nachempfinden konnte.

Margarethe wäre jedoch sich selbst untreu geworden, hätte sie jetzt lockergelassen. „Du hättest gerne die zwanzig Prozent Restrisiko ausgeschaltet, stimmt's?" Sie brauchte ihn nur anzusehen, um zu wissen, dass sie den Nagel auf den Kopf getroffen hatte. „Du bist doch ein Zahlenmensch, Robert, dann solltest du eigentlich wissen, dass das Leben an sich schon ein höheres Restrisiko birgt und dass andererseits keine Statistik jemals die Vielfalt des Lebens abdecken wird."

„Hier geht es nicht um Zahlen", brauste er auf, „sondern um mich! Kannst du dir überhaupt vorstellen, was in mir vorgeht?"

„Ich denke, das kann ich", sagte sie ruhig und sah ihn offen an.

„Und ich denke, das kannst du nicht. Du bist siebzig und ich zweiunddreißig. Wenn ich so alt wäre wie du und alles hinter mir läge, dann könnte ich auch kluge Reden schwingen. Aber wenn ich Pech habe, entscheidet sich meine Prognose für die zwanzig Prozent."

Margarethe ließ sich nicht einschüchtern. „Wer sagt, dass ich alles hinter mir habe?"

„Wie bitte? Was liegt denn noch groß vor dir außer einem Altenheim?"

Sie bekam nun ihre Offenheit mit gleicher Münze heimgezahlt. Aber das schien ihr nichts auszumachen. „Du bist wie Katja", sagte sie kopfschüttelnd. „Ihr beide glaubt, ganz genau zu wissen, was vor euch liegt. Und nicht nur das." Sie sah uns der Reihe nach lächelnd an. „Auch meine Zukunft könnt ihr offenbar zweifelsfrei vorhersagen. Dabei solltet ihr doch beide inzwischen gelernt haben, dass das Leben immer für Überraschungen gut ist."

„Schöne Überraschung, wenn du erfährst, dass du Krebs hast und das nächste halbe Jahr mit einer Chemotherapie zubringen kannst."

Ich verstand seinen Zynismus nur zu gut.

„Was ist los mit euch?", wandte sich Margarethe nun an uns beide. „Ich habe den Eindruck, dass ihr den ganzen Tag darüber nachdenkt, wie ihr euer Leben möglichst keimfrei gestalten könnt. Das funktioniert aber nicht!" Sie sah uns missbilligend an. „Es gibt im Leben nicht dieses

Rabattsystem, das ihr euch so schön zurechtgelegt habt. Und es gibt auch keine lebenslang garantierte Immunität gegen Krebs oder jegliche andere Unbill. Was soll denn eines Tages hinter euch liegen, wenn ihr siebzig seid? Eine einzige Kasteiung, um möglichst ohne Blessuren unter der Erde zu landen? Ich bin zwar nicht auf alles stolz, was ich in meinem Leben gemacht habe, aber wenigstens habe ich mich immer mitten hineingestürzt. Ich habe gelebt, und ich tue es immer noch. Jeden Tag."

„Und ich möchte nichts anderes als überleben." Roberts Ton war zwar keine Spur freundlicher geworden, aber er hatte sich inzwischen immerhin auf seinem Stuhl aufgerichtet.

„Um dann deine Vermeidungsstrategien zu verfeinern, damit dir Ähnliches nicht noch einmal widerfährt?"

„Das wäre zumindest eine sehr vernünftige Vorgehensweise", antwortete er bissig.

„Vernünftig wäre ein gewisses Maß an Bewegung und guter Ernährung, um deinen Körper fit zu halten", zählte Margarethe auf. „Sicher kannst du dadurch auch einige Krankheiten vermeiden. Genauso sicher ist es jedoch auch, dass du nicht dein Leben lang von Bergspitze zu Bergspitze wirst hüpfen können, ohne jemals wieder ein Jammertal zu durchschreiten. Wenn du das einmal eingesehen hast, kannst du dich auch entscheiden, die ungetrübten Minuten zu genießen. Und die gibt es immer, ob du nun mitten in einer Chemotherapie steckst oder in einem materiell existenzbedrohenden Loch."

„Würde mich nur noch interessieren, welches die ungetrübten Minuten während einer Chemotherapie sein sollen." Roberts Stimme wurde zunehmend lauter. „Wenn mein Magen für einen Moment Ruhe gibt und ich nicht würgen muss?"

Margarethe antwortete mit einer Intensität, die sie vollkommen alterslos erscheinen ließ. „Natürlich meine ich mit ungetrübten Minuten nicht das, was du da gerade genannt hast, Robert. Das sind die Steine, die dir im Weg liegen. Ich meine die Blüten, die dazwischen hervorkommen und für die du wahrscheinlich im Augenblick gar kein Auge hast. Genauso wenig wie du, Katja."

Es hätte mich gewundert, wenn sie die Gelegenheit ungenutzt hätte verstreichen lassen, mir auch gleich mein Fett zu verabreichen. „Aber diese Blüten sind da, und wenn die Steine noch so gewaltig sind", fuhr sie mit unvermindertem Eifer fort. „Manchmal wachsen sie einfach nur im Schatten, oder sie sind in einer Ritze verborgen. Selbst in endlosen Mauern findet sich immer wieder ein Spalt, in dem sich die Natur durchsetzt und etwas zum Blühen bringt."

In den vergangenen Tagen hatte es wieder kräftig geschneit. Paul nutzte die Gelegenheit, den Vorgarten mit Schneefiguren zu bevölkern, die verdächtig an die Bewohner von Haus Lieblich erinnerten. Der Riese mit dem freundlichen Gesicht war Margarethe, der gebrechliche Mann am Stock unzweifelhaft Robert, und bei dem Wesen mit der roten Pappe auf dem Kopf konnte es sich eigentlich nur um mich handeln. Sich selbst hatte er bei weitem größer geformt, als es der Realität entsprach, angesichts seiner gegenwärtigen Situation war ich jedoch froh, dass er sich offensichtlich nicht als armen kleinen Wicht sah.

Als er dann Johnny von der Weide holte und ihm seine Schneefamilie präsentierte, machte der sich unverzüglich über die Gemüse- und Apfelstücke her, die aus Pauls Sicht ausschließlich der Dekoration dienten. Ich war weit davon entfernt, das als gerechte Revanche für den unvergesslichen Besuch in der Küche anzusehen, und litt mit Paul, der wie ein wild gewordener Kesselflicker schimpfte und die Blessuren notdürftig ausbesserte. Immerhin hatte er inzwischen einen Ruf zu verlieren. Nicht nur die Nachbarn waren Bewunderer seiner Schneekunst, sondern auch sämtliche Besucher von Robert, und das waren nicht wenige.

Außer seiner Sekretärin, die jeden Tag kam, statteten ihm auch seine Freunde regelmäßige Besuche ab. Neben dem Zahlenmenschen Robert musste es also auch einen ausgeprägten Privatmenschen gegeben haben und geben. Er war immer noch sehr wortkarg und tief in seinem Elend gefangen. Sowohl Margarethe als auch ich sahen ein, dass er Zeit brauchte, um sich an all die widerstreitenden Gefühle rund um seine Krankheit zu gewöhnen. Wir unterschätzten auch den Einfluss der Chemotherapie nicht, die ihn sehr schwächte. Der Einzige, der keinerlei Rücksicht nahm, war Paul. Es war, als wolle er testen, wie stark er seinen Vater belasten konnte. Umgekehrt war Paul der Einzige, gegenüber dem Robert eine Engelsgeduld bewies. Die Hälfte von Pauls Spielzeug war inzwischen wieder im ersten Stock verteilt, und es verging kaum ein Nachmittag, an dem die beiden nicht irgendetwas zusammenbauten.

Wir anderen mussten uns ein dickes Fell anschaffen, da Robert während seiner unleidlichen fünf Minuten nicht gerade zimperlich mit uns umging und das eine oder andere ruppige Wort fallen ließ. Besonders empfindlich reagierte seine Sekretärin, Lisa Franz. Sie war diejenige, die mich auf meine Anzeige hin angerufen und sich mir mit Merten vorgestellt hatte. Ihrem Gesichtsausdruck nach zu urteilen, musste sie von ihrem Chef eine Menge mehr einstecken, als sie ertragen konnte. Ich sah sie mehr als einmal mit Tränen in den Augen die Treppe herunterkommen und lud sie zu einer Tasse Tee in die Küche ein. Es dauerte nicht lange, bis mir klar wurde, dass sie zu allem Überfluss auch noch in Robert verliebt war. Um Missverständnissen vorzubeugen: Etwas Besseres hätte Robert gar nicht widerfahren können, sie war mit ihren 26 Jahren nicht nur eine ausgesprochene Schönheit mit blonden langen Haaren, sie hatte auch eine gehörige Portion Herz, gepaart mit einem umwerfenden Charme. Ich hätte ihr jedoch gewünscht, dass sie ihr Herz nicht an diesen momentan so schwierigen Griesgram gehängt hätte, der jede ihrer Gefühlsregungen ignorierte. Und das war nicht nur mir aufgefallen.

„Geht die Chemo bei dir eigentlich auch auf die Augen, Robert?“ Margarethe sah ihn sanft forschend an.

„Bisher nicht“, antwortete er ernsthaft, ohne zu merken, dass er dabei war, ihr auf den Leim zu gehen.

„Warum behandelst du Frau Franz dann so abweisend und unhöflich? Siehst du nicht, wie sehr du sie damit verletzt?“

„Ich behandle sie neutral“, sagte er in dem drohenden Tonfall, den wir jetzt schon zur Genüge kannten.

„Wenn die Schweiz sich so verhalten würde wie du in deinen vier Wänden, dann könnte sie ihren neutralen Status an den Nagel hängen.“

„Was interessiert mich die Schweiz?“, brummelte er mürrisch.

„Viel interessanter wäre es zu erfahren, was dich an Lisa Franz interessiert.“ Margarethe arbeitete, bildlich gesprochen, mit einem sehr feinen, aber ungemein effektiven Bohrer.

„Kann ich dir sagen“, verriet er ihr kühl, „ihre Anschläge pro Minute, ihr Überblick, ihre Bereitschaft zu Überstunden.“

„So viel zu ihr als Sekretärin, aber wie ist es mit ihr als Frau?“

„Ich habe wirklich andere Sorgen, als mich mit der weiblichen Ausstrahlung einer Mitarbeiterin zu beschäftigen.“

„Und ich glaube, das ist momentan eine deiner größten Sorgen.“

„Wie darf ich das verstehen?“, fragte er mit einer Kälte, die mich augenblicklich hätte verstummen lassen.

„Vielleicht sollten wir das doch besser unter vier Augen besprechen“, machte Margarethe einen ganz ungewohnten Rückzieher.

„Es gibt nichts über meine Sekretärin zu sagen, was Katja nicht auch hören könnte. Außer der Höhe ihres Gehalts, und die bespreche ich ausschließlich mit der Personalabteilung meiner Firma!“

„Ich würde es in diesem Fall zwar eher als Schmerzensgeld bezeichnen, aber gut.“ Sie zögerte einen Moment, bevor sie um einige Nuancen vorsichtiger fortfuhr. „Wenn ich mir Lisa Franz so ansehe, dann bin ich mir ganz sicher, dass sie in dir eine Menge Gedanken auslöst, und ich glaube, das sind bei weitem nicht nur geschäftliche. Zumal sie auch von dir ganz angetan zu sein scheint."

„Margarethe, es reicht!", herrschte er sie an. „Du mischst dich da in Dinge, die dich absolut nichts angehen."

„Darin bin ich geübt", sagte sie in bewundernswerter Selbsterkenntnis. „Hast du Katjas Unterlagen inzwischen gelesen?"

„Was soll das?"

„Ich könnte wetten, dass es darin auch ein Kapitel über die Wahrung der Männlichkeit gibt. Das ist doch sicher der Punkt, der dich nach der Überlebensstatistik am meisten interessiert, verständlicherweise."

Er sah sie sprachlos an und konnte es nicht fassen, dass da eine Siebzigjährige seelenruhig am Tisch saß und versuchte, über ein Thema mit ihm zu reden, das er allerhöchstens mit seinem Arzt besprechen würde.

„Stimmt", sagte er provozierend, „und was interessiert *dich* an dem Thema so sehr? Schiebst du Lisa nur vor und hast es gar selbst auf mich abgesehen? Da muss ich dich leider enttäuschen, ich habe nämlich keinen Mutterkomplex!"

„Wie beruhigend", feixte Margarethe, „dann hat die junge Dame ja durchaus Chancen. Immer vorausgesetzt, du überwindest den Komplex, den der Krebs dir zugefügt hat. Diese Probleme existieren nämlich nur in deinem Kopf, dein Körper ist voll funktionstüchtig. Gut, wenn du sehr viel Pech hast, was ich jedoch nicht glaube, ist durch die Chemo deine Zeugungskraft dauerhaft eingeschränkt, aber das muss gar nicht so sein. Auf alles andere kannst du dich voll verlassen."

„Margarethe, ich gehe jetzt nach oben", sagte er in einem sehr beherrschten und geschäftsmäßigen Ton, „und soweit es mich betrifft, hat dieses Gespräch nie stattgefunden." Er drehte sich um und verließ schnurstracks die Küche.

„Er hat dich nicht um deine Meinung gebeten", schlug ich mich mit Nachdruck auf seine Seite, als ich seine Schritte auf der Treppe hörte.

„Das würde er auch nie tun. Robert ist der Typ, der alles mit sich selbst ausmacht."

„Du könntest versuchen, das zu akzeptieren."

„Könnte ich", hielt sie mir entgegen. „Aber ich sehe mir jetzt seit Tagen an, wie dieses engelsgleiche Wesen sein Zimmer mit einem weidwunden Blick verlässt und kurz davor ist, die Hoffnung aufzugeben. Er dagegen möchte nichts lieber, als dass sie unter seiner Decke landet, hält sich aber nicht mehr für männlich genug, dieses Ziel auch zu verfolgen. Was würdest du tun, wenn es nur ein paar klärender Worte bedürfte, um dem Schicksal eine andere Wendung zu geben? Schweigen?"

„Bevor ich schamlos in die Intimsphäre eines anderen Menschen vordringe, ja. Und außerdem erreichst du auf diese Art gar nichts."

„Da wäre ich mir nicht so sicher. Wenn er nämlich nur fünf Minuten darüber nachdenkt, habe ich schon viel erreicht."

„Ich finde, du kannst ganz schön anstrengend sein, Margarethe", stöhnte ich gottergeben.

Bevor sie mir das letzte Wort streitig machen konnte, lief ich aus der Küche, zog mir eine Jacke über und machte mich daran, Paul von der Weide zu locken. Wider Erwarten war es nicht so schwer, wie ich vermutet hatte. Wahrscheinlich hatte er sich inzwischen ausgetobt und begonnen zu frieren. Auf dem Rückweg zum Haus sprang er fröhlich neben mir her und erzählte mir von seinen Erlebnissen mit Johnny.

An der Haustür angekommen, sah ich noch schnell in den Briefkasten. Ich wartete nach wie vor auf Post vom Arbeitsamt, aber der einzige Brief an diesem Tag kam vom Polizeipräsidium in Wiesbaden und war an mich adressiert. Ich sah verständnislos auf den Absender, riss den Umschlag auf und las als Erstes das Wort VORLADUNG.

„O Gott", murmelte ich laut vor mich hin, „mir bleibt auch nichts erspart." Ich ging in die Küche, um Margarethe den Brief zu zeigen. „Hast du so etwas schon einmal gesehen?", fragte ich sie.

Margarethe studierte das Blatt durch ihre Lesebrille und sah mich dann skeptisch an. „Hier steht, dass du im Kommissariat K 11 zu einem Todesfall vernommen werden sollst. Das ist das ‚Kommissariat für Kapitalverbrechen'", las Margarethe langsam vor. Ihr fragender Blick sprach Bände.

Schreckensszenarien liefen vor meinem inneren Auge ab. „Das kann nicht sein", beteuerte ich vehement. Ich riss Margarethe den Brief aus der Hand, starrte auf die bürokratischen Zeilen und wurde nicht schlau daraus, bis sich der Name meines bisherigen Arbeitgebers in mein Bewusstsein drängte. In der Klinik hatte es einen Todesfall gegeben. Meine Schreckensvisionen wurden immer schlimmer. War doch eines der Kinder infolge der unerklärlichen Fehler gestorben, und wollten sie mir das nun auch noch anhängen? Ich ließ mich entsetzt auf den nächsten Stuhl sinken und sah Margarethe hilflos an. „Das halte ich nicht aus", stöhnte ich und war den Tränen nahe. „Ich werde ganz bestimmt nicht dorthin gehen. Irgendwann reicht es, die sollen mich alle in Ruhe lassen."

„Jetzt beruhige dich erst einmal", sagte Margarethe gelassen und nahm mir den Brief aus der Hand, um ihn selbst noch einmal genau zu studieren. „Kennst du einen Andreas Neske?", fragte sie stirnrunzelnd.

„Ich habe den Namen noch nie gehört", erwiderte ich schwach.

„Er ist der Tote, um den es geht." Margarethe brachte auch gar nichts aus der Ruhe. „Und du“, betonte sie und sah mich eindringlich an, „sollst lediglich als Zeugin aussagen.“

„Ach, das schreiben die doch nur, um mich dahin zu locken.“

„Katja, die haben es nicht nötig, dich zu locken, die bestellen dich einfach ein, wie es so schön heißt.“ Sie stand hinter mir, strich mir beruhigend über den Rücken und las Wort für Wort vor, was in der Vorladung stand.

„Cool“, durchbrach plötzlich Paul die nachfolgende Stille. „Darf ich mit?“ Er sah mich flehend an.

„Ganz bestimmt nicht“, wehrte ich genervt ab. „Die veranstalten dort schließlich keinen Tag der offenen Tür.“

„Und wenn doch?“, fragte er trotzig. „Bei der Feuerwehr gibt es das auch.“

„Paul, ich habe Nein gesagt!“

Paul gab auf und verzog sich die Treppe hinauf zu seinem Vater. Ich versuchte, mich zu beruhigen. „Kannst du nicht bei der Polizei anrufen, Margarethe, und sagen, ich läge mit einer höchst ansteckenden Viruserkrankung im Bett?“

„Du willst doch wohl nicht kneifen!“

„Natürlich nicht, nur ein bisschen lügen. Du hast selbst gesagt, dass du für kreative Lösungen zu haben bist ...“

„Aber hier eindeutig nicht!“ Sie sah mich streng an, stand vom Tisch auf und begann mit den Vorbereitungen für das Abendessen. „Außerdem machst du dir mal wieder viel zu viele Gedanken. Du kennst doch den Namen des toten Jungen noch nicht einmal, also wird er kaum während deiner Zeit auf der Station gelegen haben. Am besten machst du einen kleinen Spaziergang und lüftest deinen Kopf aus, mit dem Essen dauert es sowieso noch eine Weile.“

Ich griff wortlos nach dem Brief und ließ ihn in meinen Jeans verschwinden. Bis Montag waren es noch zwei Tage, da konnte schließlich eine Menge passieren. Ich zog meine dicke Daunenjacke über, band einen Schal um und rief Margarethe zu, dass ich ihrem Rat folgen würde.

Eine Stunde Ferien vom Chaos, was für eine verlockende Vorstellung. Als ich das Gartentor schloss und einen Blick auf Haus Lieblich warf, fragte ich mich, ob alle Häuser, die so friedlich dalagen, den Betrachter nur täuschten. Ein zufällig vorbeikommender Passant würde hinter diesen Mauern wohl kaum eine Wohngemeinschaft von so außergewöhnlichem Charakter vermuten. Fragte sich nur, was sich in all den anderen Häusern abspielte, die so harmlos und unbeschwert wirkten. Inzwischen war ich versucht zu glauben, dass es die heile Welt nicht gab, weder hier noch sonst wo. Margarethe hatte mich infiziert.

AN DIESEM Abend verlief das Essen ausnahmsweise einmal friedlich, was Roberts ungewöhnlich ausgeglichener Laune zu verdanken war. Er starrte nicht wortlos auf seinen Teller, sondern beteiligte sich an unserer Unterhaltung und ließ sogar ein wenig von seinem Humor durchschimmern. Das Gespräch vom Nachmittag hatte er allem Anschein nach tatsächlich aus dem Protokoll gestrichen, denn er redete mit Margarethe, als wäre nichts geschehen. Paul genoss die unbeschwerte Atmosphäre und plapperte ununterbrochen. Schließlich schickten wir ihn dann aber doch zum Zähneputzen nach oben, und Robert sah seinem Sohn liebevoll hinterher. „Wenn du Krebs hast", begann er leise, „dann denkst du, dass dein Leben zu Ende ist. Du denkst an all die Dinge, die du verpasst haben könntest. Und wenn du dann ein solches Kind siehst, dann ist es, als würde dein Leben fortgesetzt, nur auf ganz andere Weise, als du es dir eigentlich vorgestellt hast. Manchmal frage ich mich, wie ich auf ihn reagiert hätte, wenn ich nicht krank geworden wäre."

„Das sind Fragen, auf die es keine Antworten gibt", sagte Margarethe einfühlsam. „Über die Wege, die wir nicht gegangen sind, können wir auch nichts erzählen. Das gilt für die Vergangenheit ebenso wie für die Zukunft."

„Die Zukunft." Robert hatte dieses Stichwort aufgegriffen. „Ich wünschte, es könnte mir jemand beschreiben, was nach dem Tod kommt. Vielleicht ist diese ganze verdammte Angst vollkommen überflüssig."

„Zumindest halte ich sie für übertrieben." Margarethe rückte mit ihrem Stuhl ein Stück vom Tisch zurück und schlug ihre Beine übereinander. „Wenn es das große Nichts ist, das folgt, dann gibt es auch keinen Grund zur Aufregung. Was meinen Glauben an ein Jenseits jedoch immer wieder am Leben erhält, ist die Tatsache, dass die Natur nichts verschwendet. Warum sollte sie es mit den Menschen tun?" Margarethe lächelte. „Die Menschen, die mir wirklich etwas bedeutet haben und die mir schon vorausgeeilt sind, spüre ich manchmal, als stünden sie neben mir. Ich lebe weiter mit ihnen, an manchen Tagen bin ich so abgelenkt, dass ich nicht an sie denke, an anderen wünsche ich mir nichts inniger, als dem einen oder anderen noch einmal leibhaftig zu begegnen."

„Deinem Mann?", fragte ich behutsam dazwischen.

„Darauf kannst du wetten", schwärmte sie mit glänzenden Augen.

„Hast du Angst vor dem Tod?" Robert war mit dem Thema noch nicht fertig, er sah Margarethe aufmerksam an.

„Ja", gab sie unumwunden zu. „Aber es ist weniger die Angst vor dem Danach als die Angst, dass er mich hier loseist, bevor ich so weit bin. Ich spüre immer noch so viel Kraft in mir und so viel Lebensfreude …

Ich bin einfach noch nicht bereit für einen Beobachterposten auf der Wolke." Sie lächelte uns der Reihe nach an. „In euren beiden Köpfen gibt es noch so viel zurechtzurücken, so weit würde mein Arm doch gar nicht reichen. Also hoffe ich auf ein Einsehen von dem da oben." Sie warf einen drohenden Blick Richtung Himmel, und ich war mir sicher, dass inzwischen nicht nur ich auf göttliche Solidarität hoffte.

WENN die übermächtige Farbe Rot in meinen Haaren auch nur einen Deut nachgiebiger gewesen wäre, dann hätten am Ausgang dieses Wochenendes sicherlich graue Strähnen meinen Schopf geschmückt. Ich konnte an kaum etwas anderes denken als an den Besuch bei der Polizei. Dagegen konnten weder Margarethe noch Robert etwas ausrichten.

Als ich mich schließlich auch noch Paul gegenüber garstig verhielt, sah er mich anklagend an und presste die Lippen aufeinander. „Ich bin doch dein Freund", sagte er zutiefst verletzt.

„Wer sagt das?"

„Deine Augen."

„Und du bist altklug", hielt ich ihm entgegen.

„Immer noch besser als gemein." Er verschränkte seine dünnen Arme vor der Brust und drehte mir anklagend den Rücken zu.

„Okay, okay", lenkte ich ein. „Ich habe einfach Angst vor dem Termin bei der Polizei."

„Dann lass mich mitkommen, ich beschütze dich."

„Paul, das geht nicht."

„Schade. Aber dann lass wenigstens auch deine Angst zu Hause. Mit Angst geht nämlich alles viel schwerer."

„Und wer sagt das?" Ich glaubte, meinen Ohren nicht zu trauen.

„Meine Lehrerin."

„Kluge Frau. Bei der kannst du offensichtlich eine Menge lernen."

„Sie bringt uns das Schwimmen bei", erzählte er mit einem stolzen Glitzern in den Augen. Und nicht nur das, dachte ich anerkennend.

„Aber sie ist nicht so hübsch wie du."

„Was ist denn an mir hübsch?"

„Na alles", antwortete er überzeugt, „bis auf die Haare, die sind komisch."

„Vielleicht haben die bei der Polizei ja Mitleid mit mir", sinnierte ich voller Galgenhumor.

„Mitleid verdient wohl eher Robert", hörte ich Margarethe hinter mir sagen. Sie war unbemerkt in die Küche gekommen.

„Was ist mit ihm?", fragte ich besorgt.

„Seine Haare fallen ihm langsam aus."

Paul sah Margarethe erstaunt an. „Warum?"

„Das kommt durch seine Medizin."

„Ach so." Er überlegte einen Augenblick. „Ist das für immer?"

„Nein", beruhigte Margarethe ihn, „nur für eine Weile, dann wachsen sie wieder."

Damit war er zufrieden, und Margarethe wandte sich wieder an mich: „Heute Morgen hat er doch tatsächlich von mir verlangt, Lisa Franz anzurufen und ihr zu sagen, dass sie nicht mehr kommen soll."

„Und?"

„Ich habe ihm stattdessen eine schicke Wollmütze gekauft."

„Gab es dort zufällig auch eine kleidsame Tarnkappe für mich?"

„Dir habe ich einen funkelnagelneuen Schlitten gekauft." Sie grinste mich siegessicher an. „Damit du mit Paul heute Nachmittag ins Wintervergnügen fahren kannst."

„Ist das nicht eine tolle Überraschung?", rief Paul begeistert.

Ich hingegen stellte mich vor Margarethe in Position und sah zornig zu ihr auf. „Hör endlich damit auf, mich zu verplanen und mir Dinge aufs Auge zu drücken, zu denen ich keine Lust habe!"

„Ich bin sicher, es wird dir Spaß machen." Sie lächelte mich zuversichtlich an. „Ich habe es Paul versprochen."

Ich versuchte, mich gegen ihren bittenden Blick zu verschließen. „Das war sehr voreilig, Margarethe." Ich ließ sie stehen und ging nach oben in mein Zimmer, wo ich mich für die nächsten zwei Stunden vergrub.

Mein Versuch, in die Welt meines Buches einzutauchen, misslang jedoch, ich konnte mich einfach nicht konzentrieren. Die Gedanken an den kommenden Montag schoben sich unablässig zwischen die Zeilen. Mitten in dieses zermarternde Szenario platzte Paul, der plötzlich neben mir stand und mich aus meinen Gedanken aufschreckte.

„Kannst du nicht anklopfen?", herrschte ich ihn an. „Ich habe schließlich eine Intimsphäre."

Er sah sich verwundert im Zimmer um, konnte jedoch nichts entdecken, was auch nur annähernd danach aussah. „Wo?"

Als ich endlich begriff, war das Eis gebrochen. Ich lachte so befreit, dass ich ihn nur noch mehr verwirrte. „Vergiss es." Ich strich ihm liebevoll durch die Haare. „Wollen wir jetzt Schlitten fahren?"

„Ja." Die Freude in seinen Augen sprach Bände.

„Zieh dich ganz warm an, ich bin in zwei Minuten unten."

Ich hörte, wie er die Stufen hinuntersprang, und ging zu Robert, den ich an diesem Tag noch gar nicht zu Gesicht bekommen hatte. Auf mein

Klopfen folgte ein leises „Herein“. Er lag auf seinem Bett, umgeben von Zeitungen und Büchern. Margarethes Wollmütze stand ihm gut.

„Wie geht's dir?“ Ich sah ihn forschend an.

„Geht so.“ Er verdrehte die Augen vielsagend in Richtung Mütze. „Ist nicht mehr viel übrig von der Pracht.“

„Dafür bleibt auch nichts übrig von dem Krebs.“

„Wie willst du das wissen?“ Der leise Vorwurf in seiner Stimme entging mir nicht.

„Wir haben doch einmal über das Damoklesschwert gesprochen. Und um bei diesem Gleichnis zu bleiben: Ich denke, dass der Faden, der es hält, eher ein kräftiges Seil ist. Das Schwert wird über deinem Kopf hängen bleiben und dort verstauben.“

„Glaubst du an dieses Märchen?“, fragte er in einer Mischung aus Unsicherheit und dem Wunsch, selbst daran zu glauben.

„Ja“, antwortete ich fest. „Und jetzt muss ich gehen, sonst denkt dein Sohn, ich hätte *ihm* Märchen erzählt. Margarethe hat nämlich mein Nachmittagsprogramm mit Schlittenfahren angereichert.“

„Danke.“ Er grinste zum ersten Mal seit Tagen, sodass eine Ahnung von dem alten Robert durchschimmerte.

Als ich unten ankam, stand Paul bereits ungeduldig an der Tür. Ich schnappte mir Jacke, Schal und Mütze von der Garderobe und zog mich im Hinausgehen an. Margarethe hatte mir den Weg nach Falkenstein erklärt. Dort angekommen, ließen wir das Auto auf dem Parkplatz, nahmen den Schlitten aus dem Kofferraum und folgten den Spuren der Kufen, die andere vor uns hinterlassen hatten.

Es war wie beim Kochen: Die Vorbereitungszeit stand in keinem Verhältnis zu dem eigentlichen Ereignis. Wir stapften eine geschlagene Dreiviertelstunde hügelaufwärts durch den verschneiten Wald, um dann innerhalb von zehn Minuten wieder unten anzukommen. Aber diese zehn Minuten hatten es in sich. Am Ende der halsbrecherischen Tour hatte Paul rote Wangen und ein unvergleichliches Strahlen in den Augen. Mir klopfte das Herz bis zum Hals, ich hatte weiche Knie und war heilfroh, diese Höllenfahrt unbeschadet überstanden zu haben.

„Noch mal!“, juchzte Paul. Er ergriff die Schnur des Schlittens und machte sich auf den Weg.

„Einmal noch, dann ist Schluss für heute. Ist das klar?“

„Abgemacht“, jubelte er. „Du kannst ja die Augen zumachen, wenn du Angst hast.“

„Ich bin nicht lebensmüde.“ Als wir oben ankamen, ließ ich mich mit einem mulmigen Gefühl im Bauch auf unserem Holzgefährt nieder und legte mein weiteres Schicksal in die Hände einer höheren Instanz. Wird schon gut gehen, dachte ich gottergeben. Es ging sogar so gut, dass es anfing, mir Spaß zu machen, und ich meine Angst vergaß. Minutenlang genoss ich das Vergnügen, einfach nur dahinzusausen. Unten nahm ich wortlos Kurs auf die dritte Runde. Paul lief fröhlich plappernd neben mir her. Er erwähnte meinen Wortbruch mit keiner Silbe, sondern tat so, als sei er ganz selbstverständlich. Als schließlich die Dämmerung einbrach, traten wir beide hungrig, erschöpft und zufrieden den Heimweg an.

Seit meinem Auszug war ich nicht mehr in Wiesbaden gewesen. Es war ein merkwürdiges Gefühl, durch die vertrauten Straßen zu fahren, in die ich nicht mehr gehörte. Ich parkte mein Auto in der Nähe des Polizeipräsidiums und ging die letzten Meter zu Fuß. Vor dem riesigen Gebäude blieb ich kurz stehen, um noch einmal tief Luft zu holen. Dann trat ich über die Schwelle dieses für mich zutiefst beängstigenden Ortes. Der Pförtner wies mir den Weg zum Kommissariat K 11.

Vor der Tür von Hauptkommissar Berning stockte ich eine Sekunde, klopfte zaghaft an und folgte dem alles andere als zaghaften: „Ist offen!“ Das Zimmer wirkte genauso bürokratisch, wie ich es erwartet hatte, der Mann, dem ich gegenüberstand, erfüllte jedoch ähnliche Erwartungen in keiner Weise – ich stand einem hocherotischen Kraftwerk gegenüber. Während ich ihn noch sprachlos betrachtete, wechselte mein ängstliches Herzklopfen in ein elektrisiertes.

Wie in Zeitlupe tastete ich mit meinen Blicken diesen Körper ab, der vor Kraft und Temperament nur so strotzte. Sein Gesicht war alles andere als attraktiv im klassischen Sinn, strahlte jedoch eine ungeheure Anziehungskraft aus. Er hatte dunkelbraune, fast schwarze Haare, die einen reizvollen Kontrast zu seinen leuchtend blauen Augen bildeten.

„Fertig?“, fragte er gelassen.

„Ja, ja“, antwortete ich stotternd.

„Und?“ Er sah mich mit gespieltem Ernst herausfordernd an.

Es war schwer, trotzdem gelang es mir, einen zusammenhängenden Satz herauszubringen. „Sind die blauen Augen echt?“

„Genauso echt wie Ihre Haarfarbe.“

„Woher wissen Sie, dass die echt ist? Könnte doch auch gefärbt sein.“

„Solche Farben schafft nur die Natur.“ Er ging einmal um mich herum und blieb dann direkt vor meiner Nase stehen. „Ihren Friseur hätten Sie längst auf Schadenersatz verklagt.“ Wenn auch nur das kleinste Stückchen Eis seine Tiefkühltemperatur zwischen uns hätte wahren können, dann wäre es spätestens jetzt geschmolzen.

„Tobias Berning“, stellte er sich vor. Er streckte mir mit einem gefährlichen Funkeln in den Augen seine Hand entgegen.

Ich war mir sicher, ich würde mir einen elektrischen Schlag holen, trotzdem griff ich zu. „Katja Winter.“ Konnte man einem Händedruck erliegen? Dumme Gans, schalt ich mich und versuchte, mir die chemischen Zusammenhänge solcher Reaktionen vor Augen zu führen. Aber es half nichts.

Er ließ sich hinter seinem Schreibtisch nieder und deutete auf den Büßerstuhl, der davor stand. „Haben Sie Ihren Ausweis mitgebracht?“

Ich nickte, kramte ihn aus meiner Tasche und reichte ihn über den Tisch. In natura war ich ihm augenscheinlich lieber, denn er warf nur einen kurzen Blick darauf, bevor er ihn mir wieder zuschob.

„Okay, dann legen wir mal los.“ Er zog das Gummiband von einer Akte und überflog einige Blätter darin. „Bei Ihrem früheren Arbeitgeber hat es einen Todesfall gegeben: Andreas Neske, zehn Jahre alt.“

„Ich habe mir das ganze Wochenende den Kopf zermartert“, unterbrach ich ihn aufgeregt, „aber der Name sagt mir nichts.“ Die alte Angst stieg wieder in mir hoch.

„Vollkommen unnötig“, sagte er knapp. „Er ist erst nach Ihrer Zeit dort eingeliefert worden.“

„Was hat das dann ...?“

„Dazu komme ich gleich“, fiel nun er mir ins Wort. „Es gab einen Zwischenfall, der zu spät bemerkt wurde, da der akustische Alarm an seinem Bett ausgeschaltet war. Die Ärzte konnten nichts mehr für ihn tun.“

„Aber das ...“

„Ich weiß, dazu komme ich gleich.“

„Wie wollen Sie etwas herausfinden, wenn Sie mich nicht ausreden lassen?“ Ich blitzte ihn wütend an.

„Indem ich mich auf das Wesentliche konzentriere“, sagte er mit samtweicher Stimme. „Ihrer Nachfolgerin auf der Station ist Ähnliches widerfahren wie Ihnen. Es waren kleine Zwischenfälle, die zu 99 Prozent gut ausgingen, bis auf diesen einen Fall. Sie hatte zum Glück kurz vorher darauf bestanden, dass heimlich eine Videokamera installiert wurde, um der Sache auf den Grund zu gehen. Erinnern Sie sich an Sven Kuhlmann?“ Er sah mich mit sachlichem Interesse an.

„Ja.“

„Wie war Ihr persönlicher Eindruck von ihm?“

„Gut.“

„Okay“, gab er lachend nach, „raus mit der Sprache, ich werde Sie auch nicht unterbrechen.“

„Sven Kuhlmann ist ein sehr fähiger Pfleger“, begann ich. „Er war immer sehr lieb zu den Kindern, sehr fürsorglich und gewissenhaft.“

„Mit diesem Urteil stehen Sie nicht allein da. Nur leider trifft im Fall von Herrn Kuhlmann eher das Gegenteil zu.“ Er drückte den Knopf einer Fernbedienung und zeigte auf einen Fernsehbildschirm in der gegenüberliegenden Ecke des Raumes.

Ich erkannte Sven, der sich vorsichtig nach allen Seiten umsah und sich dann an dem Beatmungsschlauch einer Überwachungseinheit zu schaffen machte. Bildschnitt: Sven, wie er aus seiner Jackentasche eine Spritze herausholte und den Inhalt in die Infusionslösung injizierte, die über dem Bett eines Jungen hing.

„Wollen Sie noch mehr sehen?“

Ich sah Tobias Berning ungläubig an, während alle Ereignisse noch einmal wie im Zeitraffer vor meinem inneren Auge abliefen.

Er schaltete das Gerät aus. „Er hat inzwischen umfassend gestanden – übrigens auch die Zwischenfälle in Ihrer Überwachungseinheit.“

„Warum?“ Ich war wie vom Donner gerührt.

„Aus sehr klassischen Motiven: Neid und Eifersucht. Er konnte es nicht verwinden, dass Sie und Ihre Nachfolgerin ihm vor die Nase gesetzt wurden. So wie ich ihn verstanden habe, wäre in seinen Augen ausschließlich er für die Stationsleitung infrage gekommen. Er hielt sich für korrekter, belastbarer, einfach besser. Ganz davon abgesehen, dass er dienstälter war. Dann wurden Sie an ihm vorbei befördert, und so rächte er sich auf seine ganz spezielle Weise.“

„Das ist krank“, stammelte ich erschüttert.

„Das werden die Gutachter zu klären haben. Ich für meinen Teil erkenne in ihm eine ganze Menge an krimineller Energie und Heimtücke.“ Er ging mit dem Zeigefinger eine vor ihm liegende Liste Punkt für Punkt durch. „Eine Frage interessiert mich.“ Er sah von dem Blatt auf. „Sie haben ihn als Kollegen verteidigt, aber mochten Sie ihn auch als Mensch?“

„Nein“, sagte ich ehrlich. „Spielt das eine Rolle?“

„Für den Fall sicher nicht.“

Ich fixierte die Akte auf dem Schreibtisch, bevor ich noch tiefer in diesen blauen Augen versank. „Warum bin ich denn nun eigentlich hier?“

„Ich benötige von Ihnen eine lückenlose Aufstellung über die Zwischenfälle während Ihrer Dienste, jedes Detail ist wichtig für die Beweislage.“

„Aber er hat doch gestanden.“

„Er kann widerrufen.“

„Und das Video?“

„Das betrifft nur Ihre Nachfolgerin. Sie wollen doch sicher auch gerne rehabilitiert werden."

„Ja", gestand ich aus tiefster Seele. Ich zog das Protokoll aus meiner Tasche, das auf Margarethes Anraten hin entstanden war. „Das müsste reichen."

Er überflog es und bedachte es mit einem anerkennenden Nicken.

„Haben Sie eigentlich schon wieder einen neuen Job?"

„Nein, ich suche noch. Mein Zeugnis hat mir so ziemlich sämtliche Türen vor der Nase zugestoßen. Aber so wie sich der Fall jetzt darstellt, werde ich auf einem neuen Zeugnis bestehen."

„War sicher eine schwere Zeit für Sie." Mitfühlend konnte er also auch sein.

„Das war es." Ich mache besser, dass ich hier wegkomme, dachte ich mit einem kribbelnden Gefühl im Bauch. „Na dann ..." Ich stand unschlüssig auf.

„Vielen Dank, dass Sie gekommen sind." Er kam um seinen Schreibtisch herum auf mich zu und streckte mir zum zweiten Mal innerhalb dieser kurzweiligen Stunde seine Hand entgegen.

„Hatte ich denn eine Wahl?" Ich ergriff zögerlich seine Hand.

„Nein." Er lachte und dachte nicht daran, meine Hand loszulassen. „Hatten Sie nicht. Trotzdem danke, es war sehr aufschlussreich."

„War es das dann?" Ich trat einen Schritt zurück in der Hoffnung, dieser elektrisierenden Spannung zu entkommen.

„Ja." Er öffnete die Tür. „Sind Sie eigentlich verheiratet? Ich konnte das aus der Akte nicht ersehen." Sein Tonfall verriet mit keiner Nuance ein persönliches Interesse.

„Ist das für den Fall wichtig?"

„Nein."

„Ich bin nicht verheiratet."

„Dann würde ich Sie gern außerhalb dieser vier Wände wiedersehen."

„Wozu?"

„Wenn ich Ihnen darauf ehrlich antworte, kommen Sie vielleicht nicht mit. Also sage ich, um mit Ihnen essen zu gehen."

Ich starrte ihn hypnotisiert an. „Sind Sie danach nicht zu befangen, um meinen Fall weiter zu bearbeiten?"

„Ich habe nur von Essen geredet." Er lachte. „Aber lassen wir es auf einen Versuch ankommen."

„In Ordnung", stimmte ich zu, obwohl ich plötzlich fürchterliche Angst vor meiner eigenen Courage bekam. Ich nickte ihm benommen zu, drehte mich um und lief vollkommen verkrampft den Flur entlang.

Im Auto genoss ich mindestens fünf Minuten lang die eisige Kälte, die meinen Kopf einigermaßen zur Besinnung brachte. Unzählige Stunden hatte ich mit Angst vor diesem Termin zugebracht, und dann hatte ich nichts Besseres zu tun gehabt, als mich Hals über Kopf in einen Hauptkommissar zu verlieben, von dem ich nichts weiter wusste, als dass er mich mit den unglaublichsten Augen dieser Welt ansah. Und ich war mir nicht sicher, ob ich mir einen Anruf von ihm wirklich wünschen sollte.

Als ich die Tür zu Haus Lieblich aufschloss, schwelgte ich immer noch in Gedanken, die durchaus das Prädikat „nicht jugendfrei" verdient hätten. Beinahe wäre es mir gelungen, lautlos an Margarethe vorbeizuschweben, aber sie war offenbar zu gespannt auf den Ausgang meiner Vorladung, als dass sie mich nun so ohne weiteres entkommen ließ.

„Nun?", rief sie mir aus ihrem Wohnzimmer zu.

Ich stieß die Tür auf, die nur angelehnt gewesen war. „Alles bestens. Wie es scheint, war ein Kollege von mir für die Fehler verantwortlich." Hoffentlich gab sie sich mit dieser stark gekürzten Version meines Besuchs in Wiesbaden zufrieden, denn ich wollte so schnell wie möglich nach oben in mein Zimmer und mich meinen beunruhigenden Gefühlen noch ein wenig hingeben.

„Aha." Sie ließ dieses Wort auf der Zunge zergehen, als teste sie gerade einen ihrer besten Weine. „Und wer ist für das verdächtige Glitzern in den Augen verantwortlich?" Ihr Lächeln wirkte vollkommen unschuldig. „Vielleicht ein gewisser Tobias Berning? Wenn ich mich recht entsinne, sagte er, er sei Hauptkommissar bei der Kripo in Wiesbaden."

„Was?", japste ich. „Wann …? Ich meine, wie?" Ich landete mit wenigen Schritten auf dem Sofa ihr gegenüber und starrte sie gebannt an. „Woher weißt du …?"

„Er hat vor fünf Minuten angerufen", klärte sie mich bereitwillig auf. „Gefährliche Stimme, wenn du mich fragst." Ihr Grinsen sprach Bände.

„Warte, bis du die Augen siehst." Ich rutschte unruhig auf dem Sofa herum. „Was wollte er?"

„Ich denke, er wollte dich. Er hat diesen Wunsch jedoch ein bisschen förmlicher verpackt und gefragt, ob du gut zurückgekommen bist."

„Und?"

„Wir haben ein wenig geplaudert."

„Margarethe", brauste ich auf, „du taktierst, du verplanst, du belehrst, du machst alles Mögliche, aber du plauderst nie! Also raus damit, was hast du ihm erzählt?"

„Ich habe ihm ausschließlich auf seine Fragen geantwortet", stellte sie lächelnd fest. „Und das waren nicht wenige." Ihr Mund hatte sich zu einem breiten Grinsen verzogen. „In der Anglersprache würde man sagen, der Fisch hat angebissen."

Mein Herz klopfte bis zum Hals, es machte mich absolut sprachlos.

„Zu deiner Beruhigung: Ich habe ihm auch ein paar Fragen gestellt. Willst du die Antworten hören?"

Ich nickte.

„Er ist 39, geschieden, hat keine Kinder, ist jedoch nicht abgeneigt, irgendwann noch welche in diese Welt zu setzen, er hat nichts gegen Wohngemeinschaften, und er kommt Donnerstag zum Abendessen hierher."

„Nein!!"

„Wenn ich es dir sage."

„Donnerstagabend?"

„Ja, Mittwoch passt es mir nicht so gut, da ich den Nachmittag bei meiner Freundin verbringe und kaum Zeit zum Kochen habe."

„Ach, da passt es dir nicht, verstehe." Meine Stimme triefte vor Spott, bis ich lospolterte. „Wann hörst du endlich auf, dich in mein Leben einzumischen?" Die Funken, die ich ihr entgegensprühte, hätten den ganzen Raum in Brand setzen können.

„Wenn ich überzeugt bin, dass es auch ohne mich geht."

„Du bist unmöglich!" Ich ließ mich matt in die Sofakissen fallen.

„Ich weiß. Und jetzt entlasse ich dich nach oben." Sie sah mich noch einmal liebevoll über den Rand ihrer Brille an. „Um halb eins gibt es Mittagessen – natürlich nur, falls die Schmetterlinge in deinem Bauch noch ein wenig Platz gelassen haben."

AM DIENSTAG war ich unausstehlich, da mein Kleiderschrank absolut nichts hergab, was auch nur annähernd für das am Donnerstag geplante „Essen im kleinen Kreis" angemessen gewesen wäre. Nachdem ich mich eine Stunde lang an- und wieder ausgezogen hatte, stellte ich ernüchtert fest: Ich hatte nichts anzuziehen.

Als ich voller Frust die Treppe hinunterrauschte, hörte ich in der Küche das Telefon läuten. Paul, der den Hörer abnahm, rief, es sei für mich. „Winter", meldete ich mich.

„Berning."

„Oh." Paul war zum Glück abgelenkt und sah deshalb nicht, wie mir die Röte ins Gesicht schoss.

„Haben Sie heute Abend schon etwas vor?"

„Nein", antwortete ich zögernd.

„Wie wäre es dann mit unserem Essen?"

„Ich dachte ..."

„Und ich dachte, dass Sie mir erst einmal ein bisschen über Ihre Wohngemeinschaft erzählen, bevor ich am Donnerstag ins kalte Wasser springe."

„Ich habe nicht den Eindruck, dass Sie wasserscheu sind." Mir war ganz mulmig zumute.

Er lachte. „Essen Sie gerne indisch?"

„Das kann ich nicht sagen, ich habe es noch nie probiert."

„Umso besser, dann lassen Sie sich überraschen. Bei mir um die Ecke gibt es ein indisches Restaurant, das Ihnen gefallen wird."

„Wo wohnen Sie denn?"

Er nannte mir eine Straße in Wiesbaden, die ich nicht kannte. „Schaffen Sie es gegen acht?"

Ich sah auf die Uhr, es war kurz vor fünf. „Wenn ich mir Mühe gebe."

„Dann bis später", hörte ich seine sonore Stimme am anderen Ende der Leitung.

Bevor ich noch etwas sagen konnte, hatte er aufgelegt. Ich starrte ratlos an mir herunter.

„Jeans und Rollkragenpullover."

Erschrocken drehte ich mich zu Margarethe um, die auf wundersame Weise am Esstisch gelandet war. „Wie bitte?", fragte ich verwirrt.

„Jeans und Rollkragenpullover, darin siehst du so zerbrechlich aus. Das wird seine sämtlichen Beschützerinstinkte wecken." Sie lächelte mich verschwörerisch an. „Und noch eine Menge mehr."

„Was hast du nur für eine Fantasie", wies ich sie vorwurfsvoll zurecht.

„Ich glaube kaum, dass sie sich in dieser Hinsicht grundlegend von deiner unterscheidet."

Es WAR schon ein Wunder: Während ich sonst innerhalb von einer halben Stunde startbereit war, brauchte ich an diesem Tag fast zwei Stunden. Und ich hatte nichts weiter gemacht, als zu duschen, meine Zähne zu putzen, meine Haare zu föhnen und mich in Jeans und Rollkragenpullover zu hüllen. Zum Abschied warf ich noch einen Blick in die Küche. „Ich gehe jetzt."

Paul sah von einem Buch auf. „Cool."

Sein knapper Kommentar zu meinem Erscheinungsbild tat mir gut.

„Dem schließe ich mich an." Margarethe hatte sich von ihren Töpfen losgerissen und ließ ihren Blick beifällig auf mir ruhen.

Selbst Robert, den es inzwischen in die Küche verschlagen hatte, sah von seiner Zeitung auf. „Alle Achtung. Weiß dein Opfer schon, was ihm blüht?"

„Jetzt reicht's", setzte ich mich vehement zur Wehr. „Mach dir lieber Gedanken über dein Opfer."

„Und wer soll das sein?" Sein unschuldiger Blick hätte mich fast überzeugt.

„Das bewundernswerte Wesen, dessen weidwunde Blicke du standhaft ignorierst."

„Er hat sich schon gebessert", kam Margarethe ihm zu Hilfe.

„Habe ich da was verpasst?"

Robert hatte sich wieder seiner Zeitung zugewandt. „Nicht wirklich", hörte ich ihn dahinter murmeln.

„Immerhin darf sie weiter jeden Tag kommen", verriet Margarethe, „sogar an den Wochenenden."

Stimmt, dachte ich überrascht, ich hatte sie Samstag und Sonntag gesehen, jedoch nicht weiter darüber nachgedacht. „Das grenzt ja an Ausbeutung", scherzte ich. „Hast du dir schon Gedanken über einen Bonus für sie gemacht? Ich denke, den hat sie sich redlich verdient."

„Das lass mal meine Sorge sein." Robert warf mir über seine Zeitung einen verschmitzten Blick zu. „Sie wird schon nicht zu kurz kommen."

„Dann kann ich dich ja beruhigt deinem Schicksal überlassen."

„Sieh vor allem zu, dass du zu deinem nicht zu spät kommst." Margarethe hatte sich energisch eingemischt. Sie klopfte mit ihrem Zeigefinger mahnend auf ihre Armbanduhr. Es war Viertel nach sieben, höchste Zeit, mich auf den Weg zu machen. Ich winkte kurz in die Runde. „Bis später."

Als ich hinausging, beschäftigten mich Gedanken, die ich vor ein paar Wochen nicht für möglich gehalten hätte. Auf sehr verschlungenen Wegen hatte sich ein Hauch von Fröhlichkeit über Haus Lieblich gelegt, ich spürte es ganz deutlich. Dieses Gefühl war jedoch nicht frei von Angst. Es war so viel geschehen in den letzten Monaten, dass ich immer wieder darauf gefasst war, erneut einen Tiefschlag einstecken zu müssen. Trotzdem genoss ich den Moment.

Zum Glück musste ich in Wiesbaden nicht lange suchen, und meinem Klingeln folgte prompt der Summton des Türöffners. Als ich die Treppe hinaufkam, fand ich seine Wohnungstür angelehnt. Ich drückte sie auf und folgte dem Lichtschein und seiner Stimme in ein kleines Zimmer. Er stand gegen den Fensterrahmen gelehnt und versuchte, seinen Gesprächspartner am anderen Ende der Telefonleitung von den Vorzügen einer mir unbekannten Dame zu überzeugen. Dabei sah er mich mit spöttisch funkelnden Augen an. Ich setzte mich in den nächstbesten Sessel, hielt seinem Blick jedoch nur mit großer Mühe stand. Er sollte bloß nicht annehmen, dass er leichtes Spiel mit mir haben würde.

Angestrengt versuchte ich, mein aufgeregt klopfendes Herz zu beruhigen. Du bist erwachsen, ermahnte ich mich, also benimm dich auch so. Dabei fühlte ich mich wie ein pubertierender Backfisch bei seinem ersten Rendezvous.

Er beendete sein Telefongespräch, kam zu mir herüber und zog mich an beiden Händen aus dem Sessel. Der halbe Meter, den er zwischen uns Platz gelassen hatte, reichte nicht aus, um das unerträgliche Knistern zu verscheuchen.

„Ich denke, wir müssen die Reihenfolge ändern", sagte er im Vollbesitz seiner Stimmgewalt.

„Welche Reihenfolge?", krächzte ich irritiert.

„Wir sollten erst später essen gehen. Jetzt bekäme doch keiner von uns beiden einen Bissen hinunter." Er zog mit seinem Finger unerträglich langsam die Konturen meines Gesichts nach, und ich hielt still, wie ich noch nie still gehalten hatte.

Es war so viel Zärtlichkeit in seinen Bewegungen und gleichzeitig eine verhaltene Leidenschaft, die alles andere um mich herum zum Verstummen brachte und mich aus meiner Erstarrung löste.

Ich konnte nur noch daran denken, diesen Mann zu küssen und von diesem Mann geküsst zu werden. Ich spürte ihn auf mir, in mir und unter mir, und ich vergaß die Zeit. Es gab nur noch seinen Körper und meinen auf diesem Stück Teppich zwischen Sessel und Stereoanlage.

Nach einer ganzen Weile betrachtete ich ihn eingehend. „Ich habe mich immer gefragt, was das für Männer sind, die gleich am ersten Abend mit einer Frau ins Bett gehen."

„Siehst du hier irgendwo ein Bett?" Er sah sich suchend im Zimmer um, bevor sein Blick wieder meinen fand. Ich versank in diesen Augen und konnte mich erst losreißen, als mein Magen unüberhörbar knurrte.

„Verstehe, jetzt ist der Inder dran." Er löste sich von mir, sammelte unsere verstreuten Sachen auf und sortierte sie auf zwei Haufen. Seinen Blicken nach zu urteilen, fiel es nicht nur mir schwer, mich wieder anzuziehen, aber für den Moment war der Hunger stärker.

TOBIAS hatte nicht zu viel versprochen, das indische Essen war wundervoll.

„Seit wann bist du geschieden?", fragte ich ihn nach der Vorspeise.

„Seit drei Jahren." Er strich zärtlich über meine Finger.

„Warum? Hat sie dein Job zu sehr belastet?"

„Das ist nur in Filmen der Grund, die Realität ist viel profaner. Wir haben uns über die Jahre auseinander gelebt."

„Und keine Frauen seit der Zeit?"

„Die eine oder andere." Er neigte seinen Kopf zur Seite und studierte mein Gesicht. „Was ist mit dir?"

„Ich wurde vor ein paar Monaten im Zuge der Krankenhausaffäre verabschiedet."

„Tut es noch weh?"

„Nein", gab ich ehrlich zu. „Es hat nie wirklich wehgetan. Eigentlich war es nur mein Stolz, meine Eitelkeit, alles Mögliche, nur nicht das, was es hätte sein sollen."

Sein Fuß wanderte langsam mein Bein hinauf. Inzwischen stand das Hauptgericht auf dem Tisch und wurde langsam kalt, während wir appetitlos darin herumstocherten. Nach ein paar Alibibissen zahlten wir eilig. Tobias zog mich an der Hand hinter sich her. Kaum war die Restauranttür hinter uns zugefallen, strich er so gekonnt über meinen Körper, dass ich nicht wusste, wie wir den Weg in seine Wohnung schaffen sollten. Irgendwie gelang es uns trotzdem, und ich entdeckte nicht nur sein Bett, sondern noch eine ganze Menge mehr.

Als ich wieder zu mir kam, sah ich ihn erstaunt an. „Bei Margarethe hättest du gerade Pluspunkte gesammelt. Sie propagiert nämlich die Abwechslung im Reich der Sinne." Ich stützte mich auf meinen Ellenbogen. „Wo lernt man so etwas?"

„Ich lese viel", antwortete er grinsend.

„Im Kamasutra?" Daher kam wahrscheinlich auch seine Vorliebe für indisches Essen – als Vorspeise gewissermaßen.

„Unter anderem."

„Es ist schon drei Uhr", stellte ich überrascht fest, als mein Blick auf den Wecker fiel. „Ich muss langsam mal nach Hause."

„Warum?"

„Hab ich vergessen."

„Dann ist es auch nicht wichtig gewesen. Schlaf einfach." Er strich mir behutsam durch die Haare. „Mit dieser Farbe wirst du mir in der Menge nie verloren gehen." Ich hatte schon viel einstecken müssen wegen meiner Haarfarbe, aber so schön hatte es sich noch nie angehört. Mit diesem Gedanken schlief ich selig ein.

Als ich aufwachte, war es taghell; die Sonne schien mir ins Gesicht. Es dauerte einen endlosen Moment, bis ich wusste, wo ich war, und mich umsah, aber der Platz neben mir war leer. Ich lief barfuß durch die Wohnung.

„Tobias?" Keine Antwort. Er musste schon zur Arbeit gefahren sein, immerhin war es fast zehn Uhr.

In der Küche fand ich einen kleinen Zettel von ihm. *Wenn es dir so geht wie mir*, stand darauf, *dann müsstest du Bäume ausreißen können. Ich freue mich auf Donnerstag! Tobias.*

Nachdem ich geduscht und mich angezogen hatte, schob ich den Zettel vorsichtig in meine Hosentasche und schrieb einen für ihn: *Es geht mir so wie dir, nur würde ich lieber Bäume pflanzen.* Ich legte ihn an die Stelle, wo ich meinen gefunden hatte, und machte mich auf den Weg nach Hause.

Ich kam völlig aufgekratzt in Haus Lieblich an und grüßte im Vorgarten fröhlich die Schneegestalten, die sich bei der Kälte wacker hielten. Zum ersten Mal freute ich mich bewusst, nach Hause zu kommen und dort nicht allein zu sein. Umso größer war die Enttäuschung, als ich feststellte, dass alle ausgeflogen waren, sogar Robert. Während ich in der Küche Wasser für einen Tee aufsetzte, hörte ich dann aber doch den Schlüssel in der Tür und kurz darauf Margarethes Schritte.

„Katja?“, rief sie aus dem Flur.

„Bin hier in der Küche.“

Als sie hereinkam, füllte ich Tee in die Kanne und goss das heiße Wasser darüber. „Magst du auch eine Tasse?“

„Gern.“ Margarethe rieb sich kräftig die Hände. „Draußen ist es bitterkalt.“

„Aber wunderschön.“ Ich strahlte. „Vielleicht gehe ich heute Nachmittag mit Paul noch einmal Schlitten fahren.“

„Eine größere Freude kannst du ihm kaum machen.“ Sie betrachtete mich in aller Ruhe. „Es ist schön, dich so zu erleben.“

„Wie?“ Ich stellte die Teekanne zwischen uns auf den Tisch, holte zwei Becher und setzte mich zu ihr.

„So vor Freude übersprühend.“ Sie goss uns beiden Tee ein. „Tobias Berning?“, fragte sie behutsam.

„Ja. Ich habe so etwas noch nie erlebt“, schwärmte ich. „Bleibt nur zu hoffen, dass es sich nicht um ein Strohfeuer handelt.“

„Wer kann schon sagen, wie die Dinge ausgehen.“ Margarethe rührte gedankenverloren in ihrer Teetasse, dann sah sie auf. „Wenn ich dich ansehe, dann weiß ich zumindest, dass ihr beide einen guten Start hattet.“

Die Klingel unterbrach jäh unser Gespräch. Ich lief hinaus, um die Tür zu öffnen. Paul stürmte an mir vorbei, ließ an der Garderobe seinen Ranzen fallen und verschwand in der Küche. „Ich habe Hunger.“ Er sah sich verzweifelt in der Küche um, die um diese Zeit normalerweise leckere Essensdüfte verströmte.

„Ich weiß, was wir jetzt machen.“ Ich holte drei Pakete Pizza aus der

Tiefkühltruhe, riss die Verpackung ab und schob sie in den Backofen. „Zehn Minuten, solange kannst du dein Pony noch füttern. Und heute Nachmittag gehen wir Schlitten fahren."

„Au ja", dröhnte es mir entgegen. „Können wir Jonas mitnehmen?"

„Wenn du mir sagst, wer das ist."

„Jonas ist mein Freund, wir gehen in eine Klasse."

Wird auch höchste Zeit, dachte ich erleichtert. Paul war viel zu viel mit Erwachsenen zusammen. „Klar kann er mitkommen."

Kaum hatte ich das gesagt, stürmte Paul auch schon aus der Küche.

„Wohin willst du?", rief ich ihm hinterher.

„Jonas Bescheid sagen, er wohnt gleich um die Ecke." Schon hörten wir die Tür zuschlagen.

„Wo ist eigentlich Robert?"

„Er bekommt heute wieder eine Chemo, morgen Mittag ist er zurück, rechtzeitig zu unserem Essen. Ich habe Lisa Franz auch eingeladen."

„Gute Idee", meinte ich mit einem verschwörerischen Lächeln. Gestern noch hatte ich Margarethe vorgehalten, sie würde sich in mein Leben einmischen, heute applaudierte ich ihr gewissermaßen, als sie dasselbe mit Robert tat. Was war nur aus mir geworden?

„Nicht wahr?" Sie zwinkerte mir zu.

Ich musste 35 Jahre alt werden, um das Gefühl kennen zu lernen, beim Anblick eines Mannes dahinzuschmelzen. So und nicht anders erging es mir nämlich, als ich am Donnerstagabend die Tür öffnete und Tobias gegenüberstand.

„Schön, Sie kennen zu lernen, Herr Berning." Margarethe war hinter mir aufgetaucht.

Sein bedauerndes Lächeln in meine Richtung wurde zu einem erfreuten in ihre. „Ich freue mich auch, ich habe schon einiges von Ihnen gehört." Er streckte ihr seine Hand entgegen.

„Kann ich mir denken", entgegnete Margarethe mit einem vieldeutigen Blick zu mir. „Soll ich Ihnen das da mal abnehmen?" Sie wies auf ein unförmiges Paket, das er im linken Arm hielt. „Dann kommen Sie vielleicht leichter aus Ihrem Mantel."

„Gern." Er überreichte ihr das Teil mit der undefinierbaren Form. „Das ist ein kleines Mitbringsel für die Wohngemeinschaft. Katja sagte mir nämlich, sie würde sehr gern einen Baum pflanzen."

„Nicht gerade die ideale Pflanzzeit." Margarethe sah uns beide zweifelnd an, während sie die Zwergbuche aus dem Papier schälte. „Aber wir werden sie schon irgendwie über den Winter bringen."

Während ich das Bäumchen betrachtete, zog ein Strahlen über mein Gesicht.

„Katja wird Ihnen sicher erst das Haus zeigen wollen, in zehn Minuten ist das Essen fertig."

Ich konnte mich des Eindrucks nicht erwehren, dass Margarethe sich wie die Hausherrin verhielt. An diesem Abend war ich jedoch so milde gestimmt, dass ich großzügig darüber hinwegsah und ihrem Vorschlag folgte. Allerdings kamen wir über die Garderobe nicht hinaus, da uns ein ausgedehnter Kuss dazwischenkam – bis Paul die Treppe herunterstürmte und uns störte.

„Na?" Er beäugte unseren Gast skeptisch.

„Hallo." Tobias ging in die Knie, damit sie etwa auf gleicher Augenhöhe miteinander reden konnten. „Du musst Paul sein."

„Mhm."

„Tobias ist der Mann von der Kriminalpolizei", erklärte ich ihm aufmunternd. „Ich habe dir doch erzählt, dass ich am Montag dort war."

„Ich dachte, du hast Angst vor ihm." Sein vorwurfsvoller Ton ließ auf einen mittelschweren Anfall von Eifersucht schließen. Er ließ uns stehen und verdrückte sich in die Küche. In diesem Moment kamen Robert und Lisa Franz herunter, die Tobias zum Glück weit freundlicher begrüßten.

Gemeinsam folgten wir Paul und den verführerischen Düften, die uns entgegenströmten. Margarethe hatte unseren riesigen Esstisch wunderschön gedeckt. „Jetzt wird er langsam voll", freute sie sich, „gut so." Sie hatte ein wahres Festessen gekocht: Fischrouladen mit Morchelrisotto.

Robert, Paul und ich waren inzwischen daran gewöhnt, wie in einem Feinschmeckerrestaurant verköstigt zu werden. Die beiden Neuankömmlinge gerieten nicht schlecht ins Staunen und überschütteten Margarethe mit Lob. Während des Essens taute Paul zusehends auf. Er merkte schnell, dass sowohl Tobias als auch Lisa sich eingehend mit ihm beschäftigten, er also keineswegs abgeschrieben war. Als es Zeit für ihn wurde, ins Bett zu gehen, leistete er heftigen Widerstand, da er noch nicht dazu gekommen war, Tobias nach spannenden Details zur Verbrecherjagd zu fragen.

„Ich war bestimmt nicht das letzte Mal hier", beruhigte der ihn.

Überflüssig zu sagen, dass ich hocherfreut war, dies zu hören.

„Beim nächsten Mal komme ich ein bisschen früher, und dann kannst du fragen, was du willst."

„Versprochen?"

„Versprochen." Sie gaben sich tiefernst die Hand, woraufhin Paul sich im Schneckentempo nach oben bewegte.

Kaum eine halbe Stunde später musste Robert ihm folgen, da die Auswirkungen der Chemotherapie ihm zu schaffen machten. Aber er hatte sich bis dahin wacker gehalten und machte einen ganz zufriedenen Eindruck. Ich glaube, Lisa wäre ihm am liebsten gefolgt, traute sich jedoch nicht so recht. So blieben wir vier noch eine ganze Weile sitzen, bis es auch für sie Zeit war aufzubrechen.

Tobias und ich überzeugten Margarethe, dass wir die Küche auch ohne ihre Hilfe wieder in ihren jungfräulichen Urzustand versetzen könnten. So zog sie sich dezent zurück. Es dauerte keine halbe Stunde, bis die Spuren des Essens beseitigt waren.

„Und jetzt darfst du mir dein Zimmer zeigen, vorhin sind wir ja nicht dazu gekommen." Tobias schob mich vor sich her die Treppe hinauf.

Er sollte an diesem Abend jedoch nur noch mein Bett kennen lernen. Für alles andere, fanden wir, war auch später noch Zeit.

Am nächsten Morgen wachte ich gegen elf Uhr auf. Tobias war längst weg, er hatte mir vier Stunden zuvor einen Kuss auf die Nase gedrückt und war in seinen Arbeitsalltag verschwunden. Ich schlurfte noch ganz schlaftrunken in die Küche, um mir einen Tee aufzusetzen.

Margarethe saß in der Nähe des Fensters; sie war wie fast immer um diese Zeit in ihre Zeitung vertieft. „Guten Morgen", sagte sie munter, als sie mich hereinkommen hörte. „Frühstück?"

„Mach ich mir selber, danke. Du hast dich ja gestern Abend schon so ins Zeug gelegt, heute hast du frei. Es war übrigens extrem lecker."

„Danke." Sie freute sich sichtlich. „Einen schönen Gruß übrigens von Herrn Berning."

„Hast du ihn noch gesehen?"

„Paul und ich haben mit ihm gefrühstückt. Interessanter Mann. Mit den Augen hast du übrigens Recht, Katja, sehr gefährlich."

„Nicht wahr?" Ich lachte und setzte mich mit meinem Tee zu ihr.

Margarethe schob mir über den Tisch einen Briefumschlag zu, den ich vorher nicht gesehen hatte. Absender war mein früherer Arbeitgeber in Wiesbaden. Ich riss den Umschlag auf und las aufgeregt die wenigen Zeilen, die nichts anderes beinhalteten als eine Entschuldigung und das Angebot, an meinen alten Arbeitsplatz zurückzukehren.

„Bravo", sagte Margarethe, nachdem ich ihr den Brief vorgelesen hatte. „Hast du dir das nicht immer gewünscht?"

„Ja", erwiderte ich zögernd. „Wenn ich die Demütigung nicht mehr ertrug, dann habe ich mir den Triumph ausgemalt, wenn sich meine Unschuld herausstellen sollte. Zeitweise konnte ich an nichts anderes denken als an den Tag meiner Rehabilitierung."

„Und jetzt spielt es keine Rolle mehr." Margarethe sprach aus, was ich dachte.

„Es ist plötzlich nicht mehr so wichtig", gab ich zu. „Ich bin unglaublich erleichtert, dass die Sache aufgeklärt ist. Irgendwie hatte ich immer Angst, dass diese Zweifel ewig an mir haften bleiben und ich nie wieder einen adäquaten Job finde. Aber mit einem neuen Zeugnis wird das kein Problem sein. Und ich weiß inzwischen nicht mehr, ob ich je wieder dorthin zurückmöchte."

Als ich später unter der Dusche stand, fasste ich einen Entschluss. Vor ein paar Tagen hatte ich gelesen, dass das St.-Johannes-Hospital in Frankfurt für die Kinderintensivstation wieder eine Fachkraft suchte. Dieses Mal würde ich es mit der Wahrheit versuchen.

Es war jedoch schwierig, diese überhaupt loszuwerden, da es aussichtslos schien, an der Verwaltungssekretärin vorbeizukommen. Ohne Termin würde sich mir hier offensichtlich keine Tür öffnen. Ich war kurz davor aufzugeben, als sich doch eine Tür auftat und die Verwaltungschefin heraustrat, die sich einmal so nachdrücklich für die Frau meines angeblichen Oberarzt-Liebhabers stark gemacht hatte. Sie erkannte mich sofort.

„Wenn Sie wegen der Stelle kommen – an meiner Entscheidung hat sich nichts geändert." Sie war nicht unfreundlich, aber sehr bestimmt.

„Ich komme wegen der Stelle – an meiner Geschichte hat sich jedoch einiges geändert", gestand ich. „Hören Sie mir nur zehn Minuten lang zu. Bitte!" Einen endlosen Augenblick lang war ich überzeugt, sie würde mich unmissverständlich abwimmeln. Doch dann öffnete sie zögernd die Tür zu ihrem Zimmer und bedeutete mir, ihr zu folgen.

Drinnen erzählte ich ihr die ganze Geschichte, ohne etwas auszulassen oder zu beschönigen. Ich endete mit meinem Besuch im Wiesbadener Polizeipräsidium und dem Angebot meines alten Arbeitgebers.

„In Ordnung, Sie haben die Stelle."

Ich sah sie überrascht an. „Sie wollen es tatsächlich mit mir versuchen?"

„Deshalb sind Sie doch hier, oder?"

„Ja natürlich, trotzdem habe ich fast nicht zu hoffen gewagt, dass Sie mir eine Chance geben."

„Fast hätte ich das auch nicht", gab sie offen zu. „Sie können sehr gut lügen, ich habe tatsächlich nicht gemerkt, dass Sie mir einen Bären aufbinden. Für einen Moment hat mich das abgeschreckt, sie einzustellen. Aber ehrlich gesagt bin ich bisher auch nicht ganz ohne Lügen ausgekommen. Und Sie haben Courage", fuhr sie fort. „Noch einmal hierher zu kommen und mir Ihre Lügengeschichte zu beichten – nicht schlecht. Ich finde, es ist durchaus einen Versuch wert."

„Danke!"

„Wann können Sie anfangen?"

„Jederzeit", antwortete ich etwas voreilig.

„Wie wäre es mit Montag?"

Ich schluckte. „So schnell?"

„Wer A sagt …" Das Schmunzeln in ihren Augen hatte inzwischen ihren Mund erreicht.

„Okay", unterbrach ich sie.

Nachdem wir die einzelnen Vertragsbestandteile besprochen hatten, stand sie auf. „Kommen Sie Montagmittag kurz herein, dann können Sie den Vertrag unterzeichnen. Ich lasse ihn bis dahin vorbereiten." Wir schüttelten uns in überzeugtem Einverständnis die Hand, sodass ich dieses Mal die Klinik sehr beschwingt verließ. Vor dem Portal drehte ich mich noch einmal um und prägte mir das Bild ein, das mich von nun an vor jedem Dienstantritt begrüßen würde. Wie sich herausstellte, hatte ich Recht daran getan, meiner Intuition zu folgen. Der Neuanfang im St.-Johannes-Hospital stellte sich als Balsam für meine Seele heraus: Meine Kolleginnen und Kollegen sahen mich weder betreten noch zweifelnd an, sondern einfach nur neugierig. Es sollte allerdings einige Zeit dauern, bis ich die einzelnen Handgriffe in meiner Überwachungsstation nicht mehr doppelt und dreifach nachprüfte. Der Schrecken, den Sven Kuhlmann mir eingejagt hatte, wirkte noch lange nach.

Auch Robert kehrte nach Beendigung der Chemotherapie in seinen Job zurück. Noch etwas klapprig zwar, aber sehr froh, dieses Jammertal endlich hinter sich zu lassen. Lisa Franz wurde schließlich für ihr Durchhaltevermögen belohnt. Sie hatte Roberts beständige Abwehr einfach ausgesessen und den richtigen Moment abgewartet, um sie zu durchbrechen. Ihr fröhliches, optimistisches Naturell tut ihm gut. Und nicht nur ihm – sie ist für alle Bewohner von Haus Lieblich ein Gewinn.

Als sich diese Entwicklung abzeichnete, wurde sehr schnell klar, dass wir für Paul eine Lösung finden mussten. Eine Zeit lang musste er ständig die Betten wechseln, je nachdem, wer gerade Übernachtungsbesuch hatte. Und das, so befanden wir einstimmig, war ihm keine Nacht länger zuzumuten. Bevor wir jedoch zur Tat schritten, führte Robert ein klärendes Gespräch mit Natalie Gassner, die inzwischen geheiratet hatte und schwanger war. Wie fast nicht anders zu erwarten, gestaltete sich die Situation mit ihren Schwiegereltern immer noch als so schwierig, dass sie keine Möglichkeit sah, Paul in naher Zukunft zu sich zu holen. Das Erste, was Robert daraufhin tat, war, einen Antrag auf Namensänderung zu stellen, damit aus Paul Gassner Paul Merten würde. Im zweiten Schritt entrümpelten wir in einer gemeinsamen Wochenendaktion den Dachboden. Nachdem ich ihn hygienisch sauber geschrubbt hatte, durfte Paul dort oben einziehen. Er liebte sein eigenes Reich und zeigte es sofort stolz all seinen Freunden. Zum Glück ließ er dieses Mal Johnny auf der Weide.

So kam es auch, dass Robert, als er die Benachrichtigung bekam, seine Wohnung in Frankfurt sei endlich wieder bezugsfertig, laut aufstöhnte. Der Umzug sei ihm zu viel, beklagte er sich, er wisse nicht, was er mit Paul machen solle, und überhaupt: Eigentlich habe er sich an Haus Lieblich gewöhnt. Und das Haus an ihn. So vermietete er kurzerhand die Wohnung und wurde Dauermieter in der Villa Kunterbunt, wie Paul das Dach über unserem Kopf gern nennt.

Inzwischen wohnen fast ständig sechs Personen unter diesem Dach, und ich möchte keine davon missen. Es ist nicht gerade ruhiger geworden – im Gegenteil. Nach wie vor wird viel gestritten, gespöttelt und gelacht. Die Auseinandersetzungen, die wir uns hin und wieder auf engstem Raum liefern, können sich hören lassen. Aber eines ist klar: Keiner von uns denkt auch nur daran, Haus Lieblich zu verlassen.

Wenn es mir zu bunt, sprich: zu laut wird, gehe ich in den Wald und atme ein wenig von der Stille ein, die dort zu Hause ist. Auf diese Weise habe ich bereits einen riesigen Teil des an Kronberg angrenzenden Waldes erkundet. Manchmal begleitet mich einer meiner Mitbewohner, am liebsten streife ich jedoch alleine auf diesen Pfaden. Tobias hat zum Glück kein Problem mit meinen Alleingängen.

Ja ... Tobias ... Nach unserem anfangs so stürmischen Aufeinandertreffen hatte ich es langsam angehen wollen, doch er ließ mir keine Chance dazu. Und ich konnte ihm keinen vernünftigen Grund nennen, warum er sein Tempo drosseln sollte.

Margarethe spürte meine Angst. Nach den zahlreichen Niederungen, die ich durchschritten hatte, ging es jetzt so steil bergauf, dass ich hin und wieder außer Atem geriet. Vor allem fürchtete ich mich davor, plötzlich über die Bergkuppe hinweg wieder Richtung Tal zu purzeln. In solchen Momenten war Margarethe mir eine große Hilfe. Sie versuchte, mir die Angst vor den Tälern zu nehmen, indem sie mein Bewusstsein für meine eigene Kraft schärfte.

Und so bin ich an den meisten Tagen im Jahr heilfroh, sie in meiner Nähe zu haben. Aber es gibt durchaus auch diese anderen Tage, an denen ich sie mit Schwung gegen die Wand klatschen könnte.

Sie ist nämlich keineswegs ruhiger geworden mit der Zeit, sie dehnt nur ihren Mittagsschlaf weiter aus. In der übrigen Zeit mischt sie sich nach Kräften in unser Leben ein, scheut kein Thema und vor allem keine Gelegenheit. Lisa und Tobias müssen sich genauso daran gewöhnen wie wir, die wir in dieser Hinsicht schon einen gewaltigen Vorsprung haben.

Frau Lieblich hat Recht: Margarethe ist ein Freigeist. Vor allem anderen ist sie jedoch auch der gute Geist unseres Hauses, der die Küche in einen Ort kulinarischer und kommunikativer Hochgenüsse verwandelt hat. Nicht zuletzt würde ohne sie unser Konzept nicht funktionieren. Was sollten wir ohne sie mit Paul machen? Wer sollte auf ihn aufpassen? Wir arbeiten alle und haben viel zu wenig Zeit für ihn. Schon von daher ist sie der beständigste Faktor in seinem Leben.

„Besser spät als nie", hat Margarethe einmal zu mir gesagt. Dieses Motto habe ich mir zu Herzen genommen, meine verletzte Position verlassen und nach und nach alte Freunde kontaktiert. Bei manchen musste ich feststellen, dass durch die Krankenhausaffäre ein tiefer Riss in unserem Verhältnis entstanden ist. Aber dann gibt es die wirklichen Freunde, die die Zeit meines Schweigens akzeptierten und sich für ihren Unglauben entschuldigten. Wir haben dort angesetzt, wo wir aufgehört hatten, nur etwas klüger und verständnisvoller.

All das habe ich Margarethe zu verdanken, durch sie bin ich ein Stück erwachsener geworden. Zwar wünsche ich mir immer noch ein unbeschwertes Leben, aber ich habe eingesehen, dass es nicht in jedem Moment so sein kann. Sie hat mir den Lebensweg als einen Pfad beschrieben, dessen Verlauf wir nicht kennen. Wir wissen nichts über seine Beschaffenheit. Hier und da können Steine liegen, über die wir hinwegsteigen müssen. Manchmal sind es so viele, dass der Weg sehr anstrengend wird und wir nicht wissen, wie es weitergehen soll. Es mag Stellen geben, die viel Geschick und Kraft erfordern, vor allem Geduld und Ausdauer. Andere bewältigen wir nur unter Tränen. Aber egal, ob bergauf oder bergab: Zwischen den Steinen wächst alles, was das Leben sonst noch zu bieten hat: saftiges grünes Gras, stacheliges Unkraut, herrliche wilde Blumen und heilsame Kräuter. Es gibt jedoch nichts und niemanden auf der Welt, der uns sagen kann, was der Weg, der vor uns liegt, für uns bereithält.

Hin und wieder wünsche ich mir einen Späher, der mir auf meinem Pfad vorauseilt und mir die Hindernisse beschreibt, die hinter der nächsten Kurve lauern. Aber dieser Wunsch wird zunehmend schwächer, und ich nehme es mutig mit der Ungewissheit auf.

Foto: Knaur Taschenbuch Verlag

„Es gibt zwei Arten, ein Doppelleben zu führen: mit einem Liebhaber oder einem Buch."

Sabine Kornbichler, 1957 in Wiesbaden geboren und aufgewachsen in Cuxhaven, studierte in Hamburg Volkswirtschaft, ehe sie bei einem Volontariat in einer PR-Agentur erstmals mit dem professionellen Verfassen von Texten in Berührung kam: Ihr Chef, ein ehemaliger Journalist, ließ sie ihre erste Pressemitteilung 14 Tage lang überarbeiten, ehe er endlich zufrieden war. Die harte Schule erwies sich jedoch als Glücksfall. In der Folgezeit erwarb sie sich ihre „Schreibe" und entdeckte ihre Leidenschaft für das Verfassen von Texten.

Es verstrich allerdings noch eine Reihe von Jahren mit Anstellungen in einer Vermögensberatung und einer Unternehmensberatung, bis Sabine Kornbichler sich 1997 erstmals an einer Erzählung versuchte. Angeregt durch einen Literaturwettbewerb, verfasste sie flugs in einer Mittagspause eine Kurzgeschichte, reichte sie ein – und belegte damit auf Anhieb den 2. Platz. Die zweite Geschichte wurde bereits im Sonntagsmagazin der *Frankfurter Allgemeinen Zeitung* veröffentlicht, und 1998 wagte sie sich sogar an einen Roman, der zwei Jahre später unter dem Titel *Klaras Haus* erschien. „Bei der Zusage des Verlages habe ich vor meinem Faxgerät einen Freudentanz aufgeführt", verrät sie schmunzelnd. *Steine und Rosen* ist ihr zweiter Roman.

Inzwischen widmet sie sich fast ausschließlich dem Schreiben. Besonderen Spaß daran bringt ihr das Eintauchen in die selbst geschaffene Welt: „Eine Freundin von mir hat einmal treffend gesagt: ‚Es gibt zwei Arten, ein Doppelleben zu führen: mit einem Liebhaber oder einem Buch.'" Die glücklich verheiratete Autorin hat sich lieber für die Welt der Bücher entschieden.

BRIGITTE RIEBE

SCHWARZE FRAU VOM NIL

„Der Pharao verurteilte mich zum Tode, aus Angst, mich zu sehr zu lieben …“

PROLOG

Morgen werde ich sterben. Zu meinem eigenen Erstaunen bin ich gefasst, während ich diese Worte niederschreibe, ehe ich sie dem kleinen Skorpion vorlese, der als einziger Gefährte schon so lange das Verlies mit mir teilt. Mein Herz schlägt ruhig, und ich fürchte mich nicht, denn ich habe schon mehr als einen Tod erlebt, auch wenn es nun so aussieht, als würde dieser der längste, sogar ein ewiger sein.

In der Morgendämmerung werden sie mit verhüllten Häuptern kommen, um mich in Fesseln zum Richtplatz zu schleppen, ganz so, wie sie für gewöhnlich mit Landesverrätern verfahren. Sie werden meinen Körper in die stinkenden Abfallgruben werfen. Ohne Sarg natürlich, ohne Mumienbinden oder gar Kanopenkrüge. Erst recht kein machtvoller Vers aus dem Totenbuch, der mir den sicheren Weg ins Westland des Seligen weisen könnte. Aber ich brauche die Zaubersprüche nicht, denn ich kenne sie alle. Meine Richter haben vergessen, dass ich einst Schreiberin im Lebenshaus war, eine Eingeweihte ihrer Geheimnisse, die erfahren hat, was nur Auserwählte wissen dürfen.

Vielleicht hassen sie mich gerade deshalb. Weil ich jahrelang inständig versucht habe zu werden wie sie, ein Tropfen unter anderen in der unendlichen Weite des Meeres. Erst als mich dieses verzweifelte Verlangen bis dicht an den Abgrund des Wahnsinns geführt hatte, als ich lernte, zu hassen und das dunkle Wasser zu trinken, das die Lust an der Rache weckt, weiß ich, wer ich bin: Löwin aus dem Südland. Wahre Tochter Apedemaks*. Enkelin der Zauberin. Sahti, die Kuschitin**.

Eine Erkenntnis, die mich beileibe nicht immer froh macht. Seitdem jedoch gibt es diese Ruhe in mir, eine stille Gewissheit, die mir allein gehört. Keiner kann sie mir nehmen, kein Richter, kein Henker, nicht einmal der Pharao.

Um meinetwegen ist mir nicht bange, und das ist ohne Falsch gesprochen, wenngleich von einer, die im ganzen Reich als abgefeimte

---

* Nubischer Löwengott

** Kusch ist der altägyptische Name für Nubien (Südägypten und Nordsudan).

Lügnerin gilt. Doch es gibt sehr wohl Gedanken und Gefühle, die mein Herz bluten lassen. Mein Tod mag einigen, die meinen Weg gekreuzt haben, nützlich sein, manche haben ihn vermutlich herbeigesehnt, Einzelne sogar voller Hinterlist betrieben. Doch es gibt auch solche, für die der Abschied von mir schmerzvoll sein wird, Menschen, die mir alles waren und es bleiben werden, selbst wenn mein Atem schon ausgesetzt hat. Nuya vor allem, meine kleine Tochter, keine zwei Jahre alt. Sie trägt den Namen meiner Mutter, die ich niemals gesehen habe. Die Sorge um sie lässt mich Nächte wach liegen. Alles würde ich darum geben, sie noch einmal zu sehen. Was wird mit ihr geschehen, wenn ich nicht mehr bin? Werfen die Verbrechen, deren man mich beschuldigt, auch Schatten auf sie? Oder erweist sich die Liebe ihres königlichen Vaters schließlich stärker als alles politische Kalkül?

Namiz dann, mein Freund aus dem fernen Kepni*, der wie ein gütiger Schutzgeist seit dem Tag meiner Verschleppung über mich gewacht hat. Monde sind verstrichen, seit ich ihn zuletzt gesehen habe, viele Wochen, seitdem ein Wort über sein Schicksal in meine Abgeschiedenheit gedrungen ist. Er wurde gefangen genommen wie ich, so viel konnte ich ausfindig machen. Sonst nur tiefes Schweigen.

War er vielleicht imstande, sich klug und listenreich wie eh und je im letzten Augenblick zu retten, wofür ich täglich bete? Oder musste er meinetwegen jämmerlich zugrunde gehen, weil er, der Fremde, mich, die Fremde, stets beschützt und gefördert hat?

Und schließlich Teti-Scheri, Stammmutter des Königshauses in Waset**, umsichtige Freundin und kluge Staatslenkerin in einem. In ihrem trapezförmigen Gesicht mit den hohen Wangenknochen und der kräftigen Nase finde ich viele Züge meines geliebten Kamose wieder, des Pharaos, der mich zum Tode verurteilt hat, aus Angst, mich zu sehr zu lieben …

Die Barbarin, so nennen sie mich. Südländerin aus dem elenden Kusch. Verräterin. Die Schwarze.

Überfällt mich Traurigkeit, so nisten sich graue Schatten auf meiner Haut ein. In glücklichen Zeiten aber, wenn mein Herz hell und strahlend war, vereinte meine Haut die Schattierungen von öligem Braun, vermischt mit leuchtendem Kupfer. Dunkles Gold, das schönste und kostbarste, wie es nur die Berge von Kusch nach harter Arbeit preisgeben, wie der Pharao, mein ungetreuer Geliebter, es stets gepriesen hat.

---

* Ägyptische Bezeichnung für die antike Stadt Byblos, heute Djubail, im Libanon
** Altägyptischer Name für Theben in Oberägypten

Damals, als er mich noch heiß begehrte. Ehe Neid, Ehrgeiz und Hass das starke Band zwischen uns zerschnitten haben und ich ihm fremd wurde – eine ränkevolle Zauberin, die er nicht mehr verstehen konnte oder wollte.

Dabei grenzt meine Heimat an seine Heimat, sind wir nicht Feinde, sondern Nachbarn seit Anbeginn: Kusch, das Goldland, ist die Schwester Kemets*, aber kein fruchtbares Paradies, das der Nil alljährlich mitten im Sommer mit seinem Schlamm verschwenderisch beschenkt, sondern ein erbitterter Disput des ewigen Flusses mit der Wüste, die jederzeit bereit ist, sich zurückzuholen, was Menschenhand ihr so mühevoll abgerungen hat. Und doch, was wäre das stolze Doppelreich von Lotos und Papyrus ohne die Schätze des Goldlands, derer es sich seit tausenden von Jahren auf blutigen Kriegszügen und bei unzähligen räuberischen Expeditionen nach Belieben bedient hat: edle Hölzer, Elfenbein, Weihrauch, Öle, Edelsteine, Felle, Straußenfedern, Rinder, Gold und Menschen? Was wäre der Pharao mit der weißen und der roten Krone ohne unsere Reichtümer, er, der für sich beansprucht, rechtmäßiger und einziger Sohn Gottes zu sein?

Morgen werde ich sterben. Aber noch lebe ich. Noch bleibt mir diese eine, letzte Nacht, um meine Arbeit zu vollenden.

Die Erforschung meines Gewissens liegt hinter mir. Über meine Lippen wird kein Schuldbekenntnis kommen, das nach dem Glauben der Leute von Kemet jeder Verstorbene abzulegen hat, bevor sein Herz gewogen wird.

Ich bin keine Gerechte, die sich stolz ihrer Taten brüstet, sondern eine Frau, die die eigenen Fehler nur allzu genau kennt. Eine Fremde unter Fremden, die ihr letztes, größtes Geheimnis mit in den Tod nimmt, von dem bislang nicht einmal der Pharao etwas ahnt: ein Kind der Liebe, das sie niemals gebären wird.

Für meine geliebte kleine Nuya und für dieses Kind, das seine große Schwester niemals kennen lernen wird, habe ich mein Leben aufgeschrieben. Ihnen beiden zuliebe lege ich Rechenschaft ab über all das, was geschehen ist – offen, ungeschönt, ohne Scham.

Ich bin beinahe am Ende der Niederschrift angelangt. Weniges nur muss noch ergänzt werden, damit alles seinen Sinn bekommt, und ich werde meine letzten zwölf Stunden nutzen, um dies zu vollbringen, stark und aufrecht wie bisher.

---

* Altägyptische Benennung für Ägypten

ERSTE STUNDE:
Fluss des Lebens

Jeden Morgen ging sie hinunter zum Fluss wie alle Frauen und Mädchen, die im Dorf lebten. Es waren jene klaren ersten Frühlingstage, die sie am meisten liebte, an denen das frische Grün spross, das die Felder in Smaragde verwandelte; an denen die Luft ganz warm war, erfüllt vom Schwirren der Libellen und dem Rauschen der Wellen, die unablässig flussabwärts strebten. Wenig später schon würde das Land schwarz vor lauter Sonne sein, aber bereits jetzt waren die Steine glühend, und der Duft der Wermutbüsche, die in dunklen Inseln dicht an dicht standen, schien überwältigend. Leicht berauscht begann sie meist loszurennen, noch ehe sie zu den Akazien kam, ohne auf die harten Gräser zu achten, bis sie am Nilufer angelangt war. Sahti, mager und drahtig, war wieselflink, ständig in Bewegung und um vieles neugieriger als die rundliche Ruju, ihre ältere Schwester, die niemals freiwillig zu weit von der weiblichen Schar weglief.

Sahti konnte es kaum erwarten, bis die Frauen endlich ihre bunten Gewänder abgelegt hatten und langsam ins Wasser wateten, an einer geschützten Stelle bei einer Biegung, wohin sich niemals Krokodile verirrten. Es ging ihr vor allem um die Gemeinsamkeit, die alle verband, stark wie körperliche Nähe, ein helles, warmes Gefühl, von dem sie niemals genug bekommen konnte. Den Mädchen schenkte sie wenig Beachtung, erst recht nicht den kleinen Buben, die ihre Mütter ohnehin nur die ersten paar Lebensjahre begleiten durften, bevor sie zu den Männern kamen. Und auch die Alten, die sich meist in Ufernähe aufhielten und aufpassten, dass kein Fremder sie störte, interessierten sie wenig.

Natürlich war die Daya niemals unter ihnen. Die Großmutter wartete im Haus, bis die beiden Mädchen mit den Tonkrügen zurückkamen, in denen das Wasser lange kühl blieb. Wenn sie badete, dann nur allein, kurz bevor es dunkel wurde. Schon früh hatte sie ihren Enkelinnen beigebracht, dass es sich nicht schickt, erwachsene Menschen anzustarren, wenn sie nackt waren und zudem mit ihrer Morgentoilette beschäftigt.

Die Schönste von allen Frauen war Nabu, die Sahtis Vater Golo vor drei Sommern gefreit hatte. Dem Mädchen kam sie vor wie eine Königin. Keine war so groß und stolz, keine hatte einen so schlanken Hals, so feste, volle Brüste. Nabus Augen waren nicht schwarz wie die der anderen, sondern von einem tiefen Honigbraun, und wenn sie lachte, schimmerten ihre Zähne weißer als Elfenbein. Sie bewegte sich rasch und anmutig. An ihren Oberarmen trug sie zwei Schlangentätowierungen: Links schien das gefährliche Reptil zu schlafen, rechts jedoch bäumte sich der Schlangenkopf gefährlich auf, als würde er im nächsten Augenblick sein tödliches Gift versprühen.

Seit Golo Nabu ins Dorf geholt hatte, tuschelte der gesamte Ort über sie. Golo schien wie verhext, hatte nur noch Augen für sie, die er nach offizieller Version allein deshalb zur Nebenfrau genommen hatte, um endlich die Söhne zu zeugen, auf die er schon so lange vergebens wartete. Für Nachwuchs jedoch gab es bislang keinerlei Anzeichen. „Die Braut", wie man Nabu mit spöttischem Unterton nun schon im dritten Jahr nannte, blieb unverändert schlank. Golo schien sich nicht darum zu scheren. Jede Nacht liege er bei ihr, berichtete man, manchmal sogar tagsüber, anstatt sich wie die anderen Männer um seine stattliche Rinderherde zu kümmern. Hewa, seine Hauptfrau mit ihren tief liegenden, tragischen Augen in einem mürrischen Gesicht, die ihm eine weitere, zudem auch noch unscheinbare Tochter geboren hatte, rannte verzweifelt aus dem Haus, um dem ständigen Liebesgeflüster zu entgehen.

Nabu lachte, wenn sie solchen Klatsch zu hören bekam, warf den Kopf in den Nacken und ging noch aufrechter umher. Doch Sahti hatte sehr wohl die verstohlenen Blicke Nabus bemerkt, wenn junge Mütter ihre Kinder im Fluss schwenkten, wenn sie behutsam die Köpfchen benetzten, ehe sie sich die Kleinen für den Rückweg zum Dorf wieder auf den Rücken banden und den Wasserkrug auf den Kopf setzten.

Nabu hatte bei Golo das Andenken an seine verstorbene Frau Nuya vollständig verdrängt. Die Sehnsucht nach ihrer Mutter wuchs in Sahti so übermächtig, dass sie es oft kaum ertragen konnte. Noch erdrückender aber war die Schuld. Es gab keinen Zweifel: Sahti hatte Nuyas Tod verursacht. Wäre sie nicht geboren worden, hätte ihre Mutter nicht sterben und Ruju nicht als Halbwaise aufwachsen müssen. Wie könnte sie das jemals vergessen?

Es half, sich in die Wellen zu stürzen und den Kopf so lange unter Wasser zu halten, bis die Luft knapp wurde und sie prustend wieder auftauchen musste. Es half, wenn sie sich, wieder am Ufer angelangt, ganz eng an Ruju schmiegte, die sich manchmal ins tiefere Wasser hineinwagte. Und manchmal wurde es allein schon besser, wenn ihr die Schwester, ohne zu wissen, was sie bedrückte, das krause Haar zu unzähligen Zöpfchen flocht.

Heute jedoch war Sahti einsamer denn je. Denn Ruju wurde gerade im Rauchbad gereinigt, eine Prozedur, die noch sechsmal wiederholt werden musste. Alles war längst für ihren großen Tag bereit. Die kreisrunde Palmenmatratze mit dem Loch in der Mitte ebenso wie das Amulett und der rote Brautschleier; die Hennapaste für die traditionelle Bemalung der Finger und Füße, das vorgeschriebene Räucherwerk und die knorrige Wurzel, die jedem, der sie erblickte, Schauer einjagte. Bald würde sie in der Hütte des Skorpions den wissenden Händen der alten Zauberin übergeben werden.

Es WAR bereits Abend, als die Soldaten des Pharaos das Fort von Abu Resi erreichten, vier Kompanien zu je vierzig Mann, bewaffnet mit Bogen, Schleuder, Wurfholz und Speer, dazu mehr als zwanzig Unteroffiziere, die ihrem Rang gemäß Lanze und Dolch trugen, befehligt von vier Offizieren. Die gesamte Expedition unterstand General Ipi, den der Juwelier Namiz als Abgesandter des Pharaos begleitete.

Die Stimmung der Truppe war gereizt; eine lange und anstrengende Route über die westlichen Oasen, „die Straße der vierzig Tage", wie sie genannt wurde, lag hinter den Männern. Ipi war auf diesen alten Karawanenweg verfallen, um den immer unverschämteren kuschitischen Flusspiraten auszuweichen, die in den vergangenen Jahren mehr als ein Schiff aus Kemet zum Kentern gebracht hatten. Doch in den beiden letzten Tagen waren die Nahrungsmittel knapp geworden, und sogar das Wasser musste drastisch rationiert werden. Die Soldaten sehnten sich nach Ruhe und nach einem Fass Bier.

Aber die Festung bot alles andere als einen einladenden Anblick und hatte offenkundig eine Überholung dringend nötig. Zwar gab es noch immer den steilwandigen Hindernisgraben sowie einen vorgelagerten offenen Wehrgang, von dem aus jeder Angreifer mit Pfeil- und Steinhagel zu rechnen hatte. Die Hauptmauer aus luftgetrockneten Nilschlammziegeln war unversehrt. Sie war höher gebaut als fünf übereinander aufgerichtete Männer. Auch im Inneren gab es Grund zum Murren. Die Wachstuben, ganz zu schweigen von den Quartieren für die einfachen Soldaten, waren in jämmerlichem Zustand. Die Dächer vielfach löchrig, die Böden halb aufgeworfen, die Betten nur harte, verschmutzte Pritschen. Die Vorratsspeicher waren nur mäßig gefüllt. Der General beschloss, den mitgebrachten Weizen – neben Fayencen, Stoffballen, Steingefäßen und einigen Weinfässern die übliche Tauschware – hier aufzubewahren. Die überraschend reinlichen Wohnräume, die ihm der Festungskommandant Ameni ehrerbietig offerierte, konnten seinen wachsenden Unmut nicht besänftigen.

„So weit hat es also kommen müssen“, sagte er, während er angewidert das einheimische Fladenbrot kostete und in dem Eintopf vor sich vergeblich nach Fleischstückchen stocherte. „Dass Soldaten des Pharaos im elenden Kusch nichts als Gras zu essen bekommen, obwohl die Gegend hier von Wild nur so strotzt. Was waren das dagegen früher für glorreiche Zeiten! Kein Südländer durfte die Grenzstelle bei Semna Richtung Norden überschreiten, unsere Festungen, vierzehn an der Zahl, waren bis hinunter zum dritten Katarakt aneinander gereiht wie Perlen an einer Schnur, in tadellosem Zustand. Keiner der Barbaren hätte gewagt, unsere Wälle zu erstürmen. Sie verrichteten ohne Murren, was wir von ihnen erwarteten: Sie wuschen in Demut Gold zu Ehren des großen Pharaos.“

„Du hast Recht, aber das liegt lange zurück“, besänftigte ihn der kleingewachsene Kommandant mit dem erschlafften Schmerbauch. „Seit jedoch jene fremden Könige im Delta regieren und der göttliche Pharao notgedrungen auf Waset und den Süden Kemets beschränkt ist, haben wir große Schwierigkeiten. Denn der Herrscher von Kerma* hat damit begonnen ...“

„Hüte deine Zunge!“, unterbrach Ipi ihn schneidend. „Es gibt nur einen Einzigen, dem die Doppelkrone zusteht – und das ist unser geliebter Pharao Seqenenre-Tao. Alle Länder sind unter seinen Sohlen. Die südlichen Grenzen reichen bis zum Horn der Erde, die nördlichen bis zu den Sumpflöchern. Die, von denen du sprichst, sind jenem so genannten Hirtenkönig in Hut-Waret** untertan und nichts als unverschämte Eindringlinge, die unsere starken Armeen eines nicht allzu fernen Tages ins Meer fegen werden, so viel ist gewiss.“

„Gebe Amun, dass wir nur bald so weit wären! Ich befürchte, dass sie uns bis dahin noch jede Menge Schwierigkeiten bereiten werden.“ Der Juwelier Namiz hatte seine Schüssel mit Appetit leer gegessen und ließ sich bereits den dritten Becher Bier einschenken. Er wandte sich an den Gastgeber: „Stimmt es eigentlich, Ameni, dass die Hyksos mit den Anführern der Beduinen Kontakt aufgenommen haben?“

„Gut möglich. Diese Wüstenrebellen werden immer dreister. Neulich haben sie sich vor der Mine auf die Lauer gelegt, um unseren Goldtransport zu überfallen.“

„Und dann?“

„Sieben von ihnen haben wir erledigt, aber dabei sind auch drei meiner

---

* Stadt südlich des dritten Nilkatarakts

** Auaris

besten Leute gefallen. Männer, für die ich trotz der gespannten Lage hier in Abu Resi keinerlei Ersatz erhalten habe. Natürlich konnten wir das Gold schließlich hierher in das Fort bringen. Doch ich denke, mit einem nächsten Versuch müssen wir rechnen."

„Und wenn schon!", fuhr Ipi ihn an. „Wozu haben wir vier Kompanien gut ausgebildeter Soldaten bereitstehen? Ich würde es sogar begrüßen, wenn sie einen Überfall wagten, denn dann könnten wir ihnen demonstrieren, wie man in Kemet mit Aufrührern und Diebespack umzugehen pflegt."

„Was wohl der Pharao dazu sagen würde?" Namiz lächelte vielsagend. „In meiner Gegenwart hat der große Seqenenre ausdrücklich betont, dass diese Expedition ohne den geringsten Zwischenfall verlaufen soll. Er verlässt sich darauf, dass all die Hölzer und Edelsteine, der Weihrauch und das Elfenbein Waset sicher und schnell erreichen. Und vor allem das kuschitische Gold, das er unter meine Verantwortung gestellt hat. Und er hat auch von einer dringend notwendigen Erweiterung der königlichen Bogenschützengarde gesprochen. Dies wird sich nur schwerlich bewerkstelligen lassen, wenn wir hier im Goldland Krieg spielen, statt ihm geeignete Männer wohlbehalten an den Hof zu bringen."

Ipi fiel ihm ins Wort. „Auf deine Belehrungen kann ich verzichten. Niemand weiß besser als ich, was der rechtmäßige Herrscher beider Länder erwartet. Ich würde lieber mein Leben geben, als ihn zu enttäuschen."

„Dann schlage ich vor, dass wir uns alle schlafen legen, um uns morgen früh unverzüglich unseren Aufgaben zu widmen." Namiz erhob sich, überraschend geschmeidig für seine füllige Statur, und verließ den Speisesaal.

Schon den ganzen Weg über hatte Ipi kein Hehl aus seiner Abneigung gegen den Mann mit der Hakennase gemacht, der ihm auf dem ganzen Marsch nicht ein einziges Mal eine Antwort schuldig geblieben war. Nun schlug diese Abneigung in offene Feindseligkeit um. Und wenn der Pharao zehnmal einen Narren an diesem Ausländer gefressen hatte, der niemals einer aus Kemet werden würde – hier, im Feindesland inmitten dieser verschlagenen Kuschiten, würde er ihm zeigen, mit wem er es zu tun hatte.

„Noch bist du nicht Erster Vorsteher des Königlichen Schatzhauses, Mann aus Kepni", zischte Ipi. „Und wenn es nach mir geht, wirst du es auch niemals werden."

DIE NACHT war die Tageszeit, die die Daya am meisten liebte. Und es war auch die Nacht, die sie zugleich inbrünstig hasste. Denn wenn es dunkel war, glaubte sie die Stimme ihrer Tochter zu hören. Dann fiel alles wie ein Albtraum wieder auf sie zurück: Nuyas Wimmern, die auch am zweiten Tag nicht gebären konnte, ihr fast schon grotesk aufgetriebener Leib, in dem die Bewegungen des Kindes immer schwächer wurden. Sterbend hatte Nuya sie, die Mutter, aufgefordert, ihr Ungeborenes zu retten, ohne sie zu schonen. Und sie hatte unter Tränen schließlich getan, was die Tochter gewollt hatte. Seitdem waren beinahe neun Sommer verstrichen, und es wurde von Tag zu Tag schmerzlicher für sie, Sahti heranwachsen zu sehen, die ihrer Mutter immer ähnlicher wurde, die ihr aber Nuya nicht zurückbringen konnte.

Keiner ahnte, was in ihr vorging, schon gar nicht die beiden Enkelinnen, die sie bei sich aufzog, weil der Vater, der nur seine Weibergeschichten im Kopf hatte, dazu unfähig war. Es genügte, dass die Mädchen mutterlos aufwachsen mussten; Ruju und Sahti sollten nicht auch noch im verkommenen Haushalt einer verdrießlichen Hauptfrau und ihrer eitlen Nebenbuhlerin zu spüren bekommen, dass sie nur im Weg waren.

Ihr kraftvoller Körper war ungebeugt von der Last des Alters, das sich höchstens durch scharfe Stirnfalten und die schlohweißen Haare verriet. „Die Weiße Löwin", flüsterten die Leute respektvoll, wenn sie vorüberging. Alle wussten, dass sie eine mächtige Frau war, die Regen machen, viele Krankheiten heilen und Beschwerden lindern konnte, die dank ihrer geheimen Kräfte aber auch in der Lage war, Mensch und Tier Schaden zuzufügen.

Ihre Haut war tiefbraun, dunkler als die der meisten hiesigen Frauen. Aber das war nicht das Einzige, was sie von den anderen unterschied. Es war ihr Wesen, halb scheu, halb misstrauisch, das es ihr schwer gemacht hatte, sich einzugliedern. Es lag ihr nicht, sich anzupassen und Freundschaften zu suchen. Dazu kam ihr Wissen. Man rief sie, wenn jemand krank war und wenn ein Kind geboren wurde. Man bedurfte ihres Messers, wenn es Zeit für die Mädchen wurde. Man erbat Liebestränke und Amulette von ihr. Man nannte sie Hebamme, Heilerin, schließlich Zauberin. Ihr wirklicher Name kam keinem im Dorf über die Lippen, und nachdem ihr Mann fortgelaufen war, gab es niemanden mehr, der sich noch an ihn erinnert hätte. Daya, geehrte Großmutter, sagten die Enkelinnen zu ihr, und so hieß sie im ganzen Dorf.

Keiner wollte wissen, wer sie wirklich war; sie wohnte im Dorf, gehörte aber nicht dazu. Tief aus dem Süden stammte sie, so raunte man sich zu, von dort, wo eine der gewaltigen Stromschnellen den großen Fluss unpassierbar mache. Sie sprach selten darüber. „Wie oft soll ich diese alte Geschichte denn noch erzählen? Ich wurde hierher geschleppt wie ein Stück Vieh, und da bin ich noch heute", sagte sie, wenn ihre Enkelinnen sie fragten.

Der Löwe war ihr Totemtier, und sie bewahrte die im Wüstensand mumifizierte Pranke einer Löwin in einem Beutel aus Antilopenleder an einem geheimen Ort auf.

Die Daya schob den Strohteppich zur Seite. Die Wand aus ungebrannten Lehmziegeln sah aus wie jede andere, bis auf die winzige Markierung in Brusthöhe, die die Daya selber angebracht hatte. Sie kratzte den Putz weg, und auf einmal löste sich der Quader wie von selbst. Sie wog den Beutel in der Hand. Unwillkürlich straffte sie sich. Sie war noch immer die einzige Frau weit und breit, die die Löwenkraft besaß, und nicht die andere, die Junge, Schöne, die sich hinter ihrem Rücken auf die Große Schlange berief und selbst wie eine Schlange alle Männer um den Verstand brachte mit ihrem Lächeln, ihrem aufreizenden Hüftschwenken.

Der Gedanke an Nabu ließ den Mund der Daya schmal werden. Mochte Golos Nebenfrau auch geschickte Hände haben, mochte sie Kräuter und Pflanzen kennen – die Daya wusste, wie sie Nabu einen Stich ins Herz versetzen konnte. Im Dorf war nicht genug Platz für sie beide.

Summend hängte sie sich das Totem um den Hals. Abermals griff sie in ihr Versteck. Da waren sie, die Ketten, die sie damals bei ihrer Flucht gestohlen hatte, statt sie im Grab des Herrschers zu belassen, die Ringe und Armbänder, die Reifen und das Diadem, alles aus schwerem Gold. Kein einziges Mal hatte sie den Schmuck angelegt, aus Angst, ihre Herkunft zu verraten. Da war auch das Messer, ebenfalls ein kostbares Relikt der Vergangenheit. Sichelförmig, aus schwarzem Obsidian.

Die Klinge schien auf ihrer Haut zu brennen. Hastig stopfte sie den Schmuck an seinen Platz zurück, mit Ausnahme von ein paar schmalen Goldreifen, die keinem auffallen würden. Das Messer versteckte sie in ihrem Gürtel. Danach trat sie an das Lager der Mädchen. Ruju schlief auf dem Rücken und beanspruchte wie immer den größten Teil des Bettes. Ihre Züge waren entspannt, die Stirn trocken und glatt. Kein Schatten schien ihre Seele zu trüben. Seit Tagen war sie schier übermütig vor Freude, binnen kurzem endlich zur Frau zu werden, und sie genoss die Aufmerksamkeit, die ihr zuteil wurde.

Ganz anders Sahti. Wie ein gespannter Bogen lag sie da, winzig und mager im Verhältnis zur Fülle der Schwester. Sie seufzte ab und zu auf, und die alte Frau, von einer starken Gemütsbewegung erfasst, trat nach draußen.

Obwohl die Frühlingsnacht angenehm lau war und der Wind aus der Wüste kaum auffrischte, spürte die Daya ein Frösteln in allen Gliedern, wie schon so oft während der vergangenen Monde. War ihr Lebensfaden abgerollt? Rief Apedemak sie schon zu sich? Manchmal fühlte sie sich sehr müde. Aber da war das Haus, da waren all die Kräuter und Tränke. Und wer, wenn nicht sie, würde sich um die beiden Mädchen kümmern?

Die Mine von Sarras lag unweit des großen Flusses, nicht mehr als einen halben Tagesmarsch von Abu Resi entfernt. Aus diesem Grund war hier wohl auch niemals ein richtiges Goldgräberdorf entstanden, sondern es gab nur ein paar niedrige runde Hütten aus Bruchsteinen, gerade zum Übernachten geeignet, sowie eine Kochstelle im Freien, die mit verblichenen Palmwedeln behelfsmäßig überdacht war. Die Arbeit war mühsam und hart. Selbst in früheren Zeiten, als die Herrschaft des Pharaos noch schwerer auf Kusch gelastet hatte, war es schwierig gewesen, Minenarbeiter zu finden, die den Strapazen gewachsen waren, dazu aber auch noch den gewünschten Ertrag einfuhren. Nun jedoch, da Kemet in zwei Reiche gespalten war, erschien dies nahezu aussichtslos.

Namiz, schwitzend inmitten dieser trostlosen Umgebung, war zum ersten Mal seit der Abreise aus Waset richtig verzagt. Er trug ein weites Leinenhemd, das ihm am Körper klebte, gehalten von einem breiten, metallbeschlagenen Ledergürtel, der unangenehm scheuerte. Durst quälte ihn, sein sandfarbenes Haar war feucht von der Hitze, und nach der Fahrt auf dem schwankenden Boot, das ihn als einzigen Fahrgast ans Ufer gespuckt hatte, fühlte er sich noch immer ein bisschen schwindelig. Vor allem jedoch schien ihm jede nur denkbare Lösung seines Problems in unerreichbare Ferne gerückt.

Der Streit zwischen ihm und Ipi war schnell und heftig entbrannt. Nach zwei schier endlosen Tagen, die er im Fort mit dem Wiegen des Goldstaubes verbracht hatte, war er abends ungewohnt wortkarg zum Essen erschienen. Der General dagegen, dessen Soldaten bereits eine große Rinderherde zusammengetrieben hatten, hatte sich seiner Taten gebrüstet.

„Fast vierhundert Stück Vieh“, sagte er stolz. „Dazu vierzig Elefantenzähne und siebzig Kidet Weihrauch. Ich denke, der Pharao wird zufrieden sein. Um die Rekrutierung neuer Bogenschützen kümmere ich mich persönlich. Mir sind da unten im Dorf ein paar kräftige Südländer zu Gesicht gekommen, die ich demnächst inspizieren möchte. Der Schiffbau macht gute Fortschritte. Die meisten Boote liegen bereits zum Trocknen in der Werft. Zwar steht uns Schemu bevor, aber wenn der Nil nicht allzu wenig Wasser führt, können wir uns bei dieser Trockenheit mit einigem Glück trotzdem den Rückmarsch durch die Wüste ersparen, abgesehen von der Kompanie, die das restliche Vieh treibt."

„Vorausgesetzt, wir müssen nicht monate- oder gar jahrelang hier ausharren." Namiz starrte trübsinnig vor sich hin.

„Was soll das heißen?"

„Dass bis zu dem vom Pharao festgesetzten Abgabemaß volle sechshundert Deben Gold fehlen. Vierzehnhundert habe ich gewogen. Seqenenre erwartet aber zweitausend. Und bis die dem Stein abgerungen sind, das kann dauern – es sei denn, man hat ein Heer gut geschulter Minenarbeiter zur Verfügung."

„Ameni!"

Der Festungskommandant versuchte sich kleiner zu machen. „Ich habe wirklich getan, was ich konnte, General", behauptete er. „Allein der Schiffbau hat so gut wie alle vorhandenen Kräfte verschlungen. Außerdem musste ich mich persönlich um die gewünschten Edelsteine kümmern. Sechshundert Deben Karneol, achthundert Amazonit, fünfhundert Türkis und zweitausend Malachit liegen bereit. Und tausendfünfhundert Deben Amethyst werden ab morgen in unser Zwischenlager gebracht. Um nun auf das Gold zu sprechen zu kommen, also bei dieser gewaltigen Menge, so ganz ohne Verstärkung – das war schlicht und einfach unmöglich ..."

„Wieso hast du nicht längst Bescheid gegeben, wenn du nicht weiterweißt?", fragte Ipi wütend. Er reckte sich zu seiner ganzen Größe. Er hätte ein eindrucksvoller Mann sein können, hoch gewachsen, mit muskulösen Armen und Beinen und einem breiten, männlichen Gesicht, wäre da nicht die mehrfach gebrochene und krumm wieder zusammengewachsene Nase gewesen, die ihn verschlagen aussehen ließ. Er verdankte diese Deformation einer jugendlichen Rauferei.

„Ich habe es ja versucht. Aber du hast mich nie ausreden lassen."

„Gut, dass ich jetzt die Angelegenheit in die Hand nehme. Wir werden das fehlende Gold bekommen, und wenn wir es den Kuschiten mit Peitschen aus den Rippen treiben müssen."

„Unsinn! Gold ist kein Saft, der sich aus dem Gestein melken lässt wie Milch aus einem prallen Kuheuter", widersprach Namiz zornig. „Für das Gold bin ich allein zuständig. Deshalb werde ich bei der Mine nach dem

Rechten sehen und, falls nötig, mit den Kuschiten hart verhandeln. Auf *meine* Weise."

So entschieden der Juwelier aufgetreten war, jetzt unter der sengenden Nachmittagssonne wäre es ihm nicht unlieb gewesen, die Verantwortung mit anderen zu teilen. Der Pharao konnte nobel und großzügig sein, solange man ihm die Dienste erwies, die er erwartete. Seqenenre-Tao war aber auch imstande, sich von einem Augenblick zum anderen in einen wutschnaubenden Despoten zu verwandeln, der weder Freundschaft noch Loyalität kannte. Namiz hatte während seiner Zeit am Hof schon mehr als genug Untertanen erlebt, denen dieser plötzliche Umschwung äußerst schlecht bekommen war. Und was für die Leute aus Kemet zutraf, galt erst recht für einen Fremden, der seine Stellung ausschließlich dem königlichen Wohlwollen verdankte.

Alles war wie ausgestorben. Nur unter einem zerfetzten Stoffsegel fand Namiz ein paar dunkle Gestalten an den Steinmörsern, wo sie das Erz mühsam zerkleinerten. Sie arbeiteten mit abgestoßenen Einhandschlägeln aus Dolerit. An die zwei Hand voll anderer Kuschiten waren an den Drehmühlen zugange, in denen die Brocken zu mehlartigem Staub zerrieben wurden. Die Waschanlage, in unmittelbarer Flussnähe gelegen, stand verwaist; die breiten, schräg abfallenden Steinbretter waren rissig ausgetrocknet und augenscheinlich schon eine ganze Weile unbenutzt. Verblichene Schaffelle lagen im Sand, über die man das aufgeschäumte Quarzmehl goss, damit die schweren Goldflitter in den unteren Faserlagen hängen blieben. Eine uralte Methode, wie sie auch in Kemet angewandt wurde. Namiz grübelte schon seit langem, wie sie verbessert werden könnte.

Namiz wandte sich schon in Richtung der Arbeiter, als sein Blick auf eine windzerzauste Tamariske fiel. Mit dem Rücken an den Stamm gelehnt, saß dort ein Mann, der auf den Fluss starrte. Namiz näherte sich langsam und ließ sich dem Mann gegenüber nieder.

Ein stolzes dunkles Gesicht, streng, ohne die Spur eines Lächelns, das den Juwelier an all die anderen Beduinen erinnerte, denen sie unterwegs begegnet waren. Das Alter oder ein hartes, entbehrungsreiches Leben hatte tiefe Furchen in das Gesicht des Mannes gegraben. Er besaß nur noch ein Auge, die andere Höhle war vernarbt.

Beide Männer schwiegen. Da war nur der Wind, der in den Zweigen raschelte.

„Mich beschäftigen ein paar Fragen", begann Namiz schließlich. Der kuschitische Dialekt kam flüssig über seine Lippen; er konnte sich in mindestens einem halben Dutzend Sprachen verständigen. „Fragen, deren

Beantwortung mir einiges wert wäre. Und du scheinst mir genau der Richtige dafür."

Keinerlei Erwiderung.

Mit billigem Steinzeug würde er diesen Mann nicht zum Sprechen bringen. Zum Glück aber trug er etwas bei sich, was die Zunge des Alten womöglich lösen konnte. Er zog einen Dolch aus dem Gürtel und legte ihn vor sein Gegenüber. Eine schöne Arbeit, silbergetrieben, und eine wertvolle Erinnerung an seine geliebte Heimatstadt Kepni. Als junger Mann war Namiz von zu Hause geflohen, und schon lange gab er sich nicht mehr der Illusion hin, jemals wieder dorthin zurückkehren zu können.

„Wieso arbeiten nur so wenige Männer hier? Weil die Leute von Kusch behaupten, Gold zu fördern sei, als lasse man seine Mutter, die Erde, bluten? Oder liegt es an dem harten Minenalltag? Verlangen sie etwa etwas, was der Festungskommandant ihnen verweigert? Du kannst ganz offen mit mir sprechen. Kein Mensch wird von unserer Unterhaltung erfahren."

Sein Gegenüber berührte vorsichtig den Dolch. „Wie ein schleichendes Fieber ist der Sand gekommen. Und es verschlimmerte sich. Der Wind blies beharrlich, und die Sandbuckel schwollen. Denn diesmal kam der Wind aus dem Süden."

„Aus dem Süden", wiederholte Namiz bedächtig.

„Ja, ganz richtig. Von nun an bläst der Wind immer aus dem Süden, verstehst du?" Die Rechte des Mannes hielt den Dolch fest umklammert.

„Und was wird passieren, wenn der Südwind weiterweht?", fragte Namiz. „Was geschieht dann mit der Mine? Und mit den Menschen aus Kemet, die hier leben? Mit dem Fort?"

„Dann verschwindet die Sonne, und es wird Nacht, ewige Nacht. Denn der Sturm aus dem Süden macht nicht Halt. Vor keiner Festung, keinem Tempel. Und vor keiner Stromschnelle. Verstehst du mich?"

Namiz nickte langsam. Er begann zu begreifen, was der Beduine ihm in blumigen Worten mitteilen wollte. Das könnte in der Tat eine logische Erklärung sein für das, was sich hier abspielte, des Kommandanten Scheitern, für den Übermut der Beduinen, die sich nicht mehr darum scherten, dass Kemet eine große, unbesiegbare Macht gewesen war. Traf wirklich zu, was er vermutete, dann mussten allerdings alle Pläne geändert werden. Wenn der Löwe von Kerma, dessen Brüllen bisher im fernen Kemet unhörbar gewesen war, sich nun erhob, um seine Macht zu zeigen und sein Territorium zu erweitern, galt es zu handeln.

Namiz räusperte sich und beobachtete, wie der Dolch im Gürtel des Beduinen verschwand. Vorsichtig begann er mit all den weiteren Fragen, die ihm auf der Seele brannten.

In nicht einmal zwei Tagen würde sie Ruju verlieren. Dann gehörte ihre Schwester zu den Frauen. Genau genommen hatte sie schon jetzt kaum noch etwas von ihr. Denn das Mädchen, das im Haus herumstolzierte wie eine kleine Braut, hatte nur mehr wenig zu tun mit der fröhlichen Schwester, die früher den ganzen Tag mit ihr gelacht und gespielt hatte.

„Davon verstehst du noch nichts", hatte Ruju von oben herab gesagt, als Sahti sich darüber beschwerte. „Warte nur, in zwei Jahren, wenn du elf wirst und auch an die Reihe kommst, wirst du früh genug erfahren, worum es geht."

Die neuen goldenen Reifen hatten an ihren Gelenken mit den kindlichen Grübchen geklimpert. Die Daya hatte sie Ruju angelegt, als sie sie in ihr Zimmer holte. Natürlich hatte Sahti draußen zu lauschen versucht, aber die Stimmen waren zu leise gewesen. Sie hatte nicht geruht, bis sie Ruju endlich zum Reden gebracht hatte. In der nächtlichen Stille auf dem breiten Bett gab es kein Entrinnen mehr.

„Also gut", hatte Ruju schließlich gesagt. „Aber wenn du mich bei der Daya verrätst, schneide ich dir die Zunge ab."

„Fang endlich an!" Sahti hatte sich enger an die Schwester gekuschelt. „Du weißt genau, wie gut ich meinen Mund halten kann, wenn es sein muss."

Ruju hatte sich geräuspert. „Als die erste Menschenfrau ihre ersten Zwillinge gebar, sammelte sich das Leiden der Geburt in ihrer Perle. Von einer unsichtbaren Hand herausgelöst, entfernte sich diese und verwandelte sich in einen Skorpion ..."

Sahti näherte sich jetzt der Hütte des Skorpions, die keiner betreten durfte, wenn es nicht an der Zeit war. Niemand war zu sehen; sie war ganz allein. Die Tür, die eine verblasste Skorpionzeichnung zierte, war mühelos aufzustoßen. Drinnen war es dämmrig; durch die Ritzen der geflochtenen Palmwedel drang warmes Nachmittagslicht.

Eines der üblichen Rahmenbetten stand nahe der Wand, kaum anders als das Lager, auf dem sie jede Nacht mit Ruju schlief, beinahe anheimelnd, wären da nicht die Seile gewesen, die sich wie dicke Schlangen von den Seiten und vom Fußende herunterringelten, und die bräunlichen Flecken. Am unerträglichsten aber war dieser alles überlagernde Geruch, süßlich und leicht metallisch, den sie von der frischen Jagdbeute her kannte, die die Männer nach Hause brachten: Blut.

„Und auch die Männer werden beschnitten."

Unwillkürlich wiederholte Sahti jedes Wort, das sie Ruju so mühsam abgerungen hatte.

Und plötzlich sah sie ihn, den Skorpion. Glänzend, schwarz und regungslos hob er sich vom schilfigen Untergrund des Bettes ab. Sahti unterdrückte nur mühsam einen Schrei. Dann rannte sie, so schnell sie konnte, aus der Hütte.

„ZWEITAUSEND Deben Gold erwartet der Pharao." Die Stimme des Mannes war ruhig, aber nicht übertrieben freundlich.

„Und was geht mich das an?"

Sahti wagte nicht, sich zu bewegen. Ihr Vater hatte ruppig geantwortet. Er war auf Streit aus. Golo liebte es zu kämpfen, nicht nur mit Fäusten, sondern auch mit Worten.

„Die anderen sagen, du wirst der nächste Häuptling sein."

Sie konnte die Beine der Männer sehen, die blassen, stämmigen, dicht behaarten des Fremden, der seltsame, überkreuzte Lederbänder an den Füßen trug, und die dunklen, schlanken, glatten ihres Vaters, dem bislang beim Wettlaufen noch keiner den Sieg streitig gemacht hatte. Viele sagten, sie würde ihm gleichen, weil auch sie so behände, so leichtfüßig war, aber sie hoffte, es wäre nicht so. Denn ihr Vater, der rasch aufbrausen konnte, war ihr fremd.

„Das bestimmt der Rat der Männer – sobald der alte Häuptling begraben ist."

„Es heißt, eine unheilbare Krankheit zerfresse seinen Körper." Der Fremde sprach ihren Dialekt beinahe fließend. „Und du seist der im Dorf, auf dessen Wort alle hören."

„Noch atmet er. Und ich sollte längst bei meinen Rindern sein. Ich bin Viehzüchter, kein Minenarbeiter."

„Wir alle sind da, um dem großen Seqenenre zu dienen", entgegnete der Besucher. „Was mich betrifft, so bin ich für sein Gold zuständig. Und ich habe mein Leben dafür verbürgt, dass er die vereinbarte Menge erhält, die er von dieser Expedition erwartet."

„Vereinbart? Mit wem?" Golos Ton wurde schärfer. „Wir sind Kuschiten, freie Krieger, denen Rinderherden gehören, solange sie uns nicht von euch gestohlen werden – kein elendes Sklavenpack aus Kemet, das blindlings gehorchen muss!"

„Willst du vielleicht auf den Südwind warten, bevor du deine Entscheidung triffst?", fragte der Fremde.

„Auf den Südwind?", wiederholte Golo.

„Dann muss ich dich warnen. Denn der Wind aus dem Süden bläst unberechenbar."

Golo sagte barsch: „Wenn du in Rätseln sprechen willst..."

„Schon gut, schon gut! Ich habe dir ein interessantes Angebot zu unterbreiten."

„Ach? Stoffe, die wir nicht brauchen? Oder sollte es Weizen sein, gerade so viel, dass unsere Kinder nicht verhungern, wenn die nächste Ernte wieder verdorrt?"

„Ich bin ein Ehrenmann – kein Betrüger. Keiner, der je ein Geschäft mit Namiz aus Kepni gemacht hat, musste es bereuen. Ich spreche vom weißen Gold."

„Rede!", forderte Golo ihn auf.

„Salz", antwortete der Mann aus Kepni leise. „Und zwar genügend, um damit auszukommen, bis der Sohn deines jüngsten Sohnes einmal deine Herden übernehmen wird."

„SIE SCHLÄFT jetzt. Ich habe ihr reichlich von der Mohnmilch eingeflößt. Wir können gehen." Tunbee, die der Daya manchmal als Helferin zur Hand ging, warf einen zufriedenen Blick auf Sahti. Dann berührte sie Ruju an der Schulter.

Rujus Blick flackerte; der ganze Körper schien unter Spannung zu stehen. Fußsohlen und Handflächen hatte man ihr mit Henna frisch gefärbt, die Lider mit Antimon schwarz geschminkt. Sie trug ein neues Kleid, das bis zu den Waden reichte und sie größer erscheinen ließ, beinahe erwachsen. Die mit Fett dicht an den Schädel gekämmten Haare, die Goldreifen und der rote Brautschleier verstärkten diesen Eindruck.

Die kleine Prozession, Ruju, Tunbee sowie drei ältere Frauen, die Rauchwerk, Amulettsteine und Fackeln trugen, bewegte sich langsam zur Skorpionhütte. Auf halbem Weg stieß die Daya zu ihnen, geschmeidig und lautlos wie eine große Raubkatze. Sie hatten ihr Ziel beinahe erreicht, als plötzlich Nabu vor ihnen stand.

„Was willst du?", herrschte die Daya sie an.

„Das weißt du genau", erwiderte Nabu fest. „Die Mutter schützt die Tochter."

„Du bist nicht ihre Mutter."

„Aber Golos Frau."

In der Dunkelheit waren die Schlangen an Nabus Armen nahezu unsichtbar. Außerdem hatte ihre Stimme ein wenig zu zittern begonnen, was die Daya mit Befriedigung registrierte. Nein, du bist wahrlich keine Mutter, dachte sie, während sie Nabu anstarrte, und du kannst niemals eine werden, wirst nicht empfangen, nicht gebären, solange ich dich nicht vom Fluch meiner toten Tochter befreie.

„Das reicht nicht, Nabu", mischte sich Tunbee ein. „In dieser Nacht gilt einzig und allein die Macht des Blutes. Gib den Weg frei und lass uns vollbringen, was nur unter dem schwarzen Mond vollbracht werden kann!"

Nabu knickte plötzlich ein, als habe sie einen Stoß erhalten, und war ebenso schnell in der Dunkelheit verschwunden, wie sie aufgetaucht war.

MIT EINEM Schrei fuhr Sahti auf. Ihre Stirn glühte, die Kehle war wie ausgedorrt. Sie nahm ein paar Schlucke Wasser aus dem Ziegenlederschlauch. Ihr Kopf dröhnte. Sie brauchte einige Zeit, um sich in der Dunkelheit zurechtzufinden, und stieß beim Aufstehen an einen niedrigen Hocker. Dabei ertastete sie auf seiner geflochtenen Sitzfläche zu ihrer Überraschung etwas Weiches. Ihre Finger erkannten, worum es sich handelte: das Geheimnis der Daya, die mumifizierte Löwenpranke, die sie schon mehrmals neugierig betrachtet hatte. Ohne lange zu überlegen, hängte Sahti sich den Beutel um den Hals. Auf der bloßen Haut fühlte sich das Leder seltsam tröstlich an.

Es war nur ein böser Traum, dachte sie, fast schon beruhigt. Ich bin im Haus der Daya, sicher und geschützt. Allmählich wurde sie ruhiger. Doch plötzlich wusste sie, was anders war als sonst: Rujus gleichmäßige Atemzüge fehlten.

DAS MÄDCHEN lag halb aufgerichtet auf dem Bett, an Armen und Füßen mit Seilen gebunden. Um sie herum vier Frauen: Tunbee hinter ihr, die Hände fest auf der Brust des Mädchens, zwei andere, die ihr die Schenkel gewaltsam spreizten, die vierte, am Fußende, hielt die Fackel, die den Raum in flackerndes Licht tauchte.

„Ganz ruhig!", befahl Tunbee. „Es ist gleich vorbei. Jede von uns hat es schließlich überstanden. Es gehört nun mal dazu, wenn man eine Frau ist. Sonst findet sich später weit und breit keiner, der dich heiraten will. Also sei tapfer, Kleines, und halt still!"

Das Mädchen konnte nicht sprechen, weil eine große knorrige Wurzel es knebelte.

„Beiß einfach fest darauf", riet Tunbee. „Wirst sehen, es hilft!"

Die alte Zauberin war mit ihren Gebeten fertig. Sie kam zum Bett, hob das Messer und wog es einen Augenblick prüfend in ihrer Hand, bevor sie den ersten Schnitt wagte. Sofort begannen die Beine des Mädchens zu zucken. Ruju wand sich, und die Frauen konnten sie nur mit aller Anstrengung halten.

In diesem Moment flog die Tür auf. Sahti stand auf der Schwelle der Skorpionhütte, keuchend, schweißnass. Ihr Blick raste durch den Raum, schnell erfasste sie, was hier gerade geschah. Ihre Augen weiteten sich. Ekel stieg in ihr hoch, vermischt mit Angst. Unwillkürlich umschloss ihre Hand den Beutel unter dem Kleid.

Das Mädchen war Ruju. Und die alte Zauberin die Daya, die den Schoß ihrer Schwester in eine blutende Wunde verwandelt hatte.

Ein Schrei entrang sich Sahtis Kehle. Dann stürzte sie wie von Sinnen in die Nacht hinaus.

ZWEITE STUNDE: Im Maul der großen Schlange

Rostiges Krächzen ließ Sahti wach werden. Oder war es die durchdringende Kälte gewesen, die sie aus dem Schlaf gerissen hatte? Über den zerklüfteten Bergzacken im Osten der erste Schein des Tages, ein Lavendelton, der nach und nach verblasste.

Steifbeinig stand sie auf. Sie war durchgefroren, das Kleid ganz klamm; feuchter Sand klebte an Armen und Beinen. Ein paar unsichere Schritte. Die Glieder gehorchten nur widerwillig.

Sie blieb bald wieder stehen. Der vertraute Streifen Fruchtland neben dem großen Fluss war verschwunden. Vor ihr erstreckte sich eine Welt aus Sand und Stein. Nur ein paar spärliche Gräser ragten aus dem harten Boden empor und bewegten sich leicht im Wind.

Sie war hungrig. Sehr durstig. Und zum ersten Mal in ihrem Leben ganz allein. Wieso war sie nicht im Haus der Daya aufgewacht, geschmiegt an Rujus weichen Körper, dort, wo sie hingehörte? Weshalb roch sie nicht das schwere, süßliche Aroma des Morgentees, den die Daya jeden Tag aus getrockneten Akazienblüten für sie braute?

Mit einem Schlag kam die Erinnerung zurück, und Sahti spürte voller Entsetzen, wie die Bilder und Laute der vergangenen Nacht sie abermals zu überwältigen drohten.

Gelaufen war sie, bis sie kraftlos umgefallen war, irgendwo im Niemandsland, um der Skorpionhütte zu entfliehen und allem, was sie dort gesehen und gehört hatte. Das angstvolle Keuchen der gebundenen Schwester. Das blutige Messer. Vor allem jedoch Rujus Augen mit jenem fassungslosen, verzweifelten Ausdruck, der sie verfolgen würde, solange sie lebte. *Hilf mir, Sahti! Warum hilfst du mir denn nicht?*

Aber sie hatte Ruju nicht beigestanden, sondern sie einfach ihrem Schicksal überlassen. Und sie trug den Löwenbeutel der Daya um den Hals, den diese bestimmt längst vermisste. War sie als Strafe dafür mitten in der Wüste gestrandet, in der Zone des sicheren Todes, vor der jedes Kind im Dorf gewarnt wurde?

Wie ein schweres Gewicht senkte sich die Angst auf sie herab. Blank und unerträglich blau spannte sich der Himmel über ihr. Die Sonne war bereits deutlich höher gestiegen. Nicht mehr lange, und ihr heißer Atem würde jedes Weiterlaufen auf dem glühenden Sand unmöglich machen. Aber wo sollte sie überhaupt hin?

Sie entschied sich für den Felsen, der wie ein bizarres Gewächs aufragte, den einzigen Schattenspender weit und breit. Der feine Sand, in dem ihre Zehen versanken, ließ das Gehen zur Anstrengung werden.

Sahti schaffte die Strecke mit letzter Kraft. Aus der Nähe sah sie, dass die Felswand von feinen Rillen überzogen war. Wüstenwind hatte den Felsen angefressen und einen kammartigen Vorsprung geformt, der wie eine riesige Nase wirkte. Sie presste das Gesicht gegen das raue Gestein, das ihr kühl vorkam. Ein Schutz? Das Gefühl der Erleichterung schwand jedoch ebenso schnell, wie es gekommen war. Sie begann zu zittern, als ihr klar wurde, wo sie gelandet war. Zu ihren Füßen mündete das Tal in eine pflanzenlose Sandwüste, deren blendende Helle in den Augen brannte. Ringsumher nichts als Steine, Wind, Sand. Außer ihr kein einziges Lebewesen weit und breit. Sahti kauerte sich in das Schattenfeld, das die vorspringende Felsnase ihr gewährte.

Plötzlich rührte sich etwas unter ihr. Wellenförmige Bewegungen, als wäre der Sand plötzlich zum Leben erwacht. Ein schmaler gelbbrauner Leib mit grauer Bandzeichnung, der sich geschmeidig zu befreien versuchte. Ein Zischen, viel zu nah, ließ Sahti erstarren.

Sie wollte aufspringen, aber es war zu spät. Sie starrte in zwei Pupillen hinter senkrechten Schlitzen. Dann schnellte der viereckige Vipernkopf blitzschnell nach vorn und bohrte seine Giftzähne in ihren Schenkel.

DIE JAGD war erfolgreich gewesen; die Soldaten konnten es kaum erwarten, das erlegte Wild zu verspeisen, und selbst General Ipi, der es sich nicht hatte nehmen lassen, den Trupp anzuführen, zeigte sich zufrieden. Ganz früh schon waren sie aufgebrochen, um die Kühle des Morgens zu nutzen, und hatten mehr Gazellen und Antilopen erlegt als erhofft. Nun zwang sie die Hitze zum Ausruhen bei einer Felsengruppe.

Selbst Namiz fühlte sich angesteckt von dem Jagdfieber, das alle befallen hatte. Der Druck der vergangenen Tage schien abgefallen. Seinem Verhandlungsgeschick war es zu verdanken, dass unter Golos Führung rund acht Dutzend kräftige Kuschiten zu der Goldmine aufgebrochen waren. Ameni, von Ipi einstweilen mit der Führung einer Kompanie betraut, hatte die Männer mit seinen Soldaten eskortiert.

Natürlich war selbst eine derartige Verstärkung nicht in der Lage, Wunder zu wirken, aber ein Anfang war zumindest gemacht. Es drängte Namiz, so schnell wie möglich selbst nach Sarras zu eilen, um vor Ort alles überwachen zu können. Doch sein in langen Jahren erlerntes diplomatisches Kalkül ließ er dennoch nicht außer Acht. Der General war sein Feind, das lag klar auf der Hand, aber es war nicht nötig, sich ihn auch zum Todfeind zu machen. Deshalb war Namiz zur Jagd mitgekommen, an der Ipi viel lag, weil sie ihm nun endlich wieder Gelegenheit bot, sich vor seinen Soldaten als erfahrener Krieger zu erweisen.

Und wirklich schien Ipi um Jahre verjüngt, wenn er kraftvoll den Bogen spannen konnte und sein Pfeil das Wild erlegte.

Vielleicht lag es an der fröhlichen, fast ausgelassenen Stimmung, dass der Jagdtrupp zu spät bemerkte, was sich über ihm zusammenbraute. Keinem war aufgefallen, dass der leichte Morgenwind sich längst gelegt hatte und drückende, unheilvolle Stille über dem Land lag. Alle Sandbewohner, Echsen, Schlangen und Insekten, schienen plötzlich verschwunden. Kein Vogelruf mehr über ihren Häuptern.

Antef, der Bursche des Generals, ein kräftiger, wortkarger Mann, zu Hause in Waset als Gärtner in den königlichen Palastanlagen beschäftigt, sprach es als Erster aus: „Eine Wand – schaut nur, dort, eine riesige gelbe Wand!"

Namiz fuhr erschrocken hoch. „Der Sand kommt! Schnell! Wir müssen zusehen, dass wir zum Fort zurückkommen!"

Unter den Soldaten verbreitete sich Unruhe. Alle waren aufgesprungen und starrten beunruhigt gen Süden. Ipi erteilte den Befehl zum Abmarsch.

Unterwegs schwollen überall Sandbuckel an wie gärender Teig, und die verbrannten Dornbüsche peitschten dicht über dem Boden. In breiten Schwaden fegten bräunliche Böen über die Ebene. Sandkörner trafen nadelscharf Gesicht und Hals. Die Augen brannten.

Der Jagdtrupp war immer langsamer geworden; schließlich hielt er inne, und alle scharten sich um Ipi. „Wir müssen wohl doch irgendwo Halt machen!", schrie der General gegen das Brausen des Windes an.

„Dort drüben“, schlug Namiz vor. „Der große Felsen wird das Schlimmste von uns abhalten.“

Der Windschatten des Felsens bot einige Erleichterung. Die Soldaten drängten sich zusammen und die Esel, die man rasch von ihrer Last befreit hatte, nicht minder.

„Da liegt etwas Weiches.“ Antef, wie immer in der Nähe seines Herrn, hatte bereits zu graben begonnen. „Vermutlich ein frischer Tierkadaver, sonst wäre er schon steif.“ Er buddelte weiter. „Ein Kind!“ Er drückte sein Ohr an die magere, sandbedeckte Brust. „Ein kleines Mädchen. Und es ist gar nicht tot. Ich kann seinen Atem hören, wenn er auch flach und sehr unregelmäßig geht.“

RUJUS Gesicht schimmerte in einem ungesunden Gelb, die Stirn glühte. Tunbee, die der Daya bei der Krankenwache zur Hand ging, legte immer wieder kühle Lappen auf, aber nichts wollte helfen.

„Sie muss endlich Wasser lassen“, murmelte sie besorgt. „Und vor allem trinken, sonst vertrocknet sie.“

„Kein Wasser“, murmelte Ruju. Ihre gebundenen Beine regten sich matt. Mit Akaziendornen und einer Darmsaite war sie zusammengenäht worden – bis auf eine kaum hirsekorngroße Öffnung. Deshalb musste Ruju liegen, durfte sich wochenlang kaum rühren.

Die Daya kam mit einem Tongefäß. Sie hob Rujus Oberkörper behutsam an und hielt ihr eine Schale vor die Nase. Doch Ruju drehte den Kopf zur Seite und verweigerte jegliche Flüssigkeitsaufnahme.

„Vielleicht hätten wir sie doch lieber nicht in dein Haus bringen sollen“, sagte Tunbee. „Nach der Überlieferung mussten alle Mädchen sieben Tage in der Hütte des Skorpions liegen, dann erst schwand seine Macht, und sein Stachel konnte sie nicht mehr vergiften. Aber du hast ja drauf bestanden, dass wir sie schon nach der ersten Nacht…“

„Und siehst du nicht, wie Recht ich damit hatte? Ich weiß schon, was ich tue.“

„Es ist wegen Sahti“, meinte Tunbee leise. „Das ist es, was dich quält. Du hast Angst, noch ein Kind zu verlieren.“

„Unsinn!“, widersprach die Daya heftig. „Sahti wird wiederkommen. Irgendwo muss sie ja stecken.“

„Und wenn nicht? Wenn sie gar nicht mehr im Dorf ist, sondern sich verlaufen hat? Oder stell dir vor, die Soldaten…“

„Bist du endlich fertig?“ Die Daya war erregt aufgesprungen. „Geh jetzt! Dein weinerliches Gerede macht mich krank. Es ist mehr als genug, wenn du abends zur Nachtwache wiederkommst.“

Beinahe grob schob sie Tunbee aus der Tür. Müdigkeit und Schlafmangel lagen wie ein dumpfer Schmerz in ihrem Körper. Doch es gab andere Qualen, die schlimmer waren. Aber was ging es diese schwatzhafte Frau schon an, dass das Knochenorakel sie gestern Nacht zum ersten Mal im Stich gelassen hatte? Dass sie den Verlust der Löwenpranke als stechende Pein empfand. Dass der anfängliche Zorn auf Sahti, die die heilige Zeremonie entweiht hatte, längst verflogen war und Angst und Sorge um das Mädchen sie inzwischen schier um den Verstand brachten? Sie war ohnmächtig, verdammt zum Warten, Hoffen und Beten, bar ihrer magischen Kräfte, gefesselt an dieses Haus, in dem das Leben der Enkelin in ihren Händen lag. Jetzt war sie nur noch eine alte, müde Frau, die keinen Ausweg wusste. Wenn nicht bald ein Wunder geschah und das Fieber endlich sank, würde Ruju sterben. Die Daya wusste, dass es so war, auch wenn sie sich bisher eingeredet hatte, dass die Krise bald überstanden sei. Und dieselbe bleierne Angst, die sie am Totenlager ihrer Tochter gelähmt hatte, nahm ihr auch jetzt den Atem. Erst Nuya und nun auch noch die Tochter der Tochter, welch grausame Wiederholung! Ihre Lippen bewegten sich in lautlosem Gebet: Nicht sie, Apedemak, nicht sie! Nimm mich, ich habe lange genug gelebt!

Das Wimmern auf dem Bett schwoll an zu einem heiseren Stöhnen. Verzweifelt beugte sich die Daya über das Bett und wiegte den glühenden Körper in ihren Armen.

NACH dem Festmahl setzte sich ein Trupp Soldaten heimlich ins Dorf ab, betrunken vom schäumenden Feigenbier.

Es traf sich gut, dass die meisten Männer unter Golos Führung zur Mine aufgebrochen waren und die Soldaten daher hauptsächlich mit Greisen und Halbwüchsigen rechnen mussten, die der sandverkrusteten Jagdgesellschaft auf ihrem Rückweg zum Fort mit offenem Mund nachgestarrt hatten.

Die Ansiedlung lag nilabwärts, leicht erhöht auf einem Hügel erbaut, um vor den Überschwemmungen des Flusses sicher zu sein. Unmittelbar am Ufer begann das fruchtbare Schwemmland. Weiden reichten bis zum Rand der Wüste. Nur wenige Tiere grasten dort noch; die Mehrzahl brüllte in den Ställen der Festung von Abu Resi, zusammengetrieben für den baldigen Transport nach Waset, wo sie die riesigen Herden des Pharaos ergänzen würden.

Es war ein Ausflug in eine fremde Welt – und in eine verbotene dazu. Kein Kuschit durfte das Fort betreten, so das strenge Gesetz, das seit Jahrhunderten unangefochten galt. Und auch umgekehrt hatte Ipi seinen

Männern eingeschärft, jeglichen Kontakt mit den Einheimischen zu meiden, es sei denn, er hätte es ausdrücklich anders befohlen. Aber der Reiz des Verbotenen machte die heimliche Unternehmung nur umso verlockender, und sie hatten sich bereits tagelang in wüste Fantasien hineingesteigert.

Jetzt, so nah am Ziel ihrer Wünsche angelangt, missfiel es ihnen allerdings, dass die Gassen wie leer gefegt waren und in den meisten Häusern kein Öllicht zu sehen war. Die Laune der Soldaten sank.

„Verdammt, wo stecken sie denn, diese scharfen kuschitischen Weiber?“ Der Anführer der Meute, ein hagerer Unteroffizier mit brennenden Augen, den alle in der Kompanie Schakal nannten, weil er es liebte, im Rudel zu töten, drehte sich unwillig um die eigene Achse. Sie hatten Fackeln mitgebracht. „Raus mit euch, ihr schwarzen Täubchen! Wir werden euch zeigen, was ein wirklicher Mann ist!“

Betrunkenes Gelächter. Weiter zogen sie, voller Ungeduld.

„Der General wird uns hängen lassen, wenn er uns hierbei erwischt“, flüsterte ein junger, schmächtiger Soldat, der zum ersten Mal fort von zu Hause war und bereits bereute, dass er sich zum Mitkommen hatte überreden lassen.

Der Schakal machte plötzlich Halt. Das Haus vor ihnen war größer als die umliegenden; ein Anbau, beinahe stattlicher als das Hauptgebäude, schien erst vor kurzem errichtet worden zu sein.

„Hört ihr nichts?“ Er presste sein Ohr an die Tür. „Da drinnen zwitschern liebliche Vögelchen. Wisst ihr was, Männer? Wenn sie schon nicht freiwillig zu uns wollen, dann kommen wir eben zu ihnen.“ Er hielt seine Fackel an die Tür, bis sie Feuer fing. Bald schon leckten Flammen am trockenen Holz. „Heraus mit euch, ihr Täubchen!“, schrie er.

Die Tür wurde zögernd von innen geöffnet. Zwei Frauen und ein kleines Mädchen hielten sich zum Schutz bunte Tücher vor das Gesicht.

„Na also!“ Er schubste das Kind unsanft zur Seite. „Hau ab, Kleine!“, sagte er. „Deine Mutter hat jetzt keine Verwendung für dich.“

„Lauf, Minnee!“, schrie Hewa angstvoll und ließ dabei das Tuch sinken. „Renn zur Daya, so schnell du kannst, und sag ihr, dass Soldaten ...“

Ein kräftiger Stoß in den Magen ließ sie verstummen. Mit einem Schmerzenslaut sank sie in sich zusammen. Die Tochter nutzte die Gelegenheit, um zwischen den Beinen der Soldaten in der Dunkelheit zu verschwinden.

Der Schakal riss der zweiten Frau den Schleier herunter und pfiff anerkennend durch die Zähne, als er ihr Gesicht sah. Dann wandte er sich halb um, weil die anderen keine Anstalten machten, sich zu rühren, bis auf einen Soldaten, der geistesgegenwärtig mit einem Schwall aus dem Wasserkrug das Feuer gelöscht hatte.

„Worauf wartet ihr noch? Aber sucht euch gefälligst eure eigene Beute! Die Hässliche zum Beispiel, wenn ihr wollt, die könnt ihr gern haben." Er trat nach Hewa, die noch immer gekrümmt am Boden lag. „Denn die hier, das ist ein Täubchen ganz nach meinem Geschmack." Roh packte er die Frau am Arm und zog sie näher zu sich heran. Das Licht seiner Fackel beleuchtete den aufgebäumten Schlangenkopf an ihrem rechten Oberarm, und für einen Augenblick stutzte er.

Nabus Spucke traf ihn exakt zwischen den Brauen.

„Also doch kein Täubchen, sondern eine echte Wildkatze!" Er drängte sie ins Innere des Hauses, bis sie an einer Wand angelangt war und nicht weiterkonnte. „Auf den Boden!", herrschte er sie an. „Oder willst du mein Messer zu spüren bekommen?"

Zu seiner Verblüffung gehorchte sie, und er fiel über sie her, riss das Kleid in Fetzen. Sie lag da wie eine Tote, rührte sich nicht.

Er war zu beschäftigt, um mitzubekommen, was hinter ihm vorging. Weitere Männer hatten das Haus betreten. Soldaten, die nicht zu seinem Trupp gehörten. Erst als eine Hand seine Schulter nach hinten riss, merkte er, dass er in der Falle saß. Die Stimme des Generals traf ihn wie ein Peitschenhieb.

„Ist das alles, was du in meiner Armee gelernt hast? Befolgst du so meine Befehle?"

„Wir wollten doch nur..."

„Fesselt ihn!"

Ein paar Männer zogen ihn auf die Beine. Zwei Faustschläge zerschmetterten seinen Kiefer. Er sackte zusammen, fiel nach vorn, auf das Gesicht.

„Bindet ihn draußen auf dem Esel fest, damit wir ihn unterwegs nicht verlieren!" Ipis Stimme war eisig. „Und dann kümmert euch um seine Kumpane. Für jeden, den ihr entkommen lasst, bezahlt einer von euch."

Alle liefen nach draußen. Nur zwei Soldaten blieben unschlüssig an der Schwelle stehen. „Und die Frau, General?", fragte einer von ihnen. „Was soll mit ihr geschehen? Soll ich sie zum Schweigen bringen?"

Von draußen wurden aufgeregte Stimmen laut. „Sie ist da drin!", hörte man eine Frau schrill schreien.

Wahrscheinlich lief schon das halbe Dorf zusammen, genau das, was Ipi am wenigsten in seine Pläne passte. „Wir nehmen sie mit!", befahl er. „Bindet sie!"

Nabu schlug um sich, als die Soldaten sie hochzerrten, aber schließlich gelang es den beiden mit vereinten Kräften, sie zu überwältigen. Sie machten sie mit einem Knebel stumm, banden ihr die Hände auf dem Rücken und fesselten ihre Knöchel so eng, dass sie kaum noch gehen konnte. Sie war halb nackt, ihr rechtes Lid dick geschwollen, und sie blutete aus mehreren Wunden, aber sie stand stolz und aufrecht da.

Ipi betrachtete die Tätowierungen an ihren Armen mit leisem Abscheu. „Behaltet das Schlangenweib im Auge, sonst seid ihr dran! Gehen wir!"

Als sie das Haus verließen und sich mit den anderen Soldaten zum Trupp formierten, wichen Kinder und Frauen zurück, darunter auch Hewa. Sie hielt sich die Hand vor den Mund, um ihren Schrei zu unterdrücken, als sie sah, in welchem Zustand sich ihre Rivalin befand, und auf ihren Zügen zeigte sich fast so etwas wie Mitleid.

AUF WUNSCH des Mannes aus Kepni hatte man das Mädchen aus der Wüste in einen von Amenis Festungsräumen gebettet, ein winziges, nicht besonders reinliches Zimmer. Wenn Namiz nach ihr sah, fand er zu seinem Erstaunen nahezu jedes Mal Antef, den Burschen des Generals, dort vor, der sie wusch, dafür sorgte, dass sie genug trank, und ihr heiße Wildbrühe einflößte.

Von unten waren Lachen und Grölen zu hören, und der laue Nachtwind trieb den Duft gebratenen Fleisches zum Fenster herein. Die meisten Soldaten waren schon betrunken. Vor kurzem war der General mit ein paar Männern überhastet aufgebrochen. Namiz hätte zu gern erfahren, was sie vorhatten, aber natürlich hatte Ipi ihn nicht informiert.

„Die Wunde heilt besser als gedacht. Sogar die Schwellung geht langsam zurück." Antef dämpfte seine Stimme, um die Kleine nicht aufzuwecken. „Allerdings wird sie vermutlich eine Narbe zurückbehalten."

„Hat sie schon etwas gesagt?"

„Sie reagiert, wenn man sie berührt."

„Was trägt sie da Merkwürdiges auf der Brust?", fragte Namiz.

„Ein Amulett. Wer weiß schon, was die Bräuche der Kuschiten sind! Sie lässt nicht zu, dass es ihr abgenommen wird. Sogar im Schlaf hält sie es fest umklammert."

„Du hast ihr das Leben gerettet", sagte Namiz und betrachtete nicht ohne Zärtlichkeit das schmale Kindergesicht mit den geschlossenen Lidern. „Ohne deinen beherzten Schnitt und vor allem ohne dein Gegengift hätten sie längst die Schakale gefressen. Weiß der General eigentlich, womit du deine Zeit verbringst?"

„Solange ich meine Arbeit mache, wird er schon nichts dagegen haben. Und das Gegengift stammt nicht von mir, sondern von Tama." Antef strich der Schlafenden vorsichtig das verklebte Haar aus der Stirn. „Sie hat darauf bestanden, dass ich ein starkes Mittel gegen Giftvipern mitnehme."

„Tama – ist das deine Frau?"

„Und was für eine Frau! Sie hat viel für das Mittel bezahlt. Sie wollte unbedingt, dass ich heil wieder zu ihr zurückkomme."

„Ihr habt keine Kinder?"

„Dreimal war Tama schwanger, aber jedes Mal …" Antef verstummte. Der Schein der Öllampe ließ sein Gesicht dunkel und traurig erscheinen. „Manchmal dachte ich, sie übersteht es nicht. Und du? Hast du Kinder?"

„Nein", sagte Namiz eine Spur zu schnell.

Was ging es den anderen schon an, dass im fernen Kepni vor vielen Jahren ein kleiner Junge mit schwarzen Locken und grünen Augen zur Welt gekommen war, der inzwischen längst zum Mann herangewachsen sein musste?

Er würde ihn ebenso wenig wiedersehen wie die schöne, leidenschaftliche Mutter des Knaben, die er noch heute in seinen Träumen zärtlich umarmte, vorausgesetzt, es waren gute Nächte. In schlechten allerdings quälten ihn die Bilder einer verzweifelten Frau und eines weinenden Kindes, die vergeblich auf einen Vater warteten, der nicht mehr nach Hause zurückkehren konnte, wollte er nicht sein Leben und das seiner Familie gefährden.

„Vermutlich würde sich deine Tama über ein kleines Mädchen freuen. Sie würde es lieben wie ihr eigenes Kind, auch wenn es eine dunkle Haut hätte, aus dem Süden stammte und noch kein einziges Wort eurer Sprache beherrschte. Bist du deshalb so oft hier?"

Antef mied den Blick des Juweliers. Für ein paar Augenblicke war es still im Raum.

„Kinder lernen schnell", sagte er schließlich.

„Und wenn man sie inzwischen vermisst? Die Kleine wird ja kaum vom Himmel gefallen sein wie eine reife Dattel! Wenn es irgendwo in der Nähe eine Mutter und einen Vater gibt, die sich die Augen ausweinen?"

„Gibt es nicht."

„Wie kannst du dir da so sicher sein?", fragte Namiz erstaunt.

„Weil ich sie sonst nicht mitten in der Wüste gefunden hätte. Wer sein Kind liebt, hütet es und schickt es nicht in den Tod."

Antefs Entschlossenheit nötigte Namiz Respekt ab. Er war gespannt, wie Ipis Bursche seinen abenteuerlichen Plan weiterverfolgen würde. Er konnte sich nur schwerlich vorstellen, dass der finstere General nur Antef zu Gefallen ein Kind aus dem Goldland mit nach Waset nehmen würde.

ALS DIE Schatten länger wurden, rührte sich in der Mine auf einmal keine Hand mehr. Kommandant Ameni, damit beschäftigt, zwei künftige „Buchhalter des Goldes“ in ihre Aufgabe einzuweisen - Soldaten, die einigermaßen lesen und schreiben konnten und von nun an damit beauftragt waren, alle Goldfunde auf kleinen Tontafeln festzuhalten –, hielt verblüfft mitten im Wort inne. Kein Knarzen der Drehmühlen mehr, kein prasselndes Aufschütten des gemahlenen Steins auf der glatt geschliffenen Schräge, kein Wasserplätschern.

„Was ist los? Wieso arbeitet auf einmal keiner mehr?“

Ameni wandte sich an Golo, der ihm feindselig entgegenstarrte. Es war mit Namiz vereinbart, dass der künftige Häuptling noch bis zum Ende der Woche bleiben solle, um dann wieder zu seinen Rindern zurückzukehren.

Aber jetzt trug Golo den Speer und seinen breiten, perlengeschmückten Kriegergürtel. Hinter ihm standen die kuschitischen Minenarbeiter, regungslos wie er. Als sie sich in Bewegung setzten, sah Ameni, dass ihre Gesichter mit Ocker bemalt waren. Ocker, das bedeutete Krieg. Krieg gegen Kemet.

Golo hob seinen Speer, holte weit aus und schleuderte ihn los. Vibrierend bohrte er sich in den Boden, keinen Fingerbreit neben Amenis linkem Fuß.

„Das muss ein Missverständnis sein“, sagte Ameni unsicher. Hilfe suchend sah er sich nach Namiz um, der mit ein paar Soldaten in Richtung Fluss gegangen war, um die Anlegestelle zu inspizieren. Die restlichen Männer hatte er am Morgen mit einigen Geiseln ein Stück flussaufwärts geschickt, damit sie Brennholz machten.

„Wir sollten reden“, sagte Ameni, beinahe bittend. „Sag mir, was geschehen ist. Wir finden bestimmt eine Lösung.“

Gemeinsam begannen die Kuschiten loszuschnalzen, ein verwirrendes Geräusch, offenbar mit Lippen und Zungen erzeugt. Ihre Oberkörper schwangen dabei rhythmisch vor und zurück.

Aus den Augenwinkeln sah Ameni, dass ein Teil der Holzsammler inzwischen zurückgekehrt war, aber keine Anstalten machte, ihm zu Hilfe zu eilen, sondern ebenso starr wie er das unheilvolle Schauspiel verfolgte. Das Schnalzen war in ein gefährliches Zischen übergegangen. Er zuckte wie verbrannt zusammen, als ein zweiter Speer seine rechte Sandalenspitze in den Sand nagelte.

„Namiz!“, schrie er. „Nimm all deine Männer, und kommt sofort hierher!“

Die Ockerkrieger schienen etwas zu sagen, was er zunächst nicht verstand, ein einziges Wort nur, das sie unablässig wiederholten.

Plötzlich verstand er, was es war. „Frauen!“, das war es, was sie in ihrem seltsamen Dialekt riefen. Sie mussten von dem Überfall auf ihr Dorf erfahren haben. Allein schon in das Haus eines Kuschiten einzudringen galt als großer Frevel, den Frauen Gewalt anzutun als kapitales Verbrechen, das nur mit Blut gesühnt werden konnte. Was machte es schon aus, dass er gar nicht dabei gewesen war, ja, dass er die Entgleisung der Soldaten sogar scharf verurteilt hatte? Jetzt stand er ihnen gegenüber, stellvertretend für die Männer aus Kemet, die diese Untaten begangen hatten.

„Worauf wartet ihr noch?“, brüllte Ameni in Richtung der Soldaten, die sich langsam aus ihrer Erstarrung lösten, um endlich nach Wurfholz, Speer und Bogen zu greifen. „Sie sind wahnsinnig geworden, diese Kuschiten – und greifen an! Sie werden uns umbringen ...“

Endlich hatten die Soldaten ihre Waffen gepackt und begannen loszurennen, zu spät für Ameni. Denn der dritte Speer bohrte sich in seinen Hals und brachte den Kommandanten mitten im Satz zum Schweigen.

DRITTE STUNDE:
Die Pranken der Pachet

Sahti mochte den Mann mit den großen Händen, die so überraschend behutsam mit ihr verfuhren, obwohl sie nur an seinem Gesichtsausdruck erraten konnte, was er ihr mit seinen seltsamen Lauten sagen wollte. Sie war dankbar, dass er ihr Wasser und Suppe, später auch feste Speisen brachte und ihre Wunde versorgte. Allmählich ging es ihr besser. Eingehend betrachtete sie das Zimmer, in dem sie lag, die rauen, lehmverputzten Wände, in die jemand geheimnisvolle Zeichen geritzt hatte, das kleine Geviert hoch über ihrem Kopf, in das abwechselnd helles Sonnenlicht fiel oder der blassere Schein des Mondes. Manchmal schob sie den Leinenverband zur Seite und betastete vorsichtig die Kruste, die sich allmählich über dem Loch bildete, das das Messer dieses Mannes in ihren Schenkel geschnitten hatte. Ab und zu allerdings war ihr, als sei das Gift der Schlange noch nicht gänzlich besiegt. Dann begann ihr Körper zu schmerzen, und die Angst kehrte zurück.

Weinend rief Sahti nach Ruju und der Daya, die kommen und sie wieder nach Hause holen sollten, aber dann fiel ihr ein, dass Ruju sicher noch in der Skorpionhütte liegen musste und die Daya nicht wissen konnte, dass ihre Enkelin hier war. Außerdem hatte sie ihr den Beutel mit der Löwenkralle weggenommen, ihren allerheiligsten Besitz. Vielleicht war die Daya so zornig darüber geworden, dass sie sie nie mehr sehen wollte.

Sahti schlief inmitten dieser quälenden Gedanken erschöpft ein, bis eine Stimme sie wieder aufweckte. An diesem Morgen aber war es nicht der Mann mit den großen Händen, der ihr frisches Wasser, Hirsebrei und Fladenbrot brachte, sondern der blassbeinige Fremde, den sie im Haus ihres Vaters belauscht hatte. Er redete sie in ihrer Sprache an, erkundigte sich nach ihrem Namen und sagte, dass er Namiz heiße, was sie ja bereits wusste.

Sein Wissensdurst über das Dorf und seine Bewohner schien nahezu unerschöpflich, und Sahti bemühte sich, ihn zu stillen, so gut sie es vermochte.

„Mein Vater ist Golo“, sagte sie. Sollte sie hinzufügen, dass sie nicht bei ihm aufwuchs und ihn eigentlich nicht wirklich kannte?

„Golo, der künftige Häuptling?“, fragte er. Die Kleine brauchte nicht zu wissen, dass der alte Häuptling vor zwei Tagen gestorben war, sodass es zurzeit kein rechtmäßiges Oberhaupt im Dorf gab.

Ja, hätte sie beinahe gesagt, das ist Golo, der Mann, dem du das viele Salz versprochen hast. „Er gehört zu Nabu“, entfuhr es ihr.

„Wer ist Nabu? Deine Mutter?“

„Meine Mutter ist tot“, erwiderte Sahti. „Lange schon.“

„Wer ist Nabu dann? Es ist wichtig.“

„Mein Vater liebt sie. Vor mehr als zwei Sommern hat er sie zur Frau genommen. Man nennt sie bis heute überall nur die ‚Braut‘.“

„Die ‚Braut‘? Weshalb?“

„Weil sie noch immer keine Kinder hat. Und die Daya sagt, sie wird auch keine bekommen.“

„Wer ist die Daya?“

„Die Daya ist die Daya“, erwiderte Sahti ratlos. „Darf ich dich auch etwas fragen?“

„Natürlich.“

„Bin ich eine Gefangene?“

„So würde ich es nicht nennen“, sagte Namiz.

„Aber ich muss hier bleiben, oder?“

„Ja. Ich denke, das musst du wohl. Und diese Daya ist Nabus Mutter?“

„Aber nein“, sagte Sahti seufzend. „Die Daya hasst Nabu sogar, weil sie die Kraft der Schlange besitzt.“

Was wollte er nur von ihr? Ganz verwirrt fühlte sie sich, das Bein tat auf einmal wieder weh, und sie hatte schreckliches Heimweh.

„Diese Nabu trägt zwei auffallende Schlangentätowierungen an den Armen? Ist das richtig?“

Eine große Mattigkeit hatte sie überkommen, als er sie überstürzt verließ, und Sahti sank in einen traumlosen Schlaf.

DIE SONNE brannte unbarmherzig auf den schattenlosen Exerzierplatz nieder. Bereits am frühen Morgen hatte General Ipi nach einem dürftigen Frühstück die Festungssoldaten sowie alle Männer seiner Kompanien antreten lassen, und seitdem standen sie in Reih und Glied, schweißüberströmt, manch einer wegen Hitze und Durst dem Umfallen nahe. Vor ihnen waren zwei der großen hölzernen Käfige aufgestellt, die eigentlich für den Rindertransport nach Waset angefertigt worden waren. In dem linken steckten die Soldaten, die das Dorf überfallen hatten, in Ketten gelegt wie Vieh, im rechten die ebenfalls angeketteten aufständischen Kuschiten. Ein prasselndes Feuer, von Steinbrocken umkränzt, das der Bursche des Generals immer wieder mit trockenen Zweigen fütterte, loderte zwischen den beiden Käfigen. In der Platzmitte waren gemäß Ipis Befehl zwei mächtige Pfähle nebeneinander in den Boden gerammt. An den linken hatte man Golo gefesselt. An den rechten den Schakal.

Beide Männer waren bis zur Bewusstlosigkeit ausgepeitscht, dann mit kaltem Wasser übergossen und anschließend erneut hart gezüchtigt worden. Ihre Wunden hatten inzwischen reichlich Fliegen angelockt. Nur die Stricke hielten die Männer noch aufrecht.

Lähmende Stille lag über dem Fort, der Hauch von Verrat und Tod. Ipi, der zwischen den Pfählen stand, ließ seine Blicke über das Szenario schweifen, bis er endlich zu reden begann. „Heute Nacht ist Ameni seinen Verletzungen erlegen.“ Seine Stimme schallte weit über den staubigen Platz. „Jetzt benötigt Abu Resi einen neuen Befehlshaber der Festung, den niemand anders als der Pharao bestimmen kann. Bis dies erfolgt ist, setze ich kraft meines Amtes Hori aus Waset zum Stellvertreter ein.“

Der Ernannte, ein junger Offizier aus bester Familie, trat vor und neigte bescheiden den Kopf. Ipi überreichte ihm ein Kurzschwert aus Bronze und einen ovalen Schild aus Rinderhaut. „Zu tragen in Ehren! Ich zähle auf dich."

„Mein Leben gehört allein dem mächtigen Kemet", lautete die Antwort. „Ihm und seinem göttlichen Herrscher will ich dienen bis zum Ende meiner Tage." Mit den Insignien des neuen Amtes versehen, kehrte Hori an seinen Platz zurück.

„Eine finstere Nacht hat uns alle erfasst", fuhr Ipi fort, „und schreckliche Auswüchse hervorgebracht. Ein Befehl, der missachtet wird, ähnelt einem trächtigen Ungeheuer, das immer neue Schreckensgestalten gebiert. Daher darf kein solches Vergehen ungesühnt bleiben."

Jeder der Soldaten dachte dabei an die Kameraden, die im Sand von Sarras verblutet waren, und an die anderen, die verletzt im notdürftig eingerichteten Lazarett lagen. Jeder der Kuschiten mochte an die Brüder und Fremden denken, die die Rebellion in Sarras mit ihrem Leben bezahlt hatten, sowie an die Verwundeten, die mit letzter Kraft zurück ins Dorf geflüchtet waren. Inzwischen waren die Toten auf beiden Seiten zwar eilig im Wüstensand bestattet, ihr Schatten jedoch lastete noch immer schwer auf den Überlebenden.

„Ihr habt den Frieden gebrochen und gewagt, uns heimtückisch anzugreifen", schleuderte der General voll kaltem Zorn den Eingeborenen in ihrem Dialekt entgegen. „Dafür verdient ihr nichts anderes als den Tod."

Keine Bewegung auf den glänzenden dunklen Gesichtern, denen die Qualen der Kerkertage anzusehen waren. Sie standen eng gedrängt in ihrem Käfig.

„Ihr dagegen habt meinen Befehl mit Füßen getreten und sie dadurch erst zum Morden angestiftet." Nun waren die Kumpane des Schakals an der Reihe. „Eure Schuld wiegt schwerer, denn ihr seid Männer aus Kemet, im Dienste des großen Seqenenre-Tao, dem ihr den Treueid geschworen habt. Deshalb wäre ein schneller Tod durch das Schwert zu gnädig für euch."

Er wandte sich halb um. Antef, der hinter ihm gestanden hatte, reichte ihm die Lederpeitsche. „Es gibt die Glieder, die laufen, greifen und töten und die schreckliches Unheil anrichten können." Ipi brüllte plötzlich los: „Aber was wären sie ohne das Herz, das skrupellos das Kommando zum Verbrechen erteilt, obwohl es doch eigentlich in der Lage sein müsste, die schrecklichen Folgen der Untat zu begreifen?"

Mit zwei schnellen Sätzen war er beim Schakal und zog ihm die Peitsche einige Male über den gepeinigten Rücken, und kaum weniger behände war er bei Golo, mit dem er nicht anders verfuhr. Weder der Soldat noch der Kuschit schrien auf, als die Haut erneut aufplatzte und das Blut zu strömen begann, beide jedoch sanken röchelnd in die Stricke.

„Überfällt eine tödliche Seuche das Land, dann gibt es nur ein Mittel, um das Schlimmste zu bannen: ein reinigendes Feuer." Mit raschen Schritten ging der General zur Feuerstelle, zog ein brennendes Scheit heraus und zündete das dürre Holz zu Füßen des Schakals an. Schnell schlugen die Flammen empor, züngelten um Füße und Beine. Ein markerschütternder Schrei entrang sich der Kehle des Mannes. Dann verfiel er in durchdringendes Wimmern. Fassungslos starrten seine Kameraden ihn an.

Ipi war bereits hinüber zu Golo gegangen, den er voller Abscheu musterte. Keine Frage, dass er ihm das gleiche Schicksal wie dem Schakal zugedacht hatte. Im letzten Moment aber ließ ihn eine Bewegung an seiner Seite innehalten.

Es war Namiz, keuchend, mit rotem, verschwitztem Gesicht, der offensichtlich schnell gelaufen war.

„Was willst du?", herrschte Ipi ihn halblaut an.

„Ich muss dich dringend sprechen. Zwei Nachrichten haben das Fort soeben erreicht. Die eine ist schriftlich und stammt vom Pharao persönlich. Er fordert uns auf, die Expedition abzubrechen und unverzüglich nach Waset zurückzukehren."

„Und die andere Botschaft?"

„Kommt von unseren eigenen Kundschaftern, die soeben vom dritten Katarakt eingetroffen sind. Der Herrscher von Kerma ist offenbar entschlossen, sein Reich auszudehnen. Seine Truppen sind in großer Zahl nilabwärts unterwegs."

„Und wenn schon – wir wissen, wie man kämpft."

„Keinerlei Zwischenfälle hier im Goldland! Das hat der Pharao ausdrücklich befohlen. Schlimm genug, was bereits geschehen ist."

Das Wimmern des brennenden Soldaten wurde immer unerträglicher. Auf das knappe Nicken des Generals hin stieß Antef dem Wimmernden endlich die erlösende Klinge in die Brust. Der Schakal sackte tödlich getroffen in sich zusammen.

Ipi bückte sich, um auch Golo in eine lodernde Fackel zu verwandeln, Namiz aber fiel ihm in den Arm.

„Ich weiß ein viel geeigneteres Mittel, um ihn für alle Zeiten unschädlich zu machen!", stieß er hervor. „Der alte Häuptling ist gestorben, er wird sein Nachfolger. Ein Nachfolger, der es nie wieder wagen wird, auch nur eine Hand gegen uns zu erheben, das schwöre ich dir."

„Was sollte das sein?"

„Geiseln, was sonst? Das Schlangenweib, das du ins Fort gebracht hast, ist mit ihm verheiratet und noch dazu seine Lieblingsfrau, das Mädchen aus der Wüste seine Tochter."

DER KÖRPER auf ihren Armen war so erschreckend leicht, dass sie ihn beinahe hätte fallen lassen. Die Daya war froh, dass niemand ihre Bestürzung bemerken konnte. Tunbee gegenüber, die darum gebettelt hatte, sie begleiten zu dürfen, war sie hart geblieben. Bei dem, was ihr bevorstand, hätte sie die Gegenwart keines anderen ertragen können. Diesen schwersten aller Wege konnte ihr niemand abnehmen.

Es war noch dunkel, als die alte Frau mit ihrer toten Enkelin zur Begräbnisstätte aufbrach, die außerhalb des Dorfes unweit des Hafens von Abu Resi lag. In der ersten Dämmerung war sie am Ziel angelangt. Sie ließ ihre leichte Last behutsam zu Boden gleiten und begutachtete, was Tunbee gemäß ihren Anordnungen vorbereitet hatte. Die Grube zwischen den anderen Steinhügeln war in der richtigen Tiefe ausgehoben und mit Schilfmatten ausgeschlagen. Rechts vom Grab waren Steine zu zwei großen Haufen aufgeschichtet. Sie würden Rujus letzte Ruhestatt bedecken.

Die Daya ließ sich neben dem Leichnam nieder und schlug das Tuch zurück. Nicht einmal im ewigen Schlaf hatte das Gesicht der Kleinen seinen früher so lieblichen Ausdruck wieder angenommen. Die kindlichen Züge erschienen ihr wie eine stumme Anklage.

Aber was hätte sie anderes tun sollen? Seit Menschengedenken mussten alle heranwachsenden Mädchen dieser heiligen Zeremonie unterzogen werden. Ohne Beschneidung keine Ehre, keine Ehe, kein Glück. Ein Schicksal, vor dem sie seit vielen Jahren als Hüterin des schwarzen Messers viele Mädchen bewahrt hatte. Sie besaß mehr Erfahrung als alle anderen, aber trotzdem war das Fieber gekommen.

Nicht zum ersten Mal, wie die Daya einräumen musste. Immer wieder kam es vor, dass Mädchen, die nach der Nacht des schwarzen Messers krank wurden, lange elend lagen oder sogar starben. Aber dieses Mal handelte es sich um ihre eigene Enkelin.

Wieso war es trotz all ihrer Kenntnisse so weit gekommen? Hatte sie Ruju in dumpfer Vorahnung drohenden Unheils zu früh aus der Skorpionhütte geholt? Oder hatte die Kraft der Löwenkralle sie etwa für immer verlassen?

Ihr Kopf war zu schwer, ihr Herz zu traurig, um darauf eine Antwort zu finden. Dabei hatte sie wirklich wie eine Löwin darum gekämpft, das Kind behalten zu dürfen. Und doch hatten nicht einmal die wirksamsten ihrer Mittel etwas gegen Rujus Leiden ausrichten können, weder ihr Tee aus Balah-Hava-Früchten noch das Mus aus Schilfrohrstauden, das sie ihr zusammen mit winzigen Harzkügelchen eingeflößt hatte, um den Appetit anzuregen. Sie hatte all ihren kostbaren Weihrauch geopfert, Hornspitzen mit Zickleinblut getränkt und unter den Rücken des Mädchens geschoben, um den Fluch von ihr zu nehmen, hatte tagelang gefastet und gebetet, um die Götter milder zu stimmen – alles vergeblich.

Als letzten Liebesdienst hatte sie schließlich das Köpfchen der Sterbenden mit dem Diadem aus ihrem Versteck geschmückt. Festlich zurechtgemacht wie eine kleine Braut würde Ruju nun dem Leib der Erde zurückgegeben. Tränen rannen über die Wangen der Daya. Sie nahm das tote Kind und legte es in die Grube. Sie bettete Ruju in Hockelage, das Gesicht nach Westen gewandt, auf die Schilfunterlage wie eine Schlafende. Zu Füßen der Toten hatte sie Spielzeug ausgebreitet, auch eine Schminkpalette aus Diorit zum Anreiben der Augenbemalung.

Steifbeinig kletterte die Daya aus der Grube, kniete sich neben das Grab und fing an, mit bloßen Händen zu schaufeln. Sand rieselte auf das bunte Tuch, unter dem sich Rujus Glieder bald nur noch undeutlich abzeichneten. Es war eine mühevolle Arbeit. Irgendwann war der Leichnam unter einer glitzernden Sanddecke verschwunden. Jetzt kamen die Steine an die Reihe. Einen nach dem anderen schichtete sie übereinander, bis ein ovaler Hügel errichtet war. Schritte, Tierlaute und Stimmen rissen die Daya unsanft aus ihrer Andacht. Sie hob einen Arm gegen das frühe Morgenlicht, um nicht geblendet zu werden.

Eine Karawane aus Rindern und Menschen bewegte sich auf die Schiffe zu, die am Ufer angelegt hatten. Einige der Boote waren mit großen Viehkäfigen bestückt. Die beiden ersten waren keine Lastkähne, sondern richtige Prunkschiffe, wie sie sie noch nie gesehen hatte. Statt Käfigen besaß jedes zwei Aufbauten, luftige, geräumige Deckshäuser aus einem hölzernen Rahmenwerk, das mit Schilfmatten und großen Leinentüchern bedeckt war. Zu beiden Seiten des Schiffsbugs war ein großes buntes Auge aufgemalt.

Alle Boote hatten Rahsegel mit einem Pfahlmast, viele starke Ruder und einen sichelförmigen, stark gekrümmten Rumpf, um nicht auf eine der gefürchteten Sandbänke des großen Flusses aufzulaufen. Laufplanken verbanden sie mit dem Ufer, und über diese leicht schwankenden Stege wurde gerade das Vieh getrieben.

Die Kompanien des Pharaos hatten ihren Abzug beschlossen und bedienten sich beim Aufbruch ohne jede Scham der gefangenen Kuschiten. Zahlreiche Männer aus dem Dorf mussten schwere Säcke mit Goldstaub an Bord schleppen, während die Soldaten aus Kemet sie mit Stockhieben antrieben. Anderen hatten sie mächtige Elefantenzähne aufgeladen, während wieder andere unter Tierhäuten oder geflochtenen Körben, bis zum Rand mit Edelsteinen gefüllt, ächzten.

Brennender Zorn erfüllte auf einmal das Herz der Alten. Sie fällen unsere Bäume, dachte sie, um eilig auf dem großen Fluss wegzuschaffen, worum sie uns beraubt haben, und lassen unsere rote Erde aus unzähligen Wunden bluten, um ihr Gold und Edelsteine bis zum Letzten abzuringen. Sie schlachten unsere Tiere, dringen in unsere Häuser ein und achten weder die Würde der Männer noch die der Frauen.

Jetzt schleppten zwei Soldaten einen Mann in Ketten herbei, der sich zwischen ihnen nur mühsam aufrecht halten konnte. Am Flussufer angelangt, ließen sie ihn einfach fallen, und er sank in sich zusammen. Als er sich nach einer Weile unter Qualen aufrichtete, sah sie, dass es Golo war. Was hatten sie mit ihm vor?

Es dauerte nur wenige Augenblicke, bis sie eine furchtbare Antwort darauf erhielt. Andere Soldaten trieben eine geknebelte Frau voran, an Händen und Füßen mit groben Stricken so fest gebunden, dass sie nur winzige Schritte machen konnte. Sie versuchte vergebens, sich durch Winden und Biegen von ihren Fesseln zu befreien.

Die Daya erkannte, dass sie Nabu vor Golos Augen auf das erste Boot brachten – und dass das Mädchen, das ein Mann mit schütterem Haar ein paar Schritte dahinter auf den Armen trug, Sahti war. Schreiend begann sie loszulaufen. „Sahti!“, rief sie. „Gebt mir sofort mein Mädchen zurück!“

Golo fing an ebenfalls loszubrüllen. „Nabu!“, schrie er.

General Ipi erkannte die Alte mit der seltsamen Muschelkette wieder, als sie laut schreiend auf seinen Burschen zurannte. In jener unheilvollen Nacht hatte sie sich ihm und seinen Männern in den Weg gestellt, eine dreiste Ungeheuerlichkeit. Er hob den rechten Arm.

Seine Bogenschützen gingen daraufhin sofort in Position. Und die Soldaten, die bei Golo standen, brachten ihn mit Ohrfeigen zum Schweigen.

Inzwischen war die Daya fast bei Antef angelangt, der das wild zappelnde Kind kaum mehr zu bändigen wusste.

„Daya!“, schrie die Kleine. „Meine Daya!“

„Anlegen!“, kommandierte Ipi.

Zu ihrer Verblüffung sah die Daya, dass Sahti ihren Lederbeutel mit dem Totem um den Hals trug.

„Schuss!“, gellte Ipi.

Ein Pfeil bohrte sich in die Brust der Weißen Löwin. Sie strauchelte, stürzte und schlug mit dem Gesicht hart auf dem Boden auf.

SCHON seit Tagen verweigerte Sahti jegliche Nahrung. Stumm lag sie in einem der beiden geräumigen Aufbauten des zweiten Schiffes und wollte nicht einmal trinken. Namiz jedoch wurde nicht müde, ihre rissigen Lippen zu beträufeln und ihr gegen ihren Willen immer wieder Wasser in winzigen Schlucken einzuflößen.

„Du wirst sterben, wenn du so weitermachst“, sagte er besorgt. Der Körper des Mädchens schien nur noch aus Haut und Knochen zu bestehen. Um sie endlich zum Essen zu bewegen, hatte Namiz beim Schiffskoch eine Portion Tamya bestellt, Würzklößchen aus gebackenen Bohnen, die er ihr abwechselnd mit frischem Fladenbrot unter die Nase hielt. „Willst du nicht vielleicht doch einen Bissen probieren, Sahti?“

Sie schien ihn gar nicht zu hören.

Am Abend, als der Wind aufzog und plötzlich Kühle mit sich brachte, ankerten die beiden ersten Boote hintereinander. Sie waren die Vorhut der restlichen Flotte, und da sie kein Vieh mit sich führten, das gefüttert werden musste, kamen sie schneller voran. Die Besatzung schlug am Ufer neben einem Flachsfeld das Nachtlager auf.

Als er sicher sein konnte, dass der General sein Mahl in Ruhe beendet hatte, trat Namiz zu Ipi, der sich ein Stück von den anderen entfernt an einer gesonderten Feuerstelle wärmte. Wie immer hielt sich Antef in der Nähe des Generals auf.

„Ich brauche die Schlangenfrau“, begann Namiz ohne Umschweife. „Sahti wird sterben, wenn sie nicht endlich zu essen beginnt. Sie braucht jemanden, der ihr gut zureden kann. In ihrer eigenen Sprache. Die Kleine ist ein kostbares Pfand, das weißt du. Aber natürlich nur, solange sie atmet.“

Antef sandte ihm einen Blick voller Dankbarkeit. Vermutlich hatte er aus Sorge um das Kind ein paar schreckliche Tage hinter sich.

Ipi ließ sich reichlich Zeit zum Nachdenken. „Meinetwegen“, sagte er schließlich gedehnt, „wenn es unbedingt sein muss. Schließlich möchte ich dem Pharao beide Geiseln lebend übergeben. Aber mein Erster Offizier kommt mit. Und wenn die schwarze Schlange wagen sollte, einen Fluchtversuch zu unternehmen, dann wird dein sturer Schädel noch vor Sonnenaufgang ganz oben am Mast aufgespießt.“

Zwei Soldaten und der Offizier kehrten zurück an Deck und zerrten Nabu aus einer der beiden Kabinen, in der man sie an das Lager gebunden hatte. Zum ersten Mal seit ihrer Gefangenschaft wehrte sie sich nicht, sondern ließ sich widerstandslos an Bord des zweiten Schiffes führen.

Namiz hielt sich dicht hinter der kleinen Gruppe. Er bemerkte, wie sie erschauderte, als sie Sahti erblickte. Dann streckte sie ihm die gefesselten Hände entgegen. „So kann ich ihr nicht helfen", erklärte sie.

„Bindet sie los!", befahl Namiz.

Der Offizier gehorchte stirnrunzelnd. Nabu bewegte die steif gewordenen Gelenke, rieb die Handflächen aneinander. Die Seile hatten tief in ihr Fleisch eingeschnitten.

„Ich muss allein mit ihr sein", sagte Nabu zu Namiz und legte ihre Hand auf die Stirn des Kindes.

„Wartet draußen!", forderte Namiz.

Die drei Männer gehorchten.

„Wieso isst sie nichts?", wollte Namiz wissen.

„Sie hat ihre Seele verloren", erläuterte Nabu. „Die ist einfach weggeflogen, als sie mit ansehen musste, wie eure Pfeile ihre Daya getroffen haben." Verächtlich schob sie den Topf mit den Bohnen beiseite. „Dieses Zeug hier würde sie ohnehin umbringen. Ihr müsst mit klein geschnittenen Früchten beginnen oder mit dünnem Getreidebrei. Alles andere wäre jetzt viel zu schwer für sie."

„Wer ist diese Daya?", fragte er.

„Sahtis Großmutter", erwiderte Nabu. „Die Frau, die sie seit ihrer Geburt aufgezogen hat. Ihr habt sie vor ihren Augen niedergestreckt."

„Ich bitte dich, hilf der Kleinen! Sahti muss am Leben bleiben."

„Lass uns allein!", forderte Nabu ihn auf.

Als er gegangen war, lauschte sie auf die Schritte der Männer, die sich entfernt hatten. Dann wandte sie sich dem Kind zu, das die Lider noch immer fest geschlossen hielt. „Du siehst mich", flüsterte sie, „aber du willst mich nicht sehen, weil du denkst, ich hasse euch, dich und die Daya. Doch du irrst dich. Denn ich liebe dich, mein kleines Mädchen. Und deine Daya, die störrische Alte, habe ich auch geliebt."

Nabu schob die dünne Decke, die die Kranke bedeckte, weg, dann ihr Hemd, beugte sich über sie und rieb die Oberarme mit den Schlangentätowierungen überall auf Sahtis bloßer Haut. „Die Schlange ähnelt einem Kind, wenn sie ihre Haut wechselt", murmelte sie. „Wenn ein Kind ausgewachsen ist, verlässt es den Mutterschoß und gleitet hinaus. Die Schlange gleitet ebenfalls aus ihrer Haut. Schlangen leben ewig, weil sie die Kräfte der Häutung besitzen, Menschen aber müssen sterben, weil sie nicht lernen, sich ihrer alten Haut zu entledigen. Ich bin Nabu, die Große Schlange. Ich sterbe und werde wiedergeboren. Und meine Kraft lebt nun auch in dir. Komm zurück, Seele, zurück in diesen jungen Körper!"

Mit zwei Fingern öffnete Nabu ihr die Lippen, beugte sich über sie und blies sanft in ihren Mund. Nach und nach fühlte Sahti wieder den Hauch des Lebens, der sie von innen wärmte.

Als das Mädchen die Augen aufschlug, sah sie, dass Nabus Hände erneut gefesselt waren. Soldaten trieben sie mit lauten Befehlen nach draußen. Jetzt stand nur noch Namiz neben ihrem Lager. Er gehörte zu den Leuten des Pharaos, die sie hasste, seit sie die Daya mit ihren Pfeilen niedergestreckt hatten. Aber er war doch anders, obwohl sie nicht hätte sagen können, weshalb. Und außerdem der Einzige, mit dem sie reden konnte.

„Ich bin hungrig", sagte Sahti leise. „Ich möchte etwas zu essen."

JEDEN Morgen tauchte die Sonne die Ufer des Nils in Gold, jeden Abend in leuchtendes Kupfer. Mächtig schlängelte sich der Fluss durch die Wüste, gleißend wie poliertes Metall, wenn die Sonne stieg und die Hitze alles einhüllte. Immer noch gab es den scharfen Schnitt zwischen Dürre und Fruchtland, aber nach und nach verbreiterte sich die grüne Flussoase, obwohl die Zeit der großen Überschwemmungen, der Kemet, das „schwarze Land", seinen Namen verdankte, noch nicht gekommen war.

Vorne am Bug stand der Lotse, der die Aufgabe hatte, regelmäßig mit einer langen Stange die Wassertiefe zu überprüfen, um Sandbänke und Untiefen auszumachen, die jetzt, zur Zeit des beginnenden Niltiefstandes, besonders gefährlich waren. Um die Schiffe kreisten Reiher und Fischadler, dazu kamen Ketten von Wasservögeln, deren Flügelschwirren die klare Luft erfüllte. Ibisse, Nilgänse und die kleinen schwarzweißen Bienenfresser.

Nabu bekam Sahti nur selten zu Gesicht, und wenn, dann immer von fern, und niemals gab es Gelegenheit, mehr als einen Blick oder ein kleines Lächeln zu erhaschen. Sahtis Gefühle gegenüber der Lieblingsfrau ihres Vaters waren widersprüchlicher denn je; einerseits zog es sie zur einzigen Vertrauten aus der Heimat hin, andererseits lebten nach wie vor Angst und Misstrauen in ihrem Herzen.

Jegliche Gedanken an Ruju oder die Daya unterdrückte sie. Mehr und mehr lernte sie Namiz' Gegenwart zu schätzen, dem nicht verborgen geblieben war, wie schnell sie fremde Worte aufschnappte und behalten konnte. Er ließ Sahti Wörter und halbe Sätze nachsprechen. „Du lernst ja schneller als ich", sagte er eines Abends anerkennend.

Antef, der immer wieder Gelegenheit fand, sich in ihre Nähe zu stehlen, nickte voller Bewunderung. Nicht einmal Ipis finstere Blicke konnten ihn davon abhalten, sich um Sahtis Bein zu kümmern, das inzwischen schon fast geheilt war.

Eine kurze Wegstrecke vor dem ersten Katarakt ankerten sie während einer mondhellen Nacht. Ausnahmsweise blieb der General an Deck des ersten Bootes, während sich ein Großteil der Besatzung am Ufer zum Schlafen niederlegte. Wie immer war eine Wache eingeteilt; Nachlässigkeit oder morgendliche Müdigkeit jedoch ließ die beiden Männer tief schlafen, als Sahti durch glucksende Geräusche wach wurde. Sie fuhr auf und schob die Matte zur Seite. Das Schiff war von einem Dutzend kleiner Nachen umgeben, in denen bewaffnete dunkelhäutige Männer saßen.

Namiz, der in der Kabine neben Sahti schlief, war ebenfalls wach geworden. „Flusspiraten!", rief er ihr aufgeregt zu. „Auf den Boden! Und rühr dich nicht!"

Eine Gruppe der Bewaffneten hatte bereits das erste Schiff geentert. Flach auf den Bauch gepresst, verfolgte Sahti atemlos, wie sie den General aus seiner Kabine an die Reling trieben. Sie schlugen ihn ins Gesicht, als er immer wieder verstockt den Kopf schüttelte, und versetzten ihm harte Hiebe in den Bauch.

„Sie wollen ihn zwingen preiszugeben, wo die größten Schätze versteckt sind", übersetzte Namiz leise.

Inzwischen war es einigen Soldaten vom Ufer aus gelungen, das Schiff zu erreichen, und auf Deck entspann sich ein heftiger Kampf. Plötzlich packten zwei der Angreifer den General, hielten ihn fest und schoben ihn über die Reling. Ipi landete mit einem dumpfen Plumps im Wasser und ging sofort unter.

„Er kann nicht schwimmen", flüsterte Namiz.

Ein zweiter Plumps. Antef war seinem Herrn beherzt nachgesprungen. Er tauchte, kam mit dem prustenden General wieder nach oben, drehte ihn auf den Rücken und hielt rückwärts schwimmend mit ihm auf das rettende Ufer zu.

Inzwischen war es den Soldaten des Pharaos gelungen, die Angreifer zurückzudrängen. Die dunkelhäutigen Männer, manche aus tiefen Wunden blutend, hatten es eilig, wieder auf die Schiffe zu gelangen und das Weite zu suchen. Die Schiffe legten ab, nachdem sich der Tumult an Deck gelegt hatte. Ipi verschwand bis zum folgenden Abend in seiner

Kabine. Dann zeigte er sich nur kurz, um die Zahl der Nachtwachen zu verdreifachen. Sein Gesicht war geschwollen.

Keiner schlief gut in der nächsten Nacht, und auch Antef wachte bald wieder auf. Er erhob sich von seinem Lager am Ufer. Alles schien still und friedlich. Keine Anzeichen feindlicher Kuschiten, die sich auf die Lauer gelegt hatten, um sie aus dem Hinterhalt zu überfallen.

„Wieso bist du denn schon wieder auf?", hörte er Ipi neben sich fragen. „Du wirst deine Kräfte brauchen, wenn der neue Tag anbricht. Vielleicht müssen wir mit einem zweiten Angriff rechnen."

„Ich glaube, sie haben fürs Erste genug."

„Da wäre ich mir alles andere als sicher! Ich bin froh, wenn wir endlich wieder in Waset angelangt sind."

Ungewöhnlich, dass sich der General in Gegenwart seines Burschen zu einer solchen persönlichen Äußerung hinreißen ließ. Antef begnügte sich mit einem zustimmenden Knurren.

„Ich muss mich wohl in aller Form bei dir bedanken", sagte der General. „Du hast mich aus dem Wasser gezogen, und ein Ipi bleibt niemandem etwas schuldig. Hier – nimm! Das ist alles, was ich dir momentan geben kann. Aber zu Hause in Waset fällt dir sicherlich noch etwas anderes ein, was du gut gebrauchen kannst. Dann lass es mich wissen." Er drückte dem Verdutzten eine kleine Statue in die Hand, die kunstvoll aus poliertem Lapislazuli gearbeitet war. In Schrittstellung stand eine löwenköpfige Frauengestalt über zwei gefesselten Feinden, einem Kuschiten und einem in der Kleidung der Leute aus Kepni. „Man sagt, die Göttin Pachet sei wie keine in der Lage, feindliche Mächte zu bannen. Sie soll dir Glück bringen!"

„Aber sie ist viel zu kostbar!", wandte Antef ein. „Das kann ich unmöglich annehmen. Außerdem bin ich dazu da, dir zu dienen. Aber es gäbe da durchaus etwas, worum ich dich von Herzen bitten möchte."

„Dann rede! Was willst du?"

„Das Mädchen", sagte Antef leise. „Als Geschenk des Himmels für meine Tama."

ANGESICHTS des ersten Katarakts, den sich Sahti wilden und brodelnden Wasserfällen gleich, die in eine Schlucht stürzen, vorgestellt hatte, brachen die Soldaten in Begeisterungsstürme aus. Einige sanken auf die Knie und beteten, weil sie endlich wieder gesund im Lande Kemet angelangt waren. Sogar der General war ungewohnt leutselig.

Am nächsten Morgen fuhren sie weiter, und Steuermann und Lotsen gelang das Kunststück, beide Schiffe heil durch die zu dieser Zeit bereits gebändigten Stromschnellen zu bringen. Sie passierten die Stadt Sunu*, einen der Lieblingsorte des Pharaos, wie Namiz Sahti verriet, weil seine Mutter von dort stammte. Die Flachsernte war bereits vorüber; jetzt wurden auf den erhöht gelegenen Feldern Weizen und Hirse eingebracht.

Bei der Insel Abu, wo sie an mächtigen schwarzen Granitfelsen vorbeisteuern mussten, hatte er das Mädchen auf eine steinerne Treppe aufmerksam gemacht, die ein ganzes Stück aus dem Wasser ragte, und auf ihrer weiteren Fahrt nach Norden kamen sie immer wieder an ähnlichen Steinbauwerken vorbei. „Siehst du die waagerechten Markierungen an der Treppenwand? Je höher der Nil steigt, desto besser für die nächste Ernte", erklärte er. „Wenn die vorletzte Marke erreicht ist, werden den Göttern Opfer gebracht, denn dann weiß man, dass die Vorratsspeicher bald voll sein werden."

„Und was geschieht, wenn das Wasser noch weiter steigt?"

„Dann droht Mensch und Tier eine böse Überschwemmung", erwiderte Namiz ernst, „und es kann vorkommen, dass viele ihre Häuser verlieren. Oder sogar ihr Leben. Aber das geschieht zum Glück nur selten."

Im Lauf der Reise hatte er das Mädchen so lieb gewonnen, dass ihn immer häufiger ein schlechtes Gewissen plagte. Noch in Abu Resi, kurz nachdem sie die kleine Verletzte in der Wüste entdeckt hatten, war sie für ihn nicht viel mehr gewesen als eine Figur in einem imaginären Brettspiel, die man je nach Taktik beliebig hin und her schieben konnte. Nabu und sie als Geiseln nach Kemet mitzunehmen war ihm damals als gute Idee erschienen. Doch welches Schicksal erwartete nun die Frau und das Kind, die beide unwiederbringlich die Heimat verloren hatten, nur weil es so am besten in seine Pläne gepasst hatte? Namiz konnte nur hoffen, den Pharao in halbwegs gnädiger Stimmung vorzufinden. Vielleicht würde es ihm sogar gelingen, Antefs Wunsch auf die richtige Art und Weise vorzubringen, denn er wusste, was Sahtis Retter für seine Tama ersehnte.

Um das Mädchen vorzubereiten, fing er an, von der Stadt des Pharaos zu erzählen, vom Herrscherpalast, den Tempeln, Gärten, Straßen. Von der königlichen Familie und den vielen Höflingen, die in des Pharaos Nähe lebten. Von den Menschen, die unter seiner Obhut arbeiteten, den Schreibern, Priestern, Handwerkern und Gärtnern, zu denen Antef gehörte. Schließlich auch von seinem eigenen Gewerbe. Wie er sich rastlos auf die Suche nach Edelsteinen machte, wie sie gemäß seinen Anweisungen geschliffen, durchbohrt oder gefasst wurden.

---

* Assuan

Sahti hörte nicht nur aufmerksam zu, sondern schien fast alles zu verstehen. „Ist der Pharao also ein Gott?“, fragte sie.

„Nein“, erwiderte Namiz, „aber er verwaltet ein göttliches Amt. Und gelingt es ihm nicht, so ist das Land zerrissen und blutet aus tausend Wunden.“

Als sie sechs Tage später den Hafen von Waset anliefen, konnten endlich die Segel gestrichen und die Ruderer eingesetzt werden. Inmitten des zarten Grüns der Gärten schimmerte der königliche Palast im Abendlicht wie Gold. Die Pracht der Gebäude und die vielen Menschen, die noch auf den Straßen unterwegs waren, überwältigten Sahti. Dazu kamen die vielfältigen Gerüche der fliegenden Händler, die ihre provisorischen Garküchen als kleine Bauchläden mit sich herumtrugen.

Namiz musste plötzlich an das erste Mal denken, als sein Fuß den Boden Kemets betreten hatte und ihm das heimische Kepni plötzlich wie eine schmutzige Hafenspelunke vorgekommen war. Dann aber fiel ihm Hut-Waret ein, jene grandiose Stadt im Delta, von den Hyksos seit langem schon zur Residenz erkoren, die von Jahr zu Jahr größer und prachtvoller zu werden schien. Er kannte die Stadt persönlich. Blickte man von der hohen Zitadelle, dem gewaltigen Palast, auf die breiten Straßen von Hut-Waret, die mehrstöckigen Häuser, die riesigen Tempelanlagen und die künstlichen Weinberge, so konnte man sehr wohl auf die Idee verfallen, der regierende Pharao in Waset sei längst nicht mehr ein Mensch in der Rolle eines Gottes, sondern vielmehr ein Lehnsmann im Dienste eines sehr viel mächtigeren irdischen Herrschers.

Ganz ins Bild passte der Umstand, dass unzählige Bauarbeiter seit mehr als einem Jahr einen neuen Palast am Ostufer des Nils außerhalb Wasets für Seqenenre errichteten, der jedoch nichts anderes war als ein getreues Abbild jener beeindruckenden Zitadelle in Hut-Waret.

VIERTE STUNDE:
Dies Wasser ist Feuer

Allmählich wurde es heiß und unerträglich stickig in dem engen Häuschen, in das man Sahti vergangene Nacht eingeschlossen hatte. Es war winzig und besaß nur zwei kleine vergitterte Fenster, zu hoch in der unregelmäßigen Lehmziegelwand gelegen, um ihr Sicht nach draußen zu gewähren. Jemand hatte ihr frisches Wasser, Früchte und einen ungewohnt gewürzten Getreidebrei hereingestellt.

Sahti aß und trank mit Appetit, sparte jedoch genug Wasser aus dem Tonkrug auf, um Gesicht und Nacken benetzen zu können, ebenso wie die Hände, die noch klebrig von der Schiffsreise und dem Eselsritt durch die halbe Stadt waren.

Sie war nun hellwach und voller Neugierde und verstand nicht, dass niemand kam, um sie endlich in Sonne und Licht zu entlassen. Die Schaufeln und Hacken, die erdverkrustet in einer Ecke lehnten und offenbar zur Pflege von Pflanzen dienten, verrieten ihr, wo sie gelandet war. Sie musste irgendwo in den Gärten des Pharaos stecken. Am Ende eines ermüdenden Rittes waren sie am vergangenen Abend schließlich an einer mächtigen Mauer angelangt. Ein Holztor hatte sich aufgetan, sie waren eingetreten und kamen alsbald an hohen Bäumen und merkwürdig zurechtgestutzten Büschen vorbei, die berauschend köstliche Düfte verströmten. Irgendwo in der Nähe hörte sie die ganze Nacht über das regelmäßige Plätschern einer kleinen Quelle, die sich sicherlich in eines der künstlich angelegten Bassins ergoss, von denen ihr Namiz unterwegs berichtet hatte.

In diesem seltsamen Land war alles anders als zu Hause: die Luft, die sich sanft und trocken anfühlte, die Pflanzen und Bäume, die üppig in die Höhe strebten, als gäbe es jenseits des breiten grünen Tals, wo die Sterblichen Kemets siedelten, keine Dürre, die erbarmungslos jedes Leben vernichtete, schließlich die Menschen selbst, schmalhüftig und mit glatt rasierten Gesichtern die Männer, die Frauen meist hellhäutig, in dünnen Kleidern. Dazu kam die wunderliche Sprache dieser Menschen, die sie inzwischen dank Namiz' Unterweisung etwas verstand.

Ob sie sich hier jemals heimisch fühlen würde? Voller Zweifel legte sie sich wieder auf das Bett, starrte zur Decke und schloss die Augen.

Das Geräusch eines Schlüssels, der sich im Schloss drehte, brachte sie schnell wieder auf die Beine. Zu ihrer Überraschung erschien weder Namiz noch Antef, sondern eine grobknochige alte Frau mit einem mürrischen Gesicht. Ein Auge war halb geschlossen, und die Hände, mit denen sie wild herumfuchtelte, waren knotig und von bläulichen, dicken Adern durchzogen. „Meret!“, wiederholte sie mehrmals und deutete dabei auf ihre eingefallene Brust. „Komm mit!“

Sahti erhob sich und folgte ihr, erleichtert, den engen Schuppen endlich verlassen zu können. Die Alte ging voraus, erstaunlich schnell für ihre Jahre, wenngleich ihr stark gekrümmter Rücken die Folgen harter körperlicher Arbeit verriet. Sie trieb Sahti immer wieder zur Eile an, wenn das Mädchen stehen blieb, um die geriffelte Rinde eines Baumes, die Pracht hellroter Blütenblätter zu betrachten oder dem Ruf eines

Vogels zu lauschen, der zwischen hohen Baumwipfeln zwitscherte. Die Quelle floss in einen oval angelegten Teich, der von hohen alten Sykomoren umstanden und mit Lotosblüten bewachsen war.

Ein riesiges, von Ecktürmen flankiertes Tor aus getrockneten Lehmziegeln umrahmte die Eingangspforte des Palastes, den sie von der Gartenseite aus betraten. Flaggenmaste aus Zedernholz, an denen bunte Wimpel flatterten, ragten in den holzumrandeten Nischen auf. Im gepflasterten Vorhof, wo zwei Brunnen sprudelten, wartete Namiz.

Er hatte sein schütteres sandfarbenes Haar mit reichlich Öl nach hinten gekämmt, war sorgfältig rasiert und trug einen gestärkten weißen Schurz mit einem hohen Bund, der seine füllige Mitte unvorteilhaft betonte. Ein schwerer, leicht süßlicher Duft ging von ihm aus, und er hatte Brauen und Lider dunkel geschminkt. Mit einem Fächer wedelte er sich erregt Kühlung zu.

„Endlich!", rief er ihr auf Kuschitisch zu. „Heute ist der Tag, auf den es ankommt!" Kritisch musterte er sie von Kopf bis Fuß. „Aber wie du aussiehst, meine Kleine!" Ein vorwurfsvolles Schnauben in Richtung der Alten. „Gab es denn niemanden im ganzen Palast, der sich ihrer ein wenig hätte annehmen können, jetzt, da sie dem Einzig-Einen vorgeführt werden soll?"

„Davon hat mir keiner etwas gesagt", behauptete Meret barsch.

„Dann muss es eben auch so gehen. Weiter, meine Kleine, wir sind schon ziemlich spät dran!"

Es waren nicht die drei ineinander gehenden Vorräume, die Sahti am meisten beeindruckten, einer prachtvoller ausgestattet als der andere. Vorherrschende Farbe war Blau in allen nur denkbaren Schattierungen. Ebenso wenig war es der große Empfangsraum mit seinen Dutzenden bunter Säulen, deren schwere Kapitelle Lotosblüten darstellten, auch nicht die mit Jagdszenen bemalten Wände im Audienzsaal, in den sie schließlich gelangten. Es war vielmehr der Boden, der Sahtis Blicke magisch anzog: Die aufgemalten gelb- und dunkelhäutigen Gefangenen schienen den Weg zu pflastern und waren so realistisch dargestellt, dass Sahtis Fuß sich unwillkürlich sträubte weiterzugehen.

Namiz versetzte ihr einen unauffälligen Schubs. „Nur zu!", flüsterte er. „Noch ein kleines Stück bis zu der nächsten Säule. Und dann bleibst du ruhig stehen, schaust bescheiden zu Boden und machst alles so, wie ich es dir sage, verstanden?"

Sahti gehorchte und ging weiter, ihre Blicke jedoch vermochte sie nicht im Zaum zu halten. Verstohlen nahm sie in sich auf, was ihr an Unbekanntem hier begegnete. An den Höflingen, die halblaut plaudernd in kleinen Grüppchen im Hintergrund standen, Frauen und Männern, geschminkt, gesalbt, geschmückt und in feines reinweißes Leinen gekleidet, verlor sie bald ihr Interesse. Dafür ließ sie ihren Blick über den Thron aus Zedernholz mit seinen hohen Armlehnen schweifen. Dann sah sie den Mann, der leicht zusammengesunken auf dem Thron saß. Alt fand sie ihn und schrecklich hässlich, mit seiner knochigen Brust und dem faltigen Bauch, den der weiße Schurz mit dem trapezförmigen Mittelstück freigab. Auch war der Schurz kaum lang genug, um die ausgemergelten Schenkel zu bedecken.

Das sollte der große Pharao sein, der Einzig-Eine, Herrscher über Kemet?

Mit seinen eingefallenen Wangen, den tiefen Furchen neben den Nasenflügeln und den schweren Lidern, die seine Augen halb verbargen, kam er ihr eher wie ein müder Großvater vor, dessen Zeit dem Ende zuging. Sein Haupt bedeckte ein gestreiftes, rechteckiges Tuch, dessen Enden auf seine Brust fielen. Gehalten wurde es von einem goldenen Reif, in dessen Mitte sich eine Kobra steil aufrichtete. Ihr Leib war mit Edelsteinen besetzt, der Kopf ganz aus Lapislazuli gearbeitet.

Links neben dem Pharao saß auf einem zweiten Thron, einfacher gefertigt und niedriger als der seine, eine Frau, in Sahtis Augen ebenfalls nicht mehr jung, wenngleich ihr gewölbter Bauch unter dem fast durchsichtigen weißen Kleid verriet, dass sie ein Kind trug, das schon bald geboren werden würde. Um ihren Hals schmiegte sich ein Goldreif, an dem kleine goldene Muscheln hingen; sie trug schwere Ohrgehänge und hatte breite Armspangen angelegt sowie Fußknöchelbänder mit juwelenbesetzten Vogelkrallen. Selbst bei der geringsten Bewegung klirrte und klimperte es.

„Alles ohne Ausnahme von meinen Goldschmieden angefertigt", hörte Sahti Namiz voller Stolz hinter sich wispern. „Die Große königliche Gemahlin Ahhotep war von jeher nur mit dem Besten zufrieden."

„Und wer ist der Dicke neben dem Pharao?", flüsterte Sahti. Ein langer, ärmelloser Mantel fiel bis zu den unförmigen Knöcheln des Mannes. An den prallen Armen schnitten goldene Spangen tief ins Fleisch. Sein Gesicht hatte einen ungesunden, leicht ins Bläuliche tendierenden Rotton, und sein Atem ging kurz und stoßweise.

„Seb, der Wesir des Königs. Manche halten ihn für fast so mächtig wie den Pharao."

„Und der Dünne mit dem rasierten Schädel?"

„Nebnefer, Erster Priester des Amun, ein Mann des Hasses. Wer sich mit ihm anlegt, muss mit allem rechnen."

Die Tür zum Audienzsaal ging auf. Zwei junge Männer kamen herein, der eine ein Knabe mit schlaksigen Gliedern und frisch geschorenem Kopf, an dem seitlich eine einzelne Locke baumelte. Seine noch kindlichen Züge wollten nicht mehr ganz zu dem mageren Hals passen, an dem der übergroße Adamsapfel wie ein Fremdkörper hervorstach. Der Junge beugte sein Haupt ungelenk vor dem Pharao und fiel dann der Königin zu Füßen.

„Ahmose“, flüsterte Namiz, „der königliche Erstgeborene.“

Der andere, einige Jahre älter, mit vollem schwarzem Haar, war mittelgroß und schlank, hatte kräftige Schultern und einen selbstsicheren Gang. Eine große Nase dominierte in seinem Antlitz, in dem die dunklen Augen zu weit auseinander standen und das Kinn eine Spur zu kantig war, um als schön zu gelten, das aber Frische und eine fast schon trotzige Vitalität ausdrückte. Seine Verneigung vor dem Thron fiel gemessen aus. Ruhig und selbstverständlich nahm er seinen Platz hinter dem Thron des Pharaos ein.

„Kamose, Ahmoses Vetter. Ein junger Mann mit Eigensinn, der, wie es heißt, die Wüste und die Einsamkeit am meisten liebt.“

„Die Prinzen sind also endlich erschienen“, sagte Seqenenre mit hoher Stimme. „Aber warum sehe ich nirgendwo die große Herrin Teti-Scheri?“

„Die königliche Mutter fühlt sich nicht wohl.“ Ahhoteps Antwort klang sanft. Erst beim genaueren Hinhören erkannte man die verborgene Schärfe, die hinter dem süßen Ton der folgenden Worte lauerte: „Ihr altes Leiden, jenes Gelenkfeuer, das ihr seit dem letzten Winter so viel Kummer bereitet. Sie bittet vielmals um Entschuldigung, weil sie zuerst die Leibärzte konsultieren möchte, bevor sie an diesem Morgen das Bett verlässt.“

„Und wo steckt der General?“

Wie auf ein Stichwort öffnete sich abermals die Tür, und Ipi näherte sich dem Thron, mit dreigeteilter Perücke, blütenweißem Schurz und vergoldeten Sandalen ausstaffiert. Allerdings verlieh ihm seine gebrochene Nase das Aussehen eines festlich aufgezäumten Faustkämpfers. Antef war wie gewöhnlich dicht auf seinen Fersen.

Hinter den beiden zerrten Soldaten die gefesselte Nabu herein. Ihr Zustand hätte jämmerlicher nicht sein können: das Kleid schmutzig und zerrissen, Arme und Beine mit Kratzern übersät, die Haare zerrauft. Man hatte nicht nur ihre Hände gebunden, sondern sie auch mit einem Stofflappen geknebelt, und Ipi machte keine Anstalten, sie davon befreien zu lassen.

„Wer sind diese Kreaturen?“ Seqenenres Blick ging misstrauisch zwischen dem dunkelhäutigen Kind neben Namiz und der gefesselten Frau hin und her. „Und aus welchem Grund bringt ihr sie vor unseren Thron?“

„Auf die Knie!“, zischte Namiz Sahti rasch auf Kuschitisch zu.

Sie gehorchte sofort.

Nabu dagegen hatte keinen hilfreichen Übersetzer zur Seite, der ihr das Zeremoniell erklärt hätte. Stattdessen stießen sie die Soldaten in den Rücken, und sie fiel mit einem erstickten Schmerzenslaut zu Boden.

„Das will ich dir erklären, geliebter Pharao.“ Ipi hatte sich in Positur gestellt, um ausführlich zu antworten.

„Später!“, befahl Seqenenre. „Lass mich zunächst den Leiter der königlichen Expedition dazu hören!“

Namiz schilderte knapp und sachlich, was ihnen in Abu Resi zugestoßen war. Er berichtete von der fehlenden Goldmenge und dem Sandsturm während der Jagd, vom Überfall der Soldaten auf das Dorf, von dem Aufstand der Minenarbeiter, seiner gewaltsamen Niederschlagung und vom Tod des Kommandanten Ameni. Horis vorläufige Nachfolge fand ebenso Erwähnung wie das Ende des Schakals und der Entschluss, statt kuschitischer Bogenschützen für die Garde des Pharaos Frau und Tochter Golos als Friedenspfand nach Westen mitzunehmen. Wie ein guter Chronist ließ Namiz nichts aus, nicht einmal die Meldung vom Vorrücken der Truppen aus Kerma nach Norden.

Als er geendet hatte, nickte der Pharao kurz. „Das fehlende Gold holen wir uns zu einem späteren Zeitpunkt. Und was die Bogenschützen betrifft, so reicht das Kontingent vorerst aus. Wenn Amun uns gewogen ist, werden die Schiffe und Herden schon bald unbeschadet in Waset eintreffen. Wichtiger ist, dass ihr in einer kritischen Situation gemäß meinen Vorgaben gehandelt habt und euch nicht habt provozieren lassen. Denn ein Krieg gegen den Süden wäre im Augenblick das Letzte, was Kemet nützen würde. Ich plane im Gegenteil, den Herrscher Kermas als Verbündeten zu gewinnen. Denn jener unverschämte Schattenherrscher im Delta schreit geradezu nach einem Denkzettel. Deshalb habe ich euch vorzeitig zurückgerufen.“

„Natürlich werden wir ihn schlagen, Herr zweier Länder“, sagte Ipi salbungsvoll. „Wann immer du befiehlst! Deine Soldaten stehen hinter dir wie ein einziger Mann.“

„Hebt die Frau auf!“, befahl Seqenenre. „Und lasst das schwarze Kind aufstehen!“

Sahti erhob sich ohne Hilfe, während die gefesselte Nabu hochgezogen werden musste.

„Nehmt ihr die Stricke ab, und löst den Knebel! Wie sollen denn die Südländer Vertrauen zu uns fassen, wenn wir ihre Frauen und Kinder schlechter als Vieh behandeln?“

Kaum von den Fesseln befreit, riss Nabu in einer Geste der Empörung oder Erleichterung die Arme nach oben. Dabei schienen die tätowierten Schlangen auf ihrer goldenen Haut plötzlich zum Leben zu erwachen. Ein seltsamer Laut entrang sich ihrer Kehle, ein hohes Zischen, das im ganzen Audienzsaal zu hören war.

Jetzt gab es keinen mehr unter den Gefolgsleuten des Pharaos, der sie nicht fassungslos angestarrt hätte, viele voller Furcht. Nebnefer, der Priester, hob abwehrend beide Hände. Selbst Seqenenre-Tao war blass geworden. Unwillkürlich fasste seine Rechte zur Uräusschlange auf seiner Stirn, die nach alter Überlieferung jeden mit ihrem Gift bespritzt, der dem König Leid zufügen will oder sich ihm mit Verrat im Herzen nähert. Dann sank die Hand wieder zurück in seinen Schoß.

„Eine kuschitische Magierin also“, sagte er leise. „Eine von denen, die mit den Schlangen sprechen, wie die göttliche Isis es vermocht hat. Bringt sie her! Hierher, vor meinen Thron! Ich will sie selbst in Augenschein nehmen.“

Nabu schüttelte mit einer Geste der Verachtung die Soldaten ab, die sie erneut packen wollten. Langsam kam sie näher und stand schließlich stolz und furchtlos vor dem Pharao. Die beiden versenkten ihre Blicke ineinander und sahen sich lange schweigend an wie zwei Ebenbürtige, die ihre Kräfte in einem stummen Zweikampf maßen.

Seqenenre wandte schließlich als Erster den Blick ab. „Lasst sie unverzüglich in den königlichen Harem bringen!“, befahl er. „Und zwar von Hofdamen, die vorsichtig mit ihr umgehen, und nicht von Soldaten. Ich wünsche, dass sie gebadet und gesalbt wird, anständige Kleidung und ausgiebig Essen und Trinken erhält. Dann sollen sich meine Leibärzte ihrer annehmen!“

„Und das Kind, Majestät?“, fragte Namiz beklommen. „Was soll mit dem Mädchen geschehen?“ Aus den Augenwinkeln beobachtete er, dass Antef ihm einen flehentlichen Blick zuwarf.

„Das Kind, nun ja.“ Die manikürten Finger des Pharaos massierten gedankenverloren sein spitzes Kinn. Unschwer zu erkennen, dass er kein echtes Interesse an dieser mageren Kleinen aufzubringen vermochte.

„Dürfte ich vielleicht einen bescheidenen Vorschlag unterbreiten?“, mischte Ipi sich ehrerbietig ein.

„Rede!“

„Am Hof wäre dieses Mädchen fehl am Platz. Warum sie also nicht einem braven Mann und seiner Frau hier in der Stadt übergeben, bei denen sie gut aufgehoben ist? Natürlich müssten die beiden zuverlässig für ihr Wohl sorgen und regelmäßig Bericht erstatten. Auf diese Weise hätte man die kleine Geisel unter ständiger Aufsicht, ohne dass sie hier zur Last fallen würde.“

„Und ganz zufällig hast du, Meister aller Worte, den braven Mann nebst Frau hier in der Stadt bereits zur Hand, nicht wahr, General?“ Der Spott in Seqenenres Ton war beißend.

„Ja ..., und ich dachte dabei an meinen Burschen Antef. Er scheint mir genau der Richtige zu sein, anständig, ehrlich und seinem Pharao treu ergeben.“

„So mag er das Mädchen mitnehmen, dein Bursche. Aber sie ist nur eine Leihgabe, die ich jederzeit zurückfordern kann, kein Geschenk.“

Ipi und Antef nickten, gleichgültig der eine, sorgenvoll der andere.

Der Pharao hatte schnell gesprochen, doch Sahti hatte ein paar Worte verstanden. „Wieso kann ich nicht bei dir bleiben?“, fragte sie erschrocken.

„Es wird dir bei den beiden gut gehen“, versicherte Namiz. „Viel besser als in meinem Junggesellenhaushalt. Und außerdem hat Antef dir das Leben gerettet. Schon vergessen?“

„Aber ich will zu dir! Wer wird sonst mit mir reden?“

„Ich bin ständig auf Reisen. Wie sollte ich mich da um dich kümmern? Und in wenigen Wochen plapperst du schon wie eine Einheimische. Sei vernünftig.“

„Nimm mich doch mit – bitte!“, bat Sahti inständig. In ihren Augen schimmerten Tränen. „Ich werde dich bestimmt nicht stören.“

Namiz legte seinen Zeigefinger auf ihre Lippen, um ihr zu bedeuten, dass sie schweigen musste. Denn Seqenenre hatte sich erhoben.

„Ich bin mit meinem Herzen zu Rate gegangen. Es wird ein Heb-sed-Fest geben, um alle Feinde Ägyptens erzittern zu lassen. Und nach diesen Tagen voller Glanz und Freude soll keiner, egal, ob in Nord oder Süd, es mehr wagen, seine Hand nach der Doppelkrone Kemets auszustrecken!“

Der Wesir Seb nickte, auch Nebnefer murmelte zustimmend.

„Und wann soll dieses Fest aller Feste stattfinden, großer Pharao?“ Kamoses Stimme klang frisch und unbekümmert.

„Sobald die Göttin Sepedet am Himmel erscheint und sich mit Osiris vereinigt hat, um den Morgenstern zu gebären.“

Nach diesen Worten verließ Seqenenre den Audienzsaal; seine Gemahlin, der Wesir, der Erste Priester des Amun und die beiden Prinzen folgten ihm, die Höflinge schlossen sich in langer Reihe an.

Antef trat zu Sahti, die sich noch immer an Namiz' Arm klammerte. „Komm, Mädchen", sagte er. „Wir beide gehen nach Hause. Du brauchst keine Angst zu haben! Ich bin dein Freund. Und Tama wartet schon auf uns."

ALLES an Tama lachte, nicht nur die grünbraunen Augen, die runden Wangen mit den Grübchen und die geschwungenen Lippen, die schiefe, jedoch auffallend weiße Zähne entblößten. Sogar die hübschen Brüste schienen zu schmunzeln, die das einfache Trägerkleid großzügig den Blicken freigab. Mit diesem ansteckenden Lachen war sie Antef und Sahti entgegengelaufen und hatte nach einem kurzen Augenblick der Verblüffung lächelnd und weinend zugleich zuerst ihren Mann an sich gedrückt und gleich danach nicht minder innig das fremde Kind.

„Heute muss mein Glückstag sein", wiederholte sie ein ums andere Mal. „Isis, Mutter aller Mütter, hat mich schließlich doch erhört."

Sie zog beide ein paar Stufen tiefer ins Haus, das trotz der einfachen Möbel reinlich und behaglich war. Hier zwang sie ihnen mit sanfter Gewalt ein Mahl auf, das selbst eine mehrköpfige Familie gesättigt hätte. Nach einer gut gewürzten Suppe aus Bohnen und Linsen, frischem Brot und Entenragout kam sie noch mit einem Teller voller Feigen und Nüsse an den Tisch.

„Willst du uns zu Tode mästen?" Antef stöhnte in gespielter Verzweiflung. Tama reichte ihm gerade bis zur Brust, vermochte aber das, was ihr an körperlicher Größe fehlte, durch ihr Temperament wieder wettzumachen. Tama hatte sogar einen Krug von dem jungen Wein aufgetrieben, den er besonders gern trank, und schenkte sich und ihm großzügig davon ein. Sie aßen in dem kleinen Innenhof, an dessen Frontseite sich die Kochstelle befand, mit Zweigen und Stroh überdacht, um die Benutzer vor der Sonne zu schützen.

Tama setzte sich neben Sahti und legte ihr den Arm um die Schultern. „Ich bin so froh, dass du jetzt bei uns bist, Sahti", sagte sie, bemüht, jedes Wort deutlich auszusprechen. „Du kannst dir gar nicht vorstellen, wie sehr ich mir immer eine kleine Tochter gewünscht habe. Kannst du mich verstehen?"

Sahti nickte. Doch, dachte sie und spürte, wie ihr Herz angesichts dieser Wärme ganz leicht und weit wurde. Bestimmt so heftig wie ich mir eine lebendige Mutter.

„Am wichtigsten ist, dass du schnell unsere Sprache lernst. Dann wird alles viel einfacher, für dich und für uns.“

Sahti sah ihr zu, wie sie das irdene Geschirr wusch und abtrocknete, den Hof fegte und die Wäsche abnahm, die sie mit Natron gebleicht und in der Sonne getrocknet hatte. Als es dunkel wurde, brachte Tama Sahti in ein kleines Zimmer. Vor der Bettstatt streifte sie ihr das zerschlissene Kleid ab, dann deckte sie sie mit einem leichten Tuch liebevoll zu. Die Fensteröffnung war mit hauchdünner Gaze bespannt, um die Schläferin vor Insektenstichen zu schützen.

„Dieses Bett hier hat schon viel zu lange auf ein kleines Mädchen gewartet, Ibib“, flüsterte sie ihr zu, während sie sich über sie beugte. „Das bedeutet ‚Liebling‘. Antef und ich sind gleich nebenan. Wenn du Angst bekommst oder irgendetwas brauchst, dann rufst du oder kommst einfach zu uns rüber, verstanden?“

Sahti nickte. Ein letztes, kurzes Streicheln, federzart, dann war Tama fort und sie allein. Und obwohl alles aufregend fremd roch, spürte Sahti schon nach ein paar Augenblicken die Müdigkeit wie eine große dunkle Welle, die sie sanft in den Schlaf rollte.

ALS DER Atem der beiden endlich wieder ruhiger ging, rückten sie so nah zusammen wie möglich, satt von der Liebe. Sie lagen still und genossen die wortlose Vertrautheit, die zwischen ihnen schwang.

„Niemals war ich froher, wieder zu Hause zu sein“, sagte Antef schließlich schläfrig. „Ich bin viel lieber Gärtner als Soldat. Ist nicht immer einfach, sich den Launen des Generals zu beugen. Auch wenn er sich als sehr großzügig erwiesen hat.“

„Dass du auf dieser beschwerlichen Expedition dein Versprechen gehalten hast“, sagte Tama leise, „das vergesse ich dir nie.“

„Du darfst dir keine allzu großen Hoffnungen machen, Liebes“, warnte Antef vorsichtig. „Sie ist nur eine Art Leihgabe, kein Geschenk. Das hat der Pharao ausdrücklich gesagt.“

„Wie hast du sie gefunden?“

Er begann beim Schlangenbiss und ihrer kostbaren Medizin, die eigentlich für die Rettung seines Lebens bestimmt gewesen war und in der Wüste doch das Sahtis gerettet hatte. Er berichtete von den Pfeilen der Bogenschützen aus Kemet, die die alte Zauberin niedergestreckt hatten. Zuletzt kam er zu Ipis Sturz ins Wasser. Er angelte nach seinen Sachen, die auf dem Fußboden verstreut lagen, zog die kleine Lapislazulistatue der Göttin Pachet aus seiner Leinentasche und streckte sie ihr entgegen. „Für dich“, sagte er schlicht.

Gerührt beugte sie sich über ihn, um ihn zu küssen. „Er wird sie uns doch nicht wieder wegnehmen?“, murmelte sie. „Ein Kind ist ein Geschenk des Himmels und nicht irgendeine Leihgabe! Das darf er nicht – und wenn er tausendmal der Pharao ist!“

TAMA wartete, bis sie sicher war, dass Antef tief schlief. Dann erhob sie sich leise, schlang eines ihrer selbst gewebten Tücher um, nahm die kleine Statue und schlich nach nebenan. Durch das Fenster floss das Mondlicht ins Zimmer, und Tama blieb neben dem Bett stehen und betrachtete verzückt die Züge des schlafenden Kindes. Sahti hatte sich abgedeckt, beste Gelegenheit, ihren lädierten Schenkel in Augenschein zu nehmen. Antef hatte seine Sache gut gemacht. Das Kind würde zwar eine Narbe zurückbehalten, doch Honig und Öl konnten sie allmählich glätten.

Tamas Blick fiel auf den abgeschabten Lederbeutel, den Sahti noch immer um den Hals trug. Gleich morgen früh würde sie die Kleine von diesem unappetitlichen Ding befreien und es gegen ein Glück bringendes Amulett tauschen. Anschließend war ein ausgiebiges Bad fällig, ein Haarschnitt, neue Kleidung, kräftiges Essen und vor allem viel Liebe.

Ihre bloßen Füße machten keine Geräusche auf den dunklen Schieferplatten des Innenhofs. Tama entriegelte die Tür des kleinen Anbaus, den sie im Frühjahr vergangenen Jahres hatten errichten können, als die plötzlich regelmäßig fließenden Silbertropfen des Balsamierers, für den sie arbeitete, bescheidenen Wohlstand ins Haus gebracht hatten.

Der erste der niedrigen Räume barg ihre zwei Webstühle und damit ihren wertvollsten Besitz. Ihm angeschlossen war das Lager, wo sie die Flachsballen aufbewahrte, die gröberen für die einfache Kleidung, die sie für Nachbarn, Bekannte und Freunde webte, die feineren für die Tücher, die ausschließlich dem Balsamierer mit seiner zahlungskräftigen Kundschaft vorbehalten blieben.

Sie betrat den dritten Raum, eigentlich nicht viel mehr als eine winzige Kammer, ihr ganz persönliches Heiligtum. Auf einer bemalten Holzsäule stand eine kleine Bronzestatue: Isis, das Kuhgehörn mit der Sonnenscheibe auf dem Kopf, die dem Horus-Kind auf ihrem Schoß die Brust reichte.

Ihre Sehnsucht nach einem Kind war unerträglich gewesen. Hatte sie nicht immer wieder überteuerte Amulette gekauft und bittere Tränke eingenommen, um die heiß ersehnte Leibesfrucht endlich austragen zu können? Und wie viele Male war sie ihrer Lieblingsgöttin im Schutz der Nacht weinend und voller Verzweiflung zu Füßen gefallen?

Heute jedoch war sie endlich aus einem freudigen Grund hierher gekommen. Tama beugte demütig Kopf und Knie und begann halblaut zu beten. „Große Göttin Isis, ich rufe zu dir, um dir zu danken. Mein Herz ist erfüllt mit Liebe zu dir, denn du hast mein Flehen endlich erhört. Lass mich dieses neue Glück bis zur Neige auskosten – ich bitte dich, göttliche Mutter, schütze und bewahre meinen Mann und mein Kind!"

Nach einer langen Weile stummer Andacht erhob sie sich. Die Steinstatuette, die sie mitgebracht hatte, wog schwer in ihrer Hand; Tama betrachtete sie prüfend. Niemand würde je Isis den ersten Rang in ihrem Herzen streitig machen können. Aber vielleicht besaß diese löwenköpfige Göttin hier zusätzliche Kräfte, die der Werkstatt, dem Haus und vor allem seinen Bewohnern nützlich und hilfreich sein konnten.

Also stellte Tama die Skulptur der Pachet neben die der Isis auf die Säule. Sie verriegelte die Tür und kehrte über den stillen Hof zurück in ihr Bett, wo Antef friedlich schnarchte.

Mit jedem Tag wurde Sahti das neue Leben vertrauter: der verdorrte Weg zwischen den Gebäuden aus Lehmziegeln, in denen die Nachbarn mit ihren Kindern und Haustieren lebten, die Ziegen, Hühner, Hunde und Enten, der ausgetretene Pfad, der hinunter zum Strom führte, vor allem jedoch das Haus und Tamas Werkstatt, in der sie sich besonders gern aufhielt.

Ihre Ziehmutter hatte es nicht fertig gebracht, ihren Kopf bis auf die Jugendlocke zu scheren, sondern sich damit begnügt, die widerspenstigen Löckchen nur so kurz zu stutzen, dass sie den Kopf wie eine dunkle Kappe umschlossen. Plötzlich wirkte Sahtis Hals anrührend zart, und ihre Augen schienen unergründlich. Tamas abwechslungsreiche Küche bewirkte, dass Sahtis Haut den Ascheton verlor und in warmem dunklem Gold schimmerte, und die Rippen unter dem bunten Kleidchen standen nicht mehr so erschreckend vor.

Tama hatte Sahti dazu überreden können, den Lederbeutel abzulegen und stattdessen ein ovales Tonamulett umzuhängen, auf dem das Horus-Auge eingraviert war, Symbol des Mondes, das jeden schützt und gesunden lässt, der es trägt. Allerdings hatte das Mädchen darauf bestanden, den Beutel unter dem Tuch aufzubewahren, auf das sie jeden Abend ihren Kopf bettete, und manchmal, wenn Tama nach den Geschichten, die sie ihr erzählte, hinausgegangen war, zog sie ihn hervor, drückte ihr Gesicht auf ihn und versuchte sich an die Bilder von zu Hause zu erinnern, die jedoch zu verblassen schienen.

Sahti lernte schnell, Tama im Haushalt zu helfen. Sie ging Wasser holen, kehrte die Zimmer und den Hof, putzte Gemüse oder knetete Teig. Tama schwatzte ununterbrochen auf sie ein, deutete auf alles, was ihr unter die Augen kam, und wiederholte das Wort dafür so lange geduldig, bis Sahti es nachsprechen konnte.

Manchmal nahm Antef sie in die königlichen Gärten mit, die selbst jetzt, da alles in Kemet ausdörrte, dank ausgeklügelter Bewässerungsanlagen üppig und grün blieben. Die sich schlängelnden Gehwege waren von kunstvoll angelegten Beeten gesäumt, und es gab keinen einzigen Pflanzennamen, den Antef nicht gekannt hätte. Sahti liebte es, am Rand eines der großen Bassins zu sitzen, die Beine halb im Wasser, und den Vogelrufen in den Baumkronen zuzuhören.

General Ipi hatte sich schon nach der ersten Woche herrisch bei ihnen umgesehen, und einige Zeit später kam auch Namiz zu einem Besuch vorbei. Dieses Mal flehte Sahti ihn nicht an, sie mitzunehmen, sondern war stolz darauf, die neu erlernten Wörter und Sätze vorzuführen. Namiz fand alles so vor, wie er es sich vorgestellt hatte; er nickte beim Anblick des reinlichen Zimmers, in dem Sahti schlief, lobte den Wein, den Tama ihm anbot, ebenso wie den kleinen Brotlaib mit Knoblauchöl, den er verschlang, bevor er sich verabschiedete.

Sahti fand bald Freunde: ein paar kleine Mädchen aus der Nachbarschaft, die an die Tür klopften, um sie zum Spielen abzuholen, vor allem aber Maj, den Sohn Nofrets, die an Tamas zweitem Webstuhl arbeitete, seit ihr Mann im vergangenen Sommer gestorben war. Der Junge, zwei Jahre älter, aber nur eine Handbreit größer als Sahti, entpuppte sich als beachtlicher Läufer. Selbst wenn es anfangs zwischen ihnen mit Worten noch haperte, beim Fangenspielen und Klettern verstanden sie sich bestens.

Freilich blieb Sahti nicht viel Zeit für dieses Vergnügen, denn Tama brauchte sie immer wieder für einfache Tätigkeiten in der Werkstatt. Der Balsamierer Ut, ihr wichtigster Auftraggeber, hatte eine große Lieferung Leinenbinden für seine reichen Kunden bestellt, die nicht damit zufrieden waren, dass ihre Toten mit alten, abgelegten Tüchern bandagiert wurden, und die beiden Frauen an den Webstühlen boten alle Kräfte auf, um rechtzeitig fertig zu werden. Ut war ein anspruchsvoller Kunde, der nur die feinste Qualität akzeptierte.

Sahti fürchtete sich vor dem kleinwüchsigen Mann mit dem Oberkörper eines verfetteten Ringers und den unnatürlich dünnen Beinchen, die ihn wie eine schwebende Kugel aussehen ließen. Sein Schädel war so blank poliert, als wäre ihm niemals ein Haar entsprossen, und die schnellen, harten Äuglein verschwanden beinahe in Wülsten. Wenn er zornig wurde, was schnell geschehen konnte, erzitterte sein Dreifachkinn, und seine Stimme erinnerte Sahti an empörtes Ferkelquieken.

Tama war die Einzige, die den Umgang mit dem Balsamierer verstand. Sie blieb freundlich, egal, ob er mäkelte, tobte oder die vereinbarte Lieferfrist noch enger schraubte.

Tama war eine Meisterin von Schiffchen und Scherbrett. Niemals würde Sahti lernen, die Kettfäden mithilfe der Haspel so sorgsam aufzuspannen wie sie, niemals so geschickt mit dem Kamm zu hantieren, der in Tamas Händen so geschwind hin- und herflog, dass man allein vom Zusehen schwindelig werden konnte. Nicht einmal Nofret konnte mit ihr mithalten, denn ihr hartnäckiges Husten zwang sie, immer wieder Pausen einzulegen. In solchen Fällen brachte ihr Tama heißen Fencheltee mit Honig und begann, während ihre Füße blitzschnell die Pedale betätigten, mit einer ihrer vielen Geschichten, die zu hören Sahti niemals müde wurde.

Alle Anzeichen verhießen, dass Kemet erneut ein fruchtbares Jahr mit reicher Ernte bevorstand; aus diesem Grund wurde das Neujahrsfest und damit die Huldigung an Hapi, den großzügigen Herrn des Wassers, besonders prächtig begangen.

Seine Götterstatue, ein zwittriger, dickbäuchiger Mann mit hängenden Brüsten, wurde in feierlicher Prozession aus dem Tempel geholt, wo man ihm in Flussnähe mit Gaben huldigte, wildem Geflügel von seinem Ufer, Brot von seinem Getreide, Stängeln von Lotos und Papyrus und zahllosen Fischen. Aber auch Sobek, der Gott in Krokodilgestalt mit der grünen Federkrone, wurde laut gepriesen, weil man glaubte, er habe das Wasser aus dem Urmeer geholt, um es anschließend in das Niltal zu bringen, damit hier die Felder grün wurden. Ochsen wurden geschlachtet, Freudenfeuer entzündet, und die Priesterschaft huldigte der heiß ersehnten Überflutung mit heiligen Hymnen.

Antef, der ein kleines, von Ipi gepachtetes Stück Land außerhalb Wasets bestellen durfte, nahm Sahti dorthin mit, um den Wasserstand zu inspizieren. Hand in Hand gingen sie auf den Dämmen entlang, die die Flut hemmten und gleichzeitig als Wege dienten. Staunend sah Sahti, dass sich die zuvor ausgetrockneten Bewässerungskanäle bis zum Rand gefüllt hatten.

Als sie zurück nach Hause kamen, überraschte Tama Sahti mit einem sandfarbenen Fellknäuel, das ihre Kinderhand gerade ausfüllte. Schwarze Streifen liefen über den Kopf und Rücken, während die Pfoten pechschwarz waren und der runde Bauch in der Farbe wilden Honigs schimmerte. „Ein Nachbar wollte es im Fluss ertränken“, erzählte sie, während Sahti verzückt das Kätzchen an sich drückte, das mit empörtem Quietschen reagierte und seine spitzen Krallen in ihre Brust schlug. „Und das konnten wir doch nicht zulassen, oder?“

„Ich werde sie Kadiis nennen“, flüsterte das Mädchen. „Das heißt Katze in meiner Sprache.“

Sahti errötete leicht und hatte es plötzlich sehr eilig, nach nebenan zu kommen und ihr Geschenk Maj vorzuführen. Tama schaute ihr nachdenklich hinterher. Bislang hatte das Mädchen jede Erwähnung ihres früheren Lebens peinlich vermieden, aber sie spürte, dass düstere Bilder und Gedanken Sahti quälten. Zweimal schon hatten sie sie mitten in der Nacht im Hof vorgefunden, barfüßig, mit offenen Augen, aber offensichtlich schlafend.

Sie ließ die Angelegenheit auf sich beruhen, bis sie Sahti ein paar Tage später wie jeden Abend zu Bett brachte, das sich Kadiis längst als Schlafplatz erobert hatte. Kind und Katze lagen, zu je einem Kringel gerollt, unter beziehungsweise auf der dünnen Decke, als warteten sie beide auf die fällige Geschichte.

„Willst nicht du zur Abwechslung mir heute etwas erzählen?“, fragte Tama. „Ich hätte zum Beispiel so gern erfahren, wie es bei dir zu Hause war.“

„Hab ich schon alles vergessen.“ Sahti drehte abrupt den Kopf zur Seite.

Es war zu früh gewesen, das wurde Tama klar, als sie das Zimmer verließ. Aber sie würde es noch öfter versuchen. Denn eines wusste sie: Wenn Sahti wirklich eine echte Tochter Kemets werden wollte, dann musste sie lernen, auch über das Goldland zu reden.

DER TAG des Heb-sed-Festes war angebrochen, ein sonniger, strahlender Morgen, an dem ganz Waset auf den Beinen zu sein schien. Bereits am Vorabend war im Tempelbezirk eine Pharaonenstatue feierlich begraben worden, die den Tod des alten Königs symbolisieren sollte, der Platz für den erneuerten machte.

Und wirklich schien Seqenenre-Tao, der am anderen Morgen das Podest im halb offenen Festzelt bestieg, verjüngt. Seine Züge wirkten straffer, die Augen waren klar und lebhaft, und selbst seine Haltung strahlte Frische aus. Er hatte den Heb-sed-Mantel aus steifem blauem Leinen angelegt, der die Arme bedeckte und oberhalb der Knie endete. In den Händen hielt er die Insignien der Macht: Krummstab und Geißel. Sein Haupt bedeckte das Nemeskopftuch mit der Uräusschlange.

Die Königin war in ihren Gemächern geblieben. Ahhotep hatte wenige

Tage zuvor einer weiteren Tochter das Leben geschenkt und litt, so die offizielle Version, noch unter den Nachwirkungen einer schwierigen Geburt. Dafür waren nicht nur Ahmose und Kamose anwesend, sondern auch die drei älteren Prinzessinnen, ebenso wie Seb, der Wesir, und der Erste Priester, Nebnefer. Teti-Scheri, die königliche Mutter, verfolgte das Geschehen von einer bemalten Sänfte aus, die zum Schutz gegen die heiße Sonne mit bunten Stoffbahnen bestückt war.

In endloser Prozession wurden, von Ipi angeführt, die inzwischen in Waset angelangten Tribute aus dem Goldland am thronenden Pharao vorbeigetragen: Säcke mit Goldstaub und Edelsteinen, Tierhäute, Elfenbein und Straußeneier.

Gegenüber dem Thron wurde ein von vier Bändern bekränzter Pfeiler errichtet, Dsched genannt, der den künftigen Bestand der Herrschaft manifestieren sollte.

„Er bohrt sich in den Leib der Erde wie ein fruchtbarer Pfahl. Und neues Leben erwächst aus dieser Vereinigung." Nebnefers tiefe Stimme zitterte leicht, als er die rituellen Worte sprach.

Schließlich erhob sich Seqenenre und machte sich für den Königslauf bereit. Das erwartungsvolle Gemurmel der Zuschauer schwoll an, und auch Sahti begann plötzlich laut zu rufen, weil sie, bequem auf den Schultern Antefs thronend, in der Menge Namiz erspäht hatte, der sich durch die Menschenleiber einen Weg zum Pavillon bahnte.

Er stöhnte, als er endlich bei ihnen angelangt war. „Ein böser Kopfschmerz heute Morgen, der mich beinahe um den Verstand gebracht hat", klagte er. „Aber zum Glück habe ich es nun doch noch rechtzeitig geschafft!"

Sahti erstarrte plötzlich. Eine schlanke Frau hatte den Festhof betreten, schimmernd in Weiß und Silber wie eine Fleisch gewordene Göttin. Feinstes Leinen bedeckte wie ein zarter Schleier ihren Körper; glänzender Schmuck zierte Hals, Ohren, Handgelenke und Fesseln. Bei ihrem Anblick hielt der Pharao, der sich gerade seines Mantels entledigte und von Nebnefer den Tierschwanz ausgehändigt bekam, um ihn traditionell für den Lauf an seinem Schurz zu befestigen, kurz inne.

„Seine neue Favoritin", flüsterte Namiz Antef und Tama zu. „Und halb um den Verstand scheint sie ihn auch schon gebracht zu haben. Im Harem jedenfalls herrscht heller Aufruhr. Die Große königliche Gemahlin soll sich vor Eifersucht verzehren. Deshalb ist sie wohl auch nicht erschienen – und nicht wegen der Geburt der Tochter."

Erst als sich die helle Gestalt umwandte, erkannte Sahti, wer es war. „Nabu!", flüsterte sie erschrocken. Etwas Bitteres lag plötzlich auf ihrer

Zunge, der Geschmack von Verrat, und das Herz wurde ihr ganz eng. „Aber wieso ist sie auf einmal so weiß?"

„Alabastermehl", zischte Namiz ihr zu.

Im Festhof wurde es still. Kleine Schreine waren ringsumher aufgestellt, Symbole der Heiligtümer der Ortsgötter aller Provinzen. Seqenenre, der inzwischen die rot-weiße Doppelkrone Kemets samt Geier und der aufgerichteten Uräusschlange trug und den künstlichen Götterbart angelegt hatte, umrundete den Hof einmal gemessen und rannte danach zwischen den beiden halbkreisförmigen Malen hin und her, die die Grenzen Kemets symbolisierten. Er keuchte, als er anschließend nacheinander auf zwei Thronsesseln Platz nahm, seine Haltung jedoch war majestätisch.

Jeder der Zuschauer wusste, was die beiden Throne zu bedeuten hatten: den uneingeschränkten Anspruch auf die Herrschaft über das obere und das untere Kemet und damit eine Kriegserklärung an Apopi, den mächtigen Hyksos-König im fernen Delta.

Nebnefer trat vor den Pharao und erhob beide Arme zum Gebet. Dann kam Ipi an die Reihe, der dem Herrscher die rituellen Waffen überreichte. Der Pharao spannte den Bogen und fasste sein Ziel scharf ins Auge. Den ersten Pfeil schickte er gen Norden, den zweiten nach Osten. Nach Westen ging der dritte. Der vierte flog geradewegs nach Süden.

FÜNFTE STUNDE: Auf den Armen der Finsternis

Wie so oft fand Sahti ihn am Fluss, nicht weit entfernt von den großen Steinen, auf denen die Frauen ihre Wäsche schrubbten. Die Zeit der Überschwemmung war vorüber, der Nil hatte sich wieder in sein Bett zurückgezogen, und schwarzer Schlamm lag auf den Feldern. Angenehm warme Tage hatten eingesetzt, die zum Baden oder Spazierengehen einluden.

Maj, der langsam aus dem Wasser watete, hatte vor kurzem angefangen, in die Höhe zu schießen, und nun überragte er Sahti schon um einen ganzen Kopf, aber er bewegte sich linkisch. Sein Leib war straff und sehnig, die Haut sonnengebräunt, und die Schultern waren männlicher geworden, seit er bei den Zimmerleuten im Hafen eine Arbeit gefunden hatte, und die schlanken Beine wirkten muskulöser.

Plötzlich spürte Sahti eine Hitze zwischen den Beinen, und sie wurde sich beinahe schmerzhaft der Verwandlung auch ihres Körpers bewusst. Für gewöhnlich studierte sie seine Veränderungen nur nachts: die sanfte Schwellung der Brüste, den Flaum, der auf einmal unter den Achseln und auf der Scham spross, die Hüften, die nicht mehr kindlich gerade wie einst verliefen, sondern sich jetzt zur Taille hin verjüngten.

Mehr als vier Jahre war Sahti jetzt in Waset, und sie wollte inzwischen nichts lieber sein als ein Mädchen aus Kemet. Tama hatte es aufgegeben, etwas über ihr früheres Leben herausbekommen zu wollen.

Schnell wandte Sahti sich ab, bevor Maj ihre Verlegenheit bemerken konnte, und er legte hastig seinen Schurz an. Eine Zeit lang schwiegen beide. Sahti hatte sich auf den größten Stein gesetzt, Maj auf den daneben.

„Wie geht es Nofret?“, fragte sie schließlich, obwohl sie die Antwort kannte. Seit Monden schon war Majs Mutter zu krank, um noch am Webstuhl zu arbeiten. Seitdem half die dicke Redi aus, und auch Sahti musste oft einspringen, wenn Tama dringende Aufträge für Ut zu erledigen hatte.

„Jeden Tag schlechter. Wenn sie nur schreien würde oder wenigstens weinen! Aber sie bemüht sich, besonders tapfer zu sein, und das ist viel schlimmer. Manchmal wünsche ich mir sogar, dass es endlich vorbei sein möge. Bin ich ein Ungeheuer, Sahti? Erst mein Vater – und jetzt auch noch sie! Manchmal denke ich, dass die Götter mich bestrafen wollen. Aber ich habe doch nichts verbrochen!“

„Nein“, sagte sie sanft, „das hast du nicht, Maj. Und natürlich bist du kein Ungeheuer. Vielleicht wollen die Götter dich prüfen. Weil sie etwas Besonderes mit dir vorhaben.“

In seinen Augen las sie kurz Erleichterung, dann ließen Angst und Sorgen sie wieder trüb werden. Sie zog sich das bunte Band mit Tamas Amulett über den Kopf und hängte es Maj um den Hals.

„Das schenkst du mir?“, fragte er überrascht. „Dein Amulett?“

Sahti nickte. „Udjet, das heilende Horus-Auge, soll dich behüten“, sagte sie feierlich.

„Ich werde das Amulett nie ablegen, solange ich lebe“, versprach Maj. Er versuchte sie ungeschickt zu umarmen, Sahti entzog sich ihm jedoch rasch, obwohl alles in ihr sich nach seiner Berührung sehnte. Aber da war das Versprechen, das sie Tama gegeben hatte. Die Ziehmutter hatte ihr eingeschärft, keinem fremden männlichen Wesen zu nah zu kommen. Die Weberin hielt nichts davon, sie früh zu verheiraten, sondern hatte andere Pläne mit Sahti. Tama wollte die Werkstatt erweitern, damit Sahti aus den Stoffen, die unter den Webschiffchen entstanden, gleich vor Ort Kleider zuschneiden und nähen konnte.

„Wir wollen lieber noch warten, bevor wir uns damit beschäftigen, dir einen Mann zu suchen. Dann weißt du mehr vom Leben und erkennst eher, wer wirklich zu dir passt."

Das klang besonnen und mütterlich, aber dahinter steckte noch etwas anderes, wie Sahti herausgefunden hatte. Tama liebte sie so sehr, dass sie sie mit keinem anderen teilen wollte. Deshalb musste Sahti sich rechtfertigen, wenn sie mit anderen Heranwachsenden zusammen sein wollte, wenn sie zu lange für den Rückweg vom Markt brauchte, wo Antef seine Feigen an einem kleinen Stand feilbot, oder wenn sie beim Wasserholen die Zeit vergaß.

Auch jetzt, nachdem sie Maj am Ufer zurückgelassen hatte, überlegte Sahti, wie sie ihre Abwesenheit erklären könnte, denn Tama war trotz aller Gutmütigkeit fähig, tagelang zu schmollen, wenn etwas ihren Vorstellungen zuwiderlief.

Sahtis Gedanken wanderten zurück zu den Sorgen, die ihren Freund belasteten. Für seine harte Arbeit am Hafen bekam er gerade genug, um für Nofrets und sein Essen aufzukommen, für Arzneien blieb nichts übrig. Sahti wusste nicht einmal, ob es überhaupt ein wirksames Mittel gegen den blutigen Schleim gab, den Majs Mutter ausspuckte. Selbst Tama schien ratlos. Einmal hatte sie erwähnt, dass es die Göttin Selket sei, die die Lunge atmen lasse, und sie es daher für angebracht halte, ihr besonders eifrig zu Diensten zu sein.

Inzwischen hatte Sahti gelernt, wie wichtig es war, sich eine Gottheit gewogen zu machen.

Das Innere des Selket-Tempels war einfachen Gläubigen nicht zugänglich, und nicht einmal eines der kleinen Heiligtümer, die sich überall in Waset befanden, konnte Nofret aufsuchen, weil sie dazu längst zu schwach war. Auf welchem Weg aber sollte eine mittellose Frau wie Nofret in den Besitz einer Götterstatue gelangen, zu der sie innerhalb ihrer eigenen vier Wände um Leben und Gesundheit flehen konnte?

Es gab, schloss Sahti, nur einen, der helfen konnte, das Unmögliche zu erreichen – Namiz.

Ein leises Gurren, etwas Seidenweiches, das um ihre Waden strich. „Kadiis!", rief Sahti erfreut und bückte sich, um die Katze zu streicheln. Das Tier war ein seltener Gast im Haus geworden. Sein linkes Ohr hatte einen Riss, ein leichtes Humpeln war zurückgeblieben, nachdem Kadiis sich im vergangenen Winter einen Dorn eingezogen hatte, und sie war, obwohl schon wieder trächtig, alles andere als fett. Ihre Augen jedoch waren klar, und das Fell glänzte, was für die Gesundheit einer erfahrenen Jägerin sprach, die gelernt hatte, für das zu sorgen, was sie zum Überleben brauchte. Konnte sie nicht von Kadiis lernen?

Und als sie mit der Katze in den ausgedörrten Weg einbog, der zum Haus führte, war Sahtis Plan gereift.

SEQENENRE entdeckte seine Mutter in den neuen Parkanlagen. Sie hatte es sich auf einer der Alabasterbänke im Schatten schlanker Dattelpalmen bequem gemacht. Meret hockte mit mürrischem Gesicht neben ihr.

„Sei gegrüßt, Große Herrin Teti-Scheri", sagte er höflich. „Ich bin gekommen, um deinen Rat einzuholen."

„Meine Ehre und mein Vergnügen", erwiderte sie und neigte ihr Haupt. „Meret, lass uns allein!"

Die Alte erhob sich und entfernte sich. Der Pharao ließ sich neben seiner Mutter nieder und blickte Meret stirnrunzelnd nach. „Dass du ständig die Nähe dieser alten Vettel ertragen magst!"

„Sie ist immerhin meine Milchschwester", entgegnete Teti-Scheri gelassen. „Jeder Morgen bringt uns beide dem Tod einen Schritt näher."

Seqenenre musterte sie überrascht. Sie war nicht einmal fünfzehn gewesen, als sie ihn zur Welt gebracht hatte, keine Prinzessin von königlichem Geblüt, sondern die Tochter eines einfachen Richters, die seinen Vater, den Pharao Senachtenre, so bezaubert hatte, dass er sie zur Großen königlichen Gemahlin erhob. Im Lauf der Jahre hatte sich zu ihrer Schönheit und Anmut so viel Klugheit gesellt, dass man sich im ganzen Reich zuflüsterte, Teti-Scheri habe vier Augen und könne damit in alle vier Himmelsrichtungen gleichzeitig spähen. Niemals war Seqenenre in den Sinn gekommen, seine Mutter könne irgendwann hinfällig werden. Selbst jetzt, da ihr dunkles Haar mit Silberfäden durchzogen war, erschien sie ihm alterslos.

„Versprich mir, dass du niemals stirbst!", verlangte er ungestüm.

„Wie könnte ich das?", entgegnete sie lachend. „Und was könnte dir eine alte Frau wie ich schon raten?"

„Eine kluge Königin unterstützt den König darin, die Heimat zu schützen und das Reich zu erhalten."

„Deine Königin heißt Ahhotep – und nicht Teti-Scheri." Sie schwieg eine Weile. „Sie hat dir also immer noch nicht verziehen?" Ihr Ton verriet, wie wenig Verständnis sie für dieses unsinnige Verhalten aufzubringen vermochte. „Königin zu sein heißt, dass als Erstes immer die Pflicht kommt."

Seqenenre schüttelte den Kopf. „Sie wird mir niemals verzeihen. Erst recht nicht, wenn sie hört, dass ich Nabu mit nach Hut-Waret nehme."

„Nach Hut-Waret? Weshalb?"

„Weil ich mich nicht länger von Apopi und seinen Hyksos provozieren lassen kann", erwiderte er heftig. „Er muss endlich erkennen, mit wem er es zu tun hat!"

„Was erwartest du? Du hast schließlich beim Heb-sed-Fest deinen ersten Pfeil nach Norden gesandt. Er musste darauf reagieren."

„Aber die Art, wie er es tut! In seinen dreisten Botschaften verwendet er Vergleiche, die beweisen, wie tief er mich und meinen Thron verachtet - und unsere ganze Familie. Er bittet nicht, nein, er befiehlt! Nilpferde, so behauptet er, bringen ihn um den Schlaf, wenn sie in unseren Seen brüllen, die Tiere seines Gottes Sutech, die wir auf der Jagd erlegen. Ich weiß genau, was er damit sagen will. Und keinesfalls werde ich mich ohne Nabu auf diese gefährliche Fahrt begeben. Was sollte mich besser vor seinem Hass schützen als ihre mächtige Schlangenkraft?"

„So steht dein Plan bereits fest, und du bedarfst meines Ratschlags gar nicht mehr", stellte Teti-Scheri ruhig fest. „Deine Schiffe sind bereit?"

„Mit der stolzen Flagge Wasets am Mast." Plötzlich klang er verzagt. „Was aber, wenn ich Apopi nicht besiegen kann? Wenn die Verbündeten sich als treulos erweisen und Hut-Waret tatsächlich eine uneinnehmbare Festung ist, wie viele unserer Kundschafter vermuten? Oder wenn ich in der Schlacht falle? Dann greift der Krieg womöglich auf ganz Kemet über, und zahllose unschuldige Menschen werden getötet. Kann das wirklich Amuns Wille sein, Mutter?"

„Kemet den Leuten von Kemet", sagte sie mit Nachdruck. „Viel zu lange schon haben Fremdherrscher das Schicksal unseres Landes bestimmt. Außerdem wirst du gewiss heil zurückkommen. Und selbst wenn nicht... Mit Kamose und Ahmose gibt es zwei flügge Falken-im-Nest, die dein Erbe antreten können. Der eine hat bereits eine Frau genommen, der andere wird es bald tun. Unser Geschlecht wird also weiterleben." Sie wartete gespannt, ob er darauf eingehen würde, dass sie den Neffen vor dem leiblichen Sohn genannt hatte, aber er tat es nicht.

„So bist du also für Krieg?"

„Ein Thron, der auf Schwäche oder Feigheit baut, ist bar jeder Ehre", erwiderte sie. „Und was Amuns Willen betrifft, so weißt du ja, welcher Gott mein Herz besonders berührt, Iach, der Hüter des Mondes. In seinem Nachtreich sind die Dinge voller geheimnisvoller Schatten, die vieles bedeuten können."

Er nickte, verstand aber noch nicht, worauf sie hinauswollte.

„Die größten Herrscher haben von jeher nicht gescheut, sich der List zu bedienen. Sogar der Mondgott verbirgt sich unter anderem Namen, wenn es Not tut, und täuscht dadurch seine Feinde. Wieso also nicht auch du?"

„Sprich!", forderte er sie mit rauer Stimme auf. „Was soll ich tun?"

„Nun, warum wiegst du Apopi nicht zunächst in Sicherheit, indem du dich gehorsam zeigst, wie er es verlangt? Du gibst ihm die Versicherung, kein einziges Nilpferd werde zukünftig in deinem Reich seine sterbende Stimme erheben, du schickst ihm reiche Abgaben, um zu beweisen, welch treuen Vasallen er an dir besitzt, und während er sich in der trügerischen Illusion wiegt, er habe in allen Punkten Erfolg gehabt ..."

„... bricht meine Kriegsflotte heimlich nach Norden auf, um ihn zu vernichten und mir den rechtmäßigen Anspruch auf die Doppelkrone zurückzuholen." Triumph schwang in Seqenenres Stimme mit.

„Die weiße Krone des oberen Kemets und die rote des unteren", bekräftigte Teti-Scheri. „So sei es. Und alle unsere Götter mögen dir beistehen!"

NAMIZ empfing Sahti vor den Pforten seines prachtvollen Anwesens, das direkt am Nil gelegen war und einen eigenen Bootssteg besaß. Das gesamte Personal war auf den Beinen, denn für den Abend war ein großes Fest angesagt. Jetzt, wenige Stunden vor dem Eintreffen der Gäste, schmückten Blumenbinder alle Räume mit Girlanden und farbenfrohen Blumenkränzen, auch die beliebten Salbkegel wurden bereitgestellt, die auf den Köpfen der Festteilnehmer nach und nach schmelzen und ihre weißen Kleider gelb wie Safran färben würden.

Sahti war schon öfter hier gewesen, denn Namiz hatte sie immer wieder zu Besuchen ermuntert, wenn er sich in der Stadt aufhielt. Heute jedoch machte sie das Gewimmel der Bediensteten beklommen, sodass es dauerte, bis sie schließlich mit ihrem Anliegen herausrückte.

„Eine Statue der Selket?", fragte Namiz überrascht. „Wieso ausgerechnet von dieser Göttin?"

„Sie hat Isis sieben Skorpione geschickt, um sie vor Seth zu retten", erwiderte Sahti. „Und sie schützt und heilt die Lunge."

„Aus Gold?", fragte er. „Dann wird es eine kostspielige Angelegenheit und ist so gut wie unmöglich. Denn es gibt in ganz Kemet nur einen, der das Recht auf dergleichen hat: der Pharao."

„Das Material spielt keine Rolle. Aber schön muss sie sein", erwiderte Sahti ernsthaft. „Damit man besonders gut zu ihr beten kann." Sie begann nun ohne Umschweife von Nofret zu erzählen, die sterben müsse, falls nicht endlich eine Besserung eintrat, und von Maj, der das Leid seiner Mutter kaum noch ertragen konnte.

Namiz hörte aufmerksam zu. „Und Maj ist dein kleiner Freund?“, erkundigte er sich. „Der Junge, den ich schon bei euch gesehen habe?“

„Mein Freund – ja“, erwiderte Sahti. „Aber klein bestimmt nicht mehr. Hilfst du mir?“

„Du wirst eine solche Statue in keinem Laden zu kaufen bekommen und erst recht nicht auf dem Markt“, sagte er grüblerisch. Eine waghalsige Idee begann in seinem Kopf Gestalt anzunehmen. „Man müsste sie vielleicht sogar…“

„Ja“, unterbrach Sahti ihn atemlos, „was müsste man?“

In letzter Zeit war Namiz nicht mehr glatt rasiert, wie es die herrschende Mode verlangte, sondern hatte sich einen Bart stehen lassen, der ihn etwas älter, aber auch würdevoller aussehen ließ. „… speziell für deine Zwecke anfertigen lassen.“ Inzwischen war er entschlossen, das Unmögliche zu wagen. „Soll ich mich darum kümmern?“

„Das würdest du tun?“ Sie fiel ihm um den Hals. „Aber wie soll ich es dir jemals bezahlen? Tama kann ich keinesfalls nach Geld fragen. Die legt jeden Silbertropfen für das neue Zimmer zurück.“

„Mach dir darüber keine Sorgen!“, sagte Namiz leise. „Zur Not lasse ich dich eben alles mit deinen hübschen kleinen Händen abarbeiten. Einverstanden?“

„Einverstanden! Und versprich mir bitte, dass du dich beeilen wirst! Denn ich fürchte, Nofret bleibt nicht mehr viel Zeit.“

„Ich kann noch heute Abend mit Butu sprechen“, schlug Namiz vor, „dem Leiter meiner hiesigen Werkstatt, und ihm beschreiben, was du brauchst.“ Ihn zumindest würde er einweihen müssen; Butu jedoch war treu und verschwiegen. „Du wartest eine Woche, dann gehst du zu ihm und holst deine Selket ab.“

Sahtis Lächeln ging ihm den ganzen Abend und die halbe Nacht nicht mehr aus dem Sinn, ebenso wenig die Hitze ihres frischen Körpers. Nicht, als er seine Gäste begrüßte, nicht, als das Festmahl begann und Platten voller Speisen aufgetragen wurden, zu denen unzählige Weinkrüge geleert wurden.

Es war noch dunkel, als Namiz die Terrasse betrat. Die sinnenreichen Freuden des Festes lagen wie ein schaler Geschmack auf seiner Zunge; er sehnte sich plötzlich nach kaltem Wasser. Deshalb ging er hinunter zum Fluss, trat auf den Steg, ließ sich auf die Holzplanken nieder und hielt die Beine ins Wasser. Der Nil erschien ihm beinahe schwarz, ein mächtiges, gefährliches Gewässer, das die Kraft besaß, alles zu verschlingen.

Auf einmal standen sie wieder ganz lebendig vor ihm, die Gesichter seiner Frau und ihres kleinen Sohnes, aber zu seinem Erstaunen schoben sich immer wieder Sahtis Züge davor, längst nicht mehr die eines Kindes, sondern die einer jungen Frau, deren aufkeimende Schönheit ihn berührte.

Namiz hatte Sahti lieb gewonnen, und ihr Wohl lag ihm am Herzen, auch wenn er sich entschlossen hatte, lieber in aufmerksamer Distanz darüber zu wachen. Der Pharao verschwendete vermutlich keinen Gedanken daran, dass sie überhaupt existierte, was sich jedoch bei Seqenenres Launenhaftigkeit schnell ändern konnte. Schon aus diesem Grund erschien es Namiz wichtig, dass Sahti in ihm einen Beschützer hatte, der am Hof verkehrte und stets in Erfahrung bringen konnte, welche Stimmung gerade vorherrschte.

Außerdem gab es da noch Nabu, die sich seiner Kundschafterdienste bediente, um zu erfahren, wie es Golos Tochter ging. Manchmal schien es sie zu bekümmern, dass Sahti ihre alte Heimat beinahe vergessen hatte, weil sie sich so gut bei Antef und Tama eingelebt hatte. Sahti ihrerseits auf Nabu anzusprechen war für Namiz unmöglich; sie verschloss sich, sobald er es nur versuchte. Am Abend zuvor jedoch war zu diesen vertrauten, beinahe väterlichen Gefühlen dem Mädchen gegenüber etwas Neues hinzugekommen. Hatte er aus diesem Grund seinen Plan umgestoßen und stattdessen ein wagemutiges Versprechen gegeben, das ihn den Kopf kosten konnte?

Denn eigentlich hatte er Sahti warnen wollen und es dann doch nicht getan. Dabei gab es keinerlei Zweifel an der Richtigkeit dessen, was er erfahren hatte. Es würde Krieg geben. Diese Nachricht stammte direkt aus dem neuen Palast, wo Seqenenre schon viel zu lange über den Schmähungen brütete, die König Apopi ihm zugefügt hatte. Nun schien der Pharao sich endgültig zum Angriff gegen die Hyksos entschieden zu haben. Was wiederum bedeutete, dass Sahti ihren Ziehvater Antef für einige Zeit entbehren musste. Die Truppen des Pharaos würden nach Norden aufbrechen, um Hut-Waret zu belagern, angeführt von Ipi, der nicht daran dachte, auf die Dienste seines Burschen zu verzichten.

Namiz zog die Beine aus dem Wasser. Plötzlich fröstelte ihn, er fühlte sich übernächtigt und erschöpft. Musste er nun endgültig Abschied nehmen von seinem lang gehegten Traum, Erster Vorsteher des Königlichen Schatzhauses zu werden? Oder stand der letzte, entscheidende Schritt bevor, der ihn noch von der Erfüllung trennte?

Denn dieses Mal war er nicht mit von der Partie, und er grübelte seit Tagen darüber nach, ob dies als Nachteil anzusehen war, wie er zunächst geglaubt hatte, oder ob es nicht vielleicht doch ein Vorzug war.

Der Pharao hatte ihn mit einer kleinen, gut ausgebildeten Schutztruppe nach Bjau beordert, jener waldlosen Halbinsel im Roten Meer, wo die ergiebigsten Türkisminen lagen. Die Leidenschaft des Herrschers für den blaugrünen Stein grenzte fast schon an Besessenheit. Seqenenre bedeutete er mehr als der eigentlich wertvollere Lapislazuli, den seine Vorgänger auf Kemets Thron so sehr geschätzt hatten.

„Mein Grab soll die Farben des Meeres haben", sagte er. „Blau wie die glatten Wellen eines Sommertages; grün wie die Wogen des Ozeans, wenn Sturm sie peitscht. Dann verbindet meine letzte Ruhestatt das Schönste, was Erde und Himmel gemeinsam hervorzubringen vermögen."

In zwei Tagen schon sollte Namiz aufbrechen. Und er würde vermutlich erst wieder nach Waset zurückkehren, wenn die Entscheidung über das Schicksal der Doppelkrone Kemets gefallen war. Für einen Sieg Apopis sprachen Streitwagen, Pferde und die perfekt geschmiedeten ausländischen Waffen, über die Apopi angeblich verfügte. Seqenenre dagegen trat im heiligen Zorn an, als Nachfolger der wahren Könige Kemets, ein zu allem entschlossener Feldherr, der mit seinen Truppen das fremde Joch abzuschütteln versuchte. Sollte er gewinnen, würde es keinen mächtigeren Herrscher geben, sollte er aber unterliegen, war das Schicksal seiner gesamten Familie so gut wie besiegelt.

Was jedoch würde dann aus ihm, dem Juwelier, werden, der seine ganze Zukunft auf das Königshaus in Waset gesetzt hatte? Es gab keinen Vertrauten, mit dem er sich darüber beraten konnte. Seit seiner Flucht aus Kepni war er ein Einzelgänger geblieben.

Namiz überkam plötzlich ein Gefühl von Einsamkeit, das ihm die Kehle zuschnürte.

„Es WIRD Krieg geben, Tama. Die Flotte läuft in drei Tagen aus, aber der General hat befohlen, dass alle Soldaten sich schon morgen beim ersten Hahnenschrei in den Kasernen sammeln. Ich wollte es dir schon lange sagen, aber ich konnte es einfach nicht."

„Dann ist das also unsere letzte Nacht." Ungeweinte Tränen brannten in Tamas Augen. „Nicht einmal genügend Zeit, um dir ein neues Gegengift zu besorgen, falls du zufällig wieder auf eine Schlange treffen solltest."

„Wir marschieren diesmal nicht nach Süden, sondern wir segeln nach Norden ins sumpfige Delta." Antef spürte, wie starr seine Frau in seinen Armen geworden war. „Du brauchst keine Angst zu haben, Tama! Ich passe auf mich auf, das verspreche ich dir. Und ich bin schneller wieder bei euch, als ihr euch vorstellen könnt."

„Hoffentlich!“, flüsterte sie, aber die kalte Last wollte nicht von ihrer Brust weichen, und seine Küsse, mit denen er sie schließlich zum Schweigen brachte, schmeckten bitter.

Jetzt hätte sie reden können, denn so vieles lag ihr auf dem Herzen, was Antef eigentlich noch erfahren sollte, aber die Aussicht auf nur mehr wenige gemeinsame Stunden machte sie stumm. So sagte sie ihm nichts davon, dass sie die Silbertropfen für einen weiteren Anbau fast beisammen hatte. Und auch nicht, dass sie befürchtete, Nofret werde die nächsten Tage nicht überleben. Ebenso wenig mochte sie ihn damit beunruhigen, dass sich der Balsamierer Ut in letzter Zeit immer wieder nach Sahti erkundigt hatte, auf eine seltsame Weise, die sie verwirrte.

Auch ihren größten Trumpf behielt sie für sich, obwohl sie bereits entschlossen war, sich eine tönerne Tawaret-Figur zu besorgen, die schwangere Nilpferdgöttin, bester Schutz für alle Frauen, die ein Kind erwarteten. Letzte Gewissheit würden die beiden Blumentöpfe bringen, die sie am Morgen auf dem Markt gekauft hatte, einer mit Gersten-, der andere mit Weizenkörnern gefüllt. Ein paar Tropfen Morgenurin, und wenn dann binnen zehn Tagen Keime aus der Erde sprossen, war sie eindeutig schwanger. Keimte die Gerste als Erstes, war mit einem Jungen zu rechnen, war der Weizen schneller, mit einem Mädchen. Ging keine Saat auf, handelte es sich lediglich um eine Laune der Natur.

Obwohl sie viel darum gegeben hätte, die Freude in Antefs Augen aufleuchten zu sehen, brachte Tama es fertig, den Mund zu halten, selbst als ihr Liebster nach einer letzten Umarmung und einem Abschiedskuss auf die Stirn der schlafenden Sahti das Haus verließ, um rechtzeitig in der Kaserne zu sein. Sie arbeitete emsig am Webstuhl, wie alle Tage, Seite an Seite mit Redi. Und sie weinte nicht einmal, als der Tag anbrach, an dem die Flotte auslaufen sollte. Selbst am Nil zu stehen, dafür fehlte ihr allerdings die Kraft, aber sie schickte Sahti los, die zum Hafen rannte.

Ein beeindruckendes Geschwader ankerte in einiger Entfernung vom Ufer, große, robust gebaute Schiffe, die deutlich mehr an Ladung und Besatzung aufnehmen konnten als ihre Vorgänger. Beinahe drei Jahre lang hatte Seqenenres ehrgeiziges Vorhaben die Werften Wasets mit Beschlag belegt. Den Bug der Schiffe zierte ein buntes Horus-Auge, das Sahti an das Amulett erinnerte, das nun Maj statt ihrer trug, und von den Masten flatterte die Fahne mit dem Stadtwappen von Waset – das Zepter der Macht. Kleine Ruderboote brachten den letzten Proviant an Bord; hier und da wurden bereits die Segel gehisst.

Eine große Menge verfolgte vom Kai aus das Geschehen, und Sahti versuchte vergeblich, Antef irgendwo unter den Soldaten zu erspähen. Als sie schon fast aufgegeben hatte, erblickte sie den General Ipi. Er und sein Bursche waren jedoch nicht allein.

Neben ihnen stand der Pharao Seqenenre, der den blauen Kriegshelm mit der Uräusschlange auf dem Kopf trug; einen Schritt hinter ihm Nabu. Die Menge begann bei ihrem Anblick zu murmeln.

„Stoß die Schwarze doch einfach vom Schiff, Pharao!", ertönte plötzlich eine schrille Frauenstimme. „Sonst wird sie dir eines Tages den Todesstoß versetzen."

Sahti bemerkte, wie die Züge des Pharaos sich verfinsterten. Nabu trat schnell zu ihm und flüsterte ihm etwas ins Ohr, was seine Miene wieder aufhellte. Daraufhin drückte er sie kurz an sich. Dann zog er sich mit Ipi in eine der beiden Kabinen zurück.

Nabu verschwand in der anderen, und nun hatte Sahti endlich Gelegenheit, durch Schreien Antef auf sich aufmerksam zu machen. Er warf ihr Kusshände zu, bis der Anker gelichtet wurde und das Schiff des Pharaos inmitten des Geschwaders den Hafen verließ.

Sahti winkte noch, als die Segel hinter der nächsten Nilschleife verschwunden waren. Dann machte sie sich auf den Weg zur Werkstatt des Juweliers.

„SIE IST wunderschön – wie von Ptah, dem Schöpfergott, höchstpersönlich geformt", flüsterte Sahti ehrfürchtig, als der Goldschmied Butu ihr die kleine Figur in die Hände legte.

Der Lärm um sie herum war ohrenbetäubend gewesen. Mit scharfkantigen Steinhämmern bearbeiteten kräftige Männer auf dem Amboss das erkaltete Gold aus den Schmelzöfen. An niedrigen Holztischen saßen Blechschläger, um dünnste Goldplatten zu bearbeiten, andere pressten feine Goldplatten in Prägeformen aus hartem Stein.

Der Goldschmied hatte sie nach nebenan gezogen, von wo aus sie Frauen sehen konnte, die Perlen auffädelten. Er hatte die Tür zugezogen und ihr dann die Statue ausgehändigt.

Die Göttin hatte beide Arme ausgebreitet, eine halb segnende, halb schützende Geste. Um den Hals schmiegte sich ein Perlenkragen, und ein feiner Schleier legte sich anmutig über ihre weiblichen Rundungen. Ein gefaltetes Tuch bedeckte ihr Haar. Auf ihrem Kopf thronte ein Skorpion, Kennzeichen der mächtigen Heilerin.

„In ganz Waset", brummte Butu, „wirst du kein reineres Gold finden. Nur vom Besten, hat der Herr verlangt. Und was er befiehlt, das wird ausgeführt."

Sahti flog fast nach Hause, so glücklich war sie. Nun konnte doch noch alles gut werden. Maj würde wieder schlafen, und Nofret musste bestimmt nicht sterben. Seit drei Tagen hatte sie Maj nicht mehr am Nil getroffen, ein Anzeichen dafür, dass es schlimm um seine Mutter stehen musste. Erhitzt kam sie schließlich vor dem kleinen Haus an. Die blaue Holztür war nur angelehnt und sprang auf, als sie sich dagegen lehnte. Zwei winzige Zimmer außer der notdürftig überdachten Kochstelle im Freien, mehr gab es nicht. Weder Nofret noch Maj war zu sehen. Ein schwerer, leicht süßlicher Geruch hing in der Luft, der Sahti an etwas Unangenehmes erinnerte.

Als sie durch die beiden Zimmer ging, fielen ihr die blutgetränkten Leinenlappen auf, die überall herumlagen. Auch das Strohlager war mit dunklen Flecken besudelt; und selbst auf dem Fußboden fand sie Blutspuren. Ihre Zehen stießen an eine kleine Unebenheit, und als sie sich nach ihr bückte, hielt sie einen Teil des Amuletts in der Hand, das sie ihrem Freund geschenkt hatte. Das Band war zerrissen, und vom ovalen Tonmedaillon existierte nur noch eine Hälfte.

Etwas Schreckliches musste passiert sein, nicht nur mit Nofret, sondern auch mit Maj, denn freiwillig hätte er sich niemals von ihrem Geschenk getrennt. Und plötzlich wusste sie genau, woran sie hier alles erinnerte: an den Geruch des Todes in der Skorpionhütte.

Später hätte Sahti nicht mehr sagen können, wie sie an diesem Mittag nach Hause gekommen war, aber sie erinnerte sich noch an das Gefühl der Erleichterung, das sie überkam, als sie den sauber gefegten Hof betrat und die Suppe roch, die Tama gerade auf dem Feuer stehen hatte. Kadiis, nur noch wenige Tage von der Geburt ihrer Jungen entfernt, strich zur Begrüßung um Sahtis Beine.

Tama schien nicht überrascht, als Sahti ihr stockend von Nofrets verlassenen Räumen erzählte und der Unordnung, die sie dort vorgefunden hatte. „Ich weiß, Ibib“, sagte sie, nachdem Sahti atemlos geendet hatte. „Ich wollte es dir schon heute Morgen sagen. Aber dann habe ich mich doch entschieden zu warten, bis Antef heil auf dem Schiff angelangt ist. Hast du ihn noch sehen können?“

„Ja“, antwortete Sahti ungeduldig. „Es geht ihm gut. Was ist mit Nofret und Maj?“

„Nofret ist gestorben, Sahti. Ich denke, wir können uns für sie freuen. Jetzt muss sie wenigstens nicht mehr leiden.“

„Und Maj?“, flüsterte Sahti erstickt. „Wo steckt er denn?“

„Maj ist ein guter Junge. Er wollte unbedingt den Wunsch seiner toten Mutter erfüllen. Nofret hat immer davon geträumt, ihr Leichnam solle einmal mumifiziert werden, damit sie die Gefilde der Seligen erreicht."

„Aber das kostet ein Vermögen! Und sie hatten in den vergangenen Monaten kaum genug zu essen. Wie hätten sie sich da so etwas leisten können?"

„Deshalb ist Maj vermutlich auf den Vorschlag des Balsamierers eingegangen. Ut hat ihm angeboten, den Wunsch seiner Mutter zu erfüllen – unter einer Bedingung. Der Junge muss so lange für ihn arbeiten, bis alle Aufwendungen vollständig beglichen sind."

„Aber das kann Jahre dauern!"

Tama zuckte die Achseln. „Es war Majs Entscheidung", sagte sie.

„Dann ist er jetzt bei Ut? In der Stadt der Mumien?" Es erschien Sahti beinahe wie ein Todesurteil, aber sie versuchte, die Beherrschung zu wahren. Immerhin besaß sie etwas, das ihn retten konnte.

„Ut hat den Jungen gleich zusammen mit Nofrets Leichnam mitgenommen."

„Ich muss Maj besuchen." Sahti war aufgesprungen.

„Das wirst du nicht!", widersprach Tama scharf. „Nicht, solange ich noch ein Wörtchen mitzureden habe. Wir Lebenden haben in der Welt der Toten nichts verloren. Kein Sterblicher betritt ungestraft das Reich des Anubis. Schon gar nicht mein kleines Mädchen."

VIER Monate später kehrte die Flotte Seqenenres nach Waset zurück. Dunkle Gerüchte eilten den Schiffen voraus. Von Hinterlist und Verrat wurde gemunkelt, von einer Schlacht, die vielen Männern aus Waset den Tod gebracht habe, vom Sieg Apopis und einer bitteren Niederlage Seqenenres.

Dieses Mal wartete keine fröhliche Menge, um die Soldaten in Empfang zu nehmen, sondern der Kai füllte sich nur zögernd mit Frauen und Kindern, die um ihre Männer und Väter bangten. Rasch wurden sie von Ipis Garde auseinander getrieben. Alle Soldaten hätten sich zunächst noch in den Kasernen aufzuhalten, lautete die barsche Auskunft.

Doch bereits am Abend wusste ganz Waset, dass der Pharao nicht mehr lebte und sein Schädel von den Axthieben der Hyksos zertrümmert worden war. Angst und Schrecken verbreiteten sich wie ein Schwelbrand in der ganzen Stadt, und die Frauen wurden erst wieder ruhig, als sie ihre Männer wohlbehalten in die Arme schließen konnten.

Einige Soldaten jedoch kehrten nicht nach Hause zurück, darunter Antef. Tama hatte sich zwei Tage lang die Fingernägel blutig gekaut. Kein Topf stand auf dem Feuer; zum ersten Mal, seit Sahti sie kannte, ruhten die Webschiffchen.

„Er *muss* leben!“, flüsterte sie immer wieder. „Jetzt, wo ich sein Kind trage und es ihm noch nicht einmal sagen konnte!“

„Antef kommt bestimmt noch“, versicherte Sahti jedes Mal, aber je öfter sie diese Worte wiederholte, desto unglaubwürdiger erschienen sie ihr. Als der dritte Morgen anbrach und die Ziehmutter blass und verweint im Bett liegen blieb, beschloss Sahti, auf eigene Faust zu handeln.

Vor der großen Kaserne wurde sie abgewiesen. Niemand war bereit, ihr Auskunft über Antef zu geben, und als sie nach dem General selbst fragte, wurde sie ausgelacht.

Sahti gab noch nicht auf. Der Weg zu den Palastgärten war ihr vertraut; sie eilte dorthin, obwohl es bereits glühend heiß war. Am Ziel angelangt, klopfte sie kräftig an die Pforte und brachte atemlos, aber ohne Stocken ihr Anliegen vor. Der alte Wächter, der das Mädchen oft zusammen mit Antef gesehen hatte, ließ sie ein.

Wie eine Oase umschloss Sahti der Garten. Unschlüssig, wohin sie sich zuerst wenden sollte, machte sie kurz an ihrem Lieblingsbassin Rast, kühlte Schläfen und Arme und stillte an einem Brunnen ihren Durst. Sie erschrak, als sie von hinten angesprochen wurde: „Bist du nicht die Kleine des Gärtners? Das Mädchen, das er aus Kusch mitgebracht hat?“

Eine zierliche, sehr kleine Frau stand vor ihr, mit schmalen dunklen Augen.

„Das bin ich“, bestätigte Sahti. „Und Ihr seid die Große Herrin Teti-Scheri.“ Sie verneigte sich. „Wisst Ihr vielleicht, wo mein Vater ist?“

„War er mit auf dem Kriegszug?“

Sahti nickte. „Aber er ist immer noch nicht zurück. Und meine Mutter stirbt vor Angst. Deshalb bin ich hergekommen. Sie erwartet ein Kind und soll sich nicht aufregen.“

„Es sind immer die Frauen und Mütter, die die Tränen weinen“, sagte Teti-Scheri leise. „Auch ich bin eine Mutter, die ihr Kind verloren hat. Mein Sohn, der Pharao, musste sterben.“

„Ich habe davon gehört“, flüsterte Sahti, „und es tut mir sehr Leid.“

„Er hat sein Leben für Kemet geopfert. Aber ich weiß, dass sein Tod nicht vergeblich sein wird.“

„Mein Vater ist Ipis Bursche“, begann Sahti wieder. „Vielleicht...“

„Wieso fragst du ihn nicht selbst?“

„In der Kaserne war ich schon. Ausgelacht haben mich die Soldaten und nach Hause geschickt. Aber ich gehe nicht heim, bevor ich nicht weiß, was mit Antef ist.“

„Wie heißt du, Mädchen?“

„Sahti."

„Nun, Sahti, vielleicht weiß ich doch jemanden, der dir weiterhelfen kann. Die schwarze Magierin. Sie war auf dem Kriegszug dabei. Sie kann dir erzählen, was sich zugetragen hat. Komm, ich bringe dich zum königlichen Harem."

Der Frauentrakt lag östlich vom Königspalast, ebenfalls aus Lehmziegeln errichtet, aber wesentlich einfacher gebaut, und schloss direkt an die Gebäude für Bedienstete sowie weiträumige Magazine an. Im Süden lag ein zum Teil von Lotosblüten bedeckter Fischteich, im Norden spendeten hohe Sykomoren einer Rampe Schatten. Das Herzstück der Anlage bildete eine lange Halle mit zwei bemalten Säulenreihen, von der links und rechts die Wohnungen für die Frauen abgingen.

Teti-Scheri blieb stehen. „Ganz hinten links." Sie streckte ihren Zeigefinger aus. „Dort findest du sie. Vor kurzem noch hat sie wie eine ungekrönte Königin hier vorne residiert. Aber die Zeiten haben sich geändert. Geh zu ihr, und stell die Fragen, auf die du eine Antwort suchst! Ich wünsche dir von ganzem Herzen, dein Vater möge wohlbehalten zurückkommen." Damit ließ Teti-Scheri sie allein.

Sahti merkte, wie aufgeregt sie war, als ihre Finger zitternd an die Tür aus Akazienholz klopften. Eine Weile blieb alles still, dann meinte sie von drinnen einen zustimmenden Laut gehört zu haben. Entschlossen öffnete sie die Tür und trat ein.

Der enge Raum war beinahe ausgefüllt von einem breiten Bett und zwei einfachen hölzernen Truhen.

„Was willst du?" Nabu machte sich nicht die Mühe, sich zu erheben. „Wenn du gekommen bist, um dich an meinem Niedergang zu weiden, kannst du gleich wieder gehen!"

„Ich suche Antef", erwiderte Sahti schüchtern. „Den Burschen des Generals."

„Hier? Ausgerechnet im Harem des Pharaos?"

„Die Große Herrin Teti-Scheri hat mich hergebracht. Wo ist mein Ziehvater? Ist er tot? Du musst es mir sagen, wenn du es weißt. Bitte!"

Ein knappes, zustimmendes Nicken.

„Antef ist tot?", fragte Sahti fassungslos.

„Einer von vielen", sagte Nabu, nicht mehr ganz so feindselig. „Gestorben, weil der Pharao sich mit allen Mitteln die Doppelkrone zurückholen wollte. Aber er hat es nicht geschafft. Ich wiederum sitze wie eine Gefangene in dieser Zelle. Dabei wollte er mich zu seiner Königin machen. Weil ich ihm Geheimnisse offenbart habe wie noch keine andere vor mir."

„Er hat bereits eine Königin", warf Sahti ein. „Ich habe sie bei der großen Prozession gesehen."

„Ach, so weit haben sie dich schon?" Nabu war aufgesprungen. „Eine richtige kleine Patriotin dieses verhassten Landes bist du geworden, gratuliere! Golo wäre stolz auf dich. Und was, glaubst du, würde erst die Daya zu dir sagen?" Sie packte das Mädchen unsanft an den Handgelenken und schüttelte es, bis Sahti sich wütend losriss.

„Lass mich! Du bist ja krank!"

„Ja, vielleicht bin ich das", flüsterte Nabu. „Aber nicht krank genug, um am Tod des Königs schuld zu sein. Das behaupten doch alle! Hast du noch nichts davon gehört? Meine Schlangen haben ihn getötet. Und weißt du auch, warum? Weil eine schwarze Magierin wie ich alles bewirken kann." Sie begann zu schreien und schlug auf unsichtbare Feinde ein. „Nehmt euch alle vor mir in Acht! Nabu ist noch lange nicht am Ende. Der Pharao ist tot. Na und? Schließlich hat er einen Sohn und einen Neffen. Und die können meine Schlangen ebenso umschlingen wie ihn."

Mit einem Mal sprang die Tür auf, und zwei Männer stürmten herein. „Was ist hier los?", fragte der eine. Er sprach unnatürlich hoch.

„Das geht dich einen Dreck an, du Schlappschwanz!", fauchte Nabu. „Ich bin die Favoritin des Pharaos! Und kann tun und lassen, was mir gefällt."

„Der Pharao ist tot. Nicht zuletzt durch dich - wenn es stimmt, was man so hört. Nimm also seinen Namen nicht mehr in den Mund, schwarze Schlange!", schrie der Mann und schlug Nabu ins Gesicht.

Nabu ließ sich auf das Bett fallen und begann leise zu wimmern. Der erste Eunuch packte Sahti roh am Arm. „Und du, was hast du hier verloren?", herrschte er sie an. „Verschwinde!"

Sahti entwand sich ihm, rannte aus der Tür und lief die Halle entlang hinaus auf den geschlängelten Pfad zur Gartenpforte.

Auf dem langen Heimweg blieb sie kein einziges Mal stehen. Wie sollte sie Tama die schreckliche Nachricht beibringen?

Im Hof wäre sie beinahe mit dem Balsamierer zusammengestoßen. Einer seiner Gehilfen, ebenso dürr wie Ut fett, ächzte unter der schweren Last gewebter Tücher, die er keuchend auf einen Esel lud.

„Höchste Zeit, dass du endlich kommst", sagte Ut verdrießlich. „Deiner Mutter geht es gar nicht gut. Redi war wie immer, wenn es ans Zupacken geht, nirgends zu sehen, und so mussten wir uns notgedrungen selbst behelfen. Noch einmal eine solche Nachlässigkeit, und ich ziehe euch drei Silbertropfen ab!"

„Was ist passiert?", fragte Sahti ängstlich.

„Sie hat Besuch gehabt“, erklärte Ut. „Ein Mann, wohl ein Soldat. Er ist nur ganz kurz bei ihr gewesen. Und seitdem hat sie nicht mehr aufgehört zu weinen. Ende der Woche kommen wir wieder, um den Rest zu holen.“ Er wandte sich zum Gehen.

„Tama!“, rief Sahti. „Tama, wo steckst du?“ Sie lief ins Haus.

Tama saß auf Sahtis Schemel und wiegte sich unablässig hin und her. Ihr Gesicht war nass; zu ihren Füßen lagen Tonscherben, und Sahti sah auf dem Boden hellrote Blutspritzer.

„So rede doch!“, drängte Sahti. „Was ist geschehen?“

„Er ist tot. Ipi war eben hier und hat es mir erzählt. Der General lebt, und mein Antef ist tot. Gestorben ist er, weil er nicht zulassen wollte, dass sie den General töten. Und sie haben ihn mir nicht einmal zurück nach Hause gebracht. Jetzt vermodert seine Leiche in irgendeinem Sumpf im Delta. Er hat keinen Sarg bekommen, also werden ihn Nuts himmlische Arme nicht friedlich wiegen. Und niemals wird er unser Kind sehen können.“

„Ich weiß, wie weh dir das tun muss“, sagte Sahti leise und drückte Tamas Kopf an ihre Brust. „Ich vermisse ihn ebenso wie du. Aber Antef wird trotzdem immer bei uns sein.“ Sie griff nach Tamas Hand. „Hast du dich sehr verletzt? Ich werde dich gleich verbinden.“

Tamas Hand war ungewohnt schmutzig, als habe sie tief in der Erde gewühlt, und blutverkrustet. Sie zog ihre Hand schnell zurück. „Nur ein Kratzer“, murmelte sie.

NACH drei Tagen kam das Fieber, und bald wand Tama sich in Schüttelkrämpfen.

Sahti wagte kaum, ihren Platz am Krankenlager zu verlassen, und stand nur auf, um Wasser oder frische Tücher zum Wechseln zu holen. Tama schien sie kaum noch zu erkennen. Ihr Gesicht wirkte plötzlich eingefallen. Immer wieder streckte sie den Kopf krampfartig nach hinten, und als Sahti ihren schwangeren Bauch berührte, kam er ihr vor wie eine pralle Kugel, die jeden Augenblick platzen konnte. Immer wieder schrie Tama gellend nach Antef, bis Sahti sich keinen Rat mehr wusste und in Tamas Heiligtum lief. Sie packte die drei Göttinnenstatuen, Isis, Pachet und Tawaret, die auf dem Sockel standen, und brachte sie zum Bett der Ziehmutter.

„Helft ihr!“, betete sie inbrünstig. „Rettet sie – und das Kind!“

Gegen Morgen wurde Tama scheinbar ruhiger, und Sahti war so erschöpft, dass sie neben ihr einschlief. Als das erste Licht das Zimmer füllte, ging der Atem der Kranken flach.

Tränenlos harrte das Mädchen neben dem Bett aus, bis Tama sich zum letzten Mal in einem wilden Krampf aufbäumte und dann nicht mehr atmete.

Sahti schloss die Lider ihrer Ziehmutter und verschränkte ihr die Hände über dem Bauch. „Sei du Antefs Nut“, sagte sie leise. „Und deine Liebe sei mit ihm für alle Zeiten.“

Sie zwang sich, zu der Kiste zu gehen, wo Tama ihr Erspartes versteckt hatte. Der kleine Leinenbeutel war prall mit Silbertropfen gefüllt. Sie ließ ihn auf einem Schemel neben der Toten liegen, bevor sie ihr eigenes Zimmer betrat.

Seit Jahren hatte sie das Löwentotem nicht mehr berührt; als sie es nun unter Tüchern und Kleidern hervorzog, um es sich um den Hals zu hängen, spürte sie durch das abgeschabte Leder die Spitze und die Kraft der Kralle.

Nach dem Vorbild der Daya hatte sie schon vor Monden einen Ziegel aus der Wand gelöst und im Hohlraum dahinter ihren heimlichen Schatz verborgen.

Sie nahm die goldene Selket-Statue heraus, wickelte sie in ein Tuch und band sie sich unter dem Kleid an den Körper.

Kaum hatte sie alles wieder zurechtgerückt, als sie Uts schrille Stimme hörte. „Die Weberin ist tot?“ Wie ein fetter Geist stand er im Zimmer. „Dann muss ich mir schleunigst eine Neue suchen.“

„Ja“, sagte Sahti und drehte sich langsam zu ihm um, „das musst du wohl. Aber ich möchte, dass Tama mumifiziert wird, bevor man sie bestattet. Nicht auf die einfache Weise, wie man es mit armen Bauern macht, sondern teuer. Für die Ewigkeit.“

„Und womit willst du das bezahlen?“

Es kam nun darauf an, dass sie so schnell wie möglich zu Maj kam, dem einzigen Freund, der ihr geblieben war. Denn von Namiz hatte sie seit vielen Monden keine Nachricht.

„Ich denke, ich kann dir etwas anbieten, das dir gefallen wird.“

„Was sollte das sein?“

„Mich“, antwortete Sahti, während ihr Herz wie rasend zu schlagen begann. „Ich werde für dich arbeiten, bis alles bezahlt ist. Vorausgesetzt, du nimmst mich mit in die Totenstadt – sofort.“

Seine Blicke glitten über ihren Körper. „Gut“, sagte er schließlich gedehnt. „Ich werde dich mitnehmen. Aber auf dem Westufer gelten andere Regeln, verstanden? Ob es dir passt oder nicht.“

„Verstanden“, bestätigte Sahti. „Lass uns gehen!“

SECHSTE STUNDE:
Im Reich des Anubis

Schon bald saß Sahti der Gestank des Todes unter der Haut, und alles, was sich jenseits der modrigen Dunkelheit befand, die sie nun umfing, erschien unwirklich wie ein ferner Traum. Plötzlich sehnte sie sich nach der Abfolge glühender Tage und kaum minder heißer Nächte, die sie so kurz vor dem Einsetzen der Überschwemmung sonst immer als lähmend empfunden hatte. Sie hätte viel darum gegeben, wieder Vogelgezwitscher und Hundegebell zu hören. Am meisten jedoch vermisste sie das Rauschen des großen Flusses.

Denn Uts „Haus der Schönheit", wie man die Balsamierungswerkstätten nannte, war nicht in einem Lehmbau oder Holzschuppen untergebracht wie die anderen Betriebe seines Gewerbes, sondern unter der Erde in zwei miteinander verbundenen ehemaligen Felsengräbern, deren Gänge und Kammern er speziell für seine Zwecke hatte ausbauen lassen. Hier hatte er sein Domizil aufgeschlagen, das er so selten wie möglich verließ. Hier arbeiteten seine beiden Gehilfen, die außerhalb wohnten und wenigstens morgens und abends ans Tageslicht gelangten, sofern sie nicht während der Arbeit Leichen holten und wegbrachten oder der sinkende Grundwasserspiegel der unterirdischen Zisterne sie zwang, den Weg zum Flussufer zu machen. Und hier waren auch die Kinder eingesperrt, mit Maj und nun noch Sahti vier Jungen und zwei Mädchen.

Gleich nach der Ankunft ließ der fette Balsamierer Sahti zu sich rufen, in die ehemalige Grabkammer, wo sein Bett stand. Sie schauderte, als sie über die Schwelle trat, denn über ihr waren zwei einander gegenüberstehende Anubis-Figuren gemalt, die mit ihren grünen Schakalköpfen, den aufgestellten Ohren und spitzen Schnauzen fast lebendig wirkten. Mit aller Macht versuchte sie, das Zittern zu unterdrücken, das sie befiel, denn sie hatte noch keine Gelegenheit gefunden, sich nach einem Versteck für ihren heimlichen Schatz umzusehen.

Als die Gehilfen sie wortlos packten und in die Mitte der Kammer vor Ut zerrten, hätte sie fast einen Schrei ausgestoßen. Die Männer hielten das Mädchen wie in einem Schraubstock fest, während der Balsamierer ihr Kleid bis zum Hals hochschob. Den zerschlissenen Lederbeutel zwischen den kleinen Brüsten betastete er eher gelangweilt. Doch dann löste er das durchgeschwitzte Leinenband von ihrem Bauch und wickelte mit einem überraschten Schnalzen die Statue aus. Er hob die Figur hoch, um sie zu untersuchen.

„Eine Selket aus purem Gold – ach, ich verstehe! Deshalb warst du wohl so vorlaut. Wo hast du sie gestohlen? Etwa im königlichen Palast? Raus mit der Sprache!"

„Nirgendwo!" Sahti reckte ihr Kinn, um sich nicht anmerken zu lassen, wie mulmig ihr zumute war. „Ein Freund hat sie mir geschenkt."

„Ein Freund?" Uts beißender Spott war nicht zu überhören. Sahti begann fieberhaft zu überlegen. Irgendwo in diesen Kammern musste Nofrets Leichnam im Natronbad liegen und auf das Einlösen von Majs Versprechen warten.

„Du kannst sie haben", sagte sie. „Aber nur, wenn Nofret und Tama die allerbeste Behandlung erhalten, die es überhaupt gibt. Das sind meine Bedingungen."

„Sonst noch etwas?" Ut betrachtete Sahti amüsiert.

„Ja. Ich möchte, dass du Maj auf der Stelle freilässt. Er soll nicht länger hier unten für dich arbeiten müssen."

„Wieso sollte ich auch nur eine deiner Forderungen erfüllen? Nachdem sich dieses Prachtstück doch ohnehin bereits in meinem Besitz befindet." Er wog die Göttinnenfigur prüfend in seinen Händen. „Und du ebenso. Weißt du was, Mädchen? Ich denke nicht daran, einen von euch beiden wieder herzugeben." Er weidete sich an ihrem stummen Erschrecken. „Und was wird jetzt aus all deinen hübsch ausgedachten Unverschämtheiten?"

„Du hast kein Recht, mir die Statue wegzunehmen! Sie gehört mir!"

„Kein Recht?" Er lachte schrill. „Hier geht alles nach meinen Regeln, schon vergessen? Außerdem ist alles Gold Eigentum des Pharaos. Und darf nur mit seiner Erlaubnis getragen werden. Jeder, der dies missachtet, muss mit strengen Strafen rechnen."

„Mein Freund tut nichts Unrechtes", widersprach Sahti trotzig.

„Und wer ist dieser Geheimnisvolle, der so freizügig mit verbotenen Kostbarkeiten um sich wirft?"

„Das geht dich nichts an!" Niemals würde sie ihm Namiz' Namen preisgeben. „Und jetzt lasst mich endlich los! Ihr tut mir weh."

„Er könnte sehr leicht seinen Kopf verlieren, dein namenloser Freund, wenn er nicht aufpasst. Aber mach dir keine Sorgen, Mädchen! Ich werde die Skorpiongöttin für dich aufbewahren. Bis in alle Ewigkeit." Sein Ton wurde scharf. „Und jetzt bringt sie zu den anderen!"

Sahti kehrte mit gesenktem Kopf in die kleine Nebenkammer zurück, in der die Kinder auf ein paar Lumpen auf dem blanken Boden schlafen mussten, suchte sich in ihrer Mitte eine freie Stelle und rollte sich zusammen.

Sie verlor keine Silbe über das, was geschehen war. Maj stupste sie ein paar Mal aufmunternd an, wagte aber nicht, weiter nachzufragen. Im Schein der winzigen Ölfunzel über ihren Köpfen kam er ihr müde vor, blass und ängstlich.

Die vorlaute Ita, wegen der spärlichen Kost, die sie hier erhielten, unablässig auf Nahrungssuche, rückte näher an Sahti heran.

„Hat er dich geschlagen?“, flüsterte sie. „Oder an Armen und Beinen festgebunden und mit seinen Nadeln gepikst?“

„Er schlägt und fesselt euch?“ Sahti fuhr hoch. „Aber weshalb?“

„Damit wir niemals vergessen, wer hier der Herr ist. Und mach bloß keinen Lärm, sonst kann es gleich wieder losgehen! Vor allem Pani kann es jederzeit treffen. Vielleicht, weil er der Sohn eines reichen Schreibers ist. Wie heißt du überhaupt?“

Pani war der kleinste von ihnen, ein Bündel magerer Arme und Beine mit einem störrischen schwarzen Schopf und Augen voller Verletzlichkeit.

„Sahti. Und dieser reiche Schreiber lässt zu, dass sein Sohn gequält wird?“

„Der Vater ist natürlich tot, du Schäfchen“, belehrte Ita sie. „Und seine Mutter auch. Pani hat keinen einzigen Verwandten mehr. Also vermisst ihn auch niemand drüben, bei den Lebenden am Ostufer. Ebenso wenig wie dich oder mich.“

„Mich wird sehr wohl jemand vermissen“, widersprach Sahti. Irgendwann musste Namiz ja wieder nach Waset zurückkehren! Und dann würde er bestimmt nach ihr fragen. „Ich bleibe keinesfalls lange hier.“

„Das haben wir anfangs alle gedacht. Aber es gibt nur einen einzigen Ausgang ins Freie. Und den hält Ut fest verschlossen. Bisher ist noch keiner entkommen. Jedenfalls nicht, seitdem ich hier bin. Das muss über ein Jahr sein.“

Eisige Angst stieg in Sahti auf. Und wenn Namiz doch nicht herausbekam, wo sie steckte? Die dicke Redi hatte sie mit dem Balsamierer fortgehen sehen. Aber wenn die Frau nicht den Mund aufmachte?

„Manche von uns sind schon viel länger in seiner Gewalt“, fuhr Ita fort. „Amek, der seine Nägel immer blutig kaut, weil er nicht aufhören kann, sich zu ekeln, und Bija, der sich nicht einmal mehr erinnert, wie seine Mutter ausgesehen hat. Aber wenn man sich erst einmal halbwegs auskennt, ist es eigentlich gar nicht so schlimm. Bis auf den Hunger natürlich. An das andere gewöhnt man sich, an das Natron, die Binden und die Amulette. Selbst an die Toten."

Sahti ballte stumm ihre Hände zu Fäusten. Später werde ich weinen, dachte sie verzweifelt.

THAU, der schwüle Wind, der alle müde und gereizt machte, begleitete die Königsbarke auf ihrer Fahrt zum Westufer, und die anderen Barken folgten in geziemendem Abstand. Teti-Scheri, die allein am Bug der Königsbarke gestanden hatte, wartete nicht ab, bis die Schlitten mit dem Leichnam und den Kanopen abgeladen wurden, sondern betrat als Erste die Planke. Vor ihr lag nur ein schmaler Streifen Fruchtland, hinter dem sich schroff die Felsen erhoben: eine andere Welt, die den Toten vorbehalten war. Sie wurde gekrönt von dem Horn, der höchsten Bergspitze, die sich wie eine natürliche Pyramide über den Talkessel erhob, und Sitz der kobraköpfigen Göttin Meretseger, die das Schweigen liebt.

„Worauf wartest du noch?", fragte die Große Herrin über die Schulter, als Ahhotep ihr nicht sofort folgte.

„Ich komme ja." Das dünne Kleid der Pharaonenwitwe war zum Zeichen der Trauer vorn tief eingerissen, aber sie trug wie immer schweres Goldgeschmeide, während Teti-Scheri schmucklos geblieben war. „Sei nicht immer so ungeduldig mit mir, Mutter!"

Die alte Frau verzog keine Miene. Niemand außer ihrer Milchschwester wusste, dass Seqenenres Witwe nicht ihr Kind, sondern das einer Dienerin war, der der Goldhorus einst seine Gunst geschenkt hatte. Sie war damals selbst schwanger gewesen, hatte das Kind jedoch verloren. Was lag näher, als sich ein paar Wochen lang weiter auszustopfen und das Mädchen der anderen als eigene Tochter auszugeben, zudem die leibliche Mutter die Geburt nicht überlebt hatte?

Der Pharao hatte ihr diese Größe niemals vergessen, und lange Jahre war Teti-Scheri überzeugt gewesen, damals das Beste für alle getan zu haben. Sie gab dem kleinen Mädchen mit der stumpfen Nase und den großen schwarzen Augen den Namen Ahhotep und verband sie damit mit dem Mondgott. Sie erzog sie als Prinzessin und stimmte schließlich sogar der Heirat mit ihrem Lieblingssohn Seqenenre zu, der davon ausging, die leibliche Schwester zur Frau genommen zu haben.

Inzwischen jedoch war Teti-Scheri nicht mehr sicher. Eine Dienerin bleibt eine Dienerin, und wenn sie sich noch so sehr mit Gold und Edelsteinen behängt!, dachte sie verdrossen. Wenigstens hat sie ihm vier gesunde Töchter und einen Sohn geschenkt. Wenngleich der Erstgeborene seinem Vater nicht auf dem Thron folgen wird. Sie selbst war es gewesen, die den Pharao zu dieser wichtigen Entscheidung bewogen hatte, bevor er zu seinem Kriegszug ins Delta aufgebrochen war.

Der König hatte sie erstaunt gemustert. „Ahmose ist der Sohn deines Sohnes *und* deiner Tochter. Wer könnte ihm überlegen sein?“

„Sein Vetter“, entgegnete sie ohne Zögern, „der Sohn deiner toten Schwester. Kamose soll der künftige Pharao sein.“

„Die Erbfolge nach der weiblichen Linie also?“, fragte er. „Du verlangst viel, Mutter.“

Sie nickte. „Kamose ist ein tapferer Soldat und ein vorausschauender Planer. Wo bei ihm ein stetiges Feuer prasselt, das wärmt und schützt, sehe ich bei Ahmose nur blinden Funkenregen. ‚Der Starke ist geboren‘, so lautet Kamoses Name. Wir beide wissen, dass er ihn zu Recht trägt. Mach Kamose zu deinem Stellvertreter für die Zeit, während du im Norden kämpfst! Und zu deinem Nachfolger, solltest du nicht mehr zurückkehren. Kemet braucht einen Herrscher wie ihn.“

Plötzlich war Seqenenre aschfahl geworden. „Ich habe Angst, Mutter“, flüsterte er.

Seine Worte klangen ihr im Ohr, als der Trauerzug sich endlich in Bewegung setzte, überraschend kurz für einen toten Pharao, der zum Gott geworden war. Aber auch in diesem Punkt hatte Teti-Scheri sich durchgesetzt, während Ahhotep für ein großes Staatsbegräbnis plädiert hatte.

Der Erste Priester des Amun, Nebnefer, war nur von einem halben Dutzend anderer Gottesdiener seines Tempels begleitet; die höchsten Beamten, die sich um den schwer atmenden Wesir Seb scharten, waren an zwei Händen abzuzählen. Dazu kamen die vertrauten Diener, die die Schlitten mit den Grabbeigaben und dem mit einem Federmuster bemalten Holzsarg über den heißen Sand zogen, sowie ein paar weitere, die die traditionellen Opfertiere führten.

Kamose hielt den Pesech-kef in der Hand, ein aus Obsidian gefertigtes Fischschwanzmesser, das zu den Insignien des Gottes Anubis gehörte. Der restliche Satz der heiligen Werkzeuge steckte in seinem Gürtel. Neben Kamose, in jeder Hand ein Sistrum, schritt seine Gattin Ahhotep, die alle am Hof nur Ascha nannten, um sie wegen der Namensgleichheit nicht mit Seqenenres Witwe zu verwechseln. Sie war eine schlanke junge Frau mit ernsten Augen.

Die Kanopen, Alabasterkrüge mit den Eingeweiden, jede mit einem Kopf der vier Horus-Söhne verschlossen, trugen Ahmose und seine drei älteren Schwestern voraus. Nefertari, die älteste, hielt sich eng neben ihrem Bruder. Seit langem schon wurde gemunkelt, dass die beiden heiraten würden. Die beiden waren sich fast so ähnlich wie Zwillinge: groß und schlaksig, mit feinknochigen Gesichtern, in denen die Brauen zu hoch saßen und die Augen eine Spur zu weit auseinander standen. Beide Geschwister waren in ständiger Bewegung.

Alle schwitzten, als sie auf dem Felsrücken angekommen waren, wo die Grabstätten lagen. Seqenenre hatte keine Pyramide erbauen lassen wie seine Vorgänger, sondern sich für ein schlichtes Felsengrab entschieden. Der Holzsarg wurde abgeladen und vor dem Eingang aufgestellt. Alles war bereit, den Deckel zu lüften. Seqenenres Antlitz verhüllte eine dünne goldene Totenmaske. Seine Brust bedeckte ein kostbares Pektorale aus Gold und den von ihm so geliebten Türkisen. Der restliche Körper war straff mit Leinenbinden umwickelt. Die Priester schwenkten Weihrauch und stimmten heilige Gesänge an, während Nebnefer hinter den Sarg trat und die uralten Formeln sprach, um den Verstorbenen zu befähigen, den schützenden Zauber zu empfangen.

Dann kam die Reihe an Kamose. Nach alter Überlieferung rief er zunächst die Götter der vier Himmelsrichtungen an und besprengte dabei die Mumie mit Wasser aus vier verschiedenen Goldgefäßen. Einem kleinen Korb, den Seb ihm entgegenhielt, entnahm er Natron- sowie Weihrauchkugeln und führte sie zweimal zum Mund, zweimal zu den Augen und je einmal zu jeder Hand Seqenenres.

Schließlich vollzog er mit dem Fischschwanzmesser das Ritual der Mundöffnung, indem er mit ihm und weiteren magischen Gerätschaften Mund, Augen, Ohren, Nase, Arme und Beine Seqenenres berührte und so dem Verstorbenen die Macht über seine Sinne und Gliedmaßen zurückgab.

Teti-Scheri beobachtete mit Rührung, dass Kamose Tränen über die Wangen liefen. Aber sie registrierte auch die vielsagenden Blicke, die Nebnefer und der Wesir tauschten, als gleich danach die Opfertiere geschlachtet wurden und man der Mumie viermal symbolisch mit dem Fleisch von Ochse, Gazelle und Gans über Mund und Augen strich, um ihm die blutenden Teile schmackhaft zu machen. Nach diesem Teil des Rituals gab es keinerlei Zweifel mehr, wer Seqenenre auf dem Thron folgen würde. Damit war Kamose als Nachfolger öffentlich legitimiert.

Der Wind hatte sich inzwischen gedreht, und Mehyt begann zu blasen, der trockene Wüstenwind. Nun trat Teti-Scheri vor die Mumie, um Abschied zu nehmen. Dann wurde der Sarg geschlossen und mit den Kanopen nach unten getragen, die im Schein der Fackeln in einem hölzernen Schrein gegenüber aufgestellt wurden. Teti-Scheri, Ahhotep und die Prinzessinnen legten Lotoskränze auf den Sarg, während um ihn herum all das aufgestellt wurde, was ein Pharao für die Ewigkeit brauchte: Königsstatuen, seine Waffen, Geschmeide, Alabastergefäße mit Salben und Ölen, Schminkpaletten, Sessel und Bett sowie Krüge mit Wein und Getreide, dazu Früchte und gebratenes Fleisch. Ebenso wenig fehlen durften die Uschebtis, hölzerne Diener, die anstelle des Pharaos die Arbeiten im Jenseits verrichten sollten. Die ovale Goldkammer Seqenenres war an der Decke mit einem blauen Sternenhimmel ausgemalt, während die Wände Götter zeigten, die den Toten an der Hand nahmen und vor den Thron des Totenherrschers Osiris geleiteten, des Königs der Ewigkeit.

An den Wänden der Gänge jedoch, die zur Goldkammer führten, waren zahlreiche Flächen ausgespart geblieben, und die schwarzen und roten Striche der unfertigen Vorzeichnungen hoben sich deutlich vom helleren Untergrund ab.

„Es bricht mir fast das Herz, wenn ich das mit ansehen muss", flüsterte Teti-Scheri Kamose zu. „Sein Haus der Ewigkeit in solch unvollständigem Zustand – nachdem er sich doch nach dem Grün des Meeres und dem Blau des Himmels gesehnt hatte!"

„Seqenenre ist leider viel zu früh gestorben", lautete Kamoses respektvolle Antwort. „Keiner konnte damit rechnen."

„Gestorben? Ermordet hat man ihn! Man hat ihn in einen feigen Hinterhalt gelockt. Er hat leider zu lange die falschen Männer um sich versammelt, einen General zum Beispiel, der seinen Pharao sterben lässt, während er selbst am Leben bleibt. Oder einen Fremden, allzu begierig auf den Posten des Schatzhausvorstehers, der in der Ferne weilt, statt sich um die Grabkammer seines Herrschers zu kümmern. Du solltest vorsichtiger in der Wahl deiner Ratgeber sein, Kamose!"

Ihre Worte klangen lange in seinem Herzen nach, als das Grab bereits zugemauert und mit dem Siegel der Nekropole versehen war und die Trauergemeinde unter Sonnendächern ein Totenmahl zu Ehren des Verstorbenen hielt.

Sie klangen noch nach, als der Abendwind Kamose auf der Königsbarke zurück an das Ostufer brachte.

SAHTI gewöhnte sich an das Leben unter der Erde. Sogar an das eintönige Essen, auf das die Kinder sich trotzdem stürzten, weil es niemals genug war. Sie gewöhnte sich an den erdigen Geruch mit einem Anflug menschlicher Verwesung und an die bitteren Ausdünstungen der Natronsalze, die an den Händen zu kleben schienen, so wütend man sie auch schrubbte.

Sie lernte, dass man als Erstes die linke Seite des Toten öffnete und alle Organe bis auf das Herz entnahm. Die geschickten Hände des Balsamierers stießen mit entsprechenden Instrumenten durch die Nase, bis das Gehirn ausfloss und sich in den Rillen der Balsamierungstische sammelte. Ut besaß drei davon, aus kostbarem Alabaster gefertigt und in der Form zweier Löwenkörper gebildet, die nebeneinander ruhten. Sie mussten stets sauber gehalten und poliert werden, ebenso wie sein Werkzeug. Selbst die kleinste Nachlässigkeit ahndete er mit strengen Strafen.

Brüllend scheuchte er die Kinder so lange umher, bis die Konsistenz des Salböls seine Billigung fand, aus Harzen, Bitumen und Bienenwachs zubereitet, das kein anderer als er selbst durch das vorsichtig geöffnete Hinterhauptloch in den hohlen Schädel gießen durfte.

Lief trotzdem etwas daneben, bekam meist Pani seine Wut zu spüren, der sich unter den Schlägen duckte. Keines der anderen Kinder trat für ihn ein, und als Sahti zornig auffahren wollte, hielt Ita ihr schnell den Mund zu.

„Bloß nicht! Das macht ihn nur noch wilder – und dann kriegt Pani die doppelte Portion ab.“

Die gröberen Arbeiten überließ Ut den Kindern, und so mussten die Größeren, Maj, Sahti und Ita, die leeren Körperhöhlen mit Wasser und Palmwein gründlich reinigen, während es die Aufgabe seiner Gehilfen war, Därme, Leber, Magen und Lunge gesondert zu säubern, ins Natronbad zu tauchen und anschließend in Leinen zu rollen. Je nach Preis wurden sie anschließend in Kanopenbehältern aus Ton oder Kalkstein, selten aus Kupfer oder poliertem Alabaster aufbewahrt, die dann zusammen mit der Mumie beigesetzt wurden.

Auf den ausgeweideten Körper wartete inzwischen das Natron, zuweilen mit Meersalz vermengt, das ihm bis zu siebzig Tage lang das Wasser entzog und den natürlichen Verwesungsprozess verhinderte. Wannen und Behältnisse standen dafür in den Stollen und Grabkammern bereit, alle mit Leichen in den verschiedensten Stadien gefüllt.

War Sahti anfangs beim Anblick solcher Leichen zusammengezuckt, so machte es ihr schon bald nicht mehr viel aus. Anders verhielt es sich jedoch, als sie schließlich Nofret entdeckte. Das schrumpelige dunkle Ding vor ihr besaß keinerlei Ähnlichkeit mehr mit der lebhaften, stets fröhlichen Frau, die sie gewesen war, bevor die auszehrende Krankheit sie befallen hatte, und wäre Maj nicht mit einem erstickten Schrei stehen geblieben, sie hätte seine Mutter niemals wieder erkannt.

Er weinte, als er mit Sahti neben der Wanne niederkniete. „Wenn ich nur am Tag ihres Todes nicht auch noch dein Amulett verloren hätte, Sahti! Damit hat das ganze Unglück erst seinen Lauf nehmen können.

Ich hätte Ut niemals trauen dürfen! Manchmal glaube ich, dass die Götter uns vergessen haben. Am liebsten wäre ich auch tot."

„Unsinn! Wir leben, und die Götter vergessen niemanden", sagte Sahti. „Gehörte Nofret eigentlich nicht längst bestattet?"

„Ich weiß nicht", flüsterte Maj. „Die anderen behaupten, dass er manche Leichen nie wieder herausrückt. Und zu ihrem Begräbnis würde er mich ohnehin nicht lassen."

„Aber was macht er dann mit diesen Leichen? Und wie sollen die Toten die Gefilde der Seligen erreichen, wenn keiner sie richtig bestattet?"

„Ich weiß es nicht, Sahti."

Sahti hatte Tamas Leichnam bisher nirgendwo entdeckt. Mit den anderen Kindern mochte sie nicht darüber reden. Inzwischen kannte sie ihre traurigen Schicksale: Amek war von seiner eigenen Tante für ein paar Silbertropfen an Ut verkauft worden; Bija hatte Ut unter ähnlichen Vorspiegelungen wie Maj in sein unterirdisches Reich gelockt, während Pani beim plötzlichen Tod der Eltern noch zu klein gewesen war, um sich gegen die Machenschaften des Balsamierers zu wehren. Nur Ita wollte nicht sagen, wie sie hierher gelangt war.

Sahti setzte ihre heimliche Suche nach Tamas Leiche erfolglos fort, bis sie ein paar Tage später endlich mit Ita allein war. Ut hatte den beiden Mädchen befohlen, die Leibeshülle eines Verstorbenen mit Sägespänen und Eichenmoos aufzufüllen.

„Irgendwo muss es noch einen anderen, heimlichen Bereich geben", flüsterte Sahti. Sie hatten ihre Arbeit beinahe vollendet, und schon im nächsten Moment konnte Ut oder einer seiner Büttel sie stören. „Ein Bereich, in den der Balsamierer niemand anderen lässt. Weißt du etwas davon?"

„Kann sein. Was wäre dir die Auskunft denn wert?"

„Zwei kleine Brote. Zwei Tage hintereinander."

„Drei Brote", verbesserte Ita. „Und mindestens drei Tage hintereinander."

„Einverstanden. Aber nur, wenn du wirklich etwas zu sagen hast."

„Zuerst die Brote", beharrte Ita.

Sahti blieb nichts anderes übrig, als sich die Brote drei Abende vom Mund abzusparen. Nachdem Ita das letzte Stückchen verschlungen hatte, stand sie schon neben ihr. „Also, was ist nun?", fragte Sahti ungeduldig.

„Er hat mich neulich in seine Grabkammer schleppen lassen", begann Ita. „Mitten in der Nacht. Dann hat er seine Gehilfen nach Hause geschickt und sich an der Wand zu schaffen gemacht. Ich musste mich ausziehen, in einen hölzernen Sarg legen und die Augen schließen, als sei ich tot. Und dann…“

„So rede endlich!“

„… hat er sich auf mich gelegt, dieser fette, stinkende Kerl, bis ich dachte, er zerquetscht mir jeden einzelnen Knochen. Plötzlich begann er zu singen, etwas von Leibern, die vergehen, und anderen, die an ihre Stelle treten. Ich habe stumm zu allen Göttern um Hilfe gefleht, und irgendwann war es plötzlich vorbei. Als ich den Mut hatte, die Augen aufzumachen, stand er vor einer halb geöffneten Wandtür und weinte.“

„Er *weinte*?“

„Ja“, bestätigte Ita. „Und brabbelte dummes Zeug vor sich hin. Verstehst du, Sahti? Der heimliche Bereich, nach dem du suchst, muss direkt neben seiner Grabkammer liegen. Normalerweise sieht die Wand mit dieser Tür aus, als sei es nur eine ganz normal bemalte Fläche, du weißt schon, die abgeblätterte Stelle mit den Tänzerinnen und den weißen Lotosblüten. Irgendwo in seinem Verlies muss also eine Geheimtür sein, die in jener Nacht offen stand. Leider war es nicht hell genug, dass ich genau erkennen konnte, was sich dahinter befand, aber es war eine Art Tisch, ähnlich wie der mit den Löwenfüßen. Außerdem habe ich auf dem Boden mindestens eine seiner Leichenwannen gesehen.“

DER MOND zog lange Lichtkegel über den Strom, als Nabu endlich von zwei Eunuchen in den Palast gebracht wurde. Sie hatte so lange auf diesen Tag gewartet, dass ihr nun alles ganz unwirklich erschien. Ohne Dienerinnen war es unmöglich, das Gesicht nach höfischer Sitte zu schminken. Sie hatte nicht einmal gewagt, die Schmuckstücke anzulegen, die Seqenenre ihr geschenkt hatte, aus Angst, sie abgenommen zu bekommen. Sie hatte sich für ein einfaches gelbes Kleid entschieden, und sie war barfuß geblieben, nur mit einem Band geschmückt, das ihr gekräuseltes Haar aus der Stirn hielt.

Kamose empfing sie in einem Raum, den sie noch nie zuvor gesehen hatte. Er war leer bis auf viele Kissen, die auf dem Boden lagen, und zahlreiche Lampen. Der junge Herrscher lud sie mit einer Handbewegung zum Sitzen ein.

„Weshalb hast du mich rufen lassen? Um mich endgültig in die Verbannung zu schicken? Oder um mir mein Todesurteil zu verkünden?“

„Ich wollte dich näher kennen lernen. Die Frau, die meinem Onkel…“

„… den Tod gebracht hat, wie alle behaupten?“

Sie starrten sich schweigend an.

„Die schwarze Schlange“, antwortete er schließlich. „So nennt man dich überall. Und ich frage mich, ob man es zu Recht tut.“

Langsam hob Nabu ihre Arme, damit er die dunklen Tätowierungen besser sehen konnte. Die linke Schlange schlief, scheinbar friedlich, die rechte jedoch züngelte bedrohlich empor. „Sie machen euch Angst“, sagte sie, „euch Menschen aus Kemet. Weil sie fremd sind. Uralt. Und kraftvoll.“

„Sind sie das?“ Kamose war geschmeidig aufgestanden und hockte jetzt ganz nah vor ihr.

„Was willst du wirklich?“, fragte Nabu leise. „Doch nicht etwa deinen Harem um eine ausrangierte Favoritin bereichern? Das würde nur böses Blut geben, vor allem bei deiner steifen, traurigen Ascha.“

„Was weißt du schon von meiner Gemahlin? Du hast kein Recht, so über sie zu reden.“

„Natürlich nicht – vergib mir, großer Pharao! Aber du kannst mir meine Augen nicht verbieten und ebenso wenig meine Ohren. Ich sehe, was ich sehe. Und höre, was ich höre – auch wenn es dir nicht passt.“

„Und was siehst oder hörst du?“

Sie lachte auf. „Sag mir doch einfach, was du begehrst! Einen Zauber, damit sie dich endlich in ihr Bett lässt, und du einen Erben zeugst? Oder eher eine Prophezeiung, wann du jemals ihr kaltes Herz erwärmen wirst?“

„Schweig!“ Kamose holte aus, um zuzuschlagen.

Nabu jedoch bremste seine Hand und hielt sie fest. „Du kannst mich töten lassen, Pharao“, zischte sie. „Aber du wirst mich nicht schlagen – niemals!“

„Du *bist* die schwarze Schlange“, sagte er mit widerwilligem Respekt.

„Ich bin die Frau der vielen Häutungen. Weißt du eigentlich, wie alles begonnen hat, vor unerdenklich langer Zeit?“

Kamose schüttelte stumm den Kopf.

„Eines Tages kamen die Götter auf die Erde herab und fragten die Lebewesen: ‚Wer will nicht sterben?‘ Unglücklicherweise schliefen gerade alle Menschen und alle Tiere. Nur die Schlange war wach und sagte: ‚Ich.‘ Daher sterben alle Menschen und Tiere, und nur die Schlange stirbt nicht, es sei denn, sie wird feige getötet. Jedes Jahr wechselt sie ihre Haut. Und so bleibt sie allein stark und mächtig …“

„Schweig!“ Er packte sie und zog sie ungestüm zu sich hinab.

Nabu wehrte sich nicht. Gelöst und weich lag sie in seinen Armen und lauschte dem Schlag seines Herzens. „Sie allein erschafft die Geistkinder“, flüsterte sie an seinem Hals, „und erzeugt den Regen. Ihre

Zunge verursacht den Blitz und ihre Kehle den Donner. Und wenn sie liebt, dann umschlingt sie den Geliebten wie…"

„Schweig!"

„Ja, lass uns schweigen, großer Pharao!", murmelte Nabu. „Lass uns endlich schweigen!"

DURCH einen Zufall fand Sahti heraus, dass Pani lesen konnte. Sie entdeckte ihn vor einer verblassten Wandzeichnung, die Götterfiguren vor einer aufgebahrten Mumie zeigten. „Was machst du da?", fragte sie ihn. „Und wo bleiben die Leinenbinden, nach denen er dich geschickt hat? Du weißt doch, was passiert, wenn Ut dich beim Trödeln erwischt."

„Ich habe gelesen", flüsterte er ängstlich. „Bitte verrat mich nicht!"

„Du kannst *lesen*?"

Pani nickte. „Aber ich verstehe nicht, was es heißen soll. Ich war nämlich nicht sehr lange in der Schreibschule."

„Schreiben kannst du auch?"

„Das gehört doch zusammen!", fand Pani. „Aber mein Vater hat gesagt, dass ein guter Schreiber sein ganzes Leben lang dazulernen muss." Seine Augen begannen verdächtig zu glänzen.

„Du vermisst ihn, nicht wahr?"

„Mama noch mehr", gestand Pani, jetzt unter Tränen. „Die hat mich immer so lieb gehabt."

Sahti schlang ihre Arme um den Jungen und drückte ihn fest an sich. Seit Tagen schon fühlte sie sich gereizt und zerschlagen zugleich, immer ganz nah am Weinen, und dazu kam seit dem Morgen dieser seltene Krampf, der ihre Eingeweide zusammenzog.

„Wir kommen hier raus", flüsterte sie in Panis wirres Haar, „wirst sehen, schon bald! Er kann uns nicht in seiner geheimen Kammer begraben."

Sie ließ ihn los und strich ihr Kleid glatt. Auf dem Boden entdeckte sie ein paar dunkle Tropfen. Sie musste sich irgendwo eine kleine Verletzung zugezogen haben, denn auch an ihrem Bein war Blut. Sie schob den Stoff nach oben und erschrak.

Der Fluch des Skorpions – und sie hatte sich nicht der Sichel des schwarzen Mondmessers gebeugt!

„Geh schon mal voraus", bat sie Pani. „Ich komme gleich nach. Die Leinenbinden bringe ich mit. Für dich sind sie zu schwer."

Erst als er verschwunden war, wagte sie sich zwei Leinenstreifen zu nehmen, mit denen sie sich säuberte. Schnell packte sie ein paar weitere Streifen, rollte sie zusammen und band sie sich unter das Kleid. Danach balancierte sie mühsam den Stapel Leinenbinden zu den Einwicklern und ließ ihn dort einfach zu Boden fallen.

„Kannst du nicht aufpassen?“, herrschte Ut sie an. „Und jetzt mach, dass du rüber zu Ita kommst! Da ist ja Blut an deinem Bein!“

„Da ist kein Blut“, widersprach Sahti und lief davon.

HOHES, gleichförmiges Singen riss Sahti aus dem Schlaf. Um sie herum waren die gleichmäßigen Atemzüge der anderen Kinder zu hören. Es war dunkel bis auf ein müde glimmendes Talglicht hoch oben in einer Wandnische. Sahti war hungrig und richtig zittrig, als sie vorsichtig aufstand, um die anderen nicht zu wecken. Zum Glück waren die Blutungen inzwischen schwächer, aber sie trug noch immer die entwendeten Leinenrollen zwischen den Beinen und fühlte sich verletzbarer als sonst. Einen Augenblick zögerte sie, ob sie nicht doch Ita wecken sollte, ließ es dann jedoch bleiben. Ita hatte sie erst gestern beschuldigt, ihr ein Brot gestohlen zu haben. Es hatte keine Versöhnung gegeben.

Je näher Sahti der Grabkammer kam, in der Ut hauste, desto eindringlicher wurde der Gesang. An der Schwelle hielt sie inne, sandte ein Stoßgebet zu Isis und trat ein.

Ut trug eine Anubis-Maske, die seine Züge verhüllte. Hinter den schmalen Sehschlitzen funkelten kalte Augen. Sein Gesang verstummte abrupt. „Die kleine Schwarze – sieh einmal an! Hat dich die Sehnsucht nach deiner goldenen Göttin hierher getrieben?“ Sein Zeigefinger wies in eine Nische. „Da steht sie.“

Sahti schüttelte den Kopf, prägte sich aber die Stelle ein. „Wo ist Tama?“, fragte sie. „Die Weberin. Meine Mutter. Wieso ist sie noch nicht bestattet?“

„Du hast dich also schon nach der toten Weberin umgesehen? Schlaues Mädchen! Und sie leider trotzdem nicht gefunden? Armes Mädchen! Konntest du auch nicht. Denn sie war ja bei mir. Komm!“

Sein Finger wies in Richtung einer halb geöffneten Tür. In der Wand zwischen den aufgemalten Musikantinnen und Tänzerinnen mit den Lotosblüten tat sich ein dunkler Spalt auf.

Es schauderte Sahti, aber so nah dem Ziel konnte sie nicht aufgeben. Tapfer ging sie auf die Tür zu. Dahinter öffnete sich ein großer, grob aus dem Fels gehauener Raum, in dem Tische und Wannen standen.

„Angst?“ Er war auf einmal neben ihr. „Wer die Schwelle des Todes überschreitet, darf die Werke der Götter sehen und ist ein Eingeweihter. Also, mach schon!“ Er stieß sie unsanft voran.

„Was ist das hier?“, fragte Sahti leise.

„Das? Mein Laboratorium, könnte man sagen. Oder, wenn du so willst, die Werkstatt der Götter."

Mit steifen Gliedern ging Sahti weiter. Auf dem ersten Tisch lag eine junge Frau, noch im Tod sehr schön. Auf einem weiteren Tisch lag die Leiche eines Mannes, deren Balsamierung beinahe abgeschlossen schien. „Du hast mich eben in meiner Kunst gestört", flüsterte Ut. Er griff in einen Eimer und hielt Sahti etwas Bräunliches vor die Nase. „Das hier wird sein neues Herz."

„Aber das ist ja Dung!" Angeekelt wich sie zurück. „Das darfst du nicht! Wie soll da sein Herz jemals auf der Waagschale der Maat vor den Augen des Osiris gewogen werden?"

„Ich bin der König der Ewigkeit!", schrie Ut hysterisch. „Und ich entscheide, ob er ein Herz erhält oder nicht!" Er stopfte den Dung in den Brustkorb der Leiche und begann erneut schrill zu singen.

Das war das Schlimmste, was man einem Menschen zufügen konnte! Damit war jede Hoffnung auf ein Weiterleben nach dem Tod endgültig vertan. „Und Tama?", stieß Sahti mühsam hervor.

Ut nahm das schwarze Sichelmesser vom Tisch. „Sie ist noch nicht so weit. Ich habe sie einstweilen meinem Abfallhaufen zugeführt, den Leichen Namenloser, du verstehst, die ich für meine speziellen Experimente brauche. Natron zum Beispiel; was meinst du, was passiert, wenn man die Dosis um ein Zigfaches erhöht und dann Wasser zuführt?"

Er tänzelte in die andere Ecke. Sahti folgte ihm. Vor einer riesigen Wanne hielt er inne.

„Wie Ptah", flüsterte er. „Ich kann schöpfen und zerstören – ich bin ein Gott!" Sein Ton änderte sich. „Blutest du noch?"

Sahtis Angst wich heißem Zorn. „Das geht dich gar nichts an!"

„Und ob! Glaubst du vielleicht, ich merke es nicht, wenn du mir mein kostbares Leinen stiehlst? Außerdem brauche ich dich für das, was ich mit dir vorhabe, sauber und rein." Er stieß mit der Messerspitze sacht gegen ihren Arm. „Du denkst doch nicht im Ernst, dass ich dich noch einmal zurück zu den anderen lasse, nach dem, was du hier alles ausspioniert hast?" Er kam näher. Bei jedem Schritt schien das Sichelmesser in seiner Hand zu wachsen.

„Lass mich!", flehte Sahti, unfähig, sich zu bewegen. „Ich werde ihnen nichts verraten. Das schwöre ich."

„Nein, das wirst du nicht. Weil du nämlich diesen Raum nie mehr verlassen wirst – weder lebend noch tot."

Er wollte sich auf Sahti stürzen, aber er übersah, dass sie einen Fuß ausgestreckt hatte. Ut kippte vornüber und schlug mit der Stirn hart gegen eine Wanne. Ohnmächtig sank er zusammen. Das schwarze Messer fiel neben ihm auf den Boden.

„In die Wanne mit ihm, in die Wanne!“ Itas helle Stimme riss Sahti aus ihrer Starre. Zusammen mit den anderen Kindern stürmte Ita in den geheimen Raum. „Wir tauchen ihn ins Natronbad! Maj und Amek, ihr nehmt die Beine. Bija, Sahti und Pani – ihr die Arme! Beeilt euch!“

Die Kinder machten sich an dem Koloss zu schaffen, und gemeinsam gelang es ihnen, Ut hochzuhieven. Schwerfällig plumpste er in das Natronbad, und sein massiger Körper ließ die ätzende Flüssigkeit hochspritzen.

„Wir sollen ihn töten?“, fragte Sahti. „Aber man darf nicht töten!“

„Willst du warten, bis er sich erholt? Er hat uns lange genug gequält! Drückt ihn nach unten!“, befahl Ita unerbittlich. „Fest! Alle zusammen.“

Die Kinder gehorchten, obwohl das Natron scharf durch ihre Haut drang, aber Ut wehrte sich. Plötzlich schienen seine Kräfte zurückzukehren, und er kam wieder nach oben. Er hatte die Maske verloren.

„Das Messer, Sahti, das Messer!“, gellte Ita.

Sahti packte das Messer aus schwarzem Stein, schloss die Augen, dachte an Tama und stieß kraftvoll zu.

SIEBTE STUNDE: Welt der Steine

Nach dem Gestank im Felsengrab erschien den Kindern die Nachtluft mild und wohltuend. Aller Hände brannten noch vom Kontakt mit dem Natronbad, und es brachte Linderung, sie in den sanften Wind zu halten. Ita trieb sie unermüdlich zum Weitermarschieren an. Wie selbstverständlich hatte sie die Leitung der kleinen Schar übernommen, und sie führte sie, ein flackerndes Öllämpchen in der Hand, westwärts ins benachbarte Felsental.

Als Einzige hatte sie in all der Aufregung einen kühlen Kopf bewahrt. Sie hatte den Schlüssel aus Uts heimlichem Versteck, das sie in den vergangenen Tagen ausspioniert haben musste, geholt und den einzigen Ausgang ins Freie aufgeschlossen, während die anderen noch aufgeregt durcheinander schrien. Furchtlos war sie mit Maj und Amek sogar noch einmal in das Gefängnis zurückgekehrt, um Wasser und Lebensmittel für die Flucht zu besorgen.

Sahti starrte beim Gehen ständig auf ihre Hände. Hatten sie wirklich das schwarze Messer geführt? Und dem Balsamierer den Tod gebracht?

Vor ihnen erhob sich eine lange, sanft ansteigende Rampe, die sie zögernd betraten.

„Was ist das?", flüsterte Pani, als sie oben anlangten und im Mondlicht die ersten Säulenreihen erblickten. „Ein verwunschener Palast? Warst du denn schon einmal hier?"

„War ich. Vor einigen Jahren, als mein Vater noch lebte."

„Das muss einmal ein Tempel gewesen sein", folgerte Bija, der vorausgelaufen war. „Seht doch – all die kunstvoll behauenen Steine zwischen dem Geröll!" Neugierig ging er weiter. „Das hier könnte ein Opfertisch gewesen sein. Und das dort die Nische für ein Götterbild. Aber geopfert wird hier bestimmt schon lange keinem mehr. Vielleicht schützt uns der Gott, dem die Stätte geweiht ist, trotzdem."

Nur noch einige der Säulen waren vollständig, andere waren halb eingestürzt, und auch der ehemalige Tempelgarten, in den sie schließlich kamen, war verwildert.

Ita lachte. „Genau deshalb sind wir ja hier. Damit keiner uns findet. Und niemand uns etwas antun kann. Von hier aus können wir bei Sonnenaufgang ungehindert zum Strom aufbrechen. Aber jetzt sollten wir uns erst einmal stärken."

Alle waren heilfroh, dass Ita an Wasser und Essen gedacht hatte. Sie versorgte die Schar, beinahe so fürsorglich wie eine Mutter, aus ihrem Beutel mit Brot und den lang entbehrten Streifen getrockneten Fleisches. Die Kinder saßen im Kreis, aßen und tranken.

Allein Sahti hielt sich abseits und starrte schweigend in den nachtblauen Himmel.

„Du hast ja dein Brot noch gar nicht angerührt!", stellte Ita fest, als die anderen sich schon zusammengerollt und zum Schutz gegen die Wüstennacht in die gewohnten Lumpen gewickelt hatten. „Bist du krank? Was ist mit dir?"

„Nichts. Ich weiß nicht. Ich bin nicht hungrig."

„Aber du musst essen. Wir haben gerade mal den ersten Teil des Abenteuers hinter uns. Wer weiß, was morgen noch auf uns zukommt!"

„Lass mich!", erwiderte Sahti dumpf. „Ohne dich, Ita, wäre ich längst nicht mehr am Leben ..." Sahti begann zu weinen.

Ita rückte näher und legte ihr zögernd den Arm um die Schultern. „Wir hatten doch keine Wahl!", flüsterte sie. „Nach und nach hätte er uns alle umgebracht. Er war wahnsinnig, Sahti, vergiss das nicht! Ein Monstrum, das den Tod hundertmal verdient hat!"

Sahti fuhr tränenüberströmt hoch. „Kannst du dir vorstellen, was er mit Tama gemacht hat? Und mit den anderen Namenlosen? ‚Abfallhaufen', so hat er sie genannt! Und anstelle des Herzens hat er ihnen ..."

„Was hat er?", fragte Ita.

„Ach, nichts!"

„Egal! Vergiss es einfach und alles, was du da unten an Scheußlichem gesehen und erlebt hast! Er ist tot – und wir leben. Nur das zählt. Obwohl ich nicht die geringste Ahnung habe, was aus uns werden soll. Du vielleicht?"

Sahti schüttelte den Kopf.

„Wer wird uns Arbeit geben? Und Essen? Oder uns bei sich aufnehmen? Wir sind doch alle noch zu jung, um allein zu leben!" Energisch schob Ita ihr Kinn vor. „Aber was auch immer passiert, zum Westufer bringt mich niemand mehr."

„Mich auch nicht!", pflichtete Sahti ihr bei. „Wenngleich ich vor lauter Angst vergessen habe..."

Die Selket! Die goldene Göttinnenstatue musste noch immer in der dunklen Nische stehen. Was würde geschehen, wenn man sie entdeckte? Gab es einen Hinweis darauf, dass sie von Namiz kam? Wenn ja – niemals würde sie sich das verzeihen!

„Schlaf dich jetzt erst einmal gründlich aus. Ich übernehme die erste Wache, und anschließend kommt Maj an die Reihe."

Als der Sonnenball sich golden über dem Horizont erhob, fand Sahti, die plötzlich aufgewacht war, Maj ebenso tief schlafend vor wie alle anderen. Behutsam ging sie von einem zum anderen und weckte sie. Die Kinder rieben sich den Schlaf aus den Augen, teilten Wasser und Essensreste und brachen danach sofort auf.

Pani hielt sich wie schon beim Hinmarsch eng neben Sahti. „Tut dir die Haut auch noch so weh?", flüsterte er. „Es brennt und juckt."

„Ein bisschen. Aber das vergeht wieder."

„Wohin werden wir jetzt gehen?" Er klang verzagt. „Ich meine, auf dem anderen Ufer... Wirst du mich dort allein lassen, Sahti?"

„Niemals", erwiderte sie fest. „Und jetzt sei still."

Folgsam blieb Pani stumm, bis sie die Anlegestelle am Nil erreicht hatten. Weil es nirgends einen Unterstand gab, duckten sich die Kinder unwillkürlich, als wollten sie sich unsichtbar machen.

Schließlich wagte Maj auszusprechen, was sie insgeheim alle bewegte: „Und was, wenn uns Uts Gehilfen doch noch entdecken und gewaltsam zurück in die Unterwelt schleifen? Vielleicht sind sie auf dem ersten Boot."

„Was können sie uns schon anhaben?", fragte Ita. „Selbst wenn sie seine Leiche entdecken? Es hat uns doch niemals gegeben! Wir existieren praktisch gar nicht!“

„Die Fähre!“, rief Pani und fuchtelte aufgeregt mit seinen dünnen Armen. „Sie kommt, sie kommt! Jetzt sind wir gleich in Sicherheit!“

Sie lernten den Hunger kennen, der sie zwang, ständig ans Essen zu denken. Denn das stolze Waset zeigte wenig Mitleid mit heimatlosen Kindern. Auf einmal erschien ihnen die Stadt düster, ein Labyrinth eng ineinander geschachtelter Häuser und schmutziger Gassen. Nofrets Haus hatten längst andere Leute bezogen, eine unfreundliche Alte jagte die Kinder weg, als sie vorsichtig nachschauen kamen.

Ähnlich erging es ihnen vor Tamas Anwesen. Ein Nachbar, lange schon erpicht auf die Werkstatt der Weberin, hatte nichts Eiligeres zu tun gehabt, als dort seine Binsenmatten zu flechten, und als Sahti nach Kadiis suchte, geriet er regelrecht in Wut.

„Antef und Tama hatten keine Kinder, das weiß ich genau!“, schrie er. „Schon gar nicht so eine schwarze Ausgeburt der Unterwelt wie dich! Und Katzen werden ertränkt – Schluss!“

„Sag mir wenigstens, wo ich Redi finden kann“, sagte Sahti.

„Auf dem Friedhof, wenn du es genau wissen willst, und das bereits seit zwei Monden! Zu viel verdorbener Fisch. Verschwindet!“

Den Kindern blieb nichts anderes übrig, als zurück zum Markt zu trotten. Wenn sie Glück hatten, erbarmte sich einer der Händler und überließ ihnen etwas von den Abfällen. Lief es weniger gut, mussten sie sich notgedrungen mit Stehlen durchschlagen. Nachts schliefen sie vorzugsweise in der Nähe des Nils.

Bitter sagte Ita, als sie abends zusammensaßen: „Ich wusste gar nicht, dass die Bewohner Wasets so hartherzig sind.“ Ein paar Brote, drei magere Fische sowie ein Beutel angeschlagener Feigen waren alles, was sie an einem Feuer miteinander teilen konnten. „Und nun? Was weiter?“

„Ich könnte morgen wieder bei den Zimmerleuten im Hafen anfangen“, sagte Maj verlegen. „Und Bija auch, wenngleich zunächst nur auf Probe. Sie wollen sich erst vergewissern, ob er stark genug für diese Arbeit ist. Wir kriegen zweimal am Tag zu essen. Und ein Bett auch – aber nur für uns beide.“

„Ich will in den Süden, nach Abu“, murmelte Amek. „Wenn ich Glück habe, nimmt mich vielleicht schon morgen ein Boot dorthin mit.“

„Zum ersten Katarakt?“, fragte Sahti erstaunt. „Was willst du denn ausgerechnet dort?“

„Mein Vater stammt von der Insel Abu und hat immer viel von seiner

Heimat erzählt. Wenn mich nicht alles täuscht, dann muss dort noch einer seiner jüngeren Brüder leben, der mit Gewürzen handelt. Vielleicht nimmt der mich auf."

„Und was machst du, wenn er nicht mehr lebt? Oder nichts von dir wissen will?" Itas Stimme klang plötzlich brüchig. „Außerdem dachte ich, wir halten zusammen – für immer."

„Dann werde ich eben versuchen, mich als Rekrut anwerben zu lassen. Ich habe gehört, dass der neue Pharao Soldaten braucht!"

„Und wir, Sahti?" Panis übergroße Koboldaugen starrten sie an. „Wo sollen wir bleiben, wenn alle anderen uns verlassen?"

„Keiner verlässt uns, Pani!" Sahti strengte sich an, ihre eigene Besorgnis niederzukämpfen. „Die anderen versuchen nur, sich durchzuschlagen, und das ist gut so. Oder sollen wir vielleicht lieber alle zusammen verhungern? Ich denke, wir gehen morgen noch einmal zu Namiz' Haus. Irgendwann muss er schließlich von seiner Expedition zurückkehren."

Im ersten Morgengrauen verabschiedeten sie sich voneinander. Ita küsste Maj auf beide Wangen; der Junge dagegen stand stocksteif da. Als Sahti an der Reihe war, strich er zaghaft über ihren Arm.

„Der Schutz der Götter sei mit dir, Maj!", wünschte Sahti. „Und jetzt geh! Sonst versäumst du noch das Morgenmahl und musst mit leerem Magen schwere Bretter schleppen."

Sie zog Pani mit sich. Ita folgte ihnen schweigend durch die Gassen, bis sie endlich ihr Ziel erreicht hatten.

„Was wollt ihr schon wieder?", fuhr der Diener sie an, als sie an die Pforte geklopft hatten. „Verschwindet!"

„Ist der Herr vielleicht zu Hause?", fragte Sahti höflich. „Ich muss ihn sprechen. Bitte – er ist mein Freund."

„Sahti – Mädchen!" Der Mann, der den Diener beiseite drängte, war tiefbraun gebrannt und so mager, dass Sahti ihn beinahe nicht wieder erkannt hätte. Dann jedoch liefen Tränen der Erleichterung über ihre Wangen. „Aber wie siehst du denn aus, meine Kleine?"

„Und du erst!", entfuhr es ihr schluchzend. *Meine Kleine* – wie lange hatte sie niemand mehr so genannt!

Namiz war barfuß, trug einen wilden rötlichen Vollbart und hatte nur einen einfachen Schurz um die Hüften geschlungen. Er lachte belustigt, als er an sich hinunterblickte. „Ja, der Bauch ist weg. Und in der Wüste gab es nur selten Gelegenheit für eine sorgfältige Toilette."

„Namiz", brachte sie gerade noch hervor, „und ich dachte schon, du würdest niemals mehr…" Dann wurde ihr schwarz vor Augen, und sie sank auf der Schwelle ohnmächtig zusammen.

„Du warst lange weg. Sehr lange." Kamose hatte Namiz zur Audienz in einem der Räume des neuen Palastes empfangen, der größer und lichter wirkte, nachdem er die meisten Möbel hatte entfernen lassen. Jetzt stand hier nur ein schlichter Thron aus Zedernholz, den zwei jüngere Männer flankierten. Die frisch angefertigten Wandgemälde stellten Blumen und Pflanzen dar, einen luftigen, heiteren Garten. Dazwischen immer wieder Jagdszenen.

„Ihr habt Recht, Pharao." Namiz fiel vor dem Thron zu Boden. Inzwischen war er rasiert und gesalbt und trug feinstes Leinen. „Und beinahe wäre ich gar nicht mehr zurückgekehrt."

„Erhebe dich!"

Der Juwelier gehorchte. „Die Wüstenrebellen wurden langsam ungeduldig", sagte er. „Hätte das verlangte Lösegeld sie nicht bald erreicht..."

„Deine Nachricht kam spät zu uns. Außerdem waren wir mit anderen Angelegenheiten befasst."

Namiz verneigte sich. „Auch mein Herz weint, wenn ich an den Tod des großen Seqenenre denke..."

„Wir sollten uns um die Zukunft kümmern." Geschmeidig war Kamose aufgesprungen. „Ich höre, du hast uns einiges mitgebracht?"

„Das habe ich. Türkise – von reinem hellem Blau bis zum zarten Grün junger Blätter – oder gleich Himmel und Meer, ganz, wie Ihr wünscht. Meine Leute sind auf eine neue Mine gestoßen, die schier unermessliche Schätze birgt. Wir waren mit dem Abbau schon sehr weit vorangekommen, als die Wüstenrebellen uns..."

„Und weiter?"

„Kupfer", sagte Namiz. „Ausreichend, um selbst noch die Söhne Eurer Söhne damit zu versorgen."

Kamoses Augen leuchteten, und jetzt, endlich, lächelte er. „Gold, Hori, ist das Fleisch der Götter", sagte er leise und wandte sich leicht nach links. „Kupfer jedoch das Herz der Waffen. Und was Kemet jetzt am dringendsten braucht, ist ein starkes, mutiges Herz. Der Mann auf meiner Herzseite ist General Hori, der meine Truppen führt. Ein zu bemerkenswertes militärisches Talent, um es in einem Fort beim zweiten Katarakt verkümmern zu lassen." Namiz erinnerte sich auf Anhieb. Die Jahre in Abu Resi hatten Hori reifer gemacht, aber er besaß noch immer sein frisches, jugendliches Aussehen. „Rechts von mir, das ist Wesir Toto, mein Freund seit unserer gemeinsamen Zeit im Lebenshaus. Beide sind Männer meines absoluten Vertrauens."

Namiz deutete in jede Richtung eine leichte Verneigung an. „Und Ipi und Seb? Ganz zu schweigen von Nebnefer..."

„Nebnefer?“ Ein kurzes, fast bellendes Lachen. „Der ist selbst sein ärgster Feind.“ Und was die beiden anderen betrifft – ihnen wurde in meinem Namen ein scharfer Dolch übersandt.“ Kamoses Mund wurde hart. „Die Zeiten nutzloser alter Männer an diesem Hof sind endgültig vorbei!“

Kalte Angst kroch Namiz bis ins Gedärm. „Soll das heißen, dass auch ich …?“

„Du kannst lesen.“ Keine Frage, sondern eine Feststellung.

„Ja, das kann ich“, erwiderte Namiz nicht ohne Stolz. „Ich beherrsche die Schriftarten meiner Heimat ebenso wie die der Insel Keftiu. Und alle gebräuchlichen Zeichen Kemets.“

„Gut. Denn du wirst in meinem Namen viele Schreiber um dich sammeln, die schon bald mit den Arbeiten an meinem künftigen Haus der Ewigkeit beginnen, nebst einer Vielzahl anderer Handwerker. Bei mir soll es einmal nicht sein wie bei Seqenenre, der in einem unfertigen Grab bestattet werden musste.“ Kamose lächelte zufrieden. „Vermutlich wird bald nur noch sehr wenig so sein wie unter seiner Regentschaft.“

Die beiden Männer neben ihm tauschten vielsagende Blicke.

„Ich soll Schreiber und andere Handwerker für Euer Grab beauftragen? Aber das würde ja bedeuten, dass …“

„… ich dich hiermit zum Ersten Vorsteher des königlichen Schatzhauses ernenne. Ich habe große Pläne.“

Im ersten Augenblick glaubte Namiz, sich verhört zu haben. Seine Träume und sein Ehrgeiz all die Jahre – und jetzt erfuhr er die Ernennung scheinbar nebenbei. Die Freude lähmte ihn beinahe. „Ich danke Euch, Pharao, und kann nur hoffen, mich dieser hohen Ehre würdig zu erweisen.“ Er verneigte sich tief. „Meine ganze Kraft gehört Euch. Und mein Leben dazu. Niemals werde ich Euch enttäuschen. Das schwöre ich bei allen Göttern.“

„Und falls doch, dann verlierst du dein hohes Amt schneller, als du ausatmen kannst.“ Kamoses Blick glitt prüfend über Namiz’ Gestalt. „Ich schätze, dass du eine Menge Ballast abgeworfen hast. Bei dem, was ich alles umsetzen möchte, kann ich keine schwerfälligen Mitstreiter gebrauchen. Alles wird neu. Die Verwaltung. Die Festsetzung der Steuerabgaben. Das Heer, das vor allem. Wir brauchen mehr Soldaten, eine bessere Ausbildung, andere Waffen und Taktiken – und natürlich Verbündete. Schluss mit der erblichen Beamtenschaft! Schluss mit der korrupten Priesterschaft! Ja, einen neuen Staat will ich erschaffen, der Kemet zurück zu alter Macht führen wird …“

„Was wird meine Aufgabe dabei sein?“, wagte Namiz zu fragen.

„Zunächst die Ausrüstung einer neuen Expedition zu den Kupferminen. Außerdem werde ich dich in meine Vorhaben einweihen und habe dazu bereits vieles vorbereitet. Und sobald alles so weit gediehen ist, wie ich es mir vorstelle…“

„… geht es nach Norden, großer Pharao“, ergänzte Namiz.

„Wir reden darüber, sobald wir so weit sind. Ich bin ein Herrscher – und kein Träumer.“

Namiz verbeugte sich abermals und wandte sich zum Gehen.

„Halt, eines noch! Wo befindet sich das Mädchen aus Kusch?“

„Sahti? In meinem Haus, Einzig-Einer. Sie war ein paar Jahre bei rechtschaffenen Pflegeeltern, aber die sind gestorben…“ Verwirrt hielt er inne. Was, wenn der Pharao zu wissen begehrte, was im Verlies des Balsamierers geschehen war? Drohte den Kindern, die getötet hatten, um ihr eigenes Leben zu retten, Strafe? Er hatte kaum seinen Ohren zu trauen vermocht, als ihm Sahti, Pani und Ita von all den Schrecknissen berichtet hatten.

„Keine Einzelheiten!“ Kamose winkte ab. „Sie ist jetzt deinem persönlichen Schutz unterstellt. Verstanden?“

Namiz nickte. „Aber ich werde nach wie vor oft in Euren Diensten unterwegs sein, großer Pharao. Und was soll dann aus Sahti…“

„Deine Angelegenheit. Und jetzt lass uns allein!“

„ICH MÖCHTE schreiben können, Namiz. Und lesen – so wie Pani.“ Sahti überraschte ihn mit dieser Bitte, als er sich gerade zu Bett begeben wollte. Erst vor ein paar Tagen hatte sie ihm gestanden, dass sie die goldene Selket in der unterirdischen Grabkammer des toten Balsamierers zurückgelassen hatte. Seitdem lag ein Schatten über seinem Gemüt, der nicht weichen wollte, auch wenn er sich immer wieder sagte, dass nichts geschehen würde, nichts geschehen konnte – weder ihr noch ihm. „Wozu, Sahti?“

„Das fragst du, der du so viele Sprachen und Schriften beherrschst?“ Empört starrte sie ihn an.

„Nun, wenn es dein innigster Wunsch ist…“

„Danke!“ Sie sprang auf, als wolle sie ihn umarmen, blieb aber im letzten Moment unschlüssig vor ihm stehen. „Manchmal denke ich, die Tinte könnte das Blut von meinen Händen waschen“, sagte sie leise. „Aber vielleicht hilft es schon, wenn wenigstens mein Verstand endlich sinnvoll beschäftigt wird.“

Er wusste sofort, was sie meinte. Das Natronbad war noch lange nicht vergessen – vielleicht würde sie es niemals vergessen können. Noch immer schreckte sie Nacht für Nacht schweißgebadet auf und schrie nach Tama und der Daya. Fragte er sie am Morgen darauf, konnte sie sich an nichts mehr erinnern.

„Ich bin sicher, es wird dir gut tun. Aber wir müssen einen besonderen Weg für dich finden. Denn für das Lebenshaus, die Tempelschule, bist du schon zu groß."

„Warum kannst *du* mich nicht unterrichten? Und Pani dazu? Der hat mir schon gezeigt, wie man Binsen zuschneidet, und erzählt, dass man die Tinte erst anrühren muss."

„Weil ich anderes zu tun habe. Aber ich könnte dich bei den Schreibern unterbringen. Du müsstest allerdings dort wohnen und im Haushalt mithelfen, damit sie dir zum Ausgleich die Zeichen beibringen. Ich hätte da sogar eine bestimmte Familie im Auge, die könnte dich aufnehmen."

„Und Pani", ergänzte sie prompt.

„Was ist mit Ita?"

„Ita natürlich auch", erwiderte Sahti nach winzigem Zögern.

Ihr seltsamer Gesichtsausdruck beschäftigte Namiz noch die folgenden Tage, und er begann schärfer hinzusehen. Den Kleinen mit den sprechenden Augen hatte er sofort lieb gewonnen. Ita dagegen gab ihm Rätsel auf. Mal kam sie ihm um vieles reifer als Sahti vor, dann wieder schien sie ihm kindlich. Auch irritierte ihn, dass sie ihn nicht offen ansehen konnte.

Sobald die Vorbereitungen für die Expedition zu den Kupferminen abgeschlossen waren, begab er sich in das Haus des Schreibers, den er bereits als Vorsteher der künftigen Siedlung erkoren hatte. Penju, ein schmaler, früh ergrauter Mann, begrüßte ihn ehrerbietig und schien nicht einmal erstaunt, als Namiz auf seinen ungewöhnlichen Wunsch zu sprechen kam.

„Die Götter haben uns nur einen einzigen Sohn gelassen", sagte Penju bedächtig. „Eine Tochter wäre uns willkommen. Wie alt ist sie?"

Seine Frau folgte der Unterhaltung aufmerksam. Heteput war hager, wortkarg und überragte ihn mit ihrer rötlichen Mähne fast um Haupteslänge.

„Beinahe vierzehn. Sie heißt Sahti und stammt aus Kusch", sagte Namiz. „Ein anmutiges Mädchen mit Charakter, klug und wissbegierig. Sie braucht anständige Menschen, die sich um sie sorgen. Dem Pharao ist viel an ihrem Wohlergehen gelegen – und mir nicht minder. Natürlich braucht ihr es nicht umsonst zu tun. Ich würde allmonatlich einige Silbertropfen beisteuern."

„Sie ist uns willkommen. Bring sie zu uns, wann du willst."

„Da wäre allerdings noch eine Sache... Sie ist nicht allein." Spontan hatte Namiz sich entschieden, Ita erst später zu erwähnen. „Es gibt da noch einen Waisenjungen, Sohn eines Schreibers, ein aufgewecktes Kerlchen, keine zehn Jahre, das viel zu früh seine Eltern verloren hat."

„Doch nicht etwa der kleine Pani? Kajs einziger Sohn?"

„Genau der!"

„Aber der war doch wie vom Erdboden verschluckt! Wir dachten alle, ihm sei etwas zugestoßen."

„Die beiden Kinder haben eine schlimme Zeit hinter sich, die sie vielleicht nur gemeinsam überstehen konnten. Es wäre unmenschlich, sie zu trennen."

„Ich hätte sehr gern noch einen Kleinen im Haus", sagte Heteput. „Und ich bin sicher, unser Nesmin wird sich über einen jüngeren Bruder freuen."

„Euer Sohn?"

„Unser Großer", bestätigte Penju stolz. „Gerade achtzehn Jahre alt geworden. Einer der begabtesten Schreiber. Sahti könnte keinen fähigeren Lehrmeister haben."

„Hat er denn genügend Zeit dazu? Er hat doch sicherlich bereits eine eigene Familie."

Penju und seine Frau tauschten einen besorgten Blick. „Sag du es ihm", sagte Penju.

„In Nesmin wohnt die heilige Krankheit." Heteputs Stimme klang spröde. „Lange fürchteten wir, wir müssten ihn verlieren, aber er ist zäh und besitzt einen starken Lebenswillen. Mittlerweile hat er gelernt, mit der Krankheit umzugehen, und die Anfälle kommen nur noch selten. Natürlich darf er sich nicht überanstrengen."

„Was bestimmt nicht immer einfach für einen jungen Mann ist", schloss Namiz.

Mit einem Seufzer der Erleichterung öffnete Namiz die Türen zum Garten seines Hauses, trat hinaus und sah hinauf zum Himmel. Klar und wolkenlos wölbte er sich über ihm. Er war so beschäftigt gewesen, dass er sich noch jetzt ganz schwindelig fühlte. Die Karawane zu den Kupferminen war aufgebrochen, die Vorbereitungen für die neue Arbeiterstadt am Westufer liefen in vollem Gang, und Sahti hatte ein neues Zuhause gefunden. Sie hatte Penju auf Anhieb gemocht und war selbst mit der spröden Heteput zurechtgekommen.

Alles hatte Sahti eingehend inspiziert – das zweigeschossige Wohnhaus mit dem Innenhof, wo sich die Kochstelle befand, und den niedrigen quadratischen Zimmern, von denen künftig Pani und sie jeweils eines bewohnen würden. Ihr gefielen die Sauberkeit, die Heteputs ordnende Hand verriet, und der kleine Hausaltar mit einer Statue des Schreibergottes Thot. Am meisten jedoch begeisterten sie die Utensilien, mit denen Penju seine Arbeit verrichtete – die Palette mit Vertiefungen für rote und schwarze Tinte nebst Wasserschälchen, die angespitzten Binsen sowie die Papyrusrollen.

„Werde ich so etwas auch bekommen?"

„Ich denke, für den Anfang tun es auch einfache Steinplättchen oder Tonscherben", sagte Nesmin lachend. „So haben wir schließlich alle einmal begonnen." Er war groß und besaß die weichen Züge seines Vaters.

„Ich helfe dir, Sahti!", rief Pani aufgeregt dazwischen. Er war überglücklich, hier Unterkunft gefunden zu haben.

Sogar für Ita hatte Namiz einen Platz aufgetrieben. Penjus Vetter, der nur ein paar Straßen weiter wohnte und ebenfalls Schreiber war, erklärte sich bereit, sie bei sich aufzunehmen.

„WAS MACHST du hier, Sahti? Es ist mitten in der Nacht – und du solltest längst schlafen!"

„Ich übe, Nesmin. Meinst du, ich werde es jemals richtig lernen – das Schreiben und das Lesen? Jetzt bin ich schon fast ein halbes Jahr bei euch und habe Pani noch immer nicht eingeholt."

Das flackernde Licht der Öllampe warf seltsame Schatten auf ihr Gesicht. Sie kam Nesmin schutzloser vor als sonst. „Unsinn! Du hast bereits enorme Fortschritte gemacht."

„Was machst *du* eigentlich hier?" Neugierig schaute sie zu ihm auf. Nesmin hatte sein Haar schulterlang wachsen lassen und verwendete seit neuestem viel Zeit darauf, sich zu baden und zu ölen.

„Ich hatte Durst. Kommst du einen Moment mit vors Haus? Ich will dir etwas zeigen."

Sahti erhob sich, strich ihr Kleid glatt und folgte ihm. Die Tür zu Panis Zimmer stand offen; sie hörte sein rasselndes Schnarchen, das er sich wohl niemals abgewöhnen würde, nicht einmal jetzt, nachdem er in Sicherheit war und seine kleinen Fäuste eigentlich nicht mehr vor den schrecklichen Ungeheuern der Nacht zu ballen brauchte.

Sie traten aus der Tür. Mit einer weiten Geste deutete Nesmin nach oben: „Da, schau – hast du so etwas schon mal gesehen?"

Eine Sternschnuppe – unmittelbar vor ihren Augen.

„Du darfst dir jetzt etwas wünschen, Nesmin", sagte Sahti.

Er kam einen Schritt näher. „Ich weiß, was ich mir wünsche“, meinte er leise. „Und du weißt es auch.“ Er räusperte sich. „Ich mag dich, Sahti. Ich mag dich sogar sehr.“

„Ich mag dich auch, Nesmin“, versicherte sie rasch. „Du bist mein Lehrer und mein…“

„Sag jetzt bloß nicht mein großer Bruder!“

„Ich bin noch nicht so weit, Nesmin. Ich brauche Zeit. Verstehst du, was ich sagen will?“

„Um lieben zu können?“, flüsterte er und legte den Arm um sie.

Sahti nickte und nahm seinen Arm wieder von ihren Schultern. „Wir beide sind doch noch so jung!“, flüsterte sie.

„Vielleicht werde ich ja gar nicht so alt“, gab Nesmin zu bedenken. „Es hat schon Momente gegeben, da dachte ich, die Krankheit löscht mich aus.“

„Wenn du mich wirklich willst, musst du Geduld haben. Viel Geduld.“

„Alle Geduld der Welt, Sahti!“, versicherte er bewegt.

ACHTE STUNDE:
Die stehende und die fließende Zeit

Die Luft war warm, und nichts störte die schläfrige Mittagsstille in den Höfen und Häusern ringsumher. Penju hatte Ocker auf dem Markt von Waset einkaufen müssen, weil ihm die rote Tinte ausgegangen war, und Sahti hatte die Gelegenheit genutzt, mit ihm den Nil zu überqueren, um Ita zu besuchen, die inzwischen mit Maj zusammenlebte und ihr erstes Kind erwartete. Nach der ersten Wiedersehensfreude jedoch waren die beiden schnell in Streit geraten. Mehr als vier Jahre waren verstrichen, seit sie gemeinsam dem Felsengrab des Balsamierers entflohen waren.

„Ich halte jedenfalls meine Versprechen!“ Ita stellte die kleine Tonfigur der Göttin Tawaret, die Sahti mitgebracht hatte, achtlos beiseite. Ihr ausgefranstes Trägerkleid spannte über dem Bauch, und die fortgeschrittene Schwangerschaft schien sie noch aufsässiger zu machen. „Ganz im Gegensatz zu gewissen anderen Leuten.“

„Du kannst ruhig sagen, dass du damit meine Hochzeit meinst“, erwiderte Sahti. „Aber egal, was du auch dagegen einzuwenden hast – übermorgen werde ich Nesmins Frau. Schließlich habe ich ihn lange genug warten lassen.“ Erschöpft wischte sie sich den Schweiß von Nacken und Stirn. „Und natürlich würde ich mich freuen, wenn ihr auch dabei sein könntet, du und Maj. Ihr seid doch meine Freunde!“

„Ach ja? Wer hat denn damals geschworen, nie mehr das Westufer zu betreten? Und jetzt wohnst du schon gute zwei Jahre dort. Ich könnte es keine einzige Stunde zwischen all den Knochen und Gräbern aushalten! Und Maj ebenso wenig. Aber wir können ja auch nicht auf einen reichen Gönner zurückgreifen, der uns einen nagelneuen Hausstand spendiert.“

Itas unzufriedener Blick flog über den nachlässig gefegten Innenhof. Sahti wusste, dass es drinnen nicht viel anders aussah. Natürlich mussten sie sich sehr einschränken, weil Maj für seine harte Arbeit im Hafen nur schlecht entlohnt wurde, aber was konnte das schon für eine Rolle spielen, nachdem sie sich doch gegenseitig hatten?

„Unsere Siedlung, Ita, hat eigentlich gar nichts mit der Nekropole zu tun. Wir haben ganz normale Häuser und Gassen, und es ist friedlich und schön bei uns drüben. Sieh es dir doch einmal an! Du würdest dich sicher wohl fühlen.“

„Ich ins Tal der Toten? Niemals! Oder willst du vielleicht, dass ich das Leben meines Kindes aufs Spiel setze?“

„Natürlich nicht“, versuchte Sahti sie zu beschwichtigen. „Du freust dich doch auf das Kind, oder?“

„Ich hätte mir nichts Schöneres vorstellen können“, kam es spitz zurück.

Sahti hatte den mehrdeutigen Ton noch im Ohr, als sie Penju an der Anlegestelle traf, um mit ihm zurück in die neue Siedlung zu fahren. Sie hatte ihn noch im Ohr, als die Barke ablegte, und auch noch, als sie schließlich das Westufer erreicht hatten und sich auf den Nachhauseweg machten.

Heteput empfing sie aufgeregt. „Ausgerechnet heute müsst ihr endlos lang wegbleiben! Wo noch so eine Menge vorzubereiten ist!“ Sie warf Sahti einen prüfenden Blick zu. „Du warst bei Ita?“

Sahti nickte. Sie wusste, dass zwischen den beiden Frauen Dauerfehde herrschte. Heteput hatte es niemals verwunden, dass Ita schon nach wenigen Monden weggelaufen war, weil sie es bei der anderen Schreiberfamilie nicht aushalten konnte, und sich eine ganze Zeit allein durchgeschlagen hatte, ehe sie sich schließlich mit Maj zusammentat.

„Ita wird schon bald niederkommen“, versicherte Sahti. „Deshalb kann sie leider nicht Hochzeit mit uns feiern. Aber sie schickt uns alle guten Wünsche.“

„Ich wette, sie erscheint deshalb nicht, weil sie dir nicht einmal das Schwarze unter dem Nagel gönnt“, knurrte Heteput. Seit Wochen schon war sie unermüdlich am Vorbereiten. Eine ganze Frauenriege kochte und briet unter ihrer Aufsicht. Weinfässer wurden angeliefert, frisches Feigenbier war bereits angesetzt.

Zu Heteputs Genugtuung hatte Namiz es sich nicht nehmen lassen, als Vizebrautvater aufzutreten. In seinem Haus war ein umfangreicher Heiratsvertrag aufgesetzt worden, den Sahti überglücklich unterzeichnete. Demnach brachte sie Möbel, Kleidung, diverse Spiegel und allerlei Haushaltsgeräte in die Ehe ein, während Nesmins Morgengabe aus Silberschmuck bestand. Zusätzlich überschrieb ihr der zukünftige Mann ein Drittel des Familienbesitzes und verpflichtete sich, auch im Fall einer Scheidung für ihren Unterhalt aufzukommen. Dabei sah Nesmin Sahti so tief in die Augen, dass alle im Raum in Gelächter ausbrachen.

„Der gibt sie doch niemals wieder her!“, rief Pani, inzwischen zu einem anmutigen Jungen mit dunkelbraunen Locken und Grübchen herangewachsen, dem bereits die ersten Mädchen nachblickten.

AHMOSE erwachte, als Nefertari an sein Lager trat. Er setzte sich auf. Die Tür zum Palastgarten war nur angelehnt, und warme Nachtluft wehte herein.

„Keiner hat mich gesehen“, sagte sie, bevor sie ihr Kleid abstreifte und sich an ihn schmiegte. Sie küssten sich lange und innig. „Nicht einmal Großmutter Teti-Scheri, der sonst nichts im Palast entgeht.“

„Und wenn schon!“, fuhr er auf. „Ahhotep weiß, dass wir zusammengehören – und billigt es. War sie nicht ebenfalls die Schwester ihres Mannes? Wäre ich Pharao, schon längst hätte ich dich zur Großen königlichen Gemahlin gemacht.“

„Aber leider sitzt du nun mal nicht auf dem Thron, sondern Vetter Kamose“, erwiderte sie spitz.

„Noch! Aber wer weiß schon, wie lange noch?“

„Was soll das heißen?“

„Kamose und seine Männer haben ihre so genannten Reformen durchgedrückt – und die Menschen hassen sie deswegen, obwohl sie es in ihrem blinden Übereifer nicht bemerken. Die Beamten werden unzufriedener, weil plötzlich alte Vorrechte außer Kraft gesetzt sind. Die Soldaten werden strenger als jemals gedrillt. Nicht zu vergessen die Handwerker, neidisch auf jene Privilegierten in der neuen Siedlung am Westufer. Und die Priesterschaft – oder glaubst du vielleicht, der Vorsteher eines Amun-Tempels lässt es sich auf Dauer gefallen, dass sein Gott zugunsten einer Mondgottheit zurückgesetzt wird?“

„Nebnefer!“, rief sie. „Du hast endlich mit ihm gesprochen.“

„Das habe ich“, erwiderte Ahmose befriedigt. „Und er teilt meine Bedenken. Nebnefer hält nichts von Kamoses neuem Heerführer Hori und noch weniger vom Wesir Toto. Am meisten aber hasst er Namiz, den aufgeblasenen Juwelier aus Kepni.“

„Und zu welchem Schluss seid ihr gekommen? Ich meine, was wollt ihr konkret gegen Kamose unternehmen? Denn dir gebührt der Thron, Ahmose, nicht ihm.“

„Ich weiß. Und deshalb werde ich ihn eines Tages auch besteigen. Kamose hat soeben eine Gesandtschaft nach Kusch geschickt, um für ein Bündnis gegen Apopi zu werben. Der Süden, vereint gegen den Norden ... Keine schlechte Idee, aber sie wird leider nicht funktionieren.“

„Weshalb?“

„Weil die einzige Sprache, die unsere Nachbarn im Süden *und* im Norden verstehen, Waffengeklirr ist, deshalb!“, erwiderte Ahmose heftig. „Eines Tages ziehe ich ins Delta sowie ins Goldland und hole zurück, was Kemet gebührt – im tapferen Kampf, Mann gegen Mann, und nicht mit weibischem Geschwätz. Wer empfindet schon Achtung für einen Pharao, der sich von einer Kuschitin gängeln lässt?“

„Womöglich wickelt dich eines Tages diese Schlange ebenso um den Finger wie früher Vater und jetzt Kamose.“ Nefertaris Stimme wurde schrill. „Weißt du, was ich dann tue? Ich töte dich. Mit meinen eigenen Händen. Und sie dazu.“

„Gegen Nabus Reize bin ich immun. Für mich gibt es nur eine, der mein Herz gehört, die Schönste von allen: dich!“

Im gedämpften Licht der Alabasterlampen, ohne deren Schein er niemals einschlafen konnte, wirkte das ganze Zimmer wie vergoldet, und Gold lag auch auf Nefertaris Haupt und ihren Lidern. Sie anzusehen war für ihn, wie seinem eigenen weiblichen Spiegelbild zu begegnen.

„Ich liebe dich“, flüsterte sie. „An deiner Seite möchte ich das Land regieren. Dir ein Dutzend Söhne gebären. Den Göttern dienen. Und die ganze Welt bewegen.“

„Und ich liebe dich. Zur Gottesgemahlin werde ich dich eines Tages erheben – das schwöre ich dir bei meinem Leben!“

SAHTIS Augen waren mit Khol geschwärzt, ihr Mund leuchtete ockerrot, aber sie hatte sich geweigert, Puder aufzulegen, um heller zu wirken. In dem blauen Kleid schimmerte ihre Haut wie dunkles Kupfer, und der Kranz aus weißen Lotosblüten unterstrich das Nachtschwarz ihres Haars. Nesmin stockte fast der Atem, als er sie erblickte.

Vor Aufregung hatte er am Morgen nichts essen können, und als nun der Zug der Freunde und Verwandten das junge Paar abholen kam, um es zu ihrem neuen Haus zu geleiten, zitterten ihm die Knie. Sahti warf ihm einen besorgten Blick zu, aber er lachte und presste ihre Hand.

„Ich habe da etwas für dich." Er hielt ein silbernes Amulett in der Hand, das er ihr umhängen wollte.

„Das Horus-Auge – nein!", rief Sahti. „Ich kann es nicht tragen!"

„Weshalb denn nicht?" Gekränkt sah er sie an. „Das heilige Mondsymbol soll dich vor Unheil und Krankheit bewahren und dir Glück bringen!"

Sahti schlang ihre Arme um seinen Hals. „Ich weiß, dass du es gut gemeint hast", sagte sie sanft. „Aber es ist trotzdem unmöglich. Damit hat damals alles angefangen, weißt du. Eines Tages werde ich es dir erzählen. So lange heben wir es auf, einverstanden?"

Nesmin berührte kurz das abgewetzte Band, an dem der Beutel mit dem Löwentotem zwischen ihren Brüsten hing. „Und du glaubst, das beschützt dich besser?", fragte er leise. „Manchmal denke ich, ich werde dich nie ganz verstehen."

Sogar Namiz hatte trotz seiner vielen Verpflichtungen den Weg ans Westufer gefunden, und Pani sprang in seinem neuen Schurz ausgelassen herum.

Penju und Heteput benetzten die Füße des Brautpaares mit Nilwasser, das ihnen Glück und Fruchtbarkeit bringen sollte, und gaben ihnen ein Stück Gebäck zu essen, das dick in Salz gewälzt war.

„Du bist meine Gattin." Nesmins Stimme war fest, als er die vorgeschriebenen Worte sprach. „Dich will ich lieben und ehren, solange ich lebe."

„Du bist mein Gatte", sagte Sahti, „dich will ich lieben und ehren, solange ich lebe."

Fröhlich zog die Hochzeitsgesellschaft durch die Gassen, bis sie das neue Haus erreicht hatte. Sahti lächelte, als sie Hand in Hand mit Nesmin die Schwelle überschritt. Nach wenigen Augenblicken traten sie zurück nach draußen in das strahlende Sonnenlicht. Alle klatschten und ließen Blüten auf sie rieseln, als sie sich küssten.

Gefeiert wurde anschließend bei Penju und Heteput, deren Innenhof die Hochzeitstafel beinahe ausfüllte. Man aß und trank, Pani spielte ein paar kleine Weisen auf seiner eigenhändig geschnitzten Flöte, und die Glückwünsche und Segenssprüche für das junge Paar wollten kein Ende nehmen.

Immer übermütiger wurde die Stimmung, und als schließlich statt des bekömmlicheren Feigenbiers immer mehr Wein getrunken wurde, von dem ausnahmsweise sogar Nesmin kostete, wurden in der Runde auch ein paar Zoten zum Besten gegeben.

„Sollen wir uns nicht allmählich zurückziehen?“ Nesmin drückte Sahti an sich. Über ihnen standen unzählige Sterne. „Die anderen werden uns kaum vermissen.“

Eng umschlungen liefen sie durch die Gassen zurück zu ihrem neuen Haus. Nesmin ging als Erster hinein, entzündete die Lampen und blieb dann wie ein großer aufgeregter Junge vor Sahti stehen. „Es wird wunderschön“, murmelte er an ihrem Hals. „Du brauchst keine Angst zu haben.“

Sahti nickte klamm. „Lässt du mich trotzdem einen Augenblick allein?“, bat sie. „Ich rufe dich, wenn ich so weit bin.“

Langsam stieg sie die Treppe zum ersten Stock hinauf und öffnete die Schlafzimmertür. Vergebens versuchte sie, das aufgeregte Pochen ihres Herzens zu besänftigen. Sie sprach ein kurzes Gebet und klammerte sich dabei an die Löwenkralle. Danach nahm sie das Amulett ab und legte es unter ihr Kopfkissen. Unruhig untersuchte sie mit der Lampe in der Hand den ganzen Raum. Nirgends die Spur eines Skorpions.

Sie zog sich das Kleid über den Kopf und streckte sich auf dem Lager aus. „Nesmin? Kommst du?“

Er musste unmittelbar hinter der Tür gestanden haben, so schnell war er neben dem Bett. Aber statt sich an sie zu schmiegen, sackte er plötzlich in sich zusammen und stürzte zu Boden.

„Nesmin! Was hast du?“ Mit einem Satz war Sahti neben ihm.

Sein Kopf war zur Seite gedreht, die Haut totenblass, die Pupillen waren geweitet. Seine Lippen waren erschlafft. Einen furchtbaren Augenblick lang dachte sie, er sei tot, dann jedoch setzten wilde Zuckungen ein. Nesmins Hinterkopf schlug mit großer Wucht gegen den Boden, blutiger Speichel floss aus seinem Mund, Arme und Beine schienen vollkommen außer Kontrolle.

Ohne lange zu überlegen, packte Sahti ihr Hochzeitskleid und schob es ihm unter den Kopf. Das Zucken dauerte zwar noch an, ließ jedoch allmählich nach. Jetzt atmete Nesmin viel zu schnell und keuchend.

„Liebster“, flüsterte Sahti unter Tränen, „hörst du mich? Keine Angst, ich bin ja bei dir!“

„Ich bin so müde“, sagte er mit schwerer Zunge. „Und furchtbar schwindelig ist mir. Liebst du mich, Sahti? Auch jetzt noch?“

„Ja“, sagte Sahti und küsste ihn zart. Sie wiegte ihn wie ein Kind. „Schlaf jetzt!“, flüsterte sie. „Alles wird gut!“

ALS SIE Maj auf der Bahre nach Hause brachten, blieb Ita zunächst ganz ruhig. Die Zimmerleute hatten seinen Arm provisorisch geschient und die blutende Wunde an der Schulter verbunden. Ita wusch sie nun mit Wasser aus und wickelte frisches Leinen darum. Doch er sagte kein Wort, auch nach Stunden noch nicht, sondern starrte nur vor sich hin, ohne sie oder den Kleinen zur Kenntnis zu nehmen.

Von einer inneren Unruhe getrieben, ging Ita die kräuterkundige Frau holen, die am Ende der Gasse wohnte. Die Alte untersuchte Maj eingehend und zog dabei ein bedenkliches Gesicht. „Ein böser Dämon hat sich in seinem Kopf eingenistet“, behauptete sie. „Wird nicht einfach sein, ihn wieder loszuwerden. Klagt er über Schmerzen?“

„Maj ist unter herabstürzende Baumstämme geraten“, erklärte Ita. „Und sagen tut er gar nichts. Das ist es ja, was mich so beunruhigt.“

„Ich könnte dir eine Arznei dagegen bringen“, versprach die Heilerin. „Aber sie ist nicht billig.“

Ita kramte ihre letzten Silbertropfen hervor. „Mach ihn mir wieder gesund!“, flehte sie.

Die Alte kam nach einiger Zeit zurück und verbrannte gelbliches Pulver, um die Dämonen zu vertreiben. Anschließend legte sie Maj eine ölgetränkte Kopfbinde um. „Laudanum, Wacholder, Weihrauch, Ocker und Steinbockfett“, murmelte sie. „Das müsste helfen.“

Aber Maj blieb unverändert apathisch. Nach der dritten schlaflosen Nacht holte Ita die goldene Selket-Statue aus dem alten Beutel unter dem Bett hervor. All die Jahre war sie ihr Notnagel für schlechte Zeiten gewesen. Zur Vorsicht hatte sie sie schon vor langem mit Ruß beschmiert. Sie trat zu Maj und küsste ihn auf die Stirn. „Ich bin bald wieder zurück“, sagte sie leise. „Und dann wird es uns endlich gut gehen – das verspreche ich dir!“

Mit einem Tuch band Ita sich den kleinen Tjai auf den Rücken, packte den Beutel, in den sie die Statue zurückgelegt hatte, und machte sich auf den Weg.

Ein Schwarm weißer Tauben zog am Himmel seine Kreise, als sie am ersten Tor des großen Amun-Tempels angelangt war. Sie hatte die Mittagszeit gewählt, um ihr Anliegen vorzutragen. Sie klopfte mehrmals, bevor sich die schwere Holztür endlich einen Spaltbreit öffnete.

„Was willst du?“ Ein junger Mann im langen Priesterschurz stand vor ihr. Um den kahlen Schädel hatte er eine weiße Binde geschlungen.

„Ich habe Hunger“, sagte sie rau. „Und mein kleiner Sohn auch.“

„Die Almosenausgabe ist bereits vorüber.“

„Ein paar Krumen nützen uns nichts“, fuhr sie fort. „Denn ich habe morgen wieder Hunger. Ebenso mein Kleiner. Und mein kranker Mann, der zu Hause liegt, weil er einen Unfall hatte, braucht dringend Medizin und einen guten Arzt."

„Was willst du dann, Frau?"

„Dem Tempel etwas anbieten, was vielleicht interessant sein könnte." Ita öffnete den Beutel und zog die Selket-Statue heraus. Sie nahm einen Zipfel ihres Kleides und rieb eine kleine Stelle blank. Im Sonnenlicht blitzte strahlend das Gold auf. „Was wäre euch so etwas denn wert?"

„Das kann ich nicht entscheiden", erwiderte er. „Ich müsste mit dem Oberpriester sprechen."

„Dann tu das! Und beeil dich!"

„Wie heißt du?", fragte er.

„Ita."

„Komm morgen wieder, Ita! Ungefähr zur gleichen Zeit."

„Ich werde da sein." Ita schulterte ihren Beutel mit der Statue und ging.

SCHON im Morgengrauen war Nesmin zusammen mit Penju zum Geheimen Ort, zum künftigen Felsengrab des Pharaos, aufgebrochen. Nach der zehntägigen Arbeitswoche standen drei Feiertage in Aussicht, und Sahti konnte es kaum abwarten, bis sie endlich anbrechen würden. Summend machte sie Ordnung im Haus, fegte und wischte.

Seit sie schwanger war, bewegte sie sich in einer Traumwelt, die nur ihr und dem kleinen in ihr wachsenden Wesen gehörte. Sie sprach mit dem Kind, überzeugt, dass es eine Tochter war, obwohl sie wusste, wie sehr sich Nesmin und die ganze Familie einen Sohn wünschten, der die Schreibertradition fortführen konnte. Scharenweise standen mittlerweile kleine Tonstatuen der schwangeren Nilpferdgöttin Tawaret neben ihrem Lager, um Kind und Mutter Schutz und Segen zu schenken.

Inzwischen hatte sich ihr Leib schon deutlich gerundet. Alle hatten sich darüber gefreut: Penju, Heteput, Pani voll Stolz, dass er jetzt Onkel wurde, und natürlich Nesmin, der mit Tränen der Rührung auf ihr Geständnis reagiert hatte. Als Einziger zeigte Namiz bei seinem letzten Besuch leichte Skepsis.

„Schatten unter den Augen und eingefallene Wangen! Du bist doch nicht etwa krank, Sahti?"

„Ich bin schwanger", hatte sie gesagt. „Und es geht mir so gut wie niemals zuvor."

„Macht er dich glücklich, dein Nesmin? Ist er auch wirklich der richtige Mann für dich?"

„Einen besseren könnte ich mir nicht vorstellen. Er war mein Lehrer und ist nun mein Mann, der Vater meines Kindes … Weshalb fragst du?"

„Nun, Nesmin ist ja schließlich nicht ganz gesund. Und vielleicht ist die neue Arbeit, die er seit kurzem übernommen hat, doch zu anstrengend für ihn."

„Er liebt die Herausforderung." Sie wusste, wie stolz Nesmin war, zum Größten der Mannschaft ernannt worden zu sein, der die Tätigkeiten der Steinmetzen, Verputzer, Maler, Schreiber und Zeichner im Felsengrab im linken Zug zu koordinieren hatte, während sein Vater den rechten überwachte. Natürlich war er oft müde und erschöpft, wenn er abends nach Hause kam, und aß nur noch ein paar Bissen, bevor er einschlief. Seit jenem großen Anfall in der Hochzeitsnacht hatte es mehrere kleinere gegeben, die allerdings sehr viel weniger dramatisch verlaufen waren.

Trotzdem verließ Sahti seitdem niemals die Angst, wenn sie sich liebten. Er war zärtlich zu ihr, voller Hingabe, sodass sie sich manchmal wie eine Verräterin vorkam, weil sie nicht ganz das Gleiche empfinden konnte. Es gab immer etwas in ihr, das zurückhaltend blieb.

Zum Glück war es ein wenig einfacher geworden, seitdem sie das Kind trug. Jetzt begnügte sich Nesmin meistens damit, sie die halbe Nacht im Arm zu halten.

„Ich muss bald wieder fort, Sahti. Für länger." Sie hatte Namiz' Stimme noch im Ohr.

„Nach Keftiu*. Und anschließend auf die Insel Asi**. Und bitte, frag mich nicht, was ich dort zu tun habe! Staatsgeheimnisse, du verstehst? Ich hätte dir eigentlich nicht einmal sagen dürfen, wohin ich aufbreche, bald schon, gleich nach dem Schönen Fest im Wüstental. Aber ich weiß ja, dass meine Kleine schweigen kann."

„Das kann ich", hatte Sahti erwidert. „Besonders wenn es dich betrifft. Und ich werde dich vermissen, Namiz. Bleib bitte nicht wieder so lange weg!"

ALS ITA vom Amun-Tempel zurückkam, schlug Maj ein paar Mal die Augen auf und sagte wenige Worte. Ita erkannte jedoch, dass sein Geist noch immer verwirrt war. Sogar der kleine Tjai schien zu spüren, dass etwas mit seinem Vater nicht in Ordnung war. Mit seinen ungeschickten Händchen patschte er ihm ins Gesicht.

---

* Kreta

** Zypern

Wie gern hätte sie jetzt Pläne mit Maj geschmiedet, was alles an Wunderbarem vor ihnen lag, aber nach seinem sinnlosen Gestammel blieb ihr nichts anderes übrig, als sich die Zukunft allein auszumalen.

Sie hatte wieder die Mittagszeit gewählt, aber dieses Mal musste sie mit Tjai im Tragetuch länger warten, bis der Platz vor dem Tempel leer wurde und sie anklopfen konnte.

Die schwere Tür ging langsam auf, und da war wieder der junge Priester, mit dem sie bereits am Vortag gesprochen hatte.

Hinter ihm stand ein zweiter Mann, groß und hager, mit scharf geschnittenen Zügen.

„Ist sie das?", fragte er leise den Jüngeren. „Ita?"

„Ja, ich bin Ita", antwortete sie schnell. „Und du musst der Oberpriester sein."

„Du hast die Statue dabei?", fragte der Ältere streng. „Dann komm herein!"

Der Ältere stieß die Tür so weit auf, dass sie durchschlüpfen konnte. Vor ihr lag ein gepflegter Garten mit Schatten spendenden Bäumen.

Jetzt erst merkte Ita, wie hungrig und durstig sie war. „Zuvor brauche ich etwas zu essen und zu trinken", verlangte sie. „Und mein Kleiner erst recht!"

„Zuerst die Statue!", beharrte der Ältere.

Ita reichte ihm die Selket-Figur. Er benutzte seinen Schurz, um ein größeres Stück blank zu reiben.

„Gib sie mir zurück!", verlangte Ita, die sich unbehaglich fühlte. „Bis ich ein vernünftiges Angebot von dir habe, bleibt sie mein Eigentum."

Er reichte ihr die goldene Göttin zögernd, und Ita steckte sie wieder in den Beutel.

„Woher hast du diese Statue eigentlich?", wollte er wissen.

„Gefunden. Schon vor langer Zeit."

„Und wo genau hast du sie … gefunden?"

„Was spielt das jetzt noch für eine Rolle? Jetzt gehört sie mir. Ich will trinken und essen", wiederholte Ita.

„Bring die Frau zur Küche!", befahl der Ältere. „Wir unterhalten uns später weiter." Er wandte sich nach links und war rasch hinter den Bäumen verschwunden.

Ita folgte dem jungen Priester. Sie kamen an einer kleinen weißen Kapelle vorbei und gelangten schließlich zu einem flachen Gebäude, das sie halb umrundeten.

Plötzlich trat der junge Priester zur Seite, und Ita war von vier kahl geschorenen Männern umringt. Eine Klinge blitzte auf, und der Beutel mit der Statue fiel auf die Erde. Kräftige Hände holten Tjai aus dem Tuch. Itas Arme wurden grob auf den Rücken gerissen. Als Letztes spürte sie einen harten Schlag auf den Kopf. Dann sank sie besinnungslos zu Boden.

AN LANGEN Tragestangen ruhte die Gottesbarke des Amun auf den nackten Schultern der Priester, die sich unter dem Gewicht leicht schwankend vorwärts bewegten. Anlässlich des Schönen Festes im Wüstental verließ die Barke jeden Vollmondtag des zweiten Erntemondes ihren angestammten Tempel in Waset, um dem königlichen Totentempel auf dem Westufer einen Besuch abzustatten, längst keine Ruine mehr, sondern dank eines Dekrets Kamoses sorgsam wieder instand gesetzt.

Die Arbeiter der Nekropole hielten respektvoll Abstand, als die lange Prozession in Richtung Tempel vorbeizog, Sahti jedoch hatte sich einen Platz ganz vorn erkämpft. Zu ihrer Enttäuschung waren die Türen des Holzschreins aber verschlossen, und es gelang ihr nicht, einen Blick auf die Götterstatue zu werfen. Dafür hatte sie umso besser Gelegenheit, die königliche Familie in Augenschein zu nehmen, die zusammen mit den anderen Priestern der Gottesbarke folgte. Obwohl inzwischen einige Jahre seit ihrem Besuch im Palast vergangen waren, erkannte sie alle auf Anhieb wieder: die winzige Teti-Scheri, von einem Baldachin vor der sengenden Sonne geschützt; die Königswitwe Ahhotep, in blendend weißes Leinen gewandet, die Gesichtszüge jedoch matt und abgespannt; den Prinzen Ahmose, inzwischen zum Mann herangereift, neben sich eine schlanke Frau, die ihm zum Verwechseln ähnlich sah; dahinter die drei jüngeren Prinzessinnen in kostbaren Kleidern und schließlich den Pharao Kamose.

Die weiße Krone des oberen Kemet ließ sein gebräuntes Gesicht schmaler wirken, als Sahti es in Erinnerung hatte. Die markante Nase verriet Durchsetzungskraft, die Lippen sprachen für Entschlossenheit. Er trug einen gefältelten Schurz und hielt Krummstab und Geißel in den Händen.

Als er an ihr vorbeikam, fing sich ein Sonnenstrahl in der Uräusschlange auf seiner Stirn, und Sahti fühlte sich wie vom Blitz getroffen. Ihr Herz setzte einen Lidschlag lang aus und schlug danach schneller und heftiger weiter. Für die Königin Ascha an Kamoses Seite hatte sie keinen Blick übrig. Sie musste alle Beherrschung aufbringen, um ruhig stehen zu bleiben und Kamose nicht vor die Füße zu sinken.

Sie blieb den ganzen Tag einsilbig und in sich gekehrt, auch als sich die Bewohner der neuen Siedlung vor den Gräbern ihrer Toten versammelten, um ihnen dort Opfergaben darzubringen und ein Festmahl einzunehmen. Traditionsgemäß gab es gebratenes Fleisch, Honigkuchen und kleine, mit gekochten Eiern gefüllte Brote, dazu jede Menge Wein. Als Heteput Penju aufforderte, endlich mit ihr nach Hause zu gehen, bestand er lallend darauf weiterzufeiern, ebenso wie Nesmin, der müde aussah, sich aber vor den anderen Männern keine Blöße geben wollte.

Schließlich erhob sich Heteput mürrisch, um allein den Heimweg anzutreten. Sahti folgte ihr bereitwillig.

In dieser Nacht lag Sahti noch lange in der Stille ihres Zimmers wach und lauschte verwirrt dem seltsamen Aufruhr in ihrem Herzen, der ihr wie ein großes Unrecht erschien. Als sie Nesmins unsichere Schritte auf der Treppe vernahm, stellte sie sich schlafend.

Am nächsten Morgen zog ein unausgeschlafener Männertrupp zum Königsgrab. Auch Sahti fühlte sich unwohl. Eine innere Hast hatte sie ergriffen, die sie zwang, alle paar Augenblicke eine andere Tätigkeit zu beginnen und ebenso rasch wieder abzubrechen. Sie hatte gerade den Brotteig fertig geknetet, als Heteput in den Innenhof gestürmt kam. „Penju!“, stieß sie hervor. „Penju – und dann auch noch mein Sohn!“

„Was ist passiert?“

„Ein Teil des hinteren Stollens ist plötzlich eingestürzt, und Felsbrocken haben Penju von seiner Leiter gerissen und unter sich begraben. Als die Arbeiter ihn endlich befreien konnten, hat er schon nicht mehr geatmet … Schließlich hat Pani Nesmin zu Hilfe geholt. Und als er seinen Vater dort so liegen sah, so voller Blut und regungslos, hat er …“ Heteputs Körper wurde von stoßweisen Schluchzern geschüttelt.

„Wie furchtbar! Aber Nesmin … Was ist mit Nesmin?“

„Ein Anfall … Und dabei muss er mit seinem Kopf so unglücklich auf eine Felskante aufgeschlagen sein … Er ist tot. Nesmin ist tot, verstehst du? Erbarmen, ihr Götter! Womit habe ich dieses Leid nur verdient?!“

„Den Namen!“ Die Stimme des Priesters klang mühsam beherrscht.

Zwei Tage fast ununterbrochenes Verhör sowie Durst und Hunger hatten aus Ita ein wimmerndes Bündel gemacht. „Wasser“, murmelte sie. „Wasser – ich flehe dich an!“

„Dort drüben steht der Krug“, sagte Nebnefer, „und wartet nur auf dich – sobald du endlich redest. Wo hast du die Selket-Statue gestohlen? Einen Namen will ich endlich.“

Der Raum, in dem sie Ita eingesperrt hielten, war klein und quadratisch und wie die anderen Priesterzellen nur mit einer dünnen Matratze und einem einfachen Schemel ausgestattet.

„Wo ist mein Kleiner? Tjai – was habt ihr mit ihm gemacht? Und zu Hause wartet mein kranker Mann."

„Dein Sohn ist gut versorgt, Ita, und um deinen Mann werden sich unsere Priester kümmern." Nebnefers Ton wurde sanft. „Und dir könnte es ebenfalls viel besser gehen. Warum nur machst du es dir und uns so schwer?"

„Weil du mir ohnehin nicht glaubst. Wir waren im Felsengrab des Balsamierers, und als er endlich tot war, hab ich die Selket mitgenommen. Das ist alles..."

„Und wie kam sie dorthin?"

„Sahti", murmelte Ita. „Die Schwarze. Sie brachte sie mit. Und sie war es auch, die Ut getötet hat – nicht wir. Mit seinem schwarzen Messer..."

„Das Mädchen aus Kusch? Dann erzähl mir jetzt genau, wie die kleine Geisel aus Abu Resi in den Besitz einer goldenen Götterstatue gelangt sein soll!"

„Namiz", flüsterte Ita. „Vielleicht hat er ihr..."

„Sag das noch einmal!" Nebnefers Stimme überschlug sich fast.

„Namiz, der Mann aus Kepni", krächzte Ita.

Der Priester packte ihre Haare, riss ihr den Kopf nach hinten und setzte den Krug an ihre Lippen. Wasser rann ihr über Kinn und Hals.

„Trink!", sagte Nebnefer heiser. „Trink, so viel du willst!"

SOBALD es dunkel wurde, kam der schöne Pharao im Traum zu ihr, berührte sie mit Lippen und Zunge, reizte sie so lange, bis ihr Blut entflammt war. Dann tauchte meistens Nesmin auf, bleich und mit vorwurfsvollem Blick.

Morgens erwachte Sahti zerschlagen, erhob sich wie betäubt und brachte den ganzen Tag damit zu, sich vor dem Einschlafen zu fürchten und es im gleichen Atemzug herbeizusehnen. Pani schlich verweint um sie herum, und Heteput gab sich hemmungslos dem Schmerz hin. Dennoch hatte sie alles für die Einbalsamierung von Penju und Nesmin in die Wege geleitet.

Doch nicht Uts Gehilfen führten die Arbeiten aus, sondern ein rechtschaffener Balsamierer, der seine Werkstatt erst vor kurzem nahe der neuen Siedlung eröffnet hatte. Sahti übergab Heteput ihren ganzen Schmuck und auch das silberne Horus-Auge Nesmins, damit alles zusammen mit Heil bringenden Amuletten zwischen die Leinenbinden des Verstorbenen gewickelt werden konnte.

Als schließlich der Tag des Begräbnisses nahte, formierte sich ein langer, stummer Zug, der sich in Richtung Nekropole in Bewegung setzte.

Jeweils sechs Männer hatten die einfachen Holzsärge geschultert. Sahti hatte sich geweigert, einen letzten Abschied von den Mumien zu nehmen. Sie wollte Vater und Sohn so in Erinnerung behalten, wie sie einmal gewesen waren.

Ihre Augen brannten vom Salz der Tränen, und ihr Herz war schwer von Schuldgefühlen, weil sie Nesmin nicht so hatte lieben können, wie er es eigentlich verdient hatte.

Sie waren beinahe am Gräberfeld angelangt, als sie einen Trupp Männer erblickten, der aus südlicher Richtung schnell zu ihnen aufschloss, Soldaten und Priester, an der Spitze Nebnefer, Erster Priester des Amun. Gebieterisch hob er den Arm. Der Trauerzug kam zum Stehen.

„Du bist Sahti, die Kuschitin?“, fragte er.

„Das bin ich“, erwiderte sie.

„Hiermit verhafte ich dich im Namen des Pharaos. Führt sie ab!“ Zwei Männer packten Sahti und banden ihre Hände.

„Was soll das heißen?“, rief Sahti empört. „Seid ihr blind? Seht ihr denn nicht, dass ich bald gebären werde? Welchen Verbrechens klagt man mich denn überhaupt an? Ich habe nichts Unrechtes getan.“

„Das wirst du noch früh genug erfahren – sobald du vor deinen Richtern stehst“, gab Nebnefer eisig zurück.

Vor den Augen der entsetzten Trauergemeinde schleppte man Sahti zum Nilufer, wo bereits eine Fähre wartete. Keiner sprach unterwegs ein Wort mit ihr. Inzwischen war ein schrecklicher Verdacht in ihr gekeimt. Der Mord an Ut! Irgendjemand hatte sie verraten. Ita? Oder Maj? Und ihr Kind? Das Einzige, was ihr von Nesmin geblieben war. Es konnte doch nichts dafür!

Sahti nahm all ihren Mut zusammen und wandte sich an Nebnefer, der mit steinerner Miene neben ihr stand. „Namiz, der Erste Vorsteher des Königlichen Schatzhauses, wird gewiss für mich bürgen“, sagte sie. „Er ist mein Freund und …“

„Schweig! Du wirst erst dann sprechen, wenn du gefragt wirst!“

Angsterfüllt verstummte Sahti.

Am Ostufer verfrachteten sie sie in ein kufenbestücktes Gefährt, das zwei Esel zogen. Vor dem Amun-Tempel verschwanden die Soldaten plötzlich. Jetzt war sie nur noch von Priestern umringt, die sie im Eilschritt durch das Tal führten. Sahti musste den Kopf senken, denn die Tür des fensterlosen Gefängnisses, in das sie gestoßen wurde, war besonders niedrig. Ein letztes Knarren, als die Tür von draußen mehrmals verriegelt wurde. Dunkelheit senkte sich auf Sahti herab.

NEUNTE STUNDE:
Flammeninsel

Die Wehen setzten ein, kurz nachdem der junge Priester das Nachtgeschirr nach draußen gebracht hatte. Es war der dritte Tag ihrer Gefangenschaft, obwohl es ihr in dem dunklen Gefängnis schwer fiel zu unterscheiden, ob Tag oder Nacht herrschte. Ihr Kind drängte mindestens zwei Monde zu früh auf die Welt.

Verzweifelt versuchte sie zu beten, aber es wollte ihr nicht gelingen. Rastlos wanderte sie in der engen Zelle hin und her oder krümmte sich auf dem harten Lager zusammen, wenn die nächste Schmerzwelle über ihr zusammenschlug. Schließlich verlor sie die Fassung.

„Macht sofort auf!" Mit den Fäusten hämmerte sie gegen die Tür. „Mein Kind wird geboren – viel zu früh, weil ihr mich hier eingesperrt habt. Ich höre nicht auf zu schreien, bis jemand kommt."

Endlich hörte sie Schritte vor dem Gefängnis, und der Riegel wurde zurückgeschoben. Als Tageslicht in den Raum fiel, wich sie blinzelnd in die hinterste Ecke zurück. Nebnefer war gekommen, zusammen mit einem alten Mann, geschoren und im langen Schurz wie der Erste Priester. Der Alte schien sie von oben bis unten zu begutachten.

„Eine Frau als Beistand!", verlangte Sahti heiser.

„Knie dich hin!", sagte der Alte leise. „Oder besser noch, geh breitbeinig in die Hocke, wenn der Schmerz dich überkommt. Dann wird es leichter für dich." Seine feingliedrigen Hände betasteten ihren prall gespannten Bauch. „Sie ist bald so weit", sagte er dann zu Nebnefer gewandt. „Zum Glück nicht verstümmelt wie die meisten Frauen aus dem Goldland, was die Sache um vieles einfacher macht. Wir brauchen heißes Wasser, Leinen, ein Messer sowie eine Pfanne mit Weihrauch. Und gewürzten Wein. Beeil dich – es wird nicht mehr allzu lange dauern! Und lass die Tür offen. Man erstickt hier drinnen ja!"

Bald hatten zwei junge Priester das Verlangte gebracht, und auch Nebnefer war wieder erschienen, um wie ein grimmiger Wächter die Schwelle zu bewachen. Wenn Sahtis Blick auf sein gemeißeltes Profil fiel, krampfte sich alles in ihr voller Abwehr zusammen, aber sie ließ sich von der gelassenen Stimme des Alten in ihren Bann ziehen. „Und jetzt – pressen! Pressen!"

Eine letzte gewaltige Anstrengung, dann glitt das Kind aus ihr heraus.

Sahti hörte den seltsamen Laut, den ihr Geburtshelfer ausstieß, als er es auffing, und sackte erschöpft nach hinten. Doch es folgte kein lauter, zorniger Schrei, nicht einmal ein klägliches Quäken.

„Was ist es?", flüsterte Sahti.

„Ein Junge", erwiderte der Alte. „Und er ist sehr schön."

„Wieso schreit er nicht?"

„Weil er bereits zu Osiris gegangen ist. Die Nabelschnur muss ihn erstickt haben, womöglich schon vor Tagen. Willst du ihn sehen?"

„Bring ihn weg!", flüsterte sie.

Alles, was dann geschah, erlebte sie wie im Traum. Ein Krug wurde an ihre Lippen gesetzt, und sie spürte, wie eine warme, würzige Flüssigkeit durch ihre Kehle rann. Bald begann sich alles um sie herum zu drehen.

„Du wirst jetzt lange schlafen", glaubte sie noch zu vernehmen, bevor die Schwärze des Vergessens sie umhüllte.

ITA LAG mit dem Gesicht zur Seite in einer dunklen Lache, den rechten Arm ausgestreckt. Ihre andere Hand umklammerte die klaffende Kehle. Nebnefer bückte sich nach dem blutigen Dolch.

„Sie hat sich selbst gerichtet?", fragte der Alte.

„Ja, offensichtlich", erwiderte Nebnefer. „Allerdings ist mir rätselhaft, wie sie an die Waffe gekommen ist. Wir haben ihre Zelle mehrmals gründlich durchsucht."

„Auch noch, nachdem sie geredet hatte?"

„Das erschien mir nicht mehr notwendig."

„Hast du von ihr erhalten, was du wolltest?"

Nebnefer nickte. „Ein ausführliches Geständnis, von mir in Anwesenheit zweier Zeugen niedergeschrieben und von ihr mit dem Daumen unterzeichnet. Es trägt das heilige Tempelwappen. Was wir damit in Händen halten, würde ausreichen, um den Mann aus Kepni für immer zu erledigen. Damit hätten wir immerhin den ersten Berater Kamoses – von dreien."

„Das Geständnis der Toten kann uns sicherlich nützlich sein – eines Tages, sobald der richtige Zeitpunkt zum Handeln gekommen ist. Sollten wir uns jedoch nicht vergewissern, wie die Dinge sich tatsächlich zugetragen haben?"

„Aber diese Ita hat doch alles gestanden!"

„Die Wahrheit, Nebnefer! Sie ist das Einzige, was zählt. Ich fürchte, wir müssen uns eingehend mit der kleinen Kuschitin unterhalten."

„Was nicht einfach werden wird", meinte Nebnefer. „Was hat die Kuschitin noch zu verlieren? Jetzt, da ihr Kind tot ist?"

„Das Leben“, entgegnete der Alte bedächtig. „Und was geschieht mit Tjai?“

„Wir ziehen ihn im Tempel auf. Sobald er ein bisschen größer ist, wird er zusammen mit den anderen im Lebenshaus unterwiesen. Vielleicht wird eines Tages ein rechtschaffener Gottesdiener aus ihm.“

„Sicherlich die beste Lösung für ein Kind, das Vater *und* Mutter verloren hat“, sagte der Alte nachdenklich. „Zwei unserer Priester waren gestern bei Maj. Er müsste die Konstitution eines Nilpferds besitzen, um unsere spezielle Medizin zu überleben.“

Es WAR ein schönes Bild an diesem blanken Morgen, das sich ihr bot: ein junger Krieger, der sich auf dem schwarzen Hengst so geschmeidig bewegte, dass man hätte glauben können, es handle sich um ein einziges Lebewesen. Kamoses Oberkörper war schweißnass; er musste scharf geritten sein.

Er stieg vor den Ställen ab und schenkte ihr ein zerstreutes Lächeln. Dann band er sein Pferd fest und begann, den nassen Tierleib sorgfältig mit Stroh abzureiben. Teti-Scheri sah ihm zu. „Du denkst zunächst an den Hengst“, sagte sie. „Und dann erst an dich.“

„Schon lange bin ich keinem Wesen mehr begegnet, das meine Zuwendung so rückhaltlos verdient hätte“, erwiderte er. „Der Thron macht einsam, Großmutter.“

„Erstaunt dich das? Der Pharao hat Beschlüsse zu fassen, an denen andere Menschen gar nicht teilhaben *können.* Ich möchte mit dir reden.“

Der Hengst schnaubte. Sein Fell schimmerte im Sonnenlicht wie polierter Onyx. „Ein prachtvolles Tier!“, sagte Teti-Scheri anerkennend.

„Der Beste von allen“, entgegnete Kamose. „Auch vor meinem Streitwagen. Deshalb habe ich ihn Or genannt. Das bedeutet König auf Kuschitisch. Gehen wir ein Stück?“

Kamose bemühte sich, nicht zu schnell auszuschreiten, denn er wusste, dass Teti-Scheri keine großen Schritte machen konnte. Im letzten Winter war sie wieder lange krank gewesen, und das Gelenkfeuer, das sie vermutlich nie mehr ganz verlassen würde, hatte ihr über Monate zugesetzt. Aber noch immer wohnten Kraft und Zähigkeit in ihr, und es gab keinen Kopf am Hof, der so klar und scharf denken konnte wie sie. Im Palastgarten angelangt, führte er sie zu einer der Steinbänke und setzte sich neben sie.

„Und was möchtest du nun erfahren?“, fragte er.

„Ahmose verbreitet überall, dass du schon sehr bald einen Feldzug gegen Apopi planst...“

„Der Nil wird noch einige Male die Felder überschwemmen, bis wir ihm ebenbürtig oder aber überlegen sein werden. Natürlich habe ich bereits konkrete Pläne."

„Gehören diese schönen Tiere in deinen Ställen auch dazu?"

„Die Pferde sind unverzichtbarer Teil meiner Strategie, ebenso wie die Wagen, die ich nach Hyksos-Vorbild habe bauen lassen. Aber was nützt die beste Ausrüstung, wenn sie von den Soldaten nicht fehlerlos beherrscht wird? Ich werde in Kürze die Truppen inspizieren, vielleicht spornt meine Anwesenheit die Leute an."

„Wann willst du aufbrechen?"

„Übermorgen."

„Und wird Ahmose dich begleiten?", fragte Teti-Scheri.

„Er befindet sich bereits im Lager, auf seinen Wunsch hin."

„Sieh dich vor, Kamose! Er ist gefährlich."

„Und wenn schon", erwiderte Kamose. „Im Augenblick bewegen mich ganz andere Sorgen. Wäre doch Namiz schon zurück! Ich erwarte von seiner Reise wichtige Erkenntnisse über das Schmieden widerstandsfähiger Bronzewaffen."

„Ausgerechnet der Mann aus Kepni! Hättest du keinen anderen Kundschafter entsenden können?"

„Ipi und Seb hast du zu Recht misstraut. Namiz jedoch beurteilst du falsch. Das Wichtigste fehlt uns trotzdem noch immer", warf er ein. „Bundesgenossen. Wenn wir uns gegen einen schwer zu besiegenden Gegner nach Norden wenden wollen, muss der Süden sicher sein. Zweimal schon habe ich den Herrscher von Kerma aufgefordert, sich auf meine Seite zu schlagen – leider ohne Erfolg. Angesichts der kritischen Lage sollten wir die Kuschiten besser als Nachbarn und nicht länger als Feinde oder Unterlegene betrachten."

„Hat *sie* dich das gelehrt? Man sagt, du hättest ein offenes Ohr für alles, was sie verlangt."

„Was hat Nabu dir getan, dass du sie so hasst?"

„Meinem Sohn die Seele vergiftet, so, wie sie nun auch dir langsam ihr schwarzes Gift einträufelt. Diese Frau bringt nichts als Unheil. Und allmählich solltest du auch an die Zukunft denken. Bislang gibt es keinen Falken-im-Nest, weder von Ascha, deiner Großen königlichen Gemahlin, noch von irgendeiner Nebenfrau."

„Und wenn es nun Nabu wäre, die meinen Sohn und Erben zur Welt brächte?"

„Möge der göttliche Iach uns davor bewahren!"

Er sprang auf. „Ich liebe und verehre dich, Großmutter", sagte er heiser.

„Kemet hat kaum Männer, die sich an Klugheit und Weitsicht mit dir messen könnten. Aber merk dir eines: Ich bin der Pharao und nicht eine deiner Wachspuppen, die du nach Belieben kneten kannst!"

ALS DIE dumpfe Müdigkeit endlich von ihr wich, erkannte Sahti, dass man sie während ihrer Agonie offenbar an einen anderen Ort innerhalb des Tempelbezirks gebracht hatte. Der Raum, in dem sie erwachte, war leer bis auf das Bett und einen kleinen Schemel, aber sauber und licht. Ein Fenster ließ die warme Nachmittagssonne herein; neben dem Lager standen ein Wasserkrug und eine Schale mit Früchten. Gewohnheitsmäßig legten sich ihre Hände auf den Bauch, und sie zuckte zusammen, als sie anstelle der vertrauten Wölbung nichts als eine glatte, straffe Fläche spürte. Ihre Augen füllten sich mit Tränen, und sie starrte blicklos auf die raue Wand.

Leise Schritte rissen sie aus ihrer Versunkenheit. Vorsichtig ließ sich der Alte neben ihr nieder. „Es wird vermutlich noch eine ganze Weile sehr wehtun", sagte er leise. „Aber die Zeit heilt alle Wunden, die des Körpers wie solche des Herzens. Und wenn du bereit für die Wahrheit bist, kann für dich ein ganz neues Leben beginnen."

„Die Wahrheit? Von welcher Wahrheit redest du?"

„Denk doch einmal in aller Ruhe nach! Dein Mann ist tot, und seine Mutter will nichts mehr von dir wissen. Den Tempelbezirk kannst du ohne unsere Einwilligung nicht verlassen. Bleibt dir folglich eine andere Wahl, als mit uns zusammenzuarbeiten?"

„Wo ist mein Kleiner jetzt?"

„Mit Amuns Segen bestattet. Steh auf!", befahl er und reichte ihr die Hand. „Wir müssen ein Stück zusammen gehen."

Der Alte führte sie durch den schattigen Tempelgarten und brachte sie in einen karg ausgestatteten Raum, der von einem seltsamen Duft erfüllt war. Er ließ sie auf dem Hocker Platz nehmen und verriegelte von innen die Tür.

Jetzt waren sie allein. „Schließ deine Augen!", befahl er ihr. „Sag mir, wenn du bereit bist!"

Der würzige Geruch wurde intensiver, und ihr Kopf wurde ganz leicht. „Ich bin bereit", sagte sie.

„Sieh mich an!" Er saß ihr gegenüber, in seinem Schoß die goldene Selket-Statue. Für einen Augenblick glaubte Sahti an eine Sinnestäuschung. Die glimmende Räucherschale neben ihr, von der der seltsam betörende Duft ausströmte, verriet ihr jedoch, dass es kein Wahn, sondern Wirklichkeit war.

„Das ist kein Spiel", sagte der Alte ernst. „Ich verlange die Wahrheit. Also: Woher stammt diese Statue? Ich weiß, dass sie in deinem Besitz war. Wer hat sie dir gegeben?"

Der Rauch war tief in ihre Lungen geströmt. Je mehr Sahti davon einatmete, desto schwieriger war es, der drängenden Stimme des Alten zu widerstehen.

„War es Namiz? Der Juwelier aus Kepni? Ich brauche nur diesen einen Namen. Sag einfach ‚Namiz' – und diese Tür tut sich für dich auf."

Heißer Zorn schoss durch ihren Körper. Hatte sie nicht schon genug bezahlt? Ruju und die Daya waren für immer verloren. Antef und Tama lebten nicht mehr. Nacht für Nacht quälten sie schreckliche Erinnerungen an Ut. Sie vermisste Pani so sehr. Nesmin war tot. Ebenso wie ihr Sohn. Und sie besaß keine Heimat mehr, nicht einmal mehr eine rettende Zuflucht. Jetzt müsste doch sogar der schwarze Skorpion zufrieden sein.

Sein Ton wurde schmeichelnd. „Mach es dir doch nicht so schwer! Und mir dazu. Du willst mir doch die Wahrheit sagen. Ich spüre es. Also? Ich höre."

Sahti erkannte plötzlich, von welchem Duft der ganze Raum erfüllt war: von getrocknetem Wüstensalbei, den die Weiße Löwin vielfach als Heilpflanze verwendet hatte! Sahti tastete nach der Kralle auf ihrer Brust, und endlich, nach langer Zeit, war es, als flute etwas von der alten Kraft zurück in ihren zerschlagenen Körper. Nein, niemals würde sie Namiz diesen tückischen Priestern ausliefern, die nichts als Böses im Sinn hatten. „Von mir erfährst du nichts", sagte sie. „Selbst wenn du drohst, mich zu töten."

JEDEN Morgen, wenn es hell wurde, blies der Wächter auf dem Tempeldach in sein Horn und gab damit das Signal, auf das hin die gesamte Gottesanlage zum Leben erwachte. Aber bereits vor Sonnenaufgang waren umfangreiche Vorbereitungen getroffen worden: Die Priester waren zum großen Fluss gegangen, um sich zu reinigen; einige von ihnen hatten die Krüge und Amphoren für das Trankopfer mit Wasser aus dem heiligen See gefüllt; Schreiber erschienen mit den langen Opferungslisten des Tages, im Schlachthaus und in der Küche wurden die Gaben vorbereitet, von den Priestern geweiht und in die Halle der Opferungen getragen.

All diese Tätigkeiten waren Sahti inzwischen vertraut, denn es gab Schwatzhafte unter ihren Wächtern. So wusste sie auch, dass nach dem Hornsignal die Sonne aufgehen und sie die Anrufungen des Priesterchors hören würde, der das Heiligtum in vielstrophigen Hymnen pries. Jetzt konnte es nicht mehr lange dauern, und man würde ihr Essen und Trinken bringen. Wichtiger jedoch war ihr, dass sie anschließend das Schreibwerkzeug und die noch unbekannten Texte erhielt.

Der Alte hatte zu Beginn ihrer Gefangenschaft alles vor ihr ausgebreitet. „Du kennst die heiligen Zeichen?“

„Ja. Ich kann lesen und schreiben.“

„Dann weißt du auch, was das ‚Buch vom Herausgehen am Tage‘ ist?“

„Das ‚Totenbuch‘? Nesmin war Größter der Mannschaft im Königsgrab“, sagte sie. „Er hat mir davon erzählt.“

„Du könntest dich nützlich machen, wenn du ohnehin hier bist“, schlug der Alte vor.

„Wieso lasst ihr mich nicht laufen? Oder bringt mich endlich um!“

„Wie lange sich dein Aufenthalt hier noch hinziehen wird, liegt einzig und allein an dir. Du sollst diese Papyri fein säuberlich kopieren“, sagte der Alte.

Seitdem schrieb sie jeden Tag, sobald es hell wurde, und hörte mit ein paar kurzen Unterbrechungen erst wieder damit auf, wenn die Sonne von Nut verschluckt wurde. Es tat gut, etwas zu tun zu haben, das sie vom Grübeln ablenkte.

Die Tür ging auf. Wie jeden Morgen bekam sie Fladenbrot, Bohnen und Wasser. Heute gab es einen Becher mit gelblich schimmerndem Tee dazu, vor dessen Geruch sie zusammenzuckte.

„Ich trinke ihn später“, sagte sie zu dem jungen Priester.

„Jetzt!“, beharrte er. „Der Alte hat gesagt, dass du diese Medizin dringend brauchst.“

Sie setzte den Becher an und trank. Der Tee schmeckte bitter, aber sie leerte das Gefäß trotzdem. „Was soll ich heute schreiben?“

Der junge Priester nahm den Becher entgegen und reichte ihr ein Bündel Papyri. „Ich komme am Nachmittag, um alles abzuholen.“

Ein Satz frischer Binsen lag zu ihrer Linken, vor ihr stand die Schreibpalette mit den beiden Näpfchen für rote und schwarze Tinte. Wie immer ließ sie sich im Schneidersitz auf dem Boden nieder. Sie hielt die Binse zwischen zwei Fingern und genoss, wie schnell und leicht sie über den neuen Papyrus auf ihrem Schoß glitt.

Plötzlich wurde Sahti sehr kalt, und die feinen Linien auf ihrer Vorlage hatten plötzlich ihre Schärfe verloren. Dann verwandelten sich die Schriftzeichen vor ihr in verschwommene Bilder. Ihre Kehle fühlte sich so trocken an, dass sie brannte, aber es war ihr unmöglich, die Hand nach dem Wasserkrug auszustrecken.

Die Zelle schrumpfte zusammen, und dann dehnte sie sich wieder aus. Die Ritzen quollen auf und entließen seltsame schwarze Tiere, die auf sie zukrabbelten. Mit einem Entsetzensschrei rettete Sahti sich auf das Bett. Als sie erschrocken die Augen zumachte, erlebte sie hinter geschlossenen Lidern eine grelle Lichtexplosion. Danach begannen sich bizarre Gestalten zu formen, die auf sie zuschwebten. Aus ihren Mündern drangen wie von dumpfen Trommeln untermalt die Verse des „Totenbuchs", die sie bereits kopiert hatte.

„Aufhören!", murmelte Sahti gequält. „Hört sofort auf!"

„Ist sie schon so weit?" Jetzt waren die Laute quälend nah an ihrem Ohr.

„Bald", glaubte sie den Alten zu vernehmen, verzerrt und undeutlich.

Sie bekam zu trinken, Bitteres wie zuvor, aber der Durst wurde nur noch schlimmer. „Ich verdurste!", krächzte sie. „Wasser, bitte, Wasser! Muss ich jetzt sterben? Ich will nicht sterben!"

„Wer sich gegen die Maat versündigt hat, bleibt im Jenseits ausgeschlossen von aller Ordnung. Du kannst dich nicht retten, aber du kannst dir dein Schicksal leichter machen – gestehe!"

Sie versuchte zu sprechen, aber kein Ton kam über ihre Lippen. Eine Schlange war emporgezüngelt. Aus dem flachen Reptilienkopf wuchsen zwei haarige Ohren, und die Schnauze wurde immer länger und spitzer. Anubis fletschte seine scharfen Zähne, aber sie wusste, wer sich hinter der Maske verbarg: Ut – er war zurückgekommen, um sie zu fressen.

Ein spitzer Schrei entrang sich ihrer Kehle: „Nein! Nicht Ut! Alles, nur nicht er!"

„Das Gegenmittel, schnell!", glaubte sie zu hören.

Abermals bekam sie zu trinken, eine helle, lauwarme Flüssigkeit, die irgendwann Linderung brachte. Die Wände der Zelle schrumpften auf ihre bisherige Größe. Selbst die Lähmung wich aus ihren Gliedmaßen.

Sahti schlug die Augen auf. Sie war allein in der Zelle, vor ihr auf dem Boden lag noch immer das Schreibgerät, und nun war sie auch in der Lage, zittrig zum Wasserkrug zu greifen. Sie trank wie eine Verdurstende. Dann rollte sie sich zusammen und fiel in einen todesähnlichen Schlaf.

TETI-SCHERI hatte die Mittagszeit gewählt, um mit Ascha zu reden, obwohl die Nacht, das Reich ihres geliebten Mondgottes, eigentlich mehr nach ihrem Geschmack gewesen wäre. Meret jedoch hatte herausbekommen, dass sich die junge Königin schon sehr früh zur Ruhe begab und vor dem Schlafengehen einige Becher mohnversetzten Wein zu sich nahm, um sich gegen böse Träume zu schützen.

Für das, was Teti-Scheri ihr zu sagen hatte, brauchte Ascha einen klaren Kopf. Deshalb verzog die Große Herrin auch missbilligend die Lippen, als sie schon jetzt einen Weinkrug nebst Becher auf einem kleinen Tisch neben dem Ruhebett stehen sah, auf dem Ascha lag.

Wären nicht die hängenden Mundwinkel und die unzufriedene Falte zwischen den Brauen gewesen, sie hätte eine schöne Frau sein können. Ihre Haut war sehr hell, und ihre sorgfältig mit Malachitpuder betonten Augen schimmerten nilgrün. Sie war nackt unter dem hauchdünnen Leinenkleid, das ihre mädchenhaften Formen erahnen ließ. Um ihren schlanken Hals schmiegte sich ein Perlenkragen mit goldenen Kaurimuscheln, an den Handgelenken trug sie Armbänder aus Türkis-, Karneol- und Lapislazuliperlen.

„Ja, sieh mich nur ganz genau an, heiß geliebte Großmutter!" Aschas Mund verzog sich hässlich. „Wahrscheinlich missfalle ich dir ebenso wie Kamose, deinem hoch geschätzten Enkelsohn. Weißt du, wann er mich das letzte Mal in meinen Gemächern aufgesucht hat? Vor mehr als acht Monden! Und selbst da hat er nicht daran gedacht, mit mir das Lager zu teilen. Ich bin Luft für ihn. Nein, schlimmer als Luft: Abschaum!"

„Genau deshalb bin ich hier", sagte Teti-Scheri. „Ich darf mich setzen?"

Sie hatte sich bereits einen bequemen Stuhl aus Zedernholz ausgesucht. Ascha erhob sich und zog sich einen Hocker heran.

„Ich bin bestimmt nicht einmal halb so klug wie du", sagte sie, „aber ich weiß, dass er mich nicht liebt. Nie geliebt hat. Und niemals lieben wird. Erst recht nicht, seit ihn diese verfluchte Kuschitin verhext hat."

„Und was gedenkst du dagegen zu unternehmen?", fragte Teti-Scheri ruhig. „Das Land braucht einen Falken-im-Nest. Wenn du ihn verweigerst, wird eine andere Kemet den Thronerben schenken."

„Ich bin es doch nicht, die etwas verweigert."

„Willst du es niemals erleben, wie es ist, neues Leben unter dem Herzen zu tragen?", fragte die Alte. „Wach endlich auf!" Mit einer zornigen Handbewegung fegte sie den Weinkrug vom Tisch. „Vorbei mit deinen wohlschmeckenden Betäubungen! Steh auf, begrabe deine tödliche Lethargie und kämpfe wie eine Königin!"

Wie gebannt starrte Ascha sie an. „Ich wette, du hast bereits einen Plan. Aber er muss klug sein und möglichst listenreich, denn das ist Kamose auch."

„Es gibt durchaus Mittel und Wege, um zu bekommen, wonach man sich sehnt", bestätigte die alte Frau. „Allerdings braucht man Mut und Entschlossenheit dazu. Ich verlange von dir strikte Befolgung aller meiner Anordnungen, selbst wenn sie dir widersinnig, ja sogar gefährlich erscheinen mögen. Bist du bereit, dein Schicksal in meine erfahrenen Hände zu legen?"

Ein paar Augenblicke war es still im Raum. Von draußen hörte man das Rascheln des Windes in den Dattelpalmen.

„Ich bin bereit", sagte die Königin. „Was immer auch geschehen mag."

IMMER seltener gelang es Sahti, auch nur einige Kolumnen zu schreiben, denn die Stimmen ließen sie nicht mehr in Ruhe. In den wenigen klaren Momenten, die ihr blieben, wusste sie genau, dass etwas in dem Tee sein musste, den sie ihr unbarmherzig einflößten, aber inzwischen war sie zu schwach, um sich dagegen zu wehren.

In ihren kalten Wahnträumen, die ihr immer mehr wie Realität erschienen, war Osiris, Herr der Totenwelt, anwesend, ebenso wie Anubis, dessen bloßer Anblick bereits genügte, um das Blut in ihren Adern stocken zu lassen. Schließlich das grässliche Monster auf plumpen Nilpferdbeinen, das sein Krokodilsmaul gierig aufriss, um sie zu verschlingen. In der Mitte die Waage mit ihren zwei Schalen. In der einen lag Sahtis Herz, in der anderen die weiße Feder der Wahrheit.

„Gestehe!", donnerte die Stimme.

Verzagt begann sie mit ihrer Litanei: „Ich habe kein Unrecht gegen Menschen begangen, ich habe keinen Gott beleidigt, ich habe nicht gestohlen, ich habe nicht Schmerz zugefügt, ich habe nicht getötet..."

Sie konnte nicht weitersprechen. Denn jedes Mal vollzog sich das gleiche schreckliche Bild: Wie ein Stein sackte die Schale mit ihrem Herzen nach unten, während auf der anderen Seite die Feder der Wahrheit triumphierend nach oben schnellte...

„Gnade!", wimmerte Sahti. „Gnade!"

Sie spürte, wie sie hochgerissen und nach draußen gebracht wurde. Zwei Männer schleppten sie durch den nächtlichen Tempelgarten.

„Bist du wirklich sicher?", wisperten die Tauben in den Ästen. „Bis jetzt sind wir noch keinen Schritt weitergekommen. All das Bilsenkraut – umsonst! Niemals zuvor bin ich einem derart verstockten Geschöpf begegnet."

„Ein letzter Versuch!"

Auf den Säulensaal folgte der Opfertischraum. In der Mitte der Rückwand öffnete sich das Sanktuarium mit den Altären und Opfertischen. In seiner Mitte wiederum die Tür zur Hohen Stätte.

Jetzt waren sie vor einer kleinen steinernen Nische angelangt. Es war sehr dunkel in dem kleinen Raum, und wieder spielten ihr die Augen die gewohnten Streiche, indem sie Dinge schrumpfen und wachsen ließen. Allmählich jedoch gelang es ihr, den Blick auf den Schrein zu konzentrieren. Diesmal waren seine Türen nicht geschlossen wie beim Schönen Fest im Wüstental, sondern sie umrahmten wie zwei schützende Holzschwingen eine glänzende Statue.

„Rede!“ Sie wurde unsanft geschüttelt. „Den Namen, Sahti! Willst du uns selbst im Angesicht des Gottes die Wahrheit vorenthalten?“

Ein Blitz schien das Gesicht des Gottes zu erhellen. Er schien auszuschreiten, eine Figur voll jugendlicher Kraft und Elastizität, geradewegs auf sie zu. „Vergebung!“ Sie fiel zu Boden. „Schütze mich, Amun!“

Nebnefer schlug mit der Faust gegen ihren Hinterkopf. Sie sackte zusammen. „Lass es uns morgen zu Ende bringen!“, forderte er. „Sie hat nichts anderes verdient.“

Der Alte nickte zustimmend. Dann trugen sie Sahti zurück in die Zelle.

SIE ERWACHTE in einer Woge von Schmerzen. Ihre Schläfen pochten, und am Hinterkopf ertastete sie eine große Beule. Sahti schleppte sich unter das Fenster. Ein sanfter Glanz erhellte im Osten den Horizont.

Gleich würden sie kommen, um sie zu töten.

Die ständige Benommenheit hatte sich gelegt. Langsam ging sie zur Tür und lehnte sich dagegen. Zu ihrer Verblüffung schwang sie nach außen auf. Die beiden mussten gestern vergessen haben, sie einzuschließen. Wie von selbst trugen sie ihre Füße in den Tempelhof. Jeder Schritt bedeutete eine immense Kraftanstrengung. Vor dem Küchentrakt sah sie einige Priester mit großen Schalen hantieren, aber sie ging trotzdem unbeirrt weiter in Richtung der Mauer.

Als ihr ein Mann entgegenkam, dem andere in einigem Abstand folgten, glaubte sie alles verloren. Er war schlank und mittelgroß und trug eine hohe weiße Kopfbedeckung, die sie an etwas erinnerte, das sie nicht benennen konnte.

In diesem Augenblick ertönte vom Tempeldach das Horn, und die ersten Strahlen der Sonne fielen direkt auf sein Gesicht. Der goldene Blitz, der sie in der Nacht zuvor geblendet hatte! Hinter sich hörte sie schnelle Schritte und die aufgeregte Stimme Nebnefers. „Schnell! Haltet sie! Sie versucht zu entkommen!“

Sahti stürzte dem Mann mit der weißen Krone direkt zu Füßen. „Vergebung!“, flüsterte sie. „Schütze mich, Amun!“

Kräftige Arme zogen sie behutsam nach oben. Und als sie die Augen öffnete, blickte sie direkt in das Gesicht des Pharaos.

ZEHNTE STUNDE:
Die Fluten des Nun

Flötentöne drangen in Sahtis Traum, und als sie die Augen aufschlug, erwartete sie fast, Pani vor sich zu sehen, der auf seinem geliebten Instrument übte – aber sie war allein. Eine Weile blieb sie still liegen und genoss die kleine Melodie, die vom Garten her zu ihr drang. Zum ersten Mal seit langem fühlte sie sich frisch und ausgeruht, und die schrecklichen Albträume schienen endgültig vorbei zu sein. Schließlich wagte sie es sogar aufzustehen, war aber noch zu schwach, sodass sie zusammenknickte und vor dem Bett längs hinschlug.

„Sie ist wach! Und liegt ganz hilflos da – schnell!"

Eine junge Dienerin wollte ihr aufhelfen, schaffte es aber erst, als Nabu zur Unterstützung hinzueilte. Gemeinschaftlich betteten sie Sahti wieder auf das Lager.

„Wo bin ich?", fragte Sahti erschöpft.

„Im Harem des königlichen Palastes", erwiderte Nabu. „Und zum Glück bist du endlich wieder bei Bewusstsein!"

„Was ist mit mir? War ich krank?"

„Sterbenskrank. Ich habe den Pharao gebeten, mich persönlich um dich kümmern zu dürfen."

„Wie lange schon?", murmelte Sahti.

„Beinahe zwei Monde."

„Zwei Monde? Aber das ist unmöglich!"

„Du kannst froh sein, dass du noch lebst", erwiderte Nabu. „Die Kräuter und Tränke der Nacht sind stark, besonders wenn man sie über einen längeren Zeitraum einnimmt. Irgendwann ist man nicht mehr in der Lage zu unterscheiden, was Traum ist und was Wirklichkeit. Am Ende dieser Reise steht der Wahnsinn – wenn nicht sogar der Tod. Du warst beinahe so weit."

„Habe ich … Habe ich etwas gesagt? Einen Namen vielleicht?"

„Geweint hast du, getobt und geschrien. Zeitweise mussten wir dich festbinden." Nabu beugte sich tiefer zu ihr. „Du hast dein Kind verloren?"

Sahti nickte.

„Wer hat dir das angetan? Nebnefer? Dann war er es auch, der dich in den Wahnsinn treiben wollte? Weshalb?"

Sahti beschränkte sich darauf, mit einer vagen Geste zu antworten.

„Irgendwann wirst du reden müssen“, beschied ihr Nabu. „Kamose wird sich mit keinem Schulterzucken zufrieden geben. Immerhin hat er dich aus dem Tempel geholt und hierher bringen lassen.“

„Kamose – wo ist er jetzt?“, fragte Sahti schnell.

Ein kehliges Lachen. „Viele seiner Nächte verbringt er nach wie vor mit mir statt mit seiner traurigen Taube. Seine Tage jedoch gehören Kemet, seinen Göttern und den Staatsgeschäften. Ich bin sicher, er wird sofort erfahren wollen, dass du wach geworden bist. Immerhin sind wir seine Geiseln. Er könnte uns töten lassen, sollte das Goldland sich gegen ihn erheben.“

Eine Weile blieben sie stumm und lauschten dem Flötenspiel.

„Die Daya hat dir wohl niemals gesagt, woher sie eigentlich stammt“, sagte Nabu schließlich. „Oder doch?“

„Von tief aus dem Süden“, antwortete Sahti. „Sie hat manchmal von einem wilden Katarakt erzählt und von einer Stadt mit breiten Felsengräben, in der sie gelebt hat, als sie jung war. Weshalb fragst du?“

„Später“, wehrte Nabu ab. „Wenn der richtige Zeitpunkt gekommen ist.“ Sie wollte sich erheben, doch Sahti hielt sie fest.

„Wieso tust du das eigentlich für mich?“, fragte sie. „Hasst du mich nicht?“

„Wie sollte ich Golos Fleisch und Blut hassen?“ Nabu machte sich ungeduldig frei. „Glaubst du, ich könnte ihn jemals vergessen?“

„Aber wir leben doch jetzt hier, schon so viele Jahre. Kemet ist unsere Heimat geworden.“

„Deine vielleicht! Ich bin die schwarze Schlange aus Tanub – und das werde ich auch bleiben. Mein Körper mag hier in Waset sein. Mein Herz jedoch hat das Goldland niemals verlassen, wo all das ist, was ich liebe.“

„Was willst du damit sagen?“

„Dass ich Krieg gegen dieses Land führe“, zischte Nabu. „Mit meinen Waffen. Eines Tages werde ich den Sieg erringen. Selbst wenn er mich das Leben kosten sollte.“

„Verlangst du das auch von mir?“ Sahti begann zu zittern.

„Erst musst du wissen, wer du bist“, erklärte Nabu. „Dann kannst du dich entscheiden.“

„Ich bin ich“, antwortete Sahti. „Das weiß ich.“

„Nein, das weißt du nicht. Noch nicht. Nur eine Frau, die ihren Zauber kennt, kann die Haut wechseln, wie die Schlangen es tun. Sie kann sogar in den Feuerkreis steigen, ohne dass die Flammen sie jemals erreichen. Hat sie sich aber selbst noch nicht gefunden, verbrennt sie dabei wie Zunder.“

Das Fest des Himmels wurde im zweiten Mond der Überschwemmungszeit Achet zu Ehren des Mondgottes Iach gefeiert, wenn das Nilwasser wie ein riesiger See die Felder überflutet und mit dem schwarzen Schlamm die Fruchtbarkeit zurückgebracht hatte. Traditionsgemäß nahm die gesamte Königsfamilie daran teil. In Sänften aus Zedernholz hatte man sie nach Sonnenuntergang zum Amun-Tempel gebracht. Der Erste Priester Nebnefer führte sie durch den mondhellen Garten zum Heiligtum, wo die anderen Priester sie bereits erwarteten.

Kamose schritt allen voraus, so ungestüm, dass die Große königliche Gemahlin kaum mithalten konnte. Schließlich blieb Ascha zurück und starrte mit finsteren Blicken seinen Rücken an.

„Wann?“, flüsterte sie, als Teti-Scheri ihr kurz die Hand drückte. „Ich gehe zugrunde, wenn ich noch länger zusehen muss.“

„Bald“, versicherte die alte Frau leise. „Nur noch ein wenig Geduld! Das Hathor-Fest ist nicht mehr weit.“

Seqenenres Witwe Ahhotep, umringt von ihren drei jüngeren Töchtern, strengte sich vergeblich an, etwas von dem Geflüster zu verstehen. Es missfiel ihr nicht nur, dass Teti-Scheri so oft mit Ascha zusammensteckte, es beunruhigte sie zutiefst. Aber nicht einmal Ahmose hatte eine Idee, wie dem abzuhelfen sei.

„Du weißt doch genau, dass die Große Herrin von jeher immer nur das getan hat, was sie für richtig hielt“, erinnerte er sie. „Als wäre sie ihr eigenes Gesetz und keinem anderen Rechenschaft schuldig. Mutter, warum umgurrst du sie nicht ein wenig? Vielleicht verrät sie dir dann, was sie im Schilde führt.“

Ein Blick auf die entschlossenen Züge der zierlichen Frau zeigte ihm jedoch, wie aussichtslos sein Vorschlag war. Nicht einmal ihm war es gelungen, mit List oder Schmeichelei etwas aus Teti-Scheri herauszubekommen, und auch Nefertari war nach ihrem Versuch in heller Auflösung zu ihm zurückgekehrt.

„Sie hasst mich“, hatte sie geflüstert. „Und dich liebt sie ebenso wenig, mach dir da bloß nichts vor, Ahmose! Manchmal denke ich, sie kennt unsere geheimsten Gedanken, deine wie meine. Ich fürchte mich vor ihr, Geliebter.“

Gerade traf ihn ein forschender Blick der alten Königin, und er fühlte sich fast geneigt, Nefertari nachträglich zuzustimmen.

Vor dem Tempel teilte sich der Zug. Ein Priester führte die königliche Familie zu einer versteckten Treppe, über die sie auf das Flachdach des Gebäudes gelangen konnte. Nebnefer und der Pharao betraten dagegen Seite an Seite den heiligen Ort.

„Ich vermisse den Alten“, sagte Kamose, als sie sich dem Schrein des Mondgotts näherten.

„Wir alle vermissen ihn“, erwiderte Nebnefer. „Er ist unser Vorbild.“ Sie waren vor dem geschlossenen Schrein angelangt. Kamose neigte sein Haupt. Nebnefer tat es ihm nach. „Von Zeit zu Zeit sucht er die Einsamkeit der Wüste, um zu beten, zu fasten und sich zu kasteien“, fuhr der Priester fort. „Keiner von uns weiß, wie lange er fortbleiben wird.“

Er wollte die Schreintür berühren, aber Kamose öffnete als oberster Kultherr eigenhändig den Schrein. Im Halbdunkel schimmerte die silberne Statue der Gottheit wie Mondstaub. Über der Sichel trug Iach die Krone Osiris', die das Werden und Vergehen der Natur symbolisierte.

Kamose warf sich nieder und küsste den Boden vor dem Schrein. Nebnefer tat das Gleiche. Schließlich erhob sich der Pharao wieder und nahm die Statue aus dem Schrein. Er verzichtete auf die Kultbarke und trug sie behutsam vor sich her.

Die Treppe, die hinauf zum Tempeldach führte, war so schmal, dass sie hintereinander gehen mussten. Oben angelangt, trat Ascha zu ihnen und schritt neben Kamose zu dem kleinen Dachaufbau, vor dem sie sich alljährlich versammelten.

Kamose stellte die Statue ab und entzündete mit einer Fackel die bereitgestellten Weihrauchgefäße. Anschließend entleerten zwei junge Priester Behälter mit geweihtem Wasser über seinem Kopf. Dann kniete Kamose vor dem Mondgott nieder.

„Die Pforten des Himmels tun sich auf“, betete er. „Ich stimme meine Gesänge an für dich, geliebte Sonne der Nacht.“

Er erhob sich, um die Statue mit duftenden Ölen zu salben. Die große innere Stille jedoch, die er sonst bei diesem Ritus empfunden hatte, wollte sich nicht einstellen. Kamose blieb schweigsam und in sich gekehrt, auch als er die Götterstatue wieder in ihren Schrein gebracht hatte und die königliche Familie zu ihren Sänften zurückkehrte. Anstatt sich zum Palast tragen zu lassen, bestand er darauf, zu Fuß zu gehen.

Erstaunt sahen ihn die Torwächter den Palastgarten betreten, allein, ohne Gefolge. Am Lotosteich setzte er sich auf die künstliche Umrandung und starrte auf die geschlossenen Blütenkelche. Etwas Seltsames war mit ihm geschehen, die Ahnung eines Ereignisses hatte ihn erfasst, die ihn mit unerklärlicher Sehnsucht und banger Ungeduld erfüllte. Schließlich stand er auf und ging langsam weiter, einer einsamen Nacht entgegen, die er in seinem Gemach verbringen wollte, ohne die lockenden Arme Nabus zu spüren.

Vorsichtig löste sich Sahti vom Stamm der alten Tamariske, an die sie sich gepresst hatte. Ihr Herz schlug hart gegen die Rippen. Bislang war Kamose glänzend und hell wie Re gewesen, der alles überstrahlte. Nun aber, da sie ihn so weich und nachdenklich im Licht der nächtlichen Sonne gesehen hatte, war er auch noch zu ihrem Mond geworden.

Als Kamose sie zu sich rufen ließ, schien alles um sie herum zu verschwimmen. Wie im Traum hatte Sahti das Rosenblütenbad erlebt. Geschickte Dienerinnenhände verwandelten das widerspenstige Kraushaar in eine höfische Frisur, die Sahtis schlanken Hals freigab. Das Gesicht wurde sorgfältig gepudert, anschließend trug man schwarze Schminke auf Brauen und Lider auf und färbte den Mund mit Ocker rot.

In feines Leinen gekleidet, folgte Sahti den beiden Eunuchen durch die Gänge und Räume, die nicht enden wollten. Zu ihrer Überraschung betraten sie schließlich eines der Privatgemächer des Pharaos, einen großen hellen Raum mit einem kostbaren Ruhebett, einem Tisch und mehreren Sitzgelegenheiten. Kamose stand mit dem Rücken zu ihr, über ausgebreitete Papyri gebeugt. Von der anderen Zimmerecke löste sich ein schlanker, sonnenverbrannter Mann, der ihr lachend entgegenkam.

„Namiz!" Sie flog in seine Arme. „Dass du wieder da bist!"

Er schob sie ein Stück weg, um sie eingehend zu betrachten. „Wunderschön siehst du aus. Und so erwachsen! Aber geht es dir auch wieder gut, meine Kleine?", fragte er leise. „Du musst mir alles ganz genau erzählen!"

„Da kann ich mich nur anschließen." Kamose hatte sich umgedreht und blickte sie aufmerksam an. Er trug keine Kopfbedeckung; sein dunkles Haar war glatt und fiel bis auf die kräftigen Schultern. „Es gibt einiges, was ich von dir erfahren möchte."

„Darf ich mich setzen?" Sahti tastete nach einem Halt.

Rasch schob Namiz ihr einen niedrigen Hocker hin. „Sie scheint noch sehr schwach zu sein", sagte er halb entschuldigend.

Der Pharao zog sich einen zweiten Hocker heran, ihr gegenüber, während Namiz neben ihm stehen blieb.

„Nebnefer hat mir berichtet, unter welchen Umständen du in den Tempel gekommen bist", fuhr Kamose fort. „Aber ich möchte deine Version hören."

„Er hat mich verhaften lassen", sagte sie leise. „Bei der Beerdigung Nesmins, meines tödlich verunglückten Mannes."

„Weshalb?"

„Das weiß ich bis heute nicht. Es gab keine konkrete Anklage. Sie brachten mich ans Ostufer und sperrten mich auf dem Tempelgelände in ein dunkles Gefängnis. Und dann... setzten bald schon meine Wehen ein. Viel zu früh."

„Haben die Priester dich geschlagen?", fragte Kamose. „Oder dir sonst irgendein Leid zugefügt, das deinem Kind geschadet hat?"

„Nein. Der Alte hat bei der Geburt sogar geholfen", erwiderte Sahti. „Aber mein kleiner Sohn hat nicht geatmet. Die Nabelschnur muss ihn schon in meinem Leib erstickt haben."

„Was geschah danach?", erkundigte sich Kamose sanft.

„Als ich halbwegs wieder zu Kräften gekommen war, ließen sie mich endlose Kolumnen kopieren. Aus dem ‚Buch vom Herausgehen am Tage'. Eine Arbeit, die ich gern verrichtet habe." Aber es erschien ihr wichtig, den Rauch der Wahrheit unerwähnt zu lassen. Ebenso wie die Fragen nach Namiz und dem Ursprung der goldenen Selket-Statue, mit denen man sie gequält hatte. „Sie gaben mir zu essen und zu trinken, aber ich wurde sehr krank. Alles um mich herum verschwamm, und sogar die Wände dehnten sich und schrumpften und begannen mit mir zu reden. Da bekam ich immer mehr Angst. Deshalb bin ich geflohen."

„Sie müssen ihr Bilsenkraut verabreicht haben", sagte Kamose, an Namiz gewandt, „und zwar in hohen Dosen. Über Wochen hinweg. Offenbar, damit sie den Verstand verliert. Aber weshalb?"

„Vermutlich, um sie aus dem Weg zu räumen", erwiderte Namiz. „Was im Übrigen zu Nebnefer und seinen Machenschaften passen würde." Sein Gesicht war aschfahl geworden.

„Wieso haben sie sie dann nicht getötet?", fuhr Kamose fort. „Worauf haben sie gewartet? Rede!"

„Ich weiß es nicht."

Auf Kamoses Zügen zeigte sich Enttäuschung. „Seit mehr als hundert Jahren ist Kemet geteilt und blutet aus zahllosen Wunden", sagte der Pharao mit verhaltenem Zorn. „Während wir mit aller Anstrengung diesen unheilvollen Zustand zu beenden trachten, vertreiben sich einige der Priester die Zeit damit, sich als Richter aufzuspielen. Aber mag auch der Tempel als Haus der Ewigkeit der Vergänglichkeit trotzen – für die Menschen, die in ihm dienen, gelten die Gesetze, die der Pharao von den Göttern empfangen hat. Ihnen sind sie zum Gehorsam verpflichtet. Es wird höchste Zeit, sie wieder daran zu erinnern."

„Ihr denkt doch nicht etwa an eine Überprüfung, Einzig-Einer?", fragte Namiz. „Ausgerechnet jetzt, nachdem bereits viel Staub aufgewirbelt wurde?"

„Aber nein! Ich spreche von einer großen Tempelinspektion. Gerätschaften, Opferlisten, Belieferungsprotokolle, Verzeichnis der Liegenschaften – alles, was sich im heiligen Bezirk befindet oder abspielt. Und kein anderer als du wird sie in meinem Namen durchführen." Er klatschte zweimal in die Hände. Augenblicklich erschienen die beiden Eunuchen. „Bringt sie zurück!", befahl er. „Aber geht langsam."

Sahti erhob sich unsicher. Die Audienz war beendet. Vermutlich würden Wochen, wenn nicht gar Monate vergehen, bis sie Kamose wieder zu Gesicht bekam.

Tränen der Enttäuschung brannten in ihren Augen, und sie trat zu Namiz. „Aber ich wollte doch noch unbedingt mit dir reden. Allein!"

„Bald, meine Kleine." In Gegenwart des Pharaos wagte er nicht deutlicher zu werden. „Ich denke, wir werden uns in Kürze wiedersehen. Spätestens beim Fest der Hathor. Und pass einstweilen gut auf dich auf, Sahti! Ich möchte, dass du wieder gesund wirst."

DIE MONDBARKE stand nicht mehr über dem neuen Palast, aber noch zeigte sich im Osten kein roter Schein. Überall am Ufer lagen die Papyrusboote, die schon bald zu Ehren Hathors den großen Fluss befahren würden. Ein Stück entfernt entdeckte Teti-Scheri das königliche Schiff, ebenfalls aus den Blättern der Sumpfpflanze erbaut, aber größer und solider. Zudem war es mit zwei Sonnendächern versehen, die eine provisorische Kabine bildeten. Teti-Scheri blickte sich um, konnte aber nirgendwo Wachen entdecken.

Über eine Planke betrat sie das leise schwankende Boot. In einem Korb entdeckte Teti-Scheri köstliche Früchte; auf einem Tischchen fand sie einen prall gefüllten Ziegenschlauch, aus dem der Pharao unterwegs seinen Durst stillen konnte.

Teti-Scheri zog das Alabasterdöschen aus dem Gürtel ihres Gewandes. Zwei Kugeln hoben sich bräunlich vom milchigen Untergrund ab. Sie öffnete den Ziegenschlauch, ließ eine davon hineingleiten und schwenkte das Gefäß behutsam, um das Auflösen der Kugel zu beschleunigen. „Goldene Hathor, öffne das Mondhorn der Großen königlichen Gemahlin!", betete sie. „Und schenke unserem geliebten Kemet den Erben, den es so dringend braucht." Sie zögerte kurz, dann ließ sie die zweite Kugel der ersten folgen. Danach legte sie den Schlauch wieder auf das Tischchen.

Alraunenwurzel, eine Unze Süßholz, wenige Spitzen Bilsenkraut; getrocknete Maulbeerblätter; ein Skarabäus, gekocht in Holzwein, vermengt mit zerstoßenen Granatapfelkernen, sowie ein paar weitere geheime Zutaten. Ihre Milchschwester Meret hatte das Mittel bei einer alten Zauberin besorgt, die als erfahren in Liebesangelegenheiten galt.

Teti-Scheri hatte dafür gesorgt, dass die morgendlichen Speisen des Pharaos stark gesalzen waren. Kamose würde binnen kurzem sehr durstig werden. Dann musste Ascha sich nur noch bereithalten.

ÜBERALL Boote, die mit hölzernen Paddeln vorangetrieben wurden. Manche waren so klein, dass sie gerade Platz für zwei Personen boten, von denen eine aufrecht stand, während sich die andere auf dem korbartigen Sitz niedergelassen hatte. Andere Boote glichen Flößen und hatten viele Menschen an Bord. Inmitten des Gewimmels schwamm die Götterbarke der Hathor. Die Frauen schlugen Rahmentrommeln und ließen Sistren, die Instrumente der Himmelskuh, klappern. Überall am Ufer wurden Freudenfeuer entzündet und duftende Kräuter verbrannt.

Sahti, die mit einer älteren Dienerin in einem kleinen Boot saß, hielt eifrig Ausschau, aber sie konnte Namiz nirgends entdecken, ebenso wenig Nabu, die offenbar im Harem geblieben war. Dafür flogen ihre Blicke immer wieder zur Königsbarke. Ein paar Mal hatte sie Kamose erspähen können, die meiste Zeit jedoch entzog ihn eines der Sonnendächer ihrer Sicht. Schließlich schien sein Boot ganz abzudrehen.

Unwillkürlich stand Sahti auf, weshalb die Dienerin hochschreckte und einen unüberlegten Schritt zur Seite machte. Der Nachen geriet in Schieflage, Sahti verlor das Gleichgewicht und stürzte ins Wasser.

Kühl schlugen die Wellen über ihr zusammen. Prustend kam sie nach oben. Kräftige Männerarme umklammerten sie und zwangen sie auf den Rücken.

„Lass mich los! Ich kann schwimmen."

„Befehl des Pharaos!", japste ihr Retter wütend. Er schleppte sie zur Königsbarke, wo sie von zwei Dienern aus dem Wasser gezogen wurde.

Tropfnass stand sie vor Kamose, der sie belustigt musterte. Auf seiner Brust schimmerte ein Pektorale aus Gold und Türkisen. „Eine Tochter der Wüste mitten im Nil – das nenne ich die Anbetung der Goldenen entschieden zu weit treiben."

„Durch meine Heimat fließt derselbe Fluss wie durch eure", erwiderte Sahti. „Seine Fluten schenken den Menschen in Kusch das Leben. Nicht anders ergeht es den Menschen hier in Kemet. Ohne ihn gäbe es nur Wüste."

Sie bemerkte ein Aufblitzen in seinen Augen. Sein Blick glitt über ihren Körper, und Sahti erkannte an seinem Ausdruck, dass ihr nasses Kleid mehr zur Schau stellte, als angemessen war.

Schweigend reichte der Pharao ihr ein Leinentuch, mit dem sie sich trockenreiben konnte.

„Durstig?“, fragte Kamose. „Etwas Wein an diesem Freudentag wird dir nicht schaden!“ Er streckte ihr den Ziegenschlauch entgegen, und sie nahm ein paar Schlucke.

„Setz dich!“

Beklommen gehorchte sie. Inzwischen hatte sich ein zweites prachtvoll geschmücktes Boot genähert, in dem inmitten einiger Hofdamen Teti-Scheri und die Große königliche Gemahlin saßen. Die beiden Frauen starrten finster zu ihnen herüber. Ein paar Ruderschläge lang sah es so aus, als wollten sie an der Königsbarke anlegen. Als Kamose jedoch keinerlei Anstalten unternahm, sie dazu zu ermutigen, drehte das Boot wieder ab.

„Warum sagst du nichts?“, fragte der Pharao nach einer Weile. „Sitzt dir der Schreck noch in den Gliedern? Ganz Kemet gibt sich heute ungetrübter Freude hin. Die Vermählung von Hathor und Horus macht alle Herzen froh. Aber du bist ernst, beinahe traurig. Weshalb? Weil du deine Heimat vermisst?“

„Manchmal vermisse ich sie“, gestand Sahti. „Besonders wenn es Abend wird.“

„Warum?“ Seine Augen suchten ihre Augen.

„Wenn der Rauch sich des Abends über unseren Feuern kräuselte, begann der Himmel wie Opal zu leuchten – und die ganze Welt schien den Atem anzuhalten. Wie in einer Schale aus Stille. So hat die Daya es immer genannt.“ Sie hielt inne. „Ihr müsst mich für verrückt halten. Bitte verzeiht! Ich …“

„Es gibt nichts zu verzeihen. Ich glaube, dass du stark bist – und sehr genau weißt, was du willst. Sag, möchtest du mir mehr von deiner Heimat erzählen?“

„Weshalb?“

„Weil ich alle Dinge am liebsten aus erster Hand erfahre. Und weil ich gern deinen Worten lausche.“ Er lächelte. „Du sprichst unsere Sprache fließend – und doch hört man, dass du nicht hier geboren bist. Deine Stimme ist einzigartig, sanft und gleichzeitig voll Leidenschaft. Weißt du, woran sie mich erinnert?“

Sahti schüttelte den Kopf. „Sagt es mir“, flüsterte sie. „Bitte!“

„An einen Sturm, der sich auf dem Grund eines tiefen Gewässers zum Schlafen niedergelegt hat.“

„Und was geschieht, wenn er sich wieder erhebt?“

„Sag du es mir, Sahti!“, erwiderte er. Wie Pfeile trafen seine Worte mitten in ihr Herz.

In der sechsten Nacht, in der Kamose nicht nach ihr verlangt hatte, steigerte sich Nabus Unruhe zu nervöser Verstimmung. Rastlos schritt sie in ihren Gemächern auf und ab. Als endlich ein Eunuch erschien, um sie abzuholen, folgte sie ihm. Der Pharao empfing sie nicht in seinem Schlafgemach, sondern in einem der luftigen Räume, um die er den Palast seines Vorgängers hatte erweitern lassen. Wie üblich lagen viele seiner geliebten Kissen auf dem Boden.

„Ich dachte schon, du hättest mich ganz vergessen“, sagte sie statt einer Begrüßung. „Deine Leidenschaft muss welk wie eine verdurstende Blume sein.“

Schweigend blickte er sie an, und sie spürte, wie ihre innere Unruhe wuchs. Da war etwas in seinem Ausdruck, was sie noch nie gesehen hatte, ein forschendes Erstaunen, als ob er an ihr etwas entdeckt hätte, was ihm fremd war.

„Ich dachte lange Zeit, du wärst mein Pfand für die Zukunft“, sagte er schließlich. „Aber ich habe mich geirrt.“

Sie hatte ihn bereits verloren – auf einmal war Nabu sich ganz sicher. Es musste eine andere geben, die ihr heimlich den Rang streitig gemacht hatte.

„Lass uns nicht streiten! Nicht an diesem schönen Abend, der doch eher zu ganz anderem einlädt.“ Lächelnd trat sie auf ihn zu und wollte seinen Arm berühren.

„Ich streite nicht.“ Der Pharao war unmerklich zurückgewichen. „Aber ich empfinde auch kein Verlangen mehr nach dir. Ich bin aufgewacht. Es war ein schöner Traum, Nabu, den ich von uns geträumt habe. Und jetzt ist er vorbei.“

„Weshalb?“, flüsterte sie.

„Weil du nicht mein Baum des Lebens bist. Und es niemals sein wirst. Hathor, die Goldene, Göttin der Schönheit, Liebe und Fruchtbarkeit, steht drei verschiedenen Reichen vor, und jede liebende Frau tut es ihr gleich. Als Gehörnte der Erde, als Geier dem Himmel und als Schlange ...“

„... dem Totenreich“, flüsterte Nabu und hob ihm das züngelnde Reptil an ihrem rechten Arm entgegen.

Ein leises Geräusch stahl sich in Sahtis Traum, und als sie die Augen aufschlug, wusste sie, dass sich jemand im Zimmer befinden musste. „Nabu?“, flüsterte sie. „Bist du das?“

Eine knochige Hand legte sich über ihren Mund, und sie spürte an ihrem Hals die kühle Klinge eines Dolches. „Eine einzige falsche Bewegung – und du bist auf der Stelle tot!“, murmelte eine Männerstimme.

„Willst du hören, wie Ita gestorben ist? Natürlich hat sie nicht selbst Hand an sich gelegt. Das haben wir für sie erledigt. Am Ende war sie bereit, alles und jeden zu verraten. Maj, ihren Sohn – und erst recht dich, die Kuschitin.“

Langsam löste sich die Hand von ihrem Mund. Sahti machte ein paar hastige Atemzüge. „Weshalb habt ihr mich dann nicht längst getötet?“

Nebnefer hatte ein Öllämpchen entzündet. „Unsere Gründe gehen dich nichts an. Ich wollte dir beweisen, dass du nirgendwo vor uns sicher bist. Unsere strafende Hand wird dich überall erreichen – wo auch immer du dich verbirgst.“

„Was willst du von mir?“

„Erfahren, was du dem Einzig-Einen über deinen Aufenthalt im Tempelbezirk erzählt hast. Und glaube bloß nicht, dass du mir wieder mit billigen Lügen davonkommst!“

„Ich bin keine Verräterin, Nebnefer!“

„Soll das etwa heißen, dass du den Mund gehalten hast? Wieso hat Kamose dann eine große Tempelinspektion befohlen? Die ausgerechnet Namiz durchführt? Du musst geredet haben!“

„Hältst du es nicht für möglich, dass der Goldhorus in der Lage ist, eins und eins zusammenzuzählen? Ihr habt ihm nur eine Gelegenheit gegeben, das zu tun, was schon lange sein Plan war. Meine Person hat damit nichts zu tun.“

„Vergiss niemals, dass wir jeden deiner Schritte genau verfolgen. Und solltest du es wagen, dem Pharao Dinge zu erzählen, die …“

„… ihm die Augen über seine Priesterschaft öffnen könnten?“, unterbrach Sahti ihn. „Er kann längst sehen, Erster Priester des Amun!“

Sie sah die Klinge im Halbdunkel silbrig aufblitzen und spürte einen kurzen, brennenden Schmerz.

„Heute Nacht sollen nur ein paar Tropfen deines verdammten schwarzen Blutes fließen“, zischte Nebnefer. „Aber schon morgen kann es ein stattlicher See sein. Vergiss das niemals, elende Kuschitin!“

Sie hörte das Geräusch seiner Schritte, die sich eilig entfernten. Dann erst presste sie die Decke an ihren Hals, um die Blutung zu stillen.

Im ersten Morgengrauen begab Sahti sich für eine kurze Morgentoilette in eines der Badehäuser. Die Wunde am Hals war weniger tief, als sie zunächst befürchtet hatte, und begann sich bereits zu schließen, ein feiner geröteter Halbmond, den sie mit einem Leinenstreifen verband. Danach reinigte Sahti ihre Zähne mit Salz und kehrte leise in ihr Zimmer zurück. Nach kurzer Zeit meldete sich einer der Diener des Pharaos bei ihr. „Der Goldhorus schickt nach dir“, sagte er.

Niemand begegnete ihnen auf ihrem langen Weg durch den Palast, der sie zu den Gemächern Kamoses führte. Der Pharao kam ihnen ungeduldig entgegen und schickte den Diener fort. Auf einem niedrigen Tisch am Fenster standen Milch und Honigkuchen. Mit einer Geste forderte Kamose Sahti auf, sich zu bedienen.

Er setzte sich ihr gegenüber, ohne eine der Speisen anzurühren, und sagte kein Wort, bis sie ihren Appetit gestillt hatte.

„Du wunderst dich vielleicht, dass ich dich zu dieser ungewöhnlichen Stunde holen lasse“, fing Kamose schließlich an. „Und ich möchte dir eine ebenso ungewöhnliche Frage stellen. Begleitest du mich in die Wüste?“

„Ich? Wann?“

„Sofort. Wenn wir gleich aufbrechen, können wir noch die Kühle des Morgens nutzen.“ Er wirkte ungeduldig und voller Tatendrang. „Du kommst also mit?“

Sie nickte.

Seine Finger berührten den Verband. „Du hast dich verletzt?“

„Es ist nichts“, sagte sie. „Nur ein kleiner Kratzer.“

RE STAND schon hoch am Himmel, als Ascha mit stürmischen Schritten die Gemächer der alten Königin betrat. Teti-Scheri saß mit Meret über einem Senet-Spiel.

„Ich muss dich sofort sprechen!“ Ascha fächelte sich erregt Luft zu. „Allein.“

Meret erhob sich.

„Weißt du, was geschehen ist?“ Aschas Stimme überschlug sich fast. „Kamose hat den Palast verlassen, heute am frühen Morgen. Und ist mit ihr in die Wüste geritten – mit dieser Sahti!“

Teti-Scheri versuchte, ihre Gedanken zu ordnen. „Anstatt dich sinnlos zu empören, solltest du dich lieber darüber freuen“, sagte sie schließlich. „Dieser überraschende Aufbruch Kamoses kann doch nur eines bedeuten: dass er sich von der schwarzen Schlange abgewandt hat. Begreifst du nicht, Ascha? Sie hat ihre Macht über ihn verloren. Damit ist unser Vorhaben einen entscheidenden Schritt vorangekommen.“

„Aber er hat doch die andere mitgenommen!“

„Irgendein Mädchen aus dem Goldland, ganz und gar unbedeutend – und das macht dir Angst? Er ist ein Mann und der Pharao dazu. Lass ihm sein kurzes Vergnügen mit der jungen Geisel, das schnell vergessen sein wird. Uns beiden geht es doch um ganz andere Dinge. Und jetzt geh zurück in deine Gemächer, und versuche dich abzulenken! Ich werde die Angelegenheit im Auge behalten.“

Sie blieb grüblerisch, auch als Ascha sie längst verlassen hatte und Meret das Senet-Brett aufs Neue mit den Alabasterfiguren bestückte. Einiges hatte sie bereits seit dem Hathor-Fest in Erfahrung bringen können: Sahtis Jahre in Antefs Haus, sein blutiges Ende auf dem Feldzug, die Heirat mit Nesmin, die Tempelhaft und Sahtis Totgeburt. Aber es war noch nicht genug. Sie musste alles wissen. Teti-Scheri beschloss, weitere Nachforschungen anzustrengen. Es gab keinen Grund, sich zu beunruhigen. Kemet brauchte dringend einen Erben, so viel war gewiss. Aber vielleicht war es längst nicht so entscheidend, wie sie bisher geglaubt hatte, wer Kamose den Falken-im-Nest schenken würde.

DIE UNTERGEHENDE Sonne verwandelte den Sand in ein rotes Meer und die Dünenkämme in flammende Wellen. Weder Sahti noch Kamose sagten ein Wort, bis der Sonnenball hinter dem Horizont versunken war. Mit der Dunkelheit setzte sofort die Kühle ein.

„Lass uns ans Feuer gehen“, schlug der Pharao vor. „Dort liegen auch Decken, die uns wärmen können.“

Sahti folgte ihm schweigend. Lange Wurzeln waren zu einem Stoß aufgeschichtet und brannten flackernd. Über einem provisorischen Gitter wurde an einem Spieß das Fleisch einer erlegten Gazelle gebraten.

„Hier in der Wüste habe ich meine Freiheit gefunden“, erzählte Kamose, während er im Feuer stocherte. Die Diener, die bereits die Zelte aufgestellt und das übrige Essen vorbereitet hatten, hielten sich in respektvoller Entfernung an einer weiteren Feuerstelle bereit. „Alles hier ist grenzenlos, nicht der Zeit unterworfen, sondern allein der Ewigkeit. Die Wüste ist wie der Tod – mitten im Leben. Und erinnert uns Menschen daran, wie schnell alles vorbei sein kann.“

„Ich weiß“, erwiderte Sahti. „Mir hätte sie beinahe den Tod gebracht. Und meine Heimat hat sie mir für immer genommen.“

Er schickte ihr einen prüfenden Blick.

„Ein Schlangenbiss“, erklärte sie. „Und großer Durst. Ich wäre fast in einem Sandsturm umgekommen.“

„Aber du wurdest gerettet.“

„Ja, von einem Soldaten aus Kemet. Seitdem habe ich das Goldland nie wiedergesehen.“

Sie schwiegen. Ein kühler Wind hatte sich erhoben, und Sahti zog die Decke enger um ihren Körper.

„Mit alten Hymnen preisen wir die Götter für die Fruchtbarkeit, die uns der große Fluss Jahr für Jahr aufs Neue schenkt“, sagte Kamose, der sich ebenfalls in eine Decke gehüllt hatte. „Aber das Wichtigste vergessen wir dabei oft. Es gibt nicht nur das schwarze Land, über das Osiris herrscht, sondern ebenso das rote, Seths Reich. Auch das ist Kemet. Die Weite und der hohe, durchsichtige Himmel. Erbarmungslose Sonne und glühende Felsen."

„Im Goldland hat der Sand dieselbe Farbe", stimmte Sahti zu. „Die Wüste kennt keine Grenzen. Nur wir Menschen kennen sie."

„Menschen - ich bin ihrer oft leid!"

„Sind wir deshalb hierher gekommen?"

„Ich wollte die Welt vergessen", erwiderte er. „Und mit dir allein sein."

Sein Zeigefinger legte sich auf ihren Mund, als sie etwas antworten wollte, dann führte der Pharao sie zum Zelt. Drinnen brannten kleine Lampen, und die einfachen Kissen erinnerten an Kamoses Einrichtung im Palast. Sahti spürte die Wärme seines Körpers und atmete tief ein.

Er nahm ihren Kopf in beide Hände und küsste sie. „Du machst mich krank", sagte er leise. „Seit dem Hathor-Fest kann ich weder schlafen noch essen."

„Du bist mein Leben", flüsterte Sahti. „Sich nach dir zu sehnen ist unerträglich. Nicht bei dir zu sein ist wie der Tod."

„Dann lass uns leben!", sagte Kamose. „Lass uns zusammen lebendig sein, Sahti!" Er streifte ihr das Kleid von den Schultern. Sie nahm den Beutel mit der Löwenkralle ab und ließ ihn zu Boden gleiten.

„Wie dunkles Gold", murmelte Kamose und starrte sie an. „Ja, du bist wie sie, Hathor, die Goldene. Du bist meine Königin des Himmels." Er zog sie ganz nah zu sich heran, und ineinander verschlungen sanken sie auf die Kissen.

ELFTE STUNDE:
Torweg des Westens

Wie eine warme Sonne erfüllte Sahti das Glück, und am liebsten hätte sie es in die Welt hinausgeschrien. Aber im Palast von Waset, wo sogar die Wände Ohren zu haben schienen, musste sie lernen, wie man sich zu verhalten hatte, um das festgelegte Zeremoniell nicht zu stören. Dazu kam die offene Missbilligung der königlichen Familie, weil Kamose sie nicht länger im Harem wohnen ließ, sondern in Räumen unterbrachte, die an seine Gemächer grenzten.

Es verwunderte Sahti nicht, Ascha zur erklärten Feindin zu haben. Ebenso wenig überraschte es sie, dass Ahhotep, die Witwe Seqenenres, nur ein abfälliges Schnauben übrig hatte, wenn sie ihr begegnete. Prinz Ahmose und seine Schwester Nefertari machten kein Hehl daraus, was sie von der neuen Leidenschaft des Pharaos hielten. Und auch die jüngeren Prinzessinnen, die schlanke Henutempet, die rundliche Meritanum und die fröhliche Satkamose, übersahen Sahti geflissentlich.

Die einzige Ausnahme bildete Teti-Scheri. Begleitet von Meret, hatte sie die fremde junge Frau schon bald aufgesucht und ungeniert gemustert. Freundlich, aber ungeniert, fragte sie Sahti nach ihrer Herkunft aus.

„Kamose hätte eine schlechtere Wahl treffen können", lautete Teti-Scheris abschließender Kommentar. „Nie zuvor habe ich ihn ausgeglichener erlebt. Aber er ist der Pharao. Daher ruht auf deinen Schultern jetzt eine schwere Verantwortung. Ich hoffe, du bist dir dessen bewusst."

„Ich liebe ihn mehr als mein Leben", versicherte Sahti bewegt.

Seitdem verging kaum eine Woche, in der Teti-Scheri nicht eine zufällige Begegnung einzurichten wusste. Durch Meret ließ sie Sahti kleine Aufmerksamkeiten zukommen, eine Schale Datteln, einen silbernen Reif oder ein Paar Sandalen.

„Ich glaube, sie fängt an mich zu mögen", sagte Sahti zu Kamose.

„Natürlich mag sie dich", erwiderte er lächelnd. „Großmutter ist klug." Er lag auf dem Bett, sie neben ihm. Der zweite Mond der Erntezeit Schemu war bereits angebrochen, und überall auf den Feldern wurden die reifen Ähren eingebracht.

Kamose erhob sich, begoss sich mit Wasser und bekleidete sich, bevor er hinüber in den Empfangssaal ging, wo ihn Heerführer Hori und Wesir Toto bereits erwarteten.

Nachdenklich streckte Sahti sich noch einmal auf den Kissen aus. Hätte sie ihm nicht endlich ihr Geheimnis offenbaren sollen? Wiederholt hatte sie bereits dazu angesetzt, aber immer gab es etwas, das ihr den Mund verschloss. Dieses Mal war es die unvermutete Begegnung vom Vortag im Palastgarten gewesen, die sie noch immer beschäftigte.

Nabu war gerade dabei gewesen, fleischige Blätter von einem kleinen Aloebaum zu schneiden. Es musste Monde zurückliegen, seit sie sich zuletzt gesehen hatten. Nun stand sie auf einmal vor ihr, ernst und dunkel wie eine Mahnung. Unwillkürlich legte Sahti ihre Hände auf den sanft gewölbten Bauch. Plötzlich war der Übelkeit erregende Schwindel wieder da. Sie brachte mit aller Anstrengung ein Lächeln hervor.

Nabu ließ es unerwidert. Ihre Augen lagen tief in den Höhlen, und um den Mund zeigten sich feine, müde Linien. „Du bist es also", sagte sie. „Offenbar bleibt er seinen Vorlieben treu, unser Pharao."

„Es tut mir Leid, Nabu", sagte Sahti. „Ich wollte eigentlich nicht..."

„... Kamoses neue Favoritin werden? Dafür hast du erstaunlich wenig Zeit verloren.“ Nabu starrte vielsagend auf Sahtis Taille. „Und jetzt schenkst du ihm gar noch den ersehnten Erben? Der Pharao wird sein Glück kaum fassen können.“

„Noch weiß keine Menschenseele davon“, warf Sahti rasch ein. „Nicht einmal er.“

„Sehr viel länger wird sich die Schwangerschaft nicht mehr verbergen lassen. Und was dann?“

„Ich freue mich auf das Kind. Und Kemet bekommt einen Falken-im-Nest“, erwiderte Sahti nicht ohne Stolz.

„Geboren von einer elenden Kuschitin?“ Ein schrilles Lachen. „Du kennst dieses grausame Land noch immer nicht! Wegnehmen werden sie dir das Kleine. Deine Schuldigkeit ist damit getan. Wir sind Geiseln, Sahti – schon vergessen?“

„Du hast ihn doch auch geliebt“, meinte Sahti leise.

„Geliebt? Ich habe lediglich das Lager mit ihm geteilt. Deshalb habe ich das Goldland auch niemals verraten – im Gegensatz zu dir!“

Sahti konnte diese Worte nicht vergessen, ebenso wenig Nabus bittere Miene.

Sahti versuchte solche Gedanken zu verscheuchen, aber es gelang ihr nicht. Sie tastete nach der halbmondförmigen Narbe an ihrem Hals. Eine schreckliche Vision durchzuckte sie: Wenn die Priester nun danach trachteten, ihr und dem Ungeborenen ein Leid anzutun?

Angst ließ Sahtis Körper klamm werden. Rasch erhob sie sich und rief nach Hesi, der jungen, schweigsamen Dienerin, in deren Gegenwart sie sich am wohlsten fühlte. Von ihr ließ sie sich salben und schminken, danach verließ sie ihre Gemächer.

Es war still im Palast zu dieser späten Nachmittagsstunde. Vor einer Tür aus Zedernholz wurde sie von einem Offizier der königlichen Garde aufgehalten. „Ich kann dich nicht weiterlassen“, sagte er. „Niemand darf jetzt den Thronsaal betreten.“

„Ich muss den Pharao sprechen“, beharrte Sahti. „Was ich ihm zu sagen habe, duldet keinen Aufschub.“

„Ausdrücklicher Befehl des Einzig-Einen. Ich muss dich bitten, wieder zu gehen.“

Anstatt seiner Aufforderung Folge zu leisten, begann Sahti aus Leibeskräften loszuschreien. Der junge Offizier beäugte sie unschlüssig. Die Tür wurde von innen aufgerissen.

„Wer wagt es, die Ruhe des Pharaos zu stören?“, rief ein weiterer Offizier barsch.

„Ich“, sagte Sahti, „die Kuschitin.“ Über seine Schulter gelang es ihr, nach drinnen zu spähen. Toto und Hori schienen nicht erstaunt über ihr Erscheinen, während Namiz ihr fassungslos entgegenstarrte.

Aufrecht überschritt sie die Schwelle. Kamose saß auf seinem Thronsessel mit den geschnitzten Seitenlehnen, die in Löwenköpfen ausliefen, vor sich auf einem Tisch endlose Listen, die das Zeichen des Gottes Amun trugen und damit offenbar aus der mittlerweile abgeschlossenen Tempelinspektion stammten.

„Du sollst es als Erster erfahren, König meines Herzens.“ Sahtis Stimme klang fest. „Ich erwarte ein Kind – dein Kind. Mögen alle Götter Kemets und Kuschs geben, dass es gesund und wohlbehalten zur Welt kommt!“

Kamose sprang auf. Mit wenigen Sätzen war er bei ihr und zog sie an sich. Als sie nach einer Weile die Nässe seiner Wange an ihrer spürte, begann sie zu lächeln.

Wie ein Lauffeuer verbreitete sich die Neuigkeit im Palast. Teti-Scheri ließ Sahti ein silbernes Tawaret-Figürchen zukommen, das über die Gesundheit von Mutter und Kind wachen sollte. Danach musste die alte Königin nicht lange auf den Besuch Aschas warten.

„Wir müssen handeln – schnell!“, rief diese in höchster Erregung schon beim Eintreten.

„Im Augenblick sehe ich keine Notwendigkeit dazu“, erwiderte Teti-Scheri gelassen. „Willst du dich nicht setzen?“

„Soll das etwa heißen, dass du nichts gegen diese elende Kuschitin zu unternehmen gedenkst?“ Die Große königliche Gemahlin schwankte leicht, vermutlich hatte sie bereits mehr Wein genossen, als ihr bekam. „Aber sie ist schwanger – von Kamose!“

„Ich weiß. Und was willst du dagegen unternehmen? Sie und das Ungeborene umbringen lassen?“

„Warum nicht? Wenn es mir die Liebe des Pharaos zurückbringt ...“ Ascha hielt erschrocken inne.

„Unsinn“, sagte Teti-Scheri barsch. „Lass dieses Kind erst einmal zur Welt kommen. Danach sehen wir weiter!“

„Ach, du meinst, es spielt keine Rolle, von wem dieser Erbe geboren wird, solange nur Kamose der Vater ist? Hat die Schwarze dich also bereits auf ihre Seite gezogen? Spar dir die Mühe zu leugnen! Ich weiß, dass du sie heimlich besuchst und ihr Geschenke schicken lässt.“

„Allein den Göttern bin ich eines Tages Rechenschaft über mein Handeln schuldig“, erwiderte Teti-Scheri scharf, „wenn beim Totengericht mein Herz im Angesicht der Maat gewogen wird. Und jetzt lass mich bitte allein! Ich fühle mich nicht wohl und muss mich ausruhen."

Wortlos verließ Ascha die Gemächer. Sie verbrachte einen aufgewühlten Abend und eine weitere schlaflose Nacht. Am nächsten Morgen war sie zum Handeln entschlossen, schickte eine Zofe zu Nefertari und bat sie zu einer Unterredung.

Ahmoses Lieblingsschwester war sorgfältig zurechtgemacht, mit grünem Malachitstaub auf den Lidern, scharlachroten Lippen sowie schweren Goldreifen an den Handgelenken.

„Nimm Platz, Nefertari", sagte Ascha und zeigte auf das Sitzkissen. „Ich freue mich, dich zu sehen."

„Was willst du?" Feindselig starrte die Prinzessin sie an. Bis jetzt hatte sich ihr Kontakt zumeist auf den Austausch der notwendigsten Förmlichkeiten beschränkt.

„Ich weiß, dass dein Bruder insgeheim nach dem Thron strebt und du seine Königin werden möchtest", begann Ascha. „Und eines Tages werdet ihr wohl über Kemet herrschen, Ahmose und du. Noch aber ist Kamose Pharao. Soll an Ahmoses Stelle künftig ein dunkler Bastard über das Doppelreich von Lotos und Papyrus herrschen?"

Ein knappes Kopfschütteln.

Jetzt war Ascha sicher, die uneingeschränkte Aufmerksamkeit ihrer Besucherin zu besitzen. Sie begann ihr vom Liebestrank zu erzählen, der das bewirkt hatte, was am allerwenigsten in ihrer Absicht gelegen hatte, fuhr weiter fort mit der Enttäuschung über die alte Königin, die ihre Meinung plötzlich geändert zu haben schien, und als sie bei Sahtis Schwangerschaft angelangt war, zuckten Nefertaris Lippen unmerklich. Natürlich war sie längst im Bilde.

„Du willst sie also loswerden", folgerte die Prinzessin schließlich. „Ich bin erstaunt, wie lange du damit gewartet hast. Ich an deiner Stelle hätte schon längst etwas unternommen. Vielleicht ließe sich sogar eine Lösung finden, die uns mit einem Schlag von beiden befreit."

„Was meinst du damit?"

„Nun, ich denke, es käme dir nicht ungelegen, wenn sich das Problem der schwarzen Schlange gleich mit lösen ließe", entgegnete Nefertari. „Aber du musst dich unseren Regeln beugen – ohne Widerrede!"

„Wenn du es für notwendig hältst", willigte Ascha ein.

„Allerdings. Keine Alleingänge! Darauf muss ich bestehen."

„Du willst beide Kuschitinnen töten lassen?", fragte Ascha.

„Nein, wo denkst du hin! Sie werden sich gegenseitig umbringen."

NACHTWIND ließ die Fackeln unruhig flackern, als die Soldaten vor dem Eingang zum Tempel Halt machten. An ihrer Spitze der Pharao, in Brustpanzer und blauem Kriegshelm gerüstet wie zu einer Schlacht. Kamose schlug mit seinem Krummschwert mehrmals an das schwere Tor, dann wandte er sich zu seinen Begleitern um.

„An meine Seite!“, befahl er. „Hori zur Linken! Namiz zur Rechten!“

Beide gehorchten schweigend.

Mit offenem Mund starrte der verschlafene Priester, der endlich öffnete, auf die schwer bewaffnete Kompanie und ihren Anführer.

„Nebnefer!“, verlangte der Pharao barsch. „Auf der Stelle.“

Kaum war der Priester überhastet weggerannt, nahmen sie wie geplant im Tempelgarten Aufstellung. Das Haupttor wurde gesichert; vor allen Nebenausgängen stellten sich Wachen auf. Schließlich näherte sich Nebnefer, gefolgt von einer Gruppe jüngerer Priester. Trotz der späten Stunde schien er noch nicht geschlafen zu haben.

„Amun ist der Herr dieses heiligen Hauses. Weshalb verletzen eure Waffen seinen nächtlichen Frieden?“

„Unsere Schwerter und Dolche gelten nicht ihm“, erwiderte Hori anstelle des Pharaos. „Amun ist unfehlbar. Die Priester jedoch, die seinen Dienst verrichten, sind es nicht.“

„Die große Tempelinspektion hat grobe Mängel ergeben“, ergriff Namiz das Wort. „Du wirst Punkt für Punkt Rechenschaft ablegen müssen.“

„Ist das etwa der richtige Zeitpunkt, um sich über ein paar Opfergaben zu streiten?“, fragte Nebnefer bitter. „Ihr habt mich mitten im Gebet gestört.“

„Wir reden hier nicht von wenigen Deben Silber, die in falsche Hände gekommen sein mögen“, schaltete sich Kamose ein. „Es geht um Vorwürfe wie Unterschlagung, Machtmissbrauch, Erpressung und Mordversuch.“

Nebnefer überlegte fieberhaft. Hatte die Kuschitin doch geredet? Oder gab es einen anderen Spion am Hof?

„Ab sofort bist du nicht mehr der Erste Priester des Amun. Der Tempelbezirk ist dir bei Todesstrafe bis auf weiteres untersagt. Ebenso wenig wirst du Kontakt zu den anderen Priestern aufnehmen. Dies gilt im Besonderen für den Mann, den ihr den Alten nennt.“

„Dann tötet mich lieber gleich!“ Nebnefer trat auf den Pharao zu.

„Verhaftet ihn!“, fuhr der Pharao fort. „Einem ehemaligen Diener Amuns ist Kerkerhaft unangemessen, zumindest so lange, bis seine Schuld bewiesen ist. Aber du stehst unter strenger Bewachung. Und auf jeden Fluchtversuch steht der Tod." Er gab Hori einen Wink. „Bindet ihn!"

Widerstandslos ließ Nebnefer sich die Fesseln anlegen und abführen. Auf dem Weg zum Nil beruhigte sich das Schlagen seines Herzens, und er war wieder fähig, einigermaßen klar zu denken. Seine Lage war bedenklich, wenn auch nicht aussichtslos. Er besaß in Ahmose und Nefertari mächtige Verbündete. Und das wichtigste Pfand für sein Leben befand sich an einem Ort, den nur er kannte. Ein winziges Lächeln spielte um seine Lippen. Erst am Vortag hatte er die goldene Selket-Statue in ein neues Versteck gebracht, das Namiz den Kopf kosten würde.

ES WAR lange nach Mitternacht, als Kamose endlich Sahtis Gemach betrat, und sie schreckte hoch, als sie seine Stimme hörte.

„Sahti! Schläfst du?"

„Nicht wenn du bei mir bist." Sie machte ihm Platz neben sich. „Seltsam! Ich dachte schon zuvor, ich hätte dich kommen hören. Aber es war wohl nur Hesi, die mir frischen Tee hingestellt hat." Sahti griff nach dem Krug und goss sich einen Becher ein, den sie durstig leerte. „Ich bin wie ausgetrocknet. Willst du auch?" Sie hielt ihm den Becher hin. „Der Tee schmeckt heute allerdings eigenartig. Sie muss eine neue Mischung verwendet haben."

„Ich möchte nur noch schlafen", sagte er. „Namiz und Toto sind gerade erst gegangen. Und morgen muss ich schon vor Sonnenaufgang in den Tempel." Er hielt inne, weil Sahti plötzlich die Augen verdrehte. „Was hast du?"

„Ich weiß nicht", murmelte sie. „Mein Herz rast. Mich friert auf einmal." Sie schrie plötzlich auf. „Wo bist du, Kamose? Ich sehe dich nicht mehr."

„Hier bin ich, bei dir."

Zutiefst beunruhigt rief er nach den Dienern. Und der Leibwache. Rasch füllte sich das Gemach. „Meine Leibärzte - sie sollen auf der Stelle kommen. Und bringt Krüge und Schüsseln mit frischem Wasser. Beeilt euch! Stellt außerdem Posten vor allen Türen auf."

Bedienstete hasteten in alle Richtungen. Die Leibwache sicherte wie befohlen alle Ein- und Ausgänge.

Sahti wand sich in Schmerzen. „Nabu", flüsterte sie. „Nabu."

„Die Kuschitin!", schrie Kamose. „Schnell - bringt sie her!"

Dennoch schien es eine halbe Ewigkeit zu dauern, bis Nabu das Gemach betrat, flankiert von zwei keuchenden Eunuchen. Am Arm trug sie einen Korb, in dem verschiedene Pflanzen und Gerätschaften lagen.

„Wie lange schon?", fragte sie knapp und beugte sich über Sahti.

„Viel zu lange“, erwiderte Kamose ungeduldig. „Sie hat aus diesem Krug getrunken.“

Nabu beugte sich über das Gefäß und sog den Geruch ein. Danach wandte sie sich zum Bett und zog mithilfe einer Dienerin Sahti halb empor. Sie steckte ihr den Finger in den Mund und brachte sie zum Erbrechen. Ein grünlicher Schwall ergoss sich auf den Boden.

Sie ergriff ein Aloeblatt, ritzte es mit einer Haarnadel und ließ den ausfließenden Saft in ein kleines Gefäß fließen. Mit sanfter Gewalt öffnete sie Sahtis Lippen und zwang sie zum Schlucken. Nach wenigen Augenblicken übergab Sahti sich erneut und sank dann keuchend auf das Lager zurück.

Mittlerweile waren vier der Leibärzte eingetroffen.

„Soll ich weitermachen?“, fragte Nabu, zum Pharao gewandt. „Oder willst du, dass sie Sahti behandeln?“

„Ich lasse dich auf der Stelle köpfen, wenn du es nicht tust!“, entgegnete Kamose wild.

Nabu ließ ein paar Kügelchen aus einem kleinen Leinensack auf ihre Handfläche gleiten. „Das muss sie einnehmen“, sagte sie. „Und möglichst lange behalten.“ Sie wandte zur Verabreichung die Prozedur von vorher an, während die Leibärzte sie voller Misstrauen anstarrten.

„Sie kann sie umbringen, Einzig-Einer“, sagte der älteste von ihnen besorgt. „Viele dieser Mittel aus dem Goldland sind äußerst schädlich.“

„Das hat schon ein anderer versucht“, knurrte Nabu, während sie Sahtis Kehle sanft massierte. „Und es wäre ihm beinahe gelungen. Dornakazie, Aloe, Ziegenmilch und Gerstenmehl – daraus besteht meine Medizin.“

Sahtis Atem ging stoßweise, die Augen jedoch gewannen nach und nach ihre Klarheit zurück. Nabu reichte Kamose eine Madragorawurzel. „Ein winziges Stückchen, in Wasser zerdrückt, alle paar Stunden verabreicht. Mehr kann ich im Augenblick nicht für sie tun“, sagte sie. „Sie muss vor allen Dingen schlafen. Von dem Gift kann eigentlich nichts mehr in ihrem Magen geblieben sein.“

„Gift?“, wiederholte Kamose. „Bist du sicher?“

„Ziemlich. Ich vermute Wallich, das sind schwammige, eiförmige Früchte, die mit einem Knall platzen, wenn man sie drückt. In meiner Heimat tränkt man Pfeilspitzen damit, wenn sie tödlich treffen sollen. Oder man trinkt den Sud, um eine Schwangerschaft vorzeitig zu beenden.“

Sie wandte sich zum Gehen, Kamose jedoch hielt sie am Arm zurück. „Sie hat nach dir gerufen“, sagte er. „Weshalb?“

„Warum fragst du sie nicht selbst?“ Nabu riss sich unwillig los.

„Wieso hattest du die passende Medizin so schnell zur Hand?“ Kamose packte grob ihr Handgelenk. „Weil du allein wissen konntest, welches Gift es war? Weshalb wolltest du Sahti beseitigen? Meinetwegen?“

„Wäre das mein Plan gewesen, würde Sahti jetzt nicht mehr atmen“, sagte Nabu. „Aber in deinem prächtigen Palast gibt es einige, die sie lieber heute als morgen tot sehen würden. Sie solltest du fragen – nicht mich.“

„Du wagst es, meine Familie zu beschuldigen?“

„Ich jedenfalls habe Sahti kein Haar gekrümmt. Aber hast du dir überlegt, was geschehen wäre, wenn du statt ihrer aus dem Krug getrunken hättest? Deine Lippen hätten nicht nach mir verlangt. Und du wärst gestorben.“

„Bindet sie!“, befahl er rau. „Und sperrt sie ein! Sie wird so lange verhört, bis die Wahrheit herauskommt.“

Nabu ließ alles scheinbar teilnahmslos mit sich geschehen. Dann wurde sie abgeführt.

DIE WIEDER genesene Sahti erschrak, als sie Nabu sah. Da sie ihr Essen seit Tagen kaum angerührt hatte, war sie stark abgemagert.

„Du musst endlich sagen, was du weißt, Nabu“, sagte Sahti eindringlich. „Seit deinen Andeutungen ist Kamose wie von Sinnen. Nicht einmal mir ist es gelungen, ihn zu besänftigen.“

Sie ließ unerwähnt, dass man Hesis Leichnam in einer Abstellkammer entdeckt hatte. Die königlichen Leibärzte, die sie untersuchten, entdeckten eine Bissstelle am Hals, und sie gelangten zu einem einhelligen Ergebnis: Schlangengift.

„Glaubt er noch immer, ich hätte dich vergiftet?“

„Ich weiß es nicht“, gestand Sahti. „Vielleicht ist es gerade diese Ungewissheit, die ihm so stark zusetzt.“

„Alles eine einzige Farce“, murmelte Nabu.

Nach den Tagen im Verlies, das sie nur während der endlosen Verhöre verlassen durfte, hatte man Nabu in den Harem zurückgebracht, allerdings in ein winziges, stickiges Zimmer. Bewaffnete Eunuchen sorgten dafür, dass sie keinen Fluchtversuch wagte.

„Was meinst du damit?“, hakte Sahti nach.

„Bin ich schuldig in seinen Augen, muss ich sterben. Bin ich aber unschuldig, hat Kamose sein Gesicht verloren, und ich habe ebenfalls mein Leben verwirkt.“

„Du kennst ihn nicht“, wandte Sahti rasch ein. „Kamose ist gerecht und voller Mitgefühl…“ Dann jedoch fiel ihr ein, dass sie sich hatte heimlich herschleichen müssen, und sie verstummte. Kamose weilte für einige Tage bei einer Militärübung im Soldatenlager. Sie durfte nicht einmal daran denken, was geschehen würde, wenn er von ihrem Besuch bei Nabu erfuhr.

„Du trägst das Erbe der Daya auf der Brust?"

„Ja, ich habe es wieder angelegt", erwiderte Sahti. „Aber woher weißt du, dass es ihr gehört hat?"

„Weil ich in ihrem Haus war", sagte Nabu, „und den heimlichen Schatz entdeckt habe. Die Daya war keine gewöhnliche Frau, Sahti, sondern eine Prinzessin aus Kerma. Ich weiß es von Golo. Und der wiederum hat es von deiner toten Mutter erfahren. Du entstammst königlichem Blut, wenngleich die meisten deiner Familie tot sein dürften. Wenn der Herrscher von Kerma stirbt, müssen ihn alle in das dunkle Reich begleiten: Frauen, Verwandte, Vasallen, Diener. Es muss der Daya irgendwie gelungen sein, dem Grab zu entfliehen."

„Davon hat die Daya niemals gesprochen", sagte Sahti erstaunt. „Aber das Gold – ich kenne es ebenfalls. Ich bin ihr nachgeschlichen und habe gesehen, wie sie den Schmuck aus dem Versteck geholt, ihn angelegt und anschließend wieder verborgen hat. So war es auch beim letzten Mal. Bis auf ein paar dünne Goldreifen. Die hatte sie Ruju geschenkt. Bevor sie das schwarze Mondmesser gegen ihre eigene Enkelin erhob."

„Du warst in der Skorpionhütte?", fragte Nabu leise.

„Ich war dort", gestand Sahti, während die Bilder jener Nacht sie zu überfluten drohten. „Ich bin weggelaufen. In die Wüste. Ich wollte alles vergessen. Aber ich konnte es nicht – bis heute. Mich hat das Mondmesser der Daya niemals beschnitten. Manchmal glaube ich, dass sich der schwarze Skorpion deshalb noch immer an mir rächen will. Dabei hat er mir schon fast alle genommen, die ich je geliebt habe."

„Das Mondmesser hat Ruju den Tod gebracht, ebenso wie deiner Mutter Nuya, die dich nicht gebären konnte, weil es sie zu sehr verstümmelt hatte. Und ich bin ebenfalls fast gestorben, damals, in der Hochzeitsnacht mit Golo, als sie mich so eng zusammengenäht hatten, dass er nicht..." Tränen liefen ungehindert über Nabus Gesicht. „Er wurde rasch wütend, weil er mich nicht lieben konnte, wie er wollte, begann zu trinken und mich zu schlagen. Eines Nachts bin ich in meiner Not zur Daya gelaufen und habe sie gebeten, mir zu helfen. Sie aber hat mich ausgelacht. ‚Du willst den Platz meiner toten Tochter einnehmen?', hat sie mir entgegengeschleudert. ‚Du willst ein Kind haben? Niemals wirst du ein Kind haben!' So sehr hat sie mich gehasst. Ich bin zurückgekrochen zu Golo", fuhr Nabu fort, „und habe gebetet, dass er endlich sein

Ziel erreicht. Ich wollte ihm die Söhne schenken, nach denen er sich gesehnt hatte. Aber ich bin nicht schwanger geworden. Und immer wenn er mir beigelegen hatte, waren meine Lippen blutig gebissen, weil ich ihm nichts von meiner Pein verraten wollte."

„Und ist so der Hass über dich gekommen?"

„Vor allem hasse ich mich selber", entgegnete Nabu leise. „Was man mir gestohlen hat, war nicht nur der Sitz meiner Lust, sondern auch meiner Hoffnung. Meines Lebens! Das Einzige, was sie mir gelassen hatten, war mein Stolz. Und die dunkle Macht der schwarzen Schlange. Aber Hass ist ein gefräßiges Tier, Sahti. Deshalb beneide ich dich. Weil du vollkommen bist, und ich bin es nicht."

„Ich bin alles andere als vollkommen", protestierte Sahti.

„Du bist wie das Leben. Ich dagegen bin der Tod. Kemet konnte ich nichts anhaben. Seinen Herrschern sehr wohl. Alles haben sie uns geraubt: Gold, Edelsteine, Hölzer, Tiere, Menschen – und unsere Würde. Und so wollte ich Kamose alles nehmen, damit er erkennt, was er uns angetan hat. Krank vor Verlangen sollte er durch mich werden – aber es ist mir nicht gelungen. Dich dagegen liebt er. Ich habe es in seinen Augen gesehen." Sanft berührte Nabu ihre Wange. „Aber du weinst ja", sagte sie.

„Um dich", schluchzte Sahti.

„Um mich?", wiederholte Nabu bewegt. Plötzlich verdrehte sie die Augen und griff sich ans Herz. „Sei du die Schlange Kemets", flüsterte sie undeutlich. „Und die Löwin Kuschs ... Sei du ganz du selbst ... Sahti ..."

„Nabu!" Erschrocken beugte Sahti sich über sie. „Was ist mit dir?"

Ein Zischen ließ sie zurückfahren. Nun erst entdeckte sie die kleine schwarze Schlange, die aus Nabus Ausschnitt gekrochen war und sich wie ein tödliches Schmuckband um ihren Hals ringelte. Sahti stieß einen gellenden Schrei aus.

Draußen, vor der vergitterten Luke, erhob sich Nefertari aus ihrer unbequemen Haltung. Das mühsame Ausharren hatte sich gelohnt. Sie brannte darauf, Ahmose alles zu erzählen.

DIE BEFREIUNG Nebnefers aus dem Gefängnis war eine Sache von wenigen gut geplanten Augenblicken. Die Klinge eines scharfen Krummschwertes bohrte sich in den Rücken des Dienst habenden Hauptmannes; Keulen und Dolche erlegten die restliche Mannschaft ebenso lautlos.

Ahmose hatte es sich nicht nehmen lassen, persönlich die gefährliche Aktion zu leiten, obwohl er wusste, dass er sich auf die Offiziere verlassen konnte, die er schon vor längerem auf seine Seite hatte bringen können. Jeder von ihnen brannte darauf, endlich ihm anstatt Kamose zu dienen. Denn für sie war er allein der rechtmäßige Erbe Seqenenres.

„Wo bringt ihr mich hin?“, fragte Nebnefer. „Zurück in den Tempel?“

„Wo der neue Statthalter des Pharaos residiert? Wohl kaum!“, entgegnete Ahmose unfreundlich. Er zerrte Nebnefer nach draußen und ließ ihn in einen hölzernen Wagen steigen, den zwei Pferde zogen. Er selbst schwang sich auf seine Stute. Genugtuung erfüllte ihn. Die schwarze Schlange war tot, und er kannte das Geheimnis der anderen Kuschitin.

Damit hielt er den Schlüssel zum Sturz des Mannes aus Kepni in der Hand. Eine Weile würde es noch nötig sein, Nebnefer zu schonen, zumindest so lange, bis er seine letzten Kenntnisse preisgegeben hatte.

„Wir bringen dich an einen sicheren Ort“, eröffnete ihm der Prinz. „In ein Paradies der Wüste. Dort kannst du wieder zu Kräften kommen. Und von dort aus werden wir auch unseren Feldzug gegen Kamose beginnen. Wir bringen dich zur großen Oase. Dort erwartet dich bereits der Alte.“

ALS DER Tag von Sahtis Niederkunft nahte, schickte Teti-Scheri Meret zu ihr, damit sie der Hebamme beistehe. Die Hochschwangere hatte sich schon in der Nacht zuvor in ein gesondertes Gemach zurückgezogen. Sahti besann sich auf das, was sie als Kind wiederholt gesehen und was der Alte ihr in Erinnerung gerufen hatte: Sie hockte sich breitbeinig hin. Die Angst der vergangenen Monde und Wochen hatte sie verlassen, denn bis zuletzt hatte sie die ungeduldigen Tritte gegen ihre Bauchdecke gespürt.

Meret benetzte ihr die rissigen Lippen mit Wasser, und die Hebamme schien zufrieden damit, wie die Arbeit voranging. „Ich kann den Kopf schon sehen“, sagte sie.

Sahti nahm alle Kraft zusammen, doch als sie schon glaubte, den Schmerz nicht länger ertragen zu können, schoss das Kind in einem Schwall von Blut heraus. Ein kräftiger, fast zorniger Schrei brachte alle zum Lächeln.

„Ein Mädchen!“, stieß Meret bewegt hervor, während die Hebamme mit einem Messer aus Obsidian die Nabelschnur durchtrennte. „Goldhäutig wie ihre Mutter. Und nicht minder schön.“

Die Kleine wurde mit weichen Tüchern abgerieben und anschließend der Mutter an die Brust gelegt. Als der winzige Rosenmund zu saugen begann, durchströmte Sahti ein nie zuvor gekanntes Glücksgefühl. Jetzt hat der schwarze Skorpion für immer seine Macht über uns verloren, dachte sie.

Die kundigen Hände der Hebamme massierten Sahtis Bauch, und die Nachgeburt wurde in einer Schüssel aufgefangen.

„Ich sorge dafür, dass sie so schnell wie möglich dem Nil übergeben wird“, sagte Meret. „Zusammen mit der Nabelschnur. Zum Dank an Hapi, der dich mit Fruchtbarkeit gesegnet hat. Und damit beides nicht in falsche Hände gerät. Du hast bekanntlich nicht nur Freunde in diesem Haus.“

Für einen Augenblick verdüsterten dunkle Erinnerungen Sahtis Glück. Seit Nabus Tod und dem Verschwinden des Priesters schien alles im Palast wie vergiftet. Der Pharao wechselte kaum noch ein Wort mit Nefertari und Ahmose, und auch mit Ascha, die bleich umherging, sprach er nur das Allernotwendigste. Sahti hoffte, dass die glückliche Geburt ihn auf andere Gedanken bringen würde. Auch wenn das Kind ein Mädchen war und damit kein Falke-im-Nest für Kemet.

„Sie braucht einen Namen“, meinte Meret.

„Nuya“, entschied Sahti. „Der Name meiner Mutter. Sie hat meine Geburt nicht überlebt.“ Es wurde still im Raum; nur noch das leise Schmatzen der kleinen Nuya war zu hören.

Obwohl Sahti sich schwach fühlte, konnte sie es kaum erwarten, allein zu sein. Endlich zogen sich die beiden Frauen zurück, versprachen jedoch, bald wieder nach ihr zu sehen. Zum Schutz vor Sonne und Hitze hatten sie blaue Tücher vor die Fenster gehängt, und im milchigen Schein schliefen Mutter und Kind ein.

Sahti erwachte, als jemand sehr sanft ihre Wange berührte. Schon am Geruch erkannte sie Kamose. „Es ist ein Mädchen“, sagte sie. „Bist du traurig darüber?“

„Wie könnte ich? Sie ist sehr schön“, sagte er zärtlich. „Und sie sieht dir ähnlich.“ Er streckte die Hände nach dem kleinen Bündel aus, und Sahti legte es ihm in die Arme. „Dein Scheitel ist Ra, du gesundes Kind“, murmelte er. „Dein Hinterkopf ist Osiris, deine Stirn ist Satis, deine Schläfe Neit. Kein Glied von dir ohne Gott, jeder Gott beschützt dich.“ Er küsste Nuyas Köpfchen.

„Was hast du?“, flüsterte Sahti. „Dein erstes Kind ist gerade geboren, und du siehst auf einmal so traurig aus.“

„Du kennst mich besser als alle anderen“, bekannte er und gab ihr das Kind wieder zurück. „Ich fürchte, wir werden uns eine Weile nicht sehen können.“

„Was ist geschehen?“, fragte sie.

„Es könnte Krieg geben. Ich werde mit dem Heer aufbrechen. Schon morgen.“

„Krieg? Aber wolltest du nicht noch abwarten, bevor du mit deinen Soldaten ins Delta ziehst?“

„Nach Norden schicke ich nur ein paar speziell ausgebildete Beobachtungstruppen. Für alle Fälle, denn dem Herrscher im Delta ist nicht zu trauen. Mit dem Rest meiner Armee marschiere ich gen Süden. Die Herrscher von Kerma, die wir seit Jahren vergeblich als Verbündete gewinnen wollten, hören nicht auf, uns zu provozieren. Erst der Vater – und nun auch der Sohn. Er braucht eine Lektion.“

„Für solche Fälle hast du doch Geiseln“, wandte Sahti ein. „Eine von ihnen ist tot. Die andere aber lebt.“

Sollte sie ihm jetzt erzählen, was Nabu ihr über die Herkunft der Daya eröffnet hatte? Da sie es ihm bisher verschwiegen hatte, brachte sie es auch jetzt nicht über die Lippen. Wenn sie jetzt plötzlich alles verriete, könnte sie Kamose verlieren.

„Du weißt, was du mir bedeutest“, sagte Kamose. „Außerdem wäre ein Zweifrontenkrieg das Letzte, was Kemet jetzt braucht. Wenngleich ich weiß, dass mein Vetter Ahmose insgeheim von einem solchen träumt. Mir geht es nicht darum, Kusch zu besetzen. Aber wir müssen Stärke zeigen.“ Er beugte sich über Sahti und küsste sie. Sie spürte etwas Kühles auf ihrer Haut, ein Abschiedsgeschenk, das er ihr umgehängt hatte. „Ich komme wieder“, gelobte er leise. „So schnell ich kann. Und inzwischen werdet ihr beide wie meine Augäpfel bewacht. Das verspreche ich dir.“

„Geh nicht!“ Sahti richtete sich mühsam auf. „Ich könnte nicht weiterleben, wenn du …“

„Kein Glied von mir ohne Gott.“ Ein letztes Mal berührte er Nuyas Kopf. Dann verließ er schnell das Zimmer.

ZWÖLFTE STUNDE:
Die den Chepri preist

Im zweiten Mond Perets waren überall auf den Feldern die Holzpflüge im Einsatz, und die Bauern warfen das Saatgut für die nächste Ernte aus. Gleichzeitig wurden landauf, landab in Tempeln und Heiligtümern Opferungen an Osiris vollzogen, der durch sein Sterben und seine Wiederauferstehung als Sinnbild der jährlichen Wiedergeburt der Natur galt. Es war ein kühler, sonniger Herbst. An einem dieser goldenen Tage kehrte Kamose mit seinem Heer aus dem Goldland zurück. Zwar war es Hori gelungen, das Fort von Abu Resi zurückzuerobern und die kuschitischen Soldaten hinter den zweiten Katarakt zurückzudrängen, die militärische Operation hatte jedoch auf beiden Seiten erhebliche Opfer gefordert.

Obwohl sich die Kriegsbeute für Kemet nur auf wenige hundert Deben Gold und Edelsteine belief, verzichtete der Pharao auf die zusätzliche Beschaffung kostbarer Hölzer, auf Elfenbein und Straußenfedern, die auf dem großen Fluss nach Norden hätten transportiert werden müssen, und drängte auf Rückzug. Auf einem allerdings bestand er: auf der Rekrutierung von mehr als zehn Dutzend kuschitischer Bogenschützen, Medjai genannt, die halb als Gefangene mit Sonderstatus, halb als Freiwillige unter scharfer Bewachung seinen Kompanien folgen mussten.

Im Palast von Waset herrschte große Aufregung, als die Nachricht von der bevorstehenden Rückkehr eintraf. Ungeachtet ihrer Gelenkschmerzen ließ Teti-Scheri sich in einer Sänfte dem Heer entgegentragen. Böse Gerüchte waren dem Heereszug vorausgeeilt. Kamose, so hieß es, sei bei einem Überfall schwer verwundet worden. Als sie ihn jetzt jedoch in Waset einreiten sah, mager und sonnenverbrannt, offensichtlich jedoch bei bester Gesundheit, beruhigte sie sich.

Wer ihn nicht minder bang erwartet hatte, war Sahti. „Dein Vater kommt endlich zurück“, murmelte sie an Nuyas rundlicher Wange. Seit ein paar Tagen konnte die Kleine sitzen, ohne umzufallen.

Aber als sie mit dem Kind auf dem Arm ihre Gemächer verlassen wollte, ließen die Wachen sie nicht passieren. Sahti versuchte es mit Drohen und Bitten, nichts jedoch half. Heißer Zorn stieg in ihr hoch. Er verwandelte sich in Hass, und dieser galt nicht nur Ahmose, sondern auch Nefertari. Sie hatte längst erkennen müssen, welch gefährliche Gegner ihr in den beiden erwuchsen. Denn sie hatten nichts Eiligeres zu tun gehabt, als nach dem Abmarsch Kamoses Sahtis Wöchnerinnenfrieden zu stören und sie mit dem zu konfrontieren, was Nefertari bei Sahtis letztem Gespräch mit Nabu belauscht hatte.

„Der Pharao wird Augen machen, wenn er erfährt, was du bislang so peinlich vor ihm geheim gehalten hast“, sagte die Prinzessin. „Du bist ja gar nicht die Tochter eines Provinzhäuptlings, sondern aus königlichem Geblüt! Und das, nachdem Kamose und seine Soldaten gerade ihr Leben gegen die Truppen des Herrschers von Kerma riskieren!“

„Ich könnte dich auf der Stelle von deiner Tochter trennen und ins Verlies werfen lassen“, drohte Ahmose. „Denn ich bin Kamoses Stellvertreter. In meinen Augen bist du nichts anderes als eine elende Spionin. Aber wieso soll ich mir die Hände schmutzig machen? Was Kamose verabscheut, sind Lügen und erst recht Verrat", fügte er triumphierend hinzu. „Verrat ist für ihn eine Todsünde, die er niemals vergibt. Ich fürchte, deine Tage sind gezählt, Kuschitin!"

Lachend und eng umschlungen hatten die beiden Sahti verlassen und in einen Wirbel widersprüchlichster Gefühle gestürzt: Scham, Zorn und Empörung. Und was, wenn sie bedenkenlos anderen davon erzählten – Kamose, Ascha, der Witwe Ahhotep oder der alten Königin?

Sahtis Befürchtungen bestätigten sich rasch. Ahhotep begegnete ihr unverändert mit kalter Verachtung. Die Große königliche Gemahlin Ascha jedoch verließ den alten Palast am Nilufer, in den sie sich zurückgezogen hatten, und bezog mit großem Pomp ihre Gemächer in der neuen Anlage, als wolle sie Sahti demonstrieren, welche Rechte ihr zustanden. Tiefer traf Sahti das Verhalten Teti-Scheris, die ihre Urenkelin Nuya zwar besuchen kam, mit Sahti jedoch kein überflüssiges Wort wechselte. Nachdem Mutter und Kind wieder ihre gewohnten Räumlichkeiten bezogen hatten, kam nur Meret ab und zu vorbei, um die alte Königin über Nuyas Entwicklung auf dem Laufenden zu halten.

Es war, als habe sich eine unsichtbare Mauer um Sahti geschlossen, die mit jedem Tag wuchs. Sogar die Bediensteten waren zurückhaltend. Jeder im Palast schien sie spüren zu lassen, dass sie zu den Feinden Kemets gehörte.

Sahti tastete nach der Löwenkralle und berührte das goldene Anch, das Kamose ihr vor seinem Abmarsch um den Hals gehängt hatte. „Das Geschenk ewigen Lebens", hatte er gemurmelt, „die Vereinigung von Sonne und Nil, von Isis und Osiris. Und ebenso beständig wie meine Liebe." Was würde davon noch übrig bleiben?

Kamose musste sich längst im Palast befinden. Sahti hatte vor geraumer Zeit Pferdegetrappel und Stimmengewirr gehört. Vermutlich hatte er sich sofort mit seinen Ratgebern in einen der Thronsäle zurückgezogen. Die Wärme Nuyas, die nach dem Stillen friedlich an ihrer Brust eingeschlummert war, ließ auch Sahti schläfrig werden.

Ein plötzliches Geräusch ließ sie auffahren. Sie legte die Kleine in die Wiege und ging zur Tür. Die waffenstarrenden Posten waren verschwunden. Unschlüssig blieb sie auf der Schwelle stehen, da erblickte sie Kamose. Freude und Furcht verschlossen ihr bei seinem Anblick die Kehle. Hatte Ahmose ihm bereits alles berichtet? War er nur gekommen, um sie zu verstoßen?

Er zog sie an sich, kaum dass er im Zimmer war, und küsste sie gierig. Seine Hände zerrten an ihrem Gewand. Sein Atem war heiß auf ihrer Haut, und das Lächeln verging ihr, als er sie fast grob berührte.

„Nicht so hastig“, murmelte sie. „Ich muss mich erst wieder an dich gewöhnen. Du warst so schrecklich lange fort.“

„Du hast ja Recht. Aber ich kann nicht länger warten“, stöhnte Kamose. „Nicht nach dieser endlosen Trennung!“

Er liebte sie langsam und zärtlich, aber mit solcher Intensität, dass sie beinahe die Besinnung verlor. Später, als ihr Mund noch immer von seinen hungrigen Küssen brannte, stand er auf und beugte sich über das schlafende Kind. „Meine kleine Sonne“, flüsterte er.

„Hast du Golo gesehen?“, erkundigte sich Sahti. „Meinen Vater? Lebt er noch?“

„Ich weiß es nicht“, erwiderte Kamose. „Da waren so viele, die gekämpft haben, und so viele Tote - auf beiden Seiten.“ Er setzte sich auf das Bett und stützte seinen Kopf in die Hand. Auf einmal sah er so erschöpft aus, dass Sahti erschrak. Eine wilde, beinahe verzweifelte Zärtlichkeit ergriff sie. Sie durfte ihn nicht verlieren, nicht auch noch ihn – niemals! „Und Apopi wird als Nächster angreifen“, fuhr Kamose fort. „Meine Späher im Norden berichten, dass er sich öffentlich damit brüstet, der einzig rechtmäßige Herrscher Kemets zu sein.“ Kamose stand auf und schlang sich den Schurz um.

„Du willst uns schon verlassen?“, fragte Sahti erschrocken.

Er wusste offensichtlich noch nichts von Ahmoses Enthüllungen. Und soeben hatte sie endgültig die letzte Gelegenheit versäumt, ihm alles mit ihren eigenen Worten zu sagen.

„Ich komme ja wieder“, versprach Kamose.

Sie starrte ihm hinterher, auch noch, als sie mit dem Kind längst wieder allein war.

Erst nach und nach wurde ihr das Ausmaß der Grausamkeit des Prinzen bewusst. Ahmose hatte ihr dieses Wiedersehen nur aus einem einzigen Grund gelassen - um ihr noch einmal in aller Deutlichkeit vor Augen zu führen, was sie für immer verlieren würde.

Zwei Tage später wurde Pani aufgegriffen. Mit einer Gruppe von Gärtnern hatte er sich in den Palastgarten geschlichen und war erst nach geraumer Zeit von den Wachen entdeckt worden. Sie wollten ihn einsperren, er jedoch beharrte darauf, zu Sahti gebracht zu werden, und schließlich kamen sie seinem Wunsch nach. Es war eine Freude für sie, ihn wiederzusehen. Ein anmutiger Jüngling war aus ihm geworden. Voller Rührung umarmte Sahti ihn. Dann führte sie ihn zur Wiege, die am Fenster stand.

Er beugte sich über das Kind. „Wie wunderschön sie ist, meine kleine

Nichte!" Ein prüfender Blick zu Sahti. „Oder bin ich etwa nicht mehr dein Bruder, wie du früher immer behauptet hast?"

„Natürlich!", versicherte ihm Sahti. „Und das wirst du auch immer bleiben. Aber jetzt musst du mir verraten, weshalb du wirklich gekommen bist."

Sein Gesicht verschloss sich. „Heteput!", stieß er schließlich hervor.

„Wohnst du noch bei ihr?", fragte Sahti.

„Ja, aber es ist nicht mehr auszuhalten. Sie redet von nichts anderem als von ihrem Penju und ihrem Nesmin, die immer vollkommener werden, je länger sie tot sind. Dazu kommt die Arbeit am Geheimen Ort…, wo ich in den endlosen Stollen immer die widerwärtige Fratze des Balsamierers zu sehen glaube." Er stöhnte auf. „Deshalb bin ich jetzt hier. Weil du die Einzige bist, die mich versteht. Bitte, Sahti, darf ich nicht hier bleiben? Bei dir, im Palast des Pharaos?"

„Ich glaube kaum, dass das möglich sein wird", meinte Sahti.

„Aber weshalb?" Er zog seine Flöte hervor. „Ich könnte für dich spielen und natürlich auch für Nuya. Du musst dir anhören, welche Fortschritte ich gemacht habe!"

Er begann mit einer klaren Melodie, sanft wie das Plätschern einer Quelle. Sahtis Gedanken begannen zu tanzen, während sie ihm zuhörte. Bilder des heimatlichen Dorfes stiegen vor ihrem inneren Auge auf.

Hoffnung erfüllte sie. Vielleicht kann doch noch alles gut werden, dachte sie. Kamose würde ihr schließlich verzeihen. Er liebte sie doch und die Tochter, die sie ihm geschenkt hatte, nicht minder…

Ungestüme Schritte rissen sie aus ihrer Versunkenheit. Der Pharao kam ins Zimmer gestürmt, gefolgt von zwei Offizieren, die er mit knappem Befehl wieder nach draußen schickte. Er trug das Nemes-Kopftuch und ein kostbares Pektorale mit Karneolen. Sein kalter Blick traf Pani, der erschrocken die Flöte sinken ließ.

„Wer ist dieser Mann, und was tut er hier?", bellte Kamose.

„Das ist Pani", entgegnete Sahti. „Mein kleiner Bruder."

„Dafür ist seine Haut aber ziemlich hell geraten. Oder ist das auch wieder nur eine deiner talentierten Geschichten?"

„Wir hatten dieselben Pflegeeltern. Hier in Kemet. Er hat mir nur auf seiner Flöte vorgespielt."

„Du hast dich also vergnügt?"

Kamose kam einen drohenden Schritt näher. „Verschwinde!", fuhr er Pani an. Zitternd gehorchte der junge Mann.

Alles Blut schien aus Sahtis Herz zu fließen. Sie wagte kaum noch zu atmen, aber er berührte sie nicht.

„Die Wüste ähnelt der Liebe", sagte Kamose rau. „In beidem gibt es keine Kompromisse. Nur Leben oder Tod. Vertrauen oder Verrat. Und jeder, der sich auf dieses Abenteuer einlässt, sollte sich dessen bewusst sein." Er drehte sich hastig um, als ob er ihren Anblick keinen Augenblick länger ertragen könne. Dann schloss sich die Tür hinter ihm.

EIN SPÄHTRUPP fing den Boten in den ersten Morgenstunden ab, als er gerade seinen Weg nach Süden fortsetzen wollte. Seit dem Beginn des Feldzugs gegen Kusch hatte Kamose die Kontrolle der Wüstenstraßen in beiden Richtungen verstärken lassen.

Sie schleppten den Boten in die Oase zurück und durchsuchten ihn zunächst eher lustlos, diesen dünnen Mann mit der Sichelnase, der so unauffällig wirkte. Stutzig wurden sie erst, als er immer aufgeregter wurde, je länger sie in seinen Sachen wühlten. Als sie auf ein verschlossenes Holzkästchen stießen, das sie gewaltsam zu öffnen versuchten, fuchtelte er mit einem Dolch vor ihnen herum und versuchte, sie daran zu hindern.

Einer der Späher riss ihm die Waffe aus der Hand und stieß sie ihm mehrmals in die magere Brust. Der Bote starb mit einem Röcheln.

Es dauerte eine Weile, bis sie jemanden gefunden hatten, der den Brief aus dem aufgebrochenen Kästchen entziffern konnte. Der kahl geschorene Mann, den alle in der Oase respektvoll nur den Alten nannten, verzog keine Miene, als er die eilig hingeworfenen Kolumnen überflog.

„Die Nachricht ist schlecht geschrieben und zudem in einem altmodischen Stil verfasst", sagte er bedächtig, und die Lüge kam aufrichtig über seine Lippen. „Ich nehme sie am besten mit, um sie in aller Ruhe zu studieren. Kommt in einer Stunde in mein Haus mit der blauen Tür. Dann wissen wir mehr."

Er drehte sich um und schritt ohne Hast zu seinem unscheinbaren Heim. Hier war seit einigen Monden auch sein Gast untergebracht, der noch zurückgezogener lebte als er. Jetzt jedoch war seine kahle Studierstube leer. Der Alte las den erstaunlichen Inhalt der abgefangenen Botschaft erneut.

Das Schicksal von ganz Kemet lag in seiner Hand. Es wäre ein Leichtes gewesen, den Brief zu fälschen oder abzuändern, aber es gefiel ihm besser, alles so zu lassen, wie es war – mit einer winzigen Ausnahme.

Er begann zu schreiben, und er brauchte sich nicht einmal anzustrengen. Jede Handschrift, die er einmal gründlich studiert hatte, vermochte er ohne große Mühe nachzuahmen. Und Sahti hatte lange genug im Tempel für die Priester geschrieben, sodass er ihre Zeichen täuschend ähnlich wiedergeben konnte.

Jetzt fehlte nur noch die Unterschrift. Er wartete ab, bis die Tinte getrocknet war, dann riss er ein Stück am unteren Rand des Papyrus ab, als ob jemand in großer Hast versucht hätte, die Signatur zu entfernen, ohne dass dies allerdings ganz geglückt wäre. Der Alte faltete den Brief klein zusammen und legte ihn unter den anderen zurück in das Kästchen.

Bald darauf klopften die Späher an die Tür.

Er bat sie freundlich herein, forderte sie auf, sich mit ihm auf den Sitzkissen niederzulassen, öffnete das Kästchen und nahm die beiden Schriftstücke heraus. „Ihr seid durch Zufall auf eine wichtige Botschaft gestoßen", sagte er. „Genau besehen, handelt es sich sogar um zwei Schreiben. Beide müssen unverzüglich Pharao Kamose in Waset vorgelegt werden. Staatsangelegenheiten, so viel kann ich verraten. Und zwar allerersten Ranges!"

„Wieso zwei Schreiben?", fragte ein Späher, ein junger Mann mit einem klugen, schmalen Gesicht. „Ich habe vorhin nur einen einzigen Brief gesehen."

„Wir alle haben in der Eile nicht richtig nachgesehen. Der zweite, kürzere Brief lag am Boden des Kästchens zusammengefaltet. Er enthält die Botschaft einer Verräterin an einen anderen Verräter", erwiderte der Alte kalt. „Ihr solltet sofort aufbrechen. Jede Stunde zählt."

Sie verließen ihn, und er wusste, sie würden keine Zeit verlieren.

„Scher dir den Kopf!", rief er Nebnefer zu, als dieser von dem kleinen Beduinenmarkt zurückkehrte. „Die Zeit der Verbannung ist vorüber. Apopi plant, sich mit dem Herrscher von Kerma zu verbünden, um Kemet in den Zangengriff zu nehmen. Der Pharao muss mit dem ganzen Heer nach Hut-Waret segeln, wenn er sein Gesicht nicht verlieren will. Aber er wird die Festung ebenso wenig einnehmen wie einst Seqenenre."

„Aber das würde ja bedeuten ...", Verwirrung und Freude zeigten sich in Nebnefers Zügen, „... dass ich endlich wieder Amun in seinem ewigen Haus dienen kann. Und dass Ahmose schon bald als Pharao den Thron besteigen wird."

„Erst wenn der alte König tot ist, kann es einen neuen geben", ermahnte ihn der Alte.

„Wir müssen also weiterhin abwarten?"

„Das müssten wir – es sei denn, man hat dem Schicksal zur rechten Zeit ein wenig nachgeholfen." In den Augen des Alten funkelte ein boshaftes Licht. „So, wie ich es mir soeben erlaubt habe."

„Was hast du getan?" Nebnefer starrte ihn gebannt an.

„Mit einem kleinen Brief das Ende jener Kuschitin eingeleitet, von der Kamose den Bastard geschenkt bekam."

„Und wenn der Pharao den Betrug bemerkt?"

„Er wird die Zeilen sofort zerreißen, um sie wenigstens vor sich selbst ungeschehen zu machen. Ich weiß, wie leicht entzündbar sein Temperament ist! Sahtis vermeintlicher Verrat trifft ihn tiefer als alles andere. Danach muss er nur noch die Geschichte der goldenen Götterstatue erfahren, in unserer Version, versteht sich. Dann wird er sich endlich auch von Namiz trennen. Und noch mehr leiden. Weil er sich hintergangen fühlt, umzingelt von Verrätern. Ein angeschlagener König ist in der Regel kein guter Kriegsherr. Besonders gegen einen mächtigen Feind wie Apopi."

„Du willst Kamose also in den Tod treiben?", flüsterte Nebnefer.

„Er wird selbst dafür sorgen", erwiderte der Alte gelassen. „Wir sehen ihm nur in aller Ruhe dabei zu."

> Geschrieben von der Hand des Herrschers von Hut-Waret. Gruß an den Herrscher von Kusch! Wieso trittst du als Herrscher auf, ohne es mich wissen zu lassen? Hast du beobachtet, was Kemet gegen mich getan hat? Der darin herrscht, der starke Kamose, ist dabei, mich auf meinem eigenen Boden anzugreifen, ohne dass ich ihn angetastet habe, ebenso wie er gegen dich vorgegangen ist! Er hat mein Land verwüstet und das deinige. Komm! Fahr nach Norden! Hab keine Furcht. Es ist keiner da, der sich dir in diesem Teil von Kemet entgegenstellt. Sieh! Ich werde ihm nicht den Weg freigeben, bevor du eingetroffen bist. Dann werden wir uns die Städte dieses Teils von Kemet teilen …

Kamose ließ den Brief sinken. Er trat ans Fenster und starrte hinaus. Erst nach einer Weile brachte er die Kraft auf, auch die andere Botschaft zu lesen. Seine Gesichtszüge versteinerten sich, als er die nicht ganz akkurat geschriebenen Zeilen überflog. Er las sie noch einmal, dann ein drittes Mal.

Als aber die Worte nach und nach in sein Bewusstsein sickerten, zerriss er den Brief in unzählige Fetzen.

Ahmose, der mit den Spähern, die die Botschaften gebracht hatten, im Thronsaal eingetroffen war, räusperte sich vorsichtig: „Schlechte Nachrichten?"

„Wie man es nimmt." Kamose trat langsam auf ihn zu. Jeder Schritt verriet seinen mühsam gezügelten Zorn. „Lass all meine Berater auf der Stelle zusammenrufen, Namiz, Hori und Toto, dazu die wichtigsten hohen Hofbeamten. Wenn du willst, kannst du ebenfalls dabei sein. Kemet kann jede tapfere Hand gebrauchen."

Kamose blieb äußerlich ruhig und beherrscht, auch als Wesir Toto Einwände gegen einen raschen Feldzug vorbrachte. Die Anwesenheit des Pharaos in Waset sei wichtig für den inneren Frieden und die Stabilität des Reiches. Namiz pflichtete Toto bei. Es gäbe Lieferschwierigkeiten der Kupferminen, was sich negativ auf die Waffenproduktion auswirken würde. Hori schloss sich Namiz mit ähnlichen Argumenten an. Das Heer sei müde und abgekämpft. Die Streitwagen müssten erst gründlich überholt werden. Erst als der General auf die Medjai zu sprechen kam, die erst in die Truppe eingegliedert werden müssten, wurde der Mund des Pharaos hart.

„Wozu hat Re mich als König eingesetzt?", wetterte er. „‚Der Stier ist geboren' – so lautet mein Name. Ich möchte endlich wissen, wozu meine Stärke taugt. Ich sitze zwischen einem verräterischen Kuschiten und einem nicht minder hinterhältigen Hyksos, die beide nichts Besseres zu tun haben, als zu beratschlagen, wie sie mein Reich unter sich aufteilen können. Es ist mein Wille, Kemet zu retten und für alle Zeit zu vereinen. Und ihr werdet alles dazu Notwendige so schnell wie möglich veranlassen!"

NOCH am selben Nachmittag meldeten die Palastwachen den Besuch des Alten. Kamose ließ ihn erst nach längerem Warten eintreten. Der Priester trug einen einfachen Beutel. Zur Begrüßung fiel er demütig vor dem Thron nieder.

„Du hast die Wüste verlassen?", fragte Kamose, nachdem der Priester sich auf sein Geheiß hin wieder erhoben hatte. Sie waren allein. „Wieso bist du hier?"

„Weil ich Euch warnen möchte", behauptete der Alte. „Ich hielt es für meine Pflicht, Euch aufzuklären. Unwissend habt Ihr über lange Zeit eine Natter an Eurem Busen genährt." Er griff in den Beutel, zog einen zusammengerollten Papyrus heraus und streckte ihn Kamose entgegen. „Das hier solltet ihr unbedingt lesen."

„Was ist das?"

„Ein Geständnis. Die Frau, von der es stammt, hat sich vor einiger Zeit das Leben genommen. Eine Verbrecherin, die unseres Mitleids nicht bedarf. Aber was sie ausgesagt hat, ist Wort für Wort notiert und bezeugt."

Kamose las mit eisiger Ruhe. „Eine Fälschung", urteilte er schließlich, als er wieder aufsah. „Und eine plumpe noch dazu. Und selbst wenn es anders wäre – weshalb kommst du erst jetzt damit an?"

„Das unversehrte Tempelsiegel beweist Euch, dass es keine Fälschung sein kann“, erwiderte der Alte gelassen. „Das Geständnis war gut verwahrt. Wir haben es erst vor kurzem entdeckt. Zusammen mit der Statue. Die große Tempelinspektion hat uns ausreichend Gelegenheit gegeben, auch in den verborgensten Winkeln aufzuräumen.“

„Du hast sie mitgebracht?“, fragte Kamose.

Der Alte zog die Statue aus dem Beutel und übergab sie ihm. Im Licht der warmen Nachmittagssonne war die Skorpiongöttin von fast unwirklicher Schönheit.

„Sieben Skorpione hat sie Isis geschickt, um sie vor Seth zu schützen“, sagte Kamose leise und berührte ihren Kopfschmuck, den Skorpion mit dem giftigen Schwanz. „Denn der hat seinen Bruder Osiris mit List getötet, weil er selbst mit allen Mitteln den Thron besteigen wollte.“

Die Blicke der beiden Männer trafen sich. Der Alte senkte als Erster die Lider. Aber er hatte genug gesehen: Verletzung, Einsamkeit. Und unstillbaren Rachedurst.

„Lass mich allein!“, sagte Kamose barsch.

Es WAR schon dunkel, als an Namiz’ Tür geklopft wurde, und er ging selbst, um aufzumachen.

„Hori! Toto! Zu dieser späten Stunde! Tretet näher!“ Sein Begrüßungslächeln erlosch, als er ihre Mienen bemerkte – und erst recht die Waffen, Schwert und Dolch, die sie trugen.

„Wir kommen, um dich zu verhaften“, sagte Hori kalt.

„Weshalb?“

„Das fragst du noch?“, erwiderte der Wesir barsch. „Einst haben wir drei feierlich geschworen, Kamose auf seinem schwierigen Weg mit all unserer Kraft, all unserer Loyalität zu begleiten. Wir beide haben unser Versprechen gehalten. Du jedoch hast es feige gebrochen. Damit hast du nicht nur den Pharao verraten, sondern uns nicht minder.“

„Ich habe euch niemals verraten. Und dem Pharao war ich immer ergeben und treu“, beteuerte Namiz. „Mein Leben würde ich für ihn geben!“

„Ach ja? Indem du sein Gold stiehlst und es an Unwürdige verschenkst?“, höhnte Hori. „Gold ist das Fleisch der Götter und gehört einzig und allein in die Hand des Pharaos. Wer gegen dieses Gesetz verstößt, muss hart bestraft werden.“

„Die Selket“, murmelte Namiz. „Es muss die Selket sein, nicht wahr?“

„Natürlich ist sie es“, bekräftigte Toto kalt. „Oder hast du noch weitere Götterstatuen gestohlen?“

„Sie sollte einer todkranken Frau das Leben retten. Nur aus diesem Grund habe ich sie ihrem Sohn gegeben.“ Namiz hatte nicht vor, Sahti zu erwähnen, obwohl ihm der Schweiß auf der Stirn stand. Sie hatte ihn nicht verraten, das wusste er. Aber sie schwebte in großer Gefahr. „Sie heilt die Lunge, wisst ihr?“

„Wir brauchen keinen Fremden aus Kepni, der uns über die Götter Kemets belehrt“, fuhr Hori ihn an. „Vor allem keinen Dieb!“

„Ich bin kein Dieb!“, begehrte Namiz auf.

Die beiden rissen ihm die Arme auf den Rücken und fesselten ihn. Dann drängten sie ihn zur Tür und stießen ihn in die Nacht hinaus. Wenigstens war die Gasse leer, und keiner der Nachbarn würde Zeuge seiner Schmach werden. Eine schreckliche Gewissheit durchzuckte ihn. Kamose würde ihm die Hände abschlagen lassen. Und er würde jämmerlich verbluten. „Wohin bringt ihr mich?“, fragte Namiz verzweifelt, obwohl er die Antwort kannte.

„In den Kerker“, sagte Hori. „Und dort wirst du nicht allzu lange auf dein Urteil warten müssen.“

AM MORGEN hatten sie ihr Nuya weggenommen, zwei hohe Offiziere der königlichen Leibwache, die das Kind schweigend an Meret weitergereicht hatten, während zwei andere Sahti festhielten. Die Kleine weinte nicht, sondern lag regungslos in den Armen der alten Frau, als sei sie zu erschrocken über das, was eben mit ihr geschah.

Sahti dagegen hatte geweint, als sie das Zimmer verlassen hatten, geschrien bis zur völligen Erschöpfung und schließlich stumm vor sich hin gestarrt. Etwas Furchtbares musste passiert sein.

Ein heißer, beklemmender Abend brach an, den sie auf dem Bett liegend verbrachte. Die Trennung von ihrer Tochter empfand sie so schmerzhaft wie eine Amputation. Sie rührte keinen Bissen von dem Brot an, das ihr Wachen ins Zimmer brachten, sondern stillte nur ihren Durst aus dem Wasserkrug. Irgendwann schrak sie aus wirren Träumen hoch, als das Licht einer Lampe sie blendete. Kamose stand stumm vor ihr.

„Wo ist mein Kind?“, fragte sie tonlos. Seit vier endlosen Monden hatte sie Kamose nicht mehr zu Gesicht bekommen. „Wo hast du Nuya hinbringen lassen?“

„Teti-Scheri wird für die Kleine sorgen. Auch wenn nichts mehr von deinem Leichnam übrig ist.“

„Du willst mich töten lassen? Warum? Was hab ich dir getan?“

„Das fragst du noch?“ Er beugte sich über sie und packte ihre Handgelenke. „Erst die dreiste Lüge über deine Herkunft. Und dann ... Wie konntest du mich derart hintergehen – mit meinen ärgsten Feinden hinter meinem Rücken zu paktieren?“

„Ich weiß nicht, wovon du redest“, sagte sie leise. „Ich schwöre dir, dass ich unschuldig bin.“

Er hob die Hand, als wolle er ihr ins Gesicht schlagen. „Der Hyksos-Herrscher und der Kuschit“, fauchte er. „Und dazwischen die Frau, die behauptet hat, mich mehr als ihr Leben zu lieben!“

„Niemals wäre ich fähig, etwas zu tun, das dir schaden würde.“

Diesmal schlug er zu, und in ihrem Ohr begann pochender Schmerz zu wüten.

„Hör wenigstens auf zu lügen!“, verlangte er. „Ich weiß jetzt, wer du wirklich bist.“ Sahtis Kopf dröhnte, aber sie zwang sich aufzustehen. Wortlos warf er sie sofort wieder auf das Bett zurück. „Und das werde ich dir verraten, wenn ich mit dir fertig bin“, keuchte er.

Er zwang ihre Beine auseinander. Sahti versuchte sich zu wehren, aber ihr Widerstand schien seinen Zorn nur noch anzustacheln. Seine Hände fuhren an ihren Hals und rissen ihr die Kette mit dem goldenen Anch-Anhänger herunter. Schließlich gab sie jede Gegenwehr auf.

Ihre Blicke trafen sich, wie sie sich viele Male beim Liebesakt getroffen hatten, und beide erschraken. Seine Hand fuhr zu ihrer Wange, um sie zu liebkosen, aber er zog sie schnell wieder zurück. Das Licht in seinen Augen erlosch.

„Weißt du jetzt besser, wer ich bin?“, fragte sie, als Kamose endlich seine Umklammerung gelöst hatte. Er blieb ihr die Antwort schuldig.

Nur die Frau, die sich selbst kennt, kann ihre alte Haut abstreifen, wie die Schlangen es tun. Dann droht nicht der Tod, sondern es winken Wiedergeburt und ewiges Leben… Fast meinte sie, Nabus tiefe Stimme zu hören, und sie spürte, wie trotz aller Verzweiflung neue Kraft in sie strömte. Es gab nichts mehr, was sie noch zu verlieren hatte – außer ihrer Würde.

„Du hast von der Wahrheit gesprochen, Kamose. Nun hör dir auch meine Wahrheit an! Ich bin noch immer die Frau, die dich liebt und die dein Kind geboren hat. Ein starker Gott wacht über mich. Und der Tag wird kommen, an dem du dich vor Apedemak, dem Herrn des Südens, dafür verantworten musst.“

„Du wagst es, mir zu drohen?“ Er war fahl geworden. „Ich bin der Pharao!“

„Und ich Sahti, die Enkelin der Daya“, erwiderte sie fest. „Feige und ängstlich mag ich gewesen sein, aber ich habe dich niemals verraten. Ich bin wie das Goldland, das immer wieder gegen euch aufstehen wird, sooft ihr auch versucht, es für immer niederzuwerfen. Du kannst mir Gewalt antun, Pharao, aber du wirst mich nicht besiegen, selbst wenn du mich tötest."

„Weshalb, verdammte Zauberin?", flüsterte er. „Ich wünschte, ich hätte dich niemals geliebt!"

„Weil mein Blut in deiner Tochter weiterleben wird", erwiderte Sahti. „Außerdem gibt es Dinge, die ungleich wertvoller sind als ein Thron. Ich hoffe, du wirst es eines Tages erfahren, Kamose. Dann würdest du lernen, mich zu begreifen."

Bebend standen sie sich gegenüber. Er rannte hinaus, blind vor Zorn, Trauer und Enttäuschung. Erst als die Tür ins Schloss gefallen war, merkte er, dass sich das goldene Anch tief in seinen Handballen gebohrt hatte.

Aufgelöst erreichte er seine Gemächer. Noch nie hatte er sich so elend, so verloren gefühlt. Als er eintrat, erhob sich Ascha, die auf einem der Sitzkissen auf ihn gewartet hatte. Kamose stutzte. Niemals hatte sie sich ihm ohne ausdrückliche Erlaubnis genähert. Er bemerkte, wie aufgeregt sie war.

„Endlich!", flüsterte sie und drängte sich an ihn. „So lange habe ich auf diesen Tag gewartet! Aber jetzt ist er endlich angebrochen. Ich liebe dich, Kamose. Und auch du wirst mich bald mehr als alles andere lieben."

„Wovon redest du?", fragte er barsch.

„Ich bin gekommen, um Abschied zu nehmen", sagte sie und griff nach seiner Hand. Ihre Augen weiteten sich vor Erstaunen, als sie das Anch, das er noch immer festhielt, bemerkte. „So, wie es einer Königin gebührt, deren Gemahl in den Krieg zieht. Schenk mir endlich ein Kind. Deinen Erben. Das bist du mir schuldig. Du kannst mir und dem Land nicht länger verweigern, was du sogar ihr gewährt hast."

Ihr Blick fiel auf die goldene Selket-Statue, die auf einem Tischchen stand. „Welch prächtiges Omen!", murmelte sie.

Kamoses Miene wurde noch finsterer. „Es war ein langer, anstrengender Tag", sagte er mit schwindender Beherrschung. „Lass mich jetzt allein!"

Ascha hatte die Göttinnenstatue vom Tisch genommen und hielt sie ihm entgegen. „Bei der Zeugung eines neuen Königs werden die Füße des Pharaos von Selket gestützt", sagte sie. „Als Krone trägt sie das Symbol des Skorpions als Zeichen der Liebe..."

„Verschwinde!", schrie Kamose. Er riss Ascha die Selket aus der Hand, packte ihren Arm, zog sie grob zur Tür und stieß sie auf den Flur hinaus.

Ascha brauchte eine Weile, bis ihr Atem wieder ruhiger ging. „Das wirst du mir mit deinem Leben büßen“, sagte sie tonlos, als sie den dunklen Palastgarten betrat, um ungesehen zu Ahmose und Nefertari zu gelangen. „Den Tod bringe ich dir, Pharao Kamose!“

DIE ERSTEN Nachrichten, die Waset erreichten, klangen durchaus vielversprechend. Apopis südlichsten Vasallen – Teti in Neferusi – zu schlagen bereitete Kamoses neuen Streitwagen offenbar keine Schwierigkeiten. Seine Leibgardisten machten reiche Beute, plünderten Häuser und Speicher und hinterließen eine Spur der Verwüstung.

Aber der weitere Weg nach Norden war lang und mühsam, auch wenn die langsam sinkenden Fluten des Nils den Strom wieder schiffbarer machten. Immer seltener wagten die Soldaten des Pharaos Ausfälle ans Ufer. Als sie schließlich Mennefer passiert hatten, kamen die Meldungen spärlicher nach Waset, und schließlich blieben sie ganz aus.

Es gelang Kamoses Truppen nicht, Apopis Festung im Delta einzunehmen. Während der Belagerung, die sich über Monde hinzog, waren die Verluste aufseiten der pharaonischen Armee ständig gestiegen. Typhus und Fleckfieber breiteten sich im Zeltlager aus. Dazu kamen Nachschubschwierigkeiten, die die Versorgung gefährdeten, denn das Umland stand in unverrückbarer Treue zu Apopi.

Schließlich entsandte der Pharao die Medjai, die kuschitischen Bogenschützen, unter einem erfahrenen General als Spezialeinheit über Land, mit dem Auftrag, wenigstens die nördliche Oase einzunehmen. Die Operation gelang, brachte jedoch wenig ein, schon gar nicht den erhofften Sieg über die mächtige Stadt im Delta.

Was Kamose schließlich dazu bewog, unverrichteter Dinge nach Waset zurückzukehren, blieb ungewiss. Sicherlich spielte dabei die Angst vor noch größeren Verlusten eine Rolle, nachdem feststand, dass Hut-Waret weder mit Streitwagen noch mit Bogenschützen einzunehmen war. Die einzelnen Gründe vertraute er keinem an, als er seinen einsamen Entschluss traf.

Als in Waset bekannt wurde, dass die Flotte binnen kurzem einlaufen würde, trafen die Verschwörer zusammen, um ihren Plan noch einmal im Detail durchzugehen. Eine stillgelegte Remise war als Treffpunkt ausgewählt worden.

„Dann läuft also alles so ab, wie wir es beschlossen haben.“ Ahmose nickte befriedigt in die Runde.

„Aber wenn die Offiziere sich schließlich doch nicht auf deine Seite stellen, Geliebter?“ Nefertari stand wie stets neben ihrem Bruder.

„Keiner will unter einem Pharao dienen, dem es nicht gelungen ist, die Ordnung im Land wiederherzustellen“, erwiderte Ahmose ruhig. „Die Gunst der Götter hat Kamose verlassen.“

„Es geht einzig und allein um die Wiederherstellung der Maat“, bekräftigte Teti-Scheri, die zum ersten Mal dabei war. Ihr Herz blutete, weil sie ihren Enkel Kamose liebte und überzeugt gewesen war, er würde sich der großen Herausforderung würdig erweisen. Aber Kemet allein zählte. „Kemet braucht einen Herrscher“, sagte sie, „der in der Lage ist, das Reich von Lotos und Papyrus nach langer Trennung wieder zu vereinen.“

„Und wenn man uns trotz aller Vorsichtsmaßnahmen zur Rechenschaft ziehen wird?“, fragte Ahhotep. Wenn ihr Sohn Ahmose den Thron bestieg, würde ihr Einfluss beträchtlich steigen, und die unerträglichen Zeiten der Zurücksetzung gehörten der Vergangenheit an.

„Uns alle hier wird nicht der Schatten eines Verdachts streifen“, beruhigte Ahmose sie. „Ein Überfall. Leider mit tödlichem Ausgang. Und einem Mörder, der niemals zu fassen sein wird.“

„Und die beiden Urteile?“ Aschas Stimme klang fiebrig. Ihr ging es nur darum, Namiz und die Zauberin, die ihr Kamoses Liebe gestohlen hatte, zu bestrafen.

„Werden von Kamose unmittelbar nach seiner Ankunft unterschrieben“, erwiderte Ahmose. „Natürlich hätte ich sie längst unterzeichnen können, aber ich hielt es für günstiger, dass beide seine Handschrift tragen – das für den Juwelier und das für die Kuschitin.“

„Ich will sie noch einmal sprechen“, verlangte Nebnefer. „Bevor ihr Kopf rollt.“

„Weshalb?“, fragte der Alte streng. „Um dich an ihrem Leid zu weiden?“

„Meine persönliche Angelegenheit“, beharrte Nebnefer und wandte sich an Ahmose. „Bekomme ich deine Erlaubnis?“

„Dann solltest du keine Zeit verlieren“, sagte der Prinz scheinbar gleichgültig. Innerlich jedoch war er zornig über seine eigene Nachlässigkeit. Nebnefer war das schwächste Glied der Kette. Längst hätte er sich seiner entledigen sollen! In diesem Augenblick beschloss Ahmose, nach dem Tod Kamoses nicht einen Tag mit der Beseitigung des Ersten Priesters zu warten.

Sie hatte sich verändert in den langen Monden der Haft, das erkannte Nebnefer sofort beim Eintreten. Sahti hockte auf dem Boden, in ein Umschlagtuch gewickelt. Ihr Gesicht hatte einen anderen Ausdruck bekommen, war reifer geworden und schien von innen her zu strahlen.

Trotz der traurigen Umgebung kam sie dem Amun-Priester wie eine Königin vor.

Bei seinem Anblick erhob Sahti sich und zog das Tuch enger um sich. „Was willst du?“, fragte sie.

Wieso weinte sie nicht oder flehte ihn auf Knien um Rettung an? Dann hätte er wenigstens die Genugtuung gehabt, ihre Bitten schroff abweisen zu können.

„Der Pharao kommt zurück. Morgen schon wird er Waset erreichen“, antwortete er und verfluchte sich im selben Moment deswegen. Aber da war etwas in ihrer Haltung, ihrem Blick, das ihn zwang, Dinge zu sagen, die er eigentlich gar nicht äußern wollte. Wieso besaß sie solche Macht über ihn?

Jetzt wusste er plötzlich, an wen Sahti ihn erinnerte: an die schwarze Schlange! Nabu war tot, aber es schien ihm, als sei etwas von ihr in die Jüngere übergegangen.

Unwillkürlich machte er einen Schritt auf Sahti zu und packte sie am Arm. Dabei verrutschte ihr Tuch, und er streifte mit seinem nackten Arm den seltsamen Beutel, den sie schon damals im Tempel um den Hals getragen hatte. Nebnefer drehte sich abrupt weg und verspürte dabei einen nadelscharfen Riss. Er starrte auf seinen Arm. Die Haut war durch einen langen roten Kratzer entstellt, der zu brennen begann. „Du hast mich verletzt!“, schrie er wütend. „Das wirst du mir büßen, elende Kuschitin!“

Sahti sah ihn schweigend an und hielt das verrutschte Tuch fest. Da erkannte er, was der grobe Stoff seinen Augen bislang verborgen hatte. Sie war wieder schwanger! Ob Kamose davon wusste? Ob es sein Kind war? Wie konnte sie es wagen, Leben zu tragen, obwohl sie ihr den Tod bestimmt hatten?

„Eines Tages wird dich der Hass zerfressen“, hörte er Sahtis Stimme an sein Ohr dringen. „Sein dunkles Wasser ist ein gefährliches Gift. Ich weiß, wovon ich rede, denn ihr habt mich gelehrt, davon zu kosten.“

Der Hass drohte Nebnefer zu ersticken. „Ich werde dafür sorgen, dass du ganz langsam stirbst“, brachte er mühsam hervor. „Und äußerst qualvoll dazu.“

„Fast könntest du mich dauern“, sagte Sahti und wickelte sich wieder in das Tuch. „Beim Sterben sind wir alle allein. Du jedoch wirst dabei deinem ärgsten Feind gegenüberstehen – dir selbst.“

WIE EIN Traumwandler bewegte Kamose sich durch den Tag, immer auf der Hut, er könne sich verraten, aber niemand schien zu merken, wie es um ihn stand. Am meisten fürchtete er die Nacht. Sobald die langen

Stunden der Dunkelheit anbrachen, überfiel ihn eine zittrige Unruhe, die jeden Gedanken an erlösenden Schlaf zum Hohn werden ließ.

Ahmose war der Erste, der den Mut aufbrachte, ihn anzusprechen, als sie am Morgen nach der Audienz im Thronsaal allein waren. „Bereite deinen Qualen doch ein rasches Ende, Vetter!“, schlug er vor. „Wenn sie nicht mehr am Leben ist, wirst du dich besser fühlen. Und der Verräter aus Kepni wartet ebenfalls auf seine gerechte Strafe.“

Er ließ ihn allein, doch Kamose fühlte sich den ganzen Nachmittag unfähig, einen Entschluss zu treffen. Als schließlich die Dämmerung kam, ließ er Toto rufen und unterzeichnete das Urteil für Namiz. Und das für Sahti.

Allerdings verfügte er, dass Letzteres erst binnen sechs Tagen vollstreckt werden sollte.

Danach ließ er sich gewürzten Wein bringen und trank, bis sich ein leichter Schwindel seiner bemächtigt hatte. Ruhiger wurde er nicht. Er ging zu den Ställen und holte Or. Kaum saß er auf dem Rücken seines Pferdes, wich alle Trunkenheit von ihm. Er trieb den Hengst zum Galopp an. Vor der Richtstatt band er das Pferd fest.

Auf seinen Befehl hin fanden Bestrafungen nicht mehr öffentlich statt. Daher hatten sie Namiz in den kleinen Innenhof gezerrt, der den schrecklichen Tisch mit den beiden hölzernen Haltevorrichtungen für die Handgelenke barg.

Als Kamose den Innenhof erreicht hatte, ertönte ein verzweifelter Schrei. Halt!, wollte er rufen. Wartet! Das Urteil ist aufgehoben.

Aber er war einen Augenblick zu spät gekommen. Wo einmal Namiz' Linke gesessen hatte, war jetzt nur noch ein blutender Stumpf zu sehen. Der Scharfrichter hob gerade sein Schwert, um auch die Rechte abzuhacken.

Das Auftauchen des Pharaos ließ ihn innehalten.

„Löst seine Fesseln!“, befahl Kamose. „Bindet den Stumpf ab, damit der Mann nicht verblutet, und bringt ihn sofort in den Palast. Meine Leibärzte werden sich seiner annehmen.“

TETI-SCHERI hatte sich bereits zur Ruhe gelegt, als Kamose spätnachts in ihrem Schlafzimmer erschien. Sie schickte die aufgeregte Zofe weg.

„Du musst mir helfen!“, stieß er hervor. „Ich habe alles falsch gemacht.“

„Erzähle!“, forderte sie ihn einfach auf.

Seine Stimme war rau. „Trotz aller Anstrengungen ist es mir nicht gelungen, die Doppelkrone zurückzuholen. Alle verachten mich deshalb –

du vor allen anderen! Ich dachte immer, Re hätte mich erwählt, um Chaos und Unordnung zu besiegen. Aber vielleicht war das nur eine Illusion. Jedenfalls fühle ich mich zu schwach, um für die Maat zu kämpfen. Ich kann nicht länger Pharao sein."

„Es ist Sahti, nicht wahr?", fragte die Königin leise. „Der Kleinen geht es gut. Sie schläft friedlich nur ein paar Türen weiter."

„Ich habe Sahti zum Tode verurteilt", gestand er dumpf. „Vor wenigen Stunden. Ich war fest von ihrer Schuld überzeugt und krank vor Zorn, Trauer und Enttäuschung. Aber seit ich zurück bin, gibt es eine innere Stimme, die mir sagt, dass sie schuldlos ist. Irgendetwas muss ich übersehen haben."

„Du liebst sie noch immer?"

„Mehr als mein Leben. Mehr als meinen Thron. Mehr als Kemet. Ohne sie ist alles sinnlos."

„Dann bleibt nicht mehr viel Zeit. Wann soll das Urteil vollstreckt werden?"

„In sechs Tagen. Nein – in fünf. Denn es wird bald Morgen werden. Namiz hat bereits seine linke Hand verloren. Die rechte konnte ich noch retten. Plötzlich war ich mir nicht mehr sicher."

„In der dunkelsten Nacht ist das Licht nicht mehr weit", tröstete ihn Teti-Scheri. „Alle Weisheit ist in den Hymnen enthalten. Sie sind unsere Hilfe und unser Schutz."

„Ich verstehe nicht ganz..."

„Du schläfst, damit du aufwachst. Du stirbst, damit du lebst", sagte sie. „Das könnte eine Lösung für dich sein. Allerdings brauchst du viel Mut dazu, Kamose. Und großes Vertrauen. Selbst wenn es so aussehen könnte, als hätten dich alle getäuscht – auch ich. Wirst du diesen Mut aufbringen?"

„Rede!", verlangte er. „Ich will alles hören."

DEN GANZEN Tag über hatte die Hoffnung noch wie ein winziges Flämmchen in ihr gebrannt, aber als die kurze Dämmerung kam, erlosch sie. Kamose würde nicht kommen, um sie zu retten. Morgen früh musste sie sterben.

Sahtis Hände liebkosten das kleine Wesen, das in ihr wuchs und nicht wusste, was ihm bevorstand.

„Ich liebe dich", flüsterte sie und ergriff die Schreibbinse, um das zu vollenden, woran sie seit langen Monden arbeitete. Glücklicherweise hatten die alten Decken ihr heimliches Werk den neugierigen Blicken Nebnefers entzogen. Sie schrieb an gegen die Sehnsucht nach Nuya und gegen die Liebe zu Kamose. Alles hätte sie dafür gegeben, ihn noch einmal zu sehen.

Er hatte sie zum Tode verurteilt, aus Angst, sie zu sehr zu lieben und sich in dieser Liebe zu verlieren, und tötete sich selbst damit. Er hatte sie besiegen und demütigen wollen – und sich dabei selbst am meisten verletzt. Sie konnte nur hoffen, dass er mit dieser Schuld weiterzuleben vermochte.

Aber sie war versöhnt mit ihm.

Für einen Augenblick hielt sie inne, dann reihte sie wieder ihre sicheren, wenngleich nicht ganz gleichmäßigen Zeilen aneinander, um endlich zum Ende zu gelangen.

Es WAR dunkel im Gemach des Pharaos. Selbst die Alabasterlampen brannten nicht wie gewöhnlich, aber die Männer, die den Raum leise von der Gartenseite her betraten, kannten jeden Winkel.

Ihre bloßen Sohlen verursachten auf dem polierten Boden kaum Geräusche. Äxte und Keulen hatten sie dabei, und sie beherrschten ihre Mordinstrumente. Der erste Schlag traf den Schlafenden auf den Hinterkopf, und er erwachte mit einem erstickten Röcheln. Die nächsten Schläge trafen Stirn und Gesicht. Man hatte den Männern eingeschärft, mit äußerster Brutalität vorzugehen.

Wangen, Lippen, Schädeldecke – die Knochen splitterten. Der Mann in dem Bett rührte sich nicht mehr. Sie schoben das goldene Anch zur Seite, das er an einer Kette um den Hals trug, und stießen ihm zur Sicherheit ihre Dolche mehrfach in die Brust.

Ebenso schnell, wie sie gekommen waren, verließen sie den Raum wieder.

TETI-SCHERI war es, die den Mord entdeckte. Albträume, sagte sie, hätten sie aus dem Schlaf gerissen, und sie ruhte nicht eher, bis sie am Bett Kamoses stand. Sie war nahe daran, die Besinnung zu verlieren, so schrecklich war der Anblick. Sie hatten nichts von seinem Gesicht übrig gelassen. Die alte Königin begann zu schreien.

Binnen kurzem füllte sich der Raum mit aufgeschreckten Höflingen. Teti-Scheri deutete zitternd auf das Bett.

Schließlich betrat Ahmose den Raum, gefolgt von Ascha. „Was ist geschehen?", fragte er, dann sah er das Bett und den verstümmelten Toten, und seine Augen weiteten sich vor Entsetzen.

„Der Pharao ist tot", sagte Teti-Scheri.

EPILOG

Ich schenkte ihr das Leben. Nein, Sahti gab mir mein Leben zurück. Wie hätte ich meine Geliebte auch sterben lassen können, sie, die mir alles bedeutet! Sie war es, die mich zurück in die Welt der Lebenden geführt hat. Ich war unfähig geworden zu unterscheiden, wer mich zu täuschen versuchte und wer die Wahrheit sagte. Doch meine innere Stimme ließ sich nicht unterdrücken.

Immer wieder kreisten meine Gedanken um jenen denkwürdigen Tag, als erst die Späher mit den beiden Botschaften vor mir erschienen waren und schließlich der Alte mit der goldenen Selket. Den Brief, der Sahtis Unterschrift trug, hatte ich voller Wut auf der Stelle zerfetzt. Seinen Inhalt jedoch konnte ich nicht vergessen.

Was irritierte mich an ihm? Ich fand keine Antwort, doch plötzlich war die Gewissheit da, und in Flammen geschrieben stand vor mir, was ich damals nur überflogen hatte. Die Zeilen waren sauber, aber nicht ganz regelmäßig: *Im Namen Seths, der dein Reich und mein Reich regiert…* Wie hatte ich nur so blind sein können! Niemals hätte Sahti das geschrieben, die Tochter Apedemaks, für die Seth nur einer der unzähligen Götter Kemets war. Solange sie auch schon unter uns lebte, sie war niemals eine von uns geworden. Der Brief konnte also nur eine Fälschung sein.

Ich wusste nicht mehr ein noch aus. Vielleicht musste ich mich so verzweifelt fühlen, um offen sein zu können für den Vorschlag Teti-Scheris, die mich prüfte, bevor sie mich ins Vertrauen zog. Gemeinsam planten wir meinen Tod, den die Verräter hinter meinem Rücken längst beschlossen hatten. Es muss schwierig für meine Großmutter gewesen sein, mit unbewegter Miene dabeizusitzen. Aber nur so konnten wir die Verschwörer in Sicherheit wiegen. Ahmose, der es kaum erwarten konnte, endlich den Thron zu besteigen, Nefertari, die danach dürstete, seine Große königliche Gemahlin zu werden; Ahhotep, gierig danach, als Königsmutter die entsprechenden Ehren zu genießen; Nebnefer, krank vor Hass, weil ich ihn in die Verbannung gejagt hatte; und schließlich Ascha, die mich tot sehen wollte, weil ich ihr meine Liebe vorenthalten hatte. Und der Alte? Er verschwand aus Waset wie ein Geist, der keine Spuren hinterlässt.

Aber ich greife den Ereignissen voraus. Dabei hat Sahti mich doch beschworen, ihre Aufzeichnungen abzuschließen, so sorgfältig und ehrlich, wie sie sie während ihrer Gefangenschaft begonnen hatte.

Es bereitete mir Kopfzerbrechen, dass ein anderer an meiner Stelle sein Leben verlieren sollte. Aber unser Vorhaben war anders nicht durchzuführen. Leichter fiel es mir, als ich herausgefunden hatte, welche von den Offizieren sich bereits auf Ahmoses Seite geschlagen hatten. Jeder von ihnen wäre bereit gewesen, mich zu töten. Eines dieser Leben gegen meines.

Es erwies sich nicht als weiter schwierig, den Dienstplan der Wachen abzuändern und einen bestimmten jungen Mann in meine unmittelbare Nähe zu beordern. Damit hatten wir Gelegenheit, sein Aussehen zu studieren, und gaben uns mit einer gewissen Ähnlichkeit zufrieden.

Schnell jedoch schlichen sich Zweifel ein. Jeden Menschen zeichnen so viele Eigenarten aus, dass es fast unmöglich scheint, ihn durch einen anderen zu ersetzen. Wieder war es Teti-Scheri, die die Lösung fand.

„Es muss sich alles in völliger Dunkelheit abspielen", verlangte sie, „es muss so schnell gehen, dass er kein einziges Wort sprechen kann."

Mir verriet sie erst später, dass sie es nicht dabei bewenden ließ. Im Kreis der Verschwörer setzte sie sich nunmehr für besonders rohe Gewalt ein. Keiner der anderen durchschaute den Grund für diesen Sinneswandel. Statt der zuvor geplanten Schwerter entschied man sich nun für Äxte und Keulen, die den Kopf bis zur Unkenntlichkeit entstellen würden.

Dem Opfer einen Schlaftrunk zu verabreichen und es in mein Bett zu verfrachten war keine Schwierigkeit mehr. Prompt trafen dann die Mörder ein und verrichteten ihr grausames Werk.

Es war ein seltsames Gefühl für mich, den Rest der Nacht in einem Versteck abzuwarten, bis alle an meinem Totenbett ihre Trauer bezeugt hatten. Ahmose und Nefertari spielten ihre Rolle perfekt. Ahhotep gab sich wie gewohnt als kühle Unnahbare, während Ascha in Tränen zerfloss.

Nun galt es, schnell zu handeln. Nuya war von Meret bereits heimlich aus dem Palast gebracht worden. Sahtis Kerkerwächter waren mit Gold bestochen worden. In einer geschlossenen Sänfte eilte ich zu ihr. Unfähig zu sprechen, taumelte sie mir entgegen und fing an zu weinen, und auch meine Tränen begannen zu fließen. Draußen wurde es schon hell.

Wir versteckten uns, bis es abermals Nacht wurde. Erst als der Mond am Himmel stand, brachen wir auf, eine kleine, unscheinbare Karawane. Während die Totenklage für den vermeintlich toten Pharao im Palast ertönte, verließ ich mit meiner schwangeren Geliebten und unserer gemeinsamen Tochter Waset – für immer.

„Hast du mir vergeben?“ Immer wieder bedrängte ich Sahti mit dieser Frage.

„Manche Fragen müssen, wie du weißt, erst gar nicht gestellt werden.“

Sie scheint so heiter und gelöst, trotz allem, was ihr zugestoßen ist. Nur manchmal sehe ich, wie sich ihre Lippen in stummem Gebet bewegen, und dann weiß ich, dass sie mit Apedemak spricht.

Vielleicht wird er mir vergeben, wenn ich für unsere jüngste Tochter zu ihm bete?

Ruju wurde heute bei Sonnenaufgang geboren, ein winziges goldenes Bündel, das Sahtis Augen hat und meine Nase. Draußen erklingen Panis helle Flötentöne. Nicht nur Ruju hat uns mit vorzeitigen Wehen um den Schlaf gebracht. Wir mussten uns auch von Namiz verabschieden, der die große Oase verlassen hat, um für immer nach Kepni zurückzukehren.

Offenbar hegt er nun keine Angst mehr, zu den Seinen zurückzukehren. Manchmal muss uns erst das Leben lehren, was wirklich zählt. Sahti und er werden sicher für immer verbunden bleiben, und was ihn und mich betrifft, so sind wir in einem langen Gespräch übereingekommen, dass wir beide Fehler gemacht haben. In Frieden konnten wir voneinander scheiden, nicht länger Pharao und Vorsteher des Königlichen Schatzhauses, sondern zwei Männer in tiefem gegenseitigem Respekt.

Am Ende jeder Nacht wird der Tag geboren, aber heute ist mir, als habe Nut mir persönlich das Leben geschenkt. In mir wohnt eine stille, einfache Freude, die ich früher nicht gekannt habe, und ich schließe mit großer Dankbarkeit diese Zeilen, um mich jetzt ganz dem Wesen zu widmen, dessen Liebe mich gerettet und erst zum ganzen Menschen gemacht hat: Sahti, meiner schönen, geheimnisvollen schwarzen Frau.

BRIGITTE RIEBE

Mit Romanen gegen Frauenfeindlichkeit

Foto: Christiane Marek

Brigitte Riebe, geboren 1953, ist promovierte Historikerin und arbeitete lange als Verlagslektorin, bevor sie 1992 selbst mit dem Romanschreiben begann. Seither veröffentlicht sie auch unter dem Pseudonym Lara Stern Kriminalromane mit der Heldin Sina Teufel, die zum Teil für das Fernsehen verfilmt wurden.

In ihren historischen Romanen nimmt sich die Münchner Autorin bei aller gründlichen Recherche einige Freiheiten und weicht von der dokumentierten Historie ab. So gibt es zum Beispiel keinen überlieferten Scheintod Kamoses; der Pharao starb aus bislang unbekannten Ursachen und wurde in einem bescheidenen Sarg bestattet, der mehr einem Privatmann als einem Herrscher entsprach. Bekannt ist auch, dass Kamose mit einer nubischen Nebenfrau eine Tochter hatte. Die Namen der beiden sind allerdings nicht überliefert.

Zudem greift Brigitte Riebe Themen auf, die bis heute aktuell sind. Bei *Schwarze Frau vom Nil* war es ihr „außerordentlich wichtig, das entsetzliche Thema ‚weibliche Beschneidung' – realistischer als ‚weibliche Verstümmelung' zu bezeichnen – zu integrieren. Laut Erhebungen der Vereinten Nationen wird diese massive genitale Verstümmelung noch heute in 28 afrikanischen Ländern durchgeführt, und an die 130 Millionen Mädchen und Frauen leiden derzeit an den zum Teil verheerenden Folgen", weiß Brigitte Riebe. „Erst durch den Mut einiger Frauen hat sich inzwischen eine allgemeine Diskussion darüber entzündet. Diesen Pionierinnen, unter anderem Iman und besonders Waris Dirie, gebührt mein höchster Respekt; ihr Mut und ihre Entschlossenheit sind in die Figur meiner Sahti eingeflossen."

VERGISS DIE TOTEN NICHT
Originalausgabe: *Before I Say Good-Bye*
erschienen bei Simon & Schuster Inc., New York

PILOT FÜR AFRIKA
Originalausgabe: *Decisive Measures*
erschienen bei Hodder & Stoughton, London

STEINE UND ROSEN

SCHWARZE FRAU VOM NIL

Übersetzer:
Vergiss die Toten nicht: Karin Dufner
Pilot für Afrika: Ingrid Frieling

Illustrationen und Fotos:
Vergiss die Toten nicht: S. 4 (links), S. 6/7/8: Steve Johnson/Lou Fancher
Pilot für Afrika: S. 4 (rechts), S. 144/145/146, Kapitelvignetten, Helikopter: Quadrant Picture Library; Männergesicht: Superstock; Photomontage: John Calvert
Steine und Rosen: S. 5 (links), 286/287: Veit Müller/Elf Sülzle-Müller; S. 288 und Kapitelvignette: Elf Sülzle-Müller
Schwarze Frau vom Nil: S. 5 (rechts), 398/399, 400, Kapitelvignetten, Frauenportät: Ned Matura/Getty Images Deutschland GmbH; Ägyptische Motive: Jürgen Liepe

Die ungekürzten Ausgaben von *Vergiss die Toten nicht, Steine und Rosen* und *Schwarze Frau vom Nil* sind im Buchhandel erhältlich.